本书获陕西师范大学人文社会科学高等研究院科研专项经费资助

王春林 著

抉择的高度

张平小说研究

中国社会科学出版社

图书在版编目(CIP)数据

抉择的高度:张平小说研究/王春林著.—北京:中国社会科学出版社,2022.5
ISBN 978-7-5227-0109-7

Ⅰ.①抉… Ⅱ.①王… Ⅲ.①张平—小说研究 Ⅳ.①I207.42

中国版本图书馆CIP数据核字(2022)第066653号

出 版 人	赵剑英
责任编辑	郭晓鸿
特约编辑	杜若佳
责任校对	师敏革
责任印制	戴 宽

出 版	中国社会科学出版社
社 址	北京鼓楼西大街甲158号
邮 编	100720
网 址	http://www.csspw.cn
发行部	010-84083685
门市部	010-84029450
经 销	新华书店及其他书店
印 刷	北京明恒达印务有限公司
装 订	廊坊市广阳区广增装订厂
版 次	2022年5月第1版
印 次	2022年5月第1次印刷
开 本	710×1000 1/16
印 张	27
插 页	2
字 数	443千字
定 价	158.00元

凡购买中国社会科学出版社图书,如有质量问题请与本社营销中心联系调换
电话:010-84083683
版权所有 侵权必究

目　录

第一章　张平的生活与创作历程 …………………………………………（1）

第二章　崭露头角的家庭苦情系列
　　　　——以《祭妻》《姐姐》《梦中的情思》为中心 ………（16）

第三章　艺术上的实验与探索
　　　　——以《夜朦胧》为中心 ……………………………………（50）

第四章　由家庭个人转向社会现实
　　　　——以《血魂》《法撼汾西》《天网》为中心 …………（78）

第五章　带有遭遇战色彩的文学官司 …………………………………（145）

第六章　人间自有真情在
　　　　——以《孤儿泪》《对面的女孩》为中心 ………………（162）

第七章　走向政治小说
　　　　——以《凶犯》《抉择》《十面埋伏》为中心 …………（219）

第八章　政治小说的巅峰之作
　　　　——以《国家干部》为中心 …………………………………（317）

第九章　反腐与民生的双重书写
　　　　——以《重新生活》为中心 …………………………………（366）

第十章　张平文学写作特质分析 ………………………………………（380）

第一章

张平的生活与创作历程

1954年11月，作家张平出生于陕西省西安市的一个知识分子家庭。父亲当时是西安建筑工程学院的一名副教授，家境虽不富裕，但还可以勉强维持。按理说，这样的一种家庭氛围和成长环境，对于张平来说还是相当不错的，然而，全国范围内一场突如其来的反"右派"运动，从根本上改变了张平的人生命运。与当时的许多知识分子一样，1957年，父亲因响应号召给组织提意见，结果被划为"右派"并开除公职。翌年，全家六口人被遣返回祖籍——山西省新绛县的刘裕村。就在这个十分贫瘠的山区农村，张平度过了自己坎坷而多舛的童年和少年时光。由于父亲的"右派"身份，小小年纪的张平就饱尝了生活的苦涩与世人的冷眼，"在学校里一直是狗崽子，初中没上完便回乡务农。挑大粪，挖水井，掏猪圈，拉粪车。13岁在万人大会上批判父亲，15岁则在万人大会上挨批判。16岁就到崎岖险峻每年死人无数的北山上拉煤，来回一趟400多里，得整整五天五夜。第一次回来，两腿肿得水桶一般。只能休息一天，紧接着又继续上路。干过民工，做过代教，写过材料，当过文艺宣传员。而后又以'可以教育好的子女'被推荐到师范学校读书，为了不挨饿和那一丁点儿的生活费饭费，两年中的三个假期，全都在山上那种最原始的煤窑里度过，近1000公斤的煤车，压在像牲口一样的自己的肩上，一次来回15公里，每天得往返4次。每出来一次，就啃一个碗大的玉米面窝头，喝一瓢污浊的生水。所得到的报酬，也就是每天3块人民币……"① 后来，在文章中，张平曾经写

---

① 张平：《遭遇十面埋伏（代后记）》，见《十面埋伏》，作家出版社1999年版，第629页。

到，高晓声写的一部小说《陈奂生》，自己看一遍哭一遍。为什么会这样呢？他说："我觉得那写的就是我，实实在在的就是我。"① 苦难当然是不幸的，没有谁会因为遭遇苦难而感到高兴，但对张平来说，苦难也培养了他顽强不屈的精神意志和对底层百姓的深厚感情。从根本上说，也正是青少年时期的这种苦难经历，为他日后的文学创作中始终关注和同情生活于社会底层人民的疾苦，誓做底层人民的代言人的这样一种创作选择，奠定了最初的基本情感价值取向。他说："我一直生活在社会的最底层，……为最起码的生存条件，终年奔波并经历过无数坎坷和挫折。所以我更关心现实生活中老百姓所关心的问题。老百姓的生存状况与自己息息相关，老百姓的喜怒哀乐也就是自己的喜怒哀乐。反过来，假如自己从小生活在一个很优越的生活环境里，无衣食之虞，无后顾之忧，豪杰交游满天下，吉人福相天生成，也许我不会成为一个作家。即使成为作家，也许会是另一个样子，说不定自己会很前卫，很先锋。"②

　　张平的说法当然是很有一些道理的。从一种普遍的意义上说，一个作家，有着怎样的青少年生活，便会在未来的文学创作中表现出怎样的创作取向。张平的青少年时代，能够让我们联想起同为作家的鲁迅与王蒙。鲁迅本来有着很是优裕的家庭条件，如果不是祖父科场案的突然发生，鲁迅这样一种自称为"小康"的生活当然会自动地延续下去。那么，鲁迅能否在最后走上文学创作的道路，就是一个值得思考的问题了。或者说，鲁迅确实走上了文学创作的道路，那他的这样一条文学道路究竟会是怎样的一种面目，也真的是难以推测猜想的。王蒙的情形同样如此，他的父亲是一位接受了西方现代文化思想影响的知识分子，是北京大学的学生。虽然他自己的一生可谓一事无成，但却竭力地向王蒙这些孩子拼命地灌输着所谓的西方现代文明。而王蒙的母亲则是恪守中国传统思想道德的一位家庭妇女，她与自己的丈夫之间自然存在极大的思想距离。因为夫妻之间思想距离过于巨大的缘故，所以他们之间的矛盾冲突的产生，几乎就是一定的。于是，在王蒙的记忆中，小时候父母之间家庭战争的发生就如家常便饭一样。关于这一点，王蒙在他的长篇

---

① 张平：《遭遇十面埋伏（代后记）》，见《十面埋伏》，作家出版社1999年版，第67页。
② 张平：《作家应该代表社会的良知——关于文学创作的答问》，见《我只能说真话》，解放军文艺出版社2002年版，第82页。

小说《活动变人形》中有着一种真切的记述。既然身处这样的家庭之中，那么对于父母的内战就是无法逃避的。在笔者看来，这样的一种童年记忆对于王蒙后来的文学创作同样产生了极明显的影响。王蒙能够走上文学创作的道路，且他的文学创作之所以会呈现出现在这样的一种面貌来，与他的童年生活其实存在极大的关系。张平的情况当然也是这样的，他童年时期所遭遇的家庭变故同样极明显地影响着他未来的文学创作。

张平的父亲多才多艺，闲暇时喜好拉二胡、吹笛子，虽然整天为生计奔忙，且还要经常忍受无端的政治迫害和打击，但他却依然保持着乐观豁达的生活态度。在父亲身上，很显然传承着中国知识分子长期以来形成的一种"虽九死其尤未悔"的坚强精神意志。父亲面对苦难的坚韧和坦然的态度，深深地影响着幼小的张平。父亲的这种人生态度，再加上从小耳濡目染的来自父亲的悉心调教，他自己拉二胡、吹笛子的水平也是与日俱增，在学校里小有名气。因此，张平并没有因为自己的"黑五类"身份而就此消沉下去，反而在那个不正常的社会政治环境中展现出了一种过人的忍耐力和平常心。他小学和中学的同窗好友张咸虎曾经这样回忆道："一般（成分不好的子女）会有压力，抬不起头。他好像没有那么回事，该怎么努力就怎么努力，跟老师和同学都相处得很好。"[①] 当然，父亲对于张平的影响还不止于此，更为重要的是，在父亲的影响下，张平对文学产生了最初的兴趣。"虽然底子不好，但家庭的影响，特别是父亲对我的帮助是非常大的，他经常给我讲一些中外作家的作品，所以我的作文一直很好。"[②] 在学校里，"老师经常把他的作文当范文。普通话说得好，朗读得很好，是语文课代表"[③]。"文革"头一年，张平考上了初中。有一次，学校里的老师和同学们都去闹革命了，只剩下了他和少数几个家庭成分不好的老师与同学。他实在感觉无聊，于是就偷偷地撬开学校图书馆的窗户，爬进去看书，一直看到太阳落山才想起回家。临走时还"偷"走了厚厚的一大摞书，其中有一本《普希金诗歌散文集》，这本书是他所接触到的第一本真正的文学书籍，

---

① 柴爱新：《有"反腐作家"之誉的张平》，载《瞭望东方周刊》2008年3月12日。
② 张平：《文学写作上的"生死抉择"——与评论家杨矗的对谈》，见《我只能说真话》，解放军文艺出版社2002年版，第244页。
③ 柴爱新：《有"反腐作家"之誉的张平》，载《瞭望东方周刊》2008年3月12日。

也是他吸收文学营养的源头。之后,他又陆陆续续地阅读了《林海雪原》《青春之歌》《吕梁英雄传》《三里湾》《红旗谱》《红岩》等一些"十七年"时期以及"十七年"之前优秀的革命现实主义作品,逐步增进养成着自己的文学素养。

张平的母亲是一位将自己全部的爱都奉献给了子女的无私、伟大的女性。在其父亲被错误地打成"右派"劳教的四年里,正赶上三年自然灾害,五个孩子围在母亲身旁嗷嗷待哺。食物的匮乏和生活的贫困,在当时压得这个家庭几乎喘不过气来,但母亲却硬是用她羸弱的身躯支撑了下来,带领子女渡过了这段最为艰难的岁月,至今回想起来,张平都还会默默地掉下泪来。这样一种异常艰难的生活历程,后来曾经在张平的中篇小说《梦中的情思》中得到过艺术性的折射表现。

在一篇题名为《春节和年龄》的文章中,张平怀着十分内疚的心情写道:"一回忆起父母亲为几个孩子能在过年时穿一件新衣服,能在大年初一时吃一顿肉馅饺子,能在闹红火时给每个人口袋里塞两毛钱而绞尽脑汁,以致愁得暗暗落泪时,心里就止不住地一阵阵难过和愧疚。那时候真憨!"① 身处逆境的父母,抚养五个孩子的艰难不易,一切都尽显在了作家张平这样一段朴实的告白中。

上初中以后,正值十年"文革"初期。在当时的那种情形下,张平基本上没有能够在县城的学校上课,而是回到农村,参加了村里的"毛泽东文艺思想宣传队"。那个时候,村里的文化人并不多,张平作为"右派"子弟,虽然经常要挨批斗,但也经常有机会做一些文艺类的事情。因为村里人都认为"教授的儿子有文化",② 再加上张平的作文不错,所以,村里就把编戏、写剧本、写材料的这样一些活儿一股脑儿地交给了他。张平最早的文学创作,其实也正是从那个时候开始的。"我还记得当时手头有一本《华东小戏选》,就参考它写了一些小戏剧。"当时,由他编写的《娶媳妇》《好媳妇》等以农村生活为题材的文艺节目,因为具有浓厚的乡土生活气息,受到了县文化局的好评。"写出之后都认为非常好,公社看上了,县里也看上了,后来

---

① 张平:《青春和年龄》,见《我只能说真话》,解放军文艺出版社2002年版,第122页。
② 张平:《文学写作上的"生死抉择"——与评论家杨矗的对谈》,见《我只能说真话》,解放军文艺出版社2002年版,第243页。

公社'革委会'成立了'文艺宣传队'把我抽去写戏,这样在县里就小有名气。"① 在村里搞创作时,张平的创作环境非常艰苦,"因为当时是在工地上,晚上没地方,只能在凌晨3点钟起床,钻进牛圈里,就着给牛照明的煤油灯,趴在砖头上写作。连纸也没有,字就写在旧书的缝隙当中"。② 一直到17岁参加县里的戏剧创作学习班时,条件才有所改善:"二十几个人吃住都在一个大屋子里。屋子里摆几张简易的连抽屉也没有的桌子,大家就围在一起搞创作。"③ 更何况在当时,由于政治上的极左思想盛行,对文学创作的控制非常严密苛刻,凡是不符合政治要求的作品都可能被斥为"毒草",而作者本人则更是有被批斗、被迫害的危险。所以大家在写作时都格外地谨小慎微,生怕越雷池一步。"每天斗私批修,狠斗私字一闪念,创作上遵循的是'三突出'原则,写下来的东西,要当众给大家朗诵,稍有偏离,立刻就在现场召开批判分析会。"④ 张平当时创作的一个独幕小戏,"仅提纲前前后后就改了14稿,仍然过不了关。……到了晚上,实在憋闷得受不了了,便就着大蒜喝几口劣质的烧酒"。⑤ 然而,这一切并没有摧垮张平的意志,就是在如此恶劣的条件下,就是在这种根本不适合搞文学创作的氛围中,张平充分地利用来之不易的实践和锻炼机会,在不断地充实自我,提高自己的写作水平。在编剧本、写戏的这几年时间里,他的作品受到家乡农民兄弟的一致称赞,还获得过奖状,奖状上面写着:"希望有更多好作品问世"这样几个字。

1974年,初二还没毕业的张平作为"可以教育好的子女"被推荐到了山西省运城地区的稷山师范学校读书。由于他会拉二胡、板胡,所以上的是音乐班。毕业后,又调到新绛县城的东街学校当老师。在稷山

---

① 张平:《文学写作上的"生死抉择"——与评论家杨矗的对谈》,见《我只能说真话》,解放军文艺出版社2002年版,第244页。

② 张平:《做改革的参与者、见证者》,见《我只能说真话》,解放军文艺出版社2002年版,第38页。

③ 张平:《做改革的参与者、见证者》,见《我只能说真话》,解放军文艺出版社2002年版,第38页。

④ 张平:《做改革的参与者、见证者》,见《我只能说真话》,解放军文艺出版社2002年版,第38页。

⑤ 张平:《做改革的参与者、见证者》,见《我只能说真话》,解放军文艺出版社2002年版,第39页。

师范学校的两年时间，是张平第一次比较全面系统地接受正规教育的两年，所以他的记忆尤为深刻。在为校友海涛撰写的一篇评论文章中，张平曾经充满深情地回忆过母校的一位体育老师——曹大智。"曹大智当时是我们学生非常喜爱的体育老师。那时候音、体、美'小三门'专业课在师范学校极其吃香，而体育这门课，尤其让大家投入。曹大智老师当时正当盛年，还不到30岁。特别让人钦佩的是，他不仅朴实无华、温良敦厚，极为平易近人，而且还是当时整个运城地区的著名篮球中锋。在每年一次的全省篮球比赛中，他都代表运城地区作为主力参加。可想而知，在当时只有八个班的师范学校里，有着这样的一个体育老师，会让我们这些学生感到多么的骄傲和自豪。"[1] 阔别母校二十多年后，学校的人和事依然历历如在自己的眼前，可见，稷山师范学校的两年学习生活，的确在张平的成长历程中，留下了难以磨灭的印记。在师范学校学习以及在县城教书的四年时间里，张平主要写了一些小小说，并时常参加县里举办的写作学习班，与同道交流一些写作方面的经验。不过，当时的他主要还停留在写作的摸索阶段，许多作品都是模仿之作。

1977年国家恢复高考制度，这个根本性的变化给张平的命运带来了巨大的转机。为了能够抓住这根在他看来能够改变一生命运的"救命稻草"，张平刻苦学习，积极备考，辛勤的汗水终于换来了命运的回报，他如愿以偿在1978年考入了山西省著名高等学府——山西师范大学（当时名为山西师范学院）。也正是在被录取前夕，张平结婚了，他的妻子是一位与他同在稷山师范学校读书的姑娘，名叫张德芳，与张平是同村。张德芳嫁给张平的过程并非一帆风顺。早在张平20岁时，父母就开始给他张罗亲事了。可是在当时，由于张平父亲的"右派"帽子还没有被摘除，再加上家徒四壁，几乎没有人愿意把自己的姑娘嫁给他这样一个体壮貌端、多才多艺的小伙子。前前后后给他介绍过的对象加起来能有十多个，不是有生理缺陷，就是有心理残疾，几乎没有一个健全人。正在全家人一筹莫展之际，善良朴实的张德芳出现了，她并不嫌弃张平的家庭成分与家境的贫穷，而是佩服他有文化，有能力，愿意嫁给这个在当时当地已属大龄青年的小伙子。张平一家人自然是欢天喜地，可是女方的父母却对这对年轻人的婚事持坚决的反对态度，村里也

---

[1] 张平：《小人物，大作品》，见《我只能说真话》，解放军文艺出版社2002年版，第151页。

有人说三道四。在这样一个关键时刻,张德芳却表现得异常坚决,非张平不嫁。顶住了来自家庭与外界的压力之后,二人最终喜结连理。婚后,夫妻双方感情很好,夫唱妇随,相濡以沫,第二年就生下一个儿子。回忆起这段往事,张平始终对妻子心存感念。

1978年,还发生了对张平一家影响深远的一件大事,那就是党的十一届三中全会的召开。正是在这次会议上,以邓小平为第二代核心的党中央,提出并确立了改革开放的基本路线。第二年父亲平反,脱掉了一戴就是多年的"右派"帽子。与全国一样,张平的家乡也实行了土地联产承包责任制,农民的生产积极性得到了极大的提升。张平亲眼看到了家乡所发生的翻天覆地的变化,"强烈地感受到了农民们面对着土地的狂喜和欢腾"。① 包产到户后,张平家分到了5亩责任田,当时正在大学读书的他趁着放暑假回到村里,和刚刚生孩子不久的妻子来到自家的田里整修农田。为了填平一道长10米宽5米深3米多的水沟,夫妻二人昼夜奋战40多天,妻子曾经两次累得晕倒,他自己也整整瘦了十多斤,终于把水沟填平了。他们的辛苦劳作在第二年秋天换来了大丰收。他家的5亩地打了2000多斤粮食,整整在农村挨了20年饿的父亲从没有见到过这么多粮食,不禁老泪纵横、放声痛哭。父亲当时的表现以及整个中国农村的巨变对张平的触动很大,在一篇谈及改革的文章中,他说,"说句心里话,在30年前,做梦也没想到过上像今天这样的生活"。② 张平还记得,三年自然灾害时期,整个农村处于半饱半饥状态,农民兄弟们普遍都食不果腹。为了能够填饱肚子,他经常要跟着姐姐和小姨到山上去挖野菜、捡薯根。但即便是这样,也还是经常吃了上顿没下顿。许多从河南逃荒到山西的未成年少女,之所以要通过谎报年龄和比自己大十几二十岁的农村光棍汉结婚,就是为了摆脱饥饿的状态。在"文革"时期,情况更加糟糕,村里每个劳动日分红只有几分钱。他的一个邻居老太太,临死前想吃一口白面饼子,儿子寻遍了大半个村子才给她搞来一点白面,可是没等白面饼子做出来,老太太就咽气了。这些可怕而凄凉的景象在张平的脑海中刻下了难以磨灭的印记,所以当改革洪

---

① 张平:《做改革的参与者、见证者》,见《我只能说真话》,解放军文艺出版社2002年版,第36页。

② 张平:《做改革的参与者、见证者》,见《我只能说真话》,解放军文艺出版社2002年版,第35页。

流席卷整个中国大地时,当他切身地感受到改革开放对中国尤其是对世世代代以土地为生的农民所具有的巨大意义时,他对改革的支持和拥护就异常强烈,对改革过程中出现的贪赃枉法、腐败堕落现象就表现得极为愤慨,对鱼肉乡里、欺男霸女、为了维护自己的私利而不惜草菅人命的官员就无限憎恨,他后来的一大批社会政治小说之所以敢于揭露尖锐的社会矛盾,敢于站在老百姓的立场上对腐败官员发出声声血泪的控诉,与这段生活经历是分不开的。甚至可以说,正是源于这段刻骨铭心的经历,他才向种种人为的不公与迫害发出了批判的最强音。

上大学以后,张平开始大量阅读文学作品,过去由于历史和政治的原因而导致的知识欠缺和空白,他希望能在大学期间尽量地弥补回来,所以凡是能够搜罗到的中外文学作品,他一本也不愿意放过,简直到了饥不择食的地步。张平戏称当时的自己就是"杂食"者,"碰到什么吃什么,找见什么看什么。所接受的也只能靠自我消化,消化不掉的便一口吞下去"。① 1970 年代末 1980 年代初,大学图书馆里的文学类图书并不多,大都是公认的中外经典名著。但对于张平来说,却似乎已经足够了,他利用有限的时间系统地阅读了巴尔扎克、托尔斯泰、狄更斯、普希金等现实主义巨匠的著作。他回忆说,自己对文学的系统认识正是从这些经典作品开始的。"在大学里接触较多的还是现实主义的作品和理论,所以我写的东西,也主要以现实题材为主。"② 这些以严格的写实主义手法为特征的文学经典作品,对他日后的写作产生了潜移默化的影响,使他自觉地以现实主义作为基本的创作文体。

在汲取文学营养的同时,张平从大学二年级开始尝试写一些散文和小说,并向各种报纸杂志大量投稿。当时他每个月的生活补助只有 20 元,除了日常学习生活的花销以外,所剩无几。多亏妻子每月给他寄去 10 元钱,用来购买投稿用的信封和邮票,才使他得以顺利地将写好的东西投递出去。但在最初的几年,张平投出去的稿件总是石沉大海,几乎无一被采用。那时,张平差不多每天都会从收发室大爷的手中接到退稿信,以至于后来一听到大爷喊:"张平,信!"他就本能地低下了头,

---

① 张平:《作家应该代表社会的良知——关于文学创作的答问》,见《我只能说真话》,解放军文艺出版社 2002 年版,第 98 页。

② 张平:《文学写作上的"生死抉择"——与评论家杨矗的对谈》,见《我只能说真话》,解放军文艺出版社 2002 年版,第 244 页。

好像做了什么亏心事似的。为了不让别人察觉,他想到一个办法,就是每天提前赶到收发室,悄悄把写有自己名字的信抽出来,然后像做贼似的转身离开。退稿信多了,张平就有些泄气,甚至产生了放弃的想法。在这个时候,是妻子的默默鼓励与支持,使张平最终坚持了下来,使他在追求文学梦想的道路上得以继续前行。1981年,张平的处女作《祭妻》在《汾水》杂志上发表,为他赢得了最初的声誉。这篇控诉"血统论"的短篇小说,先后被《小说选刊》、《新华文摘》和《小说月报》等多家刊物选载,还被评为《汾水》杂志该年度的一等奖,产生了极大的社会反响。自此,张平才算是真正地步入了文坛。当年,他将自己共150元的稿酬交给妻子时,两人都激动得说不出话来。

1982年,张平大学毕业,那时他29岁,因为在文学方面的成绩,临汾地区文联指名要他去那里工作。但阴差阳错的是,临汾地区教育局却把他分到了山西省隰县,这件事让张平心里产生了很大的矛盾。他的家在运城地区,父母妻儿也都居住在新绛县,临汾与运城相隔不远,在那里自己可以安安心心地搞文学创作。如果到隰县工作,无异于舍近求远,也不利于自己的写作。所以他为了争取改派,前前后后跑了半年,无奈自己既没关系,又没门路,吃了不少闭门羹。正在他几近绝望的时候,临汾地区文联主席郑怀礼建议他去找山西的两名老前辈作家——马烽、西戎,或许他们能帮上忙。此前,张平虽然认识马老和西老,但却并不熟识,于是他就先给二老写了两封信,然后才去找他们。接待他的是西戎,让他没有想到的是,西老一听说他是张平,便带着浓重的乡音说:"你就是张平?这娃,写了信就赶紧来么,昨天我还给谢俊杰打电话问你哩。马烽也给我商量了你的事,现在究竟办到哪一步了?……"① 西老关切的目光和温暖的话语,让这个初出茅庐的年轻人半年多来为了工作奔波忙碌的委屈和心酸一扫而光,至今记起,依旧清晰可闻。在马烽和西戎的直接关怀与帮助下,张平顺利地拿到了改派通知书。张平经常说,是西戎老师改变了他一生的命运。1983年张平被调入了临汾地区文联工作,不久便担任了山西省临汾地区文联《平阳文艺》编辑部的文学组组长。同年,他表现农村妇女坚韧朴实性格和平凡生活的短篇小

---

① 张平:《高山景行 德厚流光——追忆西戎老师》,见《我只能说真话》,解放军文艺出版社2002年版,第174—175页。

说《糟糠之妻》获得山西省优秀小说奖。

初到临汾地区文联工作,张平和妻儿一家三口住在一个面积不足8平方米的地下室里,"一下大雨,屋里的积水跟床一般高",① 生活条件的艰苦可想而知。后来,条件虽好了一些,但也不尽如人意。然而,对于这些物质上的欠缺与不足,张平却并不在意,他全身心地投入创作中,先后发表了《月到中秋》、《他是谁》、《静》、《山洼地》、《军民的女儿》、《争地》、《夏夜》、《婉儿》、《情分》、《姐姐》和《梦中的情思》等中短篇小说,这些小说构成了他最早的那个"家庭苦情"系列。其中《姐姐》荣获了第七届全国优秀短篇小说奖,这也是张平从事文学写作以来获得的第一个全国性文学大奖,是张平创作生涯中的一块里程碑。之后,《姐姐》还先后被《新华文摘》《小说月报》等多家刊物选载,并被译成英文、俄文在国内外出版发行。《姐姐》是张平以自己的亲姐姐为原型创作的短篇小说,张平有两个姐姐和两个妹妹,他们和张平一样,共同度过了那段不堪回首的童年和少年时光。张平考上大学后,离开了农村,但是他的姐妹们却因家庭条件所限,不得已嫁给了当地的农民,永远留在了新绛老家。那生离死别般的悲剧场面,在他的心灵深处刻下的是重重叠叠的伤痕。然而,即使是这样,她们似乎还是逃脱不了悲苦的命运,后来,她的妹妹和姐姐相继得了癌症,当时,家里很穷,妹妹又有个儿子上大学,花销也比较大,妹妹为了不再拖累家人和儿子,竟然趁人不注意时自尽了。这件事对张平的刺激非常大,成为他心中"永远也无法解脱的痛"。② 身边亲人太多的不幸,使张平的心里总也有着解不开的疙瘩,所以他才希望用自己的笔书写下这一切,书写下亲人、书写下自己姐妹们为命运所俘虏的苦难经历,《姐姐》就是在这种强烈的情感冲击下写就的。除了《姐姐》之外,张平前期的"家庭苦情"系列小说,都或多或少地有他周围亲人或朋友的影子。张平说:"开始写别人不熟悉,也不敢,只好写自己,写自己的父母、姐妹、朋友和亲戚,写他们的悲苦,他们的喜悦。"③ 张平早期的作品与

---

① 张平:《遭遇十面埋伏(代后记)》,见《十面埋伏》,作家出版社1999年版,第67页。
② 柴爱新:《山西省副省长张平:最大的领导才能是没有私心》,载《瞭望东方周刊》2008年3月12日。
③ 梁智华:《文学创作是一辈子的事——访中国作家协会副主席、著名作家张平》,载《玉林日报》2007年1月17日。

自己和家庭的苦难遭际是密不可分的。

  《姐姐》的巨大成功,给张平的命运带来了新的转机。1986年,张平在山西省文联主办的《火花》杂志主编董耀章的推荐下,调到了山西省文联担任《火花》杂志的副主编职务。刚到省会太原时,张平就住在编辑部的一个十来平方米的办公室里,一个人住在里面,倒也消停惬意,开始张平还乐得逍遥,但是,时间一久,他就觉得没有妻儿在身边,有些寂寞了,他在太原需要有个家,有个可以让灵魂停泊的港湾。所幸的是,一年以后,妻子就调到了太原群众艺术馆工作,孩子也跟了过来,一家人得以团聚。接着就是房子的问题,三口人总不能都挤在办公室里,经多方打听,他向朋友借到了一个30多平方米的小房子。房子虽然不大,但对张平一家来讲,却已经很知足了。"妻子喜欢得不得了。有厨房,有厕所,有暖气,采光也不错。刚一进了房子里,妻子东瞅瞅西摸摸,激动得简直能掉下泪来。自己也一样欣喜若狂,房子再小,比起办公室来,毕竟要大多了。"不过,说实话这间房子的确是太小太小了。张平曾经这样描述房子中的陈设:"一张写字台一个双人床一个电视架,便把屋子里放得满满当当,连一个最小的沙发也无法摆下。客人来了只能放一把折叠椅。客人多了,就只好坐在床沿上。那半间呢,放上儿子的单人床,再放上一张简易桌子,再放上一个书架两个箱子,便什么也摆不下了。不管有多好的家具,也跟这一间半的房子无缘。就算你有钱,在如此小的水泥格子里也毫无作为。没有煤气,厨房又是在家里,一个火炉子,一年四季都得在屋子里烤着。冬天还好说,夏天就难熬了,一进了屋子就像进了蒸笼,能把你的油都烤出来。……尤其是住在这样的房子里,每个月还得交水费电费房费暖气费等等老大不小的一笔钱。……预制水泥板很薄很薄,单元之间的间隔也一样很薄很薄。即便是穿上拖鞋在屋子里走动,楼下也会听得清清楚楚。我当时是个编辑,常常睡得很晚很晚。刚开始并没有感觉到什么,直到终于有一天楼下的人找了上来,才明白就算是在你自己的家里也并非想象中的可以随随便便。儿子学钢琴,稍不留神,便会有人敲门拍窗户,说是影响了人家的休息。最最害怕的是来了客人,说话声音一大,穿着皮鞋在屋子里呱达呱达一走,顿时便感觉到如芒刺在背,只怕有什么人会来找麻烦。不敢大声说话,不敢放声大笑,不敢快步走动,连收音机、电视机的声音也不敢放得很大,夫妻俩连吵架顶嘴也不敢……"① 这就是张平初来太原时的"家"（直到数年后，才分到了一个70多平方米的房子）。即使是对于普通人来讲都是无法忍受的，何况是一个已经有了一定名气，并且还要每晚工作到深夜的作家呢？然而，就是在如此简陋甚至寒碜的生活和工作条件下，张平完成了他创作生涯的一次关键性转型。

在担任副主编前后，受西方现代派和后现代派文学观念及作品的影响，张平尝试创作了一些现代派作品，比如《妮儿》就借鉴了福克纳等人的西方文艺理论，但作品发表以后，引起的反响都很小。这使张平开始重新反省自己的创作观和创作定位问题，在经过短暂的思考之后，张平意识到西方现代主义创作手法虽然为他的写作提供了更为丰富的艺术表现领域，但是对一个本土化作家来说却并不一定完全适用，借鉴并不等于替代。"为艺术而艺术"的创作思路只会让他走进狭小逼仄的象牙塔中，况且在他本身的生活阅历基础上培养起来的对老百姓的那种刻骨铭心的爱，更不允许他脱离现实，脱离人民。他说："在艺术和道义发生冲突时，我只可能去选择后者。"② 随后，张平用他的创作实践表明了自己对于现实主义的继承和坚持。同时，他的创作视野也发生了重大转移，从家庭苦难的倾诉中走了出来，将目光投入广阔的社会现实当中。《血魂》《较量》《公判》《无法撰写的悼词》等中短篇小说就鲜明地体现了他创作思想转变后的初步探索。

1987年，山西文联组织的汾西业余文艺作品座谈会在汾西县召开，张平结识了当时的汾西县委书记刘郁瑞，初次见面，两人就聊得非常投机，颇有相见恨晚之意。张平曾有一段文字这样描述当时的情景："去年去汾西县时，碰上个叫刘郁瑞的县委书记。此人五十出头，当过教师，后来又当上了办公室主任，最近几年，才当上了县委书记一把手。此人还是个作协会员，出过两本书，还写过电影电视剧本。我们一见面就成了忘年交，聊起来便没明没黑，说到要紧处，他居然比我还要动情，还要言词激烈。"③ 在他们的悉心交谈中，张平了解到了汾西县许

---

① 张平：《故乡　太原和家》，见《我只能说真话》，解放军文艺出版社2002年版，第118页。
② 张平：《作家应该代表社会的良知——关于文学创作的答问》，见《我只能说真话》，解放军文艺出版社2002年版，第99页。
③ 张平：《我们麻木得还不够吗？》，见《我只能说真话》，解放军文艺出版社2002年版，第42页。

多鲜为人知的事情,"乡长和农民打官司,把农民的妻子铐到树上;一个律师被无辜关押 105 天"①,等等。这对张平的触动很大,他的内心久久不能平静,他真切地感受到:在我国法治还不健全的社会转型阶段,一些领导干部不是一心想着为人民办实事、办好事,而是跑官要官、欺上瞒下、损公肥私,只要是有利于自己升官发财、作威作福的事情,就会不择手段,无所不用其极。同时,他对眼前这位敢于站出来保护老百姓利益、严惩贪官污吏的县委书记则顿生敬意和好感。接下来的半个月时间里,他积极深入老百姓当中,采访、记录了许多人、许多事。广大农村地区的贫困现状和山区老乡的苦难际遇,一桩桩、一件件都是那么触目惊心,那么感人肺腑。1987 年和 1988 年,张平以这段所见所闻和真实经历为依据,相继发表了四个中篇小说,1991 年合集为《法撼汾西》由群众出版社出版。作品甫一问世,便产生了巨大的轰动效应,读者反响强烈,并陆续被拍成电影和电视剧。《法撼汾西》的出版发行,对张平来说是一个标志性事件,也是张平文学创作的分水岭。如果说张平的前期创作还囿于"家庭苦情"的题材范围的话,那么《法撼汾西》则从根本上确立了他以社会变革中的矛盾斗争和民生疾苦作为书写对象的写作方向。他说:"如果我以前没有真正想过我的作品究竟是要写给谁看的,那么我现在则已经真正想过和想定了,我的作品就是写给那些最底层的千千万万,普普通通的老百姓看。"②

《天网》是《法撼汾西》的姊妹篇,1993 年发表。《天网》的原型是一位十六年如一日上访告状 1500 多次都无人受理的农村老人,名叫陈培基。这个满肚子冤屈的倔老头找到张平,张平热情地接待了他,当时,他"好不容易碰到一个作家,恨不得把内心的话全说出来。我没有打断他,让他不要停下,老头儿身上病特别多,过两个小时就要吃去痛片,整整讲了两天一夜,光他的录音采访就有 17 盘磁带,材料堆了一车,涉及的内容很多,他把他写在日历上的日记全给了我……"③ 但

---

① 张平:《文学写作上的"生死抉择"——与评论家杨矗的对谈》,见《我只能说真话》,解放军文艺出版社 2002 年版,第 246 页。
② 张平:《永生永世为老百姓而写作》,见《我只能说真话》,解放军文艺出版社 2002 年版,第 34 页。
③ 张平:《文学写作上的"生死抉择"——与评论家杨矗的对谈》,见《我只能说真话》,解放军文艺出版社 2002 年版,第 247 页。

是后来张平觉得问题太尖锐，就暂时搁置了下来。没想到老人在几年后就去世了。这让张平感到十分愧疚，觉得对不起这个老人家。随后，他用不到一个月的时间就创作了《天网》，这也是他唯一一口气写下的作品。《法撼汾西》和《天网》的发表，为张平带来巨大声誉的同时也惹来一场不应有的官司，汾西县240多名干部联名上书，称张平的这两部纪实小说侵犯了他们的名誉权，而后又告到法院，这场官司一打数年，最终以张平的胜诉而告终。在法庭上有一个叫人啼笑皆非的细节非常具有讽刺意味。有一个原告是副检察长，他居然振振有词地质问张平："我的儿子只强奸轮奸了两三次，你怎么就说八九次！而且不是在我的办公室，是我老婆的办公室。纯粹是对我一家人的诬蔑……"① 身为国家干部，这等卑鄙龌龊的话都能说得出来，可见这些人起诉张平的阴暗目的所在。与原告咄咄逼人，必置张平于死地的无耻行径形成鲜明对比的是，广大人民群众则坚决拥护和支持张平，正是善良的老百姓使他渡过了这个难关，也更坚定了他一辈子为老百姓写作的信念。

此后，张平步入了创作的高峰期，相继创作了《凶犯》《抉择》《十面埋伏》《国家干部》等一系列反映社会政治问题的现实主义小说。其中许多都被改编成了电影或电视剧，在社会上产生了极大的反响。先后荣获庄重文文学奖、中宣部"五个一工程"奖、"建国五十周年重点献礼长篇"和茅盾文学奖等数十个奖项，获得了"人民作家"的光荣称号。同时，张平开始担任不同层级的领导职务：1998年任山西省文联副主席；2001年任民盟山西省委副主委；同年12月兼任中国作家协会副主席；2002年兼任民盟中央副主席；2003年任十届全国政协常委兼任山西省作家协会主席；2007年任民盟山西省委主委；2008年1月22日当选为山西省副省长。

生活中的张平无论处在什么位置上，无论有多么高的官衔，都始终牵挂着生他养他的父老乡亲，他和老百姓的血肉联系，是任何名誉和地位都无法阻隔的。即便做了副省长，他的内在品性和灵魂也丝毫没有改变，"张平还是张平，没变！"已经退休的山西省文联原副主席董耀章说。

---

① 张平：《作家应该代表社会的良知——关于文学创作的答问》，见《我只能说真话》，解放军文艺出版社2002年版，第85页。

还是张平自己说得好:

"作家不是救世主,但作家决不可以远离时代和人民。不关注时代和现实、没有理想和责任的作家,也许可以成为一个出色的作家,但绝不会成为一个伟大的作家。一个简单得不能再简单的道理:文学不关注人民,人民又如何会热爱文学?"[1]

"放弃对社会的关注,也就等于放弃了对人民利益和自己利益的关注。"[2]

---

[1] 张平:《永生永世为老百姓而写作》,见《我只能说真话》,解放军文艺出版社2002年版,第31页。

[2] 张平:《遭遇十面埋伏(代后记)》,见《十面埋伏》,作家出版社1999年版,第68页。

第二章

崭露头角的家庭苦情系列

——以《祭妻》《姐姐》《梦中的情思》为中心

在一篇题为《做改革的参与者、见证者》的文章中，张平这样写道："我的创作年龄很长。17岁就开始写东西，1972年'文革'时期就获得过当时的奖状：'希望有更多好作品问世'。我今年47岁，算起来，还有30年的'创龄'。但正式发表作品是在1981年大学期间。"①

张平出生于1954年，他17岁的那年正是1971年，已经是后来被称作"十年浩劫"的"文革"后期了，按照这篇写于2001年的自述散文的回忆，虽然张平开始创作的时间很早，但一直到十年之后的1981年，在"文革"已经结束，思想解放、改革开放已经开始的新时期之初，他的小说作品才终于有了在文学期刊上公开发表的机会，他的小说创作才开始获得了社会的承认。

正所谓"十年辛苦不寻常"，由于张平最早的文学创作开始于"文革"的后期，所以一种很容易形成的创作情形便是，作家的早期练笔肯定无疑地打上了"文革"思维的烙印。虽然我们今天已经不可能找到张平当年的练笔文稿，但按照一种写作的常理来推断，这应该是一种确凿无疑的客观事实。正如同谁也不可能拔着自己的头发离开地球一样，谁都不可能从根本上逃避开生存环境对自己的影响，张平当然也不例外。更何况，张平当时正是处于最容易受外界影响的那样一个年龄阶段。正如同许多在新时期取得了突出文学成就的作家，比如贾平凹、韩少功、李锐等的文学创作都是起步于"文革"时期一样，张平的文学

---

① 张平：《做改革的参与者、见证者》，见《我只能说真话》，解放军文艺出版社2002年版，第35页。

创作其实也同样是起步于"文革"阶段的。对于这一点，我们也丝毫没有必要为尊者讳。关键的问题，并不在于你是否在当时不可避免地受到"文革"场景与"文革"思维的影响，而在于你是否在后来的创作历程中很快地摆脱了这样一种负面影响，迅速地走向了思想与艺术的成熟。张平的情形很显然就是如此。

一个不可否认的事实很可能是，在张平摆脱"文革"思维影响的过程中，他的四年大学生活，以及在四年大学中文系的学习过程中所接受的文学知识与美学理论，肯定发挥着不小的作用。应该说，在某种意义上，张平还算得上是一个时代的幸运儿。虽然因为家庭的缘故，张平有过很不幸的童年和青少年生活，年幼的他曾经饱尝过生活的屈辱与苦难。但是，历经磨难的张平毕竟还是幸运地遇到了"文革"结束后的改革开放时代，并在这个改革开放的时代，经过不懈努力，搭乘上了恢复高考制度的快车，进入了山西师范学院（现山西师范大学）中文系学习深造。时值"文革"结束不久，一度停止正常招生状态的高等学校刚刚恢复，正处于百废待兴的状态之中。虽然到处充满了生命初次萌生的勃勃生机，但是，毕竟经历过长达十年之久的巨创深痛，当时大学中文系教学质量的不尽如人意是可想而知的。然而，尽管存在着这样那样的缺陷与不足，但张平毕竟很幸运地拥有了一个难得的接受正规大学教育的机会。作为一位曾经被打倒在地的"右派"的儿子，这样一个机会的获得当然是殊为珍贵的。这一点，从根本上说，当然是由于邓小平一力倡导的拨乱反正解放思想。能够躬逢这样一个时代，并且能够亲身体验和感受时代的变迁给自己的人生命运所带来的巨大影响，张平内心深处的喜悦与激动当然是难以抑制的。更何况，四年的大学教育，也的确对张平在文学创作上摆脱"文革"思维的负面影响，有着不容轻视的作用。

虽然我们听到过许多类似于"大学中文系并不是培养作家的"这样一些言论，但不可否认的一点却是，在中国大学现实存在着的诸多学科中，与文学创作关系最为密切的，其实还是中文系。对于早在17岁时即已开始尝试文学写作的张平来说，能够进入大学中文系，通过诸如文学理论与中外文学史这样一些课程的学习，既可以在理论的意义上对于何为文学，以及文学的诸种特征有相对清晰的理解认识，又可以了解并阅读大量的中外经典名作，实在是一件值得庆幸的事情。或者在某种意义上，我们也可以说，正是能够幸运地考入大学中文系学习深造这件事情本身，在很大程度上更加坚定了张平终生从事文学创作事业的信心。

然而，张平的幸运，还不仅仅是因为他能够考入山西师范学院（大学）中文系进行学习深造。他更大的幸运，恐怕还在于他所遭逢的1980年代，乃是一个充满了理想主义激情的，后来曾经被人们普遍地称为"文学的黄金时代"的特定文学时期。关于所谓"文学的黄金时代"，时任中国作协副主席的王蒙曾经进行过这样生动形象的描述："这几天，我的一个突出的感觉是，中国社会主义的文学的黄金时代真的到来了！""如果说前几年在我们复苏的热情、复苏的创作、复苏的灵魂之中，还或有余悸、预悸之类的凉意冒出来，如果说那几年我们走向新时期新生活的步子迈得还不是那样稳健和自信，那么现在，情况明朗多了，我们自己也长进了。还等什么呢？还要什么呢？在中国历史上，有几度出现过像现在这样经济发展、政治安定、百废俱兴、勇敢改革、政策走上轨道，人们这样迫切地要求着精神食粮的丰富与提高，作家们又有这样多的积累，这样高的热情，这样好的条件呢？""万事俱备，只欠东风。只欠我们拿出好作品来了！"① 这里引述的，是王蒙在1984年年底召开的中国作协第四次会员代表大会上所做闭幕词中的一段话。如果笔者的记忆没有差错的话，所谓"中国文学的黄金时代"的说法就是由王蒙而来的。虽然王蒙的说法本身并非针对1980年代的，但在笔者看来，借用王蒙的"文学的黄金时代"的说法来描述1980年代的总体文学生态氛围，应该还是极为恰当的。张平当然有着对于文学创作事业的执着追求，但是，如果他所遭逢的并不是1980年代这样一个文学的黄金时代，或者说这样的一个时代迟来上十年二十年，那么作为"右派"子女的张平的文学理想能否成为现实，恐怕还真的是一个值得注意和思考的问题。张平能够有上大学的机会，乃是因为遭逢了"文革"结束后的拨乱反正改革开放时代，张平能够如愿以偿地较为顺利地走上文学创作的道路，与他所躬逢的1980年代这样一个"文学的黄金时代"，同样有着极为紧密的联系。

必须承认，张平的小说创作一开始就达到了相当的高度。这一点，

---

① 王蒙：《社会主义文学的黄金时代到来了》，《王蒙文存》第23卷，人民文学出版社2003年版，第315页。

既可能与作家长达十年之久的写作训练有关，也可能与作家大学中文系的求学生涯有关。当然，另外一个不可忽视的因素，还在于张平写作天赋的具备。虽然我们反对简单意义上的所谓"天才论"，但必须承认的一点却是，文学创作毕竟是一项与作家的个人天然禀赋存在很大关系的创造性事业。而张平，则很显然是具备了这种艺术天赋的，张平的小说处女作是短篇小说《祭妻》，这篇小说发表在1981年的《汾水》（《山西文学》）上。这一年，张平27岁，仍然在山西师范学院（大学）中文系读书。由于"文革"发生，大学一度停止招生的缘故，在恢复高考制度之后，曾经出现过许多届中学生于同一年度内共同参加高考的特殊现象。这样，在最初的1977、1978那几级大学生中，今天看来很可能令人咋舌的同学之间的年龄差异之大，也就自然是一个顺理成章的客观事实了。张平27岁了依然在大学读书，在今天的许多年轻人看来，似乎有些无法理解。但实在地说起来，在张平他们那几级大学生中，张平的年龄并不算大。更何况，那个时候的确是一个"文学的黄金时代"，作家的头上都还笼罩着炫目的神圣光环。因为那是一个理想主义的、崇拜文化英雄的时代。在当时，人们就像今天对腰缠万贯的大老板一样地敬畏崇拜着如同"作家"这样的文化英雄。在那样的一种时代文化氛围中，年仅27岁的大学生张平，能够有小说在《汾水》（《山西文学》）上发表，不仅很快引起了社会的广泛关注，而且还获得了《汾水》（《山西文学》）当年的一等奖，也就的确是一件至今说起来都依然令人神往的事情了。

之所以说张平的小说创作起点不低，是因为虽然迄今差不多三十年了，但如今读来，《祭妻》这篇大约只有8000字的短篇小说却仍然有一种能够直击人心的情感和艺术力量。文学的发展演进实际上是一件非常残酷的事情。新时期文学才仅仅走过了三十多年的发展时间，就已经有多少作家作品无可奈何地"倒毙"在了行进的路途之中。风流总被雨打风吹去，多少曾经名震一时的文学作品，现在拿起来都让人感到难以卒读了。从这样的意义上说，张平的早期作品至今读来却依然具有某种冲击人心的力量，的确是相当不容易的。

具体来说，《祭妻》讲述的乃是发生于"文革"那样一个特殊年代的凄清故事。南庄村的赵大大家庭异常贫穷，一连生了七个孩子的母亲体弱多病，很早就离开了人世。除了早夭的老二、老三以及老七之外，

"家里还有三个弟弟，一个患着老寒腿的爹"。这样一个只有四个男人的家，再加上"文革"这样一个经济极不景气的特定时期，其家境的贫穷是可想而知的。因为家境的贫穷，所以赵大大尽管已经年龄不小了，但还是说不来一个媳妇儿成不了家。"二十七岁的赵大大，不管当爹的有多急，照样是光棍一条。倒不是赵大大丑，谁家当爹当娘的肯把闺女往火坑里推！"正是在万般无奈的情况之下，赵大大才被迫娶了富农的女儿兰子为妻："今年二十七岁，人长得虽不咋样，却是个能人，地里屋里样样活儿都能来。家里也没啥负担，没爹没娘，只一个光棍哥。挑嫌倒也有，她家成分高，是个富农。"要知道，在那个特殊的年代里，从"血统论"出发的成分划分实在是一件要命的事情。宁肯家里穷一点，成分也不能高，乃是当时通行的社会文化逻辑。正因为这样一种社会文化逻辑作用的缘故，所以赵大大虽然家境很困难，拖累也特别大，但在富农成分的兰子面前，他却还是拥有一种天然的优越感。他们两人的婚姻结合过程中，赵大大明显具有某种俯就的意味。事实上，也同样是因为此种社会文化逻辑发生作用的缘故，所以兰子似乎也就有了一种天然的自卑感。因此，在与赵大大初次见面相亲的时候，兰子才会"一把拉住大大的手，眼里露出死活不顾的神色儿，说：'你别说了，这些俺都晓得，只要你肯要俺，俺啥都不嫌'"。

其实，除了成分太高之外，兰子实际上是一个非常踏实能干的农村姑娘，真的算得上是里里外外一把手了。对于这一点，张平以形象简洁的语言进行了传神到位的描写。日常的家务操持自不必说，从家里住的房子，到手里端的饭碗，再到身上穿的衣服，可以说，赵大大一家从里到外，因为兰子的到来，全都旧貌换新颜地发生了根本的变化。"那一年，兰子除了参加农活，还养了两口大母猪。大大、四四两个出全勤，年底一结算，带兰子的工分，竟分了两百来块，两口大母猪下了几窝崽，又赚了一百多。第二年，碰了个好年成，三间小东屋拆了，添了些材料，盖了三间大瓦房。第三年，年底结算，一家人欠的款，欠的粮，全都还得干干净净，还节余了六百多！那年冬天积肥，大大一人积了三十多车，被选成了模范，还当上了队长。"很显然，这所有的一切变化，都与兰子的到来有关。正是因为有了兰子的辛勤操持，所以才有了赵大大一家人的幸福生活。

然而，正所谓天有不测风云，赵大大一家因为兰子的到来而刚开始的好日子还没有过了几天，灾难便开始降临到了他们头上。先是"大大入党，大队公社好不容易给通过了，又忽然给搁了起来"，然后便是"十九岁的四四应征入伍，身体合格，政审却过不了关"，紧接着又先后是"十六岁的宝宝本来要去县林场学习，有人在背后叨咕了一番，立马也给吹了。十二岁的路路，在学校里连红小兵都当不上，回到家就发脾气"。而导致了这一切事故发生的根本原因，都在于兰子——这位赵大大的妻子，三兄弟的嫂子身上无法自我解脱的富农成分。在那个奉行着荒唐的"血统论"逻辑的年代，富农成分就如同海丝兰额头上的"红字"一样，是一种如影随形般的无法去除的耻辱与卑贱的标志。

就这样，潜在的危机与潜伏的矛盾终于难以避免地爆发了。围绕应该不应该去看望照顾兰子的哥哥的问题上，一向和睦相处的赵大大和兰子之间爆发了尖锐的矛盾冲突。身背着富农成分，兰子的哥哥在"文革"中被抓起来"在全公社游斗"是必然要发生的事情。毕竟血浓于水，当被四处游斗的兰子的哥哥挨饿生病的时候，有勇气战胜世俗偏见去看望、照顾他的只有一母同胞的妹妹兰子。虽然兰子也知道，自己的行为举动会有多么不合时宜，但亲情的本能还是让她无法置身处苦难境遇中的哥哥于不顾，她还是不顾赵大大的再三阻拦，几次毅然决然地来到了胞兄的身边。对于妻子如此不合时宜的"愚腐"行为，已经身为队长且正在积极要求进步的赵大大自然是气恨交加无法理解。这样，激烈矛盾冲突的发生也就势在必然了。

四月里，有人给兰子捎了话，说她哥病了，想见她。她给大大说了，大大阴着脸，冷冷地说："不能去。"兰子一怔："俺不停的，啥也不带，去去就来。""不行！"大大火气很旺。兰子扑通一声跪下了："大大，他是俺哥呀！""他是反革命！""不是，他不是，解放的时候，他才十三岁呀！""你爹你娘去了台湾，你装什么糊涂！""俺不知道，俺俩都真的不知道哇。俺只知道是哥从小把俺拉扯大，风里雨里的，不容易啊。大大，俺求你了，他是俺哥呀！"大大心颤了，觉得鼻子有些酸。转过脸去，见路路正拿眼瞪他。忽地又想起往日里那些让他恼火的事，眉头又皱了起来："你要去，就别回来了！咱俩……一刀两断！"兰子一屁股坐在地上，就像那天挨了他一巴掌似的死呆呆地瞅着他。大大看了她一眼，赶紧走开了。

这是小说对于赵大大与兰子之间一次尖锐矛盾冲突的生动描述。对于赵大大而言，一方面是阶级斗争的时代现实与自己的进步要求；另一方面又是朝夕相伴的妻子合乎于正常人性的亲情选择。对于兰子而言，一方面是从小把自己拉扯大的唯一的娘家亲人哥哥；另一方面又是事实上正经受到了自己富农成分连累的丈夫一家人。可以说，小说的男女主人公事实上都已经走到了自己人生选择的关键路口。虽然在当时深受"山药蛋派"和中国传统小说美学思想影响的张平，并没有以浓重的笔墨去描写展示赵大大与兰子激烈的内心冲突，但从作家极有节奏的关于人物动作的描写中，比如"大大心颤了，觉得鼻子有些酸"，比如"兰子一屁股坐在地上，就像那天挨了他一巴掌似的死呆呆地瞅着他"，再比如"大大看了她一眼，赶紧走开了"，在类似于这样的一些动作描写中，我们其实是完全能够体会得到男女主人公内心中激烈复杂的思想心理冲突的。

激烈冲突的结果，自然只能是赵大大与兰子这一对恩爱夫妻的分道扬镳。虽然很难说，在赵大大与兰子之间有着一种怎样难分难解的现代意义上的爱情，但一种相濡以沫的家庭亲情的存在，却是一种无法否认的客观事实。在20世纪中叶中国农村的社会主义文化语境中，说赵大大与兰子是一对难得和谐的恩爱夫妻，应该说还是一种中肯到位的合理评价。然而，当时那样一个由荒谬的"血统论"逻辑支配着的，极左政治思潮肆虐横行的特殊时代，偏偏就是容不得这样一种和谐美满的夫妻关系的存在，偏偏就是要棒打鸳鸯，最终还是无情地拆散了这一对恩爱夫妻。从小说对于男女主人公分手时对话场景的描写来看，其实他们内心都极其留恋着他们在一起时的和谐幸福生活。兰子说，"你的鞋、衣服都在箱子里，几个弟弟的鞋、衣服在柜子里，大母猪快下崽了，招呼勤点。这是离婚的条子，俺的办好了。离婚证你自个儿领吧"。而赵大大则一再强调："兰子，俺打你，那是俺一时昏了头""俺说一刀两断，那是气话……""俺心里实在没要你走的意思……"就这样，虽然赵大大与兰子在内心里都十分地不情愿，但为情势所迫，这一对和谐美满的恩爱夫妻最后还是分手了。

分手给赵大大带来的果然是一连串顺心顺意的好事。由于甩脱了兰子这一富农女儿的羁绊，四四当了兵，宝宝招了工，赵大大自己当然也就成了大队的副支书。可以说，赵大大家此时的生活条件较之与兰子结婚前，已经发生了天翻地覆的变化。这样，他的再婚问题自然也就提上了议事日程。因为"大大没孩子，没拖累，又是贫农，党员，模范，大队干部。模样也不赖，人也勤快，能下苦"，所以"给大大提亲的能踢破门槛"。很快地，大大就和一位名叫芳芳的年仅二十四岁的姑娘成了家。这姑娘，不仅是东庄支部书记的女儿，人还长得像朵花似的："眉毛又细又弯，两腮白里透红，头发又浓又黑。水灵灵的一双大眼睛，朝大大轻轻一扫，竟让他这个后婚郎脸红了好半天。"然而，身背着富农成分这样一个沉重包袱的兰子，离婚后遭际的不幸就是可想而知的。家没了，唯一的嫡亲哥哥也去世了，孤苦无依的兰子只能一个人独守空窑经受着岁月的煎熬。时间不长，就在赵大大喜气洋洋地再婚的前些日子，已经怀孕在身的兰子一个人生孩子的时候难产而死。当她离开这个世界的时候，身边孤零零地居然连一个亲人也没有。

小说所描写表现的可以说是一个彻头彻尾的悲剧，类似的悲剧在"文革"那样一个特定的时代具有很大的普遍性。应该说，在新时期之初的小说创作中，如同张平这样表现"血统论"逻辑主导下的人生悲剧的作品为数很多，基本上都可以归入后来被称为"伤痕文学"的那样一种小说创作潮流之中。然而，虽然同样是对于"伤痕"的抚摸与表现，但张平《祭妻》较之于其他同类作品的一个特别之处，却在于对于人物情感世界深入的挖掘与表现。从张平小说的总体发展历程看，善于对情感世界做独到深入的挖掘表现，可以说是他小说写作的一个基本特色所在。这一点，在他的小说处女作《祭妻》中就已经初露端倪了。关于《祭妻》的这一特点，杜学文有过很好的论述："如果张平仅只是把这篇小说写成一个婚姻悲剧或控诉'血统论'罪恶的故事的话，就会使《祭妻》雷同于同一时期可以归属于'伤痕文学'这一范畴的其他许多小说。这篇小说之所以成功，别具一格，在于作者在叙述故事之外，着重揭示了人与人之间深切的情感内容以及在此之上表现出来的普通人的人格力量和价值。张平不是平面地讲述一个人的不幸，而是从男主人公赵大大的情感视角出发，写一个生命在特殊的年代里不幸毁灭，在另一个人身上所产生的情感波澜。"① 张平的小说处女作，之所以在时隔将近三十年之后读来，仍然能够对我们的内心世界形成较为强烈的情感冲击力，其根本的原因正在于此。实际上，也正是依凭着情感世界的执着挖掘，才使得张平这一部分由《祭妻》而开始的，后来被归结为"家庭苦情"系列的小说作品，在当时颇为风起云涌的"伤痕文学"小说中，具备了某种个性化的难能可贵的思想艺术品格。

　　具体地说来，张平《祭妻》一个十分突出的艺术特点，就是小说结构安排得非常巧妙。或者也可以说，小说的艺术成功，在很大程度上正是得益于叙述结构设置的成功。照常理说，既然兰子是小说中最重要的女主人公，那么作家的笔墨与视点便应该一直对准兰子才对。但张平在进行艺术处理时，却差不多将超过了一半以上的篇幅，都用在了对男主人公再婚之后的生活状况的描写上。很显然，这样的艺术处理方式是一着险棋，弄不好便会取得一种相反的艺术效果，便会让读者将赵大大再婚的妻子误读为小说的女主人公，因而产生一种阴差阳错的阅读审美效果。刚刚走上小说道路的张平就敢采用这种艺术处理方式，并且还取得了相当的成功，正说明了张平艺术天分的存在。从小说文本来看，自从写到芳芳与赵大大结婚成亲之后，就开始进入了明写芳芳暗写兰子的叙述结构之中。先是写"收了工，大大回了家，像往常一样，往炕上一躺，得迷糊一阵儿"。但芳芳却不干了，非得推醒赵大大，让大大帮忙一起做饭。这样的情景自然会让赵大大"心好像突然被啥揪了一下，他想起了兰子。兰子每天地里回来，一个人做六个人的饭，从来没要人搭过手，整整四年，那多累啊……"然后便是"打了春，芳芳告诉大大，说她哥盖房子，她得去帮帮忙，可能要停十多天"。大大因为队里忙，有些不情愿，所以就与芳芳顶撞了起来。这样的场景也同样促使大大不由自主地想起了兰子："她当然想不到这是大大想起来兰子，想起了兰子满脸是泪，跪在他脚前，用嘶哑的嗓子喊的那句话：'大大，俺求你了，那是俺哥呀！'"当然，给读者印象更深的还是芳芳与兰子不同的生孩子场景的对照性描写。"果然是这样，整整一天没生下来。起先芳芳只是哼哼，后来便轻轻地呻唤，赶到最后的时候，竟是嘶着嗓子

---

① 杜学文：《诗化：张平的前期小说》，见温幸、董大中主编《山西文学十五年》，山西人民出版社1997年版，第156—157页。

惨叫了。"耳闻目睹芳芳生孩子的可怕场景,赵大大自然地联想到了兰子的情景:"恐慌中,眼前竟浮出一幅怕人的景象来:兰子一个人躺在窑洞里,没人照料,没人管,在炕上滚过来滚过去。那一声一声的喊叫,像刀子似的一下一下地刺着他的心"。就这样,虽然表面上看起来处处在描写赵大大与芳芳再婚之后的生活,但实际上却时时都在映衬表现着女主人公兰子的生活状态。这样一种言在此意在彼的艺术表现方式的成功运用,对于"祭妻"主题的表达起到了十分重要的作用。

  从小说1980年代初期这样一个写作时间来判断,当时的作家张平很显然不可能了解海明威的"冰山"理论。然而,张平虽然并不了解"冰山"理论,但从他的艺术实践来看,最起码,《祭妻》的艺术表现状况是暗合于海氏所谓的"冰山"理论的。海明威以"冰山"为喻,认为作者只应描写"冰山"露出水面的部分,水下的部分应该通过文本的提示让读者去想象补充。他说"冰山运动之雄伟壮观,是因为它只有'八分之一'在水面上"。文学作品中,文字和形象是所谓的"八分之一",而情感和思想是所谓的"八分之七"。前两者是具体可见的,后两者是寓于前两者之中的。在某种意义上说,海明威的"冰山"理论又类似于中国山水画之中的留白理论,留下足够的艺术空间供接受者去想象填充。张平的《祭妻》在这一方面的表现同样十分突出。虽然兰子是小说最重要的女主人公,但作家在小说中却并没有将最多的笔墨都运用到对于兰子的描写上,他的笔墨更多地用在了对芳芳,对赵大大的描写上。然而,通过与芳芳的对比性展示,通过赵大大情不自禁的回忆与联想,能够给读者留下难以磨灭印象的反倒是着墨不多的兰子。而在兰子的被塑造过程中,读者想象力的充分发挥事实上起到了相当突出的作用。

  实际上,也正是因为有了与芳芳之间充分的对比,有了赵大大情感回忆过程中的极尽渲染之后,故事情节才有可能向着"祭妻"的情感高潮自然过渡发展。当赵大大终于想起来要去前妻兰子的坟头祭奠时候,时间的脚步已经走到了20世纪的七八十年代之交,可怕的"文革"阴霾已经完全地云消雾散了。按照小说的描写,赵大大对兰子的祭奠其实是滞后于他的其他三位兄弟的。"过了几天,他才听说,四四和宝宝、路路弟兄仨,那一天都在兰子的坟前坐了坐。"或许是在三兄弟行为的感召之下,当然更多地肯定还是在自己内心中强烈的情感内驱力的驱动之下,赵大大终于要去祭奠自己的前妻兰子了。

> 清明节,家家祭坟。大大祭完家坟,又拿了些祭物,想到兰子的坟上去看看。地里祭坟的人可不少。见大大要去祭兰子,人们都默默地望着他,有的还站远了悄悄地瞅着。南山坳里,冰样清雪样白的梨花,云似的一片。兰子的坟掩在梨花丛里,草色青青,露水莹莹。蓦地,大大眼前又闪出了兰子的身影:瘦瘦的身板,黄白脸儿,一双大大的眼睛正痴痴地瞅着他。他喊了一声:"兰子!我给你上坟来了……"嘴唇哆嗦着,眼泪哗地涌了出来,像泉水似的流个不止,……梨花瓣轻轻地飘落下来,撒在兰子的坟头,编织着各种形状的花环……

以上,是张平在小说里对于赵大大祭妻场景的形象描写。小说名为"祭妻",那么关于"祭妻"的场景描写就是最为重要的。它既是人物情感发展的高潮,同时也是故事情节发展的高潮。作家张平在人物情感高潮处使得小说的故事情节戛然而止,给读者留下的是一种格外强烈的余音袅袅回味无穷之感。尤其值得注意的是关于梨花的传神描写,出现在张平笔下的梨花的特征是"冰样清雪样白"。这既可以被理解为是一种写实的景物描写,同时却更应该被理解为一种对于女主人公兰子某种精神境界的象征性描写。小说中作家精心刻画着的兰子的精神品格,不正是也可以用"冰样清雪样白"来加以形象说明么?与此同时,小说结尾处关于赵大大祭妻的形象描写,也还可以被看作对于作家在小说开头处悬念设置的一种首尾呼应。小说开头处,张平在简略地介绍了赵大大后婚的情况后,写道:"按说赵大大也实在该满意了,可是结婚后,赵大大脸上的笑也不见得多。"既然俗话说:"男儿爱后妇",那么赵大大为什么会是一个例外呢?"直到今年清明时,人们才多少有些明白了:原来是为这个呀!可真是:少一样不成世界,人心真是难猜透!"那么"人心为什么难猜透"呢?令人难以猜透的赵大大的真实内心世界究竟是怎样的呢?这正是张平在《祭妻》开头处成功设置的悬念所在。只有在通读过全篇之后,尤其是读到小说结尾处关于赵大大祭妻的描写之后,我们才能够完全理解赵大大复杂的内在情感状态,才能够对于张平在《祭妻》中意欲传达的思想情感内涵有某种真切的理解与把握。

第二章 崭露头角的家庭苦情系列

小说艺术一个非常重要的艺术功能,应该是对于具有相当人性深度的人物形象成功的刻画与塑造。这一点,实际上应该是所有成熟的小说家都铭记于心的。虽然在进入20世纪后,在西方一些现代或后现代思潮的影响下,包括我们国内的一些带有强烈实验探索精神的小说家,都曾经有过在小说创作中放逐人物形象的极端性主张和实践,但在笔者看来,人物形象的存在与成功与否,仍然应该被看作衡量一部小说作品思想艺术成功与否的一个十分重要的美学与艺术标准。《祭妻》虽然是张平的小说处女作,但难能可贵的一点却是,张平不仅从创作理念上非常自觉地重视对人物形象的刻画与塑造,而且从艺术实践的层面上看,他也的确较为成功地勾勒塑造出了若干比较生动的人物形象,其中最具风采、最值得注意者,当然,还应该是女主人公兰子这一形象。

兰子首先当然是一位命运凄惨的悲剧性形象。置身于荒谬的"血统论"发生着根本性作用的"文革"时期,自己却偏偏又背着个无法离弃的富农成分,这本身就决定着她不可能逃脱不幸苦难命运的笼罩,其悲剧性的命运差不多可以说是命中注定的。虽然兰子天性善良,为人朴实,勤勤恳恳,任劳任怨,仅靠自己一个人的存在和努力,就使境况本来很糟糕的赵大大一家的生活有了很大的起色。但所有的这一切,最终都无法对抗那个特殊年代荒谬的社会政治逻辑,兰子最后还是被迫离开了赵大大,万般无奈地一个人孤零零地于难产中告别了这个世界。兰子的冤屈之死,当然可以被看作张平对"文革"那样一个不合理时代所进行的有力批判。照常理说,在当时流行一时的"伤痕文学"潮流中,张平能够把类似于兰子这样的形象塑造到这种地步已经是相当不容易了。可以说,兰子这一形象至此已经具备了一定的人性深度。

然而,张平却并没有仅仅满足于此,他还试图对兰子的精神、性格、内涵做更进一步的挖掘和表现,力求刻画、塑造一位带有一定个性化色彩的悲剧性形象。小说中的兰子虽然注定是一位苦难命运的承受者,但她却并没有成为一位软弱的逆来顺受者。她以自己可以采用的方式对于那个不合理的时代,对于自己所遭逢的不公平命运进行了坚决的抗议,并以这样一种抗议的形式有力地捍卫了自己的人格尊严。这一点,主要表现在赵大大分手时的具体情形上。当兰子清醒地知道自己所面对的是一种怎样也无法抗拒的命运的时候,甚至于当形象多少有些猥琐的赵大大自己都还不知道究竟应该如何应对兰子的富农成分给自己带来的负面影响的时候，兰子却不无悲壮地面对这一不公平的命运与不合理的时代主动出击了。必须注意到，在与赵大大离婚的过程中，兰子始终是行为的主动发出者。能够沉着冷静地提出与赵大大分手，并有条不紊地对自己离开后赵家的生活作出合理的安排，这本身就说明兰子不是在一时冲动的情况下采取行动的，这就说明兰子提出分手是她认真思考之后作出的慎重决定。虽然兰子清楚地知道，与赵大大分手对自己意味着什么，此后的自己所面临着的又将会是一种怎样的命运遭际，但她还是毅然决然地做出了决定，并将之付诸行动之中。很显然，身处极端逆境中的兰子，能够主动地做出与赵大大分手的决定，正意味着她对不合理时代和不公平命运的最大抗争，正可被看作女主人公对于自己人格尊严的极大维护。虽然兰子只是一个普通的村妇，虽然她肯定无法对于自己的行动作出这么一番理性的解析，但我们从她的言行举止中读出的，的确是这样一种难能可贵的精神境界。张平的《祭妻》之所以在当时"伤痕文学"的小说创作潮流中，仍然显得有些不同于流俗，至今看来仍然没有被完全地遮蔽和湮没，应该说，在很大程度上，正是得益于兰子这样一位带有一定的精神超拔性，别具相当人性深度的悲剧性女性形象的成功塑造。可以说，张平《祭妻》艺术成功的标志之一，正在于兰子这样一位别具神采的人物形象的独到发现与艺术塑造。

　　从以上的分析不难看出，张平的处女作《祭妻》的写作发表，应该说是获得了很大的成功。在1980年代这样一个"文学的黄金时代"，作为一位在读的大学生，能够有小说在《汾水》(《山西文学》)这样一个当时还很有一些影响力的省级文学期刊发表，并且还获得了该刊的优秀小说奖，这样一种情形可以说是并不多见的。张平的得意与兴奋是可想而知的，"春风得意马蹄疾"这样一种感觉的形成自然也就是顺理成章的事。完全可以想象得到，处女作的发表所产生的强烈社会反响能够在怎样的程度上激励张平的小说创作。套用鲁迅先生"自此就一发而不可收"，来形容说明张平此后的小说创作状况，在我看来是极为恰当的。在此后的几年内，张平又接连不断地推出了《像河流一样的泪水》《糟糠之妻》《姐姐》《梦中的情思》《月到中秋》等一系列中短篇小说。他的小说创作在文坛以及社会上的影响也呈现出一种不断扩大的状态。在这一系列中短篇小说中，最值得关注的是短篇小说《姐姐》与中篇小说《梦中的情思》。

从某种程度上说,《姐姐》讲述的依然是一个类似于《祭妻》的悲剧故事,这两篇小说所展示的都是本性善良的青年女性因为家庭出身的拖累,所以在"文革"那样一个特殊的极左时期遭受的不公平待遇。唯一的区别在于,《祭妻》中的兰子以她悲惨的死亡向不公平的命运与不合理的时代提出了强烈的抗议,而《姐姐》中的姐姐则最终走出了不幸命运的困扰,走上了一条充满希望的人生道路。《祭妻》中困扰兰子的是她的富农成分,而在《姐姐》中,影响着姐姐命运的,则是自己的父母被打成"右派"。如果没有政治风暴的突然袭击,那么姐姐的人生道路很可能会是一帆风顺的。"我是姐姐十岁的时候才出生的,所以幼时的姐姐被父母百般娇宠,视若掌上明珠。姐姐也聪明伶俐,思维敏捷,八岁上就会背一百首唐诗。十一二岁就能看懂《三国演义》、《西游记》。学习好,又是文娱骨干,在学校也一样是宠儿,年年是学生干部,还当过学校少先队大队长!她的面前曾经是一条铺满鲜花、芳香扑面的锦绣前程!"

然而,谁又料想得到,在1957年,由于一场政治风暴的袭击,"我"的父母居然会双双成为"右派",一起被打入了政治另册。本来,父母的表现是父母的表现,子女的生活是子女的生活,从作为个体存在的人的层面上来说,可以说二者之间是井水不犯河水的关系。然而,或许正是因为受中国封建文化传统中所谓"株连九族"的理念潜在影响的缘故,在那个特定的受"血统论"逻辑支配的年代里,父母与子女之间实际上却是一种"一荣俱荣,一损俱损"的连带关系。父母有了问题,子女岂能幸免,子女又岂能没有问题呢!父母成为右派,在政治上被打入另册,那就只能是祸及子女,子女也就只能无奈地沦为所谓的"五类分子子女"了。"五七年父母遭挫,全家被遭,摔得最重最惨的是姐姐!那时我们尚不懂事,而已经上了高中、十七岁的姐姐,则像是从云端里掉下来一般,由一个人人仰慕的大学教授的名门闺秀,沦落为人人不齿的五类分子子女,以致最后要嫁给一个身材矮小、一副病态的山村农民。对她来说,这是做梦也不会想到的事!"

就这样,如同《祭妻》一样,婚姻问题再一次成为张平"家庭苦情"小说的艺术切入点。姐姐的婚姻同样是无奈的:"近十年的山村生活,虽然磨炼了她,但家庭的困顿以及父母的政治身份所带来的前途和婚姻的一次次挫折,终于摧毁了她精神上的支柱。因此姐姐的出嫁,不能不说是她对生活压力的大败退！她无力抗衡，无可选择了，只能转身一跳，是沟是崖，也全然不顾了。"真的是"男大当婚，女大当嫁"啊，这样一种无形的"传统"，就连事实上身为高级知识分子的父母都没有勇气去抗争，去打破。我觉得，此处张平关于父母的描写是相当耐人寻味的。

  所以当姐姐最后那次"相面"回来，默默无语，以示应允了的时候，真是全家最悲怆的时刻。我常常想，那时若是姐姐轻轻说上一句，她不嫁人了，爸爸妈妈就是再痛苦，再难受，任凭别人怎么说，也一定会答应的。反过来，若是爸爸妈妈说上一句，不让姐姐这样走了，那姐姐就是当一辈子处女，也不会这样糊里糊涂地嫁了人。
  然而双方都没有这样说！

  姐姐的柔弱顺从自然是可以理解的，但是父母的态度为什么也会是这样呢？身为高级知识分子的他们其实完全可以明确表示反对的态度，完全可以承担起拒绝女儿嫁人的责任来。他们的无言，岂不是眼睁睁地看着自己的亲生骨肉在往火坑里跳么？因为姐姐与她的丈夫实在是太不般配了。身为高级知识分子的女儿，又在大城市里生活了整整十七个年头，姐姐无论从形象还是从气质上看，都是超群出众的。这一点，张平在小说中有着生动的点染描写："我记忆中的小时候的姐姐，相当好看。身材灵巧，不高不低。圆圆的脸，肤色很白。梳着两条当时时兴的长辫子，配上那一双亮亮的眼睛，真是楚楚动人！姐姐会唱歌，会跳舞。"虽然这只是对于"我记忆中的小时候的姐姐"所进行的描写，但长大后姐姐的形象气质也肯定不会差到那儿去。这是姐姐，那么她未来的丈夫呢？"结婚那天，当爸爸妈妈看到这个矮小瘦弱，不时咳嗽的姐夫时，全都号啕了。"更何况，姐夫的家境还是那样的贫穷："虽然是贫农成分，但因为弟兄们多，房产少，家里穷，队里分红低，终究没人肯上门。"从小说中的叙述描写看，姐姐与姐夫之间的不相称、不般配是显而易见的。然而，就因为姐姐是"五类分子"的子女，就因为姐夫是贫农家庭，再加上"男大当婚，女大当嫁"的传统习俗，这样的一对男女居然真的阴差阳错地配成了夫妻。这大概是只有在"文革"

那个特殊的年代里才会出现的人生悲剧，这一悲剧的形成当然与那个时代有着直接的联系。张平通过这一婚姻悲剧的描述，当然首先是在诅咒批判当时那个极不合理的时代。然而，如果我们把作家此处对于父母态度的描写，与"文革"结束后父亲对姐姐超乎于寻常的关心，进行一番认真的对照，那么，说父母对于姐姐婚姻悲剧的形成同样应该承担一定程度的责任，则也是自在情理之中的。

身处那样一个乖谬荒唐的年代，就连自己的生身父母都没有出面做出任何制止的举动，已27岁的，似乎命中注定必须完成自己的一场婚姻形式的姐姐，就这样，满腹哀怨地、无可奈何地嫁给了无论是家境、形象，还是精神气质都绝不般配的姐夫。"只有姐姐没哭。她那麻木迟钝的脸上看不出任何表情。那时破'四旧'，没有鼓乐，没有鞭炮。姐姐穿着那一身并不鲜艳的新衣服，跟着姐夫，跟着那一溜迎亲人，默默地去了。"可以看得出，由于《姐姐》中的主人公有生活中的原型，由于张平与生活原型之间那样一种深厚的情感联系，所以，在这一段描写中，作家尽可能地克制着自己强烈的内在情感，尽可能地以疏淡平静的笔墨书写着实在不寻常的悲剧性场景。正可谓此时无声胜有声，虽然没有呼天喊地的哭叫，虽然没有进行刻意的渲染描写，但那样一种场景的压抑、灰暗却也已经深深地刻印在了读者的脑海之中。只一句"麻木迟钝的脸上看不出任何表情"，只一句"默默地去了"，张平事实上就已经写尽了姐姐此时此刻心境的苦涩、无奈、悲凉甚至绝望。

当故事情节发展到这个地步的时候，姐姐的命运确实很有可能演变为类似于《祭妻》中兰子一样的悲剧结局。虽然不能说这样的一种处理方式就没有思想艺术价值，但如此这般带有明显自我重复意味的小说写作，很显然并不可能成为张平的创作选择。从小说文本来看，小说的故事情节正是从这样一个情节的扭结点上，开始向着与《祭妻》相反的方向发展演进的。

如果说兰子嫁到赵家之后，只是有过很短暂的一个平和时期，然后很快陷入了困难的境地，并且被迫"主动"与赵大大离了婚的话，那么姐姐嫁到姐夫家之后的遭遇却是根本相反的。这样一位长期遭受别人的冷眼歧视的"五类分子子女"，到了婆家之后获得的居然是无法预料的尊重与庇护。

姐姐在农村的十年中，受到的是不尽的白眼和冷落。尤其是"文革"中，狗崽子的遭遇又让她受够了歧视。对姐姐来说，无论是心理上还是生理上，都多么需要一块庇护之所，而给了姐姐这块庇护之所的，正是姐夫这一家子！姐夫和伯伯伯母对姐姐并不会"对症下药"，他们也没有这种"药"。他们唯一的法子，便是从各个方面去猜测姐姐的心理，然后以他们认为合适的方式去"疗治"和安慰姐姐。这种"疗治"产生了巨大的功效，因为它包含着一种极为珍贵，也是姐姐极为需要的东西，这就是对人的尊重！她受到了人的待遇！

对于一向遭冷眼的姐姐而言，这样的一种尊重与庇护应该说是极其重要的，正是这样的尊重与庇护一步一步地将姐姐从一种心灰意冷的绝望心境中拉了出来，尤其是在婆家的兄弟居然为了自己而与别人大打出手的举动发生之后。"十四岁的老七，有一次在地里干活，听见有人在背后骂了一句姐姐'五类分子臭狗屎'，登时气得红了眼，不顾一切地扑上去，向那人狠命地咬了一口！那人反手抠了一把，把老七的衣服撕了好大一块。全家人为这事闹翻了天！要不是被大队主任制止住，差点要跟那人拼了命！"人心都是肉长的，婆家的兄弟居然会为了捍卫自己的尊严而与别人去拼命，姐姐的精神世界自然会受到极大的震撼。"那一晚，姐姐给老七缝衣服时，细细的，密密的，缝了好久好久。她的脸上表现出了一种从来也没有过的神色。姐姐的情感升华了！是的，她感到了，这一家人已经把她同他们融为一体，不可分割了。他们不仅把她当作一个人一样看待，而且尊重她，敬爱她，像卫护自己的生命一般去卫护她。"

事实上，也正是"在这种淳朴得有些原始的信义和情愫中，姐姐渐渐变了。姐姐不知不觉地承担了年迈的婆婆负担的一切家务。一家人的吃、穿、洗、涮姐姐一个人全顶了！再忙再苦，以姐姐的灵巧和智慧，也要让一家人穿得齐齐整整，吃得热热乎乎。姐夫一家逐渐都感到了姐姐对这一家人的深沉的爱！"很显然，在姐姐与姐夫之间，似乎的确是没有一种可以叫作现代爱情的东西，但是，在一种相濡以沫的状态中，姐姐与姐夫，与姐夫一家所逐渐建立并日益深厚起来的骨肉亲情，却是极为感人，极其弥足珍贵的。在这样的一种情感转换过程中，姐姐

第二章 崭露头角的家庭苦情系列

不仅得到了难能可贵的理解和尊重,而且还有了一种自我价值得以充分实现的满足与自豪感。这样一种自我价值实现的感觉与体认,反过来促使姐姐将全部的精力都投入了这个家庭之中:"姐姐把整个一颗心都扑在这个家上了。"

实际上,也正因为姐姐把自己的整颗心都扑在了这个家上,所以姐夫那样一个原本"虽然是贫农成分,但因为弟兄们多,房产少,家里穷,队里分红低,终究没人肯上门"的家庭,方才发生了天翻地覆的根本变化。"姐夫的家,兄弟七个,除了去外乡当赘婿的老二外,老三、老四新近已经娶了媳妇,这会子正忙着给老五准备了。令人不解的是,一大家子近二十口人,竟还没有分家!""这是生产队里实行责任制的第二年。姐姐这一家正显示着一股不可遏制的生气!弟兄几个承包了六十亩山坡地,二十亩果园,两年之间已成了这一带众目瞩望的农户。"这是"文革"结束不久,"我"去看望姐姐时所看到的景观。这样的一种景观描写,一方面当然是为了有力地凸显改革开放政策的实施给中国农村带来的巨大变化,一种称赞、肯定改革开放的意识形态色彩的具备乃是其题中应有之义。但在另一个方面,姐夫家庭的根本性变化,与姐姐出众能力的具备,与姐姐辛勤的操持劳作,却有着更为紧密的联系。不妨简单地设想一下,如果只是具有了所谓"责任制"的先进政策,如果没有姐姐这一事实上的家庭核心的存在,那么姐夫那样一个异常贫穷困顿的家庭,其实是很难发生根本性转变的。

正因为姐姐在事实上已经成为姐夫一家的家庭核心,所以也就自然而然地将小说的故事情节导引向了在父母的右派问题被改正之后,姐姐到底应该不应该弃乡进城的问题上。从小说结构的角度看,我们也完全可以说,姐姐进城与否的问题,与姐姐当年在"文革"时嫁不嫁的问题一样,都应该被看作理解《姐姐》这篇小说最为关键的情节扭结点所在。伴随着"文革"极左时代的结束,"爸爸妈妈七八年右派改正,弟弟妹妹的户口跟着带了出来。我虽然超过了年龄,却在这年考上了大学,毕业后,也分回了父母身边。只有姐姐,仍然留在农村,在千里之外的偏僻小县,做着一个农民的妻子、一个大家庭的主妇、和四个孩子的母亲"。自己的问题解决了,由农村重新返回了城市,回到了学院,但自己的女儿却因为自己右派问题的缘故,被迫留在了农村。更何况,在当年女儿被迫万般无奈地嫁给当地农民的时候,自己本来可以采取制止措施的,然而却以默许的态度听任了事态的发展。虽然在导致姐姐不合理婚姻的过程中,当时那个特殊时代所奉行的"血统论"逻辑应该承担最为主要的责任,但作为父母在这一事件中所表现出来的暧昧态度无疑也发挥了一定的作用,自然应该承担相应的责任。"老实说,爸爸对姐姐的思念里,除了儿女之情,更多的是钦佩,是内疚。"正因为意识到了自己的右派问题对儿女命运产生过的负面影响,因为意识到了自己当年在女儿婚姻问题上实在不应该的默许态度,所以一种歉疚心理才会紧紧地缠绕在父亲心里而难以释怀。或许正是在此种心绪的主导之下,自己的问题被改正后的父亲首先想到的,就是怎样争取一个名额,早日把姐姐的户口从农村迁到城里来。在父亲看来,他只能以这样的一种方式来弥补自己曾经的过失,并使自己的歉疚心理因此而获得些许的安慰。

然而,这一切努力却只是父亲自己的一厢情愿而已,他根本没有顾及姐姐的想法,他根本没有考虑到,姐姐事实上已经成为姐夫一大家须臾不可离开的当家人这样一种客观现实的存在。这样,父亲和姐姐在姐姐到底应该不应该将户口迁往城里的问题上发生激烈的矛盾冲突,也就是十分自然的事情了。在1980年代初期那样一个城乡差异还格外明显的时代,当父亲经过努力终于为姐姐争取到一个进城名额的时候,真正面临着两难选择的其实是姐姐。一方面,是现代都市生活的诱惑(虽然作者并没有在这一点上作过多渲染,但在广大读者那儿却应该是自明的);另一方面,却是自己已经在其中生活了十多年的家庭,是自己的四个孩子。虽然张平没有对于面临抉择时姐姐的心理世界作充分的艺术描写,但读者却完全想象得到,姐姐内心中激烈矛盾冲突的存在。这一点,在姐姐写给父亲的信中,有着些许的流露。

可今天,爸爸,我真生你的气。我怎么也没想到,在女儿的问题上,爸爸表现得这么专横,这么不负责任。

爸爸,女儿已经不是以往的女儿了。女儿的命运也不是只系在自己一个人身上了。

爸爸这样做也许是为了对得起女儿。那么女儿呢,女儿也应该对得起自己的儿女,对得起这个家庭。

爸爸,人是有感情的,人还有良心。

很显然，如果只是姐姐一个人，那她肯定会做出进城的选择，但关键在于，此时的姐姐已经是为人妻、为人母，已经是姐夫这个多达二十多口人的农村家庭中的主心骨了。这样，姐姐的选择自然就不会那么简单随意了。也正是在这样的意义上，我们才更能够理解并接受姐姐做出的最终选择。如果说，姐姐当年因为父母"右派"问题的影响而嫁给各方面均不般配的姐夫，是一种无奈被迫的带有强烈悲剧色彩的选择的话，那么，姐姐现在所做出的选择，就是一种无论从哪一方面来说都可谓是明智而合理的选择。这样的选择中，既有姐姐的责任担当，也有姐姐的感情投入，更有姐姐在给父亲的信中所刻意强调的"良心"。

有一个问题必须提出来进行讨论，那就是究竟应该如何看待、评价姐姐的人生选择，或者说，应该如何看待、评价作家张平对于姐姐人生轨迹进行这样一种设计的问题。虽然我们知道张平笔下的姐姐是有现实原型的，但此处却姑且不论这原型的有无与真实，我们所关注的，乃是张平的这样一种艺术设计是否具有充分合理性的问题。在笔者看来，张平的这样一种艺术设计不仅是合理的，并且还因此而使得这篇《姐姐》在当时风行一时的"伤痕文学"潮流中获得了一种别具特色的超拔品格。姐姐当年的婚姻虽然是不情愿、不如意的，但人却总得以理智的态度去面对严峻的现实。更何况，一贯受人侮辱与歧视的姐姐来到姐夫家之后，居然得到了一种根本没有预料到的尊重与庇护。如果说姐姐的下嫁是一种屈就的话，那么，这样一种异常珍贵的尊重与庇护就可以被看作生活对姐姐的一种意外馈赠。在某种意义上，这样一种格外珍贵的尊重与庇护，乃是姐姐得以有勇气继续生活下去的一个重要原因所在。如果说，姐姐的不幸婚姻意味着父亲对于姐姐有所亏欠的话，那么，因为这种尊重与庇护的存在，姐姐反而对于姐夫一家有所亏欠了。姐姐之所以在给父亲的信中刻意地强调"人要有良心"，其根本的原因正在于此。如果说，姐夫一家对于姐姐的尊重与庇护，可以被看作对于困境中的姐姐伸出了难能可贵的援助之手的话，那么姐姐也就不应该在后来丢开这个家而独自一人返城。这样的一种行为，很显然带有一种突出的背叛或者说是忘恩负义的色彩。由此看来，姐姐留在农村的人生选择中，所强烈凸显出来的正是姐姐身上一种突出的知恩图报，勇于担当的传统美德。

在当时流行的"伤痕文学"作品中，一个基本的叙事模式就是

"受冤屈来到—获平反离去"。不管是"右派",还是知青,这些来自都市中的被冤屈、被放逐者都是很不情愿地来到农村世界的。之所以不情愿,一个重要的原因就是农村的生活条件较之于城市要差了很多,让这些城市人迁到农村,其实带有明显的惩罚意味。这样看来,无论是对于父亲母亲而言,还是对于姐姐和"我"而言,生活似乎的确是很不公平的。设若没有政治风暴的发生,设若父母没有被打成"右派",那么"我"的这个家庭自然也就会一直在城市享受一种现代生活。正因为发生了这样的惩罚行为,所以从"我"们的角度来说,一种哀怨不满心理的产生是自然而然的事情。然而,问题的关键在于,如果说这些被冤屈、被放逐者还有希望有朝一日离开农村世界的话,那么,那些在农村土生土长的,那些世代都在过着一种"面朝黄土背朝天"的农耕生活的农民们,他们又该怎么办呢?他们的希望何在,难道他们就是天生的贱民,他们就应该在那些城市人所无法容忍接受的农村世界里一直生活下去吗?笔者觉得,在当时的"伤痕文学"(包括稍后一些的"知青文学")作品中,其实是潜藏着这样一个自明的叙事前提的。一种凌驾于乡村生活之上的城市优越感的存在,恐怕是当时的那些作家虽然无法理性地认识到但客观上却明显存在着的一种真实的心理状态。我不知道当时的张平是否会清醒地意识到这一点,一个接近事实的判断应该是不会有这样一种清醒的意识,然而,从《姐姐》这一小说文本的艺术设计来看,张平其实已经通过姐姐最终的人生选择,通过姐姐写给父亲的那封信,极其鲜明有力地揭示了这一问题的存在。虽然张平只是在一种并不自觉的潜意识状态中,揭示出了城市与农村之间的这样一种不平等状态,然而正是凭借着这一点,张平的《姐姐》方才能够在当时普遍流行着的"伤痕文学"小说中显示出一种与众不同的超拔的个性色彩。事实上,也正是在揭示这一不平等现象的过程中,姐姐这样一位具有感恩隐忍的思想,具有自我牺牲精神的女性形象,得以形神兼具地出现在了读者面前。在某种意义上,我们完全可以说,张平笔下的姐姐,简直就是中华民族传统美德的一个化身。这一点,在时过境迁之后的今天看来,尤其具有重要的意义。张平的《姐姐》之所以能够在当时众多的小说作品中脱颖而出,能够被评为1984年度的全国优秀短篇小说,这样一种超拔思想个性色彩的具备,这样一位具有中华传统美德的女性形象的成功塑造,应该说,都是重要的原因所在。

第二章 崭露头角的家庭苦情系列

《姐姐》的获奖,是在 1985 年。这一年,张平只有 31 岁。能够在而立之年便获得当时中国文学界的最高荣誉,更何况是在文学被格外看重的 1980 年代这样一个"文学的黄金时代",张平的兴奋激动自然是可想而知的。张平最早发表小说,是在 1981 年。《姐姐》获奖,是在 1985 年。能够在短短的四五年时间内跨过这样一个也许有些作家终生都不可能跨越的人生历程,应该说,命运对于张平还是足够公正的,命运女神终于向张平微笑了。文学创作当然需要付出巨大的艰辛与劳动,然而,与其他的一些职业行当形成鲜明区别的是,文学创作还是一种格外需要创造性的工作,或者说,艺术天赋的有无乃是从根本上制约决定文学创作成功与否的关键性因素所在。我们当然绝非唯天才论者,但却无法否认艺术天赋的存在,无法否认艺术天赋对于文学创作的重要性。否则,我们就无法解释,为什么有的作家勤勤恳恳地努力一生,其作品却始终停止在一个相对浅表的不成功层面上,而另一些作家,却能够在很短的时间内便可以凭借数量并非很多的文学作品产生极大的社会影响,这样一种文学事实的存在。导致此种现象产生的原因,从根本上说,只能是艺术天赋之有无的缘故。张平之所以在很短的时间内,完成了从处女作的发表到在全国获奖并产生很大社会影响的这样一个过程,艺术天赋的存在无疑发挥了不小的作用。《祭妻》的发表并获《山西文学》优秀小说奖,《姐姐》的发表并获全国优秀短篇小说奖,所充分说明的一点只能是,张平乃是一位具有突出艺术天赋的优秀小说家。

张平作为一位小说家,艺术天赋的具备很显然是毋庸置疑的。尽管从张平小说的整体创作情形来看,作家的小说成就更多地表现在长篇小说创作上,我们也似乎更愿意把张平看作一位优秀的长篇小说作家,但在作家刚刚开始小说创作的 1980 年代,张平的小说创作其实一直集中在中、短篇小说的创作上,中篇小说《梦中的情思》就是其中值得注意的一篇。同样属于"家庭苦情"系列的《梦中的情思》,正如其标题就已经明确告诉读者的一样,张平的着力点依然在于对一种苦涩状态情感的摹写和展示上。只不过因了小说篇幅的增大,作品对于此种情感状态的剖析展示要更为充分。

如同《祭妻》《姐姐》一样,张平《梦中的情思》的艺术视点又一次聚焦在了作为女性的秀兰身上。秀兰与刘宝一块儿长大,可谓青梅竹马两小无猜,他们之间爱情的生成是自然而然的。然而,在"四十年前"那样一个"父母之命"依然发挥着巨大威力的时代,秀兰却被迫嫁给了从未谋面的本村一位乡绅的儿子、在外读书的大学生吴皑。"他叫吴皑,从小就出去念书,眼下正在一个工学院里学习,比她要大七、八岁。她知道,他并不爱她。他是给逼回来结了婚的。她爹曾经救过他爹的命,后来两人拜了把子。她家以前还算富裕,后来父亲抽了洋烟,家道便败落了。爹是抽洋烟抽死的。临咽气的时候,把她托付给了她现在的公公。公公讲义气,替把兄弟还清了债,又让把兄弟的女儿做了自己的儿媳妇。"秀兰对于这一婚姻的态度当然是本能地反感,因为她心里装着的只是自己的刘宝哥。然而,更具讽刺意味的是,赶车送秀兰出嫁的人,不是别人,正是她日思夜想的刘宝。就这样,要嫁给的是从未谋面的陌路人,送自己出嫁的却又偏偏是自己心中的恋人刘宝,置身于如此一种情境之中的秀兰,其心情的复杂、矛盾与痛苦自然是可想而知的。

然而,秀兰毕竟只是乡村中的一位柔弱的女子,更何况还是在"四十年前"。如果说,在当时,就连受过高等教育、接受过个性解放思想影响的吴皑,都没办法对抗威严的父命,只好屈从父命与秀兰结婚的话,那么,我们又怎么能够指望秀兰这位柔弱的乡村女子对抗强大的"父母之命"呢?所以,虽然心中另有他恋,但秀兰最终还是屈从于命运的安排,与吴皑结成了夫妻。其实,吴皑的情形与秀兰很是相似,他也有着自己心中刻骨铭心的恋人,大学同学丽萍。丽萍是在吴皑违心地与秀兰结婚四年之后,被日军飞机的轰炸夺去生命的。然而,正如同秀兰总是无法忘怀刘宝一样,丽萍虽然早就离开了这个世界,但吴皑却一直没有停止过对于她的思恋怀想。从这个意义上说,吴皑与秀兰这一对被迫走到一起的夫妻,倒也很有一些同病相怜的意味。

《梦中的情思》的时间跨度很大,前后长达四十年的时间。这四十年间,自然发生了许多的事情,那么,选择发生于秀兰和吴皑以及刘宝之间的哪些事情进入自己的小说文本,也就自然首先显示出了张平突出的艺术智慧。按照小说中的交代,秀兰与吴皑一共生有四个孩子。既然秀兰与吴皑各有自己的心上人,既然吴皑结婚时"只住了三天就走了,动也没动她一下",那么,他们又怎么会成为四个孩子的父母呢?这就成了张平必须首先解决的一个叙事难题。既然父亲的力量可以迫使已经上了大学的儿子违心地与自己并不喜欢的秀兰结婚,那么,解决这一叙事难题的希望自然也就只能落脚在吴皑的父亲身上了。"他家世代单传。吴皑念书出门的时候，老头子就不愿意。要不是吴皑那个县长舅舅做主，他是不会顺顺利利地从大学毕业的。他很怕这个怪脾气的父亲。老头子要是发了火，动了真的，那是什么事也干得出来的。"正因为吴家父子之间是这样一种关系，所以张平很自然地只能依靠吴父的力量来解决这一叙事难题了。当吴皑的父亲发现结婚四年之后，秀兰和吴皑还没有同床的时候，他自然就火冒三丈地大发雷霆了。正是依凭于这样一个情节的巧妙设计，小说中一个根本性的叙事难题得到了合情合理的解决。

　　叙事难题的解决之外，张平主要选择了1950年代中期的反"右派"斗争、1960年代中期的"文化大革命"以及"文革"结束之后的改革开放这三个时代展开了对于秀兰与吴皑之间所谓"剪不断理还乱"式的情感联系的艺术描写与表现。首先是反"右派"斗争，一心一意地专注于事业追求的吴皑，在当时成为"右派"被打入另册，几乎就是一定的事情。吴皑自己成为"右派"不要紧，关键是他的这一人生变故对于自己的家庭带来了沉重的打击。"两个老人都快七十，大儿子才十岁，女儿刚三岁。是啊，往后的日子可怎么过呀！她一声也没哭，也没晕过去。她不能，因为这个家，现在全都要靠她了。公公、婆婆、儿子、女儿，还有她那个丈夫，都得凭她养活，靠她接济，就像一副千斤的重担，全都压在了她这个身材单薄的女人身上了。"如此沉重的生活重担一下子就压在了一个普通农妇的身上，自此之后秀兰生活的艰难也就是可想而知的。张平虽然并没有过多地渲染描写秀兰的艰难状况，他只是对于大炼钢铁时秀兰与儿子背矿石的细节进行了详尽的工笔画式的描写。但是，通过这样一个工笔画式的细节描写，我们其实已经足以对于秀兰为了支撑一家人的生活所付出的艰辛努力作出透辟深入的理解了。

　　然而，根本的问题还并不在于秀兰对于家庭生活的独力支撑，而是在于当丈夫陷入生活的深渊时，秀兰对于丈夫吴皑所采取的态度。之所以特别强调这一点，是因为在当时，大多数被打成"右派"的人都遭遇了与妻子离婚的不幸命运。"直到这时，她才有些明白了，为什么吴皑那天一见到她，竟会那样放声地号啕大哭。哭得一屋子人也都跟着抹眼泪，他们的妻子都自找生路，跟他们离婚了！啊，原来是这样！"其实，这样的描写不只是出现在小说作品中，关键在于生活的本身就是这样的。笔者就曾经亲自听自己就是"右派"的作家王蒙讲述过类似的意思,他说,自己之所以能够挺过那些苦难的岁月,之所以没有像许多"右派"同人一样踏上自杀的不归之途,就在于他的妻子没有离弃自己,就在于他仍然有一个温暖如初的家庭。在某种程度上,吴皑之所以能够苦苦地撑过那些艰难的日子,也正是依赖于秀兰对他的不离不弃。对于秉承延续着中华民族传统美德的秀兰而言,尽管与丈夫谈不上什么深厚的感情,但她却是绝对不可能选择与苦难中的丈夫分手这样一种人生道路的。"她从来也没有这样想过,没有,连一闪念也没有。在人遭难的时候,反而撒手离开他,那怎么在这个世界上做人!她不会的,她没有那样的狠心肠!"的确如此,对于如同秀兰这样柔弱善良的中国乡村女性而言,那些背信弃义、落井下石、雪上加霜的事情,注定是与她们无关的。不难发现,出现于张平早期小说中的女性形象,无论是兰子(《祭妻》)、还是姐姐(《姐姐》),抑或是我们这儿所谈论分析着的秀兰,她们都是属于一种类型的女性形象。虽然她们各自很明显地存在个性的差异,然而,作为一种柔弱、贫贱、普通如同小草一样的生命,于默默无闻中承受苦难命运的折磨与摧残,却又似乎的确是她们共同的特征所在。但是,也正是在这样一种似乎是被动地承受苦难命运的过程中,一种生命力的坚韧,一种如同世界一般宽厚广阔的胸怀,得到了一种强有力的艺术表达。

然后,就是更为残酷的"文革"时代的到来。既然曾经是"右派",那么,吴皑在"文革"中的在劫难逃也就是可想而知的了。"她好不容易才在实验室旁一所存废料的小仓房里找到了他。他躺在一堆黑乎乎的棉花团子上。一见到她,嚷了一声,伸出手来,在半空中像要抓住什么似的摇了几下,头一歪,就昏过去了。""他的两只手腕全给打坏了。一条腿紫青紫青的,肿得像水桶一般粗。他是在实验室里偷偷搞实验时给打伤的。亏了一个校工把他背到这儿,每天给他送些冷饭馒头的,并给她发去了这封信。"如此这般惨状所唤起的,当然是秀兰内心深处无限的同情心。在这样一种同情悲悯心理的主导之下,秀兰甚至超越了一般女性很难超越的本能嫉妒心理。之所以强调这一点,是因为秀兰很偶然地发现那位名叫丽萍的女人其实一直占据着吴皑的内心世界。

突然间,她一切都明白了。这些年,整天伴随着吴皑的,支持着他事业的，在如此艰难的逆境中给他以力量的，让他能坚强的活下去，用极大的毅力去从事他的工作的人，不是她，也不是她的几个孩子，而是这张相片里的女人！她对他来说，只不过是在尽着一种名义上的义务罢了。她仅仅不过是成了一种形式上的东西！当他狂热地抱起她跳着转着的时候，当他紧紧地搂住了她的时候，她只是成了一个代用品！他所抱着搂着的人，在他的想象里，并不是她，而是那个叫丽萍的女人！这是一种多么可怕而又令人心碎的结合啊！

正如同刘宝在秀兰内心中留有难以抹去的深刻印象一样，这个名叫丽萍的女人在吴皑的内心世界中也占有重要的位置，当然是合乎情理的。张平之所以要刻意地强调这一点，乃是为了更有力地衬托表现出秀兰对于身处人生困境之中的丈夫吴皑的悲悯同情，表现她虽是乡村农妇，然而在大是大非面前却也能超越个人的情感恩怨，那样一种深明大义的精神世界。虽然已经清楚地知道了吴皑对于丽萍的难以割舍，但正如同吴皑被打成"右派"时，秀兰没有与他离婚一样，当吴皑在"文革"中再次坠入深渊的时候，对他伸出援手的依然是他的发妻秀兰。"她没有恨他，一点儿也没有。像亲妹妹一样地伺候了他一个多月，等他一切都恢复了以后，才动身回了家。分手的那天晚上，吴皑对着她流了好多好多的眼泪。她知道，这些眼泪都是真的，她相信。因为她觉得他是个好人，他有良心。"是的，吴皑当然是个好人，然而，谁又能断定，这样一种真诚的眼泪，从男女情感的意义上就没有构成对秀兰强烈的刺激与伤害呢？

改革开放时代的到来似乎使一切都翻了个个儿，当然也从根本上改变了吴皑的命运。我们注意到，对于秀兰与吴皑，进入改革开放时代之后的生活状貌，张平同样给予了浓墨重彩的重要展示。无论是从小说叙事结构完满的角度来看，还是从人物性格深度刻画的角度来看，作家对于这一时段人物生活状貌的展示与表现都是十分重要的。在某种意义上，我们也完全可以说，张平《梦中的情思》所采取的乃是一种追叙式的叙事结构。通篇都是由现在时的秀兰对于既往岁月的回忆片段连缀而成的。所谓人生的梦幻感，所谓"梦中的情思"云云，其实也正是在这一点上方才能够成立的。张平作为一位优秀小说家的突出的艺术结构能力,在《梦中的情思》这一中篇小说中,得到了初步的全面实现。

随着改革开放时代的到来,知识分子吴皑的生活自然也就发生了根本性的变化。那个曾经被打成"右派"劳教三年,那个在"文革"中曾经被折磨得死去活来的吴皑不见了,取而代之的则是这样一个神气活现的吴皑:

> 吴皑也不是过去的吴皑了。外出时,他常常穿着一身笔挺的西服,皮鞋也亮光光的。虽然还是很瘦,却气派多了。面孔总是板得沉沉的,对谁也不苟言笑。指使工友,一点儿也不客气。趴在书桌上,一般的人找来了,他连头也不抬。看人时,脖子总是直直的,常常连身子一道扭过去。瞅着丈夫的一举一动,她常常感到了不可思议,人为什么会有这么大的变化?莫非不同的身份,不同的地位,就会有不同的气势,不同的脸面?看着此时此地的吴皑,谁会想到,二十年前他曾站在一个破旧的草房里,抱着妻子的脖子放声嚎哭?

前后的反差是巨大的,吴皑的变化是惊人的。然后,如果说吴皑只是从一个被批判的对象一变成为可以专心致志地从事于自己的人生事业追求的知识分子的话,那自然只能被理解为是其人生本位的回归,不仅无可厚非,而且还值得庆幸。但关键的问题是,吴皑与秀兰之间也出现了那样一种可怕的"距离"与"鸿沟"。

> 而她的丈夫吴皑,却是那样的善于应酬,风度翩翩。那洒脱的举止,那彬彬有礼的言辞,以及那伸手的姿态,那弯腰的角度,一切都显得亲切、谦虚,而又不失尊严。……她呢,一个又瘦又小而又是一身乡村打扮的老太婆,站在穿着笔挺西服的吴皑身后,显得是那样的不协调,不相称!在这些显赫而又气派的名流中,夹杂在那些颇有学识,风度典雅,穿着时髦的太太、夫人和女士的中间,又显得是那么粗俗、土气!

如果说,以上的描述还只是一种秀兰自己所感觉到的一种"客观"上的距离,那么,在大街上买花生时与吴皑之间的冲突却使秀兰明白了吴皑对于自己的嫌弃。当她按照乡村世界的生活习惯与小商贩讨价还价的时候，不料吴皑却对她讲了这样一段话："我就见不得你这小气样！一边吃东西，一边讨价钱，真不嫌丢人！"在讲这段话时，张平还刻意地描写出了吴皑的神态："他声音压得很低，却是恶狠狠的。"更令人难以忍受的是，这样的嫌弃不仅来自丈夫吴皑，而且还来自当时已经成为大学生的亲生女儿淑燕。这样的刺激对于秀兰来说当然是无法承受的，"在这个家里，她，现在反倒成了一个多余的人，一个毫无用处的人，一个让别人耻笑，让女儿感到不光彩的人了……在旁人眼前，反倒是她拖累了吴皑一辈子，让人家一辈子不舒心！啊，这是多么可怕的事情！命运，你为什么要这样捉弄人？"秀兰本来只是一个没有什么文化的普通农妇，现在，生活的刺激居然迫使这样一位普通人也怨天尤人地大呼起"命运，你为什么要这样捉弄人"来了。生活对于秀兰的刺激之大之剧烈，于此可见一斑。本来，在秀兰的理解认识之中，虽然自己与吴皑之间存在很大的距离，也说不上什么深厚的感情，自己一直无法忘怀于刘宝，而吴皑也一直默默地思念着丽萍。但是，在经历了反"右"与"文革"这样两个特别的政治年代，尤其是当吴皑在这样的两个特别年代落入生活深渊的时候，自己不仅没有落井下石，反而还积极地施以援手，以一种相濡以沫的方式，与吴皑共渡难关之后，最起码，自己与吴皑之间那种身份差异的鸿沟是已经被抹平了。但这一切活生生的现实却告诉秀兰，这些都只是她个人一厢情愿的幻想而已，由于身份差异所导致的鸿沟依然触目惊心地存在着。

秀兰固然曾经是柔弱顺从不公平命运的被动承受者，所以她才没有私自应刘宝的召唤出逃，而是默默地与自己并未谋面的吴皑结了婚。秀兰也曾经是一位古道热肠的急公好义者，虽然与丈夫之间缺乏深厚的感情，但是当吴皑身处人生逆境的时候，毅然决然地与他一起承受人生风雨侵袭的，也只能是秀兰这位中国传统女性美德的体现者。然而，当已经经历了四十年人生历程之后的秀兰，终于明白了自己与丈夫吴皑之间遥远的情感距离的存在，当她亲身感觉到了来自丈夫，甚至是来自自己亲生女儿的情感嫌弃之后。这一次，她不再逆来顺受地接受命运的安排了，这一次，她成为不公平命运的抗议与抗争者。这一次，秀兰终于成为生命与情感尊严强有力的积极维护者。

哦，我明白了，因为这，你才把我安置到这样的地方，为我准备了这么多的东西。你是在报恩，就好像一个叫花子救了你一样，你拿出好多好多钱来，算是对他的报答。我并没说错，你还算是个有良心的。可光凭这一点，能说明了啥呢？以前，我还想，不管怎么着，我们总是夫妻，将来总还能生活在一起，能在一起过日子的。可是四十年过去了，一直到了今天，我才算明白了，我们是不能做夫妻的，根本不是放在一块儿的料。就像地上的虫虫跟水里的虫虫一样不能般配。你我并不是一个等级里的人，本就没这缘分！还是媳妇说得对，这儿，并不是我能呆的地方。

这样一番义正词严的话语，所充分说明的正是秀兰一种可贵的人性尊严的觉醒。正是有了这样可贵的人性尊严的觉醒，所以秀兰才毅然决然地决定在春节前夕，要离开城里回乡下去过年。本来，在笔者看来，小说如果能够在写到秀兰下决心回乡下过年时断然终结，可望取得一种较为理想的悲剧性效果。这样的一种艺术处理方式，将会使张平的这部《梦中的情思》成为一种具有相当艺术震撼力的情感悲剧。令人遗憾的是，张平在秀兰已经决定要回乡下之后，又增加了两个艺术细节。一个是，就在秀兰已经决定返回乡下的时候，从乡下突然传来消息说，刘宝已经病重不治，想在临终前见到她。另外一个是，经过一番大概不无激烈的思想斗争之后，吴皑终于决定与秀兰一起回乡下过年。前一个细节的设定，当然是为了进一步强化秀兰与刘宝之间真切的情感联系。但在我看来，这样的一个细节设定却带来了两个艺术弊端。其一是使小说带有了更为强烈的偶合的"戏剧性"色彩，其二则在很大程度上削弱了秀兰决定返回乡下这一举动中潜有着的女性尊严觉醒的意义和价值。给读者的一个明显错觉就是，仿佛正是刘宝的病重方才促使秀兰下定了返乡的决心似的。后一个细节的设定，其目的乃是凸显吴皑本性的善良。吴皑当然不是一个十恶不赦的坏人，但笔者认为，这样的一个细节设置，一方面，似乎不太符合吴皑其人的性格逻辑；另一方面，也在自觉或者不自觉地将一部情感的悲剧扭转成了一部情感的正剧。虽然从小说的"政治"上看，作品无疑正确了许多，但从小说的艺术表现层面来看，这样的细节却也明显地削弱了作品的艺术深度，削弱了作品所本来应该具备的悲剧性审美效果。正是从以上的理由出发，所以在我的理解中，张平为《梦中的情思》这部中篇小说所设定的结尾处的两个艺术细节，应该被看作本来可以避免的艺术上的败笔。

然而，虽然存在这样若干艺术上的败笔，但这却并没有从根本上影响《梦中的情思》成为一部具有相当震撼力的情感悲剧。尤其是，如果我们把张平的这部中篇力作放置于当时作为文学主潮存在的所谓"伤痕""反思"的文学潮流中进行对比考察的话，那么，我们将会发现，张平的这部《梦中的情思》具有的一种特别的个性化意义的存在。之所以要刻意地强调这一点，是因为在当时的"伤痕""反思"文学潮流中，在处理类似于张平《梦中的情思》这样的小说题材时，当时的绝大部分作家会本能地选择吴皑这样的知识分子作为焦点性的关键人物。或许因为作家本身就是知识分子，与知识分子之间存在天然的情感立场认同的缘故，当时的绝大部分作家会站在知识分子的立场上，为如同吴皑这样曾经在反"右"与"文革"这样的社会政治运动中饱受劫难的知识分子鸣不平，为他们鸣冤叫屈树碑立传。在我看来，这样一种思想艺术效果的取得，与这些"伤痕""反思"小说作品中普遍地把吴皑此类知识分子设定为切入文本的视角性人物，存在很大的关系。

与当时普遍流行的这些小说作品形成鲜明对照的是，张平在《梦中的情思》中格外鞭辟有力地通过秀兰与吴皑四十年来的情缘纠葛的描写，提出了对于如同吴皑这样的在别的小说文本中被大力肯定的知识分子形象的艺术性质疑。那就是，吴皑作为一名忠于职守，兢兢业业于自我专业追求的知识分子，他在反"右"与"文革"中的不幸人生遭遇当然是不应该的，当然应该得到我们充分的悲悯与同情。对于这一点，张平在《梦中的情思》中，同样进行了相当的艺术描写与表现。然而，在艺术地呈现吴皑知识分子不幸命运遭际的同时，张平的一个难能可贵之处在于，他更将自己的艺术笔触伸向了对于吴皑精神世界的质疑与追问。这就是，虽然作为知识分子的吴皑曾经有过苦难的不幸遭际，但他在获得我们足够同情的同时，是否也同时获得了某种道德上的豁免权呢？这就是说，面对着曾经在自己遭受劫难时，以极大的热情帮助过自己的，如同秀兰这样的普通民众，身为知识分子的吴皑们是否有足够的理由以"嫌弃"的方式去加以背叛呢？

我们注意到，对于同样的问题，作家张贤亮在他的《绿化树》、在他的《男人的一半是女人》中也已经隐隐约约地有所涉及，只不过是并没有如同张平这样以如此鲜明的方式突出地加以提出而已。当作家章永璘作为小说的视角性人物的时候，可能就会本能地或者说是无意识地遮蔽这一点。而张平的《梦中的情思》之所以能够突破这种艺术遮蔽，之所以能够强有力地提出这样一个十分重要的问题来，从根本的艺术原因上说，正是因为作家选择了秀兰这位普通的乡村女性，作为小说文本最为根本的视角性人物的缘故。这样的一种艺术处理方式，就使得张平的《梦中的情思》这部中篇小说，事实上具备了双重的艺术内涵。一方面，他在呈示表现着吴皑作为一位知识分子在当代人生命运的跌宕起伏。另一方面，他又在对于吴皑相对于普通民众所体现出来的某种精神优越感，进行强有力的质疑与否定。非常遗憾的是，张平这部小说所具备的这样一种双重的思想艺术价值，在发表的当时，并没有引起批评界的充分注意，当然更不用说对于这双重思想艺术意涵的深入阐释了。这一点，只有在早已时过境迁的今天，当我们重新回头阅读审视这一作品的时候，方才有了一种豁然开朗式的顿悟与发现。只有到了现在，我们方才清楚地意识到了张平这部《梦中的情思》，在当时的"伤痕"与"反思"文学潮流中所具有的不同于流俗的重要个性化价值。如果从重写文学史的角度来看，我们也不妨可以说，《梦中的情思》乃是一部被重新发现和认识的1980年代"伤痕""反思"文学潮流中重要的小说佳作。

其实并不只是我们这儿所具体分析的《祭妻》、《姐姐》与《梦中的情思》，在1980年代初期，张平值得注意的小说作品还有《糟糠之妻》《月到中秋》《像河流一样的泪水》等。虽然不可能对于这些作品展开细致的思想艺术分析，但展读这所有作品之后一个共同的感受即是，这些作品都是以刚刚逝去不久的诸如反"右""文革"这样特殊的政治年代为主要反思表现对象的。以"家庭"为透视的焦点，重点在于对于一种以女性形象为基本承载体的苦涩的情感心态的描摹与展示，乃是这一系列中短篇小说作品共同的特征所在。大约也正是由于以上原因的存在，所以张平的这些作品便被批评家们普遍地称为一种"家庭苦情"小说。首先可以确认，造成作家所描写的这种家庭苦情存在的原因大多并不在于人物自身，而是在于当时那个并不合理的荒唐年代。因此，通过对于这种家庭苦情的渲染与表现，作家张平首先将批判的矛头指向了那个荒谬的极左时代。可以说，这样一种批判性是"文革"

结束后，新时期之初中国一大批文学作品的共同指向，张平也一样不能例外。对于张平这个阶段小说中人物的特点，曾有批评者进行过这样的概括："他的人物大都是一些本来可爱、美丽、勤劳、极富天赋的'女孩'，她们本该有着美好的生活，幸福的未来。然而，不幸的是命运对她们并不公平，她们无一不在命运的捉弄中走上了一条坎坷不平的人生之路。其中，有的历尽艰辛，穷而愈坚，在困厄的生活中发现了自己的价值，有的甘愿牺牲，为别人的幸福付出了自己的青春年华，也有的听天由命，在命运的摆布中随波逐流。张平为我们讲述了一些非常令人动情的故事，为我们塑造了一系列的美好而又不幸的女性形象。"[①]

张平之所以要在他这个阶段的小说创作中一再反复地刻画悲剧性的女性形象，描写、渲染让人备感酸辛的苦涩情感，一个根本的原因，便是与他自己那同样十分不幸的人生经历有关。张平自己就曾经是一位"五类分子"的子女，因为受到父亲被打成"右派"一事的牵累，于1958年由他的出生地西安迁回了老家山西运城新绛县。当时那样一种生活的惨状至今都让张平记忆犹新无法忘怀："幼年父亲被打成右派，全家遭返祖籍山西晋南的一个山区农村。在学校里一直是狗崽子，初中没上完便回乡务农。挑大粪，挖水井，掏猪圈，拉粪车。13岁在万人大会上批判父亲，15岁则在万人大会上挨批判。16岁就到崎岖险峻每年死人无数的北山上挖煤，来回一趟400多里，得整整五天五夜。第一次回来，两腿肿得水桶一般。只能休息一天，紧接着又继续上路。干过民工，做过代教，写过材料，当过文艺宣传员。"[②] 从以上这段话语中，我们即不难感受到当时作为"五类分子子女"的张平在生活中遭受过怎样的令常人无法想象的非人折磨。从基本的创作规律来看，作家在最初一开始从事于文学创作时，大约总是要从自己所亲身经历过的事情写起的。张平的创作其实也同样如此，他之所以在创作之初推出的是这样一个"家庭苦情"系列，实际上就与他自己的这样一种特别惨痛的人生经历存在直接的关系。不管是兰子，还是姐姐，不管是李雪儿（《像河流一样的泪水》）还是王进山（《糟糠之妻》），甚至于在秀兰身上，

[①] 杜学文：《诗化：张平的前期小说》，见温幸、董大中主编《山西文学十五年》，山西人民出版社1997年版，第159页。

[②] 张平：《遭遇十面埋伏（代后记）》，见《十面埋伏》，作家出版社1999年版，第629页。

笔者觉得都或多或少地凝结并折射着张平自己那样一种特别的人生经历，都可以被看作对于张平内心中某种一下子难以释怀的"五类分子子女"情结的艺术性表现。"这一切，都深深地刻在张平的心中，不能消散。时过境迁，而越发令人难忘。于是，在历史为他提供了一个可以表达的时机之后，张平便一发不可收，接二连三地写下了一篇篇令人泪下的小说，把一个个美丽而不幸的生命推到了读者面前。正如论者所言，'他是流着悲苦的泪水走上文坛的'。他的写作，首先不是要为了什么功利的目的，是他内心悲苦之情的催动，是他要向这个世界宣泄那由来已久的被苦苦地压抑着的悲苦之情。"①

然而，仅仅注意到张平那特别的人生经历，仅仅注意到张平早期的小说创作与他那特别的人生经历之间的关系，还是远远不够的。更关键的问题，是要充分地注意到张平早期小说创作对于一己生存经验所进行的一种超越性表达。这一点，在《姐姐》中略露端倪，最集中地体现在他的中篇小说《梦中的情思》中。如果从基本的人生经历来看，知识分子吴皑与张平的父亲最为相似，他们都是反"右"运动中的劫难承受者。照常理说，张平的情感立场自然而然地应该倾向于吴皑才对。这也就是说，张平本来应该以吴皑为切入小说文本的焦点人物，似乎才更加顺理成章。但在事实上，张平却并没有将吴皑处理为视角性的焦点人物，他反而把秀兰这样一位普通的乡村女性设置成了一个视角性的焦点人物。这样的变化，虽然从表面上看起来，似乎只是一种叙述视角的变化而已，但从更深的一个层面来看，这样的变化却意味着话语权的一种变化。它既意味着话语权更多地归属了秀兰这样一位普通的乡村女性，也意味着吴皑在某种程度上成为小说文本中一个被审视的对象。这样，在表达对于吴皑不幸命运的同情与悲悯的同时，作家也将一种质疑与追问的目光对准了吴皑的精神世界。正如同我们在前面曾经强调过的，吴皑在反"右"与"文革"中的不幸遭遇并不能使他自动获得道德上的豁免权，他再度春风得意之后对于发妻秀兰的嫌弃与冷漠，无论如何都无法取得公众的理解与认可。如果说，《梦中的情思》正是依凭着这一点，而在当时的"伤痕""反思"文学潮流中具有了某种超越性

---

① 杜学文：《诗化：张平的前期小说》，见温幸、董大中主编《山西文学十五年》，山西人民出版社1997年版，第159—160页。

思想艺术品格的话。那么,我们也就可以说,同样正是依凭着这一点,张平成功地实现了对于这一己生存经验,对于控制了自己很长时间的所谓"五类分子子女"情结的根本超越。从张平后来的基本写作历程来看,对于广大普通民众生存状态进行艺术性的描摹与表现,自觉地成为普通民众的代言人,一直是张平小说创作一个根本的特点所在。认真地追溯一下,作家这一创作特点形成的最初起始点,正是这一部名为《梦中的情思》的中篇小说。

从基本的艺术表现手法上看,张平早期的这个"家庭苦情"系列当然地受到了"山药蛋派"的艺术影响。这一点,在他的《祭妻》与《姐姐》中尤其有突出的体现。但是,从另一个方面来看,在继承"山药蛋派"艺术影响的同时,张平也在开始初步形成自己个性化的艺术风格。一是情感的抒发与表达,二是对人物心理世界的深沉挖掘。"从人的情感出发,而不是从情节和故事出发,写人的命运与价值的乖戾扭曲,也不是简单地依附一般社会意识,进行政治控诉,这是张平前期创作的最为重要的特色。正如一篇文章中所说的那样,'张平属于情感性作家,他的最初创作就是为了宣泄某种压抑过久的情感。不管是对个人悲剧命运的描述,还是对极右路线的批判,或是对伦理道德的评价,都是建立在强烈的感情抒发之上的'。"[①] 此外,虽然在《祭妻》《姐姐》等作品中表现尚不明显,但从《梦中的情思》来看,关于人物内心世界的大段大段的心理描写也已经开始出现了。联系张平后来的小说作品来看,对于人物内心世界的深度开掘,的确可以称得上是其小说创作的基本特色所在。

[①] 杜学文:《诗化:张平的前期小说》,见温幸、董大中主编《山西文学十五年》,山西人民出版社1997年版,第160页。

第三章

艺术上的实验与探索

——以《夜朦胧》为中心

张平开始小说创作的时间,是在1980年代。1980年代,不仅被认为是一个中国文学的黄金时代,而且也是经过了多年的文化封闭状态之后,一个大规模地引进介绍西方文化、文学思想的持久热潮开始出现的时代。中国的新时期之所以能够很快地出现文学的繁荣景象,与西方文化、文学思想迅速而持久的引进介绍,实际上存在直接的关系。对于1980年代引进介绍西方文化、文学思想的热烈状况,曾有权威的文学史著作进行过这样生动准确的记载与描述:

> 在80年代许多作家、读者的理解中,西方的"现代派"是涵盖面宽泛的概念。自上世纪到本世纪70年代的,包括象征主义、表现主义、未来主义、意识流文学、超现实主义、存在主义、新小说派、垮掉的一代、荒诞派戏剧、黑色幽默、魔幻现实主义等等名目的文学,都囊括在内。当时热销的《外国现代派文学作品选》(四卷八册,袁可嘉主编)的编选,正体现了这样的理解。按照这种理解,所谓"现代派"文学,从某种意义上说,可以看作是20世纪的西方现代文学。从1978年到1982年间,全国主要报刊登载的译介、评述、讨论现代派文学的文章,约有四百余篇。各刊物刊出、各出版社出版的现代派文学作品和研究著作,很快便形成了相当的规模。外国文学和上海译文两家出版社的"20世纪外国文学丛书"、"外国文学名著丛书",漓江出版社的"诺贝尔文学奖获奖作家作品集",湖南人民出版社的"诗苑诗林",是有影响的书系。

另外，外国文学出版社还编译了"外国文学研究资料"专辑，除作家（莎士比亚、巴尔扎克、海明威、福克纳、加西亚·马尔克斯、萨特、川端康成等）的专集外，尚有"流派"（荒诞派戏剧、新小说等）专集。西方 20 世纪文论，以及哲学、美学、文化学、社会学、心理学等社会科学和人文学科的重要成果的译介，也受到文学界的热情关注，弗洛伊德心理学、存在主义、现象学、俄国形式主义、结构主义、阐释学、新批评、符号学、后结构主义、女性主义文学批评等，都逐一得到介绍，并在中国 80 年代的文学发展中留下深刻的痕迹。北京三联书店出版的"现代外国文艺理论译丛"和"学术文库"，是八九十年代在文学界最有影响的学术翻译丛书。①

更加值得注意的是，西方文化、文学思想的大量涌入，对于 1980 年代中国新时期文学的发展繁荣，对于当时中国的一大批中青年作家的文学创作都产生了相当重要的影响：

> 在文学创作和批评上，则直接引发 80 年代重要的文学运动和文学论争。如关于"朦胧诗"的讨论，关于"现代派"的争论，文学"主体性"和文学"寻根"问题的提出等。80 代的文学革新和文学"实验"，都表现为"异质"因素不同程度的诱发和推动，由此引起感知内容、方式和艺术方法的新变。20 世纪西方的一些重要作家，他们的作品和文学思想，对中国 80 年代文学的"形态"，产生明显的影响。有的论者认为，80 年代对中国中青年作家的创作影响较大的外国作家有卡夫卡、海明威、加西亚·马尔克斯和艾特玛托夫。这个名单自然需要很大扩展，而且也不限于小说家，也包括诗人、戏剧家等，如萨特，加缪，福克纳，博尔赫斯，T. S. 艾略特，里尔克等等。在对待影响的态度上，一些作家不愿谈及、或否认他们所受的启示，另一些作家则坦言这一具有特定时期特征的事实。莫言曾讲到在 1985 年，《百年孤独》（加西亚·马尔克斯）和《喧哗与骚动》（福克纳），如何使一批作家"面对巨

---

① 洪子诚：《中国当代文学史》，北京大学出版社 1999 年版，第 229—230 页。

著产生惶恐和惶恐过后蠢蠢欲动";讲述他的"积累"和创造力如何被"开启"的情形。由于是在较长时间的文化封闭后的开放,因此,一个多世纪的文化成果几乎同时被介绍、传播。各种文学观点,各种文学流派,众多的作家作品,纷至沓来,令许多原本对"外界"不了解(或了解不多)的人,兴奋莫名,而又惶惑备至。缺乏较为充裕的时间和从容的心情去了解、审察,不论是拒绝还是热情接纳,在态度和方法上都显得较为仓促和草率。与此相关的是,某些革新、探索性的文学活动和写作,与西方文学思潮和作品之间存在明显的"对应"关系(其中的表现形态之一是所谓"模仿性")。同时,"新时期"文学对建立"流派"、发起"运动"的热衷,也与对西方现代文学的这种接受方式有一定关系。当然,外来影响的积极意义是不必怀疑的;这也是想开创文学"新时期"的作家的创造激情的体现。它不仅推动了中国作家艺术观念和方法上的革新,而且创造了重新激活"传统",在作家的体验和创造力基础上,加以"综合"的可能前景。①

只要是亲身经历过1980年代中国文学大规模接受西方现代文化、文学思想盛况的人,都会承认洪子诚的上述概括与描述是极为精准到位的。

应该承认,除了一些思维已呈僵化保守状态的老作家之外,活跃于1980年代的绝大多数中国作家都在以一种格外积极开放的姿态面对当时西方文化、文学思想大量涌入这样一种现实文化状态。他们的文学创作,当然也不可避免地受到了这些西方文化、文学思想的冲击与影响。当然,这样的一种冲击和影响,给他们带来的未必都是自身文学创作的成功。在笔者的理解中,张平的情况就是如此。置身于西方现代文化、文学思想如此大规模进入的社会现实之中,张平当然也真切地感受到了一种强大的外来文化、文学冲击力的存在。对于这一点,张平自己在一些创作谈的文字中有过形象的记述:

> 当时西方的理论已进入学校,我记得《喧哗与骚动》的作者

---

① 洪子诚:《中国当代文学史》,北京大学出版社1999年版,第231—232页。

福克纳说过:"有些作家就是为本土服务的。"所以我就一直沿着这条路往下走。在《姐姐》获全国优秀短篇小说奖后,我被调往太原,省文联把我放在《火花》杂志副主编的位置上,当时受宠若惊,但很欣慰,毕竟从事了自己心爱的事业。这时又写了一系列小说,随着改革的深化,市场经济的运行,社会热点也转化了,当时也尝试一些新的写法,在马尔克斯、福克纳等的影响下,写了《妮儿》,主要描述了一个七八岁的女孩很早就失去了父母,由爷爷抚养,以她的眼光来观望一个极左的社会,其实是一种畸形家庭里所反映出的畸形生活,具有一种前卫意识,借鉴了西方的文艺理论,自然而然地带有一种很强的人文精神。①

我们这一代写东西的人,都存在着先天不足,因为在我们的青少年时期,都是在极"左"和"文革"年代的文化环境里度过的。到我成年时,我们才开始接触到优秀的中外文学。我们不像30年代的那一批作家,也不像60年代、70年代以后出生的这批作家,我们没有可能在童年时期就受到真正的系统的文学艺术的滋养,也没有可能直接去阅读外文原著。只有到了"文革"后,在大学期间,我们才开始大量地饥不择食地阅读中外文学作品。所以这种生活阅历注定了我们只能是一群"杂食"者,碰到什么吃什么,找见什么看什么。所接受的也只能靠自我消化,消化不掉的便一口吞下去。小时候,我们能看的作品,基本上都是"文革"前17年的文学作品,即使上了大学,在70年代末和80年代初,我们所能看的都是正统的中外文学作品。也就是说,小时候是读着《林海雪原》《青春之歌》《吕梁英雄传》《三里湾》《红旗谱》《红岩》这些作品长大的。到了大学时期,我们系统地读过的则是巴尔扎克、托尔斯泰、狄更斯、普希金等等这些现实主义巨匠的文学作品。只有到了80年代末以后,我们才开始零零碎碎地接触到西方的现代主义和后现代主义文艺作品。我们这一代的阅历和学历,也许注定我们不会变得很前卫,很先锋。即使想当一个现代派,大概也只能是一个戴着西瓜帽、穿着布底鞋的现代派,一个

---

① 张平:《文学写作上的"生死抉择"》,见《我只能说真话》,解放军文艺出版社2002年版,第245页。

老农民式的假洋鬼子。①

然而，张平固然一方面在强调自己不会变得"很前卫，很先锋"；另一方面，他却也承认："但时代总是在变化着的，人的思维方式和艺术观也是在不断变化着的。80年代以来，由于大量的西方现代和后现代文艺作品的涌入，迫使每一个写作者都或多或少地开始接受更富于表现力的现代写作手法。这不仅仅表现在思维方式上，同时也更多地表现在创作手法和叙事文本上。在80年代末和90年代初，自己曾阅读过不少这方面的作品，也作过一定的尝试。"②

必须指出，在以上的创作谈中，张平恐怕存在一个常识性的知识错误表达。张平说："只有到了80年代末以后，我们才开始零零碎碎地接触到西方的现代主义和后现代主义文艺作品。"根据实际的情形来看，应该说，早在1980年代初期，最迟也不过是在1980年代中期，如同张平这样的作家就已经有大量的机会接触西方现代主义与后现代主义的文学作品了。或许是张平的记忆有误，或许是表述时的一时口误，总之，张平绝不可能如他自己所说的那样迟至"80年代末以后"方才零零碎碎地接触到一些西方现代主义与后现代主义的文学作品。

另外需要说明的一点是，张平的这些创作谈都是时过境迁之后作家对于1980年代阅读现代主义与后现代主义文学作品情况的回忆。一方面是时间的距离使作家谈论时的态度已经十分地冷静；另一方面则是，此时的张平已经被普遍地认为是一位优秀的现实主义作家，他曾经有过的具有一定现代主义色彩的小说创作也已经被证明是失败的，所以他才会刻意地强调自己只是"零零碎碎"地读到过一些现代主义与后现代主义的作品。张平不是研究外国文学的专家，他当然不可能，或者说根本没有必要系统地阅读西方的现代主义与后现代主义的文学作品。在这个意义上，张平所谓的"零零碎碎"当然是一种极准确的表达。作为一名作家，张平这样一种"零零碎碎"的阅读方式，或许才称得上是最恰当也是最真实的阅读方式。

---

① 张平：《文学写作上的"生死抉择"》，见《我只能说真话》，解放军文艺出版社2002年版，第98—99页。

② 张平：《作家应该代表社会的良知》，见《我只能说真话》，解放军文艺出版社2002年版，第99页。

第三章 艺术上的实验与探索

然而，笔者所无法认同于张平的是，他那样一种似乎看起来十分"冷静"的，对待西方现代主义与后现代主义文学作品的阅读态度。张平的创作谈给读者造成的一种突出感觉就是，早在阅读这些现代主义与后现代主义的文学作品之前，张平就已经有先见之明地预见到了这样的一种"冲击和影响"并不会产生良好的结果。一方面，笔者当然愿意相信张平如上表述的真实性。但在另一方面，因为笔者本人也曾经是一位1980年代中国文学演进过程的亲历者，最起码从个人一种真切的历史记忆来看，笔者觉得张平的表述存在某种或许本人也并不自知的误区。与张平事过境迁之后的"冷静"表述正好相反，曾经的1980年代，西方的现代主义与后现代主义文学曾经在中国的文学界产生过极大的影响，曾经在广大的中国作家之间引起过如同宗教般的狂热迷醉。笔者至今都很清晰的一种记忆就是，曾经有那么一个并不算短的时期，中国的作家是以是否阅读并模仿西方的现代主义与后现代主义的写作方式为荣的。或者也可以说，在那样一个特定的历史时期，学习模仿乃至于实践类似于西方现代主义与后现代主义的写作方式，曾经成为一种相当流行的文化时尚。这样的一种文化时尚甚至强大到了这样一种地步，那就是如果你在当时没有大量地阅读这些作品，或者说作为作家，你如果没有按照这些作品的写作方式去从事文学创作，那你自然也就只能被看作一位远远地落在时代后面的文学的落伍者。与张平那样一种"冷静"的表述相比较，笔者宁愿相信自己文化记忆的真实性。不仅如此，而且笔者还相信，即使"冷静"如事后的张平自己，在1980年代那样一种"狂热"的文化氛围中，他也曾经以一种"狂热迷醉"的姿态对待过西方的现代主义与后现代主义文学作品。否则，我们也就很难解释，既然早就预见到了简单地接受西方现代与后现代主义文学思潮的影响不可能产生文学的"正果"，那么张平自己何苦还要创作类似于《夜朦胧》与《妮儿》这样的小说作品呢？在笔者个人的理解中，张平之所以曾经会有如同《夜朦胧》这样带有一定艺术实验探索色彩的小说作品的问世，正说明了作家一度"狂热"地"迷醉"过如同马尔克斯与福克纳这样的西方现代或后现代主义小说家。

张平创作谈中值得特别注意的还有这样一段话："我们这一代人的阅历和学历，也许注定我们不会变得很前卫，很先锋。即使想当一个现代派，大概也只能是一个戴着西瓜帽、穿着布底鞋的现代派，一个老农民式的假洋鬼子。"虽然我们十分理解张平是在以一种形象化的比喻方式谈论自己对于现代派作品的感觉与认识，但其中却也隐约地存在并流露出了一种对于现代派作品的轻蔑情绪。作为一位曾经有过并不算很成功的现代主义实验与探索的现实主义作家，张平的这样一种带有明显否定主义倾向的认识当然是可以理解的。但是，如果从一种更加尊重文学史事实的角度来看，我们却也应该承认，张平的认识与表述其实存在颇为明显的偏颇性。如果我们承认张平如上表述具有相当"真理性"的话，那么也就无法解释这样的一种事实存在。那就是，确也有如同莫言这样的作家，在明显地接受了西方现代主义创作的影响之后，同样在文学创作上取得了相当令人瞩目的成就。从出生的时间看，张平和莫言相差无几，一为1954年，一为1956年，可以说同为所谓的"50后"作家。从家庭的文化状况看，张平出生于知识分子家庭，而莫言只是出生于一个地道的农民家庭。那么，这两位作家何以会在如何面对西方的现代与后现代主义文学创作，会在各自的思想艺术风貌上，形成如此之大的的差异呢？如果说，张平自己的创作是在强有力地支持着自我观点的成立的话，那么，很显然，如同莫言这样的作家的存在，却又在很大程度上消解或者颠覆着张平观点的成立。这样的事实再一次告诉我们，切莫轻易地在所谓"代"的意义上谈论文学创作问题，因为从根本上说，文学是一种十分典型地强调个人创造性的工作。既然强调个性，那就自然会与所谓"代"的概括形成必然的冲突。这样，如同张平这样的诸如"我们这一代人"的表述方式，实际上也就成了一种很难成立的表达方式。更何况，从更为宏大的一个视野来看，如果说法律面前人人平等的话，那么，同样也可以说，文学创作面前，任何一种创作方法也都是平等的。现实主义当然是一种优秀的创作方法，现代主义也同样应该被看作一种优秀的创作方法。正是在这样的一种意义上，笔者觉得张平那样一种"一个戴着西瓜帽、穿着布底鞋的现代派，一个老农民式的假洋鬼子"的表述方式，的确有些不太妥当。

　　与西方的现代文化、文学思想对张平所产生的影响同样值得关注的另一件事情，是张平的工作与生活在1980年代中期发生的变化。在他的《姐姐》获得全国优秀短篇小说奖之后，他的工作由临汾地区的《平阳文艺》调到了省城太原，并且担任了《火花》杂志的副主编。这样的一个变化，不只是意味着张平的个人与家庭生活发生了不小的变化，而且对于张平正处于关键阶段的小说创作而言，同样具有着意味深长的重要意义。虽然我们并不存在一种所谓的地域偏见，但是，对于如同张平这样从事于文化与文学创作事业的作家来说，工作生活于基层还是工作生活于省城，还是有着很大差异的。这一点，在现代社会中，体现得尤其明显。置身于最起码是全省文化中心的省城，这位作家当然就便于接触乃至于接受大量新的思想文化观念，同时也便于与众多的同行文友进行广泛深入的碰撞与交流。如果说，对于一位普通的产业工人而言，在省城或者在基层工作生活，二者之间并不会有根本性差异的话，那么，对于如同张平这样的作家来说，这一点就显得非常重要了。理论上的情况如此，从中国现当代作家的实际情况来看，虽然也有如同柳青这样深入基层生活的作家个案存在，但绝大多数成功的作家，其实都是居住生活在相对的文化中心城市。因此，虽然从表面上看，张平由临汾至太原，只是一种工作上的调动而已。但从根本的实质上看，这样的一种变化，对于张平的文学创作所产生的潜在重要影响，却又绝对是无法被忽视的。

从某种意义上说，正是在张平由相对边缘的临汾，进入相对中心的省城太原之后，当时的那样一种文化氛围，才促使他大量地接触到了许多现代主义或后现代主义的文学作品。事实上，也正是在这些张平自己所谓"零零碎碎"接触到的西方现代派文学作品的影响之下，张平自己方才有了在小说的艺术形式上进行大胆的实验与探索的创作冲动。在此之前的张平，虽然已经开始形成自己诸如重情感倾诉、重心理描写的这样一些个性特点，但从总体的艺术表现形式来看，他还是深受"山药蛋派"的影响，所采用的依然是一种自解放区文学中开始定型，并一直传延到1980年代的现实主义创作方法。正是在西方现代派文学作品的强烈刺激之下，张平也开始了自己的小说艺术实验。最集中典型地反映张平小说艺术上的实验与探索倾向的小说作品，就是他在1980年代中后期推出的，曾经产生过一定影响的中篇小说《夜朦胧》。

小说的故事发生在石鸡岭，虽然石鸡岭只是一个普通的地名，但它对于我们解读这一小说文本却具有十分重要的意义。"石鸡岭还在沉沉地睡着。太阳好像还在被它稳稳地压在身下。衬着朦朦胧胧的晨色，那昏暗着的天，有大半个都被它占满了。那青幽幽的是石壁。那泛着白白的微光的，是山野里泡在露水里的庄稼、草洼。那黑黝黝的，无边无际的,仿佛大地一般坚实的,却是深不可测的峡谷。黄河水在这无底的峡谷中,像无数只饿兽一般咆哮、吼叫。惟有这窄窄的、细细的、弯曲着的一道灰色,才是路……"这是小说开头处对于小说主人公李军十八年来魂牵梦萦难以释怀的石鸡岭的描写,其中明显地透露出了一种颇为阴冷的诗意。这石鸡岭之所以一直铭刻在李军的记忆深处,是因为李军十八年前曾经在此处有过一段无法磨灭的艰难生存经历,有过一段苦涩的爱情,拥有过他生命中的第一个女人。这样的一些回忆当然只能是痛苦的、悲伤的,所以其中所渗露出来的诗意也就自然只能是"阴冷"的了。在某种意义上说,也正是这开头处"阴冷"的诗意描写为通篇小说奠定了一种悲剧的基调。

  三年的逃亡,辗转飘泊了数省上百个地方,却没想到他会在石鸡岭上轻而易举地落了脚。他一来到这让人感到苍凉荒芜极了的地方,一种浑然而来的安全感,却是如此可靠而放心地围裹了他。

  只要是在石鸡岭这块地方,不论你想去哪儿,要去煤窑里刨煤拉煤也好,要在盘山路上送煤也好,或者想在滩头装煤,下河放船也好,哪个地方也绝不会没完没了地盘问你,更不会向你要证明、介绍、身份证之类的东西。你只管随意报上自己的名字和籍贯好了,哪怕是假的也绝没关系。让你报上这些的人,连你的名字怎么写,地名怎么写都不会问一问,刷刷几笔,便发给你一个黑油油的,上面连字迹也几乎看不清了的木头牌牌,吩咐你到几号窑洞去住,在哪儿吃饭,然后吩咐你应该在什么时间,拿上这个牌牌,领到工具,到指定的地点去干活。

  这种看上去极为冰冷的,同时显不出任何表情的程序,却让他感到由衷的感激和慰藉。

  只要能让他生存,哪怕是卖命一般地生存,也就足够了。

  其实这个石鸡岭,过去连流放的场所也不去选它,如今连文明的罪犯也不想光顾它,惟有那些犯了刑律,在别处无法生存下去的流窜犯们,才会逃匿在此处,苟且偷生,求得一瞬能在这个世界上存活下去的时光和希望。

  却原来,这石鸡岭居然是一个与世隔绝着的类似于"桃花源"的

第三章 艺术上的实验与探索

所在。只不过"桃花源"乃是一个"不知有汉，无论魏晋"的人类社会理想的乌托邦世界的体现，而这石鸡岭则只能被看作一个与世隔绝的反面"桃花源"而已。石鸡岭之所以体现出了一种十分明显的与世隔绝的特点，乃是因为这个地方的生存条件实在是太恶劣了，居然恶劣到了"过去连流放的场所也不去选它，如今连文明的罪犯也不想光顾它"的地步。既然连"流放"者，连"文明的罪犯"都不愿意去光顾此地，那么，愿意光顾这苍凉荒芜，生存条件异常恶劣的石鸡岭的，也就只能是那些连"流放"者，连"文明的罪犯"都比不上的所谓"犯了刑律，在别处无法生存下去的流窜犯们"了。那么，这样的流窜犯们具体又是一些怎样的人呢？

在《夜朦胧》中，张平具体描写展示了四个流窜到石鸡岭以谋求生计的流窜犯形象。首先就是马大海，一个最起码从外表看格外彪悍、格外强横野蛮的农村汉子形象。

> 他四十岁出头，弟兄六七个，三十多岁了，才跟一个逃荒的年轻姑娘结了婚。没想到到了后来，这姑娘竟被村支书给勾引上了。他发觉了，把那姑娘揍了个半死。于是姑娘一走便再也没回来。他同支书干了一仗，被拘留了足足一个月。派出所的人有一个是支书的小舅子，把他的两手反铐在桌子腿上，蹲不得，坐不得，站不得地整整铐了他一天一夜。
>
> 等他被放出来，没满十天，他便把支书的十五岁的小女儿拉到一个山洞里，像虐待狂似的强奸了，作为报复。
>
> 然后他便逃了出来，落脚到了这个地方，再没回去过。

其次便是家庭成分为富农的王维良。

> 他是个戴帽的富农分子，因为他的哥哥去了台湾，所以被列为公社的重点批斗对象，当他听说大队和公社准备把他拉到县城里去游斗时，他便连夜逃了出来。一逃便再也没敢回去。他虽然有妻子儿女，但其实并没有什么牵挂。老婆在他一戴上四类分子的帽子时，便同他离了婚。儿子和女儿，自然也就跟了母亲。于是他也就能安心地在这儿落了脚。

接下来就是那位仿佛一直沉默寡言着的"一声不吭"的牛儿了。张平对牛儿被逼来石鸡岭的原因的介绍，可谓别具神采，他是以牛儿喝醉酒以后的"醉话"形式介绍牛儿的身世来历的：

  李，李军，马大海那，那狗娘养的，说俺，俺这不……不能用，他是咋、咋知道的……两千块哪！妈了个×！……离婚哪……俺让你离！你这臭×！你这狗娘养的……你这婊子！嫌俺……你妈了个×的……你在法院里告俺！你这……不要脸的……嫌老子家伙软！……你在法院里……出俺的相，你让全村的人，都，都小看俺……要离婚……要离就把你……你这臭×割了！今，今儿晚就割了你这臭，臭×，你以为老子不，不敢？……你看敢不敢！你看敢不敢……两千块哪！妈了个臭×……

  却原来，这牛儿花两千块钱娶了个媳妇，但没想到自己却是一个性功能不健全者，是一个阳萎症患者。因为无法过正常的性生活，所以牛儿的媳妇要求与牛儿离婚，并且还把拒不离婚的牛儿给告上了法院。牛儿一方面特别地心疼自己花费了的两千块钱；另一方面又嫌自己的媳妇在公众面前抖搂了自己见不得人的秘密，丢了自己的人。所以，本来生性懦弱的牛儿居然一狠心割了自己媳妇的生殖器。然后，他就一个人跑到这苍凉荒芜的石鸡岭落了脚。

  当然，最主要的还是小说中的主人公兼视角性人物李军：

  他生在一个应该算是很开化的知识分子家庭。但早年父亲被打成右派的家庭遭遇，过早地给他的心灵蒙上了一层层的遮掩物。而母亲的出身和海外关系，又泯灭了他的诸多欲望。一次次的打击和扼夺，使他的生活圈子越来越窄，越来越狭小。纵使是两年的大学生活，也只能让他在书的瀚海中得到一点慰藉。然后就到了可怕的"文革"期间，由于出身于海外关系的缘故，母亲曾经惨遭非人的折磨。关键在于，母亲惨遭非人折磨的一幕被正处于血气方刚年龄的李军给全部看到了。忍无可忍的李军终于出手用刀去刺杀正在折磨着母亲的五个家伙，并因此而出逃在外。在出逃的过程中，李军曾经去投奔过至亲的伯父和舅舅，但胆小怕事的伯父和舅舅却都拒绝收留他。正是在万般无奈走投无路的情况下，李军才来到了这苍凉荒芜的石鸡岭，并与马大海、王维良以及牛儿成了同病相怜的伙伴。

对于四位流窜犯来历的介绍，只是为故事的充分展开提供了一种必要的背景而已。故事的中心情节乃是李军为了维护自己的爱情，为了维护自己心爱的女子彩彩，与自己的三位同伴，与石鸡岭当地周家湾的队长所发生的激烈矛盾冲突。事情的起因在于李军由于一个偶然的机会结识并从内心里喜欢上了一位被当地人称为"石鸡"的山村女子彩彩。

> 周家湾的一湾黄土地，养育着这个她养育不了的石鸡岭。环绕着这个方圆数十里的石鸡岭，沿着这条蜿蜒曲折，细细窄窄的盘山路，又生就出无数个古老而又原始的小煤窑。而这一个个的小煤窑，就像一个个的石鸡窝似的，生活着一群群石鸡一般的人们，同周家湾的分散在几十个山头山角的庄户人家，便有了千丝万缕的联系……

原来，张平在这儿思考表现着的是人的本能问题。由于有许多如同李军、马大海一样来自外地的流窜犯都来到石鸡岭谋生，这些流窜犯又主要是男性，因为是流窜犯，当然也就不可能拖家带口，这样时间一长，如何解决这些男人们的性需求也就成了一个重要的问题。由于自然条件局限的缘故，石鸡岭下周家湾村民们的生活自然十分贫瘠，人们的生计十分艰难。这样，以满足这些男性流窜犯们的性需求为赚钱手段的一种肉体交易方式的出现，也就成了一种必然。正所谓"周瑜打黄盖，打的愿打，挨的愿挨"，对于男光棍们而言，花费不多的钱财就可满足自己的性要求，对于周家湾的年轻女性而言，无须付出更多劳动，就可以获得生存必需的钱财。二者碰撞的结果，当然就是小说中所描写的那些"草帘子上插着一束淡淡的野花"的特别窑洞的出现。这样的窑洞里住着的都是出卖肉体的山村女子。一种约定俗成的规矩是，如果草帘子上插着野花，那说明这窑洞中的女子可以接客，如果野花被人拔掉了，那就说明窑洞的主人正在接待别的客人。由于石鸡岭上生长着许多野生的石鸡，所以当地人便把这些卖身的女子也都叫成了"石鸡"。李军所默默喜欢上的山村女子彩彩，正是这样一个被迫出卖自身肉体的"石鸡"。

冲突的缘起在于马大海们与李军之间，对于"石鸡"所持有的不同态度。而导致他们之间根本差异形成的原因又在于，从根本上说，他们并不是同一类型的人。如果说，马大海们乃是来自乡村世界的普通民众的话，那么李军就是一位具有相当文化修养的知识分子。从小说的具体描写来看，早在冲突发生之前，张平就已经对于他们之间的差异进行过相对充分的铺垫性交代。在这一方面，需要特别注意小说文本中的这样一些叙事段落：

> 他原本是要在河滩上往船里装煤的，然而他在河滩上只干了两天，便再也干不下去了。
>
> 什么原因也没有，他就是拉不下脸来，不敢把自己浑身上下脱得一丝不挂。一想到自己如果也像那些汉子们一样，把自己的生殖器全然裸露在烈日和潮风里，像铃铛一般地在人群中摆来摆去，立刻便会产生出一种要被拉向屠宰场一般的感觉，他觉得那样甚至比游街和批斗还要让人无法忍受。
>
> 他来到滩里才发现，越是年轻的，越是身强力壮的，越是什么也不穿，而惟有那些上了年纪的，有病体弱的，才穿些东西。
>
> 然而他却不行。如果在澡堂子里，他还可以。在这儿却怎么也不敢。何况这河滩上还有女人，甚至还有姑娘和小孩。尽管河滩上像蒸笼一般，他的短裤一整天都是湿漉漉的，但他就是想也不敢想把这短裤脱下来。
>
> 更让他想不到的是，他这么做，竟然招来了非议和责难。
>
> ……
>
> 面对着这些，他不由得产生一种奇怪荒诞的感觉。他觉得在这些毫无遮掩，赤裸着的人身上，那种东西好像也已经变成了一种赤裸裸的，仅仅是为了求得生存的器械和进行生育繁衍的工具，除此以外，便没有任何意义，在这一大群裸体面前，在那种麻木的，没有任何表情的体态面前，那种东西反倒好像意识不到了，完全不存在了，彻底丧失了。文明和情感，在这种像铃铛一样摆来摆去的生殖器面前，似乎全成了多余的累赘和一种虚伪的矫饰。在这种环境

第三章 艺术上的实验与探索

里,他只能无地自容,无以适应,无法立脚。

之所以如此多地引述小说中的这些叙事文字,是因为在我看来,这些文字对于我们如何理解张平的《夜朦胧》有着至关重要的作用。明眼人一眼即可看出,张平的这些文字所凸显的乃是文明与野性之间的对峙与冲突。虽然从小说的总体表达意图来看,张平更多的是以一种肯定的姿态,表现视角性人物李军身上所体现出来的所谓文明人的思想价值立场。但从小说的局部性场景细节的描写来看,张平却也似乎有一种对于野性生命力量的推崇与向往。这一点,就最突出地表现在我们所摘录的文字之中。李军因为逃窜三年无处藏身而最终被迫来到了荒蛮苍凉的石鸡岭,但生存在石鸡岭的,却又差不多全部是如同马大海一样格外凶狠野蛮的所谓"化外之民"。在马大海们面前,文弱的知识分子李军,当然就是一个异数。在以上关于李军实在无法做到如同别的汉子们那样"脱得一丝不挂"干活的场景细节描写中,我们所感受到的,正是张平对于知识分子李军一种孱弱苍白的生命力的批判与否定。我们之所以说张平的《夜朦胧》乃是一部受到过西方现代派文学影响的,带有一定的艺术实验与探索色彩的小说作品,其根本原因也正在于此。因为对于一种荒蛮强悍的野性生命力量的大力张扬与肯定,正是1980年代中国现代主义文学作品一个十分重要的主题。这一点,最突出地体现在公认的现代主义作家之一莫言的小说创作之中。

我们注意到,有论者曾经这样谈论过莫言1980年代的重要作品《红高粱家族》:

> 在这里,莫言引出了一个关于"原始生命力"的主题。这一主题首先可以通过其所描写的野生的"红高粱"这一富于象征寓意的意象而得以确立。这些野生的、蓬勃的"红高粱",既是农民们赖于生存的物质食粮,又是他们生存活动的现实空间——他们在高粱地里野合和打埋伏。这里是性和暴力、生命和死亡的聚合地。"红高粱"蓬勃的野性和旺盛的生命力,成为北方中国农民的生命力的象征。《红高粱家族》显然超越了其题材所固有的一般意识形态和文化历史观念的含义,而是展现了中国人的生存活动与生存环境之间的复杂关系,并包含了更为深刻的关于生命力的寓意。与此

主题相关，莫言笔下的主要人物往往不是那种由于正统文明观念所认定的所谓"历史主体"，而是那些被主流历史排斥在外的人群。在《红高粱家族》中，参与那场英勇的战斗的主角是一帮由土匪、流浪汉、轿夫、残疾人之流拼凑起来的乌合之众。然而，正是在这些粗鲁、愚顽的乡下人身上，莫言发现了强大的生命力。站在正统的文化历史观念立场上看，这些人是历史的"边缘性人物"。他们的生存方式和行为，大大僭越了文明的成规。他们随意野合、杀人越货、行为放荡、无所顾忌，是未被文明所驯化的野蛮族群。在他们身上，体现出了生命力的破坏性因素。莫言赋予这种破坏性和生命强力以精神性，升华为一种"酒神精神"，正如他在作品中将那些野生的红高粱酝酿成高粱酒。这一由物质向精神的转换，透露了民族文化中所隐含的强悍有力的生命意志。①

莫言是新时期现代主义作家中，对于原始野性中所蕴含的原始生命力表现最具代表性的一位作家。与莫言相比较，张平作品中对于所谓原始生命力的表现只能被看作昙花一现式的偶一尝试而已。如果说，莫言的确已经"赋予这种破坏性和生命强力以精神性，升华为一种'酒神精神'"，并从中也的确明显地"透露了民族文化中所隐含的强悍有力的生命意志"的话。那么，从我们所具体摘引的这些叙事文字来看，张平充其量也只不过是意识到了文明与野性生命之间的根本差异，并在二者之间的一种对比性描写中对于一种荒蛮野性的生命力略有肯定而已。从小说文本的总体叙事走向来看，张平写作《夜朦胧》时的思想倾向一直处于一种不断游移的状态之中。这种游移的表现之一即是在文明与野性生命之间的价值迁移。有些时候，张平对于在格外强悍生命力面前显得特别孱弱苍白的如知识分子李军一样的生存方式，会有所痛惜有所批判。但在最后，他终于还是把自己的立场，转移到了以李军为代表的一种文明的生存方式上。然而，即使仅仅是从小说局部场景细节中所透露出来的那种对于原始生命力的推崇与向往来看，我们也不难断定，张平的《夜朦胧》的确明显地受到过1980年代在中国文坛盛行一

---

① 张闳：《莫言小说的基本主题与文体特征》，见林建法、傅任选编《中国当代作家面面观》，华东师范大学出版社2002年版，第644—645页。

时的现代主义文学的影响。因为，对于一种原始生命力的张扬与肯定，正是那个时候中国现代主义文学创作一个非常重要的方面。张平《夜朦胧》与现代主义文学创作之间的内在隐秘联系，于此可见一斑。

李军与马大海们的冲突，实际上和他们之间文明与野性生命的差异有关，与他们对于生命所表现出来的不同姿态有关。因为牛儿的性功能不健全，所以马大海就总是想着怎样才可以帮助牛儿恢复男性的功能。他不知从哪儿听说了一个偏方，说只要让牛儿喝点酒，"趁着酒兴，帮他干上一回就屁事也没了。就是这头一回，一回行了，后边的就全行了"。于是，马大海、王维良、牛儿三个人就裹挟着李军，要一块儿去找同一个"石鸡"。谁知道他们找到的"石鸡"，居然正好是李军内心中恋慕已久的彩彩姑娘。一方面是趁着酒兴；另一方面，更主要的却是因为他在目睹马大海们对彩彩用强时，联想到了母亲被别人欺凌侮辱时的惨烈情景，因为作为知识分子的李军发自内心的对于女性的尊重的缘故，所以，当马大海们真的要对彩彩动手用强的时候，他还是不由自主地对于强悍于自己许多倍的马大海们动手了。

> 他觉得肩头一阵麻木，这种麻木迅速地涌向了喉头，而在喉头就像被什么堵住了一般让他胸腔呜呜作响。紧接着，腰和背便像弓一样弯曲着，弯曲着，随着胸腔的呜呜声猛然变成一声豹子般的咆哮，两腿向上一纵，腰背陡地一直，一个箭步，随后又是一脚，那个挡着他的身影便躺到一边去了。紧接着，第二脚便顺着姑娘的斜上方，又朝着那个正对着他的小腹上猛然一踢，随着一声惨号，一个身影猛地往上一蹿，又直直地倒了下去。
>
> 他愣了一愣。就在此时，炕上的另一个身影猛然一跃，他只觉得眼前有个黑乎乎的东西闪了一闪，头上撕裂了一般的一阵剧痛，眼前一阵金花乱冒，背上一阵抽搐，他便不由自主地向前倾下去，倾下去……

虽然明明知道自己在打斗方面根本不是马大海的对手，虽然果真因为自己的出手而遭到了马大海们疯狂的殴打报复，但看似孱弱苍白的李军还是毅然决然地出手了。这一出手不要紧，它替李军赢来的却是彩彩的芳心暗许。当马大海们醒过神来要找李军算账时，最终镇住他们那横蛮之气的正是彩彩。当彩彩能够为了保护李军挺身而出的时候，她对于李军一种炽热真诚的情感也就凸显无遗了。

然而，彩彩一个柔弱无比的乡村女子又是凭借怎样的力量吓走马大海的呢？当然只是彩彩的一席话："姓马的！别以为俺不认得你！你要再不走，再在俺这捣乱，俺立马就去找队长和支书！你这没根没底的臭拉煤的，也敢来欺负俺！滚！再不滚俺让你连这石鸡岭也别想呆下去！滚！给俺滚——"彩彩本人当然是没有什么神奇的力量的，能够真正起作用的实际上只能是彩彩话语中所提及的队长与支书。因为，只有队长和支书，才可能使马大海们"连这石鸡岭也别想呆下去"。但彩彩一个柔弱的乡村女子，又凭什么可以调动"队长和支书"的力量呢？张平在此处，实际上也就为小说情节的继续延展埋下了一个重要的伏笔。从小说结构的意义上来看，此处的艺术交代真的是非常必要。这样的一个伏笔，就使得小说以后的情节发展不至于显得太突兀。从这样的一个伏笔设计中，我们再一次领受到了作家张平小说结构能力的突出。

"不识庐山真面目，只缘身在此山中。"作为局外人的我们，很容易地就从彩彩的话语中嗅出了某种异样的味道。但"身在此山中"的李军，却根本不可能有如此之高的敏感度。作为第一次拥有了女性爱情的男性，当时的李军无以自控地成为动人爱情的"俘虏"。"他紧紧地搂着这个强烈抽搐着的躯体，一句话也说不出来。他只觉得这个躯体竟是这般的柔弱，这般的单薄。让他感到这般的爱怜，这般的不能分离，让他这样的疼她。此时此刻，他好像只有着一个念头，就是一定要护着她，一定要终生终世地在她身旁。就是拼了性命，也绝不允许任何人再来伤害她，欺辱她。"必须承认，作家对于李军与彩彩这样一对"同是天涯沦落人"般的强烈的爱情所进行的描写，是非常动人的。我们甚至于完全可以想象得到，当年在创作这部小说的时候，当张平的笔触描写着这相濡以沫的动人感情时，作家自己的内心世界肯定也是激动战栗不已的。然而，真正的现实却是异常残酷的。置身于"此山中"的李军根本无法预料的是，自己的这样一种"就是拼了性命，也绝不允许任何人再来伤害她，欺辱她"的强烈愿望本身，也成了小说情节发展演进过程中一个重要的伏笔。正所谓"一波未平，一波又起"，正所谓"文喜看山不喜平"，深谙小说结构之道的张平，正是在这样一个又一个结构伏笔的设计过程中，逐步地向前推进着小说的艺术进程。

第三章 艺术上的实验与探索

事实上，在"文革"那样一个政治极端高压的时代里，是根本不可能容纳如同李军与彩彩这样，萌发于离乱状态之中的男女真情存在的。即使是如同荒凉苍蛮的石鸡岭，这样一个"过去连流放的场所也不去选它，如今连文明的罪犯也不想光顾它"的，表面上的"化外之地"，实际上也无法摆脱现实政治逻辑的摆布与控制。如果说，在遭遇到如同马大海们一样凶横野蛮的普通山民的时候，李军和彩彩们还有办法摆平的话，那么，当他们遭遇到背后有着强大的政权支撑的"队长和支书"，当他们与强大的"队长和支书"们发生冲突的时候，等待他们的就只能是一种鸡蛋碰石头一般一败涂地的结果了。

其实，对于这样的一种悲惨结局，作为视角性人物的李军，在发生之前就已经产生过不祥的预感。"有时候，他突然会莫名其妙地感觉到，他在石鸡岭上遇到的这一切，包括他自己的爱，全都是那么虚无飘渺，全都是那么无根无底，好像没一样是实实在在的。全是假的，没一处是真的。""这种感觉，甚至在那小小的窑洞里，甚至在他搂紧了那个温热柔软的小躯体的时候，也竟会突然冒了出来。……他感到眼前的这一切，好像是这般遥远，这般渺茫，有如一道巨大的山谷横在中间，让他可望而不可及。纵使他那样吃力地把她搂在怀里，却仍然好像从来也没占有过她，从来也没得到过她。"这样的一种描写，当然不会是随随便便无凭无据的。在笔者看来，张平的这样一种描写多少起到了一种"预叙"的作用，它在强有力地暗示着一种无法避免的人生悲剧的必然来临。在进行了这一系列颇为充分的铺垫式描写之后，噩梦般的一幕终于出现在了李军面前。

然而就在此时，他一下子呆住了。他好像听到了窑洞里一种异乎寻常的响动。而这种响动，则分明是从一个呻吟着的，喘着气的熊一般的物体上散发出来的。

他只觉得浑身一阵发麻，噌地一下掀开门帘，一下子便跳了进去。

他像是被什么轰击了一下似的，差点没栽在地上。

不是熊，而是一个裸着的、极丑陋而又极笨拙的躯体，正死死地压在一个弱小的躯体上。这个小小的躯体几乎被捂严了，只能看到那两只颤动着的脚和那只露出一半的斜向一边的圆圆的脸。那张让人感到痛苦万分的脸上的那双眼睛，此时正在紧紧地使劲地闭着，一条惨白的胳膊从那死压着的躯体下无力地伸出来，那只手则好像痉挛一般地抽搐，在扭动……

他觉得自己哼一声，紧接着便全身打摆子一般地抖动起来。就在此时，那张躯体上的头颅转过来了，他看到了一张青紫的、满是皱纹的、硕大无朋的脸，一看到这张脸，他立刻便明白了。

这正是那个曾经让他碰见过两次的队长！

悠然于政治权力的笼罩之外的世外桃源果然是不存在的，在一个极度的政治高压时代，即使是如同石鸡岭这样异常贫瘠荒凉的所在，政治的阴影仍然无处不在。彩彩这样一个柔弱的乡村女子何以能够调遣指挥得动"队长和支书"的谜底，至此全部揭开。原来"队长和支书"们早就凭借着手中的权力占有了野花一般盛开着的彩彩姑娘，这也正是他们之所以会在某些时候出面维护彩彩利益的根本原因所在。到这个时候，一直被蒙在鼓里的李军，方才恍然大悟，方才明白了一切。可以说，这已经是李军在石鸡岭第二次遭遇到类似的尴尬境地了。虽然作家没有展开相关描写，但可以想到的是，这样的情景会再一次牵动李军受伤的心，会再一次让他联想起母亲受辱时的情景来。这样，李军本能的反抗也就是必然的了。小说以甚为急促的语调描写了李军用抬水的山木杆子痛击队长的那一幕场景，读来让人有一种痛快淋漓至极的感觉。"他狂热地挥舞着手里的木棍，听着这一声声的抽打声和那一声声的惨叫，完全沉浸在一种复仇和泄愤的快感中。他好像什么也不想，什么也不顾了，一心只有复仇，复仇……"

一时的复仇的快意当然表达得酣畅淋漓，然而，复仇之后呢？在当时那样一种残酷的社会现实中，居然敢动手殴打作为权力象征者的"队长和支书"们的，如同李军这样有罪案在身的流窜犯的结局，自然也是可想而知的。为了逃避这一定会到来的疯狂报复，李军最好的上策就只能是再度出逃。然而，在出逃的时候，李军依然深深地牵挂着自己心爱的彩彩，并幻想着能够带着彩彩"从这火坑狼窝一般的地方逃出去"。"这个念头是他同她自有了那种关系后便有了的。他只是一直没给她明说，他觉得时机好像还不成熟。他虽然知道跑出这个地方。等待他的也许是更可怕的命运，但他也一定要救了她。"明明自己还深陷于苦难中自身难保，然而却仍念念不忘要一心拯救自己所恋慕着的乡村女子，这样的感情真的是十分令人感动的。但在令人感动之余，这样一种想法的不现实性质却也是昭然若揭的。与深陷于这样一种情感幻想中难以自拔的李军相比，反倒是乡村女子彩彩的表现更加冷静客观也更加现实。彩彩的具体表现，首先是催促李军尽快地离开出事的现场："她就这么一直没完没了地喊着，催着，那满脸的泪，满脸的绝望，以及那满脸的慌乱和怨恨，好像都在告给他，他不能呆了，确实不能呆了。"然后，当依然心存一线希望的李军与她约好时间地点，一定要设法带她一块逃走的时候，她以一种失约的方式再一次地表现了自己的冷静与现实：

> 她终于答应了。他至今还记得清清楚楚，到后来，她答应了，确实答应了，答应跟他一块儿逃出这石鸡岭。他同她还约定了时间，晚上十点到十二点之间，他就在不远处的路口等她。
>
> 她答应了，确实答应了。说她收拾收拾，然后就跟他一块儿连夜奔逃。
>
> 然而十点钟她没来，十一点，十二点钟她仍没来，一直等过了半夜，一直等到后半夜，用不了多久天就要亮了，她仍然不见来。

一场感情的悲剧就这样以一种猝不及防的方式骤然发生。其实，在"文革"那样一个特殊的年代里，如同李军与彩彩这样一种美好的感情，本来就是无法存在的。张平只不过是以一种偶然的方式，书写了一种命运的必然性而已。在对李军与彩彩这样的悲剧性命运表示同情悲悯的同时，张平的批判矛头再一次尖锐地指向了导致这悲剧形成的"文革"那样一个极左思潮泛滥的时代。我们注意到，在张平所有的小说作品中，如同《夜朦胧》这样彻头彻尾地表现一种感情悲剧的作品，似乎只有这一部。这一点，在某种意义上，也可以被看作张平受到西方现代派文学影响的一种结果。

值得商榷讨论的，笔者以为，还是小说的结尾设计。在小说结尾处的第十八节，张平不仅交代了李军与彩彩之后的人生遭际，而且还依稀地提供了某种并不存在的虚幻的希望。首先是李军："他一跑出这石鸡岭，没多久，便进了监狱。那一次失去了理智的报复，五个人当中，他让四个人受了重伤,一个人成了终生残废,他被判了死缓","后来被改成了无期,再后来,又改成了有期。再后来,海外的外公和另外两个舅舅,专程回国要看望他这个外甥,他得到了照顾,提前被释放了"。然后,李军就只身一人到石鸡岭来寻找自己的人生旧梦了。其次是彩彩:"这姑娘,本来好好的,不知后来咋的就病了哩。……再后来,每天就只在那盘山路上的一个小窑前头转悠。那拉煤的人都知道,那个小窑前头,老坐着那个姑娘,就像个魂儿……""后来,这姑娘就不见啦。家里的人四处找遍了也找不见,那小窑里头也再没见她的影儿"。最后就是那依稀可辨的希望:"他看到了高高的远处一大块发白发亮的地方。这是他分外熟悉,那时候每天都企望着的地方""他知道,用不了多久,太阳就会从那地方跳出来的"。

张平这么设计的本意,一方面当然是要交代李军与彩彩这两个主要人物的人生结局;另一方面则是试图以一种虚幻的希望描写多少冲淡一下整部小说的悲剧基调。从笔者个人的认识来看,笔者觉得张平这两个方面的设想均显得不够成功。首先,《夜朦胧》既然可以被看作张平接受了西方现代派文学影响之后的,带有艺术层面上明显的实验与探索色彩的中篇小说,那么,他也就不应该再如同现实主义作家那样,一定要在小说的文本中将人物的来龙去脉完全交代得清清楚楚。这也就是说,作家完全可以不对李军与彩彩的人生结局作确实的交代,他完全可以采取一种更具审美开放性的结尾方式,只需对人物未来的命运结局作一朦胧的暗示即可。这样的处理方式,一方面更加契合所谓"夜朦胧"的题旨;另一方面则会使小说文本在艺术的层面上更为含蓄内敛,更加耐人咀嚼。其次,小说结尾处关于"太阳就会从那地方跳出来的"描写,很显然是在一种二元对立的意义上针对"夜朦胧"而来的。其中的寓意当然就是,如同作品所展示的这样一种"文革"的暗夜终将过去,一个充满光明与希望的未来社会也终将到来。这样一种设计,当然具有十分突出的主流意识形态色彩。是否具有一种主流意识形态的色彩倒也无可厚非,关键的问题在于,笔者觉得,作家这样一种"虚幻的希望"的承诺,很明显地与整部小说的审美格调不协调,明显地冲淡了小说的悲剧性基调。

我们之所以认定张平的《夜朦胧》乃是一部明显地受到过西方现代派文学影响的,带有突出的艺术实验探索色彩的小说作品,除了前文

第三章 艺术上的实验与探索

中已经谈到过的对于一种原始生命力隐约的赞美肯定式表现之外，还有两个方面的表现也很突出。一是对象征手法的一定程度上的运用，二是一种带有明显的意识跳动色彩的感觉化描写。

首先是象征手法的运用，这一点突出地表现在小说文本对于石鸡的描写上。且让我们先来看一下张平在小说中是怎样描写石鸡的：

> 自他来到了这石鸡岭，才知道了什么叫石鸡。
>
> 其实是黄土高原上一种极为常见的，栖身在草窝里、沟沿上、石缝中，几乎是丧失了飞翔能力的禽类。除非是在逃匿不了危险的紧急时刻，才会利用空间的滑翔，笨拙地张开两只短短的翅膀，呱呱呱地一阵惊叫，发出扑扑噜噜的响声，从这个山头飞到那个山头。它身上的颜色，几乎跟草、石头、土一样很难分辨，并有着许多迷惑追捕者的花纹。它还有好多名字：沟鸡、呱呱鸡、花鸡……
>
> 然而偏是这种对自然灾害和敌害几乎没有任何自卫能力的禽类，却有着惊人的繁衍能力和极强的适应性。它没有候鸟的本领，天一冷，便去寻找温暖的所在。然而它却耐得高寒，耐得冰冻，纵使是大雪封山，气温到了零下十度，也能听见它的叫声和看到它的踪影。它好像从不挑拣食物，只要能填饱肚子就行。几天，十几天不吃东西，也饿不死它。它们总是群居而生，那种土火枪对准了它们，一枪打出去，能打倒一大片。每逢春季，孩子们漫山遍野地找石鸡蛋，一找便能找到十几个，一天能摸到几窝，十几窝。有时候，一早上便能提回半筐子来。然而等到了夏季，你去听吧，漫山遍野，所有的山头上，这儿呱呱呱，那儿呱呱呱，好像全成了它们的世界。这些不计其数的，欢乐地歌唱着的，不知苦不知忧的石鸡，简直让你不知道它们是怎样生出来的！真是冻不死、饿不死、赶不尽、杀不绝，而且永远那般无忧无虑，不愁不悲……

笔者无法断定世界上是否真的存在被叫作"石鸡"的这样一种禽类，反正张平在小说中的描写很有实感，格外地形象逼真。然而，不管这样一种叫作"石鸡"的禽类的存在是否真实，张平在小说中对其展开详尽描写的本意，却在于一种象征的意义上，让这"石鸡"成为自己笔下人物鲜明有力的艺术映衬。如同彩彩这样干脆就被当地人们称为

"石鸡"的乡村女性自不必说,即使是如同李军,如同马大海一样的男性,这"石鸡"不也同样是他们那不幸的身世、命运的生动写照吗?我们注意到,在小说的叙事话语中,曾经多次出现过这样一种暗示性描写。"当他看到了那张圆圆的面孔时,就像支撑不住了似的,一下子向她倒过去,把她紧紧地,紧紧地搂在了怀里""他在这张熟悉的面孔上,好像什么也看不到,好像只看到了一双像是被撕了毛的石鸡一般僵直了的眼,而他怀里搂着的,又好像是一只被拧住了脖子的正在扑腾着的石鸡……""他仍在奔,仍在逃。突然一个趔趄,这些图像一下子全变了,全都变成一只只被拔了毛的石鸡,一只只脖子被拧在翅膀下的石鸡,这些石鸡正在扑腾、摇动,圆溜溜地向他瞪着一只只几乎要鼓出来的、无神的、瘆人的眼……"

在这些叙事话语中,将石鸡与自己所描写的人物联系起来的暗示性意味是十分明显的。张平之所以要在《夜朦胧》中以如此多的笔墨工笔画般地描绘石鸡的神态习性,其根本原因就在于象征的意义上。"丧失了飞翔能力""除非是在逃匿不了危险的紧急时刻,才会利用空间的滑翔""几乎没有任何自卫能力""惊人的繁衍能力和极强的适应性",只要我们细致地揣摩一下张平所描写的"石鸡"的这些秉性,然后将这些秉性与出现在张平《夜朦胧》中的那些包括李军、彩彩、马大海们在内的底层民众对照一下,作家关于"石鸡"描写的象征性意义也就昭然若揭了。

然后便是一种带有意识跃动色彩的感觉化描写,这样的描写在小说中出现了大约五六次。比如在第一节写到自己拉着的车要向沟底里滑去的时候,突然以闪回的形式插入了关于母亲的回忆:

"砰!"他好像突然听到了一声枪响。随着这声枪响,他仿佛看到了一张苍白的悲哀的祈求的脸和一双向他张开要扑过来的手臂。

母亲!

母亲这张凄楚而美丽的脸,竟在这时突然又出现在他的面前:"军军,你还不快跑!快逃呀!"

往哪里逃?哪里才是生路!

第三章 艺术上的实验与探索

再比如，第一次在窑洞里见到彩彩的时候，张平也进行过类似的描写：

> 这几句话把他刚才的紧张恐惧一下子全扫没了。他甚至感到了一种热乎乎的，有如在家一般的感觉。他的眼前猛然间迭现出另外一张脸来，一张白皙的忧郁的极美的脸……
>
> 母亲，是母亲的脸。
>
> 他眨巴了一下眼睛，努力把自己从幻觉中拉出来，他不知道为什么会从眼前这张姑娘的脸上去想到母亲。是因为这环境，这语气，这一样白皙的脸？抑或是那种看不出来却实实在在地存在着的一种幽幽的东西……
>
> 他又一次盯紧了这眼前的实体和幽暗的灯光所带来的一种神秘的气氛。

细读文本，即不难发现，类似于如上所列的这样一种描写，在小说中大约出现过五六次。这样的描写，当然是小说主人公兼视角性人物李军处于某种现实状态中，为某种事物所触动之后的一种意识闪回。这样的意识闪回，所着力强调表现的其实就是李军记忆中印象最深的一些事物。或者干脆地说，也就是李军内心中一些根本无法伴随时间的变化而有所改变迁移的意绪情结。或者，我们也可以把这些不断闪回的东西，理解为李军内心中所深潜着的某种根深蒂固的个人无意识。笔者不知道，张平是否谙然于西方的意识流小说与弗洛伊德的精神分析学理论。但笔者相信的一点却是，最起码，对于如同王蒙的《春之声》或《夜的眼》这样的，一些曾经被称为中国的意识流小说的小说作品，张平应该是相当熟悉的。因此，笔者的一个简单判断就是，在确定《夜朦胧》这部小说的基本叙述方式的过程中，张平大概或多或少地受到过王蒙小说写作的一些影响。二者之间的区别在于，王蒙是通篇都采用了这样一种意识不断流动的叙事方式，而张平在《夜朦胧》中的实验与探索中，却只是在局部的场景与情节中，偶作尝试性的运用而已。因此，如果王蒙所采用的叙事方式可以称为是一种"意识流"的话，那么张平的这种写法也就只能被看作带有意识跃动色彩的感觉化描写了。

总而言之，无论是对于一种原始生命强力的推崇与向往，还是对于如同"石鸡"这样的象征手法的运用，抑或是小说中多处出现的带有意识跃动色彩的感觉化描写，甚至于还有小说文本中出现过的若干段关于生殖器的谈论与描写，都明显地凸显并见证着1980年代西方现代派文学创作对于张平的具体影响。在张平此前的小说作品中，类似的艺术表现方式从来也没有出现过，此前的张平基本上恪守着山西"山药蛋派"的那样一种现实主义艺术表现方式。这说明，中篇小说《夜朦胧》的确应该被看作作家张平在1980年代文学"现代化"大潮的裹挟之下，所创作出的一部在艺术上进行前所未有的实验与探索的小说作品。然而，真正关键的问题在于，张平所进行的这种实验与探索是成功的吗？事过境迁之后的现在，对于张平的这种实验与探索，我们又该作出怎样的评价？

  对上述问题的回答，就要求我们必须剥离开《夜朦胧》艺术的表层，深入文本的核心，去首先考察一下从根本上支撑着小说文本的那些因素到底是什么。细究文本，即不难发现，这部小说真正书写表现的，依然是张平自己一种刻骨铭心无以释怀的生存经验。一是他由于受父亲"右派"问题的牵累而被迫成为"五类分子子女"的屈辱生活经验，二是当年被遣迫回乡下后一种艰难异常的劳动体验。这两个方面的生存经验都十分突出地凝聚体现在了小说的主人公身上。在小说中，李军的父亲很显然是被打入另册的一个"右派"知识分子，在"文革"中坠楼身亡。虽然李军凭着自己对父亲的了解，"绝不相信父亲会自杀"。但"自绝于人民，决没有好下场"却依然合乎时代逻辑地成为关于父亲死因的必然结论。母亲的出身不仅高贵，而且还有复杂的海外关系，这一切再加上母亲的天生丽质，也就当然地成为母亲在"文革"中饱受欺辱的根本原因所在。我们虽然不可能简单地指认李军就是张平，因为小说毕竟是一种允许虚构，甚或说是以合理虚构为根本特质的文学文体，但在李军的身世中明显地折射表现着张平自己的个人生存经验，却又的确是一个无法否认的客观事实。

  然后，便是对于张平自己强度极大的劳动体验的一种艺术表达。我们注意到，在谈到自己既往的人生经历时，张平曾经讲过这样的一些话："16岁就到崎岖险峻每年死人无数的北山上拉煤，来回一趟400多里，得整整五天五夜。第一次回来，两腿肿得水桶一般。只能休息一天，紧接着又继续上路。""为了不挨饿和那一丁点的生活费饭费，两年中的三个假期，全部在山上那种最原始的煤窑里度过，近1000公斤的煤车，压在像牲口一样的自己的肩上，一来回15公里，每天得往返4次。每出来一次，就啃一个碗大的玉米面窝头，喝一瓢污浊的生水。所得到的报酬，也就是每天3块人民币……"① 张平的记述是绝对真切的，他这样一种真切的劳动经验在《夜朦胧》中得到了格外生动形象的艺术性表达。

  起得再早也无所谓，天黑着起身，在路上小心点，赶天亮到了这儿，不会出了人命事。而天黑了从这儿下滩，哪怕是天还没黑透，还能分清路，也绝不能再走一步了。近一吨重的煤车，连下坡带急速拐弯的这"之"字形，只要有一步没算准，一步没踩稳、那带着巨大冲力的煤车，就会把你和车子一道冲到沟底里去！
  多少年了，不知道从这儿栽下去多少条汉子，毁掉多少辆车。那半山腰上的树枝上，沟壑里，那残存的车板，断裂了的辕杆，扭曲了的车轱辘，示众似的向人们显示着一种冷酷和残忍。
  ……
  他一咬牙，把车辕压了下去，车轱辘向前一转，他感到了车在下坡时那种强劲的冲力。顺着这冲力，他向前稳稳迈了两步，就要拐弯了，他准备再向前迈一步，然后猛地一扭车辕，同时让车尾着地，紧接着又用肩膀扛住车辕，于是车子便拐过来了。这一系列的动作，只能在这一瞬间去完成。一步也不能错，然而在这最后的一脚，也就是要猛拐弯的一脚上，他竟踩在了一块滑动的石头上……
  一个趔趄，使他把车辕不由自主地又压了下来，巨大的车子的冲力，猛然拥向了他。他想把辕抬起来，让车尾着地，但这已经来不及了，车子的冲力连他带煤一同急速向路的边缘冲去。一个巨大的死的恐慌猛地攫住了他，他惊呼了一声，两腿一下子挺直了，车尾嚓的一声着了地，然而这一切都无济于事，车身仍然被惯性催着，拥着他一直向路旁的沟底里滑去……

---

① 张平：《遭遇十面埋伏（代后记）》，见《十面埋伏》，作家出版社1999年版，第629页。

作者在这里具体展示描写着的，乃是小说主人公李军的拉车历险过程。事实上，张平也并不是在危言耸听，小说中写到过的马大海与牛儿也都是这样被摔死的。很显然，小说关于拉车细节的描写，是极真实、极细腻的。很难想象，如果没有过类似的亲身经历，作家就能够在自己的小说文本中作如此逼真的描写展示。因此，一个无可否认的事实就是，小说中关于李军拉车情形的描写展示，正可以被看作对于张平自己青少年时代拉车经验的一种真切折射。

　　读过《夜朦胧》之后，最起码能够给我留下难忘印象的，正是小说关于李军的身世经历与拉车情形的展示与描写。在这样一种高度真实，读后会令人战栗不已的生存经验的书写面前，小说中其他的一些场景和细节的设计与描写，比如关于石鸡这种禽类动物的描写，关于河滩那些坦然裸露着生殖器的强悍男性的描写，甚至于作为小说情节主线出现的，李军与彩彩之间的情感纠葛，反而有了些许生硬苍白的感觉。在某种意义上说，《夜朦胧》中张平的一些艺术描写，居然会让我们产生一种追随1980年代文学界写作时尚的奇怪感觉来。具体来说，小说中李军与彩彩之间的情缘纠葛，会让我们联想到张贤亮笔下的章永璘与马缨花、黄香久来，那些在河滩上赤裸着身体的原始生命，会让我们联想到莫言笔下的"我爷爷我奶奶"来，甚至于，就是那些带有一定意识跃动色彩的感觉化描写，也很容易地会让我们联想起王蒙的"意识流"来。

　　这样一种对比特别强烈的阅读感觉的存在，告诉我们的其实正是这样一个事实。那就是，虽然在接受了西方现代派文学思潮的影响之后，张平勇敢地开始了自己小说艺术上的实验和探索，虽然从文化的心态上说，这一点极充分地说明张平的并不故步自封僵化保守，虽然张平在小说的艺术表现形式上真的已经进行过堪称煞费苦心的设计与努力，但对于《夜朦胧》的阅读经验还是清楚地告诉我们，张平的这样一种艺术上的实验和探索其实并没有能够获得预期的成功。这也就是说，在《夜朦胧》中，张平自己那样一种刻骨铭心的核心生存体验，并没有能够与他自己所欲运用的现代主义艺术表现方式形成某种水乳交融的艺术结合。二者之间很显然还是一种水是水、油是油的疏离关系，以至于我们很轻易地就可以将二者剥离开来。这也就是说，要想表达张平自己的真切生存体验，其实是并不需要如同《夜朦胧》一样的多种现代艺术表现手段的。或者正是有这样的一种写作艺术经验作祟的缘故,所以在多少年之后,谈论起1980年代的现代主义与后现代主义文学创作的时候,张平才会特别刻意地强调自己这一代人"即使想当一个现代派,大概也只能是一个戴着西瓜帽、穿着布底鞋的现代派,一个老农民式的假洋鬼子"。

应该承认,张平的这样一种说法对于他个人的艺术经验来说,当然是具有相当的合理性。张平创作的带有艺术实验探索色彩的作品数量极少,可以说,《夜朦胧》是张平最具代表性的一部进行一定艺术实验探索的小说作品。在这个意义上,《夜朦胧》艺术上的不成功,也就在确证着张平说法的合理性。然而,如果将张平一人的艺术经验过分放大至张平他们这整整的一代人,那么,张平的以上说法就显得有些偏颇、有些随意了。一个无法否认的事实就是,在张平他们这一代作家当中,也的确有诸如莫言、韩少功、李锐这样一些获得了相当成功的现代主义小说家的存在。这些作家现代主义小说写作的成功,在很大程度上意味着的正是张平观点的反命题的成立。

其实,无论是现实主义,还是现代主义,抑或是别的什么主义,作为一种创作方法,它们之间是没有什么高下之分的。放眼一部人类的文学史,无论哪一种创作方法的运用,都能够创作出优秀的文学作品来。虽然在事过境迁之后的创作谈中,成功的现实主义作家张平,在一定程度上表现出了对于现代主义创作方法的轻蔑,但这样一种看法很显然是不能够成立的。即使是张平自己,他在《夜朦胧》之后的小说创作中,也很难说没有受惠于他自己一度十分热衷过的现代主义文学创作。对于一位以文学创作为自己最大追求的作家来说。以一种客观公允的态度,公平地对待所有的创作方法,应该说是一种最为正确的基本创作立场。

第四章

由家庭个人转向社会现实

——以《血魂》《法撼汾西》《天网》为中心

纵观张平的小说创作，可以发现，从题材的意义上说，存在一个相当明显的由家庭个人向社会现实的转型现象。虽然肯定会有特别的例外存在，但从绝大多数作家的创作轨迹来看，却基本上是由一种饱含"自传"性因素的写作而起步的。虽然并不能简单地把他们的作品看作自传，但对于自己人生经历中最为刻骨铭心的一些事件的回忆性书写，却又是这些作家在写作初始阶段一个十分突出的特点。张平的情况就是如此，在1980年代先后推出的"家庭苦情"系列小说，虽然相互之间具体的情节细节存在明显的差异，但从总体上看，却都可以被看作对于张平自己因受父亲"右派"问题的牵累而被打入另册，而由西安迁回老家山西运城新绛，而成为"五类分子子女"的这样一种特别人生经历的执着书写。中篇小说《夜朦胧》虽然是一部极明显地受到了1980年代西方现代派文学思潮影响的，带有突出的艺术实验与探索色彩的小说作品，但其中所书写表现的核心经验，却依然是张平那样一种明显有别于一般人的生存经历。从这个意义上说，张平的这部《夜朦胧》其实也完全可以被归入作家的"家庭苦情"系列之中。这也就是说，一直到《夜朦胧》的写作为止，张平都依然被一种或可称之为"五类分子子女"的情结牢固地控制着，他的小说依然还是一种带有突出的"自传性"色彩的回忆性书写。

张平的"家庭苦情"系列小说曾经取得过很大的成功，曾经给张平带来过闪烁着荣耀光芒的神圣光环。然而，真正意义上的文学创作，都把独异于他人的创造，看作支撑自身存在的一个根本要求。张平的情况也正是这样，虽然他的"家庭苦情"系列中的每一篇都具有不同于别一篇作品的思想艺术特征，但是，时间一长，一种模式化的特点也在逐渐形成。这就是说，无论是从小说的题材来看，还是从基本的艺术形态、艺术特征来看，张平的"家庭苦情"系列，似乎的确面临着一种可以在某种意义上称之为自我重复的现实问题。这样，寻找一种什么样的思想艺术方式，以最有效地突破既成的艺术窠臼，以最大限度地摆脱"自我重复"问题的困扰，也就自然成为张平必须面对的一个重要问题。中篇小说《夜朦胧》的创作，一方面，当然是作家的小说创作受到1980年代风云激荡的现代派创作思潮强烈冲击的产物，但在另一方面，却也未尝不可以被理解为，是张平意欲从"家庭苦情"小说系列的写作中挣脱出来的一种思想艺术努力的结果。只不过，张平的这样一种艺术上的实验与探索，未能获得预期中的成功而已。假若张平的艺术尝试获得极大成功的话，那么我们的文坛或许也就多了一位优秀的现代主义作家。

即使是到了时过境迁之后的现在，我们也完全可以想象得到张平当年在创作上所面临的困惑与苦闷。继续轻车熟路地沿着"家庭苦情"系列的创作路数走下去，当然不失为一种稳妥的选择，而且文学史上也的确不乏自始至终都坚守着某种思想艺术风格的作家存在。但从张平的思想状况来看，他实在不愿意继续写作类似于"家庭苦情"系列这样的小说了。时值西方的现代主义与后现代主义文学作品大量涌入中国的文学时期，各种"新潮""先锋"的文学作品正处于"乱纷纷你方唱罢我登场"的纷乱状态之中。一时之间，那样一些自我标榜为反传统的小说写作，成为文坛最为流行的写作时尚。我们完全可以想象得到，已经断然决定告别类似于"家庭苦情"这样一种小说写作样式的张平，置身于如此一种社会文化语境中的那样一种茫然与无助。

"没想过尝试一种新的写作方式吗？试过。早在1980年代，看了福克纳的《喧哗与骚动》和马尔克斯的《百年孤独》，随后不久便发表了一些中短篇，其中的一些作品甚至还得到了柳鸣九先生的赞许和认可，而后又进行过多方面的尝试，很认真也很投入。看过啃过许多大部头的西方现代和后现代的文学、文艺理论作品，直到今天，自己仍然很喜欢这其中的很多作品，包括国内一些先锋作家的作品，自己也一样非常喜爱。"① 虽然有一些事过境迁之后的轻描淡写色彩，但张平还是准确坦诚地道出了自己之所以会在当时积极主动地从事于如同《夜朦胧》一样的实验探索性艺术作品的写作的根本缘由所在。然而，让张平自己也让我们感到特别遗憾的是，作家的这样一种尝试性写作并没有能够获得预期中的成功。究其原因，张平写道："但在自己的创作中，还是渐渐地放弃了这种尝试性的写作。因为觉得自己不管怎么折腾，写出来的仍然还是一种表层的东西。你所想表现的并不是自己的骨子里渗出来的，不是从自己的潜意识里冒出来的，不是从自己的血液里流淌出来的。因为你所处的生活环境和社会环境没有让你具备了这种东西。"② 张平的自我反省，可能的确在某种程度上击中了自己诸如《夜朦胧》之类的小说创作未能成功的要害所在。然而，无论怎么说，那个时候的张平似乎真的陷身于某种创作道路选择的困境之中了。既往的"家庭苦情"的创作道路不愿意去走，类似于《夜朦胧》这样的现代主义创作道路却又走不通。那么，张平究竟该何去何从呢？

也正是在这样的意义上，我们才特别地重视中篇小说《血魂》的创作。虽然也的确还无法断定《血魂》的写作是否有生活中的原型存在，但可以肯定的一点却是，《血魂》的问世从根本上预示、标志着张平小说创作的一种重大转型，意味着张平的小说创作开始挣脱个人生存经验的束缚与羁绊，开始思考表达个人生存之外的更为广阔辽远的社会问题。在某种意义上，张平的这种创作转型，也可以被看作早在《梦中的情思》中即已初露端倪的、一种平民化情怀顺理成章的发展结果。从《梦中的情思》中对于非知识分子的普通农妇秀兰的重点表现，再到《血魂》中对于社会矛盾冲突的思考与表达，其中很显然可以寻绎出一条发展演变的脉络来。在这个意义上，断言《血魂》是张平个人创作历程中一部界碑式的作品，也是毫无疑义能够成立的。从张平的整体写作历程来看，他最主要的写作成就体现在关注表现重大社会政治问题的小说创作上。值得引起我们高度注意的是，中篇小说《血魂》正是张平此类小说创作的滥觞之作。而这也就意味着，《血魂》既是一部告别之作，也是一部开启之作。它一方面意味着"家庭苦情"系列的

---

① 张平：《遭遇十面埋伏》，见《我只能说真话》，解放军文艺出版社2002年版，第65页。
② 张平：《遭遇十面埋伏》，见《我只能说真话》，解放军文艺出版社2002年版，第66页。

终结。另一方面，则为张平的小说写作打开了一个极为重要的写作路径。因此，对于张平的小说写作历程来说，《血魂》的重要性却是毋庸置疑不容忽视的。

《血魂》所具体讲述的，其实是一个当代的"官逼民反"的故事。故事的起因是一起乡村世界中的相当普通的宅基地纠纷："王元奎家跟大林家是邻居。王元奎家是个大院，大林家是个小院。小院几乎被大院包着。是这么个样子：大林家的院子有四分多，元奎家的院子足有一亩六。大林家后边本是生产队的牛院，左边是本村专供五保户住的一个院落，这两年都被王元奎弄到了手，便成了如今这个样子。"关键的问题是，王元奎并不满足于现在的这种格局，他觉得大林家的存在明显地妨碍自家的发展，所以就向大林家提出了一厢情愿的"领土"要求。他"打发了电工三儿来做说客，要把大林家这块宅基地买下，拆房还给迁移费"。不承想王元奎的要求却遭到了大林一家的断然拒绝："大林爹和娘都不愿意，大林也不愿意。一是因为大林家在村内，门前便是大路，水井就在跟前，场院也在附近，若移到村外，就啥也不方便了，二来村外也实在没啥好地方。不是沟边，便是崖下；三呢，就是能给些钱，其实拆了重盖，再添些材料，里里外外也落不下几个，还不算粮食。家里没劳力，亲戚又少，盖房子哪是容易的！"

发生点宅基地的纠纷倒也没有什么，照常理说，一方想要拥有另一方的宅基地，而另一方却坚决不同意，这事情也就罢了。但关键的问题在于这想要购买拥有宅基地的一方并不是普通的村民，而是当时引领乡村社会发展方向的专业户："王元奎有钱。王元奎是全县全地区都挂了号的重点专业户。王元奎的建筑工程队，发展到今天的规模，已经拥有吊车、起重机，五台拖拉机，八辆'东方'车，他敢同省建一公司抢生意。"既然是这么财大气粗的一个主儿，既然都敢跟"省建一公司抢生意"，那么，如同大林家这样一户普通的村民又怎么会被王元奎放在眼里呢。在某种意义上，由于对峙双方的实力过于悬殊，他们之间矛盾冲突的胜负结局其实在一开始就已经决定了。

因为大林一家执意不卖宅基地，所以，来自王元奎一家的报复行为也就接二连三地降临到了大林一家头上。首先是拒绝收购大林家的香烛："大林把家里做了一冬天的几百斤香烛送到王元奎的土产收购站时，没想到人家怎么也不收，说是库房里放满了，家里又没地方，过些日子再说。大林说了好半天也不顶事。"然后便是王元奎在为自己的孙子举办"过三天"的庆典请客时，把全村的人都请去了，但就是不请距离最近的邻居大林一家。这样的异常举动，自然而然地引起了大林的警觉与担忧："不好！大林突然意识到事情的严重性。像这种事，全村人都请了，独独没请他家，这可是最丢脸最让人难堪的。往常，谁家同谁家有过口舌，碰到这种机会，还三番五次地请了叫了地和事呢，哪有平时没吵没骂的，突然这么不请了的！何况还是一墙之隔的邻居！除非是深仇大恨才干得出这种事情。"

大林的担心果然不无道理。如果说拒收香烛与拒绝请客还只是一种不祥的信号的话，那么，紧接着发生的就是大林一家与王元奎一家之间的正面冲突了。按照乡村世界中约定俗成的习惯，自己家的牲口与圈粪应该拴在堆放在自己的家门口与院墙根，然而，王元奎一家却硬生生地将自己家的牲口与圈粪都拴在堆放在了大林家的门口与院墙根。"大林赶忙跑了出去，果然，王元奎家的三头牛、两匹骡子，一字摆开，全拴在了他家的院墙根下。一头牛这会儿正在他家的墙上蹭痒痒，把墙上的土蹭下来好多。而紧靠他家门口，在元奎家的院墙根下，则小山似的堆了两大堆圈粪，比大林家的院门几乎还高！""在门前拴牲口，在门口旁堆圈粪，这分明是活活欺负人呀！居然连个招呼也不打，看来人家根本就没把他这一家人放在眼里。"王元奎一家的行为当然带有明显的挑衅意味，血气方刚的二林本来想去理论一番，但最后还是被自己见多识广的老父亲拦了下来。大林父亲的阻拦行为中，带有明显的隐忍谦让的意味，其中隐约可见中国乡村传统生存哲学的久远影响。

原本想"元奎家把牲口拴过可已经整四天了，今儿不请客了，可不知牲口往不往这儿拴。要是不拴了，那一天的黑云可就全散了"，却谁知，元奎家却依然故我地要把牛拴在大林家门外的院墙根下，这样，双方之间正面冲突的发生也就是无法避免的了。虽然由于有老谋深算的王元奎的出面弹压，初次冲突并没有酿成难以收拾的后果，但冲突的结果却是王元奎家的牲口似乎可以合情合理地拴在大林家的院墙根了。"惟有大林怔怔地站在门前，瞅着家门口一边饲养场似的一溜牲口，一边小山样的两堆圈粪，再瞅瞅王元奎家门口扫得干干净净的情景，一种受了愚弄和欺压的感觉，格外强烈地在心头冲涌了上来。"

既然有了这样一种强烈的"受了愚弄和欺压的感觉"，既然连村长、组长以及村里面的民政调解员都不愿意出面干预这一件事情，那么，大林一家也就只能采用以牙还牙的手段，只能仿效王元奎家的做法，把牲口拴在了王家门口，把圈粪也堆了王家门口。但是，这样的行为，却无疑于是火上浇油，王元奎家本来就想寻衅滋事，大林兄弟俩的行为，正好给他们提供了可以让冲突进一步升级的借口。先是王元奎的老婆把尿泼在了大林家的门上，因为"这是迷信里最狠毒、最厉害、也是平时对人最蛮横的一招"，所以便极大地激怒了本来就火冒三丈的二林。还没等大林完全明白反应过来，二林早已经把"半茅罐茅粪，全给泼在了元奎家门口"。

二林这下可闯了大祸，因为二林的举动，本来就一直偏袒着王元奎一家的村委会，更是做出了专门针对大林兄弟的严厉处分："鉴于张大林及其弟张二林无理向专业户王元奎家门口堆粪、泼茅粪一事，经村委会研究，决定按以下几条处理：一、马上铲掉、冲净王元奎家门口的茅粪。二、两天之内拉走堆在王元奎一家门口的圈粪和土杂肥。三、上门向王元奎一家赔情道歉，并在村广播上作出公开检查。四、罚款三十元。"对于这样的判决处分，一直觉得理直气壮的张大林兄弟当然无法接受，这样也就导致了这一冲突必然的再度升级。这一次，早就不再想忍耐了的王元奎一家终于对着二林大打出手。手无寸铁的二林被王氏三兄弟毒打之后的状况极其惨重："据昨天的几个大夫诊断，除了肺部和肾脏的内伤外，至少有三处骨折。两只手腕和左脚，水亮亮的全都变成了紫青色。胸前背后和两腿后侧，伤痕累累，淤血重重，几乎没了一块好肉。头上有四处淤血。脖子肿得水桶一般粗。"

然而，尽管二林已经被毒打到了这样一种程度，但大林却依然无法找到替自己做主的政府机关。即使是专管此类治安事件的派出所所长，也在设法替王元奎一家开脱。这个时候的王元奎，则开始对大林一家施展两面派手腕。一方面，他假惺惺地亲自跑到医院来看望受伤的二林，并振振有词地表示："事情已经到了这分上啦，让俺能补多少，就补回多少吧。这不，所、村长他们都在么，二林这养伤期间，家里的农活、杂活，还有两位老人，都由俺负担照顾。经济损失也全由俺赔偿……"，但在另一方面，他却在步步紧逼，仍然坚持要实现最终拥有大林家宅基地的目标。关于后一方面，母亲是这样向大林转述的："可今儿早上，县委书记和县长坐车到了人家家里，给人家送匾来啦。

扁往门上挂时,炮放得全村的人都来看了。王元奎一家子站在门口,笑得好光彩哩,听说后来还研究了个啥方案。说是由县里出头,在咱村开办个啥公司。经理王元奎,地方要占在咱院里。说是等二林伤好些了,就跟咱商量,让咱腾哩。……这回让人家白打了,人家不赶咱,只怕咱也没脸在村里住了呀。"却原来,王元奎到医院里来看望二林,也只是一时的安抚手段而已,却原来,王元奎一直就没有放弃过占有大林家宅基地的努力。如果王元奎的想法能够全部得逞,那就意味着大林一家为了保护宅基地所付出的努力全部是无用功,而二林,则更是白白地挨了一顿打。面对着这样一种始料未及的局面,大林先是感到万分的愤怒:"大林默默无声地听着,浑身上下猛烈地颤着,那双圆睁的眼里,泪水汹涌地流着,两道眼神像在喷火……"然后,大林的情绪终于平静了下来,"也不知过了多久,他疯了一般的情绪终于慢慢平稳了下来。呼吸均匀了,胸脯也不那么急剧地起伏了。渐渐地,眼泪也不流了。那张满是泪痕的脸变得越来越阴沉,眼光也越来越冷,越来越暗,越来越瘆人……"然后,便是大林闯到派出所所长的门里讲的那句话:"俺把王元奎一家子全杀了",便是这一场惊天血案的发生。至此,张平"官逼民反"的题旨得到了彻底地体现。

虽然时间已经过去了二十多年,但我们今天重读张平的《血魂》时,却依然会有一种强烈的战栗不已的感觉。笔者一方面惊诧于早在二十多年前,张平就已对于社会现实有如此深刻的剖析与表现,同时也遗憾于我们的文学史对于如此一部优秀小说的疏忽与遗漏。无论是就作家对于人性的探测程度而言,还是就作家对于不合理社会现实的批判力度而言,抑或是就作家的基本艺术构型能力而言,张平的这部《血魂》都可以说已经是一部相当成熟的文学作品了。人们平常总在说张平是一位"主旋律"的作家,而且这"主旋律"中似乎又总是包含着一种些微的贬意,似乎张平只是一位对于时代现实进行着廉价的肯定与赞美的作家。即使是笔者,也曾经有一段时间对于张平产生过这样的一种误解。事实上,这样的一种看法其实是相当偏颇的。张平固然有对于时代现实进行一定程度的肯定与赞美的一面,但他却也有对于社会现实进行不失严厉的批判审视的另一面。甚至在某种意义上说,这后一方面方才应该被看作张平小说最根本的价值之所在。这一点,最突出地体现在《血魂》这部一度被忽略了的中篇力作之中。

首先值得注意的是小说基本题旨的确定，要想充分地确认《血魂》题旨的价值所在，就必须将其放置到作品发表问世的1980年代的中国社会文化语境之中进行深入的考察。众所周知，在主流的历史叙述中，1980年代一向被指认为是一个思想解放、改革开放的时代。在1980年代的中国，所谓的农业生产责任制在广大乡村的贯彻，乃被视为对于农业生产力的一种极大解放。在这个时代的中国乡村，曾经出现过许多新的专有名词，"专业户"就是这些新的专有名词中特别重要的一个。虽然现在说起来，已经有很多人难以明白所谓的"专业户"是怎样的意思，但在1980年代，"专业户"却又的确是一个明显的具备体现着时代进步意味的专有名词。在当时压倒性的主流意识形态表述中，"专业户"是一个只应该被大力肯定褒扬的新生事物。也正因为如此，所以，在当时的小说作品中，大多数被时代风潮裹挟而去的作家们，就自然而然地只是对"专业户"大唱赞歌了。置身于这样一种社会文化语境之中的张平，能够敏锐地洞察到改革开放之后中国农村出现的新矛盾、新问题，敢于在《血魂》中刻画出如同王元奎这样一个带有明显负面因素存在的"专业户"形象来，其实是需要有相当的思想与艺术勇气的。作家的这样一种写作路向，甚至于还有可能被一些别有用心的人们，理解为一种对于改革开放事业的反动与否定。从这个意义上来看，张平《血魂》的写作，的确应该被看作一种带有突出的特立独行色彩的逆时代潮流而动的写作。即使只是从小说基本题旨的确定上来说，张平的这部《血魂》也理应得到充分的肯定。

然而，王元奎又为什么能如此地飞扬跋扈横行乡里呢？除了其本人的能力与性格特点之外，还有两个重要因素的存在是不容忽视的。一是县、乡、村各级干部对王元奎的包庇纵容。说到这一点，小说里的这样两段叙事话语就格外值得注意了。首先是大林爹："三儿不打紧的，怕是王元奎。人家四个儿子三个闺女，七龙八虎的，又有钱又有势。村长乡长的，都怕他三分，连县委书记也是人家家里的常客。他要真有了啥点子，只怕干得出来哩。"然后是大林娘："人家打了人，啥事也没有，反倒越红火气派了。前两天，听说成立啥公司哩，乡长、村长、书记的，在人家家里喝了整整一天酒。那派出所的所长也来了哩，第二天天黑了才坐上摩托走了。"事实也果真是如此，在王元奎家与大林一家发生的这场宅基地纠纷中，出场的几乎所有干部，除了那位村民组长借机发泄了一通对于王元奎的不满之外,大家全部本能地站在了王元奎一边。从村长、支书,到治安员、民政调解员,从乡干部,到医院院长、派出所所长,大家全都出乎本能地站在了支持王元奎的立场上。值得注意的是,村长居然还对大林讲了这样一番话:"王元奎可是咱县的重点专业户,咱们村还想靠人家走专业化道路呢,你可别犯红眼病。要是因为这故意跟人家闹矛盾,那可是犯法的。现在哪儿也一样,要重点保护专业户哩!"这就真的是欲予辩护、何患无词了,村长的话语里其实存在明显的转移矛盾方向的问题。大林找他,本来是要让村长帮忙解决与王元奎家的宅基地纠纷。但村长却回避矛盾不说,还顾左右而言他,将话题转移到了所谓保护专业户的问题上。这样,本来是王元奎要硬性地占有大林家的宅基地,但到了村长这里,却被巧妙地置换成了大林眼红发了财的专业户,村里需要保护如同王元奎这样的专业户的问题。矛盾转移之后,大林自然而然就处在了理屈词穷的弱势地位了。

二是绝大多数如同四婶这样的普通村民对于王元奎所作所为的惧怕与沉默。在这个意义上,小说关于四婶这个形象的刻画塑造就显得格外意味深长了。"在邻居里头,四婶同大林家关系非同一般。那年四婶跟孩子上山,半路上碰见了几只恶狼,若不是碰到上山打柴的大林父子俩,只怕她娘儿俩早葬身狼腹了。因为这,四婶家许多年来,跟大林家一直不分里外,有啥说啥的。"照理说,既然大林家有恩于四婶,那么四婶也就应该处处站在大林家一边,处处维护大林家的利益才对。事实也果真如此,当四婶发现大林家无人到王元奎家赴宴的时候,就悄悄地瞅天刚黑下来溜到大林家进行善意的提醒。然而,当大林家与王元奎家的正面冲突终于爆发,当大林家迫切地需要四婶亲自出面,证明王元奎老婆给他们家门口三番五次泼尿的时候,四婶反而退缩了。她让自己的小儿子当众一口咬定,自己根本没有看到过王元奎老婆泼尿。很显然,四婶之所以不愿意出面做证,从根本上说正是慑于王元奎的财大气粗,慑于王元奎一家的淫威。正所谓"在人屋檐下,不得不低头"是也。

其实,对于这一切,大林自己也是心知肚明的,且看作家张平对于大林一段带有反省色彩的心理活动的描述与展示:

是因为他做事过分了么。跟王元奎家这起事从头到尾,到底为啥,他不信门前门后的会看不出来!就说是二林在你门前泼了茅粪，可他还是个孩子呀！一个孩子挨了那样的毒手，一个孩子那样的嘶喊，可就没一个人出来！他不信可巷的人没一个听不见，他不信，死也不信！莫非可巷的人全都变了心肠，见利忘义，昧了良心！他不信，也一样不信！

可这到底是因为啥呀！那村长的脸面，民政的埋怨，哑巴的指指划划，四婶的躲躲闪闪，众人看猴戏似的眼神，那几个小伙子的嬉闹……还有派出所的含糊其辞，医院里的忽热忽冷。

可这些，到底怨谁！……假如，挨了打的不是二林，而是别人，那么，你又会咋样？

昏昏的灯下，他止不住地打了个寒战。

在笔者看来，能够由别人而联想到自身，这是张平此处对于大林的心理描写中极其重要的一笔。既然挨了打的如果不是二林，那么自己也可能采取如同四婶一样的躲躲闪闪的逃避姿态，那么，自己又有什么理由去更多地指责四婶的畏惧软弱呢？人同此心，情同此理，张平之所以特意地写到"昏昏的灯下，他止不住地打了个寒战"，正是因为他在对大林的心理描写中，发现了人性的一种几乎难以根本改变的黑暗。趋利避害是人的本能，事不关己高高挂起，也可以说是几千年来形成的中国人的生存哲学中很难更易的一个部分。然而，正因为如同四婶，甚至于如同大林，也都会趋利避害，也都会采用事不关己高高挂起的生存哲学，所以也才会有如同王元奎这样的人肆无忌惮横行乡里。在这个意义上，笔者甚至于要说，小说中所描写的这个"寒战"，其实是作家张平自己打的。当张平通过这样一件发生于乡村世界中的宅基地纠纷的剖析与表现，最终挖掘发现了普遍人性中存在着的一种根本黑暗的时候，他能不感到心灵的战栗不已么？他能不为他所描写表现着的人类一哭么？

很显然，王元奎一家之所以能够在村里飞扬跋扈耀武扬威，一方面固然是因为自家财大气粗根基深厚，是因为有县、乡、村几级政府在为他撑腰。但不容忽视的另外一个方面却是，在1980年代的乡村世界中，绝大部分的农民都是如同四婶这样的畏惧软弱、明哲保身者。正因为存在这样一种普遍的文化土壤，正因为绝大多数村民面对王元奎这样的霸道行为，采取的都是敢怒而不敢言的沉默隐忍姿态，所以才会有小说中描写的宅基地纠纷的发生，所以这场本来并不算很严重的宅基地纠纷才最终演化成为一场惊人血案。张平创作的这样一个现代的"官逼民反"的故事，其实也是在告诉读者，如同大林这样一个"光头无须，黑干精瘦，个头不高，一看就是个只会下苦种地的蔫巴老实汉子"，这样一位性格甚至多少有些懦弱的普通农民，是怎样地铤而走险，最终蜕变成一位连杀数人却依然面不改色心不跳的杀人犯的。实际上，也正是通过大林杀人这样一桩血案的最终酿成，通过对于这桩血案形成过程的上溯追踪，张平对于一种不尽合理的社会现实，对于一种人性的黑暗与冷漠，进行了一种格外鞭辟有力的批判与审视。这样看来，中篇小说《血魂》其实是一部具有深刻思想内涵的批判现实主义力作。

　　一篇优秀的小说大约总少不了对于具有相当人性深度的人物形象的成功塑造，《血魂》中的王元奎与四婶正是这样的一类人物形象。虽然张平并没有在这两位人物形象身上花费更多的笔墨，但他却以极简省的点染相对成功地勾勒出了这两位人物鲜明生动的形象特征。王元奎乃是一位深谙乡村世界生存规则的、乡村世界里的精英人物。他较之于普通的农民，具有较强的开拓能力，否则我们也就无法解释为什么他能够成为一位家大业大的专业户。在某种意义上，我们完全可以说，王元奎是一位顺应、引领时代发展潮流的弄潮儿。然而，事业开拓能力的具备，却并不能保证人物道德思想的高尚。出现在小说文本中的王元奎是一位为富不仁的专业户，虽然小说中公开出面与大林家发生直接冲突的只是他的老婆和子女，但这一切的幕后实际操纵者却无疑都是王元奎。在小说中，王元奎的公开露面只有两次。如果只是从这两次公开露面的情况来看，王元奎无疑是一位深明事理的乡村智者。王元奎的第一次露面就适时地阻止了一场暴力打斗的发生，第二次露面则是到医院里去看望安抚受伤了的二林。然而，明眼人一眼就可以看出，王元奎的两次露面，其实只是作出某种平和通达的姿态而已。他越是如此，就越是说明了他的伪善、他的老谋深算。说到底，无论是王元奎本人的故作姿态，还是他老婆子女们的大打出手，其目的无非都是要软硬兼施地实现他占有大林家宅基地的根本目标。从小说中不难看出，王元奎不仅懂得怎么样走上层路线，怎么样拉大旗作虎皮，而且还懂得怎么样以小恩小惠的方式收拢人心，懂得怎样最大程度地使自己的对手陷入某种孤立无助的状态之中。这一切都充分地说明，王元奎乃是一位既精明又狠毒的心计很深的乡村精英。能够以极简洁的笔墨将这样一个具有相当人性深度的人物形象勾勒表现出来，所说明的正是张平一种特出的人物塑形能力的具备。

小说花费在四婶身上的笔墨也同样极俭省，她的公开露面也不过只有两次。第一次是在发现大林一家没有人出现在王元奎家的宴席上之后，四婶专门跑到大林家通报消息，规劝大林家切莫与王元奎家作对。因为大林父子曾对四婶有过救命之恩，所以，这样的举动就充分地说明四婶乃是一位知恩必报的良善之辈。第二次则是在大林家与王元奎家的矛盾冲突开始逐步激化的过程中，四婶再一次来到大林家，振振有词地强调自己与哑巴牛儿都亲眼看到了王元奎老婆把尿泼在了大林家的大门上。应该说，在这样的强调指证过程中，所充分表现出来的都还只是四婶的善良与温情。但值得注意的是，就是在这一次，四婶曾经特别强调"这事你家知道了就行啦"。隐藏在话语背后的潜台词，其实也正是在暗示大林一家，自己不可能在公开的场合去证明这一点。事态的发展也果真如此，当村里的干部要找四婶来当场做证的时候四婶便本能地退缩了。"四婶没来，只来了个四婶的小儿子。"四婶的小儿子说："俺娘这些天有病，早上从来就不出门的，那天听见外边吵架，才出去看了看，就没见过泼尿嘛……"其实，也并不是四婶就不肯做证，实在是王元奎一家在村里边的势力太大了。深谙胳膊扭不过大腿这样一种朴素真理的四婶，自然不肯为了给大林家做证而平白地得罪王元奎一家。因为她深深地知道，得罪王元奎一家究竟对自己意味着什么。在这一方面，与王元奎对着干的大林一家的遭遇早已生动地说明了一切。就这样，虽然只是很少的笔墨，但一位既善良厚道知恩必报但同时却又胆小怕事畏缩懦弱的普通农妇形象，就已经鲜活灵动地跃然纸上了。张平刻画塑造人物形象的艺术功力，于此即可见一斑。

解读《血魂》，同样不容忽视的另外一点乃是张平艺术结构能力的突出。在《血魂》之前的小说作品中，张平一般采用的都是一种纵深的时间结构。这也就是说，无论是《祭妻》《姐姐》，还是《梦中的情思》，甚至于《夜朦胧》，张平都是在一个相对阔大的时间结构中展开自己的故事叙述的。或者也可以说，对于这样一种具有相当纵深度的时间结构，张平已经有了某种堪以轻车熟路称之的把握与运用。然而，在《血魂》的写作过程中，张平开始探寻一种全新的或可称之为时间横切面式的小说结构方式了。这也就是说，作家不再在一个相对比较长的时间跨度内进行故事的讲述，而是要在一个极短的时间过程中很快地完成并实现自己的叙事意图。具体到《血魂》，整个故事从发生到结束，不过只有短短的二十二天。作家从腊月初七电工三儿再次到大林家为王元奎做说客，开始交代张王两家宅基地纠纷的由来写起，等到大林终于忍无可忍被迫动手杀人时，时间也不过才是腊月的二十九。时间跨度的缩小，一方面可以使故事的结构更为紧凑；另一方面也能够明显增强故事的动作紧张性，可以更加强烈地吸引读者的注意力。我们注意到，在张平后来一些主要的长篇小说中，有不少都很成功地运用了这样一种时间横切面式的小说结构方式。张平对于这样一种小说结构的钟爱由此即不难得到充分的证明。然而，作家对于这样一种结构方式的运用，却又确实是从《血魂》这部中篇小说开始的。即使只是从这样的意义上说，《血魂》也具有一种不容忽视的重要价值。

　　由以上的分析不难看出，其实，张平的《血魂》是一部相当优秀成熟的中篇小说。笔者不知道张平自己是怎样看待这部作品的，但笔者却很清楚，我们的批评家与文学史家们在很长一段时间内并没有能够对《血魂》予以高度的注意与充分的阐释，只有到了时过境迁之后的现在，只有当我们回过头来重新梳理张平的总体小说创作历程的时候，我们才特别地注意到了这部中篇小说的重要性，注意到了这部小说所具备的一种突出的界碑作用。现在，关于张平的总体小说创作历程，我们已经可以看得很清楚，他的小说创作很明显地走过了一个由对自我的关心到对社会的关注思考这样的转折过程。具体来说，作家创作于1980年代的"家庭苦情"系列（包括《夜朦胧》在内），可以被看作以自我经历为原型、为蓝本的小说创作阶段，他在1980年代后期起，所创作的《法撼汾西》《天网》之后的全部小说作品，都可以被看作挣脱自我经历的束缚与羁绊之后，作家张平思考表现自身之外的更为广泛的社会现实问题的小说作品。我们虽然无意于否定作家的"家庭苦情"系列小说所取得的思想艺术成就，但很显然的，相比较而言，更能够代表张平目前所取得的最高小说成就的，却还是进入1990年代之后的社会政治小说。这也就是说，对于张平小说创作在20世纪八九十年代之交所发生的思想艺术转型，我们持有的是一种肯定与褒扬的态度。既然张平的创作转型值得肯定，那么标志着作者创作转型的这部《血魂》也同样应该得到充分的肯定。

《血魂》之所以可贵，一个相当突出的方面就表现为作家对于重大社会现实问题的关注与思考。可以说，以《血魂》的写作为起始点，张平就开始为自己的小说创作确立了一种关注思考表现重大社会现实问题的基本原则。写作出版于 20 世纪八九十年代之交，曾经在社会上引起轩然大波的长篇纪实文学《法撼汾西》与《天网》，就正是这样的作品。

《法撼汾西》与《天网》的写作，与张平在一个偶然的机会结识了一个名叫刘郁瑞的县委书记，有着相当直接的关系。关于这一点，张平自己有过真切的记述：

> 1987 年，一个偶然的机会让我认识了刘郁瑞。但这一个偶然的机会，却导致了我文学创作的根本改变。刘郁瑞当时是一个山区贫困县的中共县委书记。
>
> 我在农村长大。那些年极左思潮泛滥，因为政治株连，亲戚朋友里面，几乎连一个入党的也没有。在我的下意识里，入党几乎像登天一样高不可攀。所以这一辈子做梦也没想过有朝一日我会写一部描写共产党员的小说，更没想过我会去写一个共产党的县委书记。是刘郁瑞改变了我的意识和观点。80 年代山西出了一批很有名的县委书记，刘郁瑞便是其中一个佼佼者。在 1988 年发表的《法撼汾西》的后记中，我曾真实地记录了当时的心情：
>
> 去年在汾西县时，碰上个叫刘郁瑞的县委书记。此人五十出头，当过教师，后来又当了办公室主任，最近几年，才当了县委书记一把手。此人还是个作协会员，出过两本书，还写过电影电视剧本。我们一见面就成了忘年交，聊起来便没明没黑，说到要紧处，他居然比我还要动情，还要言词激烈。
>
> 我突然意识到，我总算发现了一个对人性、人情还没有麻木的领导干部！
>
> 虽然短短的几天，但记录下来的东西，我觉得至少也能写几十万字。有的事情根本用不着去加工，照实写出来就成了……
>
> 确实就这么几天，便成了我文学生活的分水岭。此后不久，便有了《法撼汾西》，便有了《天网》，再以后，便有了与此一脉相承的《孤儿泪》《抉择》《十面埋伏》《对面的女孩》等等几百万

字的东西。之所以会有这样的变化，我觉得最主要的是刘郁瑞身上的人民性改变了我的意识和观点。再说近一点，是刘郁瑞改变了我的文学观。①

按照张平自己的说法，是因为自己在一个偶然的机会结识了刘郁瑞，然后又因为对于刘郁瑞的了解而萌生了最初的创作动机，并最终创作完成了《法撼汾西》与《天网》这两部纪实文学作品。为此，他甚至不无夸张地强调，"是刘郁瑞身上的人民性改变了我的意识和观点。再说近一点，是刘郁瑞改变了我的文学观"。笔者当然愿意相信张平此种表述的百分之百的真实性，然而，关键的问题在于，假如作家没有机会认识刘郁瑞呢？如果认识不了刘郁瑞，那么是否也就意味着张平的文学创作不可能出现由"家庭苦情"系列向关注社会现实问题的转型呢？是否意味着张平不可能走上后来的这样一条创作道路呢？笔者想，答案当然是否定的。有机会得以结识刘郁瑞当然是触动张平创作《法撼汾西》与《天网》这两部纪实文学力作的根本动机所在，但从张平写作的基本导向来看，即使他遇不上刘郁瑞这个人，作家也会或迟或早地走向关注表现社会现实问题这样一条创作道路的。因为，从根本上说，决定着张平基本创作走向的并不是刘郁瑞这个人，而是作家自己的基本性格逻辑与创作逻辑。或许这样的表述才是准确的：正是与刘郁瑞的相遇相识，以一种催化剂的形式迅速地促成了张平文学创作的基本转型。

现在我们所能看到的《法撼汾西》是由群众出版社出版的，书的封面上标有清晰的"长篇纪实文学"的字样。然而，在创作之初，张平自己却并不是把这部作品作为一部完整的长篇纪实作品来加以对待的。关于这一点，张平自己有具体切实的记述："1987年采访结束后，后半年开了两次笔会，在平顶山开了一次，写了两个中篇，后来下乡又写了两个中篇，四篇凑在一起便构成了《法撼汾西》。"②《法撼汾西》共由四章组成，第一章为"农民和乡长"，第二章为"三十年死信和二十年疯女人"，第三章为"百日之灾"，第四章为"两个女子和六个干

---

① 张平：《一生的良师益友》，见《我只能说真话》，解放军文艺出版社2002年版，第167—168页。

② 张平：《文学写作上的"生死抉择"》，见《我只能说真话》，解放军文艺出版社2002年版，第247页。

第四章 由家庭个人转向社会现实

部子弟"。现在看得很明白,这四章乃是张平以中篇的形式而分别创作出来的。大约因为这些故事都发生在汾西县,而且都与县委书记刘郁瑞存在十分重要的联系,所以,在出版的时候也就自然而然地将这四部中篇连缀在一起,以"长篇纪实文学"的形式出版了。那么,如同《法撼汾西》这样的作品为什么能够在社会上掀起轩然大波,激起如此巨大的波浪呢?张平为什么会因为此类作品的写作而身陷官司的纠纷之中呢?且让我们先来了解一下在这四章中,张平究竟给我们揭示出了怎样一种令人触目惊心的社会现实。

第一章"农民和乡长"写的是一位名叫刘黑娃的普通农民,与大峪乡党委副书记兼乡长刘庆奎,因为盖房问题打官司的故事。刘黑娃与刘庆奎都住在大峪乡的刘家庄,"两家都要盖房子,鬼使神差,竟把他两家挨在了一起"。两家人挨到一起倒也没有什么,在正常情况下,也无非不过是乡长盖得豪华气派些,而普通村民则盖得简单一般些罢了。对于这一点,刘黑娃早已有了充分的心理准备。但关键的问题在于,刘黑娃是严格地按照村里边的统一规划盖自家的房子的,而身为乡长的刘庆奎,则在中途发生了变故。这变故的发生,与刘庆奎专门请来的风水先生有直接的关系。

> 原来这一排基地正对面,老远处是一溜山。这一溜山中间,有一段低洼地,这一段低洼地,正好面对着刘庆奎家的地基,那天请来的风水先生看了后,说这正对面低洼,是个不吉利的豁口。窑洞若是对了这豁口,可就把刘庆奎一家的"风水脉气"全跑了。跑了"风水脉气",可要辈辈受穷。上不能光宗耀祖,下不能延福子孙,刘庆奎自己也会时运不济,前程暗淡。

这一下可不得了,谁知道自己家的地基居然会有如此大的问题呢?笃信迷信的刘庆奎自然恳请风水先生授以辟解之术。结果风水先生给出的万全之策,乃是"要他建窑时避开那个豁口,把窑洞往右扭。不能往左扭,左边是山口,扭过去也一样不吉利。扭到右边,才能保住风水,造福子孙"。为了能够扭转不好的风水,既有利于自己,也能够造福于子孙,刘庆奎自然会对风水先生的"万全之策"言听计从,真可谓你说扭过就扭过,你说咋扭就咋扭。岂料这一扭不要紧,其结果却是自然而然地就侵害到了正好位于他家基地右边的刘黑娃家的利益，因为这一扭肯定要占用本来应该属于刘黑娃家的院子的面积。这样，新房相邻着的两家发生尖锐激烈的矛盾冲突也就在所难免了。

刘庆奎要让自家的院子见方，就必然要挤占刘黑娃的院子，这不仅意味着刘黑娃的院子少了一大块，"怕的是连自己的窗户也给遮住了"。正因为如此，所以当刘庆奎家动手垒院墙时，刘黑娃的老婆与儿子自然也就出面阻拦了工程的进度。这一下，矛盾很自然地就闹到了村委会。一家是严格地按照村委会的规定盖房，另一家则明显地违反了村委会的规定，谁是谁非本来一目了然，但慑于刘庆奎乡长的淫威，村干部们还是被迫站在了刘庆奎的立场上。在村委会的调解会上，刘庆奎坚持"两家的窑反正都盖成了。这院墙嘛，谁能说下个样子？嫌占得多了，让两尺不就得了"。所谓"让两尺"云云，明摆着还是要继续侵占刘黑娃家的院子。这当然是刘黑娃所不能答应的，他反复强调的一点就是："没啥商量的。我按村里规划办，一尺一寸也不让。"

既然双方都各不让步，既然村里解决不了问题，那么矛盾的解决就只能移交到乡政府了。乡政府负责解决这一纠纷的是法庭庭长杨占亮。这杨庭长自然而然地维护着乡长的利益，为了达到这一目的，他先后对刘黑娃这个普通村民使用了哄骗加威胁利诱的手段。杨庭长先是给刘黑娃一本正经地宣读了一份判决书，特意强调"鉴于此种情况，经协议：由法庭出面调解，以几何平分线量出墙基，即：两家各在自己以为应占的地基上各自让出一半来。"当刘黑娃终于搞明白所谓的"几何平分线"仍然还是要让自己让出一大块地基的时候，他出乎于本能地拒绝了这份判决。刘黑娃的断然拒绝当然是对杨庭长尊严与权威的一种挑战，盛怒之下的杨庭长便毫无理由地把刘黑娃关进了拘审室。

"刘黑娃在拘审室里，一呆就是整整三天，除了拉屎撒尿，哪儿也不准去。这是公社后院最偏僻的一个角落，没人看没人理。吃喝倒是不受屈，一日三餐都有人送。"三天的拘审生活对刘黑娃自然形成了巨大的精神压力，就在他越来越愤恨，差不多要愤恨到绝望程度的时候，杨庭长又以另一副关心的面目出面来"好心"地规劝他了。"人家说当初跟你关系挺好的，没想到你会一下子翻了脸。闹得人家怪伤心的，人不亲土还亲呢，本乡本土的，有啥过不去的地方。如今咱推开别的不说，就算你全是理，就按你的想法，让你的院子见了方。那就算你赢了？看

第四章 由家庭个人转向社会现实

上去你赢了，情分上你可是输完了。再说，日后就真不见面了，真没有用不着人家的时候了？刘庆奎还给我说了，那天你真要是让了他，日后他保证让村里再给你批一块，我这当庭长的，决不是日哄你。"就这样，一方面是拘禁威胁；另一方面又是哄骗利诱。双管齐下的结果自然是对刘黑娃的全面制服，刘黑娃终于在判决书上签了字。

等刘黑娃回到家中了解到自己离家后几天内家中的实际情况，等他彻底地明白自己的签字乃是上了杨庭长的当，等他明白真相开始后悔自己的签字行为的时候，一切似乎都已经变得无法更改了。当刘黑娃再次找到杨庭长的时候，杨庭长告诉他的只是"既然签了字，就有了法律意义，那是不能反悔的！"这样几句可谓掷地有声的话。对于杨庭长来说，只要有了刘黑娃在判决书上的签字，那就等于有了充分的法律依据，那他为了维护所谓的法律尊严，也就可以采取任何措施了。正是在这样一种逻辑的作用之下，杨庭长居然把再次阻拦刘乡长施工的刘黑娃的老婆给铐了起来。"他脸色惨白，跌跌撞撞地跑过去，撕开人群，他正看到两个法警一人揪住老婆的一只手，把老婆拉到一棵好粗好粗的树上，使劲把胳膊拽直了，连脸也贴了上去，只听得喀嚓一声，老婆便给铐在了树上！儿子坐在地上，满脸是土、浑身是泥，像傻子一般在嚎叫。两个闺女连跪带爬地扑过去，一个抱住妈的一条腿，哇哇哇地又哭又叫。老婆使劲地仰起脸，仍在哭在骂……"就这样，凭借着手中拥有的权力，刘庆奎终于彻底制服了刘黑娃一家，为了早点把铐在树上的老婆解救出来，刘黑娃只能完全地屈从于刘庆奎的淫威了。

然而，刘黑娃虽然一时屈从于刘庆奎的淫威，但他却怎么也咽不下这口气，最后还是决心要找上级去告状打官司。找乡里自然没有什么指望，所以他就只有来找县委，找刘郁瑞。如果县委与刘郁瑞没有指望，那他还准备继续去找地委、省委、乃至于中纪委，"反正日子也过不成了，倾家荡产我也要告他"。幸亏遇上了刘郁瑞这样一个敢于仗义执言的县委书记，幸亏刘郁瑞以高度的责任心过问了这件事情，否则，即使刘黑娃真的把状告到了地委、省委乃至于中纪委，其结果我们也是很难想象的。毕竟，越是高层的政府机关就越是需要依靠当地的地方政府来解决类似于刘黑娃这样的冤案，诸如刘黑娃这样的案件最终还是要落脚于地方政府手中的。

即使是刘郁瑞，要想解决刘黑娃状告乡长这样一个看似简单明了的案件，也同样遇到了不小的阻力。首先是大峪乡的乡党委书记吴亮。当刘郁瑞向他询问了解有关刘黑娃案件的基本情况时，他居然只是道听途说地知道事件的一点皮毛印象，而这印象却是"听说那一家子刁得很，那老婆纯粹一个泼妇母老虎，连庭长也敢骂，人家就把她铐了"。这真是整个儿一个颠倒黑白。这也就难怪刘郁瑞会大发感慨了："一个农民跟一个分管民事的乡长打官司，你居然不过问，居然没人给你汇报！算什么党委书记！"

其次是县法院院长张志良。与不怎么知情的吴亮相比，这位对整个案件的来龙去脉有着全部了解的法院院长却是振振有词地要强硬得多。当张志良貌似坦然地对刘郁瑞表示自己对整个案件的全部审理过程都十分清楚的时候，刘郁瑞知道："他碰到了一个官油子。首先他敢于承担责任，直言不讳，这至少也说明了一点，在他那个圈子里，他说了算。再一点也说明他早准备好了，有恃无恐。"这样，一种针尖对麦芒的面对面斗争也就是必然的了。事实证明，这位有备而来的法院院长果然极不好对付，对于刘郁瑞的每一次质问，他都能够以一种"兵来将挡，水来土掩"的方式应付过去。一直到刘郁瑞忍无可忍地大发雷霆，这法院院长那样一种飞扬跋扈的嚣张气焰方才被压制了下去。"你想他干了这么多年的法院院长，做梦也没想到有人敢对他这样。他无论如何也不会想到，平时看着老气横秋、步履蹒跚的刘郁瑞，一下子竟会变得跟金钱豹似的，露出这么一副狰狞可怕的脸。"

然后就是那位杨占亮庭长。即使是面对着县委书记父母官，这位杨庭长依然在为自己的所作所为进行辩解，依然在强调自己判决的正确性："他们两家是邻居，几乎同时动工同时完工。完工后，为墙基产生了争执。一个院墙，只要私下里能解决了，调解调解就算啦。说句实话，你吃点亏，他少占点便宜，和和稀泥就算了。这本算不了什么大事嘛，哪晓得这刘黑娃不同意，后来经劝说，好不容易同意了，刚签了字，马上又反悔，说他老婆不同意。这不是胡搅蛮缠吗？于是我们便打了报告，经批准后，进行了强制执行。执行中，黑娃老婆骂我们，拦我们，我便下令把她给铐了。"写到这里，笔者真的是不得不佩服于语言组合的魔力了。你并不能说这杨庭长说的就不是事实，但同样的事实被他表达出来的时候，你却会明显地觉得其实道理真的就在他们一边。对于这样的辩词，大约也就只能用所谓的巧言令色来加以形容说明了。如果不是刘郁瑞最终以"辞职"的话语施以巨大压力，我们也的确很难想象，杨庭长最后会提交给刘郁瑞一份一百八十度大转弯的案情重新审查报告来。

由以上的分析，即可看出，刘郁瑞在解决刘黑娃案件的过程中，所面对着的重重阻力究竟有多么大。我们很难想象，如果刘郁瑞不是大权在握的县委书记，那么他还有没有能力解决如同刘黑娃这样的冤案。推想至此，禁不住便会产生一种悲从中来为天下苍生一哭的强烈感觉。

事实上，也正是在刘郁瑞的强力干预之下，刘黑娃的案件才得到了圆满的解决。因为刘黑娃一案的影响实在太大了，所以案件的重判自然也就引起了周围群众的强烈关注。且让我们来看张平的形象描述："大峪乡刘家庄的会，没想到会来那么多人，一听说法院要重判刘黑娃的案子，附近几个村子，甚至20里以外的人也跑去看，黑压压的，竟有好几千人。庭长在会上作了检查，院长也作了自我批评，公开向刘黑娃夫妇赔情道歉。最后又宣读重判结果，刘庆奎破坏村镇规划，擅自扭动地基方向，自食其果，自作自受。责令刘庆奎立即拆掉院墙。这一宣布，会场一片喧哗，真是山摇地动，有人当场放鞭炮，刘家庄的老村长，喝酒喝得酩酊大醉，竟在炕上躺了三天……"从这样的一种激烈反应中，我们当然可以清楚地感觉到人心的向背，感觉到老百姓的真实心声。

照理说，刘黑娃的冤案至此就可以告一段落了，但意味深长的却是接下来又发生了一幕简直令人啼笑皆非的受害人替施害者求情的奇特场景：

然而没想到的是，那一天散了会，刘黑娃夫妇竟把院长、庭长和几个法警请到家里，花了几十块，杀了鸡，宰了兔，买了酒肉，做的鸡蛋煎饼，实实在在地请人家吃喝了一顿。人家除了吃喝，自然还有别的。今儿刘黑娃来见刘郁瑞，除了真心真意地感激，同时还带着院长、庭长的任务。所以当刘黑娃吞吞吐吐地想给刘书记再说啥时，刘郁瑞有些责备地：

"你是不是还要给他们说情？"

"刘书记……他们的事，你就别再说啦。"

"是不是他们让你来的？"刘郁瑞显然有些生气。见此情景，刘黑娃突然把脸埋下去。好一阵子，才又抬起来，再看时，早已满脸是泪了：

"刘、刘书记，这事不说啦，咱不说啦……"

"你不说了，我还要说嘛。"

"不，不，刘书记，不要提啦，再不要提啦……"

刘郁瑞看看面前这张满是泪水，满是皱纹的脸，突然感到一阵揪心的难受。他赶忙扭过脸去，强忍着，终于没让眼泪流下来。

刘黑娃之所以在打赢了官司之后，还要违心地请那些曾经糟害过自己的官员们吃饭，关键的原因在于，刘黑娃十分清楚，自己的官司之所以能够打赢，主要是有县委书记刘郁瑞的鼎力支持。那么，假如刘郁瑞有朝一日调离了现在的工作岗位，那又有谁会为自己撑腰呢？更何况，自己一家此后还要长期地在大峪乡刘家庄居住和生活下去，如果自己从此就将这帮曾经为非作歹的官员们得罪光了，那也就意味着，虽然自己的这一次官司打赢了，但自己一家的生活不也还得继续吗？谁又能够保证自己一家从此之后就不与这帮曾经糟害过自己的官员们打交道呢？既然要继续打交道，又不能保证为自己伸张正义的刘郁瑞不调走，那你说让刘黑娃该怎么办呢？设身处地地想一想，他又怎么能够不违心地帮那些曾经严重伤害过自己的官员们来向县委书记刘郁瑞求情呢？

其实，对于这一点，早在刘郁瑞见到乡长刘庆奎时，作家张平就已经有过一段暗示性很强的描写了。张平写道："刘郁瑞静静地打量着他。个子不低不高，人长得挺精干，微微有些发福，但一点儿不显得胖。四十出头了，看上去还挺年轻。不知为何，刘郁瑞突然有些替他惋惜起来。象这样的干部，基层上有好大一批。一辈子干个乡长、局长，也干得津津有味，舍不得离开。整个县里都是他的熟人、关系，等年龄大了一退休，住进早就准备好的安乐窝里，尽享天年。正是这样一批人，在地方上形成一股势力。"刘郁瑞的想法当然不是空穴来风，最值得注意的，正是其中的最后一句话。"正是这样一批人，在地方上形成一股势力。"按照作品中的描写，这样一种强大的地方势力其实早已经形成了。那么，这样一种强大的地方势力是不是会因为刘黑娃官司的一时打赢，因为刘庆奎乡长职务的被撤消而消失呢？答案自然是否定的。即使是对于身居县委书记要职的刘郁瑞来说，他所强力干预的也只是关于刘黑娃这一具体案件的审理情况，而对于这样一种强大的地方势力，他恐怕也是无能为力的。既然连县委书记，在面对这样一种强大的地方势力时，都会觉得无能为力束手无策，那刘黑娃作为一位普通村民，对这样一种地方势力感到畏惧与恐惧，也就是顺理成章的了。这样，对于刘黑娃宴请那些糟害过自己的院长、庭长之流的貌似不合常理的行为，我们也就自然多了几分深入的了解与同情。

第二章"三十年死信和二十年疯女人"讲述的其实是两个故事。之所以将二者一块进行讲述，是因为这两个故事都是关于沉积已久的历史冤案的故事。第一个故事的主人公名叫曹福录，事情的缘起乃是这曹福录给刘郁瑞写的一封申诉信。曹福录之所以给刘郁瑞写信，是因为他从别的途径了解到这位新任的县委书记是一位愿意为老百姓伸张正义的正直官员。这曹福录在信中颇为动情地写道：

> 刘书记，自从我在报纸上、广播里和人们的嘴里听到您为民办案的事迹后，激动得我一晚上一晚上地睡不着觉。我想，也许我这一辈子快要到头了。我每天盼着，盼着我的身体能变得好点，早日见到您。然而这倒霉的身体偏也不争气。我真怕我这一病再也起不来了，所以只好挣扎着起来给您写了这封信。我忍着疼痛，整整写了三天，才写到这里。

那么，这曹福录的身体究竟会糟糕到怎样的程度？不然，一封并不很长的申诉信又何至于要写上整整的三天时间呢？作品借助亲自前来看望曹福录的刘郁瑞的眼睛，对曹福录糟糕的身体状况及其恶劣的生活环境进行了极其生动形象的展示与描写。

> 一走进窑里，一股强烈的潮气和霉味扑面而来。紧接着映入眼帘的，便是那个裹在一团霉烂破散的棉絮中，正要往起爬的人。
> 这人便是曹福录。一听说县委书记来看他了，哼了几声，硬是挣扎着要从炕上爬下来。吭哧吭哧了好半天，可能是爬不起来吧，最后竟一下子滚下炕来。
> 刘郁瑞和曹大宝急忙跑过去把他扶起。但两个人怎么扶也把他扶不起。好一会儿了，刘郁瑞才明白，他的腿根本就伸不直，腰也根本挺不起来！他甚至连坐也坐不住，把他扶在炕上，他不愿意

躺，想坐，然而稍一松，就一骨碌斜着倒了下去。就好象有一条筋在无形中扭着他，捆着他。这么折腾了几下，早已脸色蜡黄，嘴唇乌青，连气也喘不上来了。末了，只好让他斜躺在那堆破棉絮上。

斜躺在那儿，脖子却怎么也扭不过来。挣扎了两下，身子仰躺过来了，脖子却仍然往外扭着，看人只好斜着眼。人极瘦，瘦得让人感到可怕。刘郁瑞扶他时，隔衣服好象只握了一把骨头，轻得象把棉花柴。头发很长，大部分已经灰白灰白的了。

脸上的纹路，不是那种一弯一弯的，而是直而斜的，又深又长，从两鬓——直划过脸颊。五十出头的年龄，看上去竟六十多岁。

从出现在读者面前的这位虽然只有五十出头，然而看上去却有六十多岁的病歪歪的曹福录的形象中，我们当然能够想象得到人物三十年来的苦难生存状况，可以想象得出曹福录的这三十年，是怎样地在一种只把告状当作人生唯一大事的不正常的单身状况中过来的。那么，这曹福录在历史上究竟干过什么十恶不赦的坏事呢？他会有什么天大的冤情，以至于居然要以整整三十年的时间来告状呢？在写给刘郁瑞的申诉信中，曹福录对于整个事情的来龙去脉有着相当清楚的交代。

按照曹福录的自述，他于1954年毕业于晋南专署办的财贸干校，毕业后分配到汾西县烟酒专卖公司工作。曹福录的家庭是贫农成分，家中只有一个相依为命的老奶奶。他本人是入党积极分子，思想积极要求进步，又是解放后的第一批中专生，所以，县里的领导便对他十分器重。"县领导已经有了打算，等我的实习期一满，就准备把我放到公司的一个重要位置上去。"然而，就在曹福录踌躇满志，正自我感觉良好，感觉到自己的前程似锦的时候，一场"可怕的厄运竟会突然降临在我头上"。首先是领导对他的态度仿佛在一夜之间便发生了一百八十度的大转弯，"那种明显的冷漠和轻蔑，使我坠入五里云雾之中"。但就在这个关键的节骨眼上，曹福录的工作中出现了一次差错，"短缺20元钱怎么也对不上账"。照常理说，在营业员的长期工作过程中，偶然有20元钱对不上账，是一件平常不过的事情，但公司却因此而对曹福录"隔离审查"了。然而，令曹福录更无法预料、无法接受的是，"在我被隔离审查了3个月后，公司突然以贪污公款、思想反动、态度恶劣、顽固不化等罪名，把我开除公职，遣返回家劳动改造！不容我半点回辩，在宣布的当天下午，便责令我立即离开专卖公司，把所有的行李、铺盖马上搬走！"

应该说，对于只有20多岁的刚刚步入社会的曹福录而言，这样突如其来的沉重打击简直可以称为晴天霹雳，是无论如何难以接受的。更何况，在曹福录看来，自己说到底也只不过是有20元钱对不上账而已，这又何至于使自己遭受如此之大的灭顶之灾呢？

> 从那时起，我暗中横下一条心来。反正已是无依无靠，无牵挂了，就是到死我也要把我的事弄清楚。至少我要对得起我自己，对得起奶奶（奶奶在曹福录被开除后不久就离开了人世，王注）的在天之灵！我就不信这么大的中国，就没有一个能说清我问题的地方。我不信，我死也不信！
>
> 从那时到如今，整整30年了。30年中，我几乎年年上访年年上告。县委、地委、省委、中央，什么地方我都去过 30 年里，汾西的县委书记换过11任，我全都找过。

这是怎样一种血泪斑斑的告状史啊，正所谓三十年辛苦不寻常了。那么，到底是什么样的原因会使得当时只有20岁出头的曹福录遭受如此严重的处置呢？这"莫须有"的罪名究竟是什么呢？我们同样相信曹福录的真情表白。如果不是真的感到特别冤枉，那他根本不可能用三十年的时间来固执地告状上诉。我们当然也十分同情曹福录的悲惨遭遇，但我们也如同意欲解决曹福录问题的刘郁瑞一样，面临着首先必须彻底查清楚这"莫须有"的罪名究竟是怎么回事的问题。"如果不查清，确定是不好解决的。就当时情况看，定曹福录为思想反动，肯定是有依据的，如果没有依据，那么像他这样成分好、品行好、表现好、年轻而又有文化的人才，是绝不可能被无缘无故地定成思想反动，给开除掉的。"

或许也正因为查清曹福录的问题难度太大，所以他的问题才会一拖三十年也无法得到公正的解决。如果不是碰上了刘郁瑞，那么这曹福录的案子恐怕也就真的成了永远也查不清的死案了。想想这也是人之常情，既然作为一个县的县委书记有那么多的事情需要处理，那他又怎么会为一个看起来已经差不多就是死案了的曹福录案件而去耗费心血呢。事实上，也正是因为有刘郁瑞的一再督促，所以才会有县落实政策办公室主任潘永刚的耐心查找，也才有了案件最后的峰回路转与水落石出。

却原来，一切这都是因为曹福录奶奶请人写的一封根本就发不出去的死信而引起的。原来，曹福录的父亲曹三贵并没有死，而是被国民党的部队抓走当了兵，并随着国民党的军队去了台湾。去了台湾并不要紧，要命的是这曹三贵临去台湾前还给自己的母亲留了一封信，"信中的话，无非就是告诉母亲他没死，随军去了台湾，心中惦念老母和妻小等等"。没想到的是，这信居然真的被捎到了曹福录奶奶的手中，这也就为曹福录后来的悲剧埋下了祸根。"那时候，……村子里对那些地主、富农和有海外关系的人看管得也日渐严厉。老太太思子心切，却又不敢张扬，对谁也不敢说。对孙子更是守口如瓶，怕由此而断送了孙子的前程。"然而随着时间的消逝，老太太对儿子的思念之情却是愈演愈烈，这种强烈的思念之情最终冲破了本来就极不稳定的农村老太太的理性堤坝："终于在一天，便悄悄地让人给她远在天涯的儿子写了一封信，偷偷寄了出去。"

这老太太根本想不到，在当时的那样一个时代里，要想写信寄到台湾去，那简直就是天方夜谭。老太太根本想不到，自己写的信不仅没有能够寄到台湾去，而且反过来还给自己的孙子酿成了长达三十年之久的一场弥天大祸。"这一写一寄，自然闯了大祸。三转两转，信便转到了当时的公安部门。公安部门一调查，发现写信人竟是个年过花甲的农村老太婆，可能也觉得不便处理，于是大祸便降到了曹福录头上。"曹福录的三十年冤案便由此而酿成。曹福录之所以身背三十年冤案而自己对于这冤案的形成原因却毫不知情，根本的原因可能在于当时负责追查此案的办案人员在批语中特别强调"应做好保密工作"。这一保密，就保密到了连曹福录自己也无法知情的地步，这一保密，可就保出了三十年都无法查清的一桩冤案。

从案件发生时中国的社会政治情况来看，对于曹福录做出这样的一种处理，应该说是一种合乎当时正常逻辑的结果。关键的问题在于，就是到了三十年之后的改革开放时期，曹福录冤案的解决依然遇到了极大的阻力。关于这一点，只要我们认真地揣摩一下县落实办主任潘永刚对刘郁瑞讲的一番道理，即可对这阻力何在有相当真切的了解。

> 刘书记，这怕使不得吧。这案子虽说不大，可也是个政治案子呀。凭我这么多年的经验，在咱们国家，凡是沾了政治的案子，再简单也会变得复杂起来。尤其是思想反动啦，反革命言行啦，别看就这么一句，往往一下子就把人划死了，想动也动不了。谁也不敢动呀！为反革命分子翻案，这帽子到啥时候，也是一顶洗不清的帽子。你想这曹福录的案子，若是好办，这十一任县委书记，果真就没有一个能办了的？实在是干系重大呀。中国的事情，难说的很哩！时下的档案、材料又那么乱，谁晓得啥时会翻出什么依据来？你说说，到了那会儿，岂不是让自个儿陷了进去，让恨咱们的抓住了口实吗？再说，别看曹福录现在的情况让人同情，可是，万一他真的有隐瞒的呢，人心难猜透呀。

行文至此，笔者不由得联想起了《红楼梦》中的"薄命女偏逢薄命郎，葫芦僧判断葫芦案"这一回来，不由得联想起了这一回中，门子给贾雨村传授的"护官符"。这落实办主任一再给刘郁瑞唠叨灌输的，不正是一种现代的"护官符"、现代的"官场经"吗？明明已经意识到了这曹福录的案子是一个冤案，但就是出于明哲保身的原因而不愿意去处理。"为了万分之一的可能，就不去管那九千九百九十九的事实。为什么呢，就是怕戴上为反革命分子翻案的帽子，怕那顶右的帽子。左比右好，就是为了乌纱帽。到刘郁瑞过问此案之前，三十年间办案者都是会做官的。在那个时期，宁左勿右就是'官场经'中重要一条。"① 曹福录一案之所以三十年时间历11任县委书记都无法得到解决，其根本原因正在于此。

特别值得注意的，乃是刘郁瑞已经出面公开干预曹福录案件之后，潘永刚与他之间一段微妙的对话：

> 潘永刚见刘郁瑞这样，顿时显得格外激动，他走到门口，又转过脸吞吞吐吐地问：
>
> "刘书记，曹福录，是……你亲戚？"

---

① 李文达：《我们需要这样的人和这样的书》，见《法撼汾西》，群众出版社1993年版，第316页，"附录"。

"唔？"刘郁瑞又不禁愕然，愣了一愣，摇了摇头。

"那，是上头有人让办的？"

"唔。"刘郁瑞皱了一下眉，不置可否地应了这么一声。

"是不是……"潘永刚还想说什么，刘郁瑞在他肩上拍了一拍，打断了他的话：

"别打听了，你去抓紧办就是了。"话一出口，刘郁瑞就立刻后悔了。这岂不是在哄骗吗？甚至有点卑鄙。然而潘永刚却一下子来了精神，听刘郁瑞这么一说，立刻挺直了腰板：

"刘书记，我明白了。你放心，这个案子我会全力去抓的。"

在这样一个对话的过程中，刘郁瑞与潘永刚之间的人格差异便形成了极鲜明的对比。刘郁瑞确实是在履行县委书记的职责，他与曹福录非亲非故，没有任何关系。打动他的只是曹福录的那一封长信，只是曹福录三十年来的悲惨遭遇。而熟谙当代"官场经"的潘永刚，却根本不相信，刘郁瑞居然与曹福录之间没有任何瓜葛。在他看来，要么刘与曹之间是某种亲戚关系，要么便是有上级领导给刘郁瑞打了招呼，要么便是……反正，这世界上没有无缘无故的爱，也没有无缘无故的恨。反正，刘郁瑞之所以要执意解决曹福录的问题，那肯定是因为他们之间存在某种隐秘的联系。而且，在潘永刚的逻辑中，这种联系越是隐密，也就越是重要。也正因此，所以当刘郁瑞正在为自己对他的"哄骗"而内心中后悔不迭的时候，他反而获得了天大的信任般地"来了精神"，并表示"这个案子我会全力去抓的"。从整个案件最后的解决情况来看，潘永刚的这一误解其实是相当关键的。正是因为有了这个误解，正是出于为刘郁瑞个人效劳以换取此后自身升迁资本的心态，所以，潘永刚才格外卖力地去调查曹福录案件，并最终使案件水落石出的。倘若没有刘郁瑞的将错就错，那这个案件真还不一定就是我们现在所能看到的这样一个结局呢。

不管怎么说，曹福录的案件总算得到了解决。然而，刘郁瑞还没有喘上一口气，由曹福录案件牵扯而出的另一个案件就又摆在了他的面前。曹福录的冤案刚刚平反，他的父亲曹三贵回到了汾西。因为从儿子这儿了解到了刘郁瑞是怎样竭心尽力地为自己解决问题的，所以他对大陆的好感大增，马上就设法通知台湾的朋友，劝他们也都回来探亲定居。这一探亲定居不要紧，带给刘郁瑞的却是"更多的麻烦和更大的难题"。

因为受曹三贵的影响，台商吴满仓也回到大陆来探望自己的女儿，但没想到这却着实令身为县委书记的刘郁瑞大伤脑筋。却原来，"吴满仓在汾西老家，如今只剩有一个闺女。这闺女倒是早已出嫁，而且还有两个孩子。女婿也在，还是个民办教师。然而无论如何也没想到的是，这闺女竟是个疯子，是个疯了20年、连话都不会说的疯子"。而这吴叶儿的疯，却又与我们国家的政策存在紧密的联系。"调查回来一汇报，才知道这女的原是国家教师。1962年压缩城市人口，被压回老家当了农民，于是就疯了。"

这样，刘郁瑞自然就处在了非常困难的处境之中。一方面，台商吴满仓要回来探亲；另一方面，他的女儿却是精神病，而且这精神病的形成还与我们党当时的政策存在直接的关系。这样的一种状况，怎么能交代得了满怀希望归来的吴老先生呢？刘郁瑞到底该怎么处理这个棘手的事件呢？

刘郁瑞首先抢在吴满仓到之前，亲自到吴叶儿家去看望有病在身的吴叶儿：

> 一走进院子，一个想也没想到的场面，把刘郁瑞给惊呆了。
>
> 院子里的粪堆上坐着个女人，这女人极瘦极黄，两只黢黑而又干瘪的手，在粪堆里刨来刨去。她灰褐色的头发毫无光泽，又干又枯又稀，配上一张颧骨高耸的脸，那样子实在让人无法形容。她的衣服，显然也是才换上了新的，头发也是刚梳理过的，但此时早已沾满了泥、粪和草木灰。见来了生人，看也不看，仍然像很专心地在粪堆里刨着什么。刨着刨着，也不知刨着了啥东西，举在手里细细地看了看，便一把塞进嘴里……
>
> 不用问，这便是吴满仓的女儿吴叶儿了。

那么，这吴叶儿好好的又是怎样变成精神病的呢？她的丈夫高东华道出了事情的原委。他们俩本来都是西安师范学校的同学，因为两人在同学过程中产生了感情，所以高东华在毕业时硬是不顾家长的反对，与吴叶儿一起来到运城师范学校工作，并在工作后的第二年结了婚。按照当时的政策规定，所谓的"62压"根本不可能牵涉到他们，但是因为吴叶儿有海外关系，所以也就难逃此劫了。"刘书记，我给你说实话，人家那会儿下放我俩，别的什么原因也没有，就只因为叶儿有海外关系。"而这海外关系，却又是吴叶儿自己主动交代出来的："本来要躲也能躲过去的，实在是叶儿太诚实了。在师范学校那会儿，她想入团，写申请时，把她的海外关系写出来。我当时怎么劝她也不听。""可偏偏因为这，才害了她自个儿一辈子。结果，团没入上，反倒连累了她的哥哥。为此，她哥哥在'文革'中被活活斗死，到死也没原谅她。""1962年下放时，让志愿报名，我咋想着也不能写申请……可她偏偏不听，电台一广播，她就急了……结果，申请一写，第一批就批了下来"。正是在这"62压"事件的强烈刺激之下，实在无法继续承受自己的诚实坦白反而给自己招来如此厄运的吴叶儿，终于精神彻底崩溃，终于变成了一个疯子。

对吴叶儿的探望，对于病情与案情来龙去脉的了解，更加坚定了刘郁瑞彻底解决吴叶儿问题的决心。刘郁瑞决定双管齐下。一方面，对于远道归来的吴老先生，开诚布公地将事实真相全部告知，以最大的诚意求得吴老先生的谅解。另一方面，则是很快地与运城师专联系，试图尽快查清事情的真相。谁知后者却遇到了很大的阻力，万般无奈之际，刘郁瑞只好动用自己的"关系"，他亲自打电话找到了时任运城行署副专员的刘力辰，请求他出面帮忙。却谁知，当刘力辰了解到，这吴叶儿与刘郁瑞"非亲非故，又没关系"之后，不仅不肯帮忙，反而讥讽刘郁瑞居然到这个时候了，"怎么还是这么书呆子气"。

如果说曹福录的案件，最终还是好歹查找出了解决问题的凭据，那么，这吴叶儿的案件则明摆着就是一桩难以查找凭据的无头案了。这样，要想彻底地解决吴叶儿的问题，就必须得有人敢于承担责任才行。这个人不是别人，正是刘郁瑞。当吴叶儿案件的解决遭到许多人的阻挠与反对的时候，正是刘郁瑞力排众议，甚至甘心于冒着被别人指责为"家长作风""专制""无赖"这样的风险，坚持着解决了吴叶儿夫妻俩长达二十年之久的这桩冤案。

第三章"百日之灾"将我们的视线再次从既往的历史冤案中，牵回到了当下的现实生活中。这回张平给我们讲述的乃是一位律师因为伸张正义而遭到公安机关疯狂报复的故事，故事发生在刘郁瑞调到汾西工作之前，主人公是一位名叫李水淼的兼职律师。这李水淼，虽然长得身材瘦小，但人却很精明，很有工作能力。"由于他能言善辩，业务又精通，肯吃苦，肯动脑，调查分析细致周密，旁征博引，据理力争，更重要的是，不徇私情，不看面子，疾恶如仇，为人正直。所以没多久，便名声大振，成为汾西县的新闻人物。当然，为此他也开始为自己种下了祸根，在打官司上，他先后得罪了不少人，其中也包括公检法的一些领导人。"尤其是一件涉及三十二万元的经济案子，对方不仅给公检法的主要领导都送了礼，而且还重金从太原聘请回了一位经验丰富的高律师，非常明显地摆出了一副势在必赢的架势。但谁知这个案子由于李水淼的据理力争，对方居然最后给败诉了。这样，李水淼就更是成了公检法这帮人的眼中钉、肉中刺，对他的疯狂报复也就不可避免了。

非常令人可恨的是，对方居然找了一个半精不明的憨喜喜诬告李水淼包庇强奸犯之父行凶报复殴打证人，并以此罪名将他关押了整整一百零五天。明明大家都知道憨喜喜的话究竟有几分可信度，但这个时候的公安部门却众口一词地强调着这位半痴呆人的证言的可信性。

"就不用看现场，就不用调查，憨喜喜就不会说假话！"

当公安局长吕家辰再一次把这句话吼出来时，他才突然明白，在大峪矿上冯队长为何也能讲出这句话来。

电闪雷鸣似的打击过去后，接下来便是手腕剧烈的痛楚和精神上的巨大的惶恐，以及一种说不出来的茫然和企望有人来救助的无依无靠感。

从公安机关的人们面对李水淼时一些肆无忌惮的话语中，我们就可以明显地感觉出那种打击报复的意味来。"李水淼，你知道你现在是一个被告，不是一个律师！你认为你还是在法院里看案卷哩！""把这家伙再给我铐紧！扔到监狱里去！再把脚铐砸上，按包庇罪判这家伙的刑！告给你，你敢大闹法庭，我们公安局不怕你闹！今天就让你尝尝刑罚的厉害！"从这样一些咬牙切齿的话语中，所明显透露出的正是这帮家伙对于李水淼的极度仇恨。

公安机关的人一方面对李水淼大打出手；另一方面又使出了哄骗手

段，以便顺利地获取他们所迫切需要的交代材料。这回出马的是治安股的股长荣记宏。在荣记宏的反复暗示劝说下，李水淼终于有所松动并最终作出了交代。

"荣股长，我有个条件，我要是交待了，可得放我出去。"他直直地盯着荣记宏。荣记宏也直直地瞅着他：

"就这么个事，你交待了，那还不放你出去。这事情又不是冲你来的，人家告的是原文山，这不明摆着的么。"

"……那你说吧，要我承认些啥？"

"这又有啥么？人家说原文山打了他几拳，踢了他几脚，又把人家从三丈高的崖上推了下去，你就这么说了不就行了么。"

就这样，在公安人员的威逼利诱之下，李水淼终于写下了自己的交代材料。让他始料未及的是，正是他写下的这些材料最终成为人家关押审讯他的根本依据。最后，当饱受折磨的李水淼从看守所释放出来的时候，他所得到的只是一张汾西县公安局的释放收审人员通知书。"除这份通知书以外，再无任何其他手续。李水淼再次感到一种无以名状的悲哀与愤怒。包庇罪又变成了打击报复证人！没有任何结论，就像判了刑，进行监外执行一般，所谓的结论，遥遥无期！"

等刘郁瑞来到汾西任职，等他对李水淼的案情有所了解，并试图着手加以解决的时候，被释放后的李水淼已经调到离县城三十里的县水泥厂去工作了。刘郁瑞之所以迟迟不去碰这个案子，一个重要的原因就是这个案子牵涉到了公安局长。刘郁瑞很清楚："一个县委书记要想在县里站住脚，必得有两个人：一个是组织部长，一个便是公安局长。""对于一个县委书记，他顺了你，便会在许许多多地方和事情上，给你带来意想不到的方便和事半功倍的效果。反之，则会给你造成极大的被动，甚至会在某件事上和在你关键的一步上，让你下不来台，从而造成的消极影响，将会大大地久远地削弱着你的地位和信誉，以至会让你一蹶不振，名存实亡，在这个县呆不下去。"很显然，对于一位县委书记而言，公安局长就如左膀右臂般地重要。而现在，刘郁瑞只要一触碰李水淼的案子，那也就意味着他与自己的左膀右臂直接地开始了正面的较量。

第四章 由家庭个人转向社会现实

虽然有所顾忌，但为官正直的刘郁瑞其实是并不惧怕公安局长吕家辰的，尤其是在他了解到"这个李水淼自看守所出来，一直就没断过上访！去过地委，去过省委，还找了中纪委！""李水淼只是从来也没找过他"之后，他就更是感到难受了。虽然刘郁瑞清楚，与公安局长吕家辰对着干，自己需要付出怎样巨大的代价。但他还是义无反顾地亲手揽上了这个让他感到格外棘手的案子。

刘郁瑞本来要召见的是李水淼，谁知道先来见他的却是李水淼的哥哥。而且，更令刘郁瑞始料未及的是，坚决反对为李水淼平反的阻力，居然会首先来自李水淼的哥哥。尤其令人备感震惊与辛酸的是，这李狗娃对于刘郁瑞讲出的两段话：

"刘书记，你千万不要去查呀！"李狗娃一下子慌乱起来，"你要一去查，俺这一家子可就全完啦，俺儿子的临时工可就会干不成啦，俺这小买卖也做不成啦，就连水淼媳妇的临时工也不想干啦，刘书记，你千万不能查呀，俺求你啦！"

"刘书记，使不得哩。"李狗娃急得泪花子都出来了，"俺知道你是清官，你说话是算数的。可如今的事，也不是一个两个人就办得了的。就说处理吧，大不了不也就批评批评警告警告么，过了这，人家该咋还是咋，倒灶的可就是俺们啦，就算有你在他们不敢，可你要是一走，俺们还不是全完！刘书记，俺求你啦，俺一家子都求你啦！"

相信这位农民这番可谓声泪俱下的话语不仅会震撼刘郁瑞的心灵世界，而且同样也会震撼广大读者的心灵世界。其实，令人震惊的不仅是李狗娃的这番话语，而且还有从看守所出来之后，李水淼自身所发生的重大变化。

当刘郁瑞第一次见到他时，真的有点不相信眼前的这个李水淼竟会是汾西县风云一时的传奇人物。本来就瘦小的个头，这会儿更瘦小了。背驼着，颧骨耸着，比以前似乎整整瘦了一圈。衣冠不整，胡子拉茬，头发乱蓬蓬的，似乎好久也没洗过整过了。如果说，以前的那双炯炯有神的目光里流露出来的是一种机智和智慧的话,那么现在已经暗淡了的眼神里则只剩下了幽幽的悲哀和一种沉沉的疲惫了。

虽然只是作家惯常使用的肖像描写手法,但在这肖像描写的背后,却又潜藏着饱受折磨的人物怎样的一种无法言说的痛啊!究竟是一种怎样邪恶的力量,才能够使这样一位本来极具生命活力的律师变成这样一副令人惨不忍睹的状貌呢?在某种意义上说,也正是这李水淼的现实状貌,强烈地刺激着刘郁瑞,促使刘郁瑞下定决心,一定要把这个案件搞个水落石出。

然而,这吕家辰却并不是落实办主任潘永刚,也不是大峪乡乡长刘庆奎。如果说前面两章中,刘郁瑞解决有关案件时,并没有遭遇很大阻力的话,那么这位就是连副县长提起他来都要惧怕三分的公安局长吕家辰,实在是一块难啃的硬骨头,对付起来就没那么容易了。情况果然如此,刘郁瑞责成公安局前来进行工作汇报,但公安局派来的竟然只是一个小小的治安股长荣记宏,而且这"荣记宏来汇报时,居然没带任何材料,甚至连个笔记本也没带"。胆敢以如此一种方式来对待县委书记,当然就是对于刘郁瑞所施出的一种下马威了。从作品所展示出来的刘郁瑞与吕家辰斗法的过程看,这吕家辰还真的是很有一些能耐的,刘郁瑞在他面前可谓屡尝败绩。"从吕家辰那慢悠悠的话语里,从郭子玉一声不响的表情里,刘郁瑞突然一下子意识到,今天这一回合,又是他失败了。""不到几天的时间里,刘郁瑞同吕家辰交锋的败绩便一条一条证实了。"面对着老谋深算,有时候竟然"睁着眼睛说假话偏能义正辞严"的"行径恶劣""无赖"的吕家辰,刘郁瑞明显地感觉到了自己作为一个县委书记的软弱无能:

刘郁瑞有时也常常会生出莫名其妙的愁肠来。尽管自己是个县委书记,可在某种时刻,即便是在这么个小县城里,自己所具有的能量也还是太小太弱了。

哪怕是一个小小的科级干部,而且你也深知他是个无能之辈,或者是钻营之徒,甚至是个为非作歹的家伙,你若想拿掉他,有时候还真不容易。

而这，则正是中国的社会现实与政治现实。且不要说有更大的建树了，即使是明摆着的一桩冤案，但你纠正起来却就是这么阻力重重特别困难。尤其是当正直正义的刘郁瑞，面对着早已在汾西县结党营私许多年了的吕家辰的时候，情况就更是如此了。

万般无奈之际，屡尝败债的刘郁瑞只好去搬援兵了，他请来的援兵是《山西日报》驻临汾记者站站长武木林。"这武木林办事，果然出手不凡。他没有先去公安局，也没去找吕家辰。而是带着那么个袖珍录音机，先在外围采访了一圈。"外围的情况了解掌握的差不多了，武木林才开始正面接触吕家辰。

> 这时候，汾西县城早已吵翻了天，说是有位《山西日报》的大记者，在县城住好多天了，要把李水淼的案子全抖出来，吕家辰这回可是非栽不可了。
>
> 这些传闻吕家辰当然知道得一清二楚。而且他也知道武木林已经采访了好多地方。不过吕家辰自有吕家辰的主意和想法，老实说，他并没有把这个武木林瞧在眼里。就算你想登报吧，你登报也得先同我核对事实，我要一口否认，只怕那报上也未必敢登你的东西。何况在报社里也并不是没有关系。纵然是你有千条计，我自有我的老主意。所以吕家辰自始至终心里稳稳当当，有时候，他心里当然也会突如其来地冒出一阵慌乱，可细细一回味，就又安下心来。没什么可怕的么，就算我的案子错了，那也跟我没什么直接的关系。何况那李水淼还有一份交待材料握在我手里。

面对着武木林咄咄逼人的攻势，一向沉稳的吕家辰开始感到不安。虽然他仍然坚持着"纵然是你有千条计，我自有我的老主意"这样的一种应对策略，但心里之所以会"突如其来地冒出一阵慌乱"来，就说明吕家辰自己的心理防线已经开始动摇了。此后，刘郁瑞、武木林又与吕家辰有过几个回合的交手。虽然吕家辰在武木林一手调查出来的事实面前精神已经开始溃败，但他却并不甘心于就这样对刘郁瑞拱手缴械。县公安局对于这一案件做出的"重新处理决定"就充分地说明了这一点。这份决定中的结论是这样的：

原告憨喜喜的指控,打击报复仍然成立,但由于具体事实尚有出入,为此,被告原文山,鉴于其能主动归案,予以无罪释放。被告李水淼,鉴于其当时的态度和形势,虽属不得已予以拘捕收审,但在缺乏更为充分的理由和证据的情况下,进行拘捕收审,应是有些过火不妥的。为此,对其原有的决定予以否定。在收审期间的工资、粮油均予以补发。

在真相已经完全大白的情况之下,无耻的吕家辰却依然在顽固地以这样一种无赖的手段应付着刘郁瑞,应付着整个社会。这当然会让早已忍无可忍的刘郁瑞怒不可遏。而也正是在刘郁瑞的盛怒之下,正是在刘郁瑞掷地有声的宁愿自己县委书记不干了,也要与吕家辰斗争到底的决心面前,这吕家辰的精神才从里到外地彻底崩溃,才终于承认了自己所犯下的一系列错误,并做出了对于李水淼一案的平反处理决定。

然而,虽然经过刘郁瑞不懈的坚持与努力,因正常的律师工作而遭到疯狂打击报复的李水淼一案,终于获得了公正的处理,但是这个案件遗留下来的两个问题却不能不引起我们的深入思考。第一,虽然公安局副局长冯利民与治安股的股长荣记宏已经受到了相应的处理处分,但是,实际上一手策划并操纵这一系列疯狂报复行为的公安局长吕家辰,却只是"公开向县委做出检查",只是"责成其向受害者本人上门赔礼道歉"而已。这也就是说,本来应该承担最直接责任的责任者,反而逍遥法外,反而没有承担任何责任。一个显而易见的事实就是,由已经一手策划制造过一系列打击报复行为的吕家辰继续担任公安局长,那么也就肯定难以保证以后不会再有类似事件的继续发生。对于这一点,身为县委书记的刘郁瑞当然十分清楚,然而他对此却又实在是无能为力的。这虽然从表面上看,只是一位犯有很大错误的公安局长留任与否的问题,但究其实质,却明显地牵涉到了我们的用人机制问题。如果我们的社会用人机制不进行根本的变革,那么也就无法保证不会有第二个、第三个乃至无数个吕家辰的出现。

第二,虽然遭受打击报复的李水淼已经被彻底地平反,但有过这样一番特别经历之后的李水淼却已经不是当初的那位奋发有为的兼职律师了。"他取得的这一切,依靠的全是科学知识和人的力量。然而他却似乎对自己的八字深信不疑。那算卦先生说他命中缺水,所以他逢人便说，他唯有到了这有水字的地方，他才能如鱼得水，步步顺利。即使在省司法厅重新恢复了他的兼职律师任命时，他也再没为人打过任何一场官司。""至于对自己被收审的那场厄运，他好象渐渐淡漠了，甚至也渐渐自认了。""不了，我何必再告他呢。恶有恶报，善有善报，若是不报，时辰不到。我等着他呢，我肯定等到着这一天。我用不着再告他。你说我那事我受的那些折磨？嘿，都过去啦，还提它？我那是躲不过的呀，一百零五天，百日之灾呀。"虽然李水淼并没有从此一蹶不振，但此处特别强调的即使在恢复了兼职律师的任命之后，他再也没有替别人打过一场官司的这样一种状况，所充分说明的，正是那场噩梦般的遭遇对他的精神世界所形成的巨大的扭曲性影响。正所谓"一朝被蛇咬，十年怕井绳"，既然曾经因为律师职业遭受百日之灾，那么李水淼自然不会再对这个职业产生任何兴趣了。很显然，律师职业已经成为李水淼此后难以摆脱的一种精神情结了。

而他之所以渐渐地自认了自己所遭受过的厄运，并以一种宿命论的思维方式来解释自己的"百日之灾"，所充分说明的，则是曾经对于自己的生命充满自信、曾经对于自己所遭遇的不公平命运进行过激烈抗争的李水淼，已经彻底地放弃了对于不合理命运的抗争了。我们的确很难想象，这样一位已经开始以宿命论的思维方式理解看待人生的曾经的兼职律师，假若他在生命的过程中再次面临类似的人生困境，那他还会以自己强烈的生命意志去进行坚决的抗争么。此种情形，同样也在强有力地说明那场"百日之灾"对他精神世界的异化性影响。

如果说在"百日之灾"这一章，刘郁瑞已经在面临极大的挑战，他在付出了相当艰难的努力之后，方才达到了为遭受"百日之灾"冤屈的兼职律师李水淼平反的目标的话，那么在第四章"两个女子和六个干部子弟"中，刘郁瑞将会遭遇更加尖锐激烈的矛盾冲突，将会面临更为巨大的挑战。如果说，在"百日之灾"中，刘郁瑞面对着的只是公安局长吕家辰，那么在"两个女子和六个干部子弟"这一章中，刘郁瑞所面对着的就将是由汾西县的诸多官居要职的干部组成的更大的一张关系网。故事发生在"严厉打击刑事犯罪"的时候，刘郁瑞以县委书记、以"严打"总指挥的身份介入这一案件时，"严打"的第一个高潮已经过去。正因为在"严打"的第一个高潮中留下了明显的后遗症，所以刘郁瑞才收到了这样的两封信。

给他写第一封信的是一个已因"这桩流氓团伙案"而被判为死刑犯的父亲。因为觉得自己的儿子有冤屈之处，所以就写信向刘郁瑞申冤："刘书记，你们怎么判，怎么处理，我毫无怨言。可一样的罪，为啥只判我们，不判他们！何况我家那儿子顶多也只是个跑腿报信跟着干的。真正领头的那些人，听说直到如今，连一个也没给判刑，莫非这国家的法度，就只是对着我们这些没权没势的老百姓的？为这，我死也想不通。就是有朝一日黄土埋了我的脖子，我也咽不下这口气！"

另一封信的写信者虽然只是一位旁观者，但信的内容却显然更具挑战性。这封信首先说根据自己一段时间的观察，发现刘郁瑞还算得上"共产党的一个清官"。然后又对刘郁瑞的行为动机作出了大胆的判断：只不过"是想给你自己脸上贴金"，是在为自己的升迁做准备而已。然后就与那桩"流氓团伙案"发生了联系："你不是说你就是个真共产党。那好，我现在就告给你一件事，你们最近才破获公审公判了的那个流氓团伙案，就是一个毫不遮掩的大骗局，大丑闻，两个判了死罪的，一个判了死缓，一个判了无期，四个判了有期徒刑的，全是老百姓子弟，全是替罪羊！真正的元凶首恶，连一个也没判？为啥？你要是有胆量，你要是个真正的共产党的官儿，那你就查一查吧。只要你敢查，而且还敢查清，那我就钦佩你了。如果你还敢依法惩处，那我就得给你烧香了。你活着我不敢当面颂扬你，你若有朝一日死了（这个谁也逃不过），那个最大最值钱的无名花圈就一准是我的。"言辞之激烈，尤其是激烈言辞之中一种极为强烈的对刘郁瑞的不信任感，或者也可以说，在一种貌似极不信任的言辞背后那样一种激将般的强烈期待，都可以说是溢于言表的。

这桩"流氓团伙案"的案情其实并不复杂，只要稍加留意便可一目了然：

这个"流氓团伙"案里头，至今还有六个没给判刑。这六个没有判刑的竟然全是干部子弟！

原汾西县县长吴明的儿子吴晓刚。

现汾西县人大主任李德怀的儿子李龙龙。

现汾西县检察院副检察长赵新贵的儿子赵三儿。

现汾西县法院副院长乔满臣的儿子乔大宝。

第四章 由家庭个人转向社会现实

现汾西县法院办公室主任高生华的儿子高贵贵。

现汾西县粮食局局长刘清元的儿子刘建华。

说啥有啥,有啥传啥,老百姓的眼睛果然昭然雪亮,把一切都看得明明白白。

这很显然是一桩官官相护的案件。县里六位干部的子弟与若干老百姓的子弟共同作案,然而案发之后,获罪判刑的居然全部是老百姓的子弟,六位干部的子弟却秋毫无犯地没有被判刑。更何况,在这个案件中,真正的主谋者,真正的主犯还正就是这些干部子弟。心明眼亮地目睹着这一切的老百姓,心态自然难以平衡,这样,也就顺理成章地出现了写给刘郁瑞的那些信。

读过群众来信,并对案情有了基本了解的刘郁瑞当然清楚地知道,如果铁面无私地对待并审理这个案件,那对于自己将会意味着什么。

刘郁瑞突然感到有些为难了。作为一个新任县委书记,他当然知道如处理这些人的子弟,那将意味着什么。处理了这些人的子弟,并不就是处理了这些人,这些人至少还会在工作岗位上左右一切,六个干部,而且都是至关重要的领导,连同他们的上下左右,带出来会是一大片,站起来则是一道墙!

面对着这样一种巨大的阻力,一贯以刚直不阿自许的刘郁瑞甚至都有过一丝动摇的想法。"莫非自己真的感到难了,怕了,想退缩了?瞎吹了那么多大话,刚一碰到这么个硬头货,便一下子缩回去了?可是,要想成就一番事业,总得先站稳脚跟呀,退一步天阔地宽,小不忍则乱大谋。"刘郁瑞是人而不是神,值此关键时刻,刘郁瑞产生这样的想法当然也是十分正常的。而且,笔者尤其要强调的是,张平能够以这样一种笔触来描写刘郁瑞,是相当值得肯定的。这样的一种描写,所传达给我们的其实是一种令人更为可信的真实感。能够发生如此一番真实的心理斗争的刘郁瑞,从人性的意义上说,显然具有更高的艺术价值。

然而,还没有等到刘郁瑞的心理斗争尘埃落定,还没有等到刘郁瑞主动地出击,这些置身于案件旋涡之中的干部们就已经纷纷登场,就已经以各种手段向着刘郁瑞逼迫了过来。首先出面的,是已经退居二线了的老县长吴明。这吴明,"虽说已不在其位不谋其政了,但喝一声,汾西县依然得天昏地暗;跺一脚,汾西县仍然会地动山摇。就说是挪了窝了,可窝里还是热的。如今说句话,办点事,哪个能不听,敢不遵!要不,跑到地委、省委随便编造你几句坏话,就会把你这一辈子升级进爵的路子全给堵死了"。就是这样一位依然虎威不倒的吴明,在给刘郁瑞留下硬邦邦的几句话后,甩手走了:

"你也用不着跟我绕圈子,这事情你会不清楚?听说这事情就要上会了,我儿子是好是歹,反正就交给你了,你看着办吧!"话一说完,也不告辞,也不转脸,腰杆直朗朗的,步子跺得腾腾作响,随即"呼"一声,狠狠地把门带住了。

紧接着登场的是人大主任与副检察长:

人大主任李德怀和检察院副检察长竟一道来了,口径几乎同吴明如出一辙,都说自己的儿子是官报私仇,是被诬陷的,根本没有过任何犯罪行为。与吴明有所不同的是,增加了一个更为充分的理由:

原告吴爱爱和刘雯萍都已经撤诉了,说她们以前的材料都是被迫瞎说出来的,全是子虚乌有的,那些干部子弟们根本没有强奸、轮奸过她们,而且有些人她们连面都没有见过。

就这样,一方面,这些干部早已串通一气,早已以威胁利诱的手段迫使原告撤了诉;另一方面,则又充满霸气地摆出了一副反正死不认账的"死猪不怕开水烫"的样子来。他们企图以这样的阵势来逼迫刘郁瑞就范。对于刘郁瑞而言,其实也并不需要做什么。前面的路早就铺好了,刘郁瑞只需要睁一只眼闭一只眼地不那么认真,这事对当事双方就可谓皆大欢喜了。

然而,虽然刘郁瑞的确有过一丝的犹豫,内心中产生过一定程度上的矛盾冲突,但让他的对手们始料未及的是,刘郁瑞早已在内心中暗暗地下定了一定要彻查这个案件的决心。他们的首度正式交锋就在刘郁瑞召开的"严打"总指挥部会议上。在这次会议上,面对着有备而来的对手们的信口雌黄与肆无忌惮，面对着"民意被任意强奸，法律在遭到踩躏"这样一种现状，刘郁瑞尽管早已怒火冲天、火冒三丈，但他最终还是冷静了下来，很机智地把会议的方向迂回曲折地导引到了决定"立即予以拘审"两位原告的正确方向上来。

拘捕两位原告的决定甫一作出，便立即付诸行动，结果公安局的动作还是慢了一步，两个原告都跑了。这样的状况令刘郁瑞十分震惊；"刘郁瑞突然间感到自己是这样的孤独，无力。他觉得自己分明是在孤军作战，后无靠山，前无救兵，只有他一个人在这里深陷重围，杀退了一拨，顷刻间又出来一拨。……事情就是这么明摆着，所有的人都清楚是怎么回事，但所有的人就是都站着不动，都只作旁观者。都只在等着，即使等来的是一片黑暗，好象也会这样做。""真有点可怕，可怕得令人不寒而栗，令人不敢往深处去想！"值得庆幸的是，就在刘郁瑞看似已经陷入了孤立无援的境地，面对着自己强大狡猾的对手显得束手无策、无计可施的时候，公安局副局长郭建义，一个紧急关头亟须出现的援兵及时地出现了。

从整个故事的发展过程来看，这郭建义的出现简直是太有必要了。在现任局长吕家辰明显地不可信任依靠的情况之下，这副局长郭建义一时之间也就成了刘郁瑞唯一可以依靠的力量。然而，这郭建义又凭什么可以被依靠呢？他难道居然会是又一个刘郁瑞么？这样的疑问其实并非空穴来风，只要我们注意作品中的一个细节，所有的疑问也就迎刃而解了。

> 离开办公室时，郭建义迟疑了一下，又转过脸来："刘书记，这些天，他们都在注意我了。弄不好，我是怕……怕日后真不好在这儿干了……"
>
> 刘郁瑞不禁皱了一下眉头，这不明摆着是在给他摊牌，是在索要他的允诺么。但他立刻就把眉头松开了，然后便做了一件让他后悔了无数天，骂了自己无数次的举止。他轻轻拍了一下郭建义的肩膀："小伙子，好好干吧！"
>
> 虽然他什么也没说出来，但郭建义似乎一下子便心领神会了。他几乎是啪的一个立正，然后斩钉截铁地：
>
> "刘书记，你放心，我不会让你失望的！"

刘郁瑞瞅着郭建义远去的身影。良久良久，像泥塑了一般，默默地站在那里。

正如同张平曾经写到过刘郁瑞自己也产生过心理矛盾一样，作家此处对于郭建义真实人性的探究与表现，同样是值得予以充分肯定的。原来，这郭建义，之所以愿意竭心尽力地帮助刘郁瑞脱围解困，帮他千方百计地解决这一棘手的案件，却也是大有私心存焉。直截了当地说，郭建义的行为动机实际上也是他个人的升迁问题。正是因为刘郁瑞有这样的言行举止："轻轻拍了一下郭建义的肩膀"，并且表示说"小伙子，好好干吧！"正是因为郭建义严重地误读了刘郁瑞的言行举止，误以为刘郁瑞已经慨然允诺了对于自己升迁问题的安排，所以，郭建义才会如此卖力地继续帮助刘郁瑞解决这个棘手案件的。在此处，我们没有任何资格对于郭建义的行为动机作出某种指责性的评判，我们只能叹服于作家张平对于人性细微复杂处的洞微烛幽。能够在一部后来被笼统地指认为主旋律的反腐败作品中，对于人性的复杂作如此深刻到位的挖掘与表现，所充分凸显出的其实正是张平一种超乎寻常的艺术功力。

事实上，郭建义在整个案件的解决过程中，确实发挥了十分重要的作用。如果没有郭建义的鼎力相助，刘郁瑞要想解决这个牵涉面甚广的案件几乎是不可能的。在整个案件的解决过程中，郭建义不仅以公安局副局长的身份不折不扣地执行刘郁瑞的指示，而且还为刘郁瑞出了不少好主意。无论是将抓获后的原告吴爱爱与刘雯萍拉上公判会公开亮相，还是提醒刘郁瑞一定要有效地防止六个干部子弟之间的串供、逼供与授供行为，抑或是建议刘郁瑞一定要到自己的老家洪洞去提审两位原告，这些合理化的建议都是由郭建义提出来的。从案件的解决过程来看，郭建义的这些合理化主张确实也都起到了相当关键的作用。

问题的关键在于，原告吴爱爱与刘雯萍本来是案件中的最大受害者，但她们为什么要中途变卦撤诉翻供呢？只有在刘郁瑞到洪洞看守所，亲自接触了吴爱爱与刘雯萍之后，一切方才全部真相大白。且让我们先来看善良软弱的刘雯萍的哭诉：

他们骗我，糟蹋我，全是一群畜牲……他们打我，打我爸，砸我家的小摊儿，他们啥事也能干得出来！谁也不敢管他们，谁也怕

> 他们……我一说"不"字，大白天他们就把我从家里往外拉，我们一家子都被他们打怕了。告么，他们的爹娘老子都那么有权有势，谁会相信你的！……害了我不算，还想害我的妹妹，我妹妹只好躲避了，几个月也不敢回家来……刘书记，不是我们不敢说实话，我们真怕呀，他们一个个手狠心毒的，谁惹得起。我真想去死呀，大天白日的，他们就在我家里糟蹋我，把我爸、我妈全赶出门去……我自己这样也没什么了，只是可怜我爸我妈……刘书记，你得给我作主呀……

刚烈火暴的吴爱爱则虽然一时口硬，但在刘郁瑞语重心长的劝说面前，她终于还是道出了事情的真相。却原来，吴爱爱与刘雯萍之所以撤诉翻供，正是那些干部们大耍两面派手段进行威逼利诱的结果。一方面，他们不仅在不断地威胁要把这两位原告逮起来判刑，同时还利用手中的权力对她们的家人与亲属进行威胁，既没收了刘雯萍父亲的营业执照，也拒绝给吴爱爱的姐姐家批地基。另一方面，却又在不断地施予两人一些小恩小惠，并一手策划制造了吴爱爱已经与人大主任李德怀的儿子李龙龙订婚，刘雯萍正在与检察院副检察长赵新贵的儿子赵三儿谈恋爱的假象，企图以这样的手段达到蒙混过关的目的。

然而，就在刘郁瑞自以为已经掌握了充分的证据，准备更加全面彻底地解决由这个案件牵扯出的整个干部问题时，较之于刘郁瑞更谙熟于为官之道的郭建义再一次向他提出了及时的忠告：

> 就象你面对着的这些人，坏吗？坏。有罪吗？有。该法办该撤职吗？该。可你这会儿能吗？你能撤了他们一个两个，你能撤了他们那一大片？而如今你若真想撤掉一个人，谈何容易！当然，你有罪证在手！可上上下下的，他们谁没个联系，你能让谁去起诉他们？判决他们？就算上上下下都支持你，待事情明了了，一年半载的就过去了。这一年半载的谁又知道会出啥事。你若要干不倒他们，那他们就要干倒你。……你在这儿说他，他会在那儿告你，整天整月地豁出去了的给你干。联络告你的状，罪名有的是。到时候你能陪得起吗？你能说得清吗？何况你的根子并不硬，上头你也没靠山，谁会给你撑腰，谁又会替你说话？群众吗？群众又能顶什么

用！何况还有一个你永远也辨不明的理由，就你一个人正确，那么多人就全坏了？

这无疑是第二章落实办主任潘永刚给刘郁瑞灌输的"官场经"之外的另一种"官场经"。而且，结合当下的总体社会状况来看，即使是刚直不阿、疾恶如仇的刘郁瑞，也得承认此番看似"歪理邪说"的现实性。这样，刘郁瑞一种悲剧性的境遇就在于，虽然明明知道自己身边的这些干部究竟是什么货色，而且也的确已经掌握了相关的罪证，但刘郁瑞却偏偏就是拿这样一些人毫无办法，这该是怎样的一种悲哀呀！需要更进一步加以思考追问的是，这种悲哀究竟是刘郁瑞自己的悲哀，还是我们这个社会的悲哀呢？

但是，就在刘郁瑞以要求对方辞职相要挟，终于迫使一直左右摇摆不定的检察长周晋文"一反常态，变得果敢强悍并且当场表态，一定要尽快地公正地把这桩大案办好办妥"的时候，又一件节外生枝的事情发生了。这天晚上，刘郁瑞突然接到了自己当年在省党校时的同窗好友，现在身居省纪委要职的朱范的长途电话。在这始料未及的电话中，自称是检察院副检察长赵新贵的表兄，公开出面以老同学的身份替赵新贵向刘郁瑞求情。当刘郁瑞予以断然拒绝时，这朱范扔下的居然是这样一番充满要挟意味的话语：

我什么也不听，我只要你把这件事给我办了。别的人我全不管，你爱怎么判就怎么判。这个你无论如何也不要判。最好尽快给放出来。你要是听你就听，你要是不想听，日后你有啥事就别来登我的门！

从朱范的这番不无威胁含义的话语中，我们便不难想象得到，刘郁瑞要想解决这一棘手案件到底要面对怎样巨大的压力。

然而，尽管面对如此巨大的压力，但刘郁瑞却依然毫不退缩，坚持着召开了公开审理这个案件的大会，并最终对涉案的六个干部子弟作出了最后的判决：

主犯李龙龙，判处有期徒刑十五年。

主犯赵三儿，判处有期徒刑十五年。
同案犯吴晓刚，判处有期徒刑十二年。
同案犯乔大宝，判处有期徒刑十二年。
同案犯高贵贵，判处有期徒刑十年。
同案犯刘建华，判处有期徒刑八年。

就这样，虽然刘郁瑞在被逼无奈的情况下做出了必要的妥协，但不管怎么说，正是在他的坚持与努力下，如同吴爱爱与刘雯萍这样被冤屈的老百姓的正义还是得到了相当程度的张扬。

从《法撼汾西》这四章所记述的全部内容来看，刘郁瑞当然称得上我们这个时代少有的优秀干部。然而，尽管刘郁瑞的确已经在可能的情况下做出了自己的全部努力，但是，他靠一己之力所做出的全部努力，却还是留下了许多实在不得已的遗憾。对于这一点，曾有论者作出过透辟精到的分析：

> 刘郁瑞这时才明白事情不那么简单，才突然感到自己原来是那么肤浅、那般的幼稚。这个老百姓说的一点也不错，"过了这，人家该是咋还是咋"，事实也就是对那些实际上是犯罪的"官"儿们处理得都很轻，没有"有法必依、执法不严"这回事。狠整了那个农民的乡长只撤职；铐人的庭长只是做公开检查、批评教育。把青年律师整得死去活来的公安局长只是向县委做检查，向受害人登门道歉；原刑警队长此时升为副局长，只是党内警告，行政免职；直接执行的股长是党内严重警告，撤职调离。那几位包庇子弟的领导干部，原县长没事，人大主任自己提出辞职后办了离休，检察院副检察长调离工作。大概这都被算做"内部矛盾"吧？至于那六个干部子弟仍不与庶民同罪，不过分别判八年至十五年徒刑而已。

的确应该承认，此位论者一针见血地点出了张平在《法撼汾西》中所揭示出的社会现实的严峻所在。然而，值得引起我们高度注意的是，同样的情形也不可避免地存在并表现于堪称《法撼汾西》姊妹篇的，作家张平创作的另一部长篇纪实文学《天网》之中。

很显然，《天网》的创作本身就与《法撼汾西》存在直接的关系。

关于这一点,我们应该注意张平在"后记"中的这样一些话:

《法撼汾西》一登出来,便产生了诸多意想不到的反应。

几家报纸杂志予以选登,《人民日报》也有了争鸣。我本人倒没啥,苦了的却是刘郁瑞,他桌子上每天都有读者来信,有的非要来他们县工作不可,有的要给他当秘书,有的要给他作义务顾问,有的要来他们这儿办企业、办工厂,甚至有的在信中称自己有一身武功,要来为他当保镖!《法制文学选刊》选了《法撼汾西》的第一章后,一个农民借钱买下了临汾市所有邮亭的刊物,然后交给地委书记,请求地委书记给每个县的领导干部分发一册!

我不禁惶惶然,同时也感到了一种兴奋和激动!

从张平在"后记"中所描述的情况来看,他的这部《法撼汾西》的创作获得了恐怕连作家自己也始料未及的巨大社会反响。虽然张平已有了并不算短的创作历程,虽然张平也曾经获得过全国优秀短篇小说奖这样的文学荣誉,但毫无疑问地,他以前的所有作品都不曾获得过如同《法撼汾西》这样堪称一时"洛阳纸贵"的巨大社会反响。面对着这样一种社会反响,张平在感到"兴奋和激动"的同时,也于一种"惶惶然"的心态中陷入了对于文学创作的沉思之中:

如果说,这种反应是非文学性的,那么,又有一个问题出来了,属于文学性反应的因素究竟该有哪些?当然,这是一个大的课题,不是我所能论述清楚的。

有朋友曾告诫我,你应该写些圈子文学,应该让圈子里的人承认你的存在。我知道这话的良苦用心,我也决心这么去做。

还有的朋友告诫我,不要把作品中的那种恨、那种激奋,流露得那么明显,那么赤裸裸的一览无余,这是文学的大敌,这不叫文学。我知道,这是千真万确的真理。

但只要我一拿起笔来,就怎么也忍不住!①

---

① 张平:《〈法撼汾西〉后记》,见《法撼汾西》,群众出版社1993年版,第305—306页。

第四章 由家庭个人转向社会现实

很显然,当时的张平实际上处于一种尖锐激烈的内心矛盾状态之中。一方面,发表《法撼汾西》的1980年代后期,那样一种似乎只有远离现实生活的如同寻根、先锋这样的作品,方才算得上真正意义上的纯文学作品的文学观念仍然拥有极大的市场,仍然产生着普遍的影响。另一方面,张平自己不仅在现实生活中耳闻目睹了不少如同《法撼汾西》中所记述的不公正案例,而且他的这部纪实文学新作也的确已经产生了巨大的社会反响。在这样的情形之下,接下来应该向着什么样的方向前进,当然也就成为张平必须做出的一种选择。

实际上,这也就意味着一种紧迫的社会现实在要求着作家,要求作家必须在所谓高蹈的艺术的风花雪月与高度关注表现百姓的民生疾苦这二者之间做出自己的选择。虽然我们现在已经明显地发现了上述两种对立观念的荒谬之处,虽然现在我们已经清楚地知道了关心民生疾苦与所谓艺术性的具备,并不是两种二元对立的不可兼容的元素,但在当时,张平却的确曾经一度陷入这样的苦恼之中。然而,张平却又深深地知道,"对生活,我怎么也不会显出一副安详的面孔,看不出任何喜怒哀乐,用一种冷静平稳的笔调去叙述与人们无关的所谓空灵的东西"。①因此,虽然的确有过激烈的内心冲突,但张平最终还是选择了关心表现民生疾苦,真诚地替老百姓代言的这样一条创作道路。《法撼汾西》之后《天网》的继续创作,就充分地证明了这一点。

从基本的创作思路来看,《天网》很显然是《法撼汾西》的继承者。二者的区别仅仅在于,《法撼汾西》先后以四章的形式讲述了五个故事,而《天网》则以二十多万字的篇幅集中讲述了一个故事。这样的区别,当然说明了《天网》所讲述的故事更为重要,说明《天网》的创作完全可以被看作对于《法撼汾西》的一种深度思想艺术的发展。

具体来说,《天网》讲述的依然是刘郁瑞平反冤案的故事。这一次,冤案的主人公是因为区区的所谓200元钱的贪污冤案,而先后告状将近三十年的老农民李荣才。故事的开头颇有几分戏剧性色彩。故事说的是在1980年代初期一个寒风依然料峭的春天的夜晚,已经快深夜11点了,汾西县委书记刘郁瑞突然在大街上发现了这样奇怪的三个人:

---

① 张平:《〈法撼汾西〉后记》,见《法撼汾西》,群众出版社1993年版,第306页。

三个人的衣服全都破得不能再破了，身上脏得也不能再脏了。真是蓬头垢面，衣衫褴褛，面如菜色，一身灰黑。只要你看看两个老人的神色，你就会明白，没有十年八年的煎熬，一个活生生的人是不会变成这样子的。

……

最让人吃惊的是，老头儿腰里竟捆着一条绳子，绳子的另一端则拴在他身旁的老婆婆身上！看样子是怕那个老婆婆跑了或是丢了。因为任何人一眼就看得出来，那老婆婆根本就是个神经病患者。……

最凄惨的则是那个小女孩了。这么冷的天，居然赤脚穿着一双满是窟窿眼的破单鞋，一条破得不能再破的裤子只到了半腿里，脚上手上，连脸上也全是冻疮。此刻正冻得满脸青紫，浑身打抖，鼻涕眼泪得哪儿都是。但是你也看得出来，小女孩对这一切早已习惯了，尽管冻成那样，却也不喊不叫，不哼不哭，只是呆呆地顺从地偎在老头儿身旁，有些茫然地痴痴地瞅着每一个走到跟前的来人。

从摆在他们面前的一块白布上，我们可以得知，这位老人的名字叫李荣才。如果我们已经有过阅读《法撼汾西》的经验，那么我们就会知道，作为汾西县委书记的刘郁瑞，已经调查处理过若干颇为棘手的冤假错案，并由此而在百姓中享有极好的口碑。这样，一系列的疑问也就自然而然地产生了：既然刘郁瑞在汾西县是以对冤案的调查而著称一时的，那么何以在他的治下，就在县委大门的对面，居然会出现这样的一幕奇观呢？

这李荣才究竟是何许人呢？他为什么会告状二十多年居然无终无果呢？来到汾西县之后，特别注重于处理冤假错案问题的刘郁瑞，早已三令五申地要求信访部门的工作人员，以及门房的门卫千万不能阻拦前来上访告状的老百姓，然而，怎么还就在他的眼皮底下，居然还会出现李荣才这样的情况呢？面对着自己偶然之间发现的李荣才的这种情况，刘郁瑞又该采取怎样的一种应对措施呢？笔者想，只要阅读过《法撼汾西》，那就一定会在阅读《天网》的开头部分时，形成这一系列想法。而这些想法的生成，却也在很大程度上确证着张平《天网》开头部分设计的出手不凡。

来到汾西县工作之后，刘郁瑞确实已经解决了老百姓的不少冤假错案。对于上访者的亲自接待，也已经成为刘郁瑞日常工作中的重要组成部分，最多的时候，他曾经在一天的时间里，"前前后后一共接待了109个上访者"。然而，怎么还会有李荣才事件的发生呢？应该说，李荣才事件的发生，对于刘郁瑞的确形成了强烈的刺激：

> 然而今天晚上的事，却实实在在刺痛了刘郁瑞的心。这种救命喊冤的事，几乎就发生在他的眼皮子底下！没人管没人问，登记也登记不上，连县委大院也进不去。尽管只这么一桩事，给人的震动却如此之大，就好象这几个月的宣传和努力全都白费了。不管你怎么想，怎么干，汾西人仍是不相信你。老百姓不买你的账，干部们也一样是不信任你。

既然知道了李荣才的冤案，那刘郁瑞就一定要调查了解这一事件的真相。等他真正地开始插手这一案件的时候，却发现这个案件其实是一桩牵涉人数众多且拖延时间日久的老案。案件的缘由是，1958年前后，李荣才在花峪村铁业社当会计期间，曾经发现并揭发大队会计贾仁贵侵吞公款的问题未果。时隔不久，贾仁贵反过来揭发李荣才贪污公款297元，事实被认定后，李荣才被定为"贪污分子，撤消了会计职务，勒令其接受群众监督与改造"。从这个时候起，自以为清白的李荣才就开始了长达近三十年的告状"人生历程"。

> 前前后后，李荣才总计上访1600多次，被遣返60多次，被收容40多次，被斗200多次，被拘审7次，进"学习班"10数次，抄家封门9次……
>
> 李荣才告状告了近30年，从一个壮年汉子，告成一个古稀之人；从一个贫下中农、模范社员、先进会计，告成一个贪污分子、反革命分子，坏分子、阶级异己分子、反攻倒算分子、盗窃分子……
>
> 这期间死了女儿，死了儿子，疯了老伴，走了媳妇。而他则浑身是病，遍体是伤，患有关节炎、静脉炎、偏瘫、动脉硬化、肺气

肿……李荣才自己说，他脑子也不行了，每天只能想两个钟点的问题，要不就会一夜一夜地疼，疼得满地打滚，死去活来……

这李荣才的人生真的可谓一种"告状人生"了，他不仅将半生的时光都消耗在了告状的过程之中，而且还为了告状付出了丧子丧女、妻疯媳走的惨重代价。然而，更令人惊讶的却是，即使李荣才已经为告状而付出了惨重的代价，但他却依然不改初衷，很是有一种平反不成便告状不止的执拗精神。在某种意义上，李荣才的告状行为与告状过程，还可以让我们想起愚公移山的故事，想起古希腊神话中那位不断地推石上山的西西弗斯的故事来。西西弗斯辛辛苦苦地把石头推上山顶，石头便从山顶滚了下来，然后西西弗斯便再一次努力地把这石头推上山顶，如此周而复始，仿佛永无终了一般。在其中，一种荒诞意味的存在，是显而易见的。而在李荣才的告状举动中，我们也不难体察出这样一种充满了苦涩的荒诞意味来。张平的《天网》不太幸运，没有能够像陈源斌的中篇小说《万家诉讼》一样，被大导演张艺谋看中，被演绎成影响极大的电影《秋菊打官司》。假若有这样的幸运，那么，《天网》或许会成为另一种更具人性价值内涵的《秋菊打官司》也未可知。然而，尤其具有辛辣讽刺意味的，却是告状过程中出现的这样一种多少带有一点喜剧性色彩的情形：

诸如此类的"批示"和"回复"，或多或少，几乎在每份材料上都有。有好多最终都转回到了花峪村党支部。似乎这种材料他们根本没有认真看过，因为这种批复的执笔人，好象一点儿也没意识到，被告人正是支部书记。转给党支部，也就等于把这一份份材料又交到了被告人手里！

从北京到最后落入被告人手中，最快的居然只用了不到10天时间。

10天！而李荣才这个患过中风、腿部曾两次骨折的老人，从花峪村赶到北京，只怕比这时间要长得多！这就是说，当老头穴居野处，千辛万苦来到北京，来到太原，并以乞讨为生，餐风露宿，流浪街头，日复一日地等待着回音，等待着批复时，他的材料却早已转到了他所要告发的人手中了。以致等到人家派人来抓他时，他

> 还在企望着，等待着，期盼着……

这其中苦涩的荒诞意味依然是十分明显的。李荣才要告的人是支部书记贾仁贵，然而，还没有等他赶到北京、太原这些大城市，他的材料却早已被上级机关批转到了贾仁贵的手里。既然这样，李荣才告状的结果也就可想而知了。让被告人处理状告自己的告状材料，那这告状者的命运当然也就好不到哪儿去。这样一种看起来十分荒诞的不可能的情况，却是我们时代一种活生生的社会现实。当一种荒诞变成了一种活生生的社会现实的时候，那我们的这个社会也就真的是值得我们予以深入地反思了。

那么，李荣才的这样一个由200多元人民币牵扯而出的所谓贪污案件，解决起来的难度为什么会这么大呢？仿佛就像滚雪球似的越滚越大一样，这个案件随着时间的推移也变得越来越棘手了。问题的症结究竟何在呢？一直等到刘郁瑞接触到了县委的信访办主任许克俭，通过与许克俭的一番深入交谈，刘郁瑞方才真正明白了，李荣才一案之所以会一拖数十年都无法得到解决的关键所在。对于这一点，许克俭在谈话中已经分析得特别透彻：

> 而李荣才此案，可是绝非寻常。因为此案你光有决心，不怕阻力还远远不够。你想解决它，就得重新审查。要审查，就得有证人，有证词，有证据。若这些证人、证词、证据的出处都在我们的管辖和权力范围内，那也好说，问题是恰恰相反。有好多不仅我们管不着，而且有许多证人还是我们的上级，甚至是比我们大得多的领导。最最难办的是，这些能够给我们提供证词证据的证人，恰恰就是历年来处理李荣才一案的那些当事人。换句话说，就是这些人给李荣才定的案，下的结论，批斗、劳改、抄家，封门，其实都是在他们的直接参与下干的。整李荣才的正是他们，如今解决李荣才一案，又还得再去找他们。李荣才告了几十年，面对的并不是一个贾仁贵，而是一大批领导干部。不断地上告，不断地被整。解决了多少次也解决不了，没别的，就是因为这啊！

一个人最难的恐怕就是自我否定。有时候，即使已经明确地知道自已做错了，但要想自我否定却也是很难的事情。更何况还是领导干部，更何况这些领导干部们所面对的李荣才，也只不过是一位名不见经传的无名小卒而已。在这种情况下，要想让许克俭所提及的这些领导干部，为了李荣才的案件做出稍微的自我牺牲，都是不可能的事情。由此即不难推断，刘郁瑞要想彻底地解决李荣才的问题，究竟需要付出怎样巨大的努力。

更何况，还有许克俭这样一份十分具体的干部名单：

李荣才一案从1959年开始，在这20多年里，汾西县曾换了7任县委书记，贾定崞乡曾换了11任党委书记，各种各样的工作队工作组曾9次进驻花峪村。这其中，直接参与了此案的乡级以上干部总共有166名。

其中：

县处级以上干部37名。

地级、厅局级干部14名。

省级干部7名。

中央级所属机关干部2名。

在所有这些干部中，现在仍在任的共有104名。

仍在汾西工作的有33名。

仍在临汾地区工作的有89名。

……

所有干部中，约有80%以上的干部接受过调查。

在所有接受调查的干部中，除了有4名干部确认李荣才一案有冤情和约10%左右的干部持中间立场外，其余均认为李荣才一案证据确凿，不容置疑，而且大都提供了证词，或者签署过自己的意见和表示过自己的看法。

而真正为李荣才鸣冤并提供过证词的却只有一人！而且最后居然又撤回了证词！

只有在看了这样一份详尽的干部名单之后，我们才会明白，为什么李荣才一案会久拖达近三十年的时间而无法得到彻底的解决。却原来，这个案件所面对着的是由这166名乡级以上的干部形成的巨大阻力。如果说，在《法撼汾西》的第四章"两个女子和六个干部子弟"中，只是面对着汾西县的六位干部就已经使刘郁瑞感到十分棘手的话，那么，在《天网》中，刘郁瑞所面对着的就是由更多级别也更高的干部组成的一堵更加厚实的墙。很显然，要想彻底解决李荣才的问题，刘郁瑞自己首先就需要下很大的决心。

需要引起我们特别注意的是，张平在此处再次真实地捕捉到了刘郁瑞的犹豫心态：

> 那么，在这件事上，唯有你的感觉和看法是对的，而他们全都错了？
>
> 刘郁瑞再一次疑惑了。莫非是自己的判断出了问题？也许你一开始就成了感情的俘虏，受了表象的迷惑，放弃了理性的思考。从一开始就全错了
>
> 难道会是这样？
>
> 他猛然打了个寒战，对自己的这种疑惑再度疑惑起来。说不定正是许许多多象他这样的干部，在审理李荣才的案情时，面对着这一大堆材料、这一大堆证据、这一大片作为人证的领导，也象他一样疑惑了，退缩了。从而使此案再次维持原状，从而使这一片人证象雪球似的再一次增大，从而使李荣才再一次失去了平反的机会……

客观的情况的确如此，李荣才自己长达近三十年时间的鸣冤叫屈，固然可能说明他遭受的不公平命运，但问题是，为什么会有那么多领导干部会认定李荣才一案"证据确凿，不容置疑"呢？难道这么多的干部都错了么？真理不是往往地掌握在多数人手里么？多数人认定了的事实还会错吗？刘郁瑞自己难道不可以成为这大多数中的一员吗？他为什么一定要耗费更大的精力去调查李荣才的案件呢？刘郁瑞自己不也可以仿效那一百多位领导干部，对于李荣才案件采取"事不关心，高高挂起"的态度吗？

刘郁瑞不是"神"，他同样是具有七情六欲的人，因此他在解决李荣才一案的过程中曾经产生过一丝的犹豫徘徊心理，是非常真实的。能够把这些全部坦诚地写出来，一方面说明了张平的笔触确实已经深深地

探入了人物的精神深处；另一方面则也使刘郁瑞这一形象更加令人感动。

克服了一时的犹豫徘徊心理之后，刘郁瑞很快地投入了重新组织专案组，再次彻头彻尾地调查李荣才一案的行动当中。在这个过程中，身为信访办主任的许克俭，县纪委书记尹远，都给刘郁瑞提供了许多真诚有力的帮助。正是许克俭，建议刘郁瑞在成立专案组时，一定要让纪委书记尹远担任组长，然后刘郁瑞自己以及曾经主持过此案复查工作的史伍德副书记也全部加入进来，并分别担任副组长的职务。这样的一种安排，就可以达到"既要让他们参与，又不能被他们左右"的目的。"这样一旦定下来的东西，他们既无法阻拦，也不好再讲什么了，即使跑到上头也无话可说。"更为关键的是，一旦出现尖锐的矛盾冲突，还可以保证做到"三个组长，力量对比是二比一"，不让邪气压倒正气。正是尹远，即使面对着行署的专员顾加辰，也敢于大胆地仗义执言，从而给了刘郁瑞以极大的精神力量。

然而，李荣才一案之所以拖延数十年都无法得到圆满合理的解决，正是因为难度与阻力太大。刘郁瑞所组织的专案组，也同样很快遭遇了巨大的阻力，这阻力，一方面是当事人贾仁贵，以及贾仁贵的直接支持者，乡党委书记赵亮、县委副书记史伍德、行署专员顾加辰。这是作品中与刘郁瑞的专案组公开对抗的一种力量。另一方面则是来自方方面面的干预说情电话。"两天过去了，专案组的碰头会却一直没能开成。""两天来，屁股在县委办公室里坐了没两个小时。然而就在这么点时间里，刘郁瑞算了算，他至少接了有近20个电话。电话的内容几乎全都跟李荣才一案有关！即使是讲别的事情，也一定要把这桩事捎带着说几句。""如此如此，这般这般。几乎全是一个调子，这桩案子很复杂，认真不得，办不得。就是要办，也只能安抚安抚，两方都不必去得罪……"就连与刘郁瑞"私交甚笃，绝非一般关系可比"的地区农牧局局长张光海，也专门跑到汾西县，奉劝刘郁瑞不必"为了对付一个村支书，冒这么大的风险"。

外界的干预不过是形成了某种比较大的精神压力而已，最根本的还是来自贾仁贵这个利益集团的直接对抗。首先的发难者是县委副书记史伍德。一方面，刘郁瑞的重新调查本身就意味着对于曾经专门负责过此项工作的史伍德工作的否定；另一方面，让本来属于自己下级的纪委书记尹远,凌驾于自己之上担任专案组组长,而自己却只能屈尊担任副组长的这样一种工作安排,也让史伍德明显地感觉到自己的尊严与权力遭到了极大的挑战。因此,史伍德就首先找到刘郁瑞,坚决拒绝就任专案组的副组长:"说了这么多,也就只这么一个主题:要他史伍德进专案组,就得由他负责,就得由他任组长。刘郁瑞不该进来,别人也不能进来;因为他分管的就是这个工作。"从表面上看起来,这似乎只是一时的意气之争,只是对"副组长"的职务不满意。实质上,如果联系全篇,我们就不难发现,掩藏在意气之争背后的其实是一种权力之争,是对于办案主导权的争夺。一个很显然的事实就是,谁拥有了专案办理的主导权,谁就可以从根本上左右专案办理的方向与结果。

问题是,还没有等到专案组下去调查处理李荣才的案件,李荣才所在的贾家峁乡花峪村便发生了一场情形恶劣严重的专业户林场遭到村民集体抢劫的事件。这花峪沟林场的承包者名叫贾小飞,"他从小就爱摆弄树,做梦都想办个林场。那么多人笑话他,连亲戚朋友也说他傻。啥也不顾,硬是承包了这道山沟。一年1500元,放在别人身上,只怕500元也不会到这地方来。村里明明是坑他,可他也认了"。经过贾小飞夫妇几年来没明没黑的辛苦努力,他们所承包的这个林场终于有了起色,见了成效。谁知这就引起了村支书贾仁贵"红眼病"的发作,"说是大伙要求重新承包,其实是贾仁贵想承包,想让他的儿子、侄子、外甥子承包。老百姓谁不明白,这林场要是交回村里,哪能轮到老百姓承包呀。贾小飞说了,贾仁贵威胁他好几回了,说他要是不听话,不把林场交回来,出了事他就不管了"。从事态的发展演变过程来看,实际上,也正是因为贾仁贵的威胁未能奏效,由于贾小飞夫妇没有屈从于贾仁贵的淫威,所以,才有了这一场很明显地是由贾仁贵一手操纵指使的林场集体哄抢案的发生。

那么张平为什么会在行文的过程中,突然插入关于林场哄抢案的叙述呢?这一林场哄抢案的插入,是否存在着游离于作品主线之外的嫌疑呢?对于这一点,杜元明先生在《天网》的代序中曾经有过鞭辟有力的论述:

> 贾小飞承包的林场被毁应属突发事件,作品对此有着相当详尽的描述。表面看来,此事似与李荣才案的解决无甚关涉,实则

不然：

　　第一，林场哄抢案与李荣才被迫害案的作孽者均为贾仁贵，此案的发生乃是贾仁贵横行乡里又一罪恶的必然暴露，它意外地促成了刘郁瑞的花峪村之行，使他有可能掌握到贾仁贵所犯罪状的更多的第一手材料，从而增强了惩治腐恶、为民除害的决心和信念。

　　第二，处理林场被抢案使刘郁瑞与贾仁贵开始了面对面的较量。贾仁贵被停职后开车到处活动，动用各种关系给刘郁瑞施加巨大压力，连刘的好友、地区农牧局长张光海也说他的做法是"充好汉""犯神经"，要他先保护自己再去保护别人，这无异于在领导层里陷刘于孤立境地。刘与许克俭相机行事，立即在全县范围内发出通报，限期让贾回村等候处理，这行动又引来史伍德的发难，公开为贾喊冤辩护，要求收回通报，遭拒后便相继三天托病不出，实则是去搬"大官"——到老上级顾专员那里告刘郁瑞的黑状。随后是顾加辰在本地的视察行程中突然加上汾西，到后立即给刘郁瑞一个"下马威"，不仅在县委机关当面捧史抑刘，还要亲赴花峪村视察给贾仁贵撑腰打气。这突如其来的冲击使刘郁瑞猝不及防，一时间乱了方寸，颇为被动。顾的介入使矛盾双方的力量发生了戏剧性的逆转，冲突骤然火花四溅，呈现白热化之势。

　　第三，顾的到来和贾的蠢蠢欲动激怒了村民，他们猛然间觉醒，开展了一次车前告状和联名上书的"秘密"行动，从而显示了群众团结一致的信心和力量，使以刘郁瑞为代表的正义一方在冲突较量中挽回颓势，乃至于化被动为主动。

　　总之，林场事件的插入促成矛盾的高潮，对于作品情节发展的描写和人物形象的刻画，都至关重要。因此，它不仅没有游离，反而扣紧了全书的中心矛盾，结构上与李案可谓双峰并峙，并蒂连根，相辅相成，浑然一体。①

　　如果我们承认林场哄抢案在《天网》中的重要性，那么同样也就应该承认刘郁瑞们（包括许克俭、尹远等人）与贾仁贵们（包括顾加

---

① 杜元明：《抒写党魂民心的凌云健笔》（代序），见《天网》，群众出版社1993年版，第6—7页。

辰、史伍德、赵亮等人）之间斗法的重要性。或者也可以说，李荣才冤案，林场哄抢案以及刘郁瑞与贾仁贵两个阵营的斗法，共同构成了《天网》中重要的三个事件。在这其中，最重要的实际上应该是刘与贾两个阵营的斗法。在某种意义上，李荣才的冤案也罢、林场的哄抢案也罢，都可以被视为刘与贾两个阵营之间矛盾冲突的集中体现。从这样一个角度来看，张平写作《天网》的意图也就可以被理解为，正是要通过对于诸如李荣才冤案与林场哄抢案这样一些具体案例的剖析表现，深入地挖掘揭示出刘郁瑞阵营与贾仁贵阵营之间深刻的矛盾实质来。

很显然，刘郁瑞阵营乃是一条实事求是路线的坚决捍卫与忠实执行者。无论是李荣才的案件，还是林场哄抢案，在处理这些事件时，刘郁瑞们一再坚持的就是尊重事实真相，让事实说话。与此形成鲜明对照的，则是史伍德与顾加辰之流，为了维护他们自身的地位与手中的权力而不惜颠倒黑白，甚至于以人为的手段歪曲事实的真相。

比如在李荣才案件的处理上，史伍德与顾加辰就根本不关心李荣才冤枉与否的问题。对于史伍德来说，因为在此之前已经参加并主管过这一案件的调查处理，因为在之前的调查处理过程中已经形成了对于李荣才一案的基本认识与处理结果，所以便认定不应该再次调查这一案件。退一步说，即使真的要重新调查此案，那么，主其政者也得是本来就分管这方面工作的县委副书记史伍德，而不应该是县纪委书记尹远。一旦事情的发展演变背离了自己的主观意愿，那便是如阿Q所说的要"与我为难"，那便意味着对史伍德来说，自身的地位与权力遭到了极大的挑战。对于史伍德来说，李荣才一案的真相到底是怎么一回事并不重要，重要的是自己的地位与权力一定要得到强有力的维护。这样的一种基本心态，再加上贾仁贵的上蹿下跳大行其贿（应该注意到这样一个细节，专案组下去后，最重要的当事人贾仁贵却拉了满满一车东西去四处拉关系了。史伍德很显然就是贾仁贵重要的公关对象之一），所以史伍德成为刘郁瑞的对立面就简直是一定的了。正是因为意识到了自身处境的岌岌可危，因为把刘郁瑞对李荣才案件的重新调查错误地理解成了是对自身地位和权力的威胁，所以史伍德才整整托病三天，去地区搬来了自己的救兵，搬来了自己的大后台行署专员顾加辰，从而给刘郁瑞制造了很大的麻烦。

如果说史伍德是更多地患得患失于自己的地位与权力的话，那么顾加辰则是一个典型的偏听偏信者。虽然已经身居高位，已经是一个地区行署的专员，但顾加辰实质上却是一个情形非常严重的教条主义者。如同史伍德一样，顾加辰也根本无意于了解李荣才一案的真相，他只是根据自己的个人好恶，便先入为主地作出了自己的判断。关于顾专员对李荣才的厌恶，身为地区农牧局局长的张光海曾经有过形象的描述："你知道顾专员对这个李荣才有多讨厌！顾专员当地委副书记分管落实政策时，中央领导小组到临汾视察，顾专员给人家汇报得很好，可就是这个李荣才拦车告状，把顾专员弄得下不了台。你想想顾专员对这个李荣才能有好印象？"然后便是关于顾专员与贾仁贵亲密关系的解说："我告诉你贾仁贵家里那面最大最耀眼的锦旗，就是顾专员亲手发的！你清楚不清楚这意味着什么！""这就是说，贾仁贵这个'模范人物'，曾是顾专员亲手培养的！贾仁贵这面'红旗'，也应是顾专员亲手竖起的！"而这也就意味着，"如今谁要想搞掉这个贾仁贵，这就等于搞到了行署专员头上！"就这样，顾专员本来对于李荣才和贾仁贵就有截然不同的判断与看法，刘郁瑞重新调查李荣才一案，很显然已经触动了顾专员的敏感神经，再加上前任秘书史伍德的添油加醋与挑拨离间，顾专员对刘郁瑞的成见与恼火之大，自然是可以想见的。顾专员之所以要特意到汾西县来巡视一番，之所以要在与刘郁瑞见面时给刘一个"下马威"，之所以特意点名一定要到花峪村要到贾仁贵那里去看一看，其根本的原因正在于此。而也正是在这样的一个过程中，顾加辰那样一种偏听偏信、先入为主且又特别护短（护自己一条线上的人的短）特别刚愎自用的性格特征，方才得到了一种充分的展示与表现。

然而，越是面对巨大的压力，就越是能够充分地表现出刘郁瑞的智慧与胆识来。事实上，也正是在刘郁瑞强有力的支持下，以尹远为组长的专案组经过耐心细致的调查过程，最终查证落实："仅从1979年到1982年，花峪村财物累积亏空达7.2万余元。其中已经认定为贾仁贵贪污性质的款额达3900余元。1979年以前的帐目仍在继续审计核查中，估计问题要远大于此。……从贾仁贵一家的财产和收入来看，据初步估算，以花峪村村民的最高收入计算，两者之间的差额仍高达8万多元！这还不算贾仁贵已经隐藏了的财产和至今没有交代的银行存款！"必须承认，这样的一系列有据可查的审计数字，再加上贾仁贵在村里一惯的欺男霸女行径，当然也包括他对于林场哄抢案的幕后操纵，所以，贾仁贵被开除党籍，并被撤消一切党内职务，也就是一个顺乎逻辑的必然结果了。

然而，贾仁贵的被处置却并不意味着李荣才案件的解决。既然李荣才这条线索对于《天网》的总体叙事（笔者认为，《天网》虽然是一部纪实文学作品，但其中实际上也是存在叙事问题。叙事的成功与否从根本上决定着作品的写作是否成功）具有突出的重要性，既然李荣才案件的解决与否在很大程度上验证着刘郁瑞解决问题的彻底性，那么，李荣才案件在《天网》中就必须得有一个水落石出的结果。但是，关键的问题在于，要想彻底解决李荣才的冤案，首先必须找到根据（物证和人证）能够证明李荣才是被冤枉的。然而，这样一种根据的寻找是十分困难的。客观公允地说，李荣才案件之所以拖延近三十年的时间都未能得到解决，除了一再遭到顾加辰与史伍德这样一类官员的人为阻挠之外，证据的缺乏也是一个很重要的原因所在。

如果说，在刘郁瑞刚刚接触李荣才案件时，信访办主任许克俭曾经建议刘郁瑞以"糊涂官司糊涂断"的方式快刀斩乱麻地解决这一案件。既然原始的账单早已被销毁，既然不能够证明李荣才有贪污行为，也不能证明李荣才没有贪污行为，那么刘郁瑞也就完全可以利用手中的权力认定李荣才的案件，其实是一桩冤案。然后，这种建议却遭到了刘郁瑞的拒绝的话。那么，在得知李荣才的老伴已久病不起，在刘郁瑞急于很快解决李荣才的问题，准备以"糊涂官司糊涂断"的方式解决这一案件时，最早提出这个建议的许克俭反倒成了这一建议的坚决反对者。许克俭反对的理由也很简单，既然揪出了贾仁贵，那么他们这样一种"糊涂官司糊涂断"的方式便很可能授对立面以把柄，使自己陷入极其被动的一种境地。"当初有那么个想法，是当时还没有查出这么个贾仁贵。如今你再想那么办，糊涂官司糊涂断不是明着给人找口实么！如果有人找来我们该怎么回答，只怕连贾仁贵找上来我们也无话可说。何况还有个史伍德，还有个顾专员，还有那160多个乡级处级干部，不都在虎视眈眈地盯着我们？"

这样，李荣才一案的解决当然也就一度陷入了差不多干脆就是无望了的境地之中。然而，正所谓"山重水复疑无路，柳暗花明又一村"，正当这一案件的解决的确已经山穷水尽的时候，一种意想不到的转机竟然出现了。差不多已经处于绝望境地的刘郁瑞，某一天突然收到了一封厚厚的挂号信，写信者名叫刘玉杰，现在运城地委组织部工作。这位刘玉杰正是当年花峪村工作组的组长。在这封信中，刘玉杰一再强调，正是从各个渠道了解到的刘郁瑞敢于为民做主的事迹唤醒了他自己的良知。正是在刘郁瑞精神的感召之下，刘玉杰最终决定坦诚地说明事情的真相，愿意出面证明李荣才的案件的确是一桩彻头彻尾的大冤案。

必须承认，刘玉杰出具的这两份证明，对于李荣才案件的解决实在是太重要了。"这两份证明足可以完全推翻那几十万字的各种所谓的调查和证明！因为这个刘玉杰是第一个，也是最直接地参与了这起冤案的负责人。有如一座高得吓人的摩天大厦，它的底座有一天突然间不存在了，这座虚幻中的大厦也就随之瓦解了。"

那么，刘玉杰为什么会突然决定出面澄清李荣才案件的真相了？这么多年来，他为什么就没有动过这样的念头呢？除了他自己在信中所一再强调的刘郁瑞精神的感召之外，刘玉杰此举是否还别有隐情呢？问题的答案当然是肯定的，原来，刘玉杰被确诊为肝癌晚期，住院已经将近二十天了。这样的隐情只能让我们再次对于人性的真实裸露感到十分震惊。很显然，刘玉杰的生命已经接近了终点，他是在自己临终前以一种忏悔的方式求得内心的一份安宁与平静。这样的行为，在某种意义上说，的确已经相当可贵了。然而，尽管如此，尽管我们也非常地不情愿，但我们还是不得不继续追问下去，假如刘玉杰并不是肝癌晚期呢？或者假如刘玉杰的病情发展使他来不及写出那两份证明材料呢？那事实的真相还有可能得到证实吗？李荣才一案的平反也就真的是遥遥无期了。虽然的确很有一些残酷的意味，但我们却必须承认，这才是本真意义上的人性的一种真实坦露与真实表现。

虽然费尽了周折，但值得庆幸的是，蜕化变质称霸一方的贾仁贵终于得到了法律的严惩，李荣才的近三十年沉冤也得到了平反昭雪。然而，这样的事实却不能从根本上改变现实的沉重与严峻。一方面，如同史伍德、顾加辰这样的党员干部依然一如既往地工作在自己的工作岗位上。既然他们仍然在工作，那么也就难保他们已经或者继续制造出如同贾仁贵、李荣才这样的"典型"或者冤案来。另一方面，如同刘五儿这样的百姓也依然大有人在。刘五儿曾经被别人强奸，在刘郁瑞过问此案后，刘五儿不仅没有拿起法律的武器与犯罪者进行严肃的斗争，反而因为区区600元钱便与对方私了。我们完全想象得到，在现实生活中，如同刘五儿这样的老百姓带有很大的普遍性。有了刘五儿这样一种普遍的现实文化土壤，有了史伍德与顾加辰这样徇私舞弊品质败坏的官员，也就很难保证不会再有如同李荣才、贾小飞一样的悲剧重新上演了。这正是我们此处所特别强调的现实的沉重与严峻。

或许是因为《法撼汾西》与《天网》写到的主要是县委书记刘郁瑞怎样地想方设法调查处理现实中与历史上种种案件的缘故，或者是因为这两部作品都发表在由群众出版社主办的公安文学双月刊《啄木鸟》杂志的缘故，有的论者便把这两部小说称为"政法题材"作品。[①] 这样的说法当然不能说是全无道理。当然，更多的人则可能把这两部作品看作所谓的"反腐题材"，原因一方面在于反对腐败是"文革"结束后的中国一个相当重要的现实政治命题；另一方面在于，张平在这两部作品中所写到的一些人与事，比如贾仁贵，比如顾加辰、史伍德等，也的确带有明显的腐败色彩。

我们首先应该承认，以上的两种说法都带有相当的合理性，都在一定程度上捕捉到了这两部作品所表现出来的突出特征。然而，时过境迁再次重读《法撼汾西》与《天网》这两部纪实文学作品，却使我对于以上的两种理解方式明显地感觉到了不满足。笔者认为，与其把《法撼汾西》与《天网》看作"政法题材"或者"反腐题材"的作品，反倒不如把这两部作品看作以反映表现社会问题为核心的纪实文学作品。

虽然表面上看，张平的这两部纪实文学作品讲述的都是刘郁瑞为汾西县的若干个现实中与历史上的冤案平反的故事，但是，只要我们认真地解读文本，就不难发现，其实，这些冤案的案情本身并没有多么复杂，有时候我们甚至直截了当地就可以看清案情的症结所在。正因为如此，虽然张平的这两部作品都是发表在《啄木鸟》这样的公安文学杂志之上的，但对于案情的侦破过程却没有成为作品的叙事重心所在。或者也可以说，对于这样一些案情的调查解决，只是构成了作家切入并揭示社会现实问题的一个视角、一条线索而已，作家张平真正的创作意图，恐怕也正在于对于一些沉重严峻的社会现实问题作一种强有力的艺

[①] 杜元明在《抒写党魂民心的凌云健笔》(《天网》代序)与王巧凤在《积极参与到现实斗争中去》(见温幸、董大中主编《山西文学十五年》，山西人民出版社1997年版，第98—105页)中均作这样的理解。

术揭示与表现。

具体来说,《法撼汾西》中的"农民与乡长"揭示的是一些乡镇基层干部凭借手中的权力严重侵害农民利益的问题;"三十年死信和二十年疯女人"主要通过对于两桩历史旧案的解决揭示了类似历史旧案的解决在现实社会中所面临的巨大阻力;"百日之灾"揭示的是我们的一些公检法机关究竟是以怎样一种疯狂报复的手段对待那些敢于仗义执言的普通民众的;"两个女子和六个干部子弟"揭示的是我们的一些干部是怎样利用手中的权力逃避本应接受的法律惩罚这样的现实问题。而《天网》则更是以李荣才案件的调查为基本切入点,层层深入地揭示出了现实生活中我们的社会机制存在着的严重问题。这也就是说,案件的解决并不难,甚至刘郁瑞深入彻底地调查解决这些案件的努力也没有什么大不了的。真正有价值的,乃是作家通过这些案件的解决,所揭示出的一系列重大的社会问题。既然作品中所描述的这些案件的侦破难度并不大,那为什么这些问题却迟迟得不到合理的解决?通过张平的描写,我们已经看得很清楚,这些案件的解决,从根本上说端赖于身为县委书记的刘郁瑞的坚持与努力。如果说刘郁瑞只是一位普通的党员干部,或者说,只要刘郁瑞稍有松懈妥协,那么案件的解决实际上也就是不可能的。这样,在歌颂肯定刘郁瑞的同时,张平其实揭示出的乃是一种十分严重的当下中国的社会机制问题。

其中的道理也很简单,假如没有刘郁瑞这样的一个官员个体的存在,那么作品中所写到的这些案件是否还有解决的可能呢?笔者想,答案大概是让人非常沮丧和失望的。假若真是这样的话,那么我们如下的逻辑推论也就相当地令人感到悲哀了。很显然,在我们的现实生活中,如同刘郁瑞这样的优秀干部是相当罕见的,诚属凤毛麟角。否则,张平也就不会为刘郁瑞这样一个干部的发现而大感惊诧了。张平说:"我突然意识到,我总算发现了一个对人性、人情还没有麻木的领导干部。"①当张平在为自己的发现激动不已的时候,笔者却为此而感到了一种深深的悲哀。一个简单的社会现实显然是,现实生活中充斥于我们周围的是太多的如同顾加辰、史伍德、吕家辰这样的领导干部。而且,对于这样一些不仅不作为,反而常常还少不了为非作歹的领导干部,刘郁瑞从根

---

① 张平:《一生的良师益友》,见《我只能说真话》,解放军文艺出版社2002年版,第42页。

第四章 由家庭个人转向社会现实

本上说，是拿他们没有任何办法的。明明知道这些领导干部不称职，然而却没有一点办法，有效地促成现状的改变。你说，面对这样一种难以改变的社会现实，你能不感到深深的悲哀吗？笔者以为，正是在这一点上，张平的《法撼汾西》与《天网》这两部纪实文学作品，体现出了对于当下中国社会现实问题的批判性。

张平强调自己"总算"发现了刘郁瑞这样的优秀干部，所以他才要写作如同《法撼汾西》与《天网》这样的纪实文学作品，为刘郁瑞这样的优秀党员干部"树碑立传"。应该说，张平这样的一种写作动机当然是无可厚非的。然而，在充分肯定张平写作动机的同时，我们却也不能不作这样的一种推想，张平所讲述的故事发生在山西省的汾西县，而汾西县则也只不过是中国数以千万计的县级建制单位之一。如果说汾西县存在作品中所表现出来的大大小小的案件的话，那么其他的县则很显然也很可能会有类似的情形存在。这也就是说，张平在《法撼汾西》与《天网》中所描写的那些大大小小的案件，对于全国来说是具有一定的普遍性的。但关键的问题在于，刘郁瑞却只有一个。当然，我们肯定应该承认张平自己视野的有限性，他只是有幸结识了一位刘郁瑞这样的优秀干部而已。肯定地，在张平的有限视野之外，也会有其他类似于刘郁瑞这样能够给我们带来极大希望的优秀干部存在的。这一点，当然是毋庸置疑的。然而，与此同时，我们也必须承认另外一种事实的客观存在。这就是，尽管会有其他一些类似于刘郁瑞这样的优秀干部存在，但是相比较而言，大多数的干部是普通平庸的，甚至于很可能会有其他一些类似于史伍德、吕家辰之流。而这也就意味着，可能会有更多如同李荣才、如同李水淼一样的冤案，永远也没有指望能得到合理的解决。从这个意义上来看，张平在《法撼汾西》与《天网》中所揭示的汾西县存在的问题，当然也就具备了相当的普遍性，我们完全可以将其理解为是对当下中国一种普遍存在的社会现实问题的深刻揭露与批判。我们之所以觉得所谓的"政法题材"或者"反腐题材"的理解方式不太合理，其根本的原因也正在于此。

正是从这样角度出发，笔者更愿意强调张平的这两部作品乃是揭示表现社会现实问题的优秀纪实文学作品。说到张平的时候，大家多指认他是一位主旋律作家，这样的理解当然也有一定的道理，毕竟张平的确是在真诚地歌颂如同刘郁瑞这样优秀的党员干部。然而，这只是抓住了张平的某一个侧面而已,我们同时的确还应该看到我们此处所分析指出的张平揭露批判现实一面的存在。笔者以为,只有理解到这一点,我们才可以说是真正地理解并读懂了张平。张平是一位具有强烈的社会与历史责任感的作家,他对于社会现实问题的揭示与批判,正是他的社会与历史责任感的一种具体体现。在这样的一个意义上,笔者觉得,我们其实也不妨把张平理解为是一位具有相当精神高度的批判现实主义作家。

作为长篇纪实文学作品,成功的一个重要方面,当然就是对于人物形象的刻画塑造。或者我们也可以这样说,那就是人物形象的塑造成功与否,正是衡量差不多所有的叙事文学作品的一个重要标准。作为一位此前已经有过相当丰富的小说创作经验的作家,张平当然是深谙此道的。在《法撼汾西》与《天网》这两部纪实文学作品中,张平以其坚实的艺术功力为读者刻画塑造了若干丰满生动的人物形象。

这其中,最先受到了攻击或遭遇灾难当然是刘郁瑞。因为结识了刘郁瑞而触动了自己最初的创作动机,所以张平自然会尽心尽力地刻画塑造这一主人公形象。首先我们应该承认,刘郁瑞乃是我们当下时代少有的一位具有突出的理想主义光辉的优秀党员干部形象。作品中所涉及的几个案件的调查与最后的解决,都是刘郁瑞一再地坚持和努力的结果。刘郁瑞虽然身在官场,但他的言语作为却并没有被当下社会官场中的那些恶劣习气所同化。在《天网》中,作家曾经写到过这样一段话:"有人曾当面说过他,老刘呀,论你的能力,就是当个地委书记也绰绰有余。可快五十了,才当了这么个县委书记,混成这样子。一句话,这官场上的事,只怕你还没悟透。"应该承认,这位当面评价刘郁瑞的人,的确看透了刘郁瑞,刘郁瑞真的是并没有"悟透""这官场上的事",或者说,他从内心深处就拒绝"悟透"这官场上的事。"如果真那样,凡事都悟透了,那刘郁瑞也就不成其为刘郁瑞了。"或者,我们也可以这样说,刘郁瑞乃是一位虽然身在官场,但却具有一种难能可贵的、知识分子精神的、书生气十足的领导干部形象。我们应该注意到,张平在自己的散文中对于刘郁瑞的介绍:"此人还是个作协会员,出过两本书,还写过电影电视剧本。"又是作协会员,又是写书写剧本,不是知识分子,还能是什么。笔者认为,作品中刘郁瑞所表现出来的刚直不阿,疾恶如仇,为解决普通民众的问题而不计个人安危得失的牺牲精神，实际上正可以被理解为其理想的知识分子精神品格的外化与体现。"人也一样，既有从仁大义、三贞九烈、舍身请命、宠辱不惊的，也有庸碌委琐、趋炎附势、苟且偷生的。假如都成了一类，历史也就无从发展，社会也就不成其为社会了。"这是张平对历史社会的一种认识，当然也能够被看作刘郁瑞的一种基本历史观。刘郁瑞自己很明显地可以被归于前一类历史人物之中。很显然，如果不是一位具有知识分子精神品格的优秀干部，刘郁瑞是很难形成并以自己的实际行动去践行这种历史观的。

然而，刘郁瑞虽然是一位具有明显理想主义色彩的优秀干部形象，但张平却也没有把他写成不食人间烟火的"神"。正如有论者指出的，"作品并未回避对刘郁瑞在尖锐复杂的角逐中，有过内心的矛盾、困惑以至于惶惑，有过对于农民'自甘贫贱'、'不可自救'的错误估量以及对他们一度产生过深深的失望和轻视，有过'糊涂案子糊涂断'、在尚未找到确凿证据之前就想在李荣才老伴亡故之前宣布为他们一家平反的急躁心理的描写，使读者既观其行，又见其心。可以说，这一人物是通过行动描写和心理刻画相结合的技巧写成功了的。这就使刘郁瑞的形象显得血肉丰满、栩栩如生、真实可信，艺术上成就了一个富于立体感的圆型人物"①。

除了刘郁瑞形象之外，其他的一些人物形象，比如许克俭、潘永刚、贾仁贵、史伍德、顾加辰等，也都给读者留下了深刻的印象。其中的诸多人物，张平并没有耗费很多的笔墨，只是用简洁的笔触偶作勾勒点染，一位鲜活的人物形象就已经跃然纸上了。早已年过半百的老信访办主任许克俭，就是这样的一个形象。多年来在官场历练的结果，使许克俭对于官场的游戏规则了如指掌。所以，当刘郁瑞主动找许克俭了解李荣才的情况时，他才会表现得那样地无动于衷不动声色，因为作为老信访的他，在李荣才这一案件的处理上的确已经体验过太多的失望。但是，一旦许克俭认定刘郁瑞真的是要彻底调查解决李荣才的案件，这位老信访内心深处的人性良知就被唤醒了。作为老信访的他，不仅深知李荣才是被冤枉的，而且也非常清楚李荣才近三十年的"告状人生"对

---

① 杜元明：《抒写党魂民心的凌云健笔》（代序），见《天网》，群众出版社1993年版，第8页。

于一个人来说究竟意味着什么。这样，许克俭自然迸发出了极大的热情，积极地投入了李荣才案件的取证调查过程之中。从作品中不难发现，许克俭乃是一位工作经验十分丰富的老信访，在很多时候都是他在为刘郁瑞出谋划策，在帮助刘郁瑞解决很多疑难问题。可以说，在李荣才案件的解决过程中，这样一位"智多星"式的人物发挥着一种他人难以替代的举足轻重的作用。事实上，也正是在许克俭与尹远等人的鼎力相助之下，李荣才的案件（当然也包括对贾仁贵的处置）方才得到了圆满彻底的解决。

需要讨论的另外一点是，在《法撼汾西》与《天网》之前，张平只是一心地专注于中、短篇小说的写作，明显地缺乏写作长篇作品的艺术经验。可以说，这两部作品乃是张平对于长篇叙事作品的写作尝试。既然是第一次，那么张平这两部作品艺术上的成功与否，当然也就成为我们需要关注的问题。先来看《法撼汾西》，尽管作品出版时出版社明确标明的是"长篇纪实文学"，但严格地说起来，这并算不上是一部成功的长篇纪实作品。这一点，从张平自己的创作谈中其实就已经看得很明显。张平说，"1987年采访结束后，后半年开了两个笔会，在平顶山开了一次，写了两个中篇，后来下乡又写了两个中篇，四篇凑在一起便构成了《法撼汾西》"。① 从张平的自述看，在写作之初他并没有有意识地要写作一部长篇作品。他只是写了四个中篇小说而已。最可能的一种情况是，出版社因为这四个中篇的主人公都是刘郁瑞，而且主要讲述的也都是刘郁瑞怎样平反冤假错案的故事，所以就把这四篇作品连缀在一起，作为一部整体"长篇纪实文学"作品正式出版了。

我们知道，对于一部长篇叙事作品而言，其成功的一个相当重要的方面就是一定要有一个相对完整的结构。但对于《法撼汾西》而言，最根本的问题正是一种完整结构的缺乏。从文体特征上严格地说起来，《法撼汾西》其实只能被理解成一部中篇作品的合集，我们实在并不能因为其中讲述的都是刘郁瑞平反冤假错案的故事，而把它理解成一部长篇的纪实文学作品。说得再透彻一些，那么，一个客观的事实就是，说《法撼汾西》是一部长篇纪实文学作品，乃更多的是出版社的一种营销

---

① 张平：《文学写作上的"生死抉择"》，见《我只能说真话》，解放军文艺出版社2002年版，第247页。

策略而已。因为,从当时的市场需求情况来看,一部长篇的纪实作品的市场效益,很显然地要好于一部中短篇作品集。

相比较而言,《天网》较之于《法撼汾西》就可以说是一部相对完整的长篇叙事作品了。我们甚至于也可以说,《天网》乃是张平关于长篇叙事作品最初的成功尝试。虽然从作品的厚重程度上说,《天网》仍然给人以明显的不足之感,但最起码张平已经初步解决了对于长篇而言最为重要的长篇结构问题。《天网》主要讲述了李荣才的冤案、贾小飞的林场哄抢案以及刘郁瑞阵营与贾仁贵阵营之间的斗法这样三个故事,这三个故事围绕刘郁瑞这条主线,相当有机地组合成了一个完整的艺术整体。虽然很难说《天网》作为一部长篇叙事作品已经取得了怎样值得肯定的成功,但一种完整自觉的结构意识的具备,却使张平初步拥有了营构一部长篇作品所需要的艺术经验,从而为张平此后更加丰富的长篇小说创作奠定了最初的基础。仅从这一点来看,张平《天网》的创作也是值得充分肯定的。

最后,需要提出来加以讨论的还有所谓真实性与文学性二者之间的关系问题。作为一种人物与事件均具有真实生活原型的纪实文学作品,这样的一个问题显然是无法回避且必须面对的。既然是纪实文学,那么首先就得保证作品中人与事的绝对真实性,就不能允许有丝毫虚构。然而,纪实文学作品又并不能等同于新闻通讯,既然是出自作家之手的文学作品,那么文学性色彩的具备也就是必不可少的。否则,它也就不会进入文学批评家的关注视野之中。那么,文学性的色彩又从何而来呢?其中必不可少的就是作家一种必要的艺术加工过程,就是作家对于诸种艺术手段的调动与运用。我们注意到,曾经有论者已经提及了张平对于真实性与文学性的兼顾问题:"我想作者的成功和他的写作功力有关,主要是解决了一个文学性与实录性的矛盾的问题。新时期以来,人们对报告文学和纪实小说的兴趣是很浓的。但真正能留下深刻印象的却不多。我想,人们的兴趣主要是在这类作品的新闻价值上,而不是在文学价值上。印象不深,主要是文学性不强。这是个矛盾,实录性新闻性强,文学性就越少存在的空间。张平的这部纪实文学之所以如此大受欢迎,能给人留下如此深刻的印象,我想与其说是故事情节动人,不如说是把人物写活了。文学性的灵魂就是人物。他着力于写人物写人的内心世界,围绕着这个中心而去剪裁素材——尽力选取最典型的案例案情。

就这样,把文学性和实录性结合起来了。"① 这位论者显然较准确地把握住了纪实文学这一文体的基本特征,同时也很准确地把握住了张平这两部纪实文学作品成功的原因所在。张平的这两部作品,好就好在把真实性与文学性较为有机地结合统一在了一起。

然而,说实在话,要想真正把握处理好真实性与文学性之间的关系,实际上并不是一件可以轻易做到的事。张平在这一方面其实也有并不成功的记录。"据作者坦诚相告,《天网》中除刘郁瑞外,其他人物都是化名的。作品的文体,使它有'纪实'和'文学'可以虚构的双重特征。"② 之所以将刘郁瑞以真名实姓的方式保留下来,笔者理解,乃是因为现实生活中如同刘郁瑞这样优秀的领导干部是相当罕见的。在这样的一种社会现实中,张平将刘郁瑞的真名实姓保留下来,很显然是为了使自己的作品具有真实的可信度。然而,关键的问题在于,论者在此处提及的"文学可以虚构"的问题。文学当然是可以虚构的,而且虚构也正是文学尤其是小说的本质特征所在。但纪实文学允许虚构吗?虚构不是对于真实性的颠覆与消解么?有了一定虚构性的作品还可以叫作纪实文学作品吗?这样的一些问题当然是值得我们深入思考的。从论者的上述言论看,张平最起码在《天网》的写作过程中是运用了一定的虚构手段的。然而,让读者更让张平自己始料未及的一种情况是,作家果然因为《法撼汾西》与《天网》这两部作品,因为其中的真实与虚构的关系问题而被告上了法庭。

---

① 李文达:《我们需要这样的人和这样的书》,见《法撼汾西》,群众出版社1993年版,第320页,"附录"。
② 杜元明:《抒写党魂民心的凌云健笔》(代序),见《天网》,群众出版社1993年版,第4页。

第五章

带有遭遇战色彩的文学官司

按照常理来说，作为一位以文学创作为终身志业的作家，是不大可能与法庭，与官司发生关系的。放眼古今中外的文学史，的确很少能看到有作家因为文学创作而招惹上官司，而站到被告席上。然而，不幸的是，令人难以置信的是，根本没有想到的是，作家张平居然因为自己的文学创作而被推上了法庭的被告席。

1994年12月31日，对于张平具有某种特别的意义。就在这一天，一纸诉状将张平推上了法庭的被告席。这个时候的张平，正全身心地沉浸于一部新的长篇纪实作品，即以大同市民政局福利院在周围城镇中的寄养孤儿事件为主要表现对象的《孤儿泪》的创作过程之中。为了这部长篇纪实作品的写作，张平已经准备了很长时间，他曾经专门为此而四赴古都大同，认真地采访了解寄养孤儿的真实情况。然而，正全神贯注于《孤儿泪》创作中的张平，却无论如何也不可能想到，正当自己全力以赴于这部文学新作的创作的时候，一场不期而遇的带有明显遭遇战色彩的文学官司，正始料未及地向他袭来。张平根本不可能想到，自己居然会因为此前写作发表的《法撼汾西》与《天网》这两部文学作品而成为被告。

按照张平事后的追忆，状告张平的第一个人，是时任汾西县人大常委会主任的刘砚田。而且，这件事情的发生，很显然是早有征兆的。这就是，早在1993年底和1994年初，刘砚田就曾经连续性地写过两篇批判《天网》与《法撼汾西》的文章。对于这一点，张平在相关文章中曾有过详细的记述：

刘砚田在一篇以"文革"语言、竭尽诋毁和污蔑之能事的批判材料里，对刘郁瑞是这样评价的："批判《天网》《法撼汾西》，并非要否定刘郁瑞的功绩。刘郁瑞在汾西工作期间，重视来信来访，在平反冤假错案，落实政策方面做了大量的工作。《法撼汾西》中写的一些案件的处理，确实是刘郁瑞主持正义、严厉督促的结果。他在汾西所做的贡献，汾西人民是不会忘怀的"。然而在另一方面，他却对刘郁瑞做的那些事情横加指责。说"乡长和农民"中的那位原型乡党委副书记没有任何错误，把那位无辜的农民妻子铐起来不是惨无人道，铐人的那棵树并没有那么粗。说"百日之灾"比较真实，但那都是下边干出来的，领导并无责任。说"两个女子和六个干部子弟"确有其人其事，"对这些干部子弟如何处理，当时确实是汾西人民关注的问题"。但这是三个流氓团伙，并不是一个流氓团伙。子弟们身上发生的事情同领导没有关系。说那些领导进行了说情活动，纯粹是捏造，是污蔑党的好干部。在《天网》中把陈培基作为原型这么写道："陈培基一案确属冤案，其连续十六年上访告状造成的经济损失和精神创伤很大。这期间他老伴因受精神刺激而病逝"。还说陈培基死得并没有那么早。为什么会造成这种冤案，刘砚田很轻松地写道，在那以阶级斗争为纲的极左路线泛滥时期，出现这样的冤案是不足为怪的。好像死掉几个老百姓，那并不算什么，但要是敢对一个干部进行批评和指责，可就等于犯了十恶不赦的滔天大罪。在整个文章中刘砚田的观点也正是如此：有这样的故事，有这样的原型，有这样的案情，但并没有坏干部。只有坏事，决没有坏人。好像这些冤案和坏事都是从天上掉下来的，都是老百姓自己干出来的！①

　　从张平的记述中，我们可以看出刘砚田的这样几个意图所在。第一，对于汾西县曾经的县委书记刘郁瑞，刘砚田采取了一种带有明显自相矛盾色彩的"抽象肯定，具体否定"的方法来加以对待。一方面，他肯定刘郁瑞的确在平反汾西县长期以来积压下来的冤假错案方面做了

---

① 张平：《我是怎样成为被告的》，见《我只能说真话》，解放军文艺出版社2002年版，第5—7页。

大量的工作；另一方面，他却对于张平在《法撼汾西》与《天网》中描写过的若干具体案件提出了不同的看法，认为其中有明显的失实之处。既然案件的处理有失实之处，那潜台词当然也就意味着刘郁瑞的平反工作存在很大的问题。

第二，那么这些案件的处理存在怎样的问题呢？刘砚田的办法是抓住细节上的差异大做文章。比如"乡长和农民"中，刘砚田说铐人的那棵树并没有那么粗。应该注意到，刘砚田在这儿强调的铐人的树没有那么粗，或许正是符合事实真相的。张平在写作时或许真的对这棵树的粗细描写上有所夸张，当然这绝对是一种无意识意义上的夸张。但刘砚田的真实意图却是很险恶的，他的意思很显然是要由这样一个或许的确有些失真的细节描写，进而达到否定整个铐人事实存在的这样一个目标。既然作家所写的树并没有那么粗，那么，作家对于整个事件的描写也就可能存在问题。在刘砚田的材料中，十分明显地潜藏着这样的一种内在逻辑。

第三，将《天网》中具体描写着的李荣才老人的原型陈培基的悲剧成因，大而化之地推给了"那以阶级斗争为纲的极左路线泛滥时期"。其中潜隐的逻辑是这样的，陈培基悲剧形成的时代，是一个阶级斗争的思维占据明显上风的极左思潮泛滥时期。从一种宽泛抽象的意义上说，陈培基人生悲剧的形成，当然与这样一种大的时代文化背景存在必然的联系。很显然，如果不是处在那样一个特定的阶级斗争时期，陈培基的悲剧可能就不会变成事实。应该说，从一种宽泛的意义上说，刘砚田的这种说法当然是可以成立的，但问题在于刘砚田的本意却是要由此而解脱那些一手制造了陈培基冤案的具体干部所本应承担的责任。这样一种偷梁换柱的伎俩，才是刘砚田作这样一种推论的根本意图所在。

总括以上三个方面，身为汾西县人大主任的刘砚田，其实在某种意义上把自己当成了汾西县干部的一个总代理人。他的意思非常明确，刘郁瑞当年在汾西平反冤假错案时处理过的，也即张平在《法撼汾西》和《天网》中主要描写批判的大部分干部其实才是受冤枉者。正因为意识到了这些地方干部是被冤枉的，所以以汾西干部总代理人自许的刘砚田，才要公开地跳出来替这些干部翻案，要为他们鸣冤叫屈。

然而，正如张平在他的相关文章里面所追问的，既然自己当年调查了解并写作《法撼汾西》和《天网》这两部作品时，刘砚田本人就身在汾西县里，而且身为县委宣传部长，可以说对张平的整个调查与写作活动十分清楚，那么他为什么在当时不公开地指出刘郁瑞和张平共同存在的错误呢？为什么要等到《法撼汾西》发表将近十年，《天网》发表也已经将近三年的时候，才写批判文章，才要告状打官司呢？关于这些问题，张平在相关文章中也有鲜明有力的揭示：

> 刘砚田的这份材料当时还让刘郁瑞看过，刘郁瑞看后非常惊讶和不解，当即表示：人家写的是小说，是文学，你生拉硬扯这么多人对号入座是什么意思？《法撼汾西》是1987年就发表的，当时你是宣传部长，并没有表示过任何看法，为何时隔多年，我不在汾西了，你才这么干？就按事实来说，人家写的哪一件没有根据，又有哪一件污蔑汾西干部了？张平当初还想写你的案子哩，如果写出来，你也能说那是捏造？你这是闹张平哩，还是闹我哩？刘砚田说既然这样那就算了，但却提出了另外三个条件，说不闹了也可以，但书不要再写了，不要再宣传了，电影电视也不要再拍了。刘郁瑞则说，话我可以说，但任何人都没有权力让一个作家停止写东西，我更没有这种权力。刘砚田随即开始广为散发这些材料，北京、太原四处活动，甚至还找到山西日报社。山西日报社的一位主任对他说："人家是文学作品，不是新闻报道，你先把这两者概念搞清楚，再说别的。至于搞什么大批判，已经不是那个年月了"。①

情况很明显，对于张平的《法撼汾西》与《天网》的创作，或者说，也包括刘郁瑞在汾西担任县委书记时一系列坚决平反冤假错案的超常规动作，本身也使汾西地方干部的刘砚田早已心怀不满。只是由于刘郁瑞依然在任，是自己的顶头上司，所以才一直隐忍不发而已。或许在刘砚田他们的心目中，根本没有把身为作家的张平当回事，正因为如此，所以一旦刘郁瑞离开汾西，那他们马上就组织串联起来，不仅四处活动散发资料，而且积极撰写带有"文革"气息的大批判文章。最后，终于罗织种种罪名将张平告上了法庭。对于刘砚田他们如此作为的目

---

① 张平：《我是怎样成为被告的》，见《我只能说真话》，解放军文艺出版社2002年版，第7页。

的，张平看得很清楚，这其中很显然有一种一箭双雕的意味。表面上看，他们状告的只是创作了《法撼汾西》与《天网》的张平，实际上，刘砚田的意图正是要通过对张平的攻击进而达到否定刘郁瑞汾西政绩的目的。

那么，刘砚田们在状告张平时，为《法撼汾西》《天网》罗织出的又是一种怎样的罪名呢？

> 口头上承认这两部书都是好书，刘郁瑞也是个好书记。然而，在原告和原告的代理人刘砚田借开庭之际四处散发的材料里，却把这两本书污蔑为否定党否定社会主义的坏书、黑书、反动书。张平笔下的汾西是一个"白区"、"敌占区"。"汾西县衙无好人"，"汾西好像没解放"。①

一个十分明显的事实是，作为一位多年从事行政领导工作的资深干部，刘砚田十分清楚，在中国这样一种特定的社会文化环境中，怎样地"上纲上线"才可能使他们自己最终赢得这一场官司。其中，一个相当有力的手段，就是将张平的这两部文学作品说成"否定党否定社会主义的坏书、黑书、反动书"。同样简单的逻辑就是，如果张平的这两部作品真的被认定为是具有"否定党否定社会主义"倾向的作品的话，刘砚田他们的这一场官司那很显然不打也就赢定了。问题的关键就在于，究竟应该怎样评价张平的《法撼汾西》与《天网》。

很显然，张平之所以要创作《法撼汾西》《天网》这两部纪实性的文学作品，大约出于两个原因。其一，是作家终于在现实生活中发现了刘郁瑞这样一个"对人性、人情还没有麻木的领导干部"。②正是在刘郁瑞一系列动人事迹的感召之下，张平产生了强烈的创作冲动，于是便有了这样两部作品的写作出版。其二，是作家在汾西县调查了解到的底层老百姓艰难的生存处境让张平的心灵世界产生了剧烈的震动。这种心灵的震动是作家产生强烈创作冲动的又一个根本原因。关于这一点，张

---

① 张平：《我是怎样成为被告的》，见《我只能说真话》，解放军文艺出版社2002年版，第4页。
② 张平：《我是怎样成为被告的》，见《我只能说真话》，解放军文艺出版社2002年版，第8—9页。

平曾经写道："那是在 1987 年，省里在汾西县召开了文艺座谈会，从这次座谈会当中了解了很多事情。汾西县虽然是个小县但对于我来说是一个大社会，我没有想到会有那么多震撼人心的事情，乡长和农民打官司，把农民的妻子铐到树上；一个律师被无辜关押 105 天。这些事情让我感到非常震动，因为自己的家庭曾有过长期的苦难经历，因而见人受苦就敏感，所以在汾西就留了下来，想进一步采访一下所涉及的人。"①由作家的创作谈可证，张平之所以要创作《法撼汾西》与《天网》这两部作品，一方面是要充分真实地展示中国老百姓依然苦难深重的生存境况；另一方面则是要真诚地肯定如同刘郁瑞这样一心一意地为了改变老百姓的生存困境而努力工作着的真正的共产党领导干部形象。从作品发表出版后产生的实际效果来看，作品之所以在社会上产生了极大的反响，一时好评如潮，根本的原因也是由于作家在这两个方面的努力获得了成功。

一方面，我们固然应该承认，正如同刘砚田所注意到的，在张平的这两部作品中，的确出现过诸如"汾西县发生的事使人简直不敢相信是会发生在新中国"，汾西县的某个村还像"敌占区"一样的叙事话语。但是，在另一方面，我们一定不能把这样的叙事话语从具体的文本语境中抽离出来，单独从字面上进行理解。一种正确科学的理解方式是，必须把这些叙事话语还原到作品的具体文本语境中加以理解，只有这样，我们才会明白这样的一些表述都只是人物在一种激动情况下的愤激之词，其意思也无非是要表达作家对于老百姓一种艰难生存处境的愤慨与同情而已。如果将这样的一时愤激之词简单化地坐实为作家张平就认为汾西依然是"敌占区"，并不是"新中国"，那就真的是欲加之罪何患无辞了。这很显然是曾经横行一时的小儿科式的"文革"思维依然作祟的缘故。在改革开放已经实行了许多年之后的 1990 年代中期，刘砚田们依然以典型的"文革"思维肢解文学作品，依然试图以阶级斗争的思维方式，无限上纲上线地把真正为老百姓写作的作家张平送上了被告席，其用心也就的确有些险恶了。

刘砚田不只是用心有些险恶，其手段也同样是不可告人的。

---

① 张平：《文学写作上的"生死抉择"》，见《我只能说真话》，解放军文艺出版社 2002 年版，第 246 页。

第五章 带有遭遇战色彩的文学官司

他随后干的第一招便是鼓动汾西干部联名上书。在这一点上，刘砚田直言不讳地对人说，签名活动是我牵头、我组织、我发动的。汾西县的一位领导指出，签名活动其实是一起有组织、有计划的非组织活动。刘砚田让干部签名时打的是汾西人大的旗号，别人问他时却只说是个人名义。同时还用了好几种手段：一是胁迫手段，签名时是在县人大考核县乡干部期间进行的；二是欺骗手段，凡看过书的，便声明此事同刘郁瑞无关，没看过书的，则说太原有个人糟蹋咱们汾西哩，咱们不能依他；三是代签手段，让别人代签或自己代签，签上的二百多名干部中至少有一多半是代签的。有许多干部在不知道的情况下，甚至连刘郁瑞的通信员和一些失去思维能力的病人也都被签了上去。刘砚田也真是胆大，以至在有些县级干部都不知道的情况下，居然也敢把人家的名字签上去！而且只有211名，却要写成242名。假若不是遭到大多数干部的公开抵制和反对的话，真是恨不得把汾西县所有干部的名字都给签上去。好像人越多他才会越有理。这种活动人们已经越来越清楚地意识到，它已经远远超越了组织纪律和法律的范围。所以也就必然地遭到了省、地、县领导的严肃批评和制止。尤其是在地委一些主要领导明确表示汾西县五大班子领导不得参与签名告状的情况下，刘砚田却一意孤行、越走越远。他不顾县人大一些主要领导的强烈反对，由他一手操纵和策划，在没有经过人大主席团讨论和审议的情况下，以偷梁换柱明显违法的手段强行通过了一项要同一个作家打官司的议案报告，然后以决议的形式写进了县人大的红头文件里，从而促成了在国内人大历史上前所未有的奇迹和丑闻！①

这就很有些无所不用其极的味道了，刘砚田们虽然口口声声说自己的行为是个人自发的行为，但实际上他却利用自己县人大主任的身份进行了多方串联。正如那位汾西县领导所指出的，刘砚田的行为绝对是一起"有组织、有计划的非组织活动"。到最后，刘砚田们干脆连所谓个人自发行为这样一块遮盖布也不要了，他们干脆赤膊上阵，

---

① 张平：《我是怎样成为被告的》，见《我只能说真话》，解放军文艺出版社2002年版，第8—9页。

居然在国内的人大历史上破天荒地通过了一个要同一个作家打官司的议案。理由就是，张平通过《法撼汾西》《天网》这两部作品，全面否定了汾西县的干部队伍，糟蹋了汾西县人民，在汾西县人民的脸上抹了黑。

刘砚田的逻辑根本就站不住脚，姑且采用他的说法，张平的这两部作品虽有失实之处，但其中却也有许多人与事都是在汾西有真实原型存在的。如果说，确有真实原型存在的话，那么真正给汾西人民脸上抹黑的，实际上也就只能是如同"乡长和农民"中的那位乡长，如同"百日之灾"中的那位公安局长，而不应该是将这些如实揭示出来的作家张平。这正如一个人头上长了癞疮疤一样，影响他自己形象的其实正是这个癞疮疤，而不应该是另外那个指出他头上有癞疮疤存在的人。如此看来，刘砚田的逻辑实际上就是一种典型的倒因为果的行为。他根本不去从根本上思考汾西县为什么会存在如此严重的问题，不去考虑究竟应该采取怎样有效的手段解决存在的问题，反而恼羞成怒地将汾西的形象问题与真实揭露汾西问题存在的作家张平联系起来，毫无道理地把汾西形象的受损原因一股脑地不分青红皂白地全部推到了作家张平身上。

对于这一点，张平自己的认识也是十分清楚的：

> 在《天网》、《法撼汾西》中否定的是一些丑恶的东西，书里的那些反面形象，难道代表的就是整个汾西干部队伍的形象？这些形象的名誉又怎么能代表整个汾西的名誉？就像原告中的一些人，他们当初把汾西的那些老百姓逼迫得连生存权也没有，对人身的伤害达到了令人瞠目、不寒而栗的地步，把汾西人民糟蹋成那样，而如今刘砚田却说他代表的是汾西人民，真亏他能把这种话说出来。刘砚田的行为举止恰恰说明了他在糟蹋汾西干部和汾西人民！刘砚田说得再清楚不过了：这些人的名誉恢复了，泼在汾西县和汾西干部身上的污水自然也就洗刷掉了。把这些人的名誉同汾西干部队伍联系在一起，才真正是侵害了整个汾西县的名誉权。①

---

① 张平：《我是怎样成为被告的》，见《我只能说真话》，解放军文艺出版社2002年版，第10页。

写到这里,笔者不由得想起了张平进入 21 世纪之后创作的一部长篇小说《国家干部》。《国家干部》中的主人公、嶝江市常务副市长夏中民,本来是一位难得的具有平民情怀的、一直踏踏实实地替嶝江市的老百姓做事的优秀领导干部,但是,就因为他在替老百姓做事的过程中无意间得罪了当地的许多领导干部,得罪了当地干部中一个庞大的既得利益群体,所以就受到了强烈的排斥,以至于在后来的党代会选举过程中,在老百姓的心目中一直拥有很好口碑的夏中民,居然意外地落选了市委委员。夏中民的落选,是因为得罪并触犯了当地那个庞大利益群体的缘故,张平的被推上被告席,实际上也正是因为他用手中的笔,他以自己真实的文学作品触犯了汾西干部利益群体的缘故。可以说,二者之间确有异曲同工之妙。如此说来,张平之所以能够在后来的《国家干部》中真切地刻画塑造出夏中民这样一个具有理想主义情怀的悲剧性领导干部形象来,其实与他自己因为《法撼汾西》《天网》的写作而触犯了汾西地方干部利益群体的感受,也有极为密切的关系。

为了达到将作家张平彻底告倒,打赢由他们自己挑起的这场官司的目的,刘砚田们甚至采取了颠倒黑白的手段,四处说谎,散布谣言:

> 原告们除了继续在法庭上撒谎外,居然污蔑当时党报对他们的批评报道全是胡说八道!尤其是一个当时被就地撤职、受到党内严肃处理的原告,居然开出证明说他是一个廉洁奉公的好党员好干部!还有一名原告说是今年二月看到的书,而他的起诉书的时间却是去年十二月!除了说明这份起诉书是无效非法的外,同时也再次说明了这起官司的出现本身就是极不正常的。这么做的目的已经十分明显,如果能证明这两本书是侵权,也就等于否定了当时党和政府对他们的严肃处理和严厉指责。书是坏书,刘郁瑞自然也就是个假典型。这,才是他们的真正目的所在,也才是他们企盼的结果。①

---

① 张平:《我是怎样成为被告的》,见《我只能说真话》,解放军文艺出版社 2002 年版,第 11 页。

敢于明目张胆地将一个当时已经被就地撤职并且受到党内严肃处理的原告打扮成一个廉洁奉公的好党员、好干部，刘砚田们的胆量也着实够大的了。他们的这种行为，反过来证明张平《法撼汾西》《天网》中的描写有多么真实。正是因为张平的如实描写极大地刺痛了这些贪赃枉法者的神经，所以他们才会以一种如此丧失理智的方式向张平进行疯狂反扑。以至于，在法庭的辩论中居然会使出如此无赖的手段来："原告和原告的代理人在法庭上就这样指责说：你说我搞迷信活动请了风水先生，有什么证据？我说有那么多报纸都这样报道过，党报还能是假的？对方则说，报纸怎么能作为凭据？你说我请了风水先生，你找见那个风水先生了？风水先生给你出了证明了？紧接着原告又指责说，你说我用小车请的风水先生，你怎么知道我用小车请的？我则认为，你在那么远的地方请风水先生，而且全是山路，你一个乡党委书记，莫非是用架子车拉来的？让人家自己走来的？对方则说，请拿出证据来？而后原告又指责说，你凭什么说我盖房子时用了汽车和拖拉机？我则认为，老百姓盖房时还必须用汽车拖拉机拉瓦拉灰拉沙呢，你一个乡党委书记盖房时，莫非全是靠自己把这些东西拉来的？然而他依然是这么问：你拿出证据来！——我想已经不必要再说什么了，如果像这些东西都一一必须去核实的话，别说是作家了，就是记者也别想能写出一个字来。"[①]

如此看来，刘砚田们这些原告的手段也的确只能被看作无赖手段了。当这些原告为了达到自己的目的，居然连普通日常意义上的常识都不愿意承认的时候，我们对他们也就真的无话可说了。因为张平在《法撼汾西》中写到乡长曾经请过一个风水先生来看风水，所以便强词夺理地非得要张平一定得找这位风水先生去做个证明。明明所有的人盖房都得动用汽车、拖拉机这样的大型机械，因此张平便按照常理写到了乡长盖房同样动用了汽车、拖拉机。然而不行，张平你既然要这样描写，那你当然就得拿出证据来。从法庭审判时，原告们所奉行坚持着的这样一些强盗逻辑来看，这些刘砚田们为了打赢状告张平的这场官司，真的是已经到了丧心病狂的程度。

好在公道自在人间，好在北京市丰台区人民法院的法官们还真的是

[①] 张平：《直面现实，抨击腐恶能叫侵权吗？》，见《我只能说真话》，解放军文艺出版社2002年版，第17页。

明察秋毫，他们在充分地调查了解事实的真相之后，毅然决然地做出了支持被告张平，原告败诉的判决。这判决体现的当然是正义的要求，是人民的意愿。可以说，丰台区人民法院法官们的判决与广大人民的呼声是完全一致的，可谓大快民心。对于这一点，张平也同样有着真切的记述。

> 自从临汾和汾西八名原告状告《天网》《法撼汾西》侵犯其名誉权在北京市丰台区人民法院开庭审理以来，我每天都要接到许多电话，同时也收到了很多群众来信。有慰问的，有声援的，甚至还寄来了钱。他们说就是卖房子卖地卖牛卖驴也要帮我打赢这场官司。临汾市龙祠乡有五百多名农民联名的一封声援信中这样写道："……告状的都是些什么人，临汾地区的人谁不清楚！老百姓有句话，恶人先告状，真是说对了！我们真不明白他们这些人怎么还敢去告状？肯定有鬼，说不定他们背后有什么人在支持。像那个跟老百姓打官司的乡干部，临汾人谁不知道他那丑事！早在你写《法撼汾西》以前我们就知道他！临汾地区的老百姓那时候有多少人为刘青天拍手叫好，而如今他们倒来告作家了，是不是想翻案？刘青天不在汾西了，那帮人就跳出来了，他们的脸皮真厚。党中央和国家号召反腐败，可为什么还允许搞腐败的人来告你这样反腐败的好作家！我们都替你打抱不平……"，每逢我看到这样的来信时，总是止不住地泪水盈眶。①
>
> 在北京因《天网》和《法撼汾西》这两本书打官司时，几个临汾的老农民千里迢迢地赶来支援我。七月的北京，像火炉子一样。他们挤着公共汽车好不容易问清地址赶到丰台法院时，法院的公开审理已经结束两天了。天知道他们是怎么打听到群众出版社并找到我的住处的。当我第一眼见到他们时，我的眼泪止不住地一下子就涌了出来。他们的衣着是那样的不入时，脸色是那样的黧黑，满脸的皱纹流露着深深的关切和焦急，浑身的汗渍浸透了一种赤诚和真挚。他们一见了我就忙不迭地问输了还是赢了，法院是向着他

---

① 张平：《我是怎样成为被告的》，见《我只能说真话》，解放军文艺出版社2002年版，第3页。

们还是向着咱们,然后便问他们能帮点什么忙。他们说他们已经给丰台法院的人说了,他们村的人本来都要来的,因为不知道情况,所以就让他们先来探探消息,要是法院把作家张平判输了,宣判那天,他们全村的人都要来北京当众给作家挂匾!咱老百姓就看它法律怎么判!我们就是要让天下的人都知道!咱们老百姓支持的就是像你张平这样的作家!

后来他们就死了活了地要请我吃饭给我压惊。在一个很普通的小饭馆里,他们很奢侈地点了八个菜。有一个大概是第一次来北京的老农民,竟然为我点了两份过油肉!说是让我好好补补身子,攒足了劲跟他们好好打!一瓶二锅头把大家喝得满脸通红。吃到后来,他们把那个时时抱在胸前的已不知是哪个年月的人造革提包小心翼翼地打开,从里面拿出一个裹了好几层的油纸袋,然后从油纸袋里抽出一沓钞票来,说这是大伙临时凑下的500块钱,你先拿着用,你一个穷作家,为我们老百姓写书也挣不了几个钱。人家都是当官的,你耗得过人家?如今打官司没钱可不行,不过你放心,咱们老百姓都支持你,就是卖牛卖马也要帮你把这场官司打赢!

一时间,我又止不住泪流满面。看着这由十块五块凑在一起的厚厚的一沓钱,好久好久说不出一句话来。①

中央电视台和北京电视台报道了我吃官司的消息后,尤其是北京电视台在"北京您早"栏目里对那场官司进行了专题报道后,竟有那么多的人能在人群里认出我来。我到饭馆里去吃饭,老板娘把我看了又看,后来终于忍不住地问我,你就是那个被人告了的作家?我点点头说是。老板娘看了看我,什么话也没说,转身回去没多久便端出两大盘子菜来,说这两盘子菜是她亲手炒出来的,你就消消停停在这儿吃,今天的饭,不用你掏钱!日后你就天天来这儿吃,一律免费!那些日子,我住在一个朋友的家里。那是一个老大不小的宿舍院。打官司前,门房老头对我这个外地口音的陌生面孔总是很凶。有时候,打电话忘了付费,他便会对我大声怒喝:回来!缴钱!你连说对不起他也绝不会给你一个好模样。没想到那一

---

① 张平:《永生永世为老百姓而写作》,见《我只能说真话》,解放军文艺出版社2002年版,第25—26页。

天我去打电话时，他默默地看着我，满脸都是慈祥和温和。当我打完电话，他说敢情你就是那个被告作家呀，还真没看出来，小伙子，你听着，我一个老头子也帮不了你什么忙，日后这电话你随便打，不收你的钱！一次在公共汽车上，一个四十多岁的中年人靠过来悄悄对我说，我在山西插过队，那儿的情况我了解。你放心，中国的老百姓都会支持你。有一次去公园，有几个正在打牌的老人竟也认出了我。他们七嘴八舌地对我说，你肯定输不了，北京人心里明镜似的，啥事不清楚？要是让你这样的作家输了，北京人的脸还往哪儿搁？

这样的人，这样的事，究竟出现过多少次，记不清了，真的记不清了。

《天网》《法撼汾西》，从发表到打完官司，前前后后收到过近两千封读者来信。尤其是在打官司期间，电话和来信源源不断。新疆、四川、广东、黑龙江、云南……我真不清楚这些读者是怎样得到我的住址和电话的。1000人以上的联名信，我收到过4封！500人以上的联名信，我前后收到过12封！有一个读者在来信中写道：张平作家，你一点儿也用不着回避，即使是你输了，那也没有任何关系，因为在我们老百姓心里，你将会是永远的赢家……①

这就是我们的老百姓，我们淳朴善良明辨是非的老百姓。虽然可能与作家张平素不相识，虽然对于打官司双方的具体情况也没有更深入的了解，但他们却凭借自己的人性本能，义无反顾地站在了以作品替老百姓代言的作家张平一边。如果说张平直面尖锐复杂的现实矛盾冲突为老百姓的写作，是一种值得充分肯定的"抉择"行为的话，那么，在张平因为自己与社会现实短兵相接式的写作而被刘砚田之流告上法庭，当一位文弱书生面对一群无耻官僚的包围，处于极困难的境地之中的时候，广大老百姓所表现出来的这样一种对于张平的理解与支持，则也同样是一种难能可贵的"抉择"行为。完全想象得到，当时备感孤单的张平之所以能够在法庭上与刘砚田之流的无耻官吏对质对阵到底，与广

---

① 张平：《永生永世为老百姓而写作》，见《我只能说真话》，解放军文艺出版社2002年版，第26—28页。

大老百姓提供给他的强大精神支援,存在十分紧密的关系。同样的道理,也正是来自老百姓的无私帮助,对于张平之后的文学创作走向产生了很大的影响,使张平进一步坚定了自己直面现实矛盾,坚持为老百姓写作的这样一种文学创作方向。这样,我们也才在《天网》和《法撼汾西》之后,又陆续读到了张平《对面的女孩》《抉择》《十面埋伏》《国家干部》这样一系列堪称优秀的现实主义长篇小说。

然而,在关注张平文学官司的过程与结果的同时,我们也得充分注意到作为不同文学类型的所谓纪实小说与小说之间所存在的差别。在某种意义上,张平的这两部作品之所以会引起轩然大波,会被刘砚田之流告上法庭,恐怕正与所谓的纪实小说这样一种说法存在直接的关系。事实上,不仅仅是刘砚田之流,即使是另外一些高度关注这一官司的新闻记者,同样对于纪实小说与一般意义上的小说之间的关系问题进行着自己的思考。其中一位值得注意者,便是《经济日报》的汉雄。在张平打官司期间,汉雄曾经于1995年在《经济日报》头版发表《纪实文学还能存活多久?》的文章,意在表明《天网》肯定侵权。汉雄此举当然引起了作家张平的强烈反应,故而特撰《规则、陷阱、乐趣与良知》一文同汉雄进行商榷。

在这篇商榷文章中,张平自然谈到了自己对于纪实文学的一些理解与看法:

> 纪实文学的兴起不是偶然的。它的出现,我认为完全是由于社会的一种需要。它并不是什么人什么单位随意就能发明出来的。这种体裁的出现无非是要告诉人们此类作品更具生活的真实,也更贴近现实、贴近时代。它是人们企盼着现实主义文学回归的一种特殊的文学形式和文学现象。是对那些越写越空、越写越虚无飘渺、越写越离现实生活远的作品的一种背离和悖逆。虽然它是一种较为年轻的文学形式,人们对它还尚无定论,但它的出现则是具有时代的合理性的。我想人们只要仍然喜欢这类作品,它就一定会继续存在下去的。①

---

① 张平:《规则、陷阱、乐趣与良知》,见《我只能说真话》,解放军文艺出版社2002年版,第71—72页。

小说是一种无论在中外都存在绵延长达数千年之久的一种文学文体，在当下时代的文学理论中一般都会把小说理解为一种虚构的叙事文体。对于很多秉承现实主义艺术观念的小说家来说，他们的全部努力就是要以一种想象虚构的方式进而达到全面概括表现某种社会真实图景的艺术目标。比如《红楼梦》，作家就是通过对贾府的虚构性描写，而最后达到了整体性地全面概括表现当时那个社会时代的目标。在小说这个家族中，纪实小说很显然是晚近一个时期伴随着社会的发展而出现的一种新兴小说类型。小说本身的一大特征便是虚构，然而现在却偏偏要把纪实与虚构这样明显矛盾着的两个特征拼贴在一起，偏偏就出现了这样一个很是带有一些不伦不类色彩的新小说类型。照常理说，纪实与小说既然是明显的矛盾，那么出现纪实小说这个说法就是不合乎文化逻辑的。然而，现实却又往往会出乎人的意料，现实并不完全合乎逻辑地偏偏就生出了所谓的纪实小说这样一个异类。

张平把纪实小说的出现归因于社会的需要，认为这种形式的出现，"是对那些越写越空、越写越虚无缥缈、越写离现实生活越远的作品的一种背离和悖逆"。这样的说法当然有一定的道理，但是，在笔者的理解中，情形却并不完全如此。笔者个人更多地把纪实小说的出现与新闻传媒的不够发达联系起来加以思考。在笔者看来，一种带有明显批判性色彩的纪实小说的出现，正与新闻传媒未能及时全面地承担揭示、再现社会现实阴暗面的责任有关。当新闻传媒无法承担这一重要责任的时候，一种批判性的纪实小说也就应运而生了。这样看来，借助文学的名义而实现新闻传媒对于社会公正的追求，则正是这种批判性纪实小说存在的最大理由。

即使只是从字面上去理解，我们也可以看得很明白，所谓纪实小说，强调的其实正是纪实二字。这也就是说，所谓的纪实小说，就是要求作家运用一些富有感性色彩的文学手段将社会现实中真实存在的人与事记录下来的一种小说形式。纪实二字，强调的是作品的真实性，应该在基本的事实上绝对忠实于事件的真相。小说二字，其实强调的是文学性色彩的具备，强调作家应该运用一定的艺术手段，使自己的这部纪实小说作品具有相当的艺术感染力。这样看来，所谓纪实小说，与通常意义上小说的区别就在于，一个强调虚构，而另一个则是在基本的事实层面上拒绝虚构的。

然而，值得注意的是，虽然纪实小说特别强调纪实二字，但这却并不意味着对于必要艺术手段的排斥与拒绝。这正如张平所强调的，"其实不要说是文学了，即使是新闻报道，在某种意义上也一样具有合理的想象和虚构的成分。因为你只要一诉诸文字，在某些细节和心理上必然要进行一些想象和虚构，否则很可能根本写不下去。何况中国的文字本身就是象形文字，稍不留神，就会跌进想象的虚构的'陷阱'里去。我想不管是记者还是作家，在这一点上，都应该是有所体会的"。① 依照这样的一种标准，来衡量张平的《天网》和《法撼汾西》，那我们当然可以认定，这样的作品是完全合格的纪实小说作品。因为在这两部作品中，基本的事实很显然是真实存在的，作家只不过运用了一些必要的艺术手段，进行了一定意义上的艺术加工而已。

尽管我们包括法庭都已经认定张平的《天网》和《法撼汾西》是值得肯定的纪实小说作品，但是，我们还是有必要注意到张平曾经一再做出过的这样一种无奈表达：

> 我想我首先应该向大家解释清楚的是，《法撼汾西》作为四个独立的中篇纪实小说，分别发表于1987年和1988年，1991年以长篇纪实小说在群众出版社结集出版。《天网》在完稿时署为长篇小说，《啄木鸟》杂志在发表时署为长篇纪实小说。1993年《天网》在群众出版社出版时，《法撼汾西》也同时改版一并以长篇纪实文学出版。我得知这一情况后，认为署为长篇小说更为确切，出版社也表示同意，所以《天网》在再版后早已全部改为长篇小说。②

应该注意到，在张平进行这样一种表述的时候，内心那样一种哀怨无告的苦涩与无奈滋味的存在。如果不是这样，那张平又怎么会不断地在到底应该被标为纪实小说还是长篇小说之间游移不定呢？

---

① 张平：《规则、陷阱、乐趣与良知》，见《我只能说真话》，解放军文艺出版社2002年版，第15页。

② 张平：《规则、陷阱、乐趣与良知》，见《我只能说真话》，解放军文艺出版社2002年版，第70页。

一种无法否认的事实是，这样一次不期而至的、带有明显遭遇战色彩的文学官司，对于张平的内心世界的确形成了某种难以言说的伤害。自从这场官司之后，除了当时正在撰写之中的长篇纪实作品《孤儿泪》之外，作家张平再也没有从事过所谓纪实小说的写作。

第六章

人间自有真情在

——以《孤儿泪》《对面的女孩》为中心

　　历史的发展形态从来就不是线性的，虽然出现于教科书中的历史看起来给人的感觉似乎一直是在按照某种线性的因果逻辑有条不紊地发展着。事实上，所有的概括与描述都是要付出代价的，都是以被描述对象的被肢解或某些方面的被歪曲为必然前提的。大到总体意义上的人类历史，小到比如张平一个人的创作历史，情况都是这样的。虽然与另外一些经历与创作更加丰富的作家相比较，张平的人生与创作经历并算不上太复杂，但在进行一些必要的概括与描述时，笔者却总是会有一种胆战心惊如履薄冰的感觉，总是唯恐不小心扭曲了事件的真相，不小心伤害了张平本来丰富的生命与创作状态。

　　笔者的意思是说，在现实的创作历程中，张平的文学创作呈现出的可能是一种复杂多样的状态，但在我们后来者的整理叙述中，却非得要搞出某种带有先后顺序的思想发展历程来不可。比如张平的中篇小说《血魂》与《夜朦胧》，写作发表的时间同为1980年代中期，但二者的思想艺术倾向却存在明显的差异，一为带有一定探索色彩的实验型小说文本，另一为带有强烈的现实批判色彩的现实主义小说文本。这就说明在1980年代中期，张平的文学创作的确面临着一个十分重要的思想艺术转型的问题。在当时那样一种特别的社会文化语境中，已经创作有"家庭苦情"系列，并且已经获得过全国优秀短篇小说奖的张平，面对着一个怎样确定自己未来文学创作方向的问题。是如同《夜朦胧》一样去进行小说思想艺术的探索实验呢？还是如同《血魂》一样直面惨淡的现实、淋漓的鲜血呢？张平的内心世界处于一种极端的矛盾状态之中。笔者以为,《夜朦胧》与《血魂》差不多同步的创作状况,所充分说明的就是,这个时候的张平实际上也正在尝试着不同样态的小说写作。然而,在我们的叙述过程中,却不可能同时对于《夜朦胧》与《血魂》展开讨论,而只能先谈论分析《夜朦胧》,讨论张平怎样地放弃了可能的现代主义创作倾向,然后再谈论分析《血魂》,讨论张平怎样地最终坚定了现实主义创作方向的问题。这样的一种描述分析,给读者的明显感觉就是,张平首先通过《夜朦胧》之类作品的写作,尝试现代主义的实验探索之路,在他的创作实践明显受挫没有获得期待中的成功之后,他才改弦易辙,才转向了《血魂》这样的现实主义创作道路。然而,这样的一种感觉,却明显地与事实不符。这就是我们在此处所强调的概括与描述需要付出的代价。

同样的情形也出现在1990年代中期。这个时候,张平一方面陷入了因《法撼汾西》与《天网》的创作而导致的官司之中,一方面写作出版了在很久之后才引起不小反响的长篇小说《凶犯》,同时,张平的另外一部长篇纪实小说《孤儿泪》也正处于创作过程之中,正以差不多与写作同步的方式连载发表于《啄木鸟》杂志上。正如同我们在上一章中所叙述的,虽然经过不懈的努力,作为被告站在法庭被告席上的张平最终取得了官司的胜利,而这,同时也就意味着人间的正义和公理得到了彰显,但是,不可否认的是,这场始料未及突然遭遇的文学官司,对于张平的精神世界还是产生了极大的影响。张平根本没有想到,自己满腔热血地为底层百姓鼓与呼的,对于社会现实的不合理、不公正有着尖锐针砭作用的写作,居然会激怒某些心术不正、极端自私的政府官员,自己居然会因为充满社会正义感的文学写作而最终站到了被告席上。

从时间上看,张平成为被告与纪实小说《孤儿泪》在《啄木鸟》杂志的连载是同步进行的。虽然张平在回答记者提问时并没有明确表示自己以后是否还会从事于纪实性文学作品的写作,但笔者的一个疑问却是,假如文学官司发生在先,那么张平是否还会从事《孤儿泪》的写作?虽然这样的设问肯定无法得到明确的答案,但所谓的"一朝被蛇咬,十年怕井绳"的谚语还是很有一些道理的。既然因为纪实性文学作品的创作而惹上了一身官司,那么此后的张平还会继续从事此类文学作品的创作吗?一个客观的事实是,除了《孤儿泪》之外,张平此后再也没有写作过纪实性文学作品。而《孤儿泪》的创作，却是与作家的官司纠缠同步进行的。这也就是说，在动手创作《孤儿泪》的时候，张平根本没有想到自己会因为纪实性文学作品的创作而被推向被告席。更何况，《孤儿泪》在根本性质上，乃是与《法撼汾西》《天网》完全不同的另外一类纪实文学作品。

如果说《法撼汾西》与《天网》乃是以对当下社会现实的严峻批判为根本特征的纪实性文学作品的话，那么《孤儿泪》就是一部以颂扬人世间的真善美为根本主旨的长篇纪实作品。说到这里，就必须充分注意到当下文坛某种潜规则的存在。在这种潜规则中，文学所应承担的唯一社会功能就是不遗余力地进行社会与人性批判，一旦文学表现出了对社会与人性进行歌颂肯定的倾向，那这样的文学作品就会被看作与某种社会主流意识形态结盟了的"非文学"的文学作品。虽然绝少有人会公开地这样表明自己的观点，但据笔者所知，在我们的文坛，的确有为数不少的作家、理论家信奉并持有这样的文学观念。问题是，这样的观念究竟具有多少真理性呢？笔者觉得，如果说在社会与人性中确实存在着让人无法接受的假恶丑的话，那么，其中也必然地存在着应该让人无限敬仰向往的真善美。从某种意义上说，假恶丑与真善美之间是一种相互依存的关系。如果不存在真善美，那也就无所谓假恶丑了。对于社会与人性中为人所不齿的假恶丑，我们当然应该运用包括文学在内的一切手段对之进行坚决的揭露、审视与批判，那么，对于社会与人性中同样客观存在着的真善美，难道我们就不能运用包括文学在内的一切手段对之进行真诚的赞美、肯定与歌颂吗？这正如同我们应该对于《法撼汾西》与《天网》中的吕家辰、史伍德、顾加辰之流进行坚决的批判一样，也应该对于刘郁瑞、许克俭、尹远之类的优秀干部进行由衷的肯定与歌颂。这样看来，所有简单地把肯定赞美性的文学作品都看作"浅薄"之作的观念，其实是并没有多少道理的。笔者认为，关键的问题实际上并不在于应该不应该批判与歌颂上。而是在于批判与歌颂是否建立在了坚实的事实基础之上。真正优秀的文学作品既应该拥有对于假恶丑的批判能力，也应该拥有对于真善美的发现与肯定能力。我们对于张平《法撼汾西》与《天网》这样一类批判性作品，对于如同《孤儿泪》这样一类歌颂赞美性作品的双重肯定行为，正是建立在这样一种文学观念之上的。

那么，曾经创作过《法撼汾西》与《天网》的张平，又是怎样萌生了写作《孤儿泪》的念头？从张平为《孤儿泪》写的"题记"中，我们了解到，这部长篇纪实文学作品的创作，其实是作家几次探访大同市福利院的产物。

1988年春，为《火花》编辑部去古都大同组稿时，在当地文联与报社听人谈及大同市福利院分散寄养孤残儿童的故事，心中颇多感慨。言及一孤残儿童长大后至死不认亲爹娘的事时，眼睛竟不禁湿润了好半天。回并后，路迩人邈、音尘寂绝，虽是些许小事，凡人俗物，然则悬肠挂肚，常有望云之情，于是便不断生出去大同福利院实地采访的念头。

1989年秋，山西作协组织老中青作家下基层到民政系统采访及深入生活，采访重点里便包括有大同市民政局……于大同听取市民政局各部门的情况介绍后，所有成员中竟无一例外要求率先采访福利院，在此后整整数日的采访中，作家们又无不回肠九转，五内交萦……走往一处，泪洒一处。在分散寄养弃婴最多的散岔村、解庄村、西村、上榆涧村，作家们触景生情，个个泣涕如雨。一随团记者在农家炕头上听到动情处，竟至失声号啕，久久不能自已……

1991年10日，随《黄河》主编珊泉，太原电视台专题部编导及省话导演一行数人，再次走访大同市福利院与孤残儿童寄养地，前后半月有余，其中有两位女同志因泣不成声，恸哭不止，多次不得不中断采访。一向以眼"硬"自矜的《黄河》主编珊泉，竟说他这半辈子的眼泪加在一起，也没这些日子流得多……

1994年仲春，随同太原电视台再度出访大同市福利院，虽说日月穿梭，斗转星移，然时过而境未迁，岁移而人依旧，打远望见那些仍然破败却又分外厚重的山庄村落，早已是泪水满面！①

在这里，张平首先交代自己为了《孤儿泪》的创作进行过充分的精心准备。既然是有真实生活原型存在的纪实文学创作，那就必须以事件的真实为第一要义。虽然肯定会有种种文学手段的调动与运用，但这

---

① 张平：《孤儿泪》，山西人民出版社1995年版，第1—2页。

些均应该是以不伤害作品所记述事件的真实性为前提的。对于这一点，张平自己自然是十分清楚的。作家之所以于数年内四赴大同，三度深入福利院及相关村落进行实地采访，正是为了保证纪实文学的真实性品格。其次，张平还说明了自己为什么要创作《孤儿泪》这部作品的基本理由。作家之所以会在短短的几年时间内，先后四次到大同采访了解情况，正从某个侧面有力地说明了张平对于大同福利院孤儿们的牵肠挂肚。这正如张平的动情之言："虽说日月穿梭，斗转星移，然时过而境未迁，岁移而人依旧。"这其间，无论是我们的国家，还是我们的民族，可以说都发生了若干重大的事件，然而这些却均未能影响改变张平的志趣，张平依然记挂着大同福利院孤儿们的故事，这本身就说明这些孤儿故事对于张平一种持久的吸引力。

说实在话，在一开始读到张平"题记"中的一些动情描写时，笔者曾经是很不以为然的，曾经以为其中自然少不了作为作家的渲染夸饰之词，然而，当笔者真正地读完了《孤儿泪》之后，笔者才明白了张平在"题记"中的描述的真实性。因为，在读到那一篇篇堪称力透纸背的孤儿故事时，笔者自己也情不自禁地泪洒纸面了。至此，笔者才理解了张平自己为什么会在"打远望见那些仍然破败却又分处厚重的山庄村落"时，居然"早已是泪水满面了"。在作品的"后记"中，张平这样写道："我以前曾跟别人说过，我写东西总是必须有一个真实的故事或者一个真实的人物为依据为原型，才会写得比较顺畅，比较踏实。也就是说，必须是生活中的人和事首先打动了我，才能引起我创作的欲望。我想如果连我也感动不了，也就根本谈不上去感动别人。"① 张平的类似表述自然不具有真理的普适性，别的一些作家或许便不是这样的一种生活经验的提升与转化情况。然而，我要说，最起码从张平自己的文学创作来看，这样的一种表述却具有绝对的真实性。《孤儿泪》的创作，便是这方面最为恰切的一个例证。也只有在这个意义上，我们才能够理解为什么在"得知在此处采访过的记者作家已有数十批，书刊也已出了数种"的情况之下，张平还要执意于《孤儿泪》的写作。张平说，"也许这同样是件费力不讨好的事情，但我自有我的感受和真诚，我心甘情愿地把我的感情在这些平凡的人和事中再毫无保留地奔泻一

---

① 张平：《〈孤儿泪〉后记》，见《孤儿泪》，山西人民出版社1995年版，第418页。

次。一如别人所说，即便是浪费生命也在所不惜"①。真实的情况也的确如此，只有在读过《孤儿泪》之后，我们才能够明白如同这样的创作题材，大约真的是只有张平这样始终心系底层百姓的作家才会去写作。无论是那些高蹈避世的所谓"纯文学"作家，还是那些一味地看重"宏大叙事"的主流作家，都会对于诸如《孤儿泪》这样的题材敬而远之的。或许他们也会如同张平一样，在听到这些故事时"泪水满面"，但他们是绝不会动手去真正地写作类似于《孤儿泪》这样的作品的。张平说这或许是一件"费力不讨好的事情"，然而自己却是心甘情愿的，"即便是浪费生命也在所不惜"。虽然事实证明张平《孤儿泪》的写作取得了极大的成功，但笔者认为作家这样一种特立独行的创作姿态却是难能可贵的，应该获得充分的尊重。

然而，张平究竟为什么会对于发生在大同市福利院的孤儿故事如此地念念不忘呢？却原来，《孤儿泪》所讲述的乃是这样一些催人泪下的故事。那么，何谓"孤儿"呢？按照权威的《现代汉语词典》上的解释，所谓的"孤儿"是指幼年丧父或父母双亡的孩子们。但是，大同福利院中的孤儿却不是这样一种正常意义上的孤儿，而是由于各种不同的原因被父母遗弃而产生的孤儿。关于孤儿的成因，张平在《孤儿泪》中曾根据不同的时代特征进行过特别的分析介绍。

> 60年代70年代的弃婴也很多，但这些弃婴大都同当时严格的堕胎规定以及毫无限制的生育有关，尤其是在那个年代，性爱和偷情往往被视为作风问题而遭到严厉整肃和惩罚，而人们又无任何预防措施和避孕器具，从而致使许许多多无辜的小生命被偷偷带到人间。所以那个年代被遗弃的婴儿大都是健全的孩子，而且男女都有。
>
> ……
>
> 70年代末期到80年代以后，弃婴中女性的比率明显上升。在国家实行计划生育政策后，由于严格控制多胎生育，生育的洪峰被强制止泻后，重男轻女的底基石和劣根性便强横而又残酷地显露出来。被抛弃的女婴比例从50年代与60年代的60%左右一直上升到

---

① 张平：《〈孤儿泪〉前言》，见《孤儿泪》，山西人民出版社1995年版，第2页。

80%至90%。除了那些患有残疾或不治之症的男婴外,女婴的比率有时可高达90%以上!

80年代中期以后,这种情形急剧改观,健全的弃婴无论是男婴还是女婴都大幅度减少,这些弃婴被人领养的比率也同样大大降低了。

……

80年代末至今,由于B超的超常使用,致使无数个婴儿无辜地夭折在娘胎里,简直是血淋淋的超级杀手!在健全弃婴渐渐绝迹的同时,弃婴的领养率也渐渐减至为零,与此相反,弃婴的死亡率则大幅度升高,……这些令人恐怖的百分比后面显示着一个事实,弃婴中伤残儿童的比率大大增加了,几乎接近于100%!这便是那些父母们咀嚼"实惠"的最直接的结果。

那些为父为母的扔孩子简直扔红了眼。孩子稍稍有点毛病便立刻毫不犹豫毫无顾惜地给扔掉了。扬优汰劣,好孩子留给自己,坏孩子扔给国家,平均主义,大锅饭、极端的社会福利观等等带来的弊端和恶习,居然在这里也能得到如此惊心动魄的体现!

常言说得好,虎毒尚且不食子,我们真的很难想象这些为人父母者到底是怎么想的,我们不知道在他们狠心地遗弃自己的亲生骨肉时,内心状态到底是怎么回事。但一个客观的事实却是,这样的一种遗弃行为给孩子带来了极大的肉体与精神痛苦,给社会也凭空增加了极为沉重的负担。我们在前面说张平的《孤儿泪》主要是一部赞美肯定人性真善美的作品,其实,张平的作品中同样也有批判,他的批判对象,主要便是那些断然绝然地遗弃自己亲生骨肉的父母们。

康德认为,作为父母,生下一个孩子,并不等于就给了孩子生命和自由。因为孩子来到世上,只是你父母的意愿,并没有征得孩子本人的同意!所以你既然以你的自由意志把孩子带到世上,就必然带有一种义务,那就是得将孩子抚育成人并使他在应有的地位上尽量满足!

所以你也就不能把孩子视为私有的,绝没有毁弃孩子的权力,更没有遗弃孩子让命运摆布的权力。否则,你便是杀害生命的罪犯。摧残和遗弃孩子均多是非法的。

你看,为了充分地论证说明亲生父母对孩子的遗弃是一种不可原谅的罪恶,张平甚至把康德他老人家也请了出来。其实,不引用康德那样深奥的存在道理也罢,朴素地说,谁不认为遗弃自己亲生孩子的行为是一种不可原谅的犯罪行为呢。也正是在这个意义上,我们才认为张平的这样一种批判才是格外的鞭辟有力的。

> 那些孩子的亲生父母,他们此时此刻都在干什么?他们是否知道在这个世界上还有这么多的人为他们所抛弃的孩子在掉泪在操劳?也许,当初他们也曾为自己孩子的不幸而痛苦过,但他们痛苦的最终选择则使得他们的所作所为包括他们本身全都成为邪恶和罪孽!而为人类所不齿!
> 奥古斯丁说过,虽然好人和坏人遭受同样的苦难,但这二者则有着根本的区别。因为善与恶并不是一回事。同样是极大的苦难,却可以使善得到证明、净化和纯洁,而使恶得到诅咒、毁灭和根除。

奥古斯丁说得何其好啊!笔者想,我们也完全可以把奥古斯丁的话语挪用来评价《孤儿泪》的创作。在某种意义上,我们同样可以把张平《孤儿泪》的写作理解为一种"可以使善得到证明、净化和纯洁,而使恶遭到诅咒、毁灭和根除"的书写行为。

按照作品中的记述,从中华人民共和国成立到现在,大同市福利院"收养的弃婴和孤残儿童已有近万名"之多。那么,一个大同福利院又怎么会收养如此多的弃婴和孤残儿童呢?原来,"只一个大同市,当然不会有这么多被弃的婴幼儿。但大同市地处河北、陕西、内蒙古、山西四省交界处,又是毗连数省的交通枢纽,完全处在北京、张家口、呼和浩特、银川、兰州、太原、石家庄等十数个城市所围成的一个大空白区中。这个大空白区几乎相等于两个山西!在这个大空白区和这个交通网中的弃婴,都完全有可能被偷放在大同市福利院门口"。

很显然,从四面八方不断涌来的这些弃婴对于小小的大同福利院形成了巨大的压力。

可福利院实在太小了，人员也太少了。连干部带职工才三十多个人。三十多个人担负着收养一千多个孤儿的工作，同时还得负责管理抚养本院近百名弱残老孤儿，而且这些数字仍在不断扩大。

这么多病残孤儿，如果像北京、上海、天津那些福利院一样把他们全部收养在一起，即便是最最一般的建筑和设备，若连同扩展购置地皮、兴建住宅学校、置办康复设施等所有的预算加在一起，最少也得人民币上千万甚至数千万元！而整个大同市福利院每年的财政拨款，包括干部职工们的工资在内，总数也才30万元！

"上千万甚至数千万元"，与"30万元"相比，其间的差额实在是太大了。而这也就是说，要想仅仅依靠这个干部职工加起来一共三十多人的大同市福利院来抚养救助这么多的孤残儿童，是绝对不可能的。然而，作为福利院，他们却又根本不可能像那些黑心的父母们一样将已经成为可怜孤儿的孩子们再一次推到自己的门外。怎么办呢？怎么样才能找到一种在既有条件下抚养孤残儿童的好办法呢？

"分散寄养"，正是在这样一种实在万般无奈的情况之下，找到的一条切实可行的办法。正如作品中所一再强调的，这是"一个被逼出来的法子，一条被逼出来的路"。

那什么才是"分散寄养"呢？"一句话，也就是给孩子们寻找奶爹奶妈，然后把孩子寄养在奶爹奶妈家里。再确切点，就是给孩子们寻找新的父母，新的家庭，新的生活……仅仅只是寄养，孩子还是国家的，奶爹奶妈有的只是抚养的责任。""这便是大同市福利院全国独一无二的孤残儿童的分散寄养方式！""这似乎是一个非常原始的办法、穷办法、土办法、但它确确实实是一个切实可行的办法。花钱少、办事多、对集体对国家都有好处，尤其对那些处于婴幼儿时期的孤残儿童的身心健康大有裨益且影响深远！"

从以上的介绍中很显然可以看出，大同市福利院所采用的这样一种"分散寄养"的方式的确是现有条件下解决数量众多的孤残儿童的好办法。但根本问题在于，这样一些连自己的亲生父母都不要了的几乎全部带有不同程度残疾的孤儿，真的会有好心的奶爹奶妈来收留抚养他们吗？虽然，按照大同市福利院的规定，每一个抚养孤儿的家庭每个月都会得到一份固定的抚养费。"从60年代开始，每个孩子每月的平均寄养费用仅为12元钱。后为上升到14元、18元,再后来每年都想办法提一点,23元,24元……即便到了今天,每月寄养孤儿的平均费用也仅为32元钱。"

这样的一点钱够用吗?张平在作品中说得很明白,"32元钱,还不够孩子们每月的奶粉钱"。既然连奶粉钱都不够,那么,那些奶爹奶妈们为什么还要倒贴钱来抚养甚至干脆领养这些连亲生父母都嫌弃的孤残儿童呢?天底下会有这样的好心人吗?笔者想,当年采访写作《孤儿泪》时的张平,肯定也产生过这样一种明显不相信的疑问。然而,天底下居然真的就有很多这样的好心人,在大同市城区,在散落于大同市周围的那些乡村里,在散岔村、解庄村、西村、上榆涧村,确实涌现出了许许多多这样的好心人。很显然,这些好心人收留抚养孤儿的举动正可以被理解为人性善的充分证明,或者干脆说,这样的举动,正可以被称为人性之大善。这样的大善,与那些抛弃亲生子女的父母们的大恶,正好形成了尖锐异常的强烈对比。可以肯定的是,在采访的时候,正是这些看起来凡俗庸常的奶爹奶妈们的大爱行为极大地感动着张平。张平之所以执意于《孤儿泪》的写作,以至于"即便是浪费生命也在所不惜",其根本动机,正在于这来自民间普通民众之中的大爱精神的感召。

事实也的确如此,倘若你要追问这些善良至极的普通生命,追问那些他们到底为什么愿意收养这些无辜的孤儿时,他们自己恐怕也真的无法说出个所以然来。比如作品中写到过的赵武夫妇,虽然多年不曾生养,但却也早就领养了一个女孩。或许只是因为多年不曾生养的缘故,他们觉得"孩子给他们带来了从来也没有过的喜悦和欢乐"。赵武说,"咱这一辈子也没个啥嗜好,不会赌不会嫖,不抽烟不喝酒,没沾染任何恶习,就是喜欢个孩子!"这倒真应了那句古话,缺啥喜欢啥,想啥吃喝啥。女孩长大之后,赵武夫妇听说了福利院寄养孩子的事,于是就去福利院领养孩子了。而且领养了一个不算,还一先一后地领养了两个。那么,赵武为什么领养了一个之后还要再领养一个呢?

> 他后来认认真真地回忆,他当时去福利院,并没打算再要个孩子,也更没打算非要这个党英61不可。他已经有个女孩了,没想过再寄养一个女孩。党佳37当时虽然病已经大好,但折腾了这么

些日子也把他一家子折腾苦了。立了春,地里的活计马上要开始,还有一堆生意等着他去做。

他随意到保育室转了转,一眼就看到了这个党英61。听说这孩子好多天了也没人要,几乎就是在等死了,心里不由得就动了一动。

……

赵武走过去时,她就正这么痴痴地瞅着他。赵武瞅了阵子,朝孩子点了点头,孩子稍稍一愣,就伸出两只手来要他抱。赵武抓住孩子的手说:"叫爸。"

"……爸!"孩子冷不丁地就叫了他一声。

也就这么一声爸,喊得赵武好半天也抬不起脸来,紧接着两只眼里的泪水就像下雨似的洒在孩子的衣服上……

就这样,虽然已经从福利院领养了一个名叫党佳37的男孩,但这个名叫党英61的女孩还是再次走进了赵武家中。从以上的描述看,赵武本来就不打算再要孤儿了,他只是顺路走到福利院看看而已。然而,这一看不要紧,他偏偏就遭遇了党英61这个可怜的无人抱养的病孩子,而这党英61也偏偏就冲着他喊了一声"爸",于是他们一生的缘分也就这样被注定了。在这里,理性的力量终究抵挡不住情感洪流的冲击。如果一定要追问赵武收养党英61的缘由,那么我们便只能以所谓情感的力量,用难以道清其中奥妙的亲情来加以解释了。面对这样的一种情形,我们是不是只能以"恻隐之心,人皆有之"的说法加以诠释呢?很显然,在赵武这样一位普通农民的内心深处,其实也隐藏着一种或可称之为大爱无边的悲悯心理。虽然,这位质朴的农民根本不可能知道所谓的悲悯为何物。

不过,只要我们看看若干年之后两个已经长大的孤儿对于赵武夫妇的留恋难舍之情,你才可能理解只要是真情的付出就必然会有真情的回报这样一个道理。按照规定,凡是寄养的孩子,只要有人愿意领养,那寄养人就必须无条件地服从,因为孩子属于国家。"然而在福利院的寄养历史上,唯有赵武家的两个孩子怎么也让人领养不走。"且看张平的生动描述:

4岁多时，赵海浪（党佳37）就让人领养过一次，当时的情形，犹如一场惊魂动魄的浩劫。

孩子哭，大人哭，福利院来的人也跟着哭，连领养的那个人也止不住地哭，末了，整个一个村里的人全都围在这儿哭！直哭得山川垂泪，白云低头！

没办法，那个领养人也只有挥泪而去。……

5岁的时候，又有个城里人要领养赵海燕（党英61）。这人一看就是有钱的人，新皮鞋、新衣服、电子表、巧克力一件一件地摆了一大片。

刚说明来意，小海燕就好像发了疯，还没等人反应这来，这些东西已经全被摔在地上。……

平时跟二姐打架斗嘴的赵海浪，似乎对领养人早已有了一种本能的仇恨，生怕这个领养人真把二姐领去，乘人不备，在那人的胳膊上咬了一口！

也不知是他俩事先说好的，还是事有奇处，当人们手忙脚乱地把这个赵海浪拉开时，才发现赵海燕早已没了踪影。

……

然而谁也没想到的是，夜半12点才被找到的赵海燕，一回家就开始绝食！

一连3日，水米不沾牙。5岁多的女孩，竟然如此烈性，真是举世奇闻，旷古绝伦！

到底是一种什么样的力量使两个只有四五岁的孩子做出了这样决绝的举动？照理说，四五岁的孩子是不具备理性思考能力的，所以他们的行为只能被看作一种本能的行为，而且是一种彰显亲情的本能行为。虽然并不具备理性的思考能力，但敏感的心灵却告诉他们赵武夫妇对他们付出了怎样真诚无私的爱。在他们看来，再优越的物质条件都比不上赵武夫妇对他们的这样一种本真的亲情。可以说，两个孩子的本能行为形象地诠释着亲情的力量到底会有多大。虽然赵武夫妇收留抚养两个孩子的初衷绝不是要求得孩子们将来的回报，但两个孩子对于赵武夫妇的难以舍弃，却充分地说明爱是人类个体之间的一种相互行为这样一个道理。爱，绝非空洞抽象的情感许诺。爱，只能点点滴滴地生成于日常生活很不起眼的细枝末节中。

可以说，在张平的《孤儿泪》中，讲述着的正是许多个如同赵武夫妇与赵海燕、赵海浪之间的，这样一种格外动人的亲情故事。篇幅的原因所限，我们只能从其中选出最具文学性色彩同时也最具情感冲击力的两个故事来与大家共享。

首先是池文清和她的毛毛之间的故事。池文清与丈夫郝福军，都是国家干部，他们有一个美满幸福的家庭，但"美中不足的是，池文清年轻时便丧失了生育能力"。幸运的是，作为丈夫的郝福军并没有因此而嫌弃池文清，"他爱她，疼她，又像大哥哥一样待她，知冷知热，细致耐心"。"不孝有三，无后为大，在中国这种严酷的文化氛围中，作为父母都健在，自己又还年轻的郝福军，却能没有任何偏见地给不能生育的妻子以始终如一的宽容和恩爱，这在当时的中国并不容易。"

更加值得肯定的是，郝福军不仅不因妻子丧失生育能力而歧视自己的妻子，而且他还十分理解生育能力的丧失给妻子带来的巨大痛苦。"妻子的痛苦和不幸，他看在眼里，疼在心里，不过他也明白，妻子的病痛，仅靠医药和保养，还远远不够。妻子的病根是在孩子上……唯一的办法，得想法给妻子抱养个孩子。"

"像郝福军这样的家庭在福利院领养孩子，福利院是最放心、最欢迎、最满意的。父母都是干部，经济条件好，生活有保证，妻子又没有生育能力，两口子人缘人品都没有说的。孤儿们到了这样的家庭，可真算是掉到糖罐蜜窝里了。"这样，郝福军当然很顺利地就从福利院领养到了一个看起来各方面都很不错的女婴，并将她以突然袭击的方式抱到了妻子面前。

多少天来萎靡不振的妻子，当看到郝福军把这么一个小家伙抱在眼前时，呆了一阵子，陡然一个愣怔，就像吓了一跳似的从床上翻了起来。

郝福军突然觉得，这小不点的东西，竟然就像一颗光芒四射的太阳，在这太阳的映辉下，池文清的脸上立刻便显现出一层异样的光亮和神采，真乃春来十日无人见，一树寒梅已著花！爱他临水三间屋，十里荷花红到门！

真可谓对症下药，药到病除。这位后来被命名为毛毛的女婴的到来，不仅一下子就改变了池文清的精神状态，而且还极明显地唤醒了一直处于沉睡状态中的池文清身上的母性，从此她就"没日没黑没饥没饱没瞌睡"地全身心地投入了抚养照料毛毛的日常事务之中。而且，很明显地，在这个过程中，池文清体会到了一种前所未有的、极大的幸福愉悦，"被人爱是一种幸福，爱别人往往也一样是一种幸福。当在自己的付出和操劳中，眼看着一个小生命渐渐长大，并不断地使你得到孩子的认同时，那种幸福和欣慰的感觉也一样是诱人和令人愉悦的"。

然而，让人感到不安的是，虽然这孩子看上去一切都很正常，但就是一直到4岁都不会说话，"依然只知道咿咿呀呀地喊闹"。这样一种情形自然引起了除池文清之外的家人与一些邻居亲戚的怀疑，大家都怀起毛毛是一个脑子有毛病的孩子。于是，大家便劝说郝福军干脆把孩子再送回到福利院去。因为福利院有明确的规定："凡领养的孩子一旦发现有先天性疾患，领养人有权再退回福利院。福利院也有义务把孩子接收下来。"

关键的问题在于，郝福军根本"说服不了他的妻子，做不通妻子的工作。他的理智控制不了妻子的感情"。因为，几年的抚养接触下来，池文清已经与毛毛之间建立了很深厚的感情。"池文清实在太疼爱这个孩子了。也许正因为太疼爱这个孩子，所以她也许就根本无法面对这个严酷的现实，或者会去怀疑孩子的脑子是否真有问题。她想也不想。她不怀疑，而且对任何人的怀疑都无法容忍，都会疾言厉色，怏怏不乐。"

大约也正是爱屋及乌的缘故，五岁时毛毛在家人的百般诱导下发出来的单音"妈——"与"爸——"，就让池文清更是对自己的孩子充满了希望和信心。"毛毛的每个细微的进步，每一个不管是蒙出来的还是诱导出来的发音，给池文清都是一支强心剂，都是一个巨大的激励和鼓舞。而在这种激励和鼓舞中，使她获得了难以形容的慰藉和满足。于是她就更加疼爱孩子，孩子也就成了她生命的一部分。若想把孩子从她身边分开，几乎等于要了她的命。"没有亲自抚养过孩子的人，根本就不可能理解在这个过程中逐渐形成的母女感情会有怎样的深厚。所谓的"舐犊情深"，所说明的其实正是这样一种道理。虽然旁观者，甚至于作为父亲的郝福军都很清楚地看到了事实的真相，但作为母亲的池文清却坚决地不肯相信事实的存在。一直到毛毛9岁上学的时候，池文清这样一种对于自己孩子的"痴迷和幻想"，才被完全彻底地打碎了。

正如张平在作品中所明确揭示的，毛毛上学失败的经历充分说明毛毛实在不是一个正常的孩子。

> 毛毛也许正是属于这类最难管教的孩子这一。因为毛毛并不是那种先天性白痴，毫无知觉，毫无感情，毫无痛苦。毛毛有智力，有思维，所以她会笑、会哭、会闹、会发脾气，甚至还会认两个字，说一些简短的话语。唯一跟常人的小孩不一样的地方是，毛毛的智力水平始终很低，始终只是像个一两岁的小孩。最后医院的诊断也的确如此。毛毛患的病是先天性大脑发育不全。换句话说，就是孩子的大脑发育到一两岁，两三岁的时候便突然停止了，即便是到了9岁的今天，还仍然停留在两三岁的智力水平上。也就是，毛毛即便是到了20岁、30岁，她的举止和思维，也只能像个一两岁、两三岁的孩子。

这的确是一个非常残酷的现实，这样一种残酷的现实对于近十年来全身心地投入毛毛身上的池文清而言，尤其是一种难以承受的巨大打击。

> 池文清一下子瘦了下来。110斤的体重，陡然间下降到80多斤！人也一下子老了，刚30岁出头，头上便冒出了丝丝银发。眼角的鱼尾纹好像在一夜间突然变得又深又长。老病复发，新病也突然生出了许多，头疼、眩晕，常常莫名其妙地便会出一身虚汗。不想吃也吃不下饭，一吃饭胃就像绞住一般地剧疼……
>
> 最后好像连神经也有了问题，先是睡不好觉，紧接着便是严重失眠，坐在孩子跟前，眼巴巴地瞅着孩子，有时候一瞅就是一两个小时，像呆了似的一动不动。

这样，那个其实已经重复过许多次的话题就又一次摆在了池文清面前："这个孩子究竟还应不应该再这么养下去？"

理性的回答当然是应该把毛毛送回到福利院的，然而，这理性却又终究敌不过池文清的固执与坚持。

然而所有的情和理,最终还是说服不了池文清对孩子的感情:"我养了十年了,你们舍得我舍不得!我不忍心再把孩子就这么再送回那没爸没妈的地方去!"

以前是不承认,如今是不忍心。其实最根本的东西便是两个字,那就是对孩子的母爱。

在这种无私的母爱面前,所有的理由都会显得苍白无力。

就这样,围绕应不应该将毛毛送回到福利院去的这个问题,郝福军与池文清形成了互不相让的对立姿态。最后达成的是这么一项协议:"先给孩子看病,找最好的医院给孩子看病。如果孩子确实没有好的希望,一辈子永远都是这样子了。那时再最后做出决断,真应该回福利院,那就送回去吧。"

紧接着,当然就是给毛毛看病了。"1978年10月份去给孩子看的病。上海去了四所大医院,北京去了六所大医院,前前后后一共用了一个月零六天。等到两人带孩子回到大同时,身上只剩下40多块钱。"但是,钱也花了,路也跑了,病却没有治好。一个多月四处奔波的结果只是充分地证实了一点:"截至目前,这种病在全世界也治疗不了,也没有任何解决的办法。"

按照既定的协议,既然连北京、上海的大医院都对毛毛的病无能为力,那池文清也就该彻底地死心了,这毛毛也就该被送回福利院去了。但是,这个时候的池文清却再一次做出一个惊人的决定,那就是,自己宁愿离婚,宁愿一个人带着这个先天性大脑发育不全的孩子生活,也坚决不肯把毛毛再次送回福利院去。

这样的决定带来的连锁反应,便是周围人对于池文清三番五次的说服工作。然而,尽管这所有的劝说"都有道理,也都是为了池文清好,然而所有的人依旧都忽略了这么一个事实,那便是池文清对孩子的感情。这种感情里也许包含着多种成分,怜悯也罢,仁慈也罢,疼也罢,爱也罢,以池文清的身世、经历、感受、心灵,以及自身的素质,才决定了池文清最后的选择,宁可丢掉家庭,也不能丢掉这个孩子"。

池文清的决定当然是遵从自己的心愿,但她的这种决定,事实上却把选择的难题踢给了自己的丈夫郝福军。郝福军之所以"想把孩子送回福利院,还是因为心疼妻子。而如今,若因为孩子却要失去妻子,这则是他最最不能接受和无法想象的现实"。因为,郝福军实在是太爱自己的妻子了,无论是最初起意去福利院领养孩子,还是万般无奈之际准备把毛毛送回福利院,郝福军的行为动机其实都是在为自己的妻子着想。现在,要让他在池文清与一种新的家庭生活方式之间做出选择,他究竟会怎么选择呢?

  结局可想而知,虽然矛盾仍然存在,冲突也时时发生,孩子和妻子依旧这么一天天地在这个家里留了下来。池文清说,她爱自己的丈夫,但她的决定也是真诚的实在的。她对郝福军说,你千万别往别的地方想,我不会埋怨你,这一辈子都不会记恨你。我知道你是个好丈夫,是个好心人,你为我好,我也明白。可我真的不想拖累你。我不能眼睁睁地看着你为我受苦。……福军,为了这个家,也为了爸和妈,就照我说的办吧。说实话,你要真对我好,就让咱们分开过。这样我心里才会少一些痛苦……
  然而池文清越这么讲,郝福军心里在就越难受,越发感到了妻子可贵的品格。为了这样一个孩子而甘愿舍弃自己的一切的女人,还有比这更好的妻子么。
  于是日子就这么一天一天地过去了。
  毛毛也一天比一天地长大了起来。

  他们之间的这样一种状况大约也真的用得上"剪不断理还乱"这样的评价了。为了自己的妻子着想,郝福军一门心思地想着要把毛毛送回福利院。为了能够让自己的丈夫不受自己拖累过上一种正常的家庭生活,池文清却千方百计地劝说丈夫离开自己,和自己离婚。这就充分地说明了一点,所有真正的爱都是无私的,都只是为爱的对方的情感与利益着想的。这样的爱,其实也就带有了一定的悖论色彩。本来,爱是要想方设法拉近对方与自己之间的距离,但在池文清这里,却是硬要以与丈夫离婚的方式来证明爱的存在。我们平常所谓的患难见真情,大约也就是这样的一个意思。然而,无论是剪不断理还乱也罢,还是患难见真情也罢,毛毛对这些是一概不明白的,她只知道在母亲池文清的悉心照料下一天一天地长大着。

但是，这毛毛毕竟不是一个正常的孩子，照看抚养这样一个智力不健全的孩子，比一个正常的孩子，池文清不知道要付出多少倍的辛苦，承受多少倍的委屈。"毛毛吃饭非常挑剔，饭晚了要发脾气，吃得太早了也要发脾气，饭不对口味了脾气更大。常常没吃几口便连碗带饭不是摔在地上便是摔在桌子上，以致摔得饭桌周围的人脸上身上满是饭渣子。最多的时候，毛毛一天摔坏过 17 个碗！""穿衣服也一样，瞅着不顺眼了，不管是新衣服旧衣服，一发狠，立即就会撕个稀巴烂。甚至连被子褥子也能给撕碎了。"整天地伴随着这样的一个"小魔王"，池文清的辛酸与苦楚自然是可想而知的。更何况，这并不是偶然的三天五天，而是天天如此。林黛玉曾经感叹："一年三百六十日，风刀霜剑严相逼。"对于池文清而言，虽然抚养照料毛毛是她选择的结果，但是，她在其中付出的艰辛与心血之超乎于常人却也是显而易见的。人的身体终归不是铁打的，池文清身体过分透支的结果，自然只能是身体的提前垮掉了。终于，就在毛毛 17 岁那年，池文清由于长时间的操劳而彻底地病倒了：

> 不是一下子就病倒的。吃不好，睡不好，精神上的压力又大，失眠，头晕，血压忽高忽低。慢性胃炎，紧接着便成了胃溃疡，再后来便是胃出血，一直到最后的大出血。

就这样，对情感的考验就如同一把早就高悬在池文清与郝福军头上的达摩克利斯之剑，猛然间就降临到了这些善良人们的身上。由于长时间情感的养成，由于内心中清楚地知道自己对于毛毛的重要性，池文清虽然一度人事不省，但她却依然牵挂惦记着自己的毛毛。而郝福军，则很自然地将池文清的病情与照料毛毛联系了起来。虽然我们并不能说郝福军就不爱毛毛，但是，这种感情与池文清比起来，到底还是差了许多，眼看着自己的妻子为了毛毛快连自己的命都搭上了，深爱着妻子的郝福军自然心急如焚。终于，在池文清住院的三个月时间里，郝福军与家人一起还是把毛毛送回了福利院，并把她随后又寄养在了一个条件甚是优越的农户家里。"郝福军说，这是没办法的事。我们只能这么做了，全家都知道池文清绝不让这么干，绝不会答应这件事。但全家人商量来商量去，觉得如果不这么做，池文清早晚要被这个孩子给折腾死。没了孩子，池文清肯定会痛苦，但晚痛苦不如早痛苦，大痛苦不如小痛苦，就像做手术，趁早做了，人也就再不受罪了。"

岂不料，这样的决定不只是对于只能够接受池文清的毛毛形成了一种致命的打击，而且，居然同时也构成了对于郝福军自己的沉重打击。一直到把毛毛送到寄养的农户家，眼看着就要与曾经朝夕相处的毛毛分手的时候，郝福军才真切地感受到了他同这个孩子十几年来于无意间滋生出来的爱与情。

> 不管怎么说，郝福军也是养了孩子十几年的父亲呀！
> 其实作为父亲的郝福军，此时的痛苦与其说是来自孩子的别离，还不如说是因为真正感受和理解到了妻子的痛苦而痛苦。他无法想象当妻子听到这个消息后将会有多么难受，他更无法想象妻子日后来这儿看到毛毛时的情景。自己都难受得这么难以自已，妻子的哀痛更是可想而知。
> 想到孩子难受，想到妻子的难受更难受。从送走孩子到池文清最终知道了孩子被送走的事实真相，这期间共有一个多月的时间。在这一个多月的时间里，郝福军就如在地狱里一样深受煎熬。

郝福军是一位颇有历练的国家干部，有着突出的理性思考能力。如果说连他都因为毛毛的被寄养感到无所适从难以忍受的话，那么，智力只有一两岁小孩水平的毛毛，她所受到的巨大精神创伤也就可想而知了。关于这一点，我们只要看一下被寄养一个多月之后的毛毛的情况，也就一目了然了。依然还是小说家惯用的肖像描写手法：

> 只是做梦也没想到，毛毛竟会成了这么一个样子！简直一下子把我吓呆了。说真的我几乎认不出我的毛毛了。一个多月的功夫，她居然能瘦成这样！面黄肌瘦，眼窝深陷，真的成了皮包骨头。而且嘴唇上满是燎泡，结满了黑痂。头发散乱，衣冠不整。我呆呆地瞅着毛毛，就像被人敲了一棒子似的，好久好久一句话也说不出来。

第六章　人间自有真情在

虽然不会用语言表达自己的真切感受，但毛毛的身体语言应该说是最准确、最形象的，不可能有丝毫的遮蔽掩饰。然而，与毛毛身体上的变化相比较，能够给读者留下深刻印象的，更是时隔一个多月之后，再次见到池文清时，毛毛的神态动作：

> 谁也没想到这个几乎就是傻子的毛毛，竟然会有那样的表情和举动。多少天来，谁也不理谁也不看、对任何人都拒绝、对任何人都感到恐惧的毛毛，此时一见到池文清，竟然一下子从炕上跳了起来，然后扑通一声就跪坐在炕头上，一眼不松的死死地盯着池文清看。看着看着，毛毛的全身都抖了起来。见孩子这样，池文清情不自禁地喊了一声毛毛。没等池文清哭出声来，只听得毛毛尖叫了一声，于是满屋子里立刻就充满了毛毛歇斯底里的号哭声。毛毛越哭越凶，越哭越烈，以至哭得嘴唇上的裂缝裂开，血珠子溅得满脸都是，依旧大哭不止。一个在委屈和孤苦中泡了很久的孩子，当突然见到自己的亲人时，埋怨、悲愤、怨恨、思念、痛苦、难过等等所有的情感一股脑全用这种哭声宣泄和倾诉了出来。
>
> 这是一种毫不掺假的情感，这是一种真正的惟有母与子之间才有的情感。这种情感的表达方式虽然因人而异，然而它的内涵则是改变不了的。

都说毛毛是一位大脑发育不全的傻孩子，但她见到多日未见的母亲池文清时的表现却真的很难让人相信这一点。虽然大脑发育不全，但毛毛却知道谁是自己最亲近的人，跟谁在一块才会获得一种安全感。这当然也是一种爱的回报，是对池文清近二十年来含辛茹苦地抚养照料的一种本真的情感回馈。或者也可以说，这正是对于不带有丝毫功利色彩的人间大爱的形象诠释与最高礼赞。试想想，如果没有近二十年来，池文清日日夜夜为毛毛付出的点点滴滴心血，又怎么能够让毛毛这样一个大脑发育不全的傻孩子对她产生如此之深的依恋之情呢？我们平常总强调骨肉亲情的重要，那是因为二者之间存在一种难以割舍的血缘关系。但池文清与毛毛之间却没有丝毫的血缘关系，那池文清为什么还要如此无私地奉献呢？说实在话，重读《孤儿泪》，是在汶川大地震发生之前。那时的笔者尽管在读到池文清与毛毛的生死相依之情的时候，也曾经为她们的情感流下过激动的泪水,但却没有从根本上想明白,池文清为什么要为本来素昧平生的毛毛,这样一位领养来的傻孩子付出那么巨大的情感代价呢?直到汶川大地震发生之后,发生在华夏大地上的一幕幕特别感人的真情故事,才让我明白了这个世界上其实是存在着所谓"无缘无故的爱"的。这样的一种带有明显的超功利色彩的"爱",就是我们平常所谓的悲悯之心,就是我们一再强调的人道主义精神。作为一位普通的国家干部,池文清也许真的不会明白什么叫作悲悯,什么叫作人道主义精神,但她自己与毛毛之间的感人故事,她为毛毛所做的一切,却已经构成了对于悲悯,对于人道主义精神的一种最为形象生动的诠释。人间有大爱,人间有真情,池文清的存在就是一个鲜明有力的例证。

虽然不懂什么叫悲悯,不知道何谓人道主义精神,但池文清却以非常朴素的话语演绎表达了同样的意思。"别人说了,这样的孩子,你图她啥呀。我说要是为了图她啥,我早就不养啦,养孩子就是为了图孩子个啥?反过来想,这孩子要是我自己生的呢?你还会想着去图她啥么?""其实我什么不明白,对毛毛这么个女儿,我能指望上她什么.我为她服务一辈子,她不会服务我一回。""说实话,为了这么个毛毛,我拖累了这么多的人,把自己也全垫进去了,这样做值吗?我觉得还是值。我这辈子不后悔,下辈子也不后悔。"没有豪言壮语,也没有高深晦涩的理论名词,有的只是自己真切的人生感受,有的只是朴素至极的言辞表达。而这却正是我们最应该予以肯定的一种民间伦理诉求,正是一种人类存在最高道德律令的自然呈现。面对这样一种崇高的情感状态,我们其实只能在内心中对池文清默默地致以深深的敬意。还是张平在《孤儿泪》中的归结最为到位:

> 于是人们就常常这样评价母爱:她是最无私、最纯洁、最高尚、最神圣的一种爱。如果没了这种爱,这个世界也就不成其为世界。以池文清来说,许许多多的人认为她不应该为这么一个孩子毁了她的一生,却忽略了最最不应该忽略的一点:在神圣的母爱面前,任何价值都无从谈起。母爱本身就是一种最高的价值!

然后就是两次成为孤儿的王育英与她亲生父母之间的恩怨纠葛。一

第六章　人间自有真情在

个人又怎么会两次成为孤儿呢？一次是为自己的亲生父母所遗弃；另一次则是因为养父母的双双弃世。王育英的被遗弃倒并不是因为她有什么毛病，而是因为她的亲生父母孩子生得太多了。"一嫁过来就开始生孩子，几乎是一个接一个，相互之间的间隔短得不能再短。而且全是女孩子，一口气就是4个！""第4个就是现在的王育英。"王育英的生父刘得民是一个普通的煤矿工人，而生母张梅芸尽管有文化，长得还漂亮，但因为是农村户口，所以只好嫁给了煤矿工人。"对一个会生孩子的女人来说，生孩子似乎并不难，若要想养活起来可就没那么容易了。尤其是在那个时候，只靠一个人的工资养活6口之家，别说没钱养了，就是累也能把你累死！"万般无奈之际，刘得民、张梅芸夫妇只好想出了遗弃孩子这一招。

不过，他们的遗弃还算得上是有"良心"的遗弃：

> 作为母亲的张梅芸，在当时曾有一个作为交换的必要的条件，否则就不同意把孩子扔到福利院门口去。张梅芸的条件是：
>
> 第一，刘得民必须亲眼看到福利院的人把孩子抱走后，才能离开那块地方。即便有危险也必须这么做，这就是说，扔孩子的时候，决不能让孩子出任何问题。
>
> 第二，也是最重要的一条，孩子让福利院领走后，必须打听到孩子的下落。是寄养了，还是领养了？奶爹奶妈是谁？养父养母又是谁？家在哪儿？家庭情况怎么样？都必须一一打听清楚。

这就真的是天下之大，无奇不有了。居然还有这样一种遗弃孩子的方式，而且最后也真的还都给做到了。不过，这种特别的遗弃方式，的确说明了张梅芸、刘得民还真是有一定责任感的，他们实在是因为生计的困难才不得已地出此下策的。

领养王育英的是王宏义和马桂莲，这样一对年过半百而无子的老夫妇。虽然年龄都已偏大，虽然家里各方面的条件都比较差，但老两口却还是努力地打拼着要好好地抚养这迟来的宝贝女儿。怎奈年龄与身体毕竟都不饶人，领养王育英时，王宏义53岁，等他打拼到62岁时，身体终于垮了下来："王宏义在煤场最为苦重的装卸点上一直干到62岁上才停了下来，那时正是在加班的时候。""王宏义是被人抬回来的。"王宏义倒下了,但生活还得继续,只不过整个家庭的生活重担一下子就压在了马桂莲这样一个一辈子也没找到过工作的女人身上。

日子本来就很艰难,王宏义一病倒,这日子就更见艰难了。然而,再怎么艰难,这生活也总得继续。只不过,生活在这样一种家境中的王育英无法享受更好的生活条件罢了。"这就是王育英,瘦瘦的,黑黑的,完全一个穷人家孩子的模样。""穷人的孩子早当家,一个发育不成熟的孩子因苦难的生活使她过早的成熟了起来。一个十多岁的孩子,基本上承担了全部的家务。做饭、炒菜、洗衣服、浆洗被褥、挑水、熬药、请医生,她知道怎样买菜,怎样讨价还价,米和面怎样搭配,钱怎样花才能最省。听话、老实、爱操心,她实实在在是一个难得的好孩子。"

家境的艰难本没有什么,对于王育英来说,因为刚刚出生不久就来到了这个家庭,她早已习惯了这种贫穷的家庭生活。"如果家庭就这么平平安安,如果两个老人就这么能活到70岁、80岁,也许以后的什么事情都不会发生了。"但屋漏偏遭连阴雨,不幸的是,就在王育英13岁的时候,她的只有62岁的母亲马桂莲也因为操劳过度,而过早地离开了人世。这样,也就剩下王宏义与王育英父女二人相依为命了,而且,王宏义还是一位重病在床的老人。

母亲的死,给王育英的精神世界带来了极为沉重的打击:

> 唯一痛不欲生,哭得死去活来的则是他这个不是亲生的孩子王育英。

> 其实人与人之间的情感,更多的是在那种相依为命的依靠和结合中产生出来的,并不仅仅是因为是否有血缘和亲情关系。对王育英来说,母亲的去世,对她的打击可是太大太大了。母亲的位置,尤其是对一个女孩来说,实在是很难有什么人能代替得了的。她不仅是一个生活上的依靠,而且更重要的是一个心理上的依靠。从心理上讲,也许母亲的位置要比父亲重要得多。

然而,让马桂莲始料未及的是,她的去世居然给女儿带来了一场巨大的危机。"她至死也没想到的是,她的走,给王育英和这个家带来了一次巨大的危机,这次危机几乎给王育英的感情上造成了一场前所未有的大灾难。这场灾难给王育英和王宏义所带来的痛苦是永久的,终生终世都无法平复的。"

因为这场危机是由王育英的亲生父母带来的,所以我们也就必须再次说到张梅芸与刘得民了。

尽管早就遗弃了王育英,但毕竟是自己的亲生骨肉,毕竟是以那样一种"特别"的方式将其遗弃在福利院门口的。实际上,张梅芸夫妇,尤其是生母张梅芸内心中一直牵挂着王育英。如果说这种牵挂在很长一段日子里还只是对于王育英生活情况暗中的观察了解,那到了后来,张梅芸干脆就准备要去上门认女了。之所以会有这样一种变化,关键是改革开放后,张梅芸与刘得民的家庭境况有了很大的改观。

> 张梅芸先是开了个小卖部,刘得民除了上下班,每天也招呼招呼,孩子们也都大了,人人都是帮手。就这么一年下来,两口子一算计,不禁都有点傻了眼,刨打干净,居然赚了小两万!
>
> ……
>
> 钱是人的胆。有了钱,也就有了信心。两口子一合计,第二年用这笔钱又办了个饭店,没到年底,又把饭店的门面扩大了两倍,改成了一个大饭店。……两口子越干越胆大,越干越有心劲。而且一切都是那么顺畅,一切都是那么如意。真是得天独厚、地利人和,天遂人愿,志满意得!
>
> 几年功夫,两口子的总资产便达到了七位数字!

然而,令人遗憾的是,钱并不能解决一切问题,对于张梅芸来说,钱就无法解决她的心病。甚至于,我们还可以这样说,钱越多,张梅芸的心病就越是有了发作的机会,就发作得越厉害。不用说,这心病就是指对于王育英的牵挂思念。日子不好过的时候,思念牵挂只能是思念牵挂,正是因为日子过不下去了,才下决心把王育英遗弃的。日子一旦好过了,这张梅芸内在的愧疚心理可就发作开了。而且,日子越是过得好,这样一种愧疚心理就越严重。

> 有时候,刘得民恍恍惚惚地会觉得张梅芸纯然就是个疯子,或者很快就会变成疯子!她的脾气越来越糟,让你防不胜防,你根本

闹不清楚她会在什么时候突然发作起来。本来好好的,猛然间就会一阵大哭;正在干着什么事情,陡地一下子就会手脚发抖,脸色煞白。甚而至于她会一夜一夜地哭,一夜一夜地跟你闹。而且是谁也明白因为什么哭。因为什么闹,但就是谁也不敢提起,谁也一声不吭。

却原来,幸福并不是金钱能够买来的。照理说,张梅芸夫妇做生意发了财,应该算是过上了幸福的生活,但张梅芸的心病却偏偏就是让她幸福不起来。要说,这张梅芸也还真算得上个天良未泯之人。普天之下,遗弃孩子的人也多了,要不怎么会有那么多的孤儿呢?虽然不能说其他遗弃孩子的父母就一点儿也不思念牵挂自己的亲生骨肉,但思念牵挂到如同张梅芸这种地步的又能有几人呢?虽不能说绝无仅有,但也真的是较为少见的。尤其是,王育英对张梅芸来说,简直就成了一块心病。或者,套用流行的西方时髦术语来说,这张梅芸,简直就是有了一种无法摆脱的王育英情结。她之所以经常处于失魂落魄、疯疯癫癫的状态之中,实际上,也正是这种所谓王育英情结作祟的缘故。

但就在这个时候,王育英的养母马桂莲突然去世了,只剩下了重病在身的养父王宏义与王育英相依为命。这一变故的发生,也就给张梅芸刘得民夫妇提供了可乘之机,在他们看来,一个上门认女的动机终于成熟了。于是,在经过一番自认为还算周密的考虑之后,张梅芸终于鼓起勇气采取行动了。但关键的问题是,这张梅芸、刘得民夫妇还是过分地考虑自己的感受了,他们根本没有顾及年龄只有 14 岁的王育英的心理承受能力,没有设身处地替王育英想一下,面对着突如其来的复杂身世,面对着从天而降的亲生父母,一直以王宏义和马桂莲为亲生父母的王育英又该怎样去接受。

事情的发展演变过程也果真是这样的,面对着口口声声声称自己是王育英的亲生母亲,并且头头是道地讲述着王育英的出生年月日,讲述着王育英身体特殊标志的张梅芸,王育英真的一下子陷入了如五雷轰顶的状态之中。虽然本能地不相信自己会有这样一种复杂的身世,但张梅芸所说的一切,以及张梅芸诉说这一切时的急切表情,还是让已经具备了基本判断能力的王育英开始相信,自己可能真的就是眼前这位看起来"很有地位很有钱"的女人的亲生女儿。

第六章 人间自有真情在

然而，面对这样的一种真相的认可却并不意味着对于这种"可怕"真相的接受。且看张平对于王育英一种复杂激烈的心理状态的真实展示。

> 那么，一切就像她说的那样，她真的就是我的亲生母亲吗？如果是，那么她这么多年到哪儿去了？她又为什么会离开我？又为什么现在才来找我？为什么，为什么！
>
> 她恸哭不止，眼泪流得像两条小河。就算她是我的亲妈，她又凭什么来认我！养我的是爹，养我的是妈，我的妈早死了，这世界上我就只有这一个妈！她算什么！我不认识她，从来也不认识她，她凭什么说她是我的亲妈，凭什么！
>
> 就算她真的是我的亲妈，我也不会认她，决不会。我都14岁了，她才跑来找我，她算什么亲妈！我不认识她，她从来也没养过我，我要认了她，我还怎么去见家里的爹，还怎么去见坟里的妈！爹妈养我一场容易吗？她算什么！
>
> 她就这么一个人坐在这块玉米地里，一边想，一边哭，直哭得满头是汗，满脸是泪。

对于王育英来说，自己家的生活一直过得很艰难，养母已经去世，只剩下了重病在身的养父，而自己也不过是个只有14岁的孩子。在这种情况之下，原来的亲生父母却突然找上门来了。这亲生父母不仅家境富裕，而且也还真的称得上是天良未泯者。虽然当时迫于无奈将孩子遗弃，但内心中却一直牵挂思念着孩子，并且也一直在为当初的遗弃行为感到愧疚。一般情况下，自然是如张梅芸在与王育英相认之前所设想的，那样一种母女抱头痛哭的感人场景，自然是一种骨肉重新团圆的圆满结局。但偏偏这王育英却是一个个性很强，遇事特别爱寻根究底的要强孩子。虽然已经从养父和姨姨马桂珍那儿证实了自己的身世，但王育英却没有如众人所期望的那样，接受自己的亲生父母，她反而一个人跑到了福利院。

要说，这王育英也真是个有心的孩子，她跑到福利院就是要了解一下福利院到底是怎么回事，就是要看看自己当年是怎样被遗弃的。到了福利院，王育英自然亲眼见到了几个被遗弃的孤儿，由这些孤儿，王育英不由得便联想到了自己。"他们都没有妈妈,都是被妈妈给扔掉的。他们一到了这儿,立刻就变成了孤儿,此生此世也就永远失去了自己的亲爹亲妈。自己大概也这样,当初就这么被扔在大街上,又被人送到了福利院,然后也象这些孩子一样,就这么静静地躺在这些小床上,等着被人领养走,或者寄养在别人家里去。"

这样的一次感性探访给王育英带来的是更大的刺激,使她在内心中更增加了一些对亲生父母的怨恨心理。但就在这个时候,她偏偏又从养父王宏义那里看到了一份爹和妈早在几年前就已经委托别人帮他们写好了的奇特的"遗嘱"。

在简略地介绍了自己领养王育英以及领养以后的基本情况之后,"遗嘱"中最感人的是这样的两段话:

> 我们写这封信只有一个请求,有朝一日如果孩子或者别的什么人拿着这封信去见你们时,我们这唯一的请求就是希望你们一定要再次收留下这个孩子。她本来就是国家的孩子,就请国家再把她收养回去吧。把孩子交还给国家,交还给福利院,我们也放心,孩子也一定会愿意,这本来就是她的家啊。
>
> 看在我们这两个将要死去的人的份上,请你们一定答应这个请求吧。她是个很好的孩子,本本分分、老老实实,我们是看着她一天一天长大的,她完全靠得住,其实这孩子只要你们一接触就知道了,她真的错不了。所以请你们一定不要不管她,一定要再收下她吧,如果能这样,九泉之下我们也就能安心了。这辈子无法感谢你们,就让我们下辈子感谢你们吧。

真的是感人肺腑!真的是荡气回肠!人们平常总说什么金子般的心灵,这才是真正的金子般的心灵啊。却原来,那种真正意义上的大爱,真的是极少考虑自己,是更多地为别人着想的。两位含辛茹苦地把王育英从嗷嗷待哺的婴儿抚养为十几岁的大姑娘的老人,在自知自己很可能已经不久于人世的时候,不仅没有考虑所谓回报的问题,反而一再地顾虑思考着自己走后孤身一人的王育英该怎么办的问题,一再恳求福利院的领导一定要再一次收留王育英。应该说,这才是一种真正意义上的大爱境界。

本来王育英就无法接受突如其来的从天而降的亲生父母，对于福利院的探访，对于几年前养父养母留下来的"遗嘱"的了解，就更是坚定了个性特别执拗的王育英坚决不与亲生父母相认的这样一种人生选择。正因为如此，所以，当张梅芸再次带着东西找上门来的时候，王育英的反应居然会是如此的激烈：

> 猛然间，只听得啪的一声，王育英就像疯了似的把抹布往锅里一摔，然后狠狠地转过脸来，声嘶力竭地喊道：
> "我不想听，我不想听！她算什么妈！算什么！就听她的啦，你们到福利院看看去！世界上有这样的妈吗！这会儿说得那么好听，那会儿干什么去啦！这十几年都干什么去啦！十冬腊月天一甩手就扔啦，世界上有这么狠心的妈吗？这会儿有钱了才来认我，要是没钱她会认我吗！我没亲妈，我从来就只有一个妈！从来都是！一辈子都是！"
> ……
> "让她走！马上让她走！我不想见她！这一辈子都不想见她！让她走……"

笔者知道，在很多人眼里，尤其是在当下这样一个物质化的时代里的许多人看来，这王育英可能真的是有些傻。放着找上门来的亲妈不认，放着唾手可得的优越生活条件不去享用，反而一味固执地守着那个穷得叮当响的养父母的家，守着那个眼看着就要不久于人世了的重病在身的养父，这样的举动不是傻又还能是什么呢？

毋庸讳言，这的确是1990年代，我们的社会开始进入所谓的市场经济之后，就逐渐形成的一种以所谓的物质利益为核心的市场意识形态。在这样一种市场意识形态中，所谓的精神、道德、情感这样一些对于维持社会的正常运转本来十分重要的事物自然也就处在了被挤压、被边缘化了的位置上。将王育英的人生选择看作一种"傻"的表现，实际上也正是这样一种市场意识形态作祟的缘故。在这里，我们当然无意于否定市场经济的形成对于中国社会的经济发展所产生的巨大作用，但如同王育英这样固守情感领地的行为却也是应该得到充分肯定的。正所谓黄金有价情无价，一种真正意义上的情感价值，绝不是能够简单地用金钱、用物质来加以衡量的。王育英面对自己的亲生父母时那看似决绝无情的行为，其实正可以被看作对"黄金有价情无价"这一朴素真理的一种形象演绎与生动诠释。也只有这样，我们才能够理解并认同，在养父王宏义，这王育英唯一的在世亲人也悄然离世之后，王育英所做出的人生抉择了。

在养父王宏义去世之后，王育英毅然决然地回到了福利院。

> 其实在我们面前的王育英已经长得很大很大了。她仍然一直生活在福利院里，她今年已经22岁，完全是一个成熟的大姑娘了。
>
> 她仍然是福利院一个平平常常的孤儿，仍是一个普普通通的待业青年。
>
> 执照规定，她每个月只能在福利院领到8块钱的零用钱。她住的那两间平房，已经被养父所在单位收了回去。至于父母所留下来的那些极少的所谓的遗产，养父所在单位将会在她成年以后交还给她。
>
> ……
>
> 她总是说，我是福利院的孩子，死了也是福利院的孩子！

在《孤儿泪》中，张平还讲述了其他许多类似的感人故事，这所有感人的故事其实都拥有一个共同的主题，那就是爱，是一种真诚而无私的爱。关于这一点，张平在"后记"中说得很明白：

> 不少朋友都同我探讨过这个问题，在市场意识和商品经济的逐步确立中，这些极为平凡的人和事，这些极为朴素的思想和感情，却依然还会引起这么广泛的关注和这么强烈的反响，究竟是因为什么？但最重要的一点，那应该是爱，一种无私的爱，一种真诚的爱。我们现时的社会发展到这一步可能太需要这种没有任何私念的爱心了。建国以来，由于极左路线的影响，一次次的运动，一次次的大批判，尤其是在"文化大革命"中，阶级斗争越搞越残酷，人性、人道主义全部成为批判的对象，亲情、友情、慈爱、性爱，以致连母爱也都必须涂上阶级的色彩和掺上阶级的成分。"文化大革命"以后，我们人性中的伤疤还没来得及修复，商品经济的大

潮便汹涌而来。市场竞争的冷酷，加上没有修复的人性，再加上金钱的诱惑，在许许多多的地方和领域，良知在泯灭，文明在崩塌。我们民族的灵魂也许从来没有像今天这样面临着如此严重的危机。重建我们民族的精神文明已经成为人们的共识。我想我们进行爱国主义教育，其中最重要的一点就是爱我们的人民。而爱我们的人民，就应该在人民中间提倡人与人之间的这种真诚的爱，没有这种爱，人性和人道主义也就无从谈起，精神文明建设也一样无从谈起，而爱国主义也就很可能沦为一句空谈。在一个没有善良、没有爱心的国度里，人民的安居乐业和国家的稳定也就没有可能。当一个社会越是缺乏爱的时候，人们对爱的企盼也就越发强烈。我觉得这些平凡的人和事之所以能引起这么多人的关注和这么大的反响，既是对这种爱心的一种肯定也是对这种爱心的一种渴望。①

可以说，对于这样一种真诚与无私的爱的发现与艺术表现，正是张平要创作《孤儿泪》这部长篇纪实作品的根本原因。或许是长期受一种如张平所言的阶级性思维主导的缘故，也或许是在我们这样一个明显地缺乏宗教感的国度中一种实用主义的文化逻辑作祟的缘故，我们一向信奉的便是类似于所谓"既没有无缘无故的爱，也没有无缘无故的恨"的人生信条。这也就是说，在强调所有的爱恨均是有条件的，正是在具备了一定的现实条件之后，这爱或恨的行为才可能发生。不难发现，在中国人一种普遍的文化观念里面，养儿是为了防老，求神拜佛乃是为了求得神或佛对自己的人生护佑或佛对自己的人生护佑。即使是如同母爱这样一种可谓人世间最纯粹的感情，在我们这儿也被演绎为子女将来一定要对父母的养育之恩有所回报。即使是对神或佛的宗教性的虔诚信仰，在我们的国度也变异成了一种带有明显的实用色彩的投资行为。这样，在国人一种普遍的文化逻辑中，便绝对地无法理解如同池文清这样无私地照料抚养毛毛的行为。即使是承认了这样一种事件的真实存在，那他们也不会将池文清这样的行为看作一种悲悯情怀或者一种人道主义精神的体现。有的人可能会直截了当地把池文清看作一个傻瓜，有的人则可能会更加阴险地以小人之心度君子之腹，会不无狠毒地将池文清的

---

① 张平：《〈孤儿泪〉后记》，见《孤儿泪》，山西人民出版社1995年版，第417—418页。

行为讥之为沽名钓誉，不是为了捞取政治资本，便是为了捞取道德资本。周作人自 1900 年代初期便开始大力倡扬人道主义思想，迄今已经将近一百年的时间。到现在为止，我们也很难说这人道主义思想就已经在中国这块古老的大地上成为一种普遍的文化与思想现实。之所以会是这样一种状况，笔者以为，一种长期的实用主义思维以及 1990 年代中叶以来确立的阶级论思维，是非常重要的原因所在。

从张平的"后记"来看，最起码，张平不仅已经明显地意识到了人道主义思想在当代中国的缺失这样一种极严重的状况，而且也把自己《孤儿泪》这一作品的创作与人道主义思想的张扬非常直接地联系在了一起。即使仅从这一点来看，张平《孤儿泪》这样一部表面上看起来不过是在歌颂与赞扬的作品，其思想意旨的深刻处乃在于对人道主义的呼唤，对明显缺乏人道主义思想的当下中国所进行的不失严厉的批判与反思。其实，批判也罢，歌颂也罢，很难说是文学的根本使命所在。关键的问题是，这批判与歌颂都应该建立在可靠的事实基础之上。从新时期文学的一种基本发展情况来看，一种突出的现象似乎是，我们的作家越来越丧失了发现善的能力，越来越失去了肯定善的能力。在某种意义上说，不仅对于恶的批判否定需要勇气，对于善的发现与肯定，同样需要有相当的勇气。"这个世界需要揭露、批判、控诉，但也需要温情，需要来自人性深处善的力量，需要对这种力量的正面的书写与彰显。"[①]张平很显然就是一位有勇气发现和肯定人性中善的力量的优秀作家，而他的这部《孤儿泪》，则也很显然是一部对这善的力量进行"正面的书写与彰显"的重要作品。

既然是一部成功的长篇纪实作品，那自然也就少不了对于若干具有人性深度的人物形象的成功塑造。即以我们具体分析的"池文清"与"王育英"这两个催人泪下的孤儿故事而言，其中也有池文清、郝福军、王育英、张梅芸等几个人物形象给读者留下了相当深刻的印象。

"池文清"故事的中心冲突是，面对着毛毛这样一个先天性大脑发育不全的痴傻儿童，池文清一家究竟应该不应该继续将她抚养下去。作品中的池文清实际上面临一种两难的尴尬境地。一方面，她十分清楚毛

[①] 汪政：《毕飞宇奥斯特笔下的"人生避难所"》，见《中国图书商报》2008 年 6 月 24 日第 1466 期第 04 版。

毛的存在对于自己的家庭会是多大的拖累,她知道上到公公婆婆,下到后来抱养的儿子宝宝,包括自己的丈夫郝福军在内,全家人都希望她能够将毛毛这样一个家庭的累赘舍弃掉。但在另一方面,她也非常明白,对于毛毛这样一个虽然是先天性大脑发育不全,然而却也同样在内心中有着一种本能的情感需求的孩子来说,自己的存在对她有多么重要。更何况,自己在长期照料抚养毛毛的过程中,已经与她之间形成了一种十分深厚的母女感情。人非草木,孰能无情,即使是一只小猫小狗,时间长了也能培养出很深的感情来,更何况是毛毛这样一个活生生的人呢?就这样,两难处境中的池文清最终还是选择了与毛毛相依为命,哪怕为此舍弃自己的整个家庭也在所不惜。池文清只是一位普通的国家干部,并非不食人间烟火的超凡脱俗之人。然而,在笔者看来,池文清越是普通,她身上彰显出来的悲悯情怀与人道主义精神就越是让我们感动。普通的池文清当然不可能去作人道主义之"秀",因为她在下定了抚养毛毛的决心的时候,并不可能知道将来有一个名叫张平的作家,居然会把她与毛毛的故事写到一本叫作《孤儿泪》的文学作品中,假如我们剥离开所谓的"悲悯"与"人道主义"这样一套来自西方的话语体系,那么,我们也完全可以说,在池文清身上,所彰显出来的,实际上正是一种潜藏于中国老百姓精神深处的朴素之极的民间正义。

与池文清一样,同样处于两难境地中的是她的丈夫郝福军。或者也可以说,与池文清相比,郝福军事实上处在了更加困难复杂的境地之中。一方面,作为毛毛的养父,虽然连他自己也很难自觉到对于毛毛的感情存在,但正如同作品所展示的那样,其实,在他内心中同样有一份对毛毛很深的感情。另一方面,作为丈夫的郝福军,在内心中深深地爱着自己的妻子,他下决心抱养毛毛,正是为了慰藉妻子心灵的缘故。既然可以为了妻子而抱养毛毛,那么,他又怎么可能冒着伤害妻子的可能,将可怜的毛毛送到福利院里去呢?但是,郝福军同时却也是父母的儿子,是他们抱养的另一个孩子宝宝的父亲。在他已经清楚地意识到毛毛的存在对于自己的家庭是一个极大累赘的时候,这样的双重角色又会促使他承担起自己的责任来,又会使他倾向于很快地把毛毛送回福利院。这样看来,夹杂于毛毛、池文清以及父母与宝宝这三方力量之间的郝福军,实际上也就处在了一种更为复杂艰难的选择困境之中。从最初的抱养毛毛,到后来的四处奔波为毛毛治病,从趁妻子住院时将毛毛送走，到后来对妻子再度领回毛毛的行为认同，郝福军情感挣扎的曲线清晰可见。在其中，我们看到的郝福军乃是一位有情有义的男人形象。虽然作品人道主义悲悯情怀的主要体现者是池文清，但池文清的背后却也少不了有郝福军的全力支撑。

与"池文清"故事相比较，更具有尖锐的冲突性，更适宜于以文学作品的形式加以表达的，是"王育英"的故事。我们之所以将分析的重点放到这两个故事之上，乃是因为这两个故事在《孤儿泪》中占据着十分重要的位置。仅从作品的篇幅来看，光"池文清"加"王育英"这两个故事，就占了《孤儿泪》超过1/3的比例。这样的一种比例情况，所充分说明的当然就是这两个故事的重要性。说"王育英"较之于"池文清"更适宜以文学的形式加以表现，是因为"王育英"的故事冲突较为丰富，且具有一波三折的发展特征。冲突的焦点问题在于，作为生母的张梅芸想认回自己的亲生女儿王育英，不料想却遭到了王育英坚决的拒绝。王育英与张梅芸这两个性格鲜明的人物形象，正是在这样一种不乏尖锐的矛盾冲突中渐次有力地凸显出来的。

王育英一出生就被遗弃到福利院，并很快被王宏义与马桂莲这两位善良的老人抱养。家境虽然贫寒，但两位老人却一直真心地呵护着王育英，他们三人的生活尽管异常艰难，但他们之间那种相濡以沫的感情却是着实让人向往留恋的。不幸的是，变故突然发生，母亲马桂莲猝然弃世。这就引出了王育英的一段身世之谜，却原来，王育英并不是王宏义夫妇的亲生孩子，她的亲生父母乃是刘得民与张梅芸。因了养母的去世，亲生父母便找上门来要求认回自己的亲生骨肉。对于年仅14岁的王育英来说，这简直就如晴天霹雳一般，一下子就把她托举到了情感的风口浪尖上，面临着情感选择的巨大难题。一边是贫寒的家境、残破的家庭，另一边是家境富裕、有钱有势；一边是十几年的含辛茹苦与相濡以沫，是一个个平常的日子里积聚起来的深厚感情，另一边却是，虽然亲生父母一直口口声声强调着的牵挂思念倒也是实情，但同样无法否认的却还有一种残酷的遗弃现实。面对如此情形，王育英该进行怎样的选择呢？正可谓十几年辛苦不寻常，在王育英的情感世界中，最终占了上风的还是养父养母长达十几年之久的养育之恩。导致王育英最终做出这种选择的原因，一方面固然在于王宏义与马桂莲十几年来对她的照料抚养；另一方面，则更在于她内心中对于遗弃者的无法原谅。尤其是在进入福利院实地观察了被遗弃孤儿们的凄凉境况之后,王育英就更加坚定了这样一种信念。从作品所具体展示的情况来判断,王育英不肯原谅亲生父母的行为背后,实际上有一种姑且可以称之为"孤儿情结"的东西在起作用。王育英本来不知道自己是孤儿,她从来没有想到过自己居然会和"孤儿"这个词联系在一起,自己居然就是一个"孤儿"。可以说,自从知道自己是孤儿的那一刻起,这"孤儿"便以一种强有力的形式潜入了王育英的意识深处,并成为人物无法超越的一种精神情结。更进一步地说,在王育英坚决拒绝承认刘得民与张梅芸为自己的亲生父母的行为背后,存在着的是一种难能可贵的对于自我人格尊严的自觉维护。对于王育英来说,道理非常简单,你们当年毫无责任感的遗弃,实际上已经异常严重地伤害了我的人格尊严。因此,现在我对你们认亲行为的坚决拒绝,当然也就是对于自我人格尊严一种强有力的自觉维护。

同样富于人性内涵的一位人物形象是张梅芸。应该说,虽然出身于农村,虽然没有什么文化,但张梅芸却称得上是一位个性特别鲜明要强的女强人形象。在他们一家从贫困走向富裕的过程中,一直发挥着主要作用的很显然就是张梅芸。真的是很难想象,当年的张梅芸怎么就被丈夫刘得民说动,同意遗弃王育英的,大约也的确是因为当时的生计实在太艰难的缘故。遗弃的事实已经形成,而且一延续就是十几年的时间。如作品中所描述的,自从王育英被遗弃之后,在这十几年的时间里,张梅芸总是无时无刻地不在牵挂和思念着王育英,简直可谓朝也思晚也想了。可以说,对王育英的牵挂思念,是张梅芸无法摆脱的一种心病,或者也可以说是一种情结。如果说王育英有一种"孤儿"情结的话,那么张梅芸则存在一种同样十分强烈的"王育英"情结。张平《孤儿泪》的一大成功之处,正在于以鲜活灵动的笔触将张梅芸的这样一种"王育英"情结异常真切地展示在了读者面前。

> 其实她所做的一切,只有她的丈夫刘得民心里明白,她之所以这样不惜一切代价像发狂一样地把自己生命的重心全部都倾斜在孩子们身上,没有别的,就是因为还有一个孩子并不在她跟前,一个亲生的孩子,一个由她父亲扔了的孩子。这个孩子至今还在受苦,至今还在备受煎熬,这个孩子几乎什么也没有,家徒四壁,一贫如洗!

其实张梅芸的心情并不难理解，作为亲生母亲，面对着一个让她万分愧疚、无地自容的孩子，尤其是当这个孩子的处境越来越坏，而她又无法补偿，无法去帮助的时候，那种复杂和痛苦的心情是可以想见的。

仿佛真的就是对于张梅芸的惩罚一样，她越是想得到的东西，就越是得不到。她本来想以认亲的方式弥补自己曾经的过失，使自己的愧疚与痛苦心理得到一点缓解和平衡。但谁知这王育英仿佛窥透了她的这种心理一样，你想认我，我却偏偏就是不认你。其实，在性格的某种偏执程度上来说，这王育英真还就明显地遗传了张梅芸的某些基因。于是，王育英的固执，自然也就构成了对张梅芸最为致命的精神打击。尤其是在王宏义也猝然离世之后，王育英宁愿到福利院去做"福利院的孩子"也不愿意与亲生父母相认的举动，就更是对张梅芸的一种沉重打击。从作品描写的情况来看，张梅芸这样一种精神苦役得以解脱的可能性可以说是微乎其微的。这样，张梅芸余下来的生命时间，也就很可能一直沉浸在自我愧疚的痛苦精神世界中了，真的是天可怜见！正因为将人物的人性内涵挖掘到了这样一种深度，所以张梅芸便堪称张平《孤儿泪》中最具丰富人性内涵的一个塑造成功的人物形象。

张平在创作《孤儿泪》之前曾经产生过一丝犹疑的心理，除了考虑到题材的问题外，另外一个明显的问题就是作品的结构问题。在《孤儿泪》写作之前，张平不仅已经写出了《法撼汾西》与《天网》，也写出了很久之后才产生很大影响的《凶犯》。这就是说，张平已经积累了相当丰富的关于长篇叙事作品的写作经验。这个时候的张平，更加明白地认识到了结构问题对于一部长篇叙事作品的重要性。这样，在面对着《孤儿泪》所欲表现着的这一大堆素材的时候，张平清醒意识到，从艺术上看其中最大的难题就是怎样结构的问题。因为是纪实文学，所以必须首先尊重所表现对象的真实性，从根本上排斥着虚构的这样一种文体，就使张平不可能如同创作一部虚构的长篇小说一样自己设定出一种结构来。如同《孤儿泪》这样的长篇纪实文学作品，作家必须在充分尊重客观事实的基础上努力找寻出一种恰当的艺术结构来。这样的一种情形，极类似于闻一多先生关于新诗写作的那句名言："戴着镣铐跳舞。"

好在张平的确已经有过关于《法撼汾西》与《天网》的创作经验，从总体上衡量，作家在《孤儿泪》中的设计应该还算得上是相当成功的。首先，作家张平将自己通过采访得来的孤儿故事全部纳入了一种超功利的大爱的总主题之下，其次再从许多的事例中选取若干具有代表性的孤儿故事进入自己的文本叙述之中，最后，又从所有进入文本叙述的故事中选取了三四个情节更加曲折有效，其中的人性内涵也更为丰富复杂的，比如"池文清""王育英"这样的故事作为自己的叙述重点所在。这样，最为棘手的结构问题在张平这儿也就得到了一种极富艺术智慧的设定与处理。这部长篇叙事文学作品的成功，与作家对于结构问题的智慧处置，当然存在不容忽视的关系。

一直到作品的"后记"中，张平都还在表示这样的忧虑：

> 老实说，在写《孤儿泪》这部作品前，我一直是非常犹豫不决的。最后能下决心写它，也是一种斗争的结果。我并不是想夸大自己如何如何，人总是生活在一种矛盾里，我想作品也是如此。像《孤儿泪》这样的题材，每当我到实地采访一次，就会产生一种强烈的要把它写出来的冲动。而一当我真正要写它的时候，又会产生一种难以排遣的疑问：这种东西算不算文学？把自己生命中最辉煌的一段时期用来写这种东西，是不是在浪费自己的青春？[①]

我们真的不能说张平的担心是多余的，即使是作为读者的笔者，在拿到作品的时候，也曾经产生过一种强烈的怀疑：这孤儿又有什么写头呢？作家为什么要把很大的精力投入类似于《孤儿泪》这样的作品的写作过程之中呢？这样的作品又会有什么思想艺术价值呢？

一直到笔者含着热泪合上书本，当笔者从《孤儿泪》的世界中走出来的时候，笔者才充分地认识到了作品的真正价值所在，才相信《孤儿泪》的成功绝不是一种偶然的现象。关于作品所获得的意外成功程度，张平在"后记"中也有形象的记述：

> 非常感谢《啄木鸟》的朋友们对我的信任和厚爱，我根本没

[①] 张平：《〈孤儿泪〉后记》，见《孤儿泪》，山西人民出版社1995年版，第419页。

想到在我的这部书稿还没写完时,他们就开始连载这部作品。

我也没想到这部作品还没有连载完,就会引起这么多这么大的反响。截至目前,已经有十数家电视台和电影制片厂要求签约,准备把这部作品改编为电影和电视连续剧。同时还有十数家报纸杂志已开始转载这部作品。前前后后,我已经收到了数百封读者来信。①

张平的《孤儿泪》的确如同他的《法撼汾西》和《天网》一样,获得了一种始料未及的巨大成功,在社会上引起了强烈的反响。那么,我们又该怎样看待这种巨大的社会反响呢?因为笔者清楚地知道,在当下的中国文学界,是存在一种所谓的文学"圈子"的。在这些自我标榜为"纯文学"的所谓高雅文学"圈子"里,对于如同张平的《孤儿泪》这样获取强烈社会反响的文学现象是颇不以为然的。不仅如此,更有极端者干脆就声言,自己的作品乃是写给未来的一种文学作品,因此根本就不在乎当下读者的多寡问题。

那么,我们应该怎样看待张平的若干作品产生巨大的社会反响这样一种文学现象呢?更进一步说,到底怎样的文学作品方才算得上是真正优秀的文学作品呢?笔者想,虽然我们不能以读者一时的多寡便简单地认定作品价值的高低,因为确实存在作品本身不怎么样,但却同样在社会上引起了轰动效应的这样一种状况。然而,我们也不能完全漠视这样一种强烈的读者反应,我们既不能够简单地迷信读者的理解认识水平,但同时却也不应该无视读者阅读鉴赏能力的存在。毕竟,按照艾布拉姆斯的理论,读者是文学活动得以实现的一个非常重要的环节。笔者想,一种正确的态度恐怕应该是,一方面,我们的确应该正视读者的强烈反应,承认这样一种客观事实的存在。但在另一方面,我们却也应该充分地运用我们的文学理论知识,对文学文本进行一种不失科学性的分析解读,以期通过这样一种分析解读活动的进行,能够对这一文学文本作出一种明确的价值判断来。当然,这也只是当下我们所能努力的一个方面,至于某一文学文本是否真正优秀,很显然还需要经过时间的充分检验。只有那些经过了时间与历史充分考验,而又没有被淘汰掉的文学作

---

① 张平:《〈孤儿泪〉后记》,见《孤儿泪》,山西人民出版社1995年版,第416页。

品，恐怕才能够被看作真正优秀的文学作品，对于包括张平在内的所有作家的作品，我们都应该持有这样的一种理性态度。

在张平的所有作品中，长篇小说《对面的女孩》应该是一部从题材来看比较特别的作品。正如同作家的《孤儿泪》这样一部长篇纪实文学作品无法被简单地归类一样，《对面的女孩》似乎也处于同样的境地。之所以要将一部纪实文学作品与一部长篇小说放在一起进行谈论，原因在于这两部作品和《法撼汾西》《天网》之类的作品在某种意义上，都可以被看作以对人物情感世界的表现为主旨的呼唤真情之作。虽然从题材的表层意义来看，这两部作品也存在明显的差异，但如果从作品所欲传达的深层思想内涵来看，这两部作品其实与《法撼汾西》《天网》一样，均属于带有强烈批判色彩的社会问题小说。

在《孤儿泪》的"后记"中，张平曾经有过这样的表示："我以前曾跟别人说过，我写东西总是必须有一个真实的故事或者一个真实的人物为依据为原型，才会写得比较顺畅，比较踏实。"① 纪实文学的情形当然如此，即使是在那些并未标明有纪实字样的，以虚构为本质特征的小说作品中，张平似乎也更多地喜欢采用这样的小说创作方式。《对面的女孩》的创作情形即是如此。

关于《对面的女孩》的来历，在与朋友的对话中，张平曾经有过较为翔实的交代：

> 有的评论家认为这是张平写得最好的小说，因为关注的是社会教育体制问题。在文联大院中有一个好的男孩，过早地承担了生活的重担，但有一天忽然被勒令退学，我找到他，他给我说了很多心里话，他告诉我当时一起退学的还有一个女孩，并讲了一些她的情况，我很感兴趣，就想让这个男孩约女孩出来见面谈一谈，但女孩家长对女孩管得很严，只得到女孩的一本日记，上面记录了她从上这所中专学校到退学这一百多天当中所有发生的事情和她的心理感受。在征得女孩的同意后，我看了日记，感触颇多，这部小说也就是以这本日记为原型的，也可以说是这个女孩为原型创作出来的。当然女孩被勒令退学也是以这本日记为依据的。我没想到现在的教

---

① 张平：《〈孤儿泪〉后记》，见《孤儿泪》，山西人民出版社1995年版，第418页。

育体制会是这个样子,在日记中封建传统与现代文明的冲撞非常激烈,其中也存在着腐败,从一个封建传统封闭教养中走出来的女孩,面对市场、面对社会,无所适从,处处是陷阱。女孩文笔很好,写得很细腻。我把它抄下来之后,改了改,但没有发表,一放就放了10年,10年内又改了三四遍,原来叫《红雪》。书中的女孩叫红英,父母对她很关爱,但充当了帮凶,写得很残酷。这本书出来后对我的固定读者是一个打击,怀疑是不是张平写的。[①]

如果张平的转述无误的话,那么,这段自述的第一句话就很值得推敲:"有的评论家认为这是张平写得最好的小说,因为关注的是社会教育体制问题。"社会教育体制问题当然值得去进行充分的关注,而且,更进一步地说,不仅是在当下,甚至于在整个中国现当代文学史上,关注表现社会教育体制问题的文学作品也都少得可怜。从这个意义上看,张平的这部《对面的女孩》应该被看作一部十分优秀的关注表现社会教育问题的长篇小说。但关键的问题在于,因为关注、表现的是社会教育问题,所以这部小说就一定会是一部优秀的小说作品吗?就可以被说成是"张平写得最好的小说"吗?这样的逻辑实在是无法成立的。不仅无法成立,而且这样的一种逻辑背后显然还晃动着题材决定论的阴影。关注什么样的题材当然很重要,是某一小说文本优秀与否的一个重要标准,但要想成为一部真正意义上的好小说,事实上,还需同时具备其他许多思想艺术层面上的品质。

张平又说"这本书出来后对我的固定读者是一个打击,怀疑是不是张平写的"。从笔者个人的阅读经验来看,作家的这种表述的确是非常真诚的。如果笔者的记忆无误的话,笔者也曾经产生过类似的感觉。最初,当笔者在书店看到这本小说的时候,确实产生过一丝怀疑,张平怎么会去写作一本叫作《对面的女孩》的小说呢?这是那个写过《法撼汾西》与《天网》的张平吗?当下时代鱼目混珠的事儿多了,这会不会又是有人在冒张平之名的一种骗局呢?之所以会产生类似的感觉,一方面,固然是因为笔者所置身于其中的市场化时代的缘故;另一方

[①] 张平:《文学写作上的"生死抉择"》,见《我只能说真话》,解放军文艺出版社2002年版,第251—252页。

面，更主要地，笔者确实已经先入为主地将张平看成了一种类型化的作家。好像张平的名字，只应该与《法撼汾西》《天网》这样的作品联系起来。这种情形的出现，当然首先说明了笔者审美观念的偏狭，但同时却也说明张平小说创作的成功。我们平时总是在强调作家千万不能故步自封，要有勇气打破旧的艺术窠臼，有胆识去进行新的艺术尝试。然而一旦作家进行了这样的尝试，不适应的反倒是这我们自己了，这是不是很有一些叶公好龙的味道呢？文学创作贵在创造，作家的"变脸"实际上应该得到大力的肯定。在某种意义上说，当下时代的中国教育方面的问题真的很严重，需要有更富有胆识与智慧的作家去加以关注、表现。如张平这样优秀的作家能够关注这方面的问题，并创作出《对面的女孩》这样长达四十万言的长篇小说来，其价值绝对应该得到充分的肯定。

从张平的自述来看，《对面的女孩》的创作时间前后长达十年之久。在张平的创作历史上，这部作品的创作应该是耗时最久的了。作家最初萌生创作念头，完成初稿的时间是1992年4月，当时正是市场经济的大潮在中国初步形成的时候。等到小说最终改定交由出版社出版的时候，时间却已经是世纪之交的2000年的6月，一个新的世纪来临，中国的市场经济在经过了约略十年的过程之后已经发展到了相对成熟的纵深处。笔者不知道，张平的这一部长篇小说为什么会断断续续地一直拖延了长达十年之久的时间。是因为写作的难度太大？还是因为所写的题材太敏感？抑或是对于一种全新的题材，作家需要有更充分的思考与打磨时间？最起码，应该得到肯定的是，张平本人对于这部作品的器重程度。在当下这样一个以追"新"逐"快"为文化时尚的时代，已经很少有作家会去耐心地打磨一部文学作品了。在这样的情况下，张平能以十年的时间，对于《对面的女孩》这部作品先后更易四稿，这样的一种严谨创作姿态当然是十分难能可贵的。小说优秀艺术品质的具备，与作家的严谨创作姿态之间同样存在紧密的联系。

《对面的女孩》采用的是第一人称的叙述方式，除了开头处对于日记的由来有一个简单的介绍之外，通篇全是一个名叫张红英的被勒令退学的女学生的日记。小说开头处，作家曾经借助于他人的目光对作品的主人公张红英进行过这样的介绍性描写："堂妹张红英，更是个老实不过的女孩子。温顺善良，腼腆内向，见了生人，还没说话就红脸。学业品行，更是没得说，从小到大，总是三好生。人长得清秀水灵，资貌端丽，尤其是那善眉善眼的模样儿，十分惹人喜爱。说话做事，也知情达理，招人亲招人疼的。"照理说，这样一个善良温顺、老实本分的女孩子，无论是在学校里，还是在社会上，都不会惹什么祸。但谁知就是这样一个年龄只有17岁的女孩子，在考上技工学校还不到半年的时间里，就"被学校重重处分了一次：勒令退学一年，强制性立即离校"。如此严重处分的原因何在呢？"听婶子埋怨了一阵子，我才渐渐听明白，学校之所以这样处分红英，竟是因为红英严重违反校纪校规，不听劝阻，在学校里同个别坏学生搞恋爱，甚至在校外偷偷去当'三陪小姐'"！这前后的反差真是太大了，一个品行一贯良好且家教甚严的女孩子，怎么会在不到半年的时间里就迅速地堕落为一个为人所不齿的"三陪小姐"呢？难道这一代学生真的就像人们所认识议论的那样，是"早恋，早熟，奢侈，颓废，缺乏理想，好高骛远，混乱的道德意识，毫无责任感的社会伦理观……什么'另类'、'新人类'、'新新人类'，'叛逆的一代'，'垮掉的一代'……"吗？说实话，这既是小说序言中的叙事者，主人公张红英的堂哥"我"的疑问，也更是所有读者的疑问。可以说，张平在小说开头处的确很成功地设置了一个悬念。这种悬念的设置当然就会吸引读者进入小说文本之中，去探寻问题的答案。那么，问题的答案何在呢？这答案就潜藏在张红英提供给堂哥的日记本中。关于这本日记，张红英说得很明白："到底是怎么回事，看了日记你心里也就有数了。学校的领导也看过我的日记，日记里的有些事情，都被他们当作了处分我的依据，这本日记事实上已经被他们公开了，已经没什么秘密了。"那么，在这日记中潜藏着的又是怎样的一种真相呢？

张红英是一个刚刚参加完中考的初中毕业生，摆在她面前的是这样的三条路，一条是上高中，读完高中后设法升入大学，一条是直接上中专，另一条则是上技校，然后去当个工人。对于张红英来说，由于以前一直在条件比较差的农村读书，考试成绩不够理想，所以根本不可能直接去上中专。那么高中呢？"上高中吧，家里真没那个经济实力了。按你的分数走走关系上个好点的高中，怎么还不得两三千？其实能上的那几个二类学校，一次性地也得缴上好几千。爸爸眼睛红红地说，家里的情况你也是知道的，就是卖了房子也凑不齐那么多呀。"既然中专、高中都上不成，那么张红英也就只能满心不情愿地去上技校了。但令人遗

第六章 人间自有真情在

憾的是，即使是上技校，张红英也没有能进入自己理想中的峨钢技校，而只能去整个峨口地区最不好的峨纺技校。

假若张红英从此就认命，就这样安心于峨纺技校的学习生活的话，那么她也就不会有后来的那些悲惨遭遇。关键的问题是，已经身在峨纺技校了的张红英，却始终没有放弃上高中的追求。她并不甘心自己的人生就此铸就成型，一直期盼着还能够去上未来的前途可能更加辉煌的高中，想通过上高中来改变自己的人生道路。在这个问题上，张红英与自己的家庭，尤其是那位还有明显的封建家长作风的父亲存在难以调和的矛盾冲突。

客观地说，张红英的家庭境况的确是比较糟糕的。全家除了哥哥已经成家之外，母亲是家庭妇女，只有父亲一个人有固定的工资收入。这样的一种收入状况，不仅要赡养年事已高的爷爷奶奶，而且还得供养张红英读书，其紧张的情况真的是可想而知。这样的一种家庭状况，再加上传统观念中对于女性的歧视，所以在父亲看来，自己能够把张红英"供到这份上已经很不容易了，要放到别的人家，像我这样的女孩子，早就不让你念书了。"正因为全家人都是这么看待张红英的，所以他们甚至在很早就开始考虑她未来的婚事问题了。张红英的同学爱爱的哥哥孙爱国，之所以能够闯入张红英的生活中，并在最后对她的学校生活产生了严重的负面影响，其根本原因正在于此。很显然，这样一种情形的出现，正是张红英父母揶掇纵容孙爱国的一种结果。

张红英本来就不情愿去峨纺技校读书，这样的一种心理状态，再加上来到学校之后对学校的印象不佳，所以她读高中上大学的念头不仅没有打消，反而越来越强烈了。

> 上学没几天，我都哭好几回了。真想不在这儿念了，回家上高中去，这日子实在实在没法熬下去……这样写又怎么样！这岂不要把一家子人搞得惶惶不安吗？奶奶那么大年纪了，爷爷身体又那么不好。爸爸妈妈又都那么累那么忙，自己怎么忍心这实话实说？

如果张红英只是这样想一想，倒也罢了，随着时间的推移，她的这种不切实际的想法也就会慢慢地淡下去，关键是，张红英还有一位比较要好、家庭条件很是优越的初中时的男同学程国强,这程国强一直在鼓动张红英从峨纺技校退学,然后和他一块儿去上高中考大学。对于本来就不安心读技校,本来就骚动不安着的张红英来说,程国强的鼓动简直就称得上火上浇油。

没想到程国强的信写得很短。意思是说,瞿城县一中的录取分数线降低了三十分,我已经被正式录取了。分在了八十六班,而且跟他是在一个班!他原本想到峨口中学升学的,但想到峨口中学花销要大一些,考虑到我家的经济情况,所以最终还是选择了瞿县中学。他已经说服了父亲,不去师范,决定继续上高中了,并且让我乘坐四号早晨七点四十分的那趟车,他准时在瞿城车站接我。尽管话不多,别的也只字未提。然而口气却是坚决的,不容否定的:"务必七点四十乘车,我将准时去接你。无论有任何事情,也一定要来……"

本来就属于没有主见的年龄,本来就一直想着上高中读大学,这程国强的信件一来,张红英就什么也不管不顾了,她怀抱着一丝能够回家说服父亲同意自己读高中的希望匆匆忙忙地上路了。没想到这一来可就闯下了大祸,给她自己十分短暂的技校生活开始蒙上了最初的阴影。莽撞行动的结果是相当严重的,张红英此行不仅没有能够达到说服父亲的目的,而且还为自己日后的不幸遭遇埋下了祸根。首先,正是在这次行动中,张红英结识了程国强的表嫂,并在他表嫂家住了一个晚上。后来,程国强的表嫂曾经在张红英的生命历程中产生过严重的负面影响。其次,因为离开技校时,时间过于紧张心情也过于慌张,所以张红英没有来得及跟班主任刘老师请假。结果不仅在当时引起了一场轩然大波,而且还对她此后的技校生活产生了相当严重的负面影响。真可谓偷鸡不成蚀把米,赔了夫人又折兵啊。我们应该意识到,这样的打击,对于刚刚开始技校生活的张红英究竟意味着什么。

最最对不起的,还是自己。从今以后,那个有理想,有志气的张红英就算死去了。如今活着的,就是眼前这个行尸走肉一般的懦夫,一辈子也是碌碌无为的张红英了。

第六章 人间自有真情在

就这样一天天地熬日子吧。自己的前途就算完了。你虽然还活在这个世上,但实际上已经进了坟墓了。

然而,张红英却根本没有意识到,这一切还都只是她技校不幸生活的开始,更大的苦难还在道路的前方等待着她。读高中上大学的梦想彻底破灭之后,张红英开始真正地融入了峨纺技校的生活之中。然而,这个时候的张红英才开始认识到,自己置身于其中的这所技校虽然看起来不大,其实却也是相当复杂的,几乎就如同一个浓缩了的小社会一样充满了盘根错节的矛盾纠葛。不难发现,围绕在张红英周围的学生老师中,典型地存在这样的三种人。一是郭志杰,这可谓新一代有志青年的代表,表面上看起来似乎玩世不恭,但内心中却对于事物有着成熟到位的认识与判断。二是杨小琴,虽然与郭志杰一样,同是一代年轻人中的早熟者,但她却走向了郭志杰的反面。如果说郭志杰只是表面上的玩世不恭,那么杨小琴便是骨子里的玩世不恭。明显缺少原则底线不坚持人格操守的她,可以不择手段地达到自己的目的。三是刘老师,这可谓教师队伍中的一个败类,他一方面霸气十足地维护行施着自己手中的专制权力;另一方面却利用女孩子的天真不断地骗取她们的信任与身体。身陷于这样三种人所形成的生存矩阵之中,本来就涉世未深但却特别天真善良的张红英处境的艰难也就可想而知了。

从小说文本来看,峨纺技校最尖锐激烈的矛盾冲突存在于郭志杰与刘老师之间。郭志杰的家境十分艰难:"家里有一个今年快三十岁了,患先天性脑瘫,完全没有劳动能力的残疾姐姐,还有一个今年已经五十岁并患有严重哮喘病的母亲,而他的父亲早在一九八六年就去世了。"但或许也正是这样艰难的生存条件磨炼出了他坚强的意志,出现在我们面前的郭志杰是一位坚持自己理想追求的新一代青年形象。虽然置身于其中的是一所很不起眼的技校,但郭志杰却并没有放弃对于自己个性的坚持。在郭志杰身上突出地体现出了这样几个特点。

第一是能够直面现实,敢于说真话,这一点,通过他那篇普遍受到师生称赞的题为《我的理想》的作文写作,就可以表现得非常明显。当别的同学都在虚构做作地大谈自己的理想怎样伟大高远的时候,郭志杰却坦诚地联系当下社会以及自己的家庭状况,说自己并没有"理想"。在对当下中国的社会尤其是教育危机进行了深入的分析之后,郭志杰强调自己期盼着一个能够完全平等地竞争、选择并生活的理想时代的到来。"如果说有什么理想，这便是我唯一的理想！一样也是在现阶段根本不可能实现的理想……"

第二是热心帮助同学，关心班集体利益。这一点，最突出地体现在那次全校师生去广岩寺旅游的活动中。由于穿的鞋太不合适，张红英自然掉了队。掉了队不说，她居然还在一个人休息时疲累之极地睡了一个多小时。等她猛然醒来时，已经快四点半了，而爬山前老师宣布的集合时间也正是四点半。这样，心慌意乱的张红英便着急地往山下赶，但谁知人倒霉了喝凉水也会塞牙，在赶往山下的过程中，张红英却又慌不择路地扭了脚，出了血。这下，她可就无论如何也不可能按时赶到集合地点了。张红英掉了队不要紧，关键是郭志杰与刘老师之间，围绕到底该不该继续等待张红英的问题，发生了激烈的冲突。按照刘老师的说法，既然事前已经一再强调必须遵守纪律，必须按时抵达集合地点，那么也就无须继续等待掉队的张红英了。在郭志杰看来，无论如何都不应该将一位只有17岁的女学生丢弃在远离学校三百里的山上，不管怎么样，都得把张红英带回学校去。最后，还是郭志杰一个人去寻找并发现了已经受伤的张红英，并把张红英连拖带抱地带到了集合地点。实际上，也并不只是在这次旅游活动中，此前此后在张红英遭遇困境时，毅然向他伸出了援手的都是郭志杰。当张红英第一次"失踪"时，跑到峨口师范学校去寻找的是郭志杰，当张红英最后一次差点被程国强表嫂诱骗失身时，出现在救援现场的也还是郭志杰。

第三，则是能够坚持原则，坚决维护学生的正当权益，敢于与邪恶势力进行面对面的坚决斗争。这一点，最集中地体现在班干部的所谓选举风波上。因为入学之后各方面表现突出，所以郭志杰在师生中有很高的威信，很自然地成为班里的团支部书记。然而，时间一长，郭志杰身上更多具有民主意识，同时也特别桀骜不驯的一面便突出地表现了出来。这一点，明显地妨碍着带有突出专制作风的班主任刘老师以及校方对于学生的有效控制。这样，如何很快地拿掉郭志杰的团支部书记职务，也就自然而然地提上了议事日程。对于这件事情，在对郭志杰已经进行了相当程度的诋毁与声誉打击之后，刘老师与郑校长他们本以为早已胜券在握，岂料选举的结果却让他们大跌眼镜，同学们依然把赞成票投给了他们心目中的理想代言人郭志杰，郭志杰依然获得了压倒性的多数票。郭志杰竞选演讲中的一段话以及郑校长针锋相对的另一段话,可以说是以郭志杰为代表的同学们与校方最根本的分歧所在。郭志杰说:

> 第五,现在马上就要进入2000年了,可我们学校的管理水平,仍然停留在70年代,甚至连50年代也不如!学生要进行素质教育,老师更应该进行素质教育。我希望今后的团支部活动和团生活,学校的老师和领导们都能经常参加,多听听我们的呼声,多听听我们的意见,多了解了解我们的生活和思想,不要还像过去那样,抱着师道尊严那一套不放,当老师就像当官做老爷一样。谁打小报告就喜欢谁,谁当奴才就重用谁。把教室搞得像集中营,把宿舍搞得像看守所,把同学们之间搞得草木皆兵,人心惶惶……

而郑校长则说:

> ……最后,我必须强调的一点是,讲民主并不就是不讲纪律,不讲思想,不讲法制!现在已不是"文化大革命"那时候了,搞什么红小兵,红卫兵占领讲台,管理学校!谁想怎么干就怎么干!任何无组织,无纪律,无政府主义,自由散漫,甚至无视领导的想法和做法,都是极端错误和十分危险的!我希望我们的同学不要在这上面栽了跟头!至于选举的结果,我无权发表意见,我觉得班主任,班委会和团支部,以及全体老师应该坐下来认真审议一下,最后再确定出选举结果来……

郭志杰从同学们的实际思想状况出发,要求学校及老师给予学生必要的理解和尊重,不要继续那一套已经明显不合时宜了的专制管理方式。而郑校长却不仅断然拒绝了学生的合理要求,而且还无端地给学生扣上了"无政府主义"与"自由散漫"的大帽子。郑校长与刘老师他们的行为举止充分地证明了校方的虚伪与专横。他们貌似尊重学生权利,要搞什么民主选举,然而一旦选举结果违背了他们的愿望,他们却又拒绝承认选举结果。郑校长一方面说自己"无权"对选举结果发表意见;另一方面却又要求刘老师他们认真审议,"最后再确定出选举结果来"。这岂不是拿选举当儿戏,岂不是在大作选举之"秀"吗!只有在真实地了解到技校如此恶劣的管理现状之后，我们才能够知道郭志杰的反抗行为有多大的合理性，有多么的可贵。

与郭志杰形成鲜明对照的是刘老师。与郭志杰的坦荡磊落形成明显差异的是，这刘老师只能够被看作虚伪凶恶、贪婪无耻，缺少最起码的人格精神操守的知识分子形象。对于刘老师而言，怎样运用手中的权力满足自己的私欲，怎样地尽可能地巩固手中的权力，是他一切行为的基本出发点。他的这一特点，突出地表现在他与张红英、郭志杰的关系上。他发现了张红英的清纯可人与内向软弱，所以便三番五次地利用手中掌握的权力，企图以威逼利诱的方式迫使她就范，迫使她屈从于自己的淫威之下。一方面，他紧紧抓住张红英曾经不请假而擅自离校的把柄，以学校本来要给张处分但却被自己给顶住了的方式来要挟她。另一方面，他又巧妙地利用张红英不甘心在技校读书的心态，不断地暗示自己可以利用班主任的权力，帮助她实现上大学或者留校工作的愿望，并且直截了当地提出可以带张红英去青岛开会的条件许诺，来诱使她主动投入自己的怀抱。在这个过程中，刘老师又以杨小琴顺从于自己因而换得了很好的回报为例证，对张红英进行强烈的暗示。

> 刘老师的用意太明显了，就是要听话，听他的话。只要你听他的，一切都好办，什么上大学，入党，毕业，分配，所有的好处都会给了你。等待你的，将会是一条铺满鲜花的锦绣前程。当然，这一切都不是白给你的，就像刘老师说的那样，都是要付出代价的……
>
> 这个可恶的代价！刘老师说的太露骨！
>
> 一没钱二没权，像你这样的一个女学生，要想有一个好的前程就必须得付出这样的代价。班主任其实已经给你说的很明白了，这就看你怎么选择了，只有你选择对了，他才会帮你支持你。否则……你就将失去这一切，就什么也别想得到！即使得到的说不定也会重新失去！

虽然由于张红英的清醒与坚持，刘老师的图谋并没有能够得逞，但正是在威逼利诱张红英的过程中，刘老师那样一副极端自私而又贪婪无耻的丑恶面目得到了最充分的揭示与暴露。

第六章 人间自有真情在

正因为权力给刘老师带来了极大的利益满足，所以在自己的权力受到明显威胁的时候，他才会竭尽全力地维护自己的专制权力。小说中，对刘老师专制权力的威胁，主要来自具有强烈自主意识的班干部郭志杰。刘老师最初选择郭志杰当团支书，主要是看中了他的能力，看中了他在学生中的极高威信。然而，一旦感觉到郭志杰强烈自主意识的存在，意识到郭志杰这样一个团支书已经对自身的权力构成极大威胁的时候，一向唯我独尊的刘老师就要采用行动排除异己了。企图制造舆论操纵选举，正是其阴险狡诈性格的一种体现。不料学生们的眼睛却是雪亮的，虽然刘老师及校方已经做了明显的暗示，但学生们却还是把票投给了郭志杰。一计不成，再生一计，到最后，刘老师与校方果然不顾大多数学生的意愿，不仅免掉了郭志杰的班干部职务，而且寻找借口还给了他一个"勒令退学，进一步追求其法律责任"的处分。根据小说的描写，由于张红英日记的缘故，班主任刘老师最后也受到了"停职检查"的处分。但从根本上来看，刘老师却又绝非只是一个单一的个体，他可以说是一批具有专制权力思想的知识分子的代表。可以说，如果我们的整个社会教育机制不改革，如果依然是如同峨纺技校这样的一种普通文化土壤，那么，也就的确难保还会有其他类似于刘老师这样的知识分子形象出现。

张红英在《对面的女孩》中是一个身兼三职的人物，首先是小说的主人公之一，其次是小说的叙事者也即视角性人物，再次则是小说主要矛盾冲突的聚焦点所在。我们上文所谈到的郭志杰与刘老师之间的矛盾冲突，实际上就聚焦体现在张红英这个人物身上。从小说文本来看，张红英肯定应该是一个容貌出众、性格温顺可人的女孩子。否则，我们就无法解释为什么众多的男性都对她表现出了强烈的兴趣，从孙爱国到程国强，从郭志杰到刘老师，情形均是如此。甚至于，就连同为女性的程国强表嫂，也对张红英表现出了浓厚的兴趣。如果张红英没有足够吸引异性的女性魅力，那程国强表嫂也就不会挑中她去陪富商宁先生了。

从小说的许多细节中，我们都可以看出，郭志杰绝对是张红英的恋慕者与追求者。如果只是普通的同学关系，家境同样十分贫寒艰难的郭志杰是不可能为张红英付出那么多的。从跑到峨口师范学校去寻找"失踪"了的张红英，到排座位时与张红英坐在一起，从短短的时间里为张红英提供了多达数百元的经济援助，到始终留心着刘老师对于张红英可能的侵犯,从旅游时对于张红英的格外关照,到平时日常学习生活中对张红英的特别在乎。这些,都充分地说明了郭志杰对张红英的恋慕与喜爱。

不幸的是,出色的张红英同时也成为"色狼"刘老师的攻击对象。因为张红英的容貌出众,因为张红英性格的温顺内向,所以一入校就成为刘老师的意欲攻击猎取的对象之一。在把张红英任命为班干部的举动之中,很显然存在进一步拉近距离并最终占有对方的卑鄙动机。此后刘老师所采取的一系列诸如谈心之类的威逼利诱行动,其目的很明显地是要试图迫使张红英就范,迫使张红英最终成为满足其占有欲的牺牲品。

这样,既然郭志杰与刘老师都对张红英表现出了强烈的兴趣,那么,在自主意识与专制权力的对峙较量之外,两位男性围绕同一位女性也发生着激烈的对抗与碰撞。刘老师总想利用手中的权力侵犯、占有张红英,而郭志杰却总是千方百计地设法保护张红英。两位男性围绕张红英所发生的激烈对抗,很显然也成了推动小说情节演进发展的一种基本动力。

关键的问题在于,张红英的家境真的是太贫穷了:

闲着没事,把自入学以来的开支情况算了一下,不禁大吃一惊。从报到到现在,一个多月的时间,居然花了一千八百多块!这还不算欠郭志杰的那二百三十多块!

真把我惊呆了,怎么没想到,已经花了两千多!

如果没有爸爸的工资,这几乎就是全家种地整整一年的收入!家里还有七亩地,如果收成好,一亩地打六百斤粮食,一斤粮食五角钱,满打满算也就是两千来块,这还不算化肥,种子,耕地,收割,农业税等等各种各样的款项,更不算整整一年的辛苦钱!难怪爸爸会愁成那样!

然而,家境虽然十分贫寒,但张红英却又是个自尊心很强的女孩子。本来,没有任何思想准备地得到郭志杰的经济援助,让她的心里已经很不安。在从别的同学那儿得知了郭志杰的家境情况,并且自己在一个偶然的机会亲眼看到了郭志杰的辛苦劳作过程之后,张红英就更是坚定了一定要早日偿还郭志杰钱款的想法。

第六章 人间自有真情在

天哪！二百三十块四毛五，快三百了，怎么给他还这笔钱去？你上学的钱几乎全都是借下的，又在哪儿找这笔钱去？实在不行，就向亲戚借些吧，等毕了业，挣了钱再还给亲戚。毕了业？还得三年呀！再说，还考不考了大学了？何况爸爸肯定已经向亲戚借了钱了，你又找哪个亲戚借钱去？

这钱说什么也不能再欠他的了，一定要想办法借到钱！说什么也一定尽快把钱还了他！欠他一分钟便是一分钟的罪过！从明天起，也一定要力所能及地帮他干些事情。说到做到，纵使别人再说闲话，也一定不要在乎。还有，从瞿县一回来，就马上找他好好谈谈。一是表示自己对他的歉意，二是表示自己的感激之情，还有最重要的一点，一定要劝他放弃退学的想法。不管自己的处境多么艰难，这个学也一定要坚持上下去！我们是来读书的，是来求知的，是国家让我们来上学的，而这个学校是国家的，所以我们上不上学，并不是哪个人可以阻止得了的。他们不应阻止，也无权阻止。

欠债还钱是天经地义的事情，张红英虽然家庭困难，但她能够有这样一种感恩且内疚的心理，就已经相当不容易了。然而，要命的是，一个手无缚鸡之力的正在技校求学的女孩子，她又怎么去弄来钱还郭志杰的债呢？万般无奈之际，张红英想到了自己的同学程国强，想从他那儿先借几百块钱救急。谁知程国强没找到，只是找到了曾经有过一面之交的程国强表嫂，所以就向她借了三百块钱。怕张红英的思想负担太重，程国强表嫂还一再表示自己可以给她提供打工机会，让张红英以打工的方式来还钱。

我知道你的心思，不就是不好意思么。其实我的钱也不会让你白拿，我这儿有活需要你干的。平时星期六星期天，如果你有时间，就来我这儿帮帮忙，这些钱就算是提前支付给你的工资吧。也不是什么脏活累活，都是你能干了的。再说，在我这儿干活打工，你也放心，用不着担心让什么人把你骗了。

然而，单纯幼稚，没有任何社会阅历的张红英，又哪里能知道这程国强表嫂本身就是个大骗子呢。却原来，这程国强表嫂是个"五毒俱全"的家伙。"吃喝嫖赌抽，坑蒙拐骗偷，什么样的事情也干得出来。还说当初她跟他表哥之所以能结合在一起，就是看上了他表哥的钱。如今把他表哥家闹得一塌糊涂，把表哥也闹得身败名裂。"借了这样一个人的钱，落到这样一位混世魔王手里的张红英自然难免要付出惨重的代价。

这样，小说的故事也就急转直下了。为了偿还程国强表嫂的钱，张红英在一个周末来到程国强表嫂处打工，不料想程国强表嫂却是要把她介绍给外地来的富商做"干女儿"，实际也就是变相地卖淫。幸好张红英多了一个心眼儿，在见宁先生之前怀里拿了一把小刀，幸好郭志杰、程国强他们得知情况后及时赶到了翟县县城，这样，才在紧要关头将张红英从极危险的境地之中抢救了出来。

出了这么大的事情，有刘老师与郑校长此类老师与校长的技校自然不会善罢甘休。最后的结果，则是张红英与郭志杰（郭志杰的罪名是他的一次顶撞老师大闹课堂）的双双被勒令退学。值得注意的是，在他们被处分的过程中，张红英的日记起了非常大的作用。

> 郑校长在我昏迷之中，竟然以组织的名义，让人拿走了我的日记（有人给学校领导汇报了我写给郭志杰的那封"绝命书"，知道了我日记中记录着有关他们的证据）。
> ……
> 郑校长说，这种所谓的日记尽管极力地美化了自己，但其中暴露出来的颓废的思想意识，依然是那样的昭然若揭，怵目惊心！
> 郑校长说这种现象出现，正是学校政治思想工作弱化和淡化带来的必然恶果！不想当农民，不想当工人，好逸恶劳，轻视劳动，满脑子的资产阶级腐朽思想，除了钱还是钱。为了钱，一切都不顾了，一切都可以抛在脑后，甚至不惜出卖自己的肉体和灵魂！没有理想，没有良知，没有责任感，没有使命感。上大学，入党，都只是为了能找到一份好工作，能被提拔，能去当官。否则便醉生梦死，自甘堕落，还美其名曰称之为什么"另类"，称之为"新生代"！想想这是多么可怕的局面！这也充分说明了提高学生思想素质的重要性和紧迫性。不论是什么人，一旦放弃了对思想和世界观

的改造，那将是极其危险的，所带来的问题也将是极其严重的，后果将不堪设想！

多么道貌岸然，多么振振有词。都已经到了讲求法律的市场经济的1990年代，郑校长们运用的居然还是以思想定罪的那一套，而且还把学生的日记当成了处分学生的根本依据。这就充分说明了改革开放时代，我们的整体社会教育体制改革的明显滞后。说实在话，这样的社会教育体制带给学生的只会是思想精神层面的极大伤害。张红英与郭志杰就是这一方面的典型例证。我们完全想象得到，学校的这种处分决定会给张红英这样的学生造成怎样巨大的精神压力。更何况，张红英还存在怎样面对思想同样僵化保守的家长的问题。

……你这丢人现眼的东西！还嫌败兴得不够吗！把一家人的脸丢尽了！真是死不要脸！你们都放开我，放开我！让我砸死她算了！砸死她，我也省心了！孽障！你这孽障！你以为你在学校做的那些好事会没人知道！你一个女孩儿家，真是不知羞耻！就不怕别人戳你的脊梁骨！连我都替你脸红！这一家人的名声都让你给糟蹋完了！你以为我不知道郭志杰是个什么东西！你整天喜欢的就是那种东西！直到现在你还为他说话！你的脸怎么就这么不值钱！真是个贱货！你不是为了他还要去死吗！你现在就给我去死！你今天要死不了，我今天就砸死你！……

在学校受着沉重的打击，在家里又受着极大的误解，对于年仅17岁的张红英来说，她所面对的精神压力的确是太大了。好在张红英虽然曾经一度产生过轻生的念头，但她的精神却是足够坚韧的：

既然学校的处分没让我屈服，爸爸的拳头也一样不会让我屈服！
不管结局将会如何，我一定都会等下去。
大不了不就是个死吗，死了我也绝不屈服！
如果你们还嫌做得不够，就让我再死一次吧！

在这个意义上,我们也就可以说,张红英在技校不到半年的时间内所承受的这一切不幸遭遇,其实完全可以被看作对于主人公的一种特别的"精神洗礼"。能够从小说开头处那样一位单纯的少女发展成为此处"绝不屈服"的坚强女性,说明张平的《对面的女孩》在某种意义上也可以被看作一部揭示表现主人公艰难成长历程的"成长小说"。张红英能够承受并战胜不到半年时间内的一连串打击,能够以坚定的意志,准备沉着地应对有可能接踵而至的打击这个细节,就说明她真的已经开始走向精神的成熟了。这,也正是张平这部透视表现当下中国社会教育问题的长篇小说最后给我们留下的希望所在。

关于《对面的女孩》所欲表现的思想意旨,张平自己在"代后记"中曾经有过切实的说明:

> 同《天网》、《抉择》、《十面埋伏》这些作品相比,《对面的女孩》似乎应该是另一类作品。然而在实质上,我始终认为它们其实是同一类型的作品。他(她)们都处在一个险恶的环境中,都在不屈不挠地同社会,同现实,同自己的命运进行着殊死的抗争。唯一不同的是,《天网》、《抉择》、《十面埋伏》中的主人公都是叱咤风云的强者,而《对面的女孩》中的主人公则是一个逆来顺受的弱者。在外表上,《对面的女孩》中的主人公也确实是太柔弱了。柔弱得让人感叹,柔弱得让人悲伤。主人公的柔弱主要来自于她的性格、她的性别、她的善良,也来自于她的家庭条件、来自于她的社会背景。无钱无势,还是一个女孩子,尤其还是一个美丽温顺的女孩子。这一切,原本并不是什么问题,更不是她的罪过。如果她生活成长在一个安定小康,平平静静的家庭环境里,她也可能会成为一个具有中国传统美德的女性。然而当她处在一个贫困而动荡不安的家庭环境和社会背景中时,这种种因素,也就决定了她命运的多极变数。
>
> 当她从一个传统封闭、与世无争的文化环境里,突然闯进一个波谲云诡,倒海翻江的"市场"社会时,她的遭遇也就可想而知了。在一个规则还没有健全的现实环境里,一只只无形的手,必然会强行对她进行一番脱胎换骨似的揉搓和改造。对她这样的一个女孩子来说,就是极其残酷、极不公正的。最致命的是,当她必须跳

进这个巨浪滔天，深不可测的汪洋大海里时，她并不会游泳，甚至根本就没有下过水！她的家庭环境和文化背景也从未遗传给她在水中生存的本能和指教过她游泳的本领。所以当她在没有任何心理和思想准备的情况下，突然被强行推入这片风大浪急的急流险滩中时，何去何从，生生死死，似乎就只能靠她自己了。在这样的一个社会环境里，更多的时候，她的命运并不掌握在她自己手里。

这并不只是一个女孩子的命运，而是一大批，甚至是整整几代人！

最为让人担忧和惧怕的是，在这个规则尚未健全的当下现实中，在这个没有任何规律可言的汪洋大海里，似乎并没有涌进更多的新东西。对孩子们而言，正面的东西太少太弱，负面的东西又太多太强。一些封建的、愚昧的、陈旧的意识观念借尸还魂，沉渣泛起，兴风作浪，推波助澜，搅动起一个个大大小小的圈子和漩涡，让那些善良无助的人们防不胜防，无可逃匿。

在这样的一个环境里，很容易滋生出这样一群人，他们一旦拥有一个位置，拥有一份或大或小的权力，就会自然而然，看风使舵地在自己的周围设置出一个个的网来。在这些大大小小的网里，一切的一切都必须以他们的意志为转移。强烈的权欲、利欲、占有欲。顺我者昌，逆我者亡。无法无天、唯我独尊。俨然一个个小国王、小皇帝。封建极权社会中那些寡廉鲜耻，蝇营狗苟的陈规陋习和倒行逆施，所有的一招一式都会惟妙惟肖，栩栩如生地在这些小天地小圈子里重演和延续。

这些表面上人人都在唾弃，暗地里人人都想拥有的东西，并不只是出现在那些大的社会圈子里和那些更高的社会层次里，而是在我们社会中几乎所有的角落里都会出现。机关里是这样，学校里是这样，家庭里也是这样。就像细菌和病毒一样，它弥漫在我们的四周，潜伏在我们的躯体里和血液里。

这便是我们的社会土壤，这也正是我们沉重的社会现实。①

---

① 张平：《一个沉重的话题（代后记）》，见《对面的女孩》，作家出版社 2000 年版，第458—460 页。

之所以如此多地引述张平关于《对面的女孩》主题的说明，是想让读者明白张平的基本写作动机。很显然，张平把张红英们的故事更多地与时代，与社会联系了起来。在对张红英的性格进行了简略的分析之后，张平指出主人公之所以会有这样遭遇的质点在于她所置身于其中是这样一个"规则还没有健全"的，依然存在太多"负面的东西"的现实社会。在这样一个看似市场经济，实则依然残存着诸多"封建极权社会中"的"那些寡廉鲜耻、蝇营狗苟的陈规陋习和倒行逆施"的现实社会中，如同张红英这样的温顺善良者必然会遭受灭顶之灾。这样看来，虽然描写表现的题材、人物，的确与《天网》《法撼汾西》之类的作品大异其趣，但从作品最终的思想指向来看，《对面的女孩》依然可以被看作一种社会问题小说，因为通过张红英们的故事，张平鲜明有力地提出了一个我们的社会教育机制亟待改革的问题。

为了更充分地理解张平《对面的女孩》的重要思想价值，我们有必要引入论者对于毕飞宇中篇小说《玉秧》的一种精辟论述：

有必要提到小说那所作为生活空间的师范学校。中国现代小说的开始，即与教育和知识的主题相关。新文学创作既然身负启蒙重任，那么以小说检讨教育的目的与成果便顺理成章，尤其是在对中国现代女性形象塑造上，中国小说家的做法常常是将这些女性形象位移进现代学校空间，进而完成自己对现代中国的想象。事实上，不只是女性，整个现代中国对"新青年"的想象都是在学堂/学校空间中完成的。启蒙知识分子看重的是现代教育对一个人的塑造——无论如何，学校都被认为是一个启蒙的神圣空间。在这样的背景下看《玉秧》，的确让人别有一番滋味在心头。

正是在师范学校里，女学生玉秧学会了监视与窥视他人生活，并且懂得了每个人都在犯罪，每一个人都是罪犯，谁也别想置身于事外。玉秧因出身乡下而被人鄙视和忽略。但魏向东代表"组织"的召唤和说服焕发了她的热情，她偷窥、告密、出卖，从最初那个无罪时也感到有罪的乡下姑娘慢慢变得对罪恶完全麻木。如果说"运动"曾点燃过人们内心某种对权力的膜拜和隐秘向往的话，那么玉秧的故事则显示了这些病菌仍"隐秘"地潜藏在年轻人身上。

玉秧就是一个"隐性"的带菌者。①

诚如论者所言，如果说在中国现代小说史上，启蒙的知识分子们的确曾经非常重视学校存在，曾经把学校看作"一个启蒙的神圣空间"的话，那么，无论是毕飞宇的《玉秧》还是张平的《对面的女孩》，似乎都在充分地证明一种相反的事实存在。不难发现，在毕飞宇与张平的笔下，那样一个"启蒙的神圣空间"已经开始，或者干脆就已经坍塌掉了。当下现实的学校中充斥着的都是魏向东（《玉秧》）、刘老师、郑校长这样一些大约只能以精神败类称之的老师——知识分子，这样的一种景象真的是非常令人触目惊心。在这样一些老师——知识分子的培养影响下，我们的一代青年将会以怎样的形态示人，确实是可想而知的。

如果说，在《玉秧》中，出现的是玉秧这样一位"隐性的带菌者"的话，那么，在《对面的女孩》中，也无独有偶地出现了类似于玉秧的杨小琴这样的女性形象。她不仅屈从于刘老师的淫威，而且为了捞取并满足个人的私欲，也成为一个可耻的"偷窥、告密、出卖"者。小说中张红英、郭志杰的许多事情，毫无疑问地都是由于杨小琴的出卖而被老师、校方了解的。

如果说，毕飞宇《玉秧》中的玉秧在经历了一番痛苦经历之后，终于认识到了"每个人都在犯罪，每一个人都是罪犯，谁也别想置身于事外"这样一种可怕现实的话，那么，在《对面的女孩》中，也无独有偶地出现过类似的残酷描写。"在正式提出辞职的同时，我还有话要讲！我特别要向那些专以打小报告为生，充当私人侦探，特工人员为荣，以偷听、偷看，造谣，诬陷为手段，并以此想达到什么目的的正人君子们提出正告！你以为你们做的好事我们不知道吗？""谁打小报告就喜欢谁，谁当奴才就重用谁。把教室搞得像集中营，把宿舍搞得像看守所，把同学们之间搞得草木皆兵，人心惶惶……"既然学生们都变成了"罪犯"，既然当年理想当中的"神圣空间"都已经变成了"集中营""看守所"，那又怎么能期望从这样的学校中培养出精神健康的一代又一代年轻人来呢？

好在还有张红英，还有郭志杰这样的反抗者存在。虽然还很幼稚，

---

① 张莉：《一场灾难有多长？》，见《读书》2008年第7期。

虽然还缺乏必要的理性自觉，虽然迭遭打击和报复，但他们毕竟反抗了，毕竟对于这不尽合理的社会教育机制，对于面目丑陋的刘老师、郑校长们大声地叫了一声"不"。这样的一种精神，真的是相当难能可贵的。关键的问题在于，如果这样的反抗者们都被所在的学校"勒令退学"了，那么学校的希望又何在呢？更何况，假若再受到一连串类似的打击，我们就的确难保如同张红英、郭志杰这样的精神觉醒者也会蜕化变形，也会变成如同玉秧、杨小琴那样"隐性的带菌者"。从这样一个意义上来看，张平《对面的女孩》这部长篇小说，的确提出了一个虽然鲁迅早在一个世纪前就已经提出过，但却至今都没有得到很好解决的问题，那就是——"救救孩子"！

第七章

走向政治小说

——以《凶犯》《抉择》《十面埋伏》为中心

张平对于社会政治的强烈兴趣，在他写作于20世纪80年代中期的中篇小说《血魂》中已初露端倪。我们在前文曾经指出，《血魂》在张平的文学创作历程中是一部十分重要的具有界碑式意义的作品。作家由前期的主要以个人的身世经历为蓝本的"家庭苦情"系列，向后来的主要关注表现社会问题的文学写作的转型，正是以《血魂》的发表为标志的。

然而，虽然《血魂》的写作标志着张平文学创作的转型，但严格地说起来，《血魂》与我们前面几章已经具体讨论过的《法撼汾西》、《天网》、《孤儿泪》以及《对面的女孩》这样的作品还是有所区别的。尽管都是关注、表现社会现实的文学作品，但《血魂》很显然将思考表现的指向对准了社会政治领域。大林凶杀案的发生，在很大程度上是由当下社会不合理的社会政治机制所导致的。假若不是所有的县、乡、村政府以及派出所、医院的领导一味地包庇纵容财大气粗的专业户王元奎，那么这场连杀数人的惊天血案其实是不会发生的。与《血魂》鲜明的政治指向相比较，作家的另外几部文学作品，虽然也在关注表现社会问题，但其重心显然没有更多地落在政治的层面上，所以只能被称之为社会问题文学作品。即使是其中的《法撼汾西》和《天网》，虽然从表面上较多地描写了官场的生活，但作者的主要旨趣，作品的主要价值其实更多的还是落脚在对于一种普遍存在的社会问题的思考与表现上。

纵观张平的文学创作历程，不难发现，随着时间的推移，作家的思想艺术兴趣更多地偏向了对现实社会政治问题的关注与思考。也就是说，作家晚近一个时期的小说创作，其实更多地延续了他在中篇小说《血魂》中所开拓出来的那样一种艺术路向。或者干脆直截了当地说，张平那部创作出版于1990年代初期，然而却并没有能够引起社会足够的注意，一直到2004年被改编为电影《天狗》以后方才引起社会公众广泛注意的长篇小说《凶犯》，在某种意义上，简直就可以被理解为对《血魂》的一种扩展和深化。

有时候，我们似乎真的无法解释小说的一种奇怪性阅读情况。比如说，张平的这部最早写作出版于1992年的长篇小说《凶犯》，不要说在刚刚出版的当时，即使是在此后十多年的时间里，都没有能够引起社会公众包括文学批评界的充分注意。即使是那些以文学的阅读与发现为日常生活工作内容的职业批评家们，都没有能够注意到这样一部长篇小说的存在。一个无法否认的事实是，有许多人甚至根本不知道张平还写过这样一部长篇小说。一直到2004年，等到"一个名叫肖峰的民营影视公司老板在一个偶然机会里看到了一本作家张平的小说"，等到"张平这个小说《凶犯》让他激动异常"的时候，[①] 张平的这部《凶犯》方才有了时来运转的可能。2006年3月，这部更名为《天狗》的电影，在中国正式上演并获得了公众的一致好评，可以说产生了不小的轰动效应。可以说，一直到这个时候，张平这部写作出版于十多年前的长篇小说，才引起了包括批评界在内的社会公众的普遍注意，并获得了批评界与读者"迟到的好评"。

那么，为什么会出现这样一种奇怪的接受现象呢？是1990年代初期的读者还没有足够的审美鉴赏力理解接受如同《凶犯》这样的长篇小说吗？是同时问世太多的优秀长篇小说的存在形成了对于《凶犯》的遮蔽吗？为什么要一直等到十多年之后，只有借助于电影《天狗》的力量我们才能够发现小说《凶犯》的存在价值呢？假如没有那位制片公司老总的偶然发现，假如《凶犯》失去了被改编为电影《天狗》的机会与可能，那是否就意味着《凶犯》还将会被继续埋没下去呢？而且，更进一步地说，这样的一种埋没会是永远的吗？人们总说是金子就会发光，但如果没有光线的存在，如果永远地被置放在黑暗中，那这金子又该怎样发光呢？笔者想，以上一系列问题的提出，其实并非只是

---

① 侯亮：《〈天狗〉：硬拼到底》，见《凶犯》，作家出版社2006年版，第258页，"附录"。

无稽之谈的文字游戏,我们应该而且也必须对这一系列问题作出深入的思考。一个很显然的事实是,我们不应该在一个很短的时间内便对某一文学文本作出是与非的价值判断。文学接受真的是一种很复杂的现象,它有时候真的就好像是在与我们玩捉迷藏的游戏,是在考验我们是否有足够的耐心。其实,并不仅仅只有张平的《凶犯》是这样的一种情况,类似的现象在一部人类的文学阅读接受史上,实际上是屡见不鲜的。这就提醒我们,一定要在充分的阐释分析的基础之上对文学文本作价值判断。对于这样的一种价值判断,我们一定要持有一种慎之又慎的严肃态度。

之所以要把《凶犯》与《血魂》联系起来谈论,是因为这两部小说讲述的都是惊天的杀人血案如何发生的故事,而且,这两个故事都带有点"官逼民反"的意味。只不过《血魂》中的大林,之所以要杀人,是为了捍卫自己的合法权益,是因为专业户王元奎实在把他们一家逼到了走投无路的地步。相比较而言,《凶犯》中的狗子,之所以要开枪杀人,维护的却是国家林场的利益,他是为了保护国家的森林资源而成为凶犯的。假若一定要寻找狗子行为中的个人动机,那我们也只能说他要维护的乃是自己人性的高贵与尊严。仅从篇幅来看,《血魂》大约三万字,而《凶犯》则是《血魂》的五倍,大约有十五万字。从创作时间上看,《凶犯》比《血魂》晚了大约有六七年的时间。张平的小说写作艺术在这六七年间很显然有了长足的进步。这一点,最突出地表现在这两个对比性很强的小说文本中。

说起来,虽然篇幅长达十五万字之多,但《凶犯》的故事情节却实在并不复杂,只需简单的几句话便可以把故事情节介绍清楚。狗子是一位伤残的复员军人,被派到离孔家崾村只有五六里的大峪林场做了一个护林员,结果与以孔氏四兄弟为代表的孔家崾村民之间,围绕盗伐与护林的问题发生了尖锐的冲突。冲突的结果自然是寡不敌众的狗子身负重伤,但重伤在身的狗子却创造了一个人间奇迹,在大家都以为不可能的情况之下,爬行前后加起来长达十多个小时,最终持枪击毙(伤)了孔氏四兄弟,酿成了这一场惊天血案。

概述故事是简单的,但如何把这看似简单的故事演绎扩展为十五万字的长篇小说,却是一件十分困难的事情,其间所需要的乃是作家的艺术动力。而且,故事情节越是简单的小说作品,实际上就越是需要作家具备愈加深厚的超乎寻常的艺术功力。《凶犯》的创作，很显然就是如此。《凶犯》的创作，一方面让笔者惊叹于张平艺术功力的愈加深厚，但在另一方面，令笔者更加百思不得其解的是，为什么这么一部相当优秀的小说作品，居然会与批评界失之交臂埋没风尘长达十多年的时间。于是，笔者也就只能反复感叹造化弄人弄物之无常了。

对于张平来说，创作的第一个难题就是如何寻找描述狗子行为动机的合理性。一个明显的事实就是，在当下这样一个精神严重地被挤压、排斥的物化时代，人们的确已经很难相信还会有崇高的事物存在，很难相信有人居然会为了保护国家森林资源而付出自己的身家性命。

照理说，这护林员在当下的时代其实还真算得上是一个美差事。这一点，从狗子刚上任时，孔家峁人对他那超乎寻常的热情态度就可以看得很清楚。

> 他一来到这儿，立刻就感到了非同一般的特殊气氛。他几乎是被夹道欢迎到山上的。进了孔家峁，一路上居然还有好多处贴着专门欢迎他的标语！所有看到他的人都在向他招手，都在向他报以极为热情的笑容和问候。
>
> 进了山上的窑洞，还没等收拾好，就有一大群人涌上山来。小小的院子里站得满满当当的，几乎就等于开了一个欢迎会！
>
> 送米的，送面的，送菜的，送油的，还有送锅的，送碗的，甚至还有人给他送了十几只大个的肥滚滚的活公鸡！竟还有一只山羊！
>
> 送得他都呆了！

那么，孔家峁人为什么要对狗子这么一个陌生人表现出这样一种超乎寻常的热情呢？等他察看了解了林场的基本情况之后，一切也就恍然大悟了。

> 他很快就意识到了事态的严重性，意识到了这些礼物后面的真实目的，尤其是他在山林深处巡视查看了两天后，心情就越发地沉重起来。他一个人待在树林中那一片片被偷伐掉的像木桩一样的树根中间，一站就是几个钟头，心里就像滚滚大潮一样汹涌不平。

第七章　走向政治小说

到这个时候，狗子也就明白了事情的全部真相。却原来，孔家崾人之所以对他这样的热情，只因为从根本上说他是孔家崾人的衣食父母。

> 他清楚这些木材的价格。伐倒一根，从山上运到山下，直径三十公分的就足以卖到一百元！两三个人合伙干，运的运，伐的伐，只需一天工夫，就可以搞到六七十根！这村的人，一年只需闹上这么两次，就是一次也行了。就足够一家人的吃穿玩乐。
> 于是，这个孔家崾是排进了这一带最富的村。在整个县里曾有过好些第一。在贫困山村是第一个脱贫致富，第一个电视普及村，随后又是第一个彩电普及村，第一个住宅全部翻新村……

这可就真应了靠山吃山，靠水吃水那句古话，但这一切要想继续下去，便全依凭着作为护林员的狗子的配合和恩赐。如果护林员执意地阻拦，那么这一切也就自然而然地化为了泡影。孔家崾人之所以在狗子一来到这个地方便对他表现得如此热情，其根本的原因正在于此。

而且，在狗子之前的护林员很显然与孔家崾人的合作很愉快：

> 原来的护林员很得意很快活得自然很兴奋很耐心地对着刚来接班的他，把这一窑一窑的奖状奖框奖杯奖旗一个接一个地介绍了个遍。原来的护林员就是现在县林业局的办公室副主任。在这儿干了没两年就升了一格。听别人说这两年他真是发大了，发老了。

前任护林员发迹且发财的奥秘是显而易见的，这很显然是与孔家崾人"精诚合作"的一种结果。除了前任护林员的暗示性影响之外，当然也还有孔氏四兄弟对狗子利益的慨然许诺：

> 一露面几乎就是在摊牌了。没有那些多余的话，拐弯抹角的委婉辞令一律不用。他做梦也没想到这些人会把这种阴暗的交易讲得这么露骨，这么公开，这么赤裸裸的毫不遮掩。就像一场交易，跟他做买卖！连价格也清清楚楚地标了出来。
> ……
> 先是一九分成，再后来就成了二八分成，等到他那一次被请到

四兄弟家的那桌"国宴"上时,就变成了三七开,最后竟至于上升为四六开了。

如果说,孔家峁人的空前热情与孔氏兄弟许诺的回报还只是一种外部诱惑的话,那么,狗子自己内心中对于改善家庭生活条件的真实愿望,就可以被看作主人公自身内心的一种动摇。

他不是没这么想过。他真想过,想过好多次,有时候几乎每天都在想。他早就盼着买台彩电了。一口一口地省,一分一分地攒,攒了好几年了就是攒不来。攒钱的速度还没物价涨得快!当然,他想要的东西还多得是,收录机、洗衣机、电冰箱、摩托车、房子、老婆的户口和工作。他清楚,眼下只要有钱,就没有办不成的事,就没有买不到的东西!

能够将狗子曾经有过的真实想法,在小说中作这样一种如实的坦诚描写,完全应该被理解为是张平对于人性真实性的深入洞察。人非圣贤,孰能无过。狗子也是一个有着七情六欲的普通人,将他现实生活中曾经产生过的自私念头,如实地展示出来,会使这个人物形象更加真实可信。作为护林员的狗子,一度产生过以手中的权力兑换物质钱财的想法,这样的一种描写只会在赢得我们对人物尊重的同时,也更平添了几分对于能够真实写出这一切的作家张平的尊重。

然而,君子爱财,取之有道。虽然自己的家庭真的需要有更多的金钱,虽然知道只要自己稍作妥协,那么就可以用手中的权力兑换来大量的金钱,但这却从根本上违背了狗子做人的原则。说到这儿,我们就必须注意到狗子的身份特征,必须注意到,狗子乃是一个从前线归来的甲等一级残废军人,有着勇敢面对民族侵略者的光荣历史。虽然在小说中,狗子的自我感觉是,自己的这样一种经历其实并没有多么了不起:"他总是想起那些死去的战友。他觉得死在战场上的往往才是最勇敢,冲在最前边的。他算不上勇敢,更算不上英雄。不就是一条腿么,问心无愧也就足够了,没有什么值得炫耀的。做个平平凡凡的人,几亿老百姓,几千万残疾人,不都这样?"然而,尽管狗子把自己看作了一个平平凡凡的普通人,但实际上他却又并非只是一个平平凡凡的普通人。因为他生命中有过当兵的历史，因为他曾经上过战场，更因为他在战场上曾经亲眼看到过自己战友的死去。所以，他又的确不是一个普通人。有过这样一番经历，与缺乏这样一种体验，绝对是不一样的。对狗子而言，他之所以能够彻底战胜自己头脑中一度有过的自私想法，并成为一个铁面无私的、毫不妥协的护林员，与他曾经拥有过的这样一种不凡经历，实际上存在非常紧密的联系。

然而一想到这些的时候，眼前不知怎么就会看到那些一个个死在战场上的战友，就会看到一座座镶嵌着英俊潇洒憨厚英武各种神态照片的坟头，就会看到自己被炸飞了那条血肉模糊的腿。他还会看到老婆神采奕奕地从邮局取回来的那一沓工资。虽然不多，可那是一个明证，他是一名国家干部！

有时候，他也试着从反面去想。丢了木材，鼓了腰包，面对着自己的，也就只是那么一条路：别人同你四六开，三七开。但到了你手里的，也必得去四六开，三七开，甚至更多。你得用这些钱不断去贿赂上峰，贿赂左右，疏通四面八方，打通各个关节。唯有这样，你才可能会稳稳当当，安然无事。否则，假如有一方不满意，顷刻间就会让你锒铛入狱，身败名裂！就算不会出事，你心里还会安稳么。柜子里压着三万、五万，甚至更多的这些不义之财。你还会有这种永久的，心安理得的平静么？

还有，你会去贿赂么？你能去贿赂么？你敢么？那些各个部门的领导，那些曾给你颁过奖，戴过花，曾给过你救济补助，曾给过你各种各样的荣誉的领导，你能拐着腿，一颠一颠地去给他们塞东西，塞钞票……

真是不堪想象！真要那样，他还能是个人！那样活着还不如去死！

他不能，他没那个脸！

正因为有着如上这样一种明确的意识，所以狗子才决定不能走前任护林员的老路，不能与孔氏四兄弟，与孔家峁的人们"精诚合作"同流合污。对于狗子这样"已死过了两次"的伤残复员军人而言，堂堂正正地活着，乃是做人的最根本道德底线。正因为如此，所以在面对横

行霸道称霸一方的孔氏四兄弟时,狗子才发表了这样一番可谓义正词严的言辞:

> 我要说给你们的是,我这个人并不是你们所想的那种人。我是个复员军人还是个甲等残废,获过奖,也立过功。这些并不值得挂在嘴上,但有一点,我还对得起自己。我今年也三十多岁了,照人们说的,半辈子都过去了。前半辈子没成过大事,但也没干过亏心的事,至少没昧过良心。这后半辈子,我也想过了,出人头地,轰轰烈烈的大事业,咱只怕是盼不上了。可不管怎样,咱也得堂堂正正,清清白白地活着。怎么着也不能自个给自个脸上抹黑,不能给自个的过去抹黑,不能给死去的那些战友们脸上抹黑。我还有母亲,兄弟和姐妹,也还有老婆和孩子,我得对得起他们。总不能有朝一日,让别人指着他们叫骂,说这就是谁谁谁的母亲,这就是谁谁谁的儿子!也不能让人在背后指点自己,你们瞧,那小子以前还是立过功的,还是上过战场的,还是负过伤的!如果到了那一步,活着真还不如死了!

既没有豪言壮语,也不提民族国家与政治正确,狗子在这里讲的只是一种实实在在做人的一种道理。在他看来,既然要想做一个堂堂正正、清清白白的人,那就不能够与孔氏四兄弟们合伙去干那些见不得人的蝇营狗苟之事。然而,关键的问题在于,这个时候的狗子已经不再是一个普通的伤残军人,而是大峪林场唯一的一名护林员。如果是一个普通人,那你自可以去好好地追求自己的"堂堂正正""清清白白",其他人恐怕也不会有干涉你的兴致。问题在于,这个时候的狗子对于孔家崩人、对于孔氏四兄弟来说,已经可以说是掌握有生死予夺大权的一位重要人物了。如果狗子与他们合作,那他们自可以轻松自如地继续自己的优裕生活,一旦狗子拒绝合作,那么也就可以说是彻底地断了他们的财路。这样,身为护林员的狗子,要想"堂堂正正""清清白白"地做人,要想正常地履行自己的工作职责,也就遇到了极大的阻力,正所谓欲"独善其身"而不能了。狗子之所以难以求得"独善其身"的人生结果,关键是他已经具备了"兼济天下"的功能。自身的利益已经明显受到了侵害的"天下"们,自然不会轻而易举地让狗子实现"独善

第七章 走向政治小说

其身"的目的。

说到这里,有一个问题必须提出来略作讨论。那就是,在当下这样一个时代,我们究竟应该如何理解、看待文艺作品中的崇高这种现象。笔者觉得,这是我们在阅读分析张平的文学创作时,无论如何也绕不过去的一个问题。说实在话,对于笔者来说,读完狗子面对孔氏四兄弟那番义正词严的言辞之后,真的已经理解了狗子之所以会全力维护国家森林资源的根本原因所在。正所谓在其位而谋其政,既然在护林员这样一个工作岗位上,而就应该全力以赴地履行自己的工作职责。因为作家在此处并没有赋予护林员狗子一种不切实际的高调言辞,所以读来就让人感到十分真实可信。这样,问题就变得比较简单了,狗子既然要认真履行护林员的职责,那么就必然地要损害到孔家崇人与孔氏四兄弟的利益。因此,在他们之间形成一种尖锐激烈的矛盾冲突,也就是不可避免的了。

狗子义无反顾地不惜牺牲自己的生命也要保护国家森林资源的行为,无论如何都应该被看作一种崇高的壮举。这也就是说,如果从美学的角度来看,张平的长篇小说《凶犯》其实又可以被理解为是对一种具有崇高美的人物进行艺术表现的文学作品。或许是因为现实生活中很少存在崇高性事物的缘故,又或者,也可能是因为在中国当代现实中曾经一度存在过大量具有"伪崇高"性质的事物的缘故,我们发现,在当下的文学阅读接受中,差不多形成了这样一种普遍的现象,那就是,对于文学作品中出现的崇高事物,我们的接受者大多做出的是一种嗤之以鼻的不相信状。甚至于,我们宁愿相信西方某些大片中硬汉英雄的真实性,也不愿意相信在我们的现实文化语境中,其实也同样存在与之相类似的人物形象。一方面,我们清楚地知道,这种现象的普遍性从根本上说明,在刚刚过去不久的那个历史时期内,我们的确存在过于泛滥的"伪崇高""伪浪漫"现象。"伪崇高"现象泛滥的结果就必然是人们对于"崇高"的普遍拒绝。但在另一方面,我们也必须指出,正如同倒洗澡水不应该将其中的婴儿一同倒掉一样,我们也并不能因噎废食地因为曾经存在过的"伪崇高"现象,便不承认有真正的崇高现象存在。事实上,即使是在我们当下的现实文化语境中,崇高也是一种客观存在的社会、文化以及美学现象。应该看到,承以这样一种社会、文化与美学现象的存在,对于重构我们当下的精神价值体系,其实具有十分重要的作用。也正是从这样的一个意义上说，张平的文学创作理应得到高度的评价。原因在于，张平正是当下时代少有的一位坚持表现崇高的优秀作家。很显然，在一个怀疑普遍有崇高存在的社会文化语境中，坚持表现崇高是需要有一定的艺术勇气的，而张平则正是这样的一位作家。如果说，在一个时期内，张平的确曾经因为对于崇高的艺术表现而遭人诟病的话，那么，现在就应该是为张平正名的时候了。

在张平众多的文学作品中，《凶犯》中的护林员狗子正是这样一位具有突出的崇高美的人物形象。正如同小说中所表现的，既然狗子坚守自己的道德底线，坚决拒绝接受孔家崀人对他的"好意"，拒绝接受孔氏四兄弟向他许诺的优厚条件，坚持着要断掉孔家崀人与孔氏四兄弟的财路，那么孔家崀人与孔氏四兄弟最后也只能忍无可忍地对狗子采用另一套手段了。正所谓"敬酒不吃吃罚酒"，既然"敬酒"的一套不管用，那么紧跟着的就是"罚酒"的一套手段了。具体到小说中，所谓"罚酒"的一套手段，首先就是"断水"与"断电"了。

如果说"断电"在一定程度上还可以忍耐的话，那么"断水"就真的是非常恶毒的一招儿了。水，是人的生命须臾也不可能离开的一种物质，在某种意义上说，水也就意味着生命。《凶犯》狗子中的一条线索，在很大程度上，正是围绕着"水"来做文章的。"水在山里实在太珍贵了。人在山上，水在山底。挑一担水，一来回得转七八里。山路，弯弯扭扭，上上下下，能把人累死，出的汗也比水多。他只有一条腿，挑水就靠她。"这里的"她"是狗子的老婆，一个普通的山里女人。"她几乎是个文盲，只念过两年书。""她比他大五岁，然而看起来比他并不显老。结婚时，他二十六，她三十一。他少了一条腿，她却很愿意，她说他年轻，有文化，城市户口，国家职工，复转军人，人民功臣。"但实在地说，她之所以要嫁给他，根本目的也只有一个，那就是，"她做梦都想着城市户口"。老婆之外，还有个儿子，"这孩子长得同她一模一样，虎背熊腰、团头团脑，哪儿也是圆鼓鼓的，浑身上下有使不完的劲"。"在他面前，她像只老虎，在儿子面前，她像只绵羊，逆来顺受，百依百顺，脾气好得简直就没脾气。她什么也敢骂，就是不敢骂儿子，也不允许任何人骂她的儿子。"

这样的一家三口，虽然说不上有多少幸福，倒也其乐融融，假如不是派狗子到山上当护林员，一家人的正常生活还可以顺乎自然地维持下去。他一到大峪林场当上了护林员,一切情况就都发生了变化。在他强烈地预感到情况不妙的时候,为了不牵累无辜的妻儿,他决定将他们送下山去:"不论妻子怎样发火叫骂,他还是坚决地把她和孩子送下了山。"

老婆孩子被打发走了,并不意味着缺水的矛盾就已经解决了。

> 整个孔家峁,方圆十数里,就山沟里那一眼一望到底的浅水井。人畜吃水都靠它。天稍稍一旱,水就浅了,干了。挑上十担八担水都没了。等上一时半天的,才能再渗出那么几挑水。真是水贵如油,水贵如金。
>
> 靠天吃饭,偏又是十年九旱。一眼浅水井就是一村人的命根子。谁在这儿生活,都得靠它,都得受它摆布。
>
> 他也一样。
>
> 他却没想到他们竟会用水来整治他!
>
> 他们断了他的水源,不让他来这儿挑水。
>
> 他们在这儿盖了座水房,上了把铁锁。水房极坚固,水泥铸成。铁锁很大,将军不下马。

水源被断了怎么办,只能想办法再去找水,好在他曾经有过当兵的经历,好在他有着足够坚强的生存能力。

> 他不信这么大这么深的一道沟里,就只有沟底那一处有水。他掏呀,抠呀,剜呀,大大小小的石头不知搬动了有多少,终于在沟底上方让山洪冲刷而成的一个石凹里找到了水。他花了两天时间,才凿出一口锅那么大的一个石窝。水少得实在可怜,一天一夜也就只能渗出多半桶水。不过这对他来说,也足够了。
>
> 只要有水喝就行。

然而,没想到的是,他自己努力发现并开凿出来的水源却遭到了孔家峁人的残酷破坏:

> 那一天,他带了凿子去那个水窝挑水,还没到跟前就给惊

呆了!

　　水窝里竟让人倒了一大摊茅粪!山沟里奇臭冲天,寸把长的蛆虫满地乱爬,在脚下踩得叭叭炸响!

　　他久久地呆在那里,好半天也没动了一动。

然而,再怎么愤怒也无济于事,要想生存下去,要想不妥协地将自己可谓一个人的护林斗争进行到底,他就必须得富有韧性地再度设法解决吃水的问题。

　　他好像早就料到这一着。他当时曾找到了两个渗水点,却只用了一个。这回他做得很谨慎很小心。轻轻地凿,轻轻地掏,尽量压低声音。快半夜的时候,水窝凿成了。不大也不小,上边还压了一块石板似的石头,不显眼也不容易找。

　　第二天一大早,天还黑着,他就挑了水桶下来。轻轻移开石板,满满的一窝清水!纯净透亮,连清晨天顶上的星星也映得清清楚楚。他的心怦怦怦地直跳,两只手止不住地颤,一边舀一边不住地四处张望。

　　他突然觉得自己就像在打游击,而且比那更惊险更艰苦更需要智谋!

真的是在打游击,甚至于比打游击还更要残酷真实几分。仿佛真是应了寻常所谓"道高一尺,魔高一丈"的话,狗子的再一次努力最后还是以失败而告终了。

　　他费了大半夜偷偷凿开的第二个小水坑,尽管他伪装得很好,上边还压着大石头,就是站在跟前也很难发现出来,而且他取水时总是在深夜或者是在凌晨,然而等他第三次从这儿去舀水时,就发现他又一次把问题想得太简单了。

　　依旧跟第一回一样,臭气冲天,蛆虫满地。他甚至都听到了蛆虫在黑夜里成群涌动的声响!

　　……

　　他没有感到愤怒,至少没有像头一回那样感到愤怒。更多的则

第七章 走向政治小说

是一种毛骨悚然的恐惧。他甚至感到，在眼下这灰蒙蒙的山野里，也许正有几双暗幽幽的眼睛在悄悄地审视着他！

……

自己真像陷入了重重包围！从今以后，一切无法预料无法想象的事，随时都会继续发生。而更大的危机，更严峻的局面似乎还在后头。对他来说，这仅仅是开始，仅仅是个信号……

狗子打发妻儿下山，就是在这个时候。当他把妻儿打发到山下去的时候，也就意味着他已经做好了关键时与自己所坚守着的"阵地"共存亡的准备。很显然，孔家峁人与孔氏四兄弟之所以要一再破坏狗子好不容易才发现的水源，其根本目的只有一个，那就是迫使狗子妥协，迫使他与他们"精诚合作"同流合污。最起码，也要以"断电""断水"的方式将他逼迫下山，逼迫得他做不成大峪林场的护林员。但狗子不仅没有妥协，而且还执意地以大量购买饮料的方式，表明了自己绝不退缩的决心。

正如同公安员老王后来在案情分析中所强调的："四兄弟承包了村里的水井后，似乎就停止了对凶犯的供水。从护林口上的情况看，凶犯喝不到水至少也快一个多月了。有好多时候，凶犯连一滴水也用不到。喝水以饮料为主。凶犯的衣服和锅碗瓢盆甚至抹布都好久好久没用水洗过。凶犯的妻子和儿子原本也是在山上住着的，但可能是因为无水而被迫下山去了。"案情分析中的说法在案发现场勘查中得到了充分的证实："令人不解的是，家里到处都滚满了空的饮料易拉罐和饮料瓶子，连小院里堆积在一旁的饮料瓶罐也滚得满院都是。实在不明白为什么会有这么多饮料瓶罐，而且会滚了一地。"

在被断绝了水源之后，一个人硬是要以喝饮料的方式来维持自己的生命，这就充分地说明了这个人足够坚强的精神意志。对于已经在战场上有过出生入死经历的护林员狗子来说，他其实是在以这样一种方式表明自己绝不会妥协的坚强意志。

事实上，也正是在看到了"断电""断水"的方式都无法迫使狗子妥协，甚至都无法将他驱赶下护林员的岗位之后，孔氏四兄弟才下决心要将这顽固不化的狗子彻底清除的。正如同小说中的"瘦子"与"胖子"那两个人所清晰描述的，狗子最后的被毒打，虽然从表面上看似乎是到村子里的小卖部买饮料时,与村人发生冲突的结果。但实际上,却绝对是孔氏四兄弟早已谋划好了的一种恶毒行为。这次行为的目的很明确,那就是要彻底地清除狗子这个他们心目中最要命的障碍。

其实呀,昨天打架的事儿,人家早就准备好了的。村里的人谁不晓得那家伙要挨揍了!人家早就放出风了,非再打坏他一条胳膊一条腿不可!人家早就算准了下午他要下来的,听说人家老早就放了哨了。……那小子也真是该。来这地方有几个月了,一个相好的也没有。就是没人给通风报信!乡里县里派出所的,哪儿也不晓得。村里都吵翻天了,四兄弟说要他站着进来,爬着出去,一辈子也别想再站起来!

有道是,欲加之罪,何患无辞,我们说,早就准备好了的事情,那可就难以逃脱了。既然孔氏四兄弟有那么大的影响力,既然狗子因断了孔家崽人的财路早就触犯了一村人的众怒,那么,当孔氏四兄弟一门心思地要整治收拾狗子的时候,毫无心理准备的狗子也就真的是在劫难逃了。于是,小说中的矛盾冲突便迅速走向高潮,那一场无法避免的打斗就这样猝然而至。还是让我们来看亲历者"瘦子"与"胖子"的形象描述吧:

老四那一棍子打下去,他还喊得出来?!好多人当时都以为那一棍子肯定就把他给交待了。那小子一头栽在地上,脸就像土一样,身子一抽一抽的,嘴里直吐血沫子。脑袋上这么大一个窟窿,血咕嘟咕嘟地直往外冒。

……爬起来也就罢了,嘴里竟还不干不净地骂。这一骂可就又骂坏了,只听得那老三又是一声喊:"打!给老子往死里打!把那条好腿往折里打!打折了老子再给他装假腿!"这一下子可就打乱了。揪头发的揪头发,拽胳膊的拽胳膊,踢的,打的,蹬的,砸的,抠的,撕的,好家伙,老远你听去,就只听得踢哩踢通的响。没想到那小子真是一条好汉,到了也没说了一句软话,咋得也是一声不吱……

他越是不吱声人家就越没命地打。真是给打坏了!就这么踢哩踢通,踢哩踢通地,一眨眼工夫就打得没了人样。眼见打得都不行了,围着的人还是不住地打,挨着啥就用啥打,有的用棍子敲,有的用竿子捅,有的用石块砖头砸,打到后来,有个家伙就抱过来这么大一块石头,举起来就没命地朝那小子的好腿砸过去。……

这一番打斗下来,狗子本就受到了极大的伤害,但谁知残忍的四兄弟却还是不甘心,居然还又动起了刀子。

那一刀竟把肚皮也给戳开了!呼啦一下就露出了一大堆肠子!听得人群里一片乱喊乱叫,有的小孩都给吓哭啦!活这么大啦,谁瞅见过人的肠子!花花绿绿的肠子!你们大概就不晓得,那人肠子简直就跟猪肠子就一个样!白白的,绿绿的,青青的,呀!他娘的一股屎味儿!不只是肠子,连肝儿肚儿也瞅得见!真他娘的跟猪下水一样样的!晚上睡下了,都不敢想,一想就那么一堆花花绿绿的肠子!一想就恶心得想吐!恶心死啦,真是恶心死啦!

在我们所摘引的这些段落中,张平借助于村民"瘦子"与"胖子"的口吻,将孔家崇人与孔氏四兄弟毒打护林员狗子的情形绘声绘色、形象逼真地展示在了读者的面前。面对这样的一种惨状展示,或许会有读者质疑,这样的一种描写是否必要,是否带有一种自然主义的倾向。笔者个人觉得这样的一种描写交代是非常必要的,笔者觉得不作这样的一种彻底描写,张平就很难写出狗子之所以要枪杀孔氏四兄弟的行为必要性来。如果说狗子之枪杀四兄弟的确可以被理解为一种"逼上梁山"的行为的话,那么,只有这样充分地将狗子当时被毒打的惨状形象逼真地展示出来,才能将"逼"的情形极生动地状写出来,才可以让读者充分地理解狗子之所以会采取极端行为的必然性。

这一番毒打下来,护林员狗子肯定就身负重伤了。按照后来从医院传回来的伤情报告单:"凶犯狗子的伤情报告单也在其内,全身有三处骨折,其中脚腕一处为粉碎性骨折。八处刀伤,除一处为超长伤口外,还有两处为深度刺伤,左肾破裂,肝脾也都受到伤害。软组织挫伤达数十处……"

然而,令人不可思议的是,就是在惨遭这样一番毒打,身受如此严重伤害的情况之下,护林员狗子,这位曾经在前线为国家建立过战功的伤残军人,却硬是凭着坚强的意志爬回了自己的住所,取上老枪之后又极其艰难地返回了孔家峁村,最终制造了枪杀四兄弟的这场惊天血案。

爬回去,然后再艰难地爬出来,写到纸上当然很容易。但,实际上,这是怎样一种令人无法想象的艰难历程啊!

> 他知道止血,但伤口太多太重太深太长,根本无法有效止住,也没有任何止血条件和措施。只胸口到腹部这一道伤口,就有一尺多长。从山下爬到山上这段路,几乎就敞开着,洒在路上的血几乎就没断头。再后来虽然他用胶布粘住了伤口,又用面条缠死,但大片的鲜血还是迅速地洇开,渗出来。每一次大的撼动,就会渗出一片血来。还有头上、脸上、脖子上、背上、腰上、腿上无数道伤口,鼻子撕裂了,一只耳朵也烂了,左臂整个地给折了,右腿腕估计是粉碎性骨折,颜色黑紫,肿成水桶一般……
>
> 他看着表,又使劲爬起来。不能再延误了,否则真的太晚了。整整一天的爬动,已经使身体形成一种纯机械的运动,所有的动作都是机械的。一种像是陷入麻木状态的爬动。这种爬动总是让他感到爬着爬着就会突然再也爬不动了。地上很干,厚厚的一层尘土。爬过的路面留着一条清晰的痕迹,在月光下,像是有一头巨兽爬过。

就这样,从被毒打现场回到山上的住处,狗子用了三个小时左右的时间,从山上再返回到村里,身体越来越虚弱衰竭的狗子又用了将近九个小时,正是在伤情不断地恶化与失血过多的情况之下,在已经基本上丧失了徒手攻击能力之后,狗子用一把可谓老掉牙的枪,最终开枪射杀了凶恶的孔氏四兄弟。尤其值得注意的是,从开头动念一直到后来枪杀行动成功,护林员狗子一直处于清醒的状态之中,他的行为完全可以说是自己深思熟虑之后的产物。

> 不!绝不!他绝不能就这样白白死去!假如真是这样默默地死在这里,那才是真正的莫大的耻辱和悲哀,永远也无法洗刷的耻辱和悲哀!

第七章　走向政治小说

在这个问题上，他没有任何别的选择！

只有让他们也去死！只有这样，才能洗清自己身上的耻辱，也只有这样，才能洗清他们的罪恶！

很显然，到了这个时候，狗子已经不再把自己的行为仅仅看作保护国家森林资源的一种斗争。在他的心目中，这样的举动，同时还更多地意味着是对自我人格尊严的一种强烈维护。因为孔氏四兄弟所策动的这一场对他的侵犯与毒打，已经极明显地侵犯着他的人格尊严，所以在他看来，只有彻底清除四兄弟这样的黑恶势力，才能够洗得清"自己的耻辱和悲哀"。

我是杀人犯……我是么？他心里不禁涌起一阵阵撕心裂肺的痛楚。是的，我是，我是杀人犯，我的确是！而且是故意杀人！

即使是现在死不了，等待着你的仍然是死。因为你是杀人犯，杀人必得偿命。你永远也无法替自己解脱。

他在战场上，至少消灭过一个班的敌人。但他是英雄，战功赫赫的英雄！

而如今，等待着他的却是迥然不同的下场，他将成为凶犯，成为十恶不赦的罪人！

那么，被他所打倒的人又有什么不同吗？

……没有，没有！一点儿也没有！后者甚至比前者更可恶，更凶残，更顽固，更难对付。对人类的危害更大！他们在某些人的放纵和怂恿下，为所欲为，猖狂至极！而法律对他们则毫无作用！他们实际上早已成为人民的死敌，公敌！早已成为社会的渣滓，成为人类肌体上的毒瘤！不清除他们，不剜掉他们，那将会使这个社会肮脏不堪，将会使这个社会健全的肌体遭受到永久的危害！

前者是在捍卫我们的国家，后者也一样是在捍卫我们的国家，两者并没什么不同！

这绝不是为了报复，更不是为了自己……

狗子的悲哀在于，尽管他已经清醒地意识到了自己的行为将会得到一种什么样的社会评价，他知道自己将会因此而被看作一个杀人犯，因此而"成为凶犯,成为十恶不赦的罪人",但他却仍然不得不坚持着将自己的行为进行到底。但狗子精神的崇高悲壮也正在于此,在他的这种行为之中,我们很明显地感觉到了一种"我不下地狱谁下地狱"的牺牲精神,一种"知其不可而为之"的壮烈色彩。事实上,也正是在狗子对于孔氏四兄弟拼死一击的决绝行为中,作家对于狗子这样一位有信念、能坚守、有足够的勇气与黑恶势力进行着不妥协的斗争,甚至于在人群中看起来很有一些孤独的人物形象的刻画塑造获得了圆满的结果。一位当下时代相当罕见的具有崇高美的人物形象,就这样真实可信、丰满生动地矗立在了张平的长篇小说《凶犯》之中。

在小说《凶犯》之中,除了护林员狗子这样一位差不多处于绝对孤独状态中的悲剧性人物之外,最起码还存在这样的四种社会力量。一是作为狗子最大对立面的孔氏四兄弟,二是孔家峁的全体村民,三是案发后来到现场调查处理这一案件的各级领导干部,四是那位或许同样处于孤独状态之中的派出所的老所长。小说的故事情节之所以能不断地得以向前推进发展,实际上也正是作品中包括狗子在内的这样五种力量不断地矛盾冲突,不断地进行博弈的一种结果。要想透彻地理解、把握张平《凶犯》的总体思想艺术特征,就必须得对于狗子之外的另外四种社会力量进行充分、细致的剖析。

先让我们来看作为狗子最主要敌对力量存在的孔氏四兄弟。这孔家峁一带大名鼎鼎的四兄弟可谓当下中国一种非正常的社会政治状态中滋生出来的负面影响极大的社会黑恶势力。

四兄弟!四兄弟!孔家峁的大恶霸!对此这一带的老百姓谁个不晓,谁个不怕!孔金龙孔银龙孔钰龙孔水龙,老大三十出头,老四刚过二十,凶神恶煞的四条汉子,公开作恶的虎豹豺狼!明里挂着个专业户的招牌,实则干着骇人听闻的罪恶勾当。几年后,非法带来的巨额收入滚雪球似的越敛越大,早已成为这一带的巨户,首户!如今他们操纵着整个村里甚至整个乡里的财政大权。人们说,就是县里的选举,他们也能拉到令人可畏的选票。他们甚至已经做好准备,将在下一届竞选到县长。如今在他们手中,似乎已经没有做不到的事情。长途贩运,转手倒卖,土产、百货、电器、机械、运输、药材,当然还有木材,他们几乎什么都干,而且全都一揽到

第七章 走向政治小说

底！尤其是木材，他们就是公开的大窝主，大买主！……渐渐地，他们把他们的势力范围搞得针插不进，水泼不入。顺者昌，逆者亡。若在他们的势力圈子里，你想背着他另搞一手，一经发现，顷刻间就能让你倾家荡产，家败人亡！

张平在这儿所描述介绍的孔氏四兄弟，很自然地可以让我们联想到《血魂》中的王元奎来，而且很显然是有过之而无不及。如果说王元奎还只能算得上是一个村里面霸气十足的专业户的话，那么，这孔氏四兄弟甚至已经多少带有了一点黑社会的性质，属于一种称霸乡里的黑恶势力。应该注意到，类似于孔氏四兄弟这种社会现象，乃是中国由计划经济向市场经济转型时期形成的一种特殊的社会怪胎。它的出现与形成，与商品经济的飞速发展以及社会政治体制改革的相对滞后，存在直接的关系。这样一种黑恶势力的出现，在很大程度上已经成为危害社会正常运转的毒瘤，已经在严重地影响并制约着我们社会的正常发展。从张平的《凶犯》来看，这样一种黑恶势力的形成，除了他们自身人性的倾斜与畸变之外，与当下中国一种普遍的社会文化土壤，与当下中国问题十分严重的社会政治生态，均存在着相当直接的关系。

从张平小说描述的情况来看，这四兄弟首先在普通村民中具有极大的威慑力：

咱可不是听到人家四兄弟都完了才数说人家的不是。你说那四兄弟能是好惹的？外村人谁个不晓，孔家峁的四只虎！就只说那老三钰龙，捅你三刀子，揪出你的五脏六腑只怕也不会眨眼睛。村里人哪个不怕，哪个敢不顺着！他家那势力，那钱，那威风都是咋来的，还不是打出来的天下！把这一带的人都打怕了。打服了！光这老三，胳膊腿断在他手里就不下十个！弟兄几个，又有哪个是软的，横竖都是不怕死的主儿。

对于普通的村民来说，四兄弟这样的主儿自然是招惹不得，肯定是谁招惹谁倒霉。但更加令人不可思议的却是，这孔氏四兄弟居然还能在暗中控制操纵村、乡政府：

如今的村长村委会，还算个啥呀！权没权、钱没钱、人没人，啥也没有，哪个会听你的！谁又能把你放在眼里！四兄弟四兄弟，一村人张口闭口就是四兄弟。上边来了人是四兄弟，下边有了事也是四兄弟。到了这会儿，咱也不怕丢人。这也有几年了，村里的啥事情不是人家四兄弟拿着。……要是不顺人家，人家瞅着你不顺眼，你这个村长一天也干不成！说白了，咱这村长还不就是聋子的耳朵。人家没把你放在眼里，村里的人还会把你放在眼里，人家说要承包这也就承包了，给你说一声是给你面子。人家就是不打招呼，你又能咋的？人家是不要当那个村长，若要当早当一百回了！还不就是个耍皮影的，让咱给人家做个影子！啥开会呀，选举呀，民意调查呀，只要人家在啥还不是个样子。人家要咋还不就得咋。一村的人，连咱这个村长村委会算上，哪个敢不同意！吃的喝的穿的花的都攥在人家手里，你不听人家的听谁的。人家那是啥势力！

读到这里，不由得便让我们想起了赵树理《小二黑结婚》中的金旺和兴旺来。当年的金旺、兴旺，不也就是当今的四兄弟吗？而且，现在的四兄弟较之于当年的金旺、兴旺兄弟，绝对是有过之而无不及。金旺、兴旺兄弟的为非作歹是在 1940 年代，而孔氏四兄弟的作恶多端，却已经是在半个世纪之后的 1990 年代了。如果说，当年的金旺、兴旺兄弟还有抗日民主政府予以彻底打击的话，那么，半个世纪之后的四兄弟，不仅没有受到政府的有力扼制，反而还表现出了一种明显的取政府而代之的可怕迹象。真不知道我们的社会到底是进步了还是后退了，真不知道假如赵树理地下有知，看到张平小说中表现着的这样一种情况时，又会作何感想。当一种社会的黑恶势力居然发展到了连政府都被他们控制了的时候，当这样一种社会黑恶势力的解决居然只能依靠如同护林员狗子这样良知未泯的孤胆英雄的时候，我们这个社会也就真的出现了很严重的问题。能够以敏锐的目光洞悉到这一切，并以小说艺术的形式将这一切充分地展示出来，所说明的其实也正是作家张平一种非凡的艺术勇气。在笔者看来，从某种意义上说，张平写出这一切，就如同《凶犯》中的狗子面对着孔氏四兄弟所作出的大胆对抗行为一样，也的确需要具备相当的勇气。在这样的一个意义层面上，说张平乃是赵树理精神当之无愧的一位当代传人，也是具有相当合理性的。

第七章 走向政治小说

那么，这孔氏四兄弟又为什么能够如此地无法无天、横行霸道呢？除了他们自身的人性恶之外，我觉得另外的两个原因也是不容忽视的。而这，也就涉及了我们在前面已经提到过的孔家峁的全体村民与前来调查处理这一案件的各级领导干部这样两种社会力量。

首先当然是孔家峁的全体村民。应该看到，对于孔家峁全体村民身上所集中表现出来的那样一种人性的冷漠、自私、残忍的极其有力的鞭挞与批判，乃是张平《凶犯》相当引人瞩目的一项思想艺术成就。虽然早在《血魂》中，张平已经通过诸如四婶这样的普通村民形象，对于这一点有所触及表现，但就表现的深度与力度而言，应该说《凶犯》是最为充分的。

必须注意到，致使护林员狗子身负重伤的，除了作为罪魁祸首的孔氏四兄弟之外，更有孔家峁村的全体村民。

> 他想不明白，究竟是什么原因才使得这些人如此苟且偷安，恭顺安良，甚至为虎作伥，认贼作父，以致干出亲者痛仇者快、伤天害理毫无良知的事情来！
>
> 这都是些什么人！
>
> 他眼前不禁又现出挨打时那一幕幕令人无法相信的可怕场面。那么多人，那么多拳头，那么多棍棒……整个村里的人好像全都愤怒了，全都把满腔的仇恨指向了他。好像唯有他才是整个村里不共戴天十恶不赦的仇敌！不把他千刀万剐不足以解其恨！
>
> 他这满身的伤痕并不只是四兄弟给的，全村的人都应该有份！
>
> 这真让人不可思议！
>
> 这么多跟着四兄弟咒他骂他打他砸他的人里头，是不是都真是那样铭心刻骨地恨他、仇视他，打心底里想要除掉他？
>
> 不，他绝不相信！就像刚才刘全德不让他喝水一样，他绝不相信刘全德会是真的不让他喝水。
>
> 然而正是许许多多像刘全德这样胆小怕事、善良怯懦的一群，才构成了这么一个让刘全德感到恐怖、畏惧的罪恶团伙和社会！

确实如此，有一点狗子估计的没有错，那就是，正是因为有许许多多个如同刘全德这样的胆小怕事、善良怯懦者，所以才会有如同四兄弟这样的飞扬跋扈、横行霸道者。这也正是我们此处所要指出的主要一点。但狗子另外的一些估计，恐怕就与事实有一些出入了。其一，狗子不相信孔家峁村的人都会这么"恨他、仇视他"，但在笔者看来，这样的一种仇恨心理却是真实存在的。其中的道理，其实也很简单。正是因为有狗子的到来，因为狗子的坚守原则，所以孔家峁人一贯以来的生财之道自然也就被中断了。虽然孔家峁人肯定不会如同孔氏四兄弟一样，对于狗子恨之入骨，必欲除之而后快，但是说他们对于狗子有相当的仇恨，倒也是一种客观存在的事实。既然狗子断了他们的财路，那他们在对狗子的群殴行为中发泄一下自己的不满，确属情理之中，更何况还有法不责众这样一种天然的理由存在呢。

其二，狗子所不可能想到的一点是，大凡一种群体性的行动中，所有的参与者都可能会在行动的过程中不由自主地被自我内心中某种非理性的冲动所控制。这就意味着，所有的行为参与者之间仿佛达成了一种竞争的契约关系一样，参与的个体都唯恐自己的表现不如别人出色。比如，在群体殴打狗子的事件中，一种很可能的情况就是，所有参与这一事件的孔家峁人都会以一种争先恐后的方式将自己的某种非理性情绪倾泻到狗子身上。一种非理性的本能冲动就是，孔家峁人都以为如果自己少打了一拳或者少踢了一脚，那就好像吃了天大的亏似的。实际上，也正是在这样一种非理性冲动的控制之下，孔家峁人对于狗子的群殴行为才造成了极其严重的后果。

其实，来到大峪林场成为护林员后，狗子确实很认真地替孔家峁人谋算设想过正常的发展道路。"孔家峁地少山多，而且都是荒山。假如能把附近这一带的山山峁峁，沟沟洼洼全部承包给个人，不管是植树造林，还是种药材，还是兴建果园，只要肯精心管理，稍有投资，不出五年八年，甚至更短，就会家家前景可观！日子会比现在过的好得多！而且保险可靠，正大光明！"然而，狗子的这番苦心却没有能够为孔家峁人所接受。究其原因，除了长期坐享其成的过程中已经养成的人本能的惰性之外，那就是慑于四兄弟飞扬跋扈的淫威了。这正如同狗子已明确感受到的：

    他怎么也想不明白，社会上怎么就会生出这样的人物来！而且会活得这般如鱼得水！几乎在任何地方都可以畅行无阻，任其遂游！他怎么也不明白，四兄弟怎么会把这一带的老百姓驯服成这样，控制到这种程度！老百姓见了他们全都是那么恭恭敬敬，顺顺和和。简直就像敬神一般畏惧！有时碰着了面，那种巴结可怜的样子，那种小心翼翼，说话连大气也不敢出的神态，真让人觉得触目惊心而又不可思议！敢想而不敢言，这儿的老百姓连想也不敢想！

早在1900年代新文化运动之初，鲁迅先生就已经明确地提出了国民性批判的主题，对于一种冷漠、麻木的看客心理的批判表现，可以说是鲁迅先生文学创作的一个一贯主题。在这个意义上，我们也完全可以说，张平的《凶犯》很显然是在继续着鲁迅先生早已开启了的这样一种思考的命题。只不过，到了张平的《凶犯》中，这些看客们不再仅仅满足于做一个袖手旁观的看客，他们已经摩拳擦掌地亲自上阵助"赵老太爷"们为虐了。看起来，这中国的看客也的确是颇有长进，以至于很有一些"与时俱进"的意味了。这样，一个同样很有意味的话题也就自然浮现了出来。那就是，为什么我们已经搞了近一百年的国民性批判，这国民劣根性反倒越发地严重起来了呢？难道所谓的国民性批判真的是知识分子的一种自说自话吗？难道这样的一种国民性批判真的就无法从根本上触动那些普通的国民吗？笔者个人的体会是，如同张平《凶犯》中所描述的这种情况的出现，其实正说明了鲁迅先生所一力倡导的国民性批判并未过时，说明其深度与力度都有待于进一步加强。从这样一个角度来看，张平在《凶犯》中对于鲁迅式命题所进行的推进式表现，就理应得到一种高度的评价。

与孔家崽人对狗子的群殴一样值得关注的，是小说中对于孔家老三钰龙带领一帮人对于一个小偷的毒打。照理说，这一细节与小说的情节主序列并没有太大的关系，即使把这个细节删去，也并不会影响到全部小说情节主序列的完整性。但是，张平为什么要特意地增加这样的一个场景描写呢？这样一个场景描写的出现犹如一棵大树上旁逸斜出的一个分枝一样，对于小说的思想内涵表达有什么重要作用呢？笔者想，只有把这一场景描写，与小说中特意插入的一段戏曲唱词联系起来，我们才能够真正理解张平的良苦用心所在。

> 唉——
> 恨不得摘了他斗来大印一颗……
> 把麻绳背捆在将军柱,
> 把铁钳拔出他斑斓舌。
> 把锥子挑出他贼眼珠,
> 把尖刀细剐他浑身肉,
> 把铜锤敲残他骨髓,
> 把铜铡切掉他头颅,
> ……

在引用了这样一段唱词之后,张平借助于狗子的视角曾经对此进行过这样一番深入思考:

> 他不清楚老头儿唱的是哪出戏,但这些唱词却让他玩味再三。这大概就是中国文化,恨起人来,能把人恨成这样,挖舌头,剜眼睛,砸骨头,铡脑袋,千刀万剐,五牛分尸,报仇居然能报到这种程度……而且又极有耐性,君子报仇,十年不晚,即使是二十年,三十年,一辈子,两辈子,也绝不忘记,也绝不放过!
> 挨打时那一幕幕的可怕景象蓦地又现在眼前,那种毒打,那种仇恨……莫非同这种文化也都有着千丝万缕的联系?
> 对别人这样残酷,对自己也一样这样残酷,也许这就是这种文化里最为可怕的一种因素,包括自己,会不会也是如此……

很显然,通过对这一段唱词的引用分析,张平将他在现实生活中所观察到的孔家崾人的冷漠、麻木、自私、残忍,与中国长久的历史,与中国的一种堪称深厚的文化传统联系了起来。这样,张平的国民性批判也就因此而达到了由现实向历史、文化纵深处的推延。却原来,这孔家崾人的冷漠、麻木、自私、残忍倒也并非只是现实的表现,而且在某种程度上还算得上是"源远流长"的。前文在谈到《孤儿泪》的时候,我们曾经指出中国的思想文化是从根本上缺乏一种深刻的人道主义精神的。鲜见并难以理解池文清(《孤儿泪》中的主要人物之一)的悲悯情怀是人道主义精神匮乏的一种表现,如孔家崾人这样群殴狗子与小偷,同样也是人道主义精神匮乏的一种表现。对于这一点,论者自有精辟的论述:"《凶犯》描写了两处打人的场面,一处是孔钰龙领人在街市上打一个小偷,一处是孔家四兄弟集合孔家峁全村人毒打护林员李狗子,其血淋淋的场面使人不忍卒读,加上上述唱腔,使读者的目光被引入悠久的历史文化空间:残酷,这无论坏人行凶,或者好人惩恶,在残酷这一点上是多么的惊人相似和缺乏人道呀!这样《凶犯》就不仅仅成为对现实的批判,而且成为对历史的反思了。其实细究起来,残酷,不仅是中华民族,同时也是东方文化特征之一。""《凶犯》的触目惊心的描写,思考的空间在于人对待同类时的残酷,残酷的制造者以及参与者麻木不仁甚至引起快感,因此导致一幕幕惨剧的此伏彼起。而且暗示我们已经上演了几千年了,恐怕也不会很快地收场的,小说的流行色彩后有掩饰不尽的文化包袱。"①

实际上,对于缺乏人道主义思想精神传统的国民性作一种深入的反省批判,也是作家张平一种自觉的创作动机。这一点,在接受记者的访谈时,张平已经说得很明白:

> 马克思有一句名言切中了中国国情的要害:有什么样的群众基础,就有什么样的统治形式。受尽屈辱的村民常常看不出有多大的内心痛苦,仅有的一些似乎也被麻木和冷漠淹没了。大家都条件反射般地讨好身边的强贼和恶棍,对恶势力的痛殴和剥夺早忘了,留在记忆中的只是赏赐残汤剩饭时带来的愉快。于是真正想解救他们于水火之中的人,反倒往往变成了他们同仇敌忾的"人民公敌"。这些话也许让人极不舒服,但在某些地方却是不争的事实。②

张平的创作谈与他的小说文本一样地严峻深刻,也只有在这样一个意义层面上,我们才能够明白,小说中的警察老王,在面对着孔家峁的村民时,为什么曾经产生过这样一种奇怪的感觉:"待得久了,就会觉得村里那些成人的脾性同那些村里的娃娃的脾性并无二致。都很和善,

---

① 崔莹玺:《现实主义在当代的发展——张平〈凶犯〉创作论》,见《凶犯》,作家出版社2006年版,第235页。
② 张平:《从小说〈凶犯〉到电影〈天狗〉》,见《凶犯》,作家出版社2006年版,第275页,"附录"。

都很木讷,都很腼腆,都很胆怯,都会露出一脸敦厚的笑,都能显出一副质朴的神态,都是那么和和顺顺,恭恭敬敬,然而正是这些,就常常让你觉得同他们远隔万里。面对着一大片始终带着憨厚笑容的面孔,细想起来,真能让你吓得落荒而逃!"却原来,张平通过老王早已将村民中潜藏着的一种可怕的蛮性力量以一种暗示性的方式表达了出来。

孔氏四兄弟之所以能够如此地飞扬跋扈,具有明显国民劣根性的孔家峁村民构成的这样一种社会文化土壤,当然是一个十分重要的原因。但此外还有一个更为重要的原因存在,那就是各级领导干部的包庇纵容。这就需要分析到小说中前来调查处理这一凶杀案的各级领导干部这样一种社会力量了。

分析各级领导干部这样一种社会力量,我们必须从两个方面着手进行。首先是在凶杀案爆发之前的行政不作为问题。在停水事件发生之后,狗子曾经为了解决这个问题,先后跑到村、乡、县三级政府的相关部门积极反映情况,希望相关部门能够直接干预并使此事得到相对圆满的解决。实在不得已的情况之下,他还被迫给省厅写信,如实地反映说明了存在的问题。但结果却全都是一样的,他所反映的吃水问题在这几级政府之间不断地踢皮球,他们除了互相推诿责任之外,并没有采取任何现实的行动,切实有效地解决存在的问题。

> 最后他拿着给自己的那份公函找到了分管林业的副县长。他等了足有两个多小时才等着,结果还没两分钟就给打发出来了。他一边说副县长一边在他递上去的公函上看。也不知是不是在听。他没说完,县长就看完了。也不管他说不说,在公函上刷刷刷签了几个字,然后就打断他的话:"行了,你去找你们乡长"。话音不高,但极威严,毫无再谈下去的余地。他只好出来了。回到乡里见到乡长,乡长看了一眼也在上头签了几个字,让他找副乡长,副乡长一看竟也签了几个字,让他找村长。他呆呆地瞅着上边的几溜字,愣了好半天。
>
> 村长还是找不着。都说开会走了,也不知开啥会,在哪儿开。

狗子本来最早找的就是村长,村长解决不了问题才又去上级部门的,但谁知他的问题在几级政府之间旅行了一圈之后居然又给送回到了村长这儿,还是要让村长来解决问题。那么村长又能怎么样呢?正如同我们在前面说到四兄弟时已经强调过的,由于四兄弟的存在,最起码我们的村一级政权已经名存实亡,所谓的村长支书无非不过是被四兄弟操纵着的傀儡而已。甚至于不仅仅是村里,即使是在乡里、县里,他们也有着足够大的影响力:"如今他们操纵着整个村里甚至整个乡里的财政大权。人们说,就是县里的选举,他们也能拉到令人可畏的选票。"既然所谓的停水事件正是四兄弟一手制造的,既然村、乡、县三级政府都已经在很大程度上被四兄弟操纵控制了,那么,狗子要想依靠政府的干预来解决停水问题,岂不是一种纯粹的空想吗?这样的描写首先告诉我们,如同四兄弟这样的社会黑恶势力之所以能够形成并逐渐做大,与我们各级政府的不作为,与各级领导对他们的纵容包庇存在直接的关系。

接下来,我们再来看案发之后的情况。狗子一下子枪杀(伤)了四个人,这样的凶杀案当然震动极大,县、乡政府马上作出反应,一个阵容颇为庞大的干部队伍迅速地来到了孔家峁村,来到了案发现场。

> 果然就来了很多领导。他原本想着除了县公安局领导,可能还会来一些领导,却没料到会来这么多。公安局的孙局长,林业局的赵局长,大峪乡的李乡长,分管农林牧的王副县长,分管公检法的张副书记,还不算乡办公室主任,乡护林站站长等一溜中层领导。
> 四辆吉普,一辆上海,一辆伏尔加,一辆面包。
> 这么多车,这么多威严的面孔,足以让一乡的山民瞪呆了眼。

然而,虽然一下子就来了"这么多车,这么多威严的面孔",虽然看起来的确来势汹汹,虽然在调查了解事件的过程中,如同张副书记这样的领导也一再强调:"我们赶到这儿,无非就是要个基本情况么!第一,什么原因造成的,主要原因。第二,来龙去脉,案子的大致过程。第三,一些主要的目击者和证人说说情况",但是,实际的情形又会是怎样的呢?

只有在调查落实凶杀案实际情形的过程中,当案件的真实面目越来越清晰的情况之下,我们才可以真切地了解到匆匆忙忙地赶到凶杀现场的这些大大小小的各级领导干部的真实意图所在。关于这一点,只要摘引主要领导在调查过程中具有定性性质的两段讲话,我们就可以一目了然。第一段是在乡长的一段长篇大论之后，县委张副书记的讲话：

  假如不能妥善地处理和解决一些问题，很可能立刻就会引起一系列的冲突和矛盾。这不仅仅是责任问题，还有社会问题，政治问题，法律问题！尤其是还有知法违法的大问题！刚才你们乡长有些话就说得很有道理，事情发展到现在，谁也别想推卸责任！想推也推不了！就是乡长说的，现在不是闹情绪发牢骚的时候，关键是你自己！确实应该振作起来，要力争在最短的时间里把事情办好！……要下狠心扫一扫那些法盲和糊涂观念！尤其是对那些不负责任的乱传乱说，一定要严加制止！许多不负责任不考虑后果的话就这样随随便便地说出去传出去，那会造成多坏的影响！尤其是对国家和政策的形象造成多大的损害！一定要认真严肃地讲一讲！对那些经过劝阻，仍然屡教不改，一犯再犯并造成坏影响的人，不管是谁，都要严加教育，严加批评，严加追究！必要时，可以追究其刑事责任！

然后，就是在听取派出所老王进行案情分析的过程中，当老王强调这个案件其实并不是一个简单的凶杀案，不是一个简单的刑事案件的时候，还是张副书记，以最高在场领导的身份，"用一种很耐心的，不无亲切而又不无严肃的语气"，"很果决地打断了老王的话"，插入了一段意图指向非常明确的话语：

  我们在办案过程中，能不能少一些分析和估计，多一些事实和证据？我觉得我们是在办案子，不要总是凭空去猜想。我并不是想说你们什么，对于你们公安司法部门的工作，我一再地讲过，你们一定要坚持独立办案，独立思考，不要受人为的影响和干扰。还有一点不要先入为主，尤其不要戴着有色眼镜看问题。对任何案件任何问题，哪怕是一些很小的细节问题，都一定要以事实为依据。……还有，你比如说像凶犯喝水的问题，同群众对立的问题，尤其是对回来作案的心理分析，我更不能赞同。如果按照你分析的那样去看，好像这个案件并不是刑事案件，而是群众在犯罪，社会在犯罪！或者是群众和社会逼迫着他去犯罪！这岂不是本末倒置上下颠倒了？凶犯杀人行凶难道会是一种深思熟虑的正义行动！是不是有些太荒谬了？是的，他确实是个复转军人，残废军人，立过功，受过奖，这都不假，但这些就可以为他的罪行开脱么？知法犯法，罪加一等！这是古人都知道的道理。何况功是功，过是过，在法律上功过不能相抵。摆在我们面前的一个铁的事实，就是这个人枪杀了四个手无寸铁的村民！不管这个人以前怎样，他现在也一样是个两手沾满鲜血的凶犯！是个不可饶恕的凶犯！而对凶犯的任何开脱，都只能是对法律的亵渎！对这一点，我们都必须牢牢记住。

从张副书记的两次谈话，我们就可以看得很清楚，他其实早就明白了事实的真相。而且，他也很清楚，狗子凶杀案绝不是一个简单的刑事案件，而是牵扯非常广泛，尤其是牵扯到了当下社会政治状况的一个案件。正因为这样的一种判断，这样的一种结论会明显地有损于当地各级政府的形象，会涉及更为尖锐复杂的社会政治矛盾，所以他才会不遗余力地利用手中的行政权力，对于案件的调查处理过程进行强硬的干预。他虽然口口声声地强调公安司法工作的独立性，但实际上却又最大限度地破坏着这种独立性。

在当下的中国现实中，政治权力具有凌驾于一切事物之上的绝对权威性。在张副书记们的强硬干预之下，案件的处理自然也就按照他们所期望的方向发展了。首先是专案领导小组的成立："公安局孙局长为专案领导小组组长，林业局赵局长和李乡长为副组长，县委张副书记和王副县长为专案领导小组特别顾问。"然后，就是案情紧急报告定稿的最终出炉："今晨凌晨三时四十分，于我县孔家峁村发生一起恶性凶杀案件。凶犯为我县大峪林场护林员，因同村民发生口角，打斗致伤，故而用护林步枪射杀村民四人。两人当场死亡。另两人正在医院抢救。现凶犯已被缉拿归案，一并在医院强制性治疗。"

就这样，护林员狗子还是无以脱逃地成为一名"凶犯"，被钉在了道德与法律的耻辱柱上。到最后，"凶犯狗子因伤势过重，失血过多，终于在医院停止了心脏跳动"。

其实，对于诸如张副书记这帮政客在这次案件的处理过程中所发挥的那种重要但却不怎么光明正大的作用，就是连狗子那位并没有多少文

化的妻子桃花也看得很明白,也有着一针见血的揭示与戳穿:

> 是你们不懂还是我不懂,是你们闹不清还是我闹不清,你们这会儿都给我说,他这么干到底是为的啥?他究竟为的谁?说呀!他是为的谁?你们是憨子还是傻子,你们是瞎啦还是聋啦!你们到山上瞅瞅去,你们到别处听听去!他在山上遭了这几个月的罪都是为的啥!还不是为了那一山的木头!还不是为了公家!还不是为了你们公家这些人!我真不晓得你们就这么看他!杀人犯!老百姓都不这么看,你们却这么看他!敢情你们都不是公家的人!你们究竟算些啥人!

这样,如果我们将案发前政府对于四兄弟的纵容包庇,政府在停水事件上的不作为与案发之后政府对于这一案件最终的定性处理联系起来,就不难发现张平《凶犯》这部长篇小说最重要的思想内涵所在。具体来说,张平通过对于一个凶杀案件的发生及处理过程的描述,相当尖锐地揭示并批判着当下中国的社会政治存在的明显弊端。这也就是说,对于类似于狗子这样一桩悲剧事件的发生,从根本上应该承担责任的,实际上正是这样一种不作为的或者干脆就是为虎作伥的现实社会政治。如果说在《血魂》中,政府对于王元奎的作用还只是包庇纵容的话,那么到了《凶犯》中,政府的作用就不仅仅只是包庇纵容了,他们甚至干脆已经参与介入到了悲剧的制造过程之中。我们之所以一再强调《凶犯》是一部优秀的社会政治小说,其根本的原因也正在于此。能够通过一种貌似侦探小说的形式,将当下社会政治存在的严重问题揭示并表现出来,就充分说明了作家张平智慧之卓然超群。张副书记在他的讲话中一再强调这个案件只是一个刑事案件,而不是一个社会案件、政治案件。但我们对于张平小说的基本评价则正好与之相反,那就是张平的小说并不是一部简单的侦探小说,而且一部揭示表现当下社会尖锐复杂的矛盾冲突的优秀的社会小说、政治小说。在我看来,只有理解到了这样一个层面,我们方才算得上真正地读懂了张平的《凶犯》。

然而,当下的中国社会现实也并不就全然没有了希望,张平的《凶犯》中同样有对于希望的一种展示,这就是小说中描写的那位或许同样处于孤独状态中的派出所老所长这样一种社会力量的存在。

第七章 走向政治小说

老所长不善言谈，但脾气很犟。像许许多多的老公安一样，面孔总是极为严肃，不苟言笑。凡经他亲手判定的案例，若有案外因素想找他通融通融，简直比登天还难。因此也就开罪了上上下下许许多多的人，更是影响了他的调动和提升。五十岁了，依然是这个偏远山区的派出所所长，而且一干就近十年。

虽然着墨并不多，但这老所长很显然也是如同护林员狗子一样的不通世务、冥顽不化者。在描写老所长这个人物形象时，张平很巧妙地设置了派出所民警老王这样一个视角性人物。通过这样一个人物的视角，小说极成功地形象地展示出了老所长与孔家峁村村长的斗法过程（很显然，在这一斗法过程中，老所长是自觉者，而村长则处于一种不自觉的懵懂状态之中）。实际上，也正是在老所长煞费苦心地与村长的斗法过程中，狗子凶杀案的真相才得以大白于前来调查了解情况的各级领导干部面前的。

然而，更加值得注意的是，在迫于领导的压力而被迫违心地做出了案情的紧急报告之后的第二天凌晨六时十分：

> 通往省城的列车正点到达。大峪乡派出所所长急急走下车来。他的手提包里放有数份关于大峪林场凶杀案真实的案情报告。
> 他将直接向省公安厅和省林业厅汇报。如果不行，他将启程北京。
> 临行前，他留给老王一句话。
> 他说他也曾是一名军人。

很显然，老所长之所以要前往省城，并且还有可能起程前往北京，正是因为他对于当地政府关于狗子凶杀案的处理情况极为不满，正是因为他明显地感觉到了狗子的冤屈，所以他才要去上访，才要去为同样曾经是军人的战友去鸣冤叫屈。虽然小说采用了一种可谓现代的开放性结尾方式，并没有再具体交代老所长此行的结果，但老所长的行为本身，的确可以被看作希望的一种切实存在。

虽然《凶犯》这部作品一度被我们的批评界遗漏，曾经在十多年的时间里一直默默无闻，但现在看起来，我觉得，我们的确应该把这部作品看作作家张平第一部思想和艺术均达到了成熟程度的优秀长篇小说。虽然此前或同时作家也先后创作完成了诸如《法撼汾西》与《天网》这样的长篇叙事作品,但就艺术的成熟程度而言,却都是无法与这部《凶犯》相提并论的。

从艺术层面上看,《凶犯》的成功主要表现为两点。其一,是张平对于侦探小说模式的巧妙化用。当然,这儿所谓的侦探小说是指中国式的侦探小说。通篇围绕狗子这样一位在战场上失去一条腿的伤残军人,在被众人毒打致身负重伤的情况之下,硬是拖着严重伤残的身体爬行长达十三个小时,最后创造了用一把残破的老枪接连枪杀(伤)四人(两人当场死亡,一人在医院死亡,另一人很可能变成植物人)这样的一个极富传奇色彩的故事,在勾勒塑造了狗子这样一个中国式硬汉的同时,鞭辟有力地揭示表现出中国当下现实中所存在的一种尖锐复杂的矛盾冲突。这既是一篇精彩的传奇小说,同时却更是一篇思想意蕴深邃的社会政治小说。侦探小说的外壳,与社会政治小说的思想艺术内涵形成了水乳交融一般的完美结合。从1990年代以来中国长篇小说的总体创作情况来看,如同这样的一种长篇小说还真的是绝无仅有的。即使仅从小说的文体创造这一点上来看,张平的这部《凶犯》也应该得到充分的评价与肯定。

其二,则是小说结构上匠心独运般的精心设计。前面我们曾经强调,结构的问题乃是长篇小说创作中最为重要的一个问题。举凡优秀的长篇小说,对于小说结构的处理都是极其合理、颇具匠心的。《凶犯》的情况同样如此。在谈到《血魂》创作的时候,我们曾经强调张平开始实践一种叙事时间相当短促的横切面式的叙事方式,这种方式在《凶犯》中再次被熟练运用,而且已逐渐地臻于化境。具体来说,《凶犯》的叙事时间起始于十九日的二十时五分,而终结于二十二日的凌晨六时三十分,前后还不到整整的三天时间,作家就已经将一个震惊世人的凶杀案以及案件的处理过程形象、生动、简洁地展示在了读者面前。可以看出,到了《凶犯》中,作家对于这样一种叙事时间模式的掌握运用已经达到了相当纯熟的地步。

然而,与对叙事时间的处理相比较,小说在结构方面更加值得注意的,乃是对于两条故事结构线索的成功设置。关于这一点,张平自己曾经有过极好的说明:

第七章 走向政治小说

小说《凶犯》是以两条线索推动情节发展，一条基本上是心理活动，一条则大致是靠白描手法。心理活动这条线索，主要展现的是小说的主人公狗子在重伤后爬回山林取枪，再爬下山来拼死为村民除害的一个完整过程。另一条线索则是狗子在击倒恶霸四兄弟（电影中是三兄弟）后，公安人员的一个完整的破案过程。两条线索交叉进展，以时间推进情节。①

张平对这样两条小说结构线索的设定，除了可以"交叉进展，以时间推进情节"外，二者之间还存在一种强烈的对比效果。前一条线索中所着力表现的主人公异常艰难的为民除害的过程，与更多地在后一条线索中描写表现的四兄弟的残暴霸道，孔家崞人的冷漠、麻木、自私、残忍，尤其是政府部门指鹿为马式的草菅人命、诬白为黑，形成了差异十分明显的对照，因而也就极其有效地强化了整个小说文本的艺术表达效果。

在这里需要特别提及的是前一条狗子的心理活动这条结构线索。我们在前面曾经谈论过 1980 年代进入中国的现代主义与后现代主义文学思潮对于张平文学创作的影响。我们说虽然张平自己曾经在一些创作谈中表现出了对于西方现代主义与后现代主义文学创作的不屑情绪，但从根本上说，张平后来的现实主义小说创作，就某些方面而言，其实还是明显地受惠于这样一种文学思潮滋养的。《凶犯》中狗子的心理活动这条结构线索即是一个有力的明证，正是由于接受过现代主义的滋养，所以作家才可能如此精彩地描写展示主人公的心理活动过程，才可能"惊心动魄、淋漓尽致"地将"他那令人窒息的孤独，欲哭无泪的痛苦，绝不退缩的勇气，超乎想象的毅力，以及他视死如归、真正英雄的品格气魄"② 完美动人地全部展示在广大读者的面前。

在我们的理解中，从创作于 1990 年代初期的《凶犯》开始，张平在把自己的主要创作精力逐渐转移到长篇小说这一文体形式上的同时，他的总体小说写作也渐入佳境似地进入了一个小说思想艺术的成熟阶

---

① 张平：《从小说〈凶犯〉到电影〈天狗〉》，见《凶犯》，作家出版社 2006 年版，第 272—273 页，"附录"。
② 张平：《从小说〈凶犯〉到电影〈天狗〉》，见《凶犯》，作家出版社 2006 年版，第 273 页，"附录"。

段。诸如《凶犯》《对面的女孩》《抉择》《十面埋伏》《国家干部》这一系列长篇小说作品，乃可以被看作张平进入小说创作巅峰期之后最具代表性的小说作品。当然，支撑着这一系列长篇小说创作成功的是，伴随着年龄的增长，1990年代的张平已经形成了自己相对稳固而成熟的对于社会人生以及世界的基本看法。这样一种基本世界观的形成，以及在其文学作品中的表现，乃是衡量一位作家真正成熟与否的重要标志之一。

在张平的所有文学作品中，社会影响最大的应该是1997年8月由群众出版社初版的长篇小说《抉择》。

说实话，真的没想到一部《抉择》会给自己带来这么多荣誉：《啄木鸟》文学一等奖，全国公安系统文学类作品一等奖，全国优秀畅销书奖，中宣部"五个一工程"入选作品奖，建国50周年国家重点献礼长篇小说，直至今天的"茅盾文学奖"。

另外，这部作品还被改编为电影、电视连续剧、广播剧、话剧、戏曲、曲艺、连环画等多种艺术形式。截至目前，这部作品已经被上百家报纸转载连载，被上百家广播电视台连播，除数十种盗版外，这部作品已经发行到20多万。中央人民广播电台对这部作品已经连播过六遍。根据《抉择》改编的电影《生死抉择》，除了上上下下的社会反响外，目前票房已经突然了1.3亿……①

在某种意义上，张平的《抉择》也可以被看作一部"变脸"之作。在此之前，张平作品的表现视域基本上是局限于农村领域的。这一点，与作家曾经长期生活于乡村世界，与作家相对丰富的乡村生活经验存在直接的联系。但是，在《抉择》中，张平却把自己的艺术笔触伸向了自己从未涉足过的工业领域。虽然《抉择》肯定不能被称为工业题材的小说作品，但对于张平来说，第一次在长篇小说中大规模地描写展示工人的生活，的确还是需要有相当艺术勇气的。

---

① 张平：《既注意形式，更注重内容》，见《我只能说真话》，解放军文艺出版社2002年版，第55页。

第七章 走向政治小说

《抉择》这部作品的出现，并不是偶然的。去年，我和几位同仁在采访国有大中型企业时，根本没有想到工人们对我们的采访反应会那样强烈。这同那些似乎早已被采访腻了的厂长经理们根本不同，工人们一听说我们要采访他们，而且是要他们实话实说，情绪激动的他们竟然蜂拥而至，需要采访什么，他们就会满足你什么。他们说了，这么多年，已经很少有人来采访他们工人了。有时候来些采访的人，大都是想在企业界弄点钱的，或者是那种属于广告性质的象征性的采访。……从来也没有人真正地问过我们工人究竟需要什么，究竟在想什么。好多人一遍一遍地问着我们，你们为什么就不能写写我们工人呢？那么多的编剧、导演、作家、艺术家，为什么就只把眼睛盯在那些厂长经理和大款们身上？我们工人不是国家的主人吗，不是国家依靠的对象吗？为什么你们会把我们给忘记了抛弃了！为什么你们就不能写一些反映我们工人让我们工人看的作品？①

应该说，采访时工人们的话语对张平的触动确实很大，作家的本能反应就是"惭愧和内疚之余，我无以应对"。虽然并没有可能对当下的文学作品作总体的了解阅读，但笔者却相当佩服这些工人们的敏感直觉。并非职业读者的他们相当尖锐地指出了当下文坛存在的一大缺陷，那就是匮乏表现一线产业工人的文学作品。一方面，我们固然不能简单地苛求作家，毕竟每一位作家都有可供自己的艺术想象力驰骋的自己相对熟悉的创作领域。如果生硬地要求作家一定要表现某一领域的生活，那产生的结果很有可能就是不成熟的夹生饭。但在另一方面，文坛缺少关注表现一线产业工人的作品却又是一种客观的事实，在这一点上，工人们的阅读诉求其实具有相当的合理性。那怎样才能够解决好这样一种"供求矛盾"呢？这就需要有张平这样的艺术勇气了。作为一位有强烈社会责任感的作家，张平深知忠实地记述时代的发展变化乃是自己绝对应该承担的艺术使命。他深知，面对工人们强烈的阅读诉求，自己并没有丝毫的理由可以逃避，自己绝不能以所谓的"对你们的生活不熟悉

---

① 张平：《永生永世为老百姓而写作》（代后记），见《抉择》，人民文学出版社2004年版，第32—33页。

不了解"为理由予以搪塞推诿。对于张平而言，一种可能的选择就是，迎难而上，直面生活的挑战，直面工人们的强烈阅读诉求，去尽可能地了解自己既往所"不熟悉不了解"的生活领域，用手中的笔去关注表现一线产业工人的生活，去积极地回应工人们的阅读诉求。

这一回应的结果便是长篇小说《抉择》的产生。从张平的创作谈来看，《抉择》的诞生过程与《对面的女孩》正好相反。如果说《对面的女孩》的创作曾经经历过一个"十年磨一剑"的漫长过程，那么《抉择》就可谓一种急就章式的创作了。

> 《抉择》并不是一部很精致的作品，也不是一部很艺术的作品，当初进行创作时，甚至没有时间细细地进行修改。一部40多万字的作品，只写到十几万字的时候，就开始连载了。然后每个月必须以十万字的速度交稿，否则刊物的连载就得泡汤。所以它真的很粗糙，甚至还有明显的硬伤。何况这部作品所表现的都是自己并不熟悉的生活，故事和人物包括大量的细节基本上都是靠采访得来的。也就是说，这部作品的反响完全来自于它的内容，并不是因为它的形式。再进一步说，读者、听众和观众关注的也是这部作品的内容，并不是它的形式。①

张平一向是一位低调谦虚的作家。这样，对于他的创作谈，我们便需要作出自己的辨析与理解。一方面，我们应该承认，《抉择》的确是急就章式的创作，但作品的成功与否与是否急就章之间却没有必然的联系。另一方面，我们总是在强调作家不要急躁，要以"十年磨一剑"的耐心来面对文学创作，但是，却又拿不出足够充分的证据来证明只有这种写作方式方才能够保证有艺术精品的诞生。事实上，许多急就章式的文学创作未必就不能够产生优秀的文学作品。这一方面，一个鲜明的例证便是莫言的《生死疲劳》。这部刚刚获得香港第二届"红楼梦奖"的长篇小说的具体写作时间，不过只有短短的四十三天。即使是张平自己谈论的《抉择》，不也获得茅盾文学奖了吗？

---

① 张平：《既注意形式，更注重内容》，见《我只能说真话》，解放军文艺出版社2002年版，第55—56页。

必须提及的还有关于形式与内容的关系问题。按照张平自己的说法，"这部作品所表现的都是自己并不熟悉的生活，故事和人物包括大量的细节基本上都是靠采访得来的。也就是说，这部作品的反响完全来自于它的内容，并不是因为它的形式。再进一步说，读者、听众和观众关注的也是这部作品的内容，并不是它的形式"。这段话带给我们的一种直接感觉就是，《抉择》似乎是一部只有内容而没有形式的长篇小说。那么，这样的说法合理吗？是否真的存在只有内容没有形式的小说作品呢？答案自然是否定的，既不存在只有内容没有形式，也不存在只有形式没有内容的小说作品。或者也可以这样说，所谓的形式、内容正如同一张纸的两面一样，二者是相互依存的。没有了内容，也就没有了形式，反过来亦然，没有了形式，也就没有了内容。再或者，内容与形式其实是混存于小说作品之中的，在作家原初的写作意义上，根本不存在内容形式之别。所谓的内容、形式云云，不过是伴随着文学理论的发展，批评家出于分析作品的必要而创造出来的概念而已。所谓的内容更多地偏重于作品的思想内涵层面，而所谓的形式则更多地偏重于作家所运用的创作方法、艺术表现方式的层面。在这个意义上来理解看待张平的创作谈，笔者觉得，作家的意思其实是强调在创作过程中，自己的注意力更多地放在了对于内容因素的思考上，而没有在小说的形式因素方面作更多的思考与努力。然而，没有在形式因素上作更多的思考，却并不意味着《抉择》就不具备形式因素。说普通的读者只是注重于作品的内容可以理解，说茅盾文学奖的评委——这样一些专业的读者也不考虑形式因素，那就无论如何也无法说得通了。

事实上，长篇小说《抉择》当然是有形式的，而且从文本的接受效果来看，张平在《抉择》中对于长篇小说最为重要的结构形式问题的设置，还是相当成功的。一般意义上，在一部长达四五十万字的长篇小说中，作家大约总是要设置若干条相互联系着的结构线索的。即使是张平那部大约只有十五万字左右的《凶犯》中，也明显存在狗子个人的心理活动与公安人员以及各级领导调查处理案情这样两条情节结构线索。但在《抉择》中，作家却并没有按照常理出牌，没有如此清晰地设置出几条鲜明的情节结构线索来。然而，没有循常规设置几条鲜明的情节结构线索，却并不意味着《抉择》就没有结构线索。与其说，作家没有在《抉择》结构方面耗费更多心思，反倒不如说张平在小说的结构方面其实是有所创新、有所突破的。

具体来说，笔者认为，张平在《抉择》中采用的是一种我们姑且可以称为中心人物聚焦辐射式的结构方式。一方面，张平的确没有对于他采访过的工人师傅食言，他在《抉择》中的确以不小的篇幅展示表现当下时代产业工人们的生存状况。在已经很少有人关注工人生活的当下文坛，张平的努力当然应该得到充分的肯定。然而，尽管张平以不小的篇幅描写、展示产业工人们的生活，但《抉择》却并不能被简单地归类于我们通常所谓的工业题材小说之中。原因在于，对于当下时代产业工人生存状况的展示固然是张平《抉择》重要的表现内容之一，但作家更为根本的创作主旨却在于对于总体时代面貌的一种勾勒与描写。或者也可以说，《抉择》是张平一部充满着极大的"艺术野心"的长篇小说。对于充满着丰富复杂的矛盾冲突的时代生活作一总体性的概括呈示，则正是这"艺术野心"的具体落脚点所在。这样，小说中最为核心的人物，就不可能是某一个具体的产业工人，而只能是曾经长期担任过中阳纺织厂（现中阳纺织集团公司的前身）厂长，现任某省会所在地市长的李高成。因为只有通过这样一位人物形象，作家的表现视野才可能由一个中阳纺织集团公司拓展至全市、全省，拓展至城市生活的方方面面，从而达到作家扫描再现一个时代的根本艺术目标。细读《抉择》，不难发现，这是一部对于1990年代的中国城市生活中错综复杂的矛盾冲突进行艺术的概括与表现的长篇小说。大型国有企业中干群之间尖锐的矛盾冲突，政治生活场域中正真的官员与腐败者之间的矛盾冲突，乃至于李高成个人内心中存在的矛盾冲突，这所有的矛盾冲突最终都聚焦落脚到了主人公李高成身上。我们所谓中心人物聚焦式的结构方式，正是对于这样一种文本事实的描述与概括。这也就是说，一方面，小说文本中所有错综复杂的矛盾冲突都聚焦在了李高成身上；另一方面，所有的矛盾冲突又从李高成这个中心人物身上辐射到了文本的各个侧面、各个角落。

这样看来，《抉择》其实并不是一部只注重内容而对小说的形式因素有所忽略的作品。最起码，从对于长篇小说而言最为重要的结构角度来看，作家张平这样一种中心人物聚焦辐射式的结构模式的设置还是极为成功的。倘若没有这样的一种结构存在，那小说中的诸多矛盾冲突也就无法被有效地整合为一个完全的艺术整体。张平创作谈中的说法或者是作家的一种谦辞,或者也的确是一种实情,就是说张平自己的确没有在小说的形式方面作过多的思考。但从小说的文本实际来看,根据我们如上的分析,《抉择》却实在不能被看作一部形式不成功的长篇小说。小说问世后之所以能够形成很大的社会反响,并继而获得茅盾文学奖,绝不是一件偶然的事情。在其中,小说的形式因素很显然也发挥着至关重要的决定性作用。

如前所言,《抉择》的成就有一个非常值得注意的方面,就是表现为对于底层工人生存状况的真实再现。在自己的创作谈中,张平曾经不无愤激地表达过自己为老百姓写作的意愿:

> 我们似乎很少有人这样去想去做:我这一部作品就是要写给最普通最底层的老百姓看,写给这近十亿的农民和工人看。面对着市场和金钱的诱惑,我们的承受能力竟显得如此脆弱和不堪一击。或者只盯着大款的钱包;或者放弃了自己的尊严和职责;或者把世界看得如此虚无和破碎;或者除了无尽的愤懑和浮躁外,只把写作作为一场文字游戏……写作如果变成这样的一种倾向,那么老百姓的生活也就不再显得那么重要;处处都有生活,处处都有素材,处处都能产生语言游戏的欢欣和情欲,时代和生活也就没了任何意义。于是我们的作品离老百姓的生活越来越远,读者群也越来越小。到了这种地步,我们却又拿出"边缘化"、"多极化"的理论,以印证文学的备受冷落和读者群的减少势在必然。①

张平的观点与立场非常明确,当下时代之所以会出现所谓的文学"边缘化"现象,一个根本的原因就是我们的文学早已远离了时代,远离了底层老百姓的真实生活。因此,对于张平来说,他文学创作的一大根本追求就是要以自己手中的笔去描写、展示底层民众真实的生存景况。他在《抉择》中对于产业工人窘迫异常的生存状况的形象展示,正可被看作对于自己文学理念的一种忠实践行。

且让我们先来看看李高成在春节前夕来到中阳纺织集团公司时所目

---

① 张平:《永生永世为老百姓而写作》(代后记),见《抉择》,人民文学出版社2004年版,第30页。

睹的一幕幕工人生活的贫困状况。

首先是老厂长原明亮。

他做梦也没想到这个曾管理上万工人的中阳纺织厂老厂长的家里会穷成这个样子。

已经做了祖父和外祖父的原明亮，和他最小的儿子住在一起。加上儿媳和老伴，一家五口人挤在一套不足五十平米的单元房里。说是两室一厅，其实那个厅只有六平米左右，而这六平米左右的厅竟然就是他家的会客室！两个十多平米的房间，一个小点的做了自己和老伴的卧室，一个大点的做了儿子媳妇的卧室，还有一个四平米左右的储藏室，则做了他十三岁的孙女的卧室！

其实老厂长的家里还多着两口人，那就是老厂长的一个外孙，一个外孙女也住在家里，白天在这儿吃饭，晚上在这儿睡觉，只有在星期天的时候，女儿才把孩子接回家去。这就是说，老两口的卧室里，晚上要住进去四口人！

然后，是曾经在中纺当了三十多年模范标兵的范秀枝老人：

一间只有二十平米多点的又矮又黑的平房，被隔成了三个小格子，在这三个格子里，竟然住着一家三代十一口人！

而这家人在这样的屋子里已经整整住了将近三十年！

做饭的地方几乎就在街面上，因为这个所谓的"厨房"，撑死了可能也就是一平米多点。如果不把"厨房"伸到街面上，那么这个"厨房"里根本就没法转过身来。

一个七八平米大小的格子，既是会客室，又是这家主人的卧室。一张老大不小的木板床，就几乎占满了整个格子的空间。特别引人注目的是，这张大床上竟然放着两大三小五床被褥！这就是说，这样的一张小床上，晚上大大小小的要睡上去五个人！

尤其让人感到震撼的是中纺高级技工胡辉中的人生遭遇：

"他之所以对胡辉中印象深刻，就是因为他当时是一个考上了中专，同时又是一个被中纺招了工的插队生。在这两者之间，胡辉中选择了招工而没有去上学。"在本来可以去上中专的情况下，胡辉中却毅然地选择了招工，这在1980年代的中国，的确应该算是一件新鲜事，多少带有一点逆时代潮流而动的意味。而胡辉中之所以会做出这样一种人生选择，一个很重要的原因就是出于对中纺的高度信任。"……因为中纺是个好厂子，国家的企业，铁饭碗，待遇高，好多人走后门都进不来的……"，这是在回答李高成的询问时，胡辉中所发出的肺腑之言。

果然，在进入中纺之后，兢兢业业的胡辉中曾经取得过人生的辉煌与成功。

  1985年，他亲自给胡辉中争取了一个名额，让他在纺织部举办的高级技工培训班培训了一年零三个月，成为中纺高级技工中的骨干。
  1986年，胡辉中在全国纺织系统技工大赛中，获得第一名。
  1987年，胡辉中在全国纺织系统技工大赛中，再次获得第一名。
  也就是在这一年，胡辉中同一名纺织女工结了婚，是中纺女工中非常漂亮的一个。李高成当时应邀参加了胡辉中的婚礼，他甚至还在小伙子的婚礼上讲了几句话，认为胡辉中选择了一条属于自己的道路，他在这条路上走得非常实在和成功。

然而，与当年曾经的辉煌与成功相比较，胡辉中当下的生存境况就可谓斯文扫地一落千丈了。因为厂里停工停厂，这位徒有一身本领的高级技工，英雄无用武之地不说，曾经引以为骄傲的漂亮妻子也和他离了婚，"厂里停工停产，发不了工资，没有积蓄，没有住房，又没有别的收入，也看不到任何希望……没吃没喝的，那日子还能过得下去……"。就这样，失去了妻子的胡辉中只能一个人带着自己的女儿过活了。高级技工胡辉中于是也就变成了出现在李高成眼前的钉鞋匠，而且，他的小摊还只能摆在臭烘烘的厕所旁边。

当然，还有与李高成一家有着颇深的渊源关系，曾经给他的孩子做过将近五六年奶妈的纺织女工夏玉莲：

  屋子里比他想象的还是小得多，主要是乱七八糟的东西太多了，哪儿也塞得满满的，于是本来就小的空间就更显得小了。

一个只剩了二三平米的小院落，则成了做饭的地方。

大白天家里还亮着电灯，但光线还是出奇地暗。一来是家里太黑，二来是灯泡瓦数太低。可能是为了省电，灯泡顶多只有十五瓦。难怪她刚才走到外边时，会感到那么刺眼。

主房看来是已经让给媳妇住了，但这个所谓的主房也一样小得可怜。除了那张双人床和一小溜简单的家具外，就几乎再没什么空间了。

夏玉莲住的地方竟是在原来的那个露天的小厨房里！其实也就是两个屋子之间的一个小缝隙，只有一米左右宽，不到两米长，原来露天的地方，竟然用一大块塑料膜撑着！

这还只是夏玉莲一家的居住条件。更要命的是，虽然已经五十四五岁退休在家，但夏玉莲为了一家人生计却仍然不得不到私人承包的纺织分厂干临时工：

夏玉莲活脱脱就是一个"白毛女"，头上、脸上、衣服上全都厚厚地长了一层长长的白毛，以至于让李高成好半天也认不出来眼前的这个"白毛女"到底是不是夏玉莲。

她正在费尽全力地干着活，看不清她的脸，只看得到她的背是那样的弯，她的身板是那样的单薄，她喘气喘得是那样的厉害。

老厂长原明亮、老模范范秀枝、优秀高级技工胡辉中、老工人夏玉莲，当下时代产业工人极其艰难的生存境况就这样以一种令人触目惊心的方式出现在了读者面前。面对这样的一幕幕情景，作家张平终于按捺不住地借助李高成的视角，发出了深深的慨叹"一家一家的都是这么小，都是这么窄，都是这么贫困，都是这么室如悬磬，一贫如洗"。"这些本应是国家中流砥柱的工人们，他们本身的抗灾能力竟会是如此的微弱，如此的不堪一击。""为什么会这样？为什么？"

与这些一线的产业工人们形成鲜明对照的，则是中阳纺织集团公司现任领导层十分严重的贪污腐败行为。

首先是变相的轮番出国旅游：

第七章 走向政治小说

他们给你汇报时可能会说，他们从来也没有带着自己的老婆一块儿出过国，这正是他们玩弄的一个小花招。是，他们并没有自己带着自己的老婆出去过，实际情况是，这个领导出国时带着那个领导的老婆，那个领导出国时，带着这个领导的老婆。

正是因为主要的领导都出国或者游玩去了，所以也就耽误了棉花的采购日期，自然也就酿成了购买两千多吨劣质棉花的事件：

你让人问问他们，1995年9月份、10月份他们都到哪里去了？真像他们说的那样到全国各地采购棉花去了？正因为他们一个个地出国的出国，游玩的游玩，才延误了棉花的采购期，直到他们一个个回来后，才匆匆作出决定，加紧时间采购棉花。但那时棉花已大幅度涨价，而且各地的棉花也已经被采购一空。

既然这样，那么中阳纺织集团公司也就只能从几乎不产棉花的江西的一个县买回了两千多吨劣质棉花。至于这些干部振振有词地向李高成汇报的与国外资本合作的事情，就更纯粹地是一个骗局：

他们说的那些搞什么合资的事，以我个人的看法，都只能是个设想。截至目前，他们吵吵着要同尼日尔、尼日利亚进行合作，这些我都清楚，根本都是没影的事情。甚至也可以这么说，这也同样是个骗局。他们的目的，我觉得无非就是想靠这个稳定人心，无非是为他们的出国找借口，或者想以此向领导和群众表白他们出国确实是为了公司，而且也可以以此把中纺找不到出路的责任推到银行身上。他们也确实同银行谈过同外方合资的事情，银行也确实不同意他们的方案，其实，他们要的就是这个结果：那是你们不同意并不是我们找不到办法，并不是我们没有能力。

如果说中阳纺织集团公司的现任领导不作为还罢了，关键的问题是他们还干着吃里爬外的卑鄙勾当，在巧妙利用手中的权力尽可能地把国家的财产装进个人的腰包里，进而转化为个人的财产。

如果说前边的几张条子还让李高成感到有些吃惊的话，那么另外的几张条子就实实在在地让人感到不寒而栗了。

今收到：

高城县河西纺织机械配件厂织布机技改配件八千五百件。

收领人：四分厂二级库管员马振海

1991年10月18日

一个县级的纺织机械配件厂，在前后不到一个月的时间里，刚从一个超大型国有企业里拉走织布机废品九千二百件，紧接着又运来属于技改新产品的织布机成品配件八千五百件！这种连任何手脚都不做的勾当，于光天化日、众目睽睽之下就这么干了出来！

十七张这样的收据！这就是说，就这么一车钢材，在中纺大大小小的库房里转了这么一圈，就等于卖给了中纺十七次！也就等于卖给了中纺十七车！就像玩戏法一样，十吨钢材一转眼间就变成了一百七十吨！

还有一车沙子卖了十二次，一车石料卖了九次，一车水泥卖了十四次！

真是今古奇观，闻所未闻！

而更加严重的，则是这些领导成立的所谓新潮公司：

李市长，不说别的，就只说他们成立的新潮公司，前前后后一共用国家的贷款投进去了几千万，然而三年过去了，究竟交回厂里多少？新潮公司下面一共有几十个分公司，遍及省内和全国各地，这些分公司的经理和负责人基本上全是他们的亲属和亲信。他们打的是公司的旗号，用的是国家的资金，却在为他们自己大捞特捞。亏了是国家的，赚了是个人的，还挣着国家的工资，顶着国家的干部头衔，坐着国家的汽车，享受着国家的福利，然而所干的一切都只是为了个人。无本万利，却不担任何风险！你想想职工们心里怎么会没有气？

而这所谓的新潮公司的分公司中，也就包括与省委副书记严阵有密切联系的特高特运输公司！包括李高成妻子的亲侄儿担任经理的青苹果娱乐城!

更有甚者,居然还形成了领导干部讲条件才退休的这样一种不成文的规矩:

> 而如今可真是不一样了,像前年中姚让公司里的总会计师退休时,去年让公司的副总经理和党委书记离退休时,每个人都拨给了相当于一百万款物的投资,让他们去搞第三产业。名义上当然是为公司去搞,其实这在社会上也是相当普遍的事情。离休了退休了,干了一辈子领导,总不能就这么一走了之,总得让再找点活儿干干,说白了也就是明退暗不退。

其实,我们只要看一看现任公司总经理郭中姚的生活方式,也就可以对中纺干群之间的巨大差异有一种直观的认识了解:

> 超豪华型是独门独院的小楼,豪华型是两户一院的小楼,一般豪华型则是一百平米以上,带有阁楼的单元房。
>
> 郭中姚住在一幢独门独院的超豪华小楼里。
>
> 李高成走到客厅里,立刻就明白了郭中姚为什么会用这样的一副眼神看他。
>
> 在这个暖烘烘的客厅里,在那张宽广的沙发上,还坐着一个打扮得妖艳入时,一身珠光宝气的年轻女人!
>
> 看这女人张扬放肆的样子,李高成立刻就知道这绝不是一般的女人,她不会是客人,也不会是妻子,更不会是子女和亲戚。客人不会就像在自己家里一样,衣服穿得这么少,拖着一双只有在卧室里才会穿的软鞋,几乎像是睡着了一样懒洋洋地躺在沙发上;妻子则不会有这样一副娇滴滴而又满不在乎的表情,她对郭中姚吃惊的神情似乎根本就没有觉察到,或者是觉察到了也根本没往心里去;而子女和亲戚,在自己的长辈面前,绝不会有这样的一副浓妆艳抹、放浪不羁的媚态。

请原谅,笔者在这里摘引了太多张平在《抉择》中的场景描写。笔者以为,我们通过小说中的这些场景描写,通过这些对比鲜明反差极大的场景描写，的确可以见出当下时代贫富两极分化的真面目来。就笔者个人的阅读视野所及，能够将这样一种大约形成于1990年代初期到现在为止都没有明显改观的时代现实，以如此鲜明形象的笔触再现展示在读者面前的，张平可能是作家中的第一人。正是通过这样一种不乏尖锐的对于时代现实的真实描写，张平在忠实地兑现着自己的承诺，在忠实地履行着百姓生活、百姓利益代言人的职责。在某种意义上说，张平的这种姿态也同样可以被看作一种"抉择"，体现了张平个人小说艺术抉择的思想与精神高度。

事实上，也正是由于有了总经理郭中姚以及副总经理冯敏杰这样一帮吃里爬外、胡作非为的蛀虫，所以中阳纺织集团公司的破败溃烂也就成了十分自然的一种结果。

> 截至1995年年底，除去外欠的款项，中阳纺织公司累计亏损和负债额已达到四亿五千万元人民币！而最近的亏损和负债额还没有结算出来，预计总外债额将接近六亿元！从1995年2月份开始，公司便已发不出一份工资。到1995年7月份为止，离退休工人和干部每人每月二百元的生活费也全部停发。从1993年1月份开始，公司的一些分厂便开始停产。1994年底，公司的大部分分厂分公司基本上都处于停产状态。1995年10月份，摇摇欲坠的中阳纺织集团公司终于垮了下来，公司全线停产，往日红红火火、震耳欲聋的中纺公司，顷刻间一片死寂。
>
> 这么大的一个国营大型企业，停工停产，加上离退休职工，近三万工人干部没有事情可做，而如今年关在即，再过几天就是春节，公司的职工们已经十多个月没领到工资了，天寒地冻，没吃没喝的，物价又是这样的高，想想怎么会不出事！

是啊，这样的一种情况又怎么会不出事呢？一方面是普通产业工人生存景况的极度恶化，一方面是工厂领导的贪污腐化为非作歹，一方面又是这么大的国营大型企业长时间的停工停产，你说，这干群矛盾能不激化吗？而干群矛盾激化的一个直接结果就是中阳纺织集团公司三四千工人群众准备到市委门口去集体请愿。这样，也就自然有了小说开头处市长李高成凌晨四点钟接到的那个关于工人要闹事的电话。从我们前面的分析已经可以看出，作家张平可谓一位制造艺术悬念的高手，这一点在《抉择》中同样得到了鲜明的体现。现有两万多一线产业工人的中阳纺织集团公司的一大批工人要到市委门口去闹事，这本身就构成了一大艺术悬念。那么，中纺公司的这么多工人为什么要去市委门口闹事？导致他们闹事的深层次原因又是什么？面对着这么多群情激愤的工人群众，前任中纺厂长、现任市长的李高成又该采取怎样的方式去解决问题平息事端呢？可以说，这一系列问题，一方面成为推动小说故事情节前进的基本动力；另一方面也对读者形成了极大的吸引力，吸引着读者伴随着小说叙事逐渐地把自己的注意力延伸到了小说的纵深处。在某种意义上，我们也可以说，正是怎样面对并解决中纺公司的问题这样一条线索，从始至终地贯穿了《抉择》的整个小说文本，小说中其他的矛盾冲突均是由这样的一种矛盾冲突牵引而出的。

面对中阳纺织集团公司这样一种极其糟糕的状况，李高成的第一个感觉是始料未及。作为市长的他，根本没有预料到自己的根据地——中纺公司的情况居然会严重到这种地步。由于在中纺工作过很长时间，由于长期在中纺担任领导职务，李高成对于中纺有极深的感情。一个明显的标志就是，中纺的现任领导班子，正是李高成在离开中纺升任副市长时不顾老厂长原明亮以及总工程师兼副厂长张华彬等人的坚决反对而一手安排的。小说题名为"抉择"，从小说文本来看，这一"抉择"其实更多地是对于主人公李高成而言的。从小说的情节发展历程来看，李高成曾经面对过多重的抉择。这第一重抉择，首先就是应该如何对待中纺公司工人群众的请愿行动。

一方面，李高成对于中纺的普通工人群众有着极深的感情。当他驱车来到中纺公司，面对着站立在凛冽寒风中的好几千群众的时候，他感到的首先是良心的不安："市长说到这里时，鼻子禁不住阵阵发酸。说句良心话，工厂的这种现状，工人们的这种处境，能同自己这个当市长的没有关系吗？把一切原因都归于市场经济、归于深化改革带来的，从根本上讲，这也同样是一种没有任何责任心的腐败行为！""而让他心里感到极为震撼、极为痛心的是，在中阳纺织集团公司这个地方，干群关系怎么会紧张到这个地步？真让人难以置信，这里的领导怎么还能在这样的环境里开展工作？还怎么当领导？还怎么领导得下去？在这样一个大公司里，究竟还会有多少人听他们的？""还有一点强烈地戳着他的心扉的,便是老工人对公司领导的那种态度!他相信老工人的话不会有假,但有一点还是让他无法接受,经他一手提拔起来的这个领导班子,真会这么腐败,真会让工人们这么无可奈何吗?"

但在另一方面,当他面对郭中姚这样一批自己一手提拔起来的领导干部,当他听取了这些领导干部带有明显自辩色彩的情况汇报之后,他情感的天平就又开始向这些领导干部倾斜了。"他不能相信,也真的无法相信。整整的一个班子,怎么能全部变坏了?这可能吗?当初他在中纺的时候,他们都是多好的干部啊!在那样困苦的环境里,在那样艰辛的日子里,他们都经受住了考验。实践证明他们确实是一批好干部,至少在品质上完全可以证明他们都是好干部。然而,这才多长时间,他离开中纺满打满算也就几年啊,这些干部怎么就一下子全变坏了?就算是变坏,又怎么能变得这么坏,坏得又这么多?""李高成突然感到,自己是不是也正是陷在这种特殊的人际关系里不可自拔?事情才刚刚开始,就先自手软了,心软了。看来自己的感情早就有了偏向,屁股也早就坐歪了。"

面对工人群众与公司领导各执一词的说法,李高成产生的是一种极大的困惑情绪:

> 他不禁又想起了昨天在公司小会议室里听汇报时的那种感觉,自己不也曾为他们的工作和努力而深受感动吗?对他们所做的一切也抱以理解和认可的态度吗?然而为什么一听到另一方面的议论时,自己的情绪和感觉一下子就会全变了,而且是变得这么彻底?是不是所有的领导都是这样?或者所有的人都是这样?遇到这一方时,感到这一方全对;听到另一方时,又会感到另一方也没错。

一方面,对立双方肯定都会本能地维护强调自身的利益,因此,在自己没有能够彻底地调查了解事实真相之前,出现如同李高成这样的感觉是十分正常的事情。但具体到中纺事件上,一种情感的作用还是从一开始就在影响着李高成。虽然数千群众聚集闹事这件事本身,就直观地告诉李高成现任公司领导班子肯定有问题,但因为这些领导干部都是李高成一手提拔任用的,可以说都是李高成的人,所以仍然对他们抱有某种情感期待的李高成,却并不愿意相信这些干部有问题。

第七章 走向政治小说

事实上，也正因为这样一种情感偏向存在的缘故，所以李高成的这次"抉择"便自然而然地偏向了公司领导干部这一面。所以当市委书记杨诚建议应该下决心处理这个领导班子的时候，李高成却成了这种建议的反对者。甚至于，这种反对的主张让李高成自己也感到十分惊讶：

> 在来这儿之前，他还想着如何说服市委书记下决心解决中纺的问题，尤其是想说服市委书记应该尽快成立一个比较大的专案调查组，马上到中纺进行全面的审核与清查，与此同时再组成一个暂时性的工作班子，全面接管中纺的领导工作。然而不知为什么，来到杨诚这儿还不到一刻钟，自己的情绪和立场好像一下子就全变了，就仅仅是因为杨诚的那些话刺激了自己的自尊心，或者是让自己感到无法下台吗？他突然觉得，原来在自己感情的深处，还是容不得别人对同自己有关的情感和事项上的任何伤害。所以在自己的下意识里，对中纺的那个领导班子，更多的只怕还是爱怜和袒护。

然而，市委书记杨诚的坦言相告，以及后来他亲自了解到的情况都明白无误地答诉李高成，在这样一个极其复杂的，到处都充满了诱惑的市场经济时代，由他所一手提拔任用的、他特别信得过的公司领导班子真的已经全部腐烂掉了。到这个时候，李高成所面对的就不只是处理不处理中纺公司这些领导干部的问题了。他所必须面对的新的"抉择"就是，怎样处理已经涉嫌腐败的妻子吴爱珍与省委副书记严阵。

李高成的妻子吴爱珍本身也是国家干部，是市东城区检察院的检察长兼反贪局长。吴爱珍不仅比李高成年轻11岁，人还长得挺漂亮。夫妻俩的生活一向甜蜜和美一帆风顺：

> 在婚后的二十多年里，他不仅深深地爱着妻子，也时时处处竭力维护着自己的妻子。平日里不管在外头多么的叱咤风云、说一不二，一回到家里，大大小小的事情总是让着妻子三分。当然，他们之间也从来没有出现过，也不可能出现什么大的原则性的问题，行业的不同，地位的差别，再加上他大了十一岁的年龄，以及妻子的娇柔和温润，使得他们之间很少会为什么事情产生争执，别别扭扭。

一个是市长，一个是反贪局局长，一个刚健威武，一个娇柔温润，而且还有一男一女两个孩子，现在都在大学里读书，虽然由于他们各自身担要务，平时在一块沟通交流的机会越来越少，但家庭的和美却还是肯定的。

  家里有两个卧室，自从李高成当了市长后，他同妻子更多的时候是各睡各的卧室，以免相互打扰，无法安睡。其实妻子的工作比他也轻不了多少。妻子是市东城区检察院检察长兼反贪局局长，常常忙得不可开交。卧室里各有各的电话，妻子的卧室里整日电话不断，有时候甚至半夜三更还有电话打进来。妻子还有一个BP机和一个移动电话，就是吃饭时也时常有人不断地呼她和找她。案子多的时候，她晚上很少十一点以前回来过。加上是市长的夫人，所以也就更加忙了几分。平日里两个人见面的时候，大都是在早餐时和晚饭以后。尤其是这一两年以来，夫妻俩在一个卧室里休息的时候也越来越少了。

最早察觉到妻子发生变化，是在中纺事件发生之后。差不多一直"井水不犯河水"的反贪局长忽然对市长丈夫的工作产生极大的热情，忽然开始向丈夫吹开了"枕旁风"。

  最好别查，宁可撤掉一个两个，也别去查。中纺是你起家的地方，查中纺其实就等于在查你，一查中纺，即便是查不出问题来，你在市里的威信也要打一个大大的折扣。一旦查出什么问题来，你可就会完了。在这个问题上你没有任何回旋的余地，一定得顶住。

不仅阻止李高成去全面调查中纺的问题，而且，吴爱珍居然还这样评价自己的市长丈夫：

  你呀，我们在一起过了二十多年了，我还不了解你。你这个人就是责任感太强，这既是你的优点，也是你致命的缺点。你现在已经是市长了，也该长长心眼了。趁着年龄还不算大，再想办法往上走一走。不要成天只会谋事，不会谋人，你也该成熟了。

第七章 走向政治小说

虽然这个时候的李高成还不知道妻子已经滑入了腐败的深渊，但妻子的这样一番论调却还是让他感到大为震惊：

> 他像不认识似的看着妻子，再也说不出一句话来。
>
> 他无论如何也没想到妻子竟会说出这样的话来，更没想到妻子的变化竟会这么大。
>
> 他仿佛有点不了解自己的妻子了。
>
> ……
>
> 妻子的这种变化究竟是从什么时候开始的？她甚至都已经开始在"纠正"和"引导"自己了，而这种家庭的"纠正"和"引导"，也同样是令人恐怖和极具诱惑力的。

这个时候的李高成自然而然地把妻子的变化归因于当下时代的影响，他根本没有想到的是，此时此刻的吴爱珍其实早已蜕化成了一名腐败分子。一直到从市委书记杨诚那里了解到新潮公司所属特高特运输公司与青苹果娱乐城有限公司的真相，了解到青苹果娱乐城的老板是自己的内侄吴宝柱的时候，李高成方才明白了为什么杨诚会一再对他强调："老李，我唯一担心的就是怕中纺的问题也许只是冰山一角。等到这座冰山全都露出来的时候，我们这市长书记也许才会面临最严峻的考验。到了那时候，我也不知道你我能不能顶住，你我还能不能这样坐在一起……"才知道自己的妻子其实早就蜕化变质了。

更为可怕的是，吴爱珍居然还振振有词地坚持认为自己的所作所为全都是合情合理、清清白白的：

> ……我知道，你今天一直在生我的气。你认为我在许多地方瞒了你，没有告诉你，你还会以为我不知吃了多少红利、挣了多少昧心钱。我并不是不想告诉你，更不是想有意隐瞒你。因为有些事情你根本用不着知道，你知道了又有什么用？你是个市长，犯得着为这些小事分心？更何况，这又是合理合法的事情，我的侄子在一个歌厅当经理，又有什么不可的？有文化，又有能力，又从未干过什么违法乱纪的事，清清白白，正正派派，哪儿写着他不能当经理？他又违反了哪里的规定？……

是的，咱们是挣了一些钱，可咱们挣的钱清清白白，一分一厘也没违法乱纪，咱们问心无愧。我跟了你半辈子，你的为人我比谁不清楚，什么时候多拿过人一分钱的东西。市里的干部们也是有口皆碑，送不进礼的领导里头，头一个就是李高成！这么多年，多吃了还是多占了？……而如今的社会，一没权，二没钱，你让孩子靠啥？就算不为自己想想，也不为孩子们想想？违法乱纪的钱我们一分也不沾，可干干净净的钱我们为什么不挣？

面对妻子这样一种"巨变"，李高成感到无比震惊，如果说中纺一帮领导干部的腐化变质已经大大出乎了自己的意料，那么每天都生活在一起的妻子的变化就更是他所始料未及的。

根本无法相信，却又不得不信，最害怕的就是这个局面，这个局面偏就是铁一般的事实，直觉早就告给他这一切都是真的，然而，当这一切真的出现在他面前时，则又是让他那样的无法接受和难以承受。

没想到跟自己恩爱如初，一往情深、朝夕相处、心心相印地生活了二十多年的结发妻子，竟然会这样彻头彻尾地欺骗了他，欺骗得这样处心积虑、不留余地！

李高成自顾自地只管吃着，由着妻子在耳旁长篇大论在诉说。他没有反驳，也不想反驳。因为今天一天来的遭遇，使他对妻子的认识已经有了一个天差地别的变化。这个巨大的变化给他的感觉是这样的强烈和如此的痛心疾首，他甚至觉得至少在目前他们之间已经没了对话的基础。他实在没法对她说，也实在不想对她说，就像眼前她说的这些话，给他的感觉是那样的陌生，离他又是那样的遥远。

面对着这样一种根本不可能料想到的突然变故，一贯以清白刚直自许的李高成顿时陷入了一种"跳进黄河也洗不清"的恐惧之中：

所有的人都瞒了你，你什么也不知道，所以也就根本没有发言权。如果你的妻子确实参与了此事，而你仍要坚持说你不知道，那

第七章　走向政治小说

么在别人眼前可就地地道道地变成了一个大笑料！

你自己批准的公司，你老婆又是这个公司的主要董事，你怎么能说你不知道？这岂不是太荒唐、太荒谬了？

只怕连鬼也不会相信你说的是真话！

他默默地注视着自己的妻子，妻子却始终没有看他。瞅着妻子秋波流媚的样子，给他的感觉却是从来没有过的憎恶和愤怒！

行文至此，一个十分重要的细节问题就有必要被提出来加以讨论了。这就是，既然妻子已经背着自己干了这么多无耻的勾当，那么身为丈夫的李高成居然真的会对此一无所知吗？这样的一种情节设计难道是合理的吗？应该说，在电影《生死抉择》放映后，也曾经有人提出过这样的质疑。对于这种质疑，作家张平给出过直接的回应：

> 对于影片人们有种种质疑和困惑，李高成的老婆背着丈夫干了那么多的事情他怎么就会不知道？观众的疑惑不是没有道理，因为在普通人家里，这事不太可能发生。但是在高级干部家中，却是完全有可能的，因为他太忙了，家里的一切事情都交给妻子，所以，有些事他真的有可能不知道。所以我常说，生活会纠正你的想法，生活就是真理。①

事实的真相可能真的如此。一方面，身为市长的李高成的确是太忙了，每天都有着千头万绪的事情等着他去处理，以"日理万机"来形容他的工作状态应该是相当准确到位的。另一方面，身为妻子的吴爱珍虽然貌似振振有词，但她其实自知自己所干的都是一些上不得台面的事情，所以，自然也就会刻意地回避隐瞒丈夫李高成。这样，一面是事绪繁多无暇旁顾；另一面却是心怀鬼胎刻意隐瞒，身为市长的丈夫李高成对于妻子的所作所为全然不知情也就是完全可能的。笔者想，不论是对于电影《生死抉择》，还是对于小说文本《抉择》，我们都应该持有这样的一种理解态度。

---

① 张平：《电影〈生死抉择〉的里里外外》，见《我只能说真话》，解放军文艺出版社 2002 年版，第 198 页。

既然一切都已经毫无遮蔽地袒露了出来，那么，李高成与吴爱珍这一对夫妻之间激烈冲突的爆发也就是不可避免的了。在激烈冲突爆发的同时，李高成更多的却是在深刻地思考着自己当年清纯的妻子是怎样一步步地堕落到这样一种地步的。

当时自己介绍她入党时，根本想也没想过这个单纯善良、美丽可爱、活泼欢快的姑娘有朝一日会成为自己的妻子。

然而，就是这样一个清纯的姑娘，在成为自己的妻子之后，在成为一名市长的夫人之后，却会变成了一个连自己也不相信、连自己也快不认识了的如此世故的女人！

是社会的变化让人改变了，还是地位的变化让人改变了？

容貌还是那么俏丽、性情还是那么娇柔、嗓音还是那么清脆的妻子，蒙蒙眬眬、混混沌沌之中，给他的感觉似乎跟二十年以前的那个姑娘并没有什么两样，而这么多年来，他好像仍然一直沉浸在这种蒙蒙眬眬、混混沌沌的感觉里。然而就在今天晚上，就在这几十分钟的时间里，就像当头一棒一下子把他敲醒了时，才发觉眼前的这一切同他所想像的竟是这样的判若云泥、天悬地隔！他们之间居然横隔着这样一条深深的鸿沟！

正因为由中纺集团公司的问题连带出了自己妻子的问题，所以李高成才更加感到了问题的棘手。如果说，那些由自己一手提拔任用的领导干部已经让他饱尝了下决心处理亲近者的艰难，那么，在面对二十多年来一直朝夕相处的妻子时，他就更加体会到了这种"抉择"的不易：

你妻子挣的钱其实也就是你挣的钱！

这就是说，这里的钱其实是被你给挣走了，你还在这里装疯卖傻地发什么脾气！像你这样的人谁会怕你！

你要处理这件事其实就是要处理你妻子，也就是要处理你自己！

你会处理你自己吗？

你能处理得了吗？

你敢处理吗？

他突然又想到了杨诚的那句话：

中纺的问题解决得好解决得不好，关键就在一个人身上，这个人不是别人，那就是你！

然而，李高成所面对的难题，还并不仅仅只是自己的妻子吴爱珍，更有提拔任用自己的恩人——可谓权倾一时的省委常务副书记严阵。

不过平日里李高成对严书记的这种口吻早已习惯了，官大一级压死人，何况李高成几乎可以说是严阵一手提拔起来的。李高成在中阳纺织厂当厂长时，严阵则是当时的市长。当时如果没有市长严阵的支持和举荐，李高成的副市长是根本没有可能的。李高成当了副市长不久，严阵便被任命为省委组织部部长并成为省委常委。于是有人就说，李高成命大福大，有了严阵做后台，真是福星高照、如登春台，仕途顺畅、一路绿灯。……再后来，便是李高成的被举荐为市长，一般的人认为，这也一样主要是由于省委组织部长严阵的作用，假如没有严阵的支持和信赖，一个由基层顶上来的企业干部，是不可能当上副市长，尤其是根本不可能当上一个省会市的市长的。

所以所有对李高成有所了解的人都是这么一致地认为，李高成如果没有严阵在后边撑腰，第一，不可能当上副市长；第二，不可能当上市长；第三，不可能任用和选拔那么多干部。

再后来李高成在市委书记一职的竞争中之所以失利败北，人们说了，主要还是由于严阵的缘故。因为当时省委研究市委班子人选的时候，严阵正在中央党校学习，再加上由于干部年轻化的力度加强，还有市里的经济形势并不稳定等种种原因，于是李高成便仍然一以贯之，原封不动地还是当着他的市长。

以上当然都还只是社会上对于李高成与严阵之间特殊关系的一种理解与看法，李高成自己却并不是这么理解的：

作为李高成自己，从来也没有在这件事上有过什么怨天尤人的想法，但是他对严阵却从来都是非常敬重的。因为李高成觉得严阵这个人绝不像别人议论的那样，好像在提拔用人问题上有什么三六九等的事情。他觉得严阵这个人正派、实在、认真、细致、谨言慎行、严气正性，而且看人很准。……他之所以被严阵看好并最终被提拔；李高成觉得主要还是由于工作上的原因。那时的中阳纺织厂名气有多大，腰杆有多硬，势力有多雄厚，名声有多显赫！而那时的李高成又是多么的超然物外、宠辱不惊、临危受命，所有的这一切又都靠得是自己的努力和能力，因此他也就没想过此生此世还要去当什么政府领导而要放弃自己的本行，同时也就根本没想过得去找什么关系、找什么背景、找什么靠山，更没想过必须得从这方面付出自己更多的精力和物力。

但是，让李高成所始料未及的是，他以为自己完全是依靠着自己的努力和能力上来的这样一种情况，在后来却被证明并不是这么回事。当然，这一切都是在李高成单独面见郭中姚时，被郭中姚捅破的。

说句实话，在认识你以前，我们就已经认识严阵了。因为严阵那时候需要一个给他脸上贴金的人，也就是需要一个干才，于是就选中了你。我们当时就已经清楚，只要你走了，我们就有希望了。我们那时的希望并不是想捞什么钱啦、东西啦一类的好处，我们就是想在你走了以后能尽快升一格。说实话，我们是通过你才认识了严阵，而没有严阵也就不会有我们的今天，当然没有严阵也没有你的今天。……你可能到现在也不明白，那时候，我们瞒着你，曾给严阵送了多少东西！

面对如此一种残酷的事实真相，李高成的心灵世界就更是震颤不已，"最最让他感到震惊和没想到的是，当初自己竟是被他们用金钱给送走的！他的位置竟是用金钱买来的！"李高成是一个十分自负的人，他一直自信自己能够走到今天市长的位置上，完全靠的是自己的"努力"。但事实却证明，原来他今天的位置，竟然也是肮脏的金钱交易的结果。这样的一种事实，对于李高成这种性格的人来说，其实是最致命的一种打击。当然，这一切都还只是后话。且让我们先来看最初得知贪污腐化的特高特运输公司，居然与自己一向敬重的严阵副书记有密切关

第七章 走向政治小说

系之后,李高成当时一种真切的心理感受。

如果这一切都是真实的话,就难怪严阵会在常委会上把他和杨诚都叫了出来,而且会用那样一种口气同他说话!

一切都清楚了,严阵的意思就是不想让人插手中纺的事情,最好不要去查!班子一个也不要去动!

严阵的那些话又说得多么义正词严、光明磊落!什么要警惕一些人借机闹事;什么要防止一些人趁机搞自由化、大民主;什么如今的一些人就是爱告状,动不动就是一大堆揭发材料……

原来是这样!

但严阵要的却是让你挂帅来处理中纺的问题,为什么?就因为你是他提拔起来的,所以也就觉得你在这个问题上不会对他构成什么威胁、带来什么麻烦?自己圈子里的人用起来当然也就感到放心?

或者,是不是还会以为你在这里面也一样有不干不净的地方?

正所谓道不同不相为谋,李高成实在想不明白,身为省委副书记的严阵需要这么多钱干什么:

就像对自己的妻子难以理解一样,他对他向来非常尊重的严阵书记也一样无法理解。

就只是为了钱吗?

如果只是为了钱,那他要那么多的钱干什么?

……

如果确实是为了钱,他挣那么多钱究竟要干什么?

如果这一切还是解释不了他目前的所作所为,那么,他挣这么多钱的意图或者目的大概就只剩下了一个:为了留一条后路。

照常理说,既然已经发现并证实了严阵副书记的问题,那李高成放手大胆地去处理就是了。关键的问题在于,他是生活在中国,处于一种浓厚的中国传统文化氛围的笼罩之中。在这样的一种文化氛围中,要想不无道德负担地对于曾经提拔任用过自己的严阵做出处理,恐怕就不是一件简单的事情了。

  提拔干部是组织的需要,并不是你个人的需要,因组织的需要而考核和提拔干部,你干的就是这份工作,凭什么对被提拔的人指手画脚、颐指气使,甚至终生以恩公自居!
  话可以这么说,理也是这么个理,但在实际生活中,你敢这样议论,你敢这样表示吗?
  如果你敢这样,别说你的提拔马上就会遇到问题,而且你的为人,你的品质、你的形象也一样会受到损害。即便是在一般人中间,你也一样会被人看不起。连提拔你的人都反对,那你还能算个什么东西!
  忘恩负义、恩将仇报,几乎就等于是六亲不认、毫无人性,这样的人连人都不是!
  也许这就是中国的文化,你真的没办法。

就这样,面对与自己朝夕相处共同生活了二十多年的妻子,面对曾经提拔任用过自己且权倾一时的省委副书记,市长李高成必须作出自己的"抉择"。正是在这个时候,李高成感觉到了自己内心中一种真实存在的矛盾冲突,感觉到了"抉择"的真正艰难:

  发生在妻子身上的那么多事情,直到现在他还拿不定主意究竟该怎么办。
  同省委常务副书记严阵有着直接关系的如此重大的经济问题,一直到现在仍然让他四顾茫然、无从下手。
  ……
  作为一个市长,他可以抉择任何事情,也可以对任何属于他领导范围和权限内的决断予以抉择,然而唯一让他感到难以抉择的事情,就是对属于他自己的事情无法作出决断。
  他可以选择别人,却无法选择自己。
  一个是提拔过自己的老领导、老上级。
  一个是相依为命了二十多年的妻子、自己孩子的母亲。
  这绝不是一个一般的选择,更不是一个跟自己毫无关系的

第七章 走向政治小说

选择。

……

处理他们其实就等于是处理自己！惩处他们也就等于是惩处自己！

何况这些事情的后果将是不可收拾的，等待着他们的结局也一样是不堪设想的。李高成连想都不敢想，一想就让他不寒而栗、毛骨悚然，一想就让他黯然神伤、五内如焚，一想就让他心慌意乱、六神无主。

这几乎就等于是自己要亲手把自己的妻子和上级送上断头台！

一个是朝夕相处了二十多年的结发妻子，一个是两次提拔了自己的老上级，而如今，他们将会在你的选择下，说得更确切一点，将会在你的告发下，生发出一个震天撼地而又谁也无法预料的后果，等待着他们的将会是严厉的处分、撤职、判刑、入狱，甚至会是……

他不敢往下想了，一想到这儿心里就会止不住地发出一阵阵疼痛和颤栗。

……

你自己呢？只怕也一样全完了。在一些人眼里，且不说你这个人不仁不义、不伦不类，只从另一点上来看，你也绝不会得到任何好评：这样的一个领导提拔了你，这样的一个女人做了你的妻子，你会是个好干部，好领导？还有，在你手里冒出了这么大的一个腐败贪污集团，你的上级领导又将会怎样看你？这岂不是你在给党和国家的脸上抹黑？这一切又岂能跟你没有任何关系，没有任何责任？

你不是个好领导，不是个好下级，不是个好丈夫，不是个好父亲。领导不会赞同你，群众也一样不会认可你！任何一个阶层都不可能接纳你，所有的人也都不可能理解你，等待着你的将会是孤独、寂寞，将会是人们的蔑视、诅咒，将会是一生的耻辱、嗤笑！

请原谅，笔者从《抉择》中摘引了如此长一段描写李高成内心激烈矛盾冲突的文字。张平的这段文字实在是太精彩了。作家深深地潜入了人物的心灵深处，将主人公李高成内心中的法律焦虑、道德焦虑以及自我焦虑非常生动形象地展示在了读者面前。所谓的法律焦虑，指的是李高成从内心中为自己的妻子，为自己的老上级担心，因为他们的所作所为很显然已经触动了刑律，他们必将为此而受到法律的严惩。所谓的道德焦虑，则是指李高成担心自己将会因举报、处理自己的妻子，自己的老上级而陷入千夫所指的道德困境之中，而背上难以清洗掉的骂名。要知道，对于一个亲手将自己的妻子，将提拔任用了自己的老上级推上法庭的人，中国的公众持有的将会是一种一致的指责姿态。所谓的自我焦虑，指的是李高成一方面担心自己清正廉明的形象将会因妻子与老上级事件的存在而受到很大的影响；另一方面也在担心自己在举报、处理了妻子与老上级之后所可能招致的公众责难。正是因为存在以上三方面的深层焦虑，所以李高成才备感孤独寂寞、困惑茫然，才深深地陷入了自我的激烈思想斗争中而难以自拔。设身处地地想一下，任是谁，在陷入如同李高成这样极端艰难的境地时，都会像他一样感到孤独无助的。正所谓人同此心，情同此理，能够将李高成此时此刻真实的矛盾冲突心理如此真切地展示在读者面前，一方面，说明作家张平的笔触的确已经深深地探入了人性的深邃处；另一方面，却也说明着张平不凡的艺术表现功力的具备。即使仅仅只是从小说的艺术表现层面来看，张平的这一番心理描写也称得上淋漓尽致、力透纸背。

然而，尽管李高成内心中充满了激烈的矛盾冲突，但他却又非常清楚自己面对着的是"一个真正的抉择，是一个真正需要付出巨大代价的抉择"。并且，他还清楚地知道："在这个问题上，没有第三条道路可走。他必须作出抉择，必须尽快作出抉择。否则，他将不再拥有抉择的权利和机会。"正所谓机不可失，时不我待者是也。

这之后，紧接着便发生了李高成住院事件。李高成的住院，一方面固然是他去被私人承包了的纺织分厂探望夏玉莲被保安殴打的结果，但在另一方面，却也未尝不可以被理解为是其内心的矛盾冲突长期积郁难以排遣所导致的一种结果。而他的因病住院，却又马上牵引来了众多关注的目光。

关注李高成的，明显地可以分成两个阵营。第一个阵营是那些自己存在腐化劣迹的领导干部，第二个阵营则包括了市委书记杨诚以及中纺许多普通的干部群众。

按照妻子吴爱珍的病床记事，在李高成昏睡不醒的两天时间里，先后有严阵、郭中姚、钞万山、陈永明、吴铭德、冯敏杰、王力嘉、王义良、张德伍、吴宝柱等人前来医院看望过他。这其中除了吴宝柱与王力嘉之外，清一色的全部是与中纺事件有关的贪官污吏。

这一帮人的相继探访以及吴爱珍的病床记事，明显地透露出了试图将李高成拉回到他们这个阵营中的意向：

> 尽管是一个小小的笔记本，但却像一张无形的柔柔软软的情网，铺天盖地地向他压了过来。面对着这样一张大网，似乎让你根本无法抗拒，不知不觉便让你丧失了一切抵御能力，甜甜蜜蜜、浑浑噩噩、心甘情愿、情不自禁地便被俘虏了过去。
>
> ……
>
> 一切的一切，就是这么明显，就是这么露骨，就是这么毫不遮掩。
>
> 退一步天阔地宽，山清水秀，所有的一切都还会像以前一样。天色还是那么湛蓝，太阳还是那么红亮，你还是你，朋友还是朋友，上级还是上级，领导还是领导，闺女是闺女儿是儿，爹还是爹来娘还是娘，你还是你前呼后拥、万人敬仰的市长，你的家也仍然还是让无数人艳羡不已、向往不已的家庭，依旧是享不尽的荣华富贵，依旧是蜜一般的温柔之乡……
>
> ……
>
> 一切的一切，就看你怎么走，就看你怎么选择了。无非就是在告诉你，你的命运其实是掌握在你自己的手里。
>
> 真的就是这么明显，就是这么露骨，就是这么毫不遮掩。

虽然在吴爱珍的笔记本里没有丝毫的记载，但事实上，在李高成昏睡不醒的两天时间里，前来看望他的，还有市委书记杨诚，还有纺织女工夏玉莲，当然，更有多达一两千人的中纺普通干部工人。

李高成明白，工人们在这个时候来看望他，是有其更深一层的含义的。工人们是在以一种道义上的关怀，来向社会和政府表示他们的立场和好恶：我们工人支持李高成这样的市长；反过来，这里头当然还包括有另一层含义：那就是希望你这个市长也能同他们站在一起，希望你能顶住，希望你不要改变你的立场，也不要改变你的态度……

很显然，对立的两个阵营都明显地意识到了市长李高成的存在价值，都试图以自己的方式来干预影响李高成对于中纺问题的态度。因为，作为主管全市经济工作的市长，李高成的态度对于中纺问题的解决有着至关重要的作用。

他们之所以这么处心积虑、小心翼翼地在这儿设下这么多埋伏和罗网，无非就是这么一个目的，就是要把你给稳住。稳住你也就稳住了一切，得到你也就等于得到了一切。

同样没有别的，就因为你对他们还拥有权力，你还能制约他们。一句话，因为这会儿只有你能除邪惩恶、止暴禁非！也只有你能削株掘根、以儆效尤！

因为你还是个市长！

正因为意识到自己还是一个为贪官污吏所惧怕的市长，正因为清醒地认识到自己的所作所为可能给贪官污吏们造成的巨大打击，正因为明显地感觉到了以省委副书记严阵为首的那个腐败官员阵营来势汹汹的进攻态势，所以李高成最终作出了自己的"抉择"。他终于绝地反击，以积极的进攻姿态来回应严阵阵营的挑战了。但难能可贵的是，在这个过程中，张平再一次以生动的笔触探寻再现李高成的人性软弱处：

而你却这么患得患失，思前想后，每走一步都这么斤斤计较，心事重重，是不是就是因为你得到的太多了？所以你自己也就想得太多了？

说到底，还不就是一个怕字。怕失去你的家庭，怕失去你的名声，怕失去你的身份，怕失去你的位置。一句话，怕失去你的既得利益，怕丢掉你的乌纱帽！

能够将李高成曾经有过的自私心理揭露出来，能够将李高成一度患得患失的心态展示在读者面前，正说明李高成并非不食人间烟火的圣贤，而是一位同样具有七情六欲的普通人。因为从某种意义上说起来，李高成所面对着的挑战丝毫也不亚于我们的战士在前线面对着敌人的枪口。而这，也就意味着李高成同样有可能如同前线的战士一样牺牲自己，只不过这样的一种牺牲看似无形罢了。李高成能够在经过一番紧张激烈的心理斗争之后，毅然决然地作出与腐败分子坚决斗争到底的人生"抉择"，其实是相当难能可贵的，带有一种极其悲壮的色彩。正是因为有了这样一番真实的心理斗争描写作坚实的铺垫，所以李高成的这样一番豪言壮语才是真实可信的。李高成义正词严地对郭中姚说：

> 你错了，我现在就明明白白地告诉你，我宁可以我自己为代价，宁可让我自己粉身碎骨，也绝不会放弃我的立场！我宁可毁了我自己，也绝不会让你们毁了我们的党！毁了我们的改革！毁了我们老百姓的前程！这就是我同你们不一样的地方！也是所有有良心的中国人跟你们不一样的地方！也是一个真正的共产党人跟你们不一样的地方……

曾经有人以为张平的小说"总有一个光明的尾巴。不管正面主人公所遭遇的多么坎坷，黑社会的关系多么复杂，恶势力多么嚣张，最后总能云开雾散，逢凶化吉"①。这样一种看法貌似有一定道理，其实却是一种皮毛之见。我们在这儿不可能从总体上对这一问题结合张平的文学文本展开充分的论述，只能就《抉择》来谈一下对这个问题的看法。《抉择》中的李高成这一人物看似取得了道义上的胜利，他既取得了省委主要领导万书记与魏省长的信任，也赢得了广大人民群众的热烈拥护。从故事情节的总体发展走向来看，正义力量得到了充分的肯定，腐败分子遭受了沉重的打击，似乎的确在证实着那位论者关于张平的小说总有一个光明尾巴的观点。但如果我们在更深的层次上来分析理解李高成这一人物形象的话，其实他更应该被看作一个个性十分鲜明的悲剧英雄形象。要想充分地理解这一看法，我们就必须首先引入小说中的人物吴新刚，这位对于李高成了解甚深的他的秘书，对于这位市长的一种中

---

① 张平：《作家应该代表社会的良知》，见《我只能说真话》，解放军文艺出版社2002年版，第91页。

肯评价：

> 李市长，我什么也不担心你，什么经济问题呀，作风问题呀，政治问题呀，我想也不想，这一点我清清楚楚，你什么问题也没有，你是一个真正的好干部。我最担心的就是怕你查出了问题，但也把自己赔了进去。李市长，你回头好好想一想，凡是真正惩治腐败、大力整顿不正之风的人又有几个被提拔被重用了？反腐败是要付出代价的，有时候会是一生一世的代价。

笔者觉得，吴新刚的这样一段话，对于我们更加准确到位地理解把握李高成这一人物形象，有着不容忽视的重要意义。这段话清楚地告诉我们，如同李高成这样坚定的反腐败者，必然会为自己的行为付出惨重的代价。这种代价对于李高成而言，一方面固然是自己的妻子被送上法庭，自己的家庭生活因而必然陷入混乱的状态。但更为重要的一个方面却在于，李高成自己的政治前途也将因此而被宣告终止。虽然在小说中，李高成的辞职要求被省委万书记断然拒绝了，但从现实生活的角度来看，如同李高成这样的"问题"干部很显然已经不会再有升迁提拔的可能。甚至于，李高成要想保住自己的市长位置恐怕都是不可能的。对于李高成这样的领导干部来说，其最大的人生悲剧就莫过于自己政治前途的非正常中止。从这个意义上来看，《抉择》的主人公李高成当然就只能被看作一个市场经济时代背景下的现代悲剧英雄形象了。

张平《抉择》一个非常重要的艺术成就，正在于以鲜活灵动的笔触生动形象地塑造出了李高成这样一位既具有坚定的人生信仰，具有难能可贵的理想主义精神，同时却又别具人性深度的人物形象。正如同我们已经指出的，1990年代之后的市场经济时代是一个理想与精神信仰被排斥、挤压着的物化时代。在这样一种时代背景下，流波所及的一种结果是，即使是在我们的小说作品中，也出现了一种非常明显的人物精神侏儒化、世俗化的倾向。面对如此一种普遍的人物精神状况，如同《抉择》中李高成这样既带有理想主义色彩而又相当真实可信的人物形象的出现，也就既构成了对于这样一种创作倾向的有力反驳，也形成了对于市场经济时代世俗化倾向的深入批判。即使仅从这一点来看，张平的长篇小说《抉择》也应该得到充分的肯定。

第七章 走向政治小说

最后必须提及的是，《抉择》对于当下时代中国社会政治生态状况的描写与展示。虽然早在《凶犯》中，甚至早在《血魂》的创作中，张平就已经明显地表现出了探究表现中国社会政治状态的浓厚兴趣，虽然我们也把《血魂》《凶犯》看作一种社会政治小说，但说实在话，《血魂》也罢，《凶犯》也罢，其实都属于对于社会政治进行侧攻的小说作品。所谓侧攻，就是说这两部作品的思想着眼点虽然都在于对一种社会政治状况的揭示表现，但作家抵达这一目标的方式却是迂回曲折的，都是通过一桩凶杀案件的描写而抵达写作目标的。与《血魂》《凶犯》相比较，张平的《抉择》就属于那种把社会政治生态状况撕开了写的，对于社会政治状况进行毫不掩饰的正面强攻的长篇小说。一迂回曲折，一正面强攻，一旁敲侧击，一撕开了写，后者的写作难度由此可见，类似于《抉择》这样一种写作方式对于张平的巨大挑战性也显而易见。作为张平第一部正面强攻社会政治生态的长篇小说，能够达到如《抉择》的这样一种思想艺术境界，其实是相当不容易的。

细读《抉择》，不难发现，所谓的中纺事件，其实只是作家一个十分巧妙的文本切入点而已。通过这样一个事件，借助于主人公李高成的视角，作家张平更为根本的思想艺术旨趣，其实在于对当下中国社会政治生态的描写与剖析。可以发现，小说的绝大部分篇幅所呈示的都是当下时代的社会政治生活图景。作家之所以将一个省会城市的市长设定为自己的小说主人公，也正是为了能够有效地实现自己的这样一种艺术抱负。因此，作家在小说中虽然也写到了一些普通的工人群众形象，但占据文本中心位置的，却很显然地是如同李高成、严阵、杨诚、郭中姚、吴爱珍、冯敏杰这样一些各阶层的领导干部形象。

我们之所以断定《抉择》是一部优秀的社会政治小说，除了占据文本中心地位的以市长李高成为焦点而逐层展示出来的一幕幕鲜活社会政治图景之外，我们还必须注意到小说文本中专门谈论社会政治状况的大段叙事话语的频繁穿插出现。

比如，在市委书记杨诚出场之前，一种对于党委与政府部门之间普遍矛盾的谈论：

> 人们都说如今的体制，让省长和书记，市长和书记，县长和书记以及乡长和书记成了天生一对矛盾。一般来说，党政部门和政府

部门很少有不闹矛盾的。书记管干部，市长抓经济，一个管人，一个理财。想想并没什么可冲突的地方，但在实际工作中一接触，可就处处是矛盾，时时有抵触。比如市长抓经济，抓企业管理，首先的问题就是要有一批懂经济、会管理、有市场意识的企业领导人才。但如何起用这些企业人才的决定权却不在市长手里，而是在书记手里。这一根本的矛盾，就决定了这两方面矛盾的长久性、尖锐性和广泛性。

再比如，在写到面对负责调查中纺公司问题的财政局副局长与审计局局长的留言时，李高成一种情不自禁的感慨与顿悟：

> 如果这一切都不是，那就只剩了这一种可能：是这些人，是这些经过你严格筛选，全都认为是靠得住的人，在别人眼里全都是你自己的人，完完全全地领会错了你的"精神"和"意图"，从而按你的这种"精神"和"意图"，虽然很难，很费周折，但还是竭尽全力、非常努力地完成了这个任务！
>
> 也许正因为你所选的都是"自己人"，所以这些"自己人"在完成你布置的任务时，就必然要从各方面来猜测、"理解"和"领会"你的"精神"和"意图"，当他们觉得"真正""理解"和"领会"了你的"精神"和"意图"时，当然也就会非常努力和竭尽全力地全面"落实"你的"精神"和"意图"，并最终让你放心、让你满意地完成你布置的这一任务。
>
> 这也许就是唯一的合理解释！

翻检《抉择》，可以发现类似的叙事话语还出现了很多。可以说，这些叙事话语的适时穿插运用，对于《抉择》批判性地洞穿并表现当下时代社会政治生态的根本创作意图，同样起到了十分重要的作用。

1990年代的张平，差不多可以说是进入了文学创作的一个井喷时代。他重要的长篇纪实文学《天网》《孤儿泪》，重要的长篇小说《凶犯》《对面的女孩》《抉择》都创作于这个阶段。这不，《抉择》完成之后不久，张平很快地又投入了另一部篇幅近六十万字的长篇小说的创作过程之中。这部作品就是我们要具体展开讨论的《十面埋伏》。

第七章 走向政治小说

我们注意到，在小说的"代后记"中，张平曾经这样描述自己写完《十面埋伏》之后的感受：

> 写完《十面埋伏》的最后一笔，已经是凌晨一点，天色黑沉沉的，住宅四周悄无声息。我一个人默默地坐在自己不足4平方米的书房里，眼泪突然汹涌而至。我用双手抹了一把又一把，怎么也抹不完。
> 为自己，也为自己作品中的这些人物。①

笔者相信，张平的描述肯定是真诚的。这一点，有自己真切的阅读感受作佐证。说实在话，作为一个差不多是以阅读写作为基本生存方式的职业读者，笔者每年阅读文学作品的数量是相对巨大的。然而，一个非常奇怪的现象却是，虽然笔者所读的这些作品中肯定不乏优秀之作，但真正地能够被感动，让笔者情不自禁地掉下眼泪来的这样一种阅读体验却又是相当罕见的。只有对张平作品的阅读是一个例外，无论是在过去遭遇战式的阅读过程之中，还是在这次为了这部著作的写作集中的阅读过程中，笔者却总是能够被张平作品中的人物和故事所感动，笔者的眼泪总是会难以自控地夺眶而出。正是在这样的一个意义上，笔者绝对相信张平表达的真诚性。作为一位与自己亲手创造的人物共同走过了相当长时日的作家，当自己创造的这些人物一个个离自己远去的时候，他的眼泪又怎么能够不"汹涌而至"，抹也抹不完呢！

那么，我们又该怎样看待这样的一种阅读现象呢？笔者想，我们首先当然不能简单地以读者是否掉泪，作为衡量文学作品优秀与否的唯一标准，不能说只有那些能够让读者哭得死去活来的文学作品才是优秀的文学作品。那些虽然无法使人掉泪，但却或者使人感叹，或者促人深思，甚而或者使人发笑者，也同样可能是优秀的文学作品。正如同文学创作是多元化的一样，优秀文学作品的衡量标准当然也不应该简单地定于一规。但这却并不等于说，张平的文学作品能够让人感动得掉泪是一个可以被轻易忽略的阅读现象。张平当然不是以煽情为主要表现手段的以赚取读者眼泪为根本目标的通俗小说家，他是一位以探究表现社会人

---

① 张平：《遭遇十面埋伏（代后记）》，见《十面埋伏》，作家出版社1999年版，第627页。

生与复杂人性的真相为己任的严肃小说家。作为这样的一位严肃小说家，他的类似于《十面埋伏》这样严肃厚重的社会政治小说能够让读者以泪洗面，就说明其中的人物命运已经与读者的心灵世界产生了强烈的共鸣，正如同《红楼梦》中描写黛玉听到《西厢记》唱词时的暗自垂泪一样，一方面固然说明林黛玉此人的生性敏感多情，但在另一方面，却也说明了《西厢记》本身的创作成功。笔者觉得，对于张平的文学创作，我们也应该作这样一种理解。能够打动读者的心灵世界，与读者的内心世界产生强烈的共鸣，最起码在接受美学的层面上充分证明了张平创作的成功。

为了《十面埋伏》的创作，张平同样耗费了巨大的心血：

《十面埋伏》是自己耗时最长的一部作品。采访时间长，构思时间长，写作时间长，对自己身体和健康的损耗也最大最长。写完《十面埋伏》，我发现自己的视力下降到足以让我感到震惊的地步。身体的抵抗力也大不如前。成年累月地伏在电脑荧屏前，脖子几乎成了硬的，动不动就头晕脑胀，颈椎有毛病势在必然。为了体验那种真正惊心动魄的感觉，自己曾跟着特警队，连夜长途奔袭数百公里，到邻省一个偏远乡镇去解救人质。回来后昏睡两天两夜，上吐下泻，高烧不退，患急性中耳炎以致鼓膜穿孔，住院20余天。与其说是自己作品中的人物在进行着殊死的较量，还不如说自己的肉体和灵魂在进行着殊死的较量。

……

就像我的这种费劲而又愚笨的写作方法一样，每写一部作品前，都必须进行大量的采访和调查。不熟悉，不了解，感动不了自己的人和事，我根本无法落笔。即使是在写作期间，一旦有拿不准的地方，还是得不断地往下跑。没办法，写现实题材，只要写的不是个人亲身经历过的事情，大概就只能这样，于是越写也就越觉得难。……大家都没经历过的年代和社会，你想怎么写就可以怎么写；大家正生活在其中的日子，你若想把它写像了，大家都认可了，可就绝非那么容易。这跟作家的想象力没有任何关系，再有想象力，也不可能把你没见过，没听过，一点儿不懂不知道不熟悉不了解的东西写得栩栩如生。一个细节，一常识性的东西，有时候采访好长时间还是闹不明白。①

笔者觉得,张平以上文字中有一点是应该质疑的,那就是他所说的"《十面埋伏》是自己耗时最长的作品"。说这部作品的"采访时间长,构思时间长",笔者当然承认,但如果说"写作时间长",恐怕就未必了。作这样一种表述的时候,张平或许遗忘了自己《对面的女孩》的创作前后耗时差不多长达十年之久。《十面埋伏》的写作时间再长,也长不过《对面的女孩》吧。然而,虽然存在这样一种表达上的失误,但"代后记"中所记述的采访写作的艰难却绝对是真实的。正如同《抉择》的写作一样,《十面埋伏》的写作,从题材的意义上说,又是作家十分陌生的一个领域。虽然此前在《血魂》与《凶犯》中,张平对于所谓的公安侦破生活似乎已经有所触及,但也只是偶有触及而已。说到底,那两部小说是在题材上打了一个"擦边球"而已。对于真正意义上的公安侦破题材,张平并没有作正面的强攻,并没有从正面撕开了去写。这样的一种写法,到了《十面埋伏》这样一部全面表现公安司法领域生活的长篇小说中,很显然就不合时宜了。要想将这样一个陌生的生活领域形象生动地呈现在广大读者面前,作家张平当然就需要下基层去进行大量的采访,就得去积极主动地了解自己相对陌生的生活领域。都说作家的写作只是一种脑力劳动,但类似于张平《十面埋伏》这样的写作其实却同时具备体力劳动的特点。

为了更真切地体会了解描写对象的生活情况,张平的身体也同样付出了惨重的代价:"回来后昏睡两天两夜,上吐下泻,高烧不退,患急性中耳炎以致鼓膜穿孔,住院20余天。"也正因此,所以当我们读到张平不无自嘲地说自己是一种"不可救药"的落伍作家,说自己的情感方式和写作方式"实在有些太迂腐太可笑太陈旧太原始"的时候,我们却无论如何也无法认同作家的自嘲方式。在这样一个很多作家只是把写作当成一种轻飘飘的文字游戏的时代,如同张平这样一种严肃认真的写作姿态就实在是难能可贵了。说实在话,据笔者了解,在当下时代,如同张平这样一种近乎刻板的写作方式差不多可以说是绝无仅有的。然

---

① 张平:《遭遇十面埋伏(代后记)》,见《十面埋伏》,作家出版社1999年版,第627—628页。

而，正所谓有一分耕耘，就会有一分收获，张平文学创作获得的巨大成功，再一次鞭辟有力地证明这种观点的合理性。

在前面的写作过程中，笔者曾经一再强调艺术结构对于一部文学作品，尤其是长篇作品的重要性。无论是对于一部长篇纪实作品而言，还是对于一部以虚构为本质的长篇小说而言，如何设置一个合理的艺术结构都是作家首先需要考虑解决的问题。张平《十面埋伏》这样一部近六十万字的长篇小说，当然也就更需要有一个合理的小说结构了。

具体来说，在《十面埋伏》中，作家张平设置出的是一种三线合一型的艺术结构模式。所谓的三线合一，我们姑且可以把这三条线索分别命名为狱内、狱外以及省城。这三条结构线索在小说的主要部分虽然也偶有交叉，但基本上还是分头发展演进的，一直到小说的结尾处，三条结构线索方才聚合成一条线索，将故事情节的大结局坦露在了广大读者面前。狱内斗争的主要人物乃是罗维民，狱外斗争主要围绕何波、史元杰等人展开，而省城斗争的主要人物则是代英。

罗维民是古城监狱中为数不多的一个狱侦人员，他于一个偶然的机会发现了在押罪犯王国炎身上存在很大的疑问。王国炎给罗维民留下的最初印象是他在被减刑时一种特别的激动与兴奋：

> 今年8月份，在那次对全监服刑人员宣布减免刑期和奖惩决定的大会上，当宣布到他由死缓减至为十五年有期徒刑时，他竟旁若无人，大摇大摆地当众站了起来。好象衣服的扣子也全都散开了，就像喝醉了似的，他一面很响地拍着自己的胸脯，一面呜哩哇啦地说着什么，然后就仰起脸来哈哈大笑，以至让在场的很多服刑人员都跟着他瞎起哄。

当时，罗维民以为王国炎的异常兴奋乃是由于忽然获得减刑所致。但后来联系他在劳改工地上对于其他服刑人员突然的恶性攻击行为，罗维民才把王国炎当初减刑时的异常兴奋理解成了精神病发作的先兆，并基本上把王国炎当成了一个患有精神病的服刑人员对待。

然而，王国炎把捡来的烟头放在嘴里咀嚼的异常行为却引起了罗维民特别的警觉：

罗维民心理突然感到一阵疑惑。这不是有意识地在吸引自己的注意力么？一个真正的精神病患者，是不可能有这种意识的。

紧接着，他的眼光突然同王国炎的眼光碰撞在了一起。就在这一瞬间，他清清楚楚地感到了对方眼神中的一丝令人恐怖的凶残和暴戾。在一个精神病患者的眼睛里，是不可能有这种眼神的。

除了怪异的行为与眼神之外，更令罗维民感到震惊的是王国炎对于几桩凶杀案的意外交代。其中，尤其吸引了罗维民注意力的，是王国炎对于发生于1984年的1·13杀人抢劫案情景与细节的细致描述。

因为罗维民当年正好在县公安局的刑警大队工作，是所谓1·13杀人抢劫案的亲历者之一，所以对这个案件记忆特别深刻的罗维民才会特别地注意到王国炎对于这个案件场景细节描述的逼真相似：

他决不相信一个没有亲身参与过犯罪的人，而且在精神似乎有些不太正常的情况下，能清清楚楚地讲出那么多逼真的案情，能说出那么多活灵活现的细节。

决不是。一个精神病患者的妄想，绝不可能同现实中发生的事情如此雷同。以至雷同到连一顶帽子、一条围巾都如此相似。而且一点都不是妄想，都是对过去的回忆。

其实，对这个服刑人员目前究竟是真疯还是假疯，眼下似乎已经没有太大的意义。重要性和严峻性在于，他所说出来的这些，如果不是亲身参与，是描绘不出这些细枝末节来的……

既然产生了疑问，那罗维民就肯定要去查阅原来的侦察员赵中和的相关工作记录，查阅的结果则是更进一步地加强了他的疑问。

眼前好像突然出现了一个看不见摸不着的巨大的黑洞，虽然眼下还弄不清楚它的轮廓和网络，但他却隐隐约约地感觉到了它的存在，同时也感觉到了一种巨大的引力和诱惑……

为了更进一步地证实自己对于王国炎的疑问不是错觉，罗维民迅速地对王国炎原来所在十一中队的几名服刑人员进行了个别谈话和询问。

谈话和询问的结果不仅证明了王国炎的"脑子没什么问题",而且还证明王国炎出手大方:"他什么时候也不缺钱花,一出手就是几百块""酒量这么大,喝得又全都是上好的酒,茅台,汾酒,五粮液,酒鬼酒……"证明王国炎在狱内狱外有很硬的后台,证明王国炎早在被宣布减刑之前就已经知道了自己要被减刑的消息:

> 那一天,王国炎就已经知道了要开什么会。他给他的好几个兄弟都说了,老子今天要好好庆祝一下,让大伙都高兴高兴……他还说他这回减了刑,用不了多长时间就能出去了。……当时他说这回他要给减到十五年,我们听了都不相信,觉得那根本就没可能。可没想到开会宣布时,竟然同他说的一个样,一点儿也没差了……

监狱本来是犯罪人员进行服刑改造的地方,但这王国炎却很奇怪地成为监狱中相当特殊的一员,不仅花钱大方,而且后台很硬,居然连管教人员也都对他网开一面,俨然监狱中的座上客。这样一位5月份刚刚因为行为恶劣被定为严管对象,8月份便被减刑至十五年的服刑人员,行为相当怪异,不仅长期不间断地记日记,还阅读犯罪心理学,甚至于可以细节非常逼真地交代出若干重大杀人抢劫案的发生情况来。这一切,都让敏感的罗维民感到了不正常,因而也就产生了很大的疑问。既然有了疑问,身为侦察员的罗维民自然就要向上级反映。然而,先后给狱侦科科长单昆、五中队的队长指导员汇报之后,罗维民却发现不仅没有能够引起相关领导的注意,反而还在某种程度上暴露出了监狱中一些相关领导身上存在的问题。

罗维民有些发愣地怔在那里,如果朱志成说的都是真的,那就是说,是中队长程贵华给自己说了谎话!如果程贵华真的是说了谎话,那就是说,王国炎之所以敢这么为所欲为,是因为身后有中队长程贵华在庇护着他!指导员吴安新没根,那就是说,五中队之所以是中队长说了算,就因为中队长程贵华背后有根!而五中队领导之间的分歧,很可能就在这里,一头在王国炎身上,一头就在那背后的根上!假如真是这样,程贵华调动和提升的原因,很可能仍在这里!只有程贵华管着王国炎,才会让一些人感到放心。而假如这一切都是真的,那么,这两天让人感到的种种疑点,立刻就会明明白白,这也就是说,王国炎这个关押犯绝不会是个一般人物!豁然洞开,这一切的一切,似乎在刹那间轮廓分明,昭昭在目。

既然已经意识到了问题的严重性,认识到中队长程贵华和另外一些监管干部"已经同王国炎这个服刑人员同流合污,沆瀣一气",那么罗维民也就自然地感到了事态的严重与紧急:

> 他必须立即把此事向辜政委汇报!一来是情况急迫,二来是因为刚才从朱志成嘴里听到,程贵华也去了辜政委那里。所以他必须要让辜政委对此事能有一个全面的清醒的认识,以引起监狱领导对此事的重视和关注。尤其要防止偏听偏信,让他们蒙混过关。

这辜政委乃是"古城监狱分管狱政、狱侦的副政委。他全名辜幸文,今年57岁,在监狱里是年龄最大,资格最老的领导。他比监狱长程敏远,政委施占峰都大了接近十岁"。"人们说了,辜幸文之所以这么多年了提拔不上去,一是因为他的刚正不阿;二是因为他学历不高,也从未想方设法地去搞个文凭;三是因为他并不愿意离开这个古城监狱。""所以人们私下说,古城监狱的事,辜幸文说了算。"

然而,让罗维民始料未及的是,当他把王国炎的有关情况汇报完毕,并旗帜鲜明地亮明自己的观点,"认为王国炎不仅有重大犯罪嫌疑,而且极有可能装病伺机逃跑"的时候,辜政委居然"会显出这么一副无动于衷的样子"来。

辜政委的态度对于罗维民自然构成了极大的刺激。本以为自己的汇报可以引起领导极大的重视,但谁知领导摆出的居然是这样的一种满不在乎、无动于衷的态度。这样,罗维民内心中一种矛盾心态的形成也就十分自然了。

> 怎么办!他知道该是明确自己的判断的时候了,也同样该是明确自己态度的时候了,于公于私,他都不能再保持沉默,或者再像今天那样,只是把情况反映上去,把问题摆出来,给他们提供一个思路,然后让他们去分析,去判断,自己既不拿主意,也不负责

任。但现在不同了,因为这其中潜藏的问题实在太险恶了,责任也实在太重大了,他甚至感到了自己的猥琐和自私。如果这一切真的都变成事实,那很可能将是一场巨大的灾难!又将会是一种不可饶恕的渎职和失职行为!同时也会是你自己一生一世都无法洗清的耻辱和罪恶!

如果这一切真的都变成事实,整个监狱里没有任何一个监管干部能免去干系和责任,这里头当然也包括你!不敢承担责任的结果,最终的结果只能是自欺欺人,适得其反。你不但是严重失职,而且将会承担一切责任和后果。因为这本来就是你的责任!

正因为罗维民有着强烈的责任感,所以在他向辜政委汇报未果的情况下,又连夜向监狱的另外两位主要领导,监狱长程敏远与政委施占峰进行了电话汇报,结果却并未能引起他们的高度注意:

罗维民此时只有默默地听着,他一再防范,一再担心的事情,最终还是发生了,监狱的两个主要领导,都把他的汇报当作了另外一种东西,或者是理解成了另外一种东西。事情的本身在他们眼里来说,似乎无关紧要,重要的却似乎只是形式。

越级汇报,在如今的人眼里,不是告状,就是邀功。

特别值得注意的,是作家张平对于受挫之后的罗维民心理感觉的敏感捕捉与表达:

他觉得摆在自己面前的竟是这样一个难以琢磨的庞然大物。平时你好像根本看不到它,但它却无所不在,无时不在。在你真正需要它的时候,往往根本依靠不上它,也很难找到它,然而当你想绕开它的时候,却会感到它时时在羁绊着你,制约着你,束缚着你,驾驭着你,以至让你疲于奔命,寸步难行。

罗维民感觉到的这个庞然大物是什么呢?是鲁迅先生所谓的"无物之阵"吗?情形确实有些相似。这样一种看似不存在,然而却又似乎一直在包裹着你的力量,体现在张平的作品中,笔者认为,更多的可能就是对于某种看似无形实则强大异常的社会政治体制力量的形象化展示。从罗维民在古城监狱的基本遭遇来看，这样一种力量正构成了其所有行动的最大障碍。正如同后来罗维民与监狱长程敏远发生正面冲突，当程敏远追问自己究竟给罗维民设置了怎样的障碍，而罗维民却无言以对一样，这样一个"难以琢磨的庞然大物"的根本特征正在于此。虽然存在并事实上发挥着重要的作用，但你却又无法说出这是一种什么样的"庞然大物"来。张平能以这样一种形象化的笔触借助于罗维民的视角感觉，将一种看不见摸不着的巨大体制力量描述并展示在读者面前，所说明的正是作家不俗艺术功力的一种具备与发扬。

正是因为意识到了事态的严重性，同时也更意识到了自己所面对着的这一"难以琢磨的庞然大物"能量的过于巨大，所以罗维民才被迫在9月11日的凌晨1点多，把这样一条重要的破案线索通报给了自己的生死之交，市公安局副局长、刑警队队长魏德华。这样，古城监狱之内的斗争也就与古城监狱之外的斗争发生了联系，小说的第二条结构线索由此而形成。

由于1·13抢劫杀人案的过于重大，更由于这样一个案件十多年的时间都未能被侦破，所以它的存在事实上已经构成了对于公安部门的一种巨大讽刺：

> 1·13抢劫杀人案，十多年了，就像石头一样沉沉地压在市局每一个人心上。与其说它是一个洗不清的耻辱，还不如说它是一个神气活现地罩在警察头上的恶魔，它时时不断地朝着每一个搞公安的发出阵阵哂笑和嘲讽，大张旗鼓，洋洋得意地向世人宣告着公安的愚笨和无能……
>
> 这样的一个案子，又如何忘得了！

既然案情如此重要，那么，由罗维民自古城监狱中传递出的有关王国炎信息的重要性也就是不言而喻的，它能引起地区公安处长何波、市公安局长史元杰等一干人的高度重视也就自在情理之中。

正因为已经有许多同事为这个案件而付出了极大的代价，正因为自己为此案件的侦破也付出了多少年的心血，所以，罗维民从古城监狱中意外获得的这样一条破案线索才会让何波这位老公安有欣喜若狂之感。

几十年的经验告诉他,这一次的情报和线索确实是真的,确实是一个重大突破!这个线索实在太重要了,太让他感到激动了。而这样的线索,已经让他整整期盼和等待了十几个年头!尤其这一切都是由一个服刑人员提供的,这个服刑人员他并不会在短时间内从监狱里插翅而飞,隐遁潜逃线索的来源不会中断和消失,共和国的监狱正在牢牢地监管着他,没有任何后顾之忧,也根本用不着公安民警们冒着生命的危险去抓获他。

这可就真的应了"踏破铁鞋无觅处,得来全不费功夫"的那句老话,十多年来苦觅不至的破案线索竟然如此毫不费力地就出现在了自己面前。然而,老处长何波的如意算盘还是打得太早了,他根本没有预料到古城监狱在某种意义上早已成了一个水泼不进的"独立王国",根本未曾预料到,最牢靠地监管着王国炎的地方,居然会变成保护王国炎最得力的地方。一直等到他派出的人员,在9月11日一大早,赶往古城监狱交涉受挫之后,何波方才明白了事情的艰难,方才知道自己对于破案形势的估计太乐观了。

面对突如其来的公安人员,古城监狱的政委施占峰打出的是组织纪律与原则规定这张牌。"你们政委说了,这件事,监狱正准备着手调查核实,根本还不到需要别的机关协助的时候""你们政委还说了,如果需要我们时,他还得和监狱长和监狱其他领导研究这件事,有了结果,还必须向司法厅和监狱总局汇报,然后再由司法厅和监狱总局给省政法委以及公安厅打报告,最后才会由公安厅向你们下达指示。"虽然是一种不配合的拒绝态度,但在监狱的政委使出来却又显得那样地顺理成章、彬彬有礼。是啊,有现成的规章在,谁又能说施占峰政委的这样一种拒绝有问题、有猫腻呢。照实来说,这样一种利用体制的巧妙抵挡,还很是有一点绵里藏针的太极拳所谓"四两拨千斤"的味道。

到这个时候,何波与罗维民们方才意识到了问题的真正严重性,方才意识到好不容易捕捉到的线索的确存在一不留神就可能彻底消失的可能。机不可失,时不再来,情况如此紧迫,怎么办才好呢?正是在万般无奈之际,何波才采纳了罗维民的合理化建议,使出了同时在省城调查了解王国炎妻子耿莉丽及其周围人群的基本情况这一招。于是,何波就给远在省城的自己曾经的下级代英打电话安排布置了任务,这样也就自

第七章 走向政治小说

然地牵引出了省城斗争，这部小说中的第三条结构线索。从这个时候开始，小说就开始以三条结构线索偶有交叉的方式迅速向前推进发展了。

首先还是狱内。罗维民内心中再一次面临一个重大的人生选择：

> 罗维民做梦也没想到，当他准备向一个十恶不赦的罪犯宣战时，碰到的第一个巨大障碍竟会是自己的领导！他甚至想象不出这之间会有什么联系！
>
> 一个直觉隐隐约约地在告诉他，王国炎一案绝不会像自己原本想象的那么简单，随之而来的东西一定还会很多。
>
> 那么，自己又该怎么办呢？
>
> 目前看来只有两种选择，一个是回头是岸，老老实实，不折不扣地按着施政委的方案去做。最好马上把魏德华他们打发回去，再也不要过问此事。即便是此案有了重大突破，也要表现出跟此事没有任何关系的样子。……另一个则与此完全相反。事情既然已经做出来了，那也就无法回头了。说高点，是为了国家的利益；说低点，也是为了自己的利益。你必须在这件事情上证明自己，证明自己的判断力和责任感无可挑剔无可非议！不是我错了，而是你们错了！应该受到指责的不是我，而是你们！
>
> 现在看来，自己只能是第二种选择，也必须是第二种选择。因为第一种办法，不仅是对自己不负责任，而且对领导，对监狱，对国家都是一种不负责任的表现。

应该注意到，在小说中，张平多次对罗维民激烈尖锐的内心矛盾进行过深入坦诚的描写表现。这样的一种心理描写，对于罗维民这一人物形象的塑造，有着十分重要的作用。一方面，这样的描写会使罗维民这一平民英雄形象更加真实可信，因为它的确充分地阐释并交代着人物的行为动机。另一方面，也正是在这样的一种心理描写过程中，我们可以充分地感受到罗维民这一人物所具有的人性深度。或者干脆直截了当地说，这个人性深度乃是由作家张平赋予人物形象的，我们所充分体会感觉到的，其实是作家张平在对人物形象的理解把握中，所能够抵达的一种人性深度。

既然王国炎的暗中保护者已经明显意识到了罗维民对自己构成了极大的威胁，那么采取措施排斥控制罗维民也就在情理之中了：

> 原来他们都在开会，却独独没有让他参加！这绝不可能是一次无意的疏漏，更不可能是因为什么原因而没能通知到他。只有唯一的一个可能，那就是有意识的没有通知他！这样说来，很可能他被排斥在王国炎这个案子之外了。
>
> 之所以会出现这样的情况，看来原因只有一个，那就是因为你所关注的事情，实实在在撞到了某些人的痛处，或者说，你的所作所为，确确实实让某些人感受到了威胁。
>
> 所以他们对付你的最有效最省事的办法，从目前看来，也就是这么一个，那就是要把你这个让他们感到不安的危险因素，从这个敏感的区域里剔除出去！你不是这个圈子的人了，或者说你根本就进不了这个圈子，你也就威胁不到他们，自然也就不存在什么危险了。

一场控制与反控制的争斗就这样围绕着王国炎这样一个焦点服刑人员在监狱内展开了。既无声无息，又紧张激烈扣人心弦。罗维民意识到"以现在的形势和局面，以你自己的身份和位置，眼下只能智取，决不可硬攻。若想彻底战胜对手，把问题真正搞清楚，只有把自己隐蔽的越深越好，把自己内心的想法和做法掩饰得越看不出来越好"。于是，他一面装作表面上顺从于领导的安排；另一面却又加紧了对王国炎的调查了解与严密监视。在这个过程中，从王国炎口中，罗维民又先后了解到了与王国炎存在关系的各级领导与各阶层人士的名单。这其中既包括省委常委、省城市委书记周涛、省人大副主任仇一干，也包括省监狱总局的高元龙、地委副书记贺雄正，更包括安永红、龚跃进、张卫革、薛刚山等一些在当地赫赫有名的企业家。对这样一份名单的了解，促使罗维民更加警觉地意识到王国炎此人的不简单，意识到在王国炎背后存在的那张可怕的社会关系网，意识到王国炎的存在可能会给社会造成多么大的隐患。

然而，正当罗维民准备进一步采取行动的时候，他却被同为侦察员的赵中和给监控了。从后来的情节发展看,赵中和其实早就被王国炎一伙拉下了水。

>罗维民直到这会儿,才真正清楚了赵中和叫他回来的原因。凶多吉少,看来真是出事了,你确实是被人监控了!他们拿着有关你的这些"证据",随时随地都有可能置你于死地!他急速地思考着他们可能会对他采取的措施和举动,他们会怎么样?又究竟能怎么样?

好在这个时候的罗维民已经不是在孤军奋战了。这个时候,何波已经与古城监狱老资格的副政委辜幸文取得了联系,由辜幸文配合支持罗维民与魏德华,在狱中完成对于王国炎的突击审查,想方设法从王国炎那里获取更多有用的并由王国炎自己签字认可的相关资料。然而就在辜政委好不容易牵制住赵中和,对王国炎的突击审查正在逐步取得进展的时候,情况却又发生了新的变化,监狱的主要领导突然叫走辜幸文,要他去参加研究如何处理罗维民的紧急会议。

情况的变化让罗维民有明显的措手不及之感。怎么办呢?面对有关监狱领导咄咄逼人的气势,罗维民意识到了迅速出击的必要性。

>他明白,他必须主动出击,等在这里等于坐以待毙!假如你的行为都是严重的"错误",都是严重的"违法"行为,那么魏德华他们的行动自然也一样全是严重的"违法乱纪"行为。因此他们也就会对这种"违法乱纪"行为立即采取最为厉害的措施和手段,将他们毫不留情地一网打尽,进行拘禁!

这样,也就有了罗维民独闯会议室,与监狱领导进行面对面对峙冲突的场面的形成。在这场冲突的过程中,辜幸文自然是站在罗维民一边,鼎力支持罗维民的自我申诉行为。而不明真相的政委施占峰则对于罗维民的行为感到十分恼火,他与事实上早已被拉下水的腐败分子监狱长程敏远一起,联手对罗维民采取了压制的行为。事实上,罗维民的主动出击,不仅为魏德华他们对于王国炎的突击审查赢得了极为宝贵的时间,而且也把时间尽可能地拖延到了9月12日凌晨公安厅统一行动开始的时候。

到这个时候,狱内斗争的情况也就急转直下了。为了能够和罗维民一起把王国炎送进古城监狱,赵中和把自己所了解的古城监狱的全部情况都告诉了罗维民:

> 如果你真没拿,那我就明白我的枪是谁拿走了。不过有句话你听着,其实你也一样愚蠢!我斗不过他们,你也一样斗不过他们!如果我死定了,你也照样死定了!就算我作了替死鬼,大不了也就是给个什么处分。就算我坐上几年牢,同我得到的好处相比,那也值了!你可不一样,到死你都只是个穷光蛋!死也只能是个饿死鬼!
>
> 这些年来,那一桩桩一件件的交易,多少个违法乱纪的文件,多少次违反监规的探视,多少人明目张胆地送钱送物,还有那些记功、减刑的虚假材料,以及同监外人的种种联系。包括王国炎的那些言行举止和交代,包括你看到的那些日记,事实上我早都看了记录,而且全都能复印的复印,能翻拍就翻拍。……我可就不同了,自打王国炎一进来,就是我侦察的对象,我说过了,我比你知道的多得多。
>
> 像程敏远的儿子结婚,只一个东关村,给他送礼就送了33万!整个市区,什么东霸天、西霸天、黑市长、南天霸、老狼、张大帅之流,哪个没有十万八万?还有那些服刑人员的家属,有钱的得送,没钱的也一样得送。哪个不想让自己家人在监狱过好点?又有哪个不想让自己的家人早点减刑从监狱里出来?你知道他一次收多少礼?说出来能吓死你!明的暗的,光我知道的,就有108万!像冯于奎给母亲送葬,光帐房上的礼金有多少?37万!到后来吓得他都不敢收了!不敢记了!光落到帐上的还不知道有多少!

然而,当罗维民最后击倒并制伏了赵中和,回到办公室将这一切都讲给施占峰、辜幸文等一干监狱领导时,他却不仅未能取得本来所期望着的高度信任,反而连自己的枪都被迫交了出去。到这个时候,罗维民才真正地感受到了一个个体与组织对抗时候的那种无力感。

对施占峰来说，也许这是最快捷，最具实效的一个办法。如果真要采取什么行动，只有先证明了你！只有先证明你是无辜的，无罪的，可信任的，完全正确的，下一步才会去证明你的领导的对与错、有罪与无罪。何况他还是一把手，既是监狱长，又是书记。一把手，在中国这样的国情里，尤其是在一个特殊的情况下，你要想干什么事情，如果没有一把手的同意，几乎会寸步难行！当一个权力机关的一把手出了问题时，对这个权力机关来说，几乎会成为一场巨大的灾难！因为没有一把手的同意，别说你想采取什么行动了，你连召集开会，研究讨论的份也没有。而没有一把手参加，你的任何决定和行动，都只能是非法的无效的。没有人会听你的，更没有人会跟着你干！说不定还会把你拘禁起来，就像现在这样缴了你的枪。一个权力机关的组织程序又是如何的严峻和等级森严，尽管你面对的也许只是一个或者几个具体个体，但他们所代表的却是一个集体，一个组织。作为一个下级，你反对他，抵制他，就等于是在反对集体，反对组织！尽管你捍卫的是国家和人民的利益，但你代表的却是个人；他们谋取的是个人和小集团的利益，代表的却是国家和人民！

也许全世界都是这样的一个通则和通例，当一个个体面对一个集体，一个下级面对一个上级，两者之间发生抵牾和抗衡时，首先付出代价的只能是个体和下级。

要想战胜他们，首先要战胜这样的通则和通例。

因此，虽然《十面埋伏》表面上看起来是一部表现公安司法部门怎样破获案件的小说作品，但在实际上，张平却是要通过这一案件的侦破过程，将揭露与批判的矛头直指当下社会政治体制所存在的弊端。从根本上说，并非我们的公安民警无能，关键的问题在于盘根错节的层层保护伞过多。正因为存在十分严重的社会黑恶势力，正因为这样的黑恶势力差不多已经把持了如同古城监狱这样的司法机关，所以王国炎才会有如此飞扬跋扈不可一世的疯狂表现，所以正直的罗维民才会有强烈的寸步难行之感，才会明显地感觉到自己在面对一个组织时的疲软无力。在笔者看来，张平关于罗维民上述心理活动的描写是相当真切精彩的，极为有力地揭示出了当下时代，我们的社会政治体制所存在的弊端。我们之所以一力地强调一定要把《十面埋伏》理解为一部优秀的社会政治小说,其根本的原因也正在于此。

那么,这个名叫王国炎的在押罪犯为什么具有如此重要的价值呢?身在监狱之内的他又是怎样贿赂收买一系列政府官员的呢?这就必须联系交代狱外斗争与省城斗争这另外的两条结构线索了。

狱外斗争主要是围绕何波、史元杰等人物而展开描写的。何波是地区公安处处长,而史元杰则是市公安局局长。在从罗维民处获得了关于1·13杀人抢劫案的重要线索之后,何波首先利用手中的权力将罗维民病重须住院手术的妻子安顿在了高干病房里,以解除罗维民的后顾之忧,让他安心地在狱中完成调查监视王国炎的任务。

安顿好罗维民之后,何波与他的两位部下一块设定出了一个"围城打援,十面埋伏"的破案计划:

"如果让我说,也是八个字,那就是围城打援,十面埋伏"。史元杰字斟句酌、咬文嚼字地说道。

"此话怎讲?"何波问。

"魏德华的意思,大概就是先发制人,我的呢,正好相反,就是后发制人。我们现在只能以退为进,欲擒故纵。或者说是明修栈道,暗渡陈仓。甚至可以故意制造一个事端,声东击西,吸引住他们的注意力。而在暗中,我们想办法截断他们相互间的信息来源,破获跟他们有联系的所有团伙,布置重兵进行强力监控,密切注意他们的一举一动,一旦时机成熟,然后再全线出击,各个击破。只有这样,才能大获全胜,才能以最小的代价得到最大的成功。"

很显然,小说的标题就与这儿所谓"十面埋伏"的行动计划有直接的关系。那么,怎么样才能破获与王国炎有密切关系的这个犯罪团伙呢?何波与史元杰根本没想到,他们首先遇到的对手居然是自己的顶头上司,地委分管政法、工商的副书记贺雄正。

何波如果要去找地委的领导,第一个要找的必然是这个分管政法的副书记贺雄正。因为何波明白,在没有确凿证据和犯罪事实的情况下,要对这些有着各种头衔和身份的犯罪嫌疑人实施监控,或者采取行动，如果不征得地委一级领导的同意和支持是决然不允许也是决然不可能的。

这是中国的国情所决定的，它绝不会以个人的意志为转移。

理论归理论，事实归事实，你不能超越，也无法超越。

你想解决王国炎的问题，就必须找分管政法工作的地委副书记贺雄正。而贺雄正则是张卫革的后台，张卫革却是王国炎的兄弟！

你找贺雄正解决王国炎的问题，几乎等于是让王国炎自己解决自己的问题！

这就是你必须正视的现实！

除了贺雄正与张卫革之外，同时进入何波、史元杰视野之中的，还有身为企业家的东关村支书龚跃进。"龚跃进要卖掉这1800亩土地搞房地产开发，幕后的投资人是省里一个叫仇晓津的房地产开发商。"这仇晓津不仅是省人大副主任仇一干的干儿子，而且与王国炎也有密切的联系。按照小说中的交代，这龚跃进不仅大量收留监狱里出来的刑满释放分子，而且还很明显地与轰动全市的东郊纪检副书记住宅被炸案以及市长车祸丧身案有密切的牵连。而何波则正在一种相当保密的情况下对这两个震惊一时的案件进行秘密侦破。

由于史元杰与魏德华无意中闯入了东关村这个何波正派人调查的禁地，所以不仅接到了市政法委书记宋生吉要求他们迅速撤离的电话，同时也接到了何波要求他们很快离开的电话。何波之所以要打电话，一方面固然是恼火于他们打乱了自己的计划，但在另一方面，却也是迫于贺雄正副书记的压力的缘故。然而，贺雄正的电话却也让老公安何波产生了明显的警觉：

像这样的事情，在正常的情况下，只有在自己得到消息后，然后再告诉贺雄正。一般来说，贺雄正只能通过自己来了解下面的情况。因为下面的这些具体的操作，都是由自己一手秘密安排的，而且都属于单线联系，如果说正常的渠道，这才是正常的渠道。现在则恰恰相反，消息是从上面传到这儿的。这就是说，贺雄正是通过另外一条线索得到这个情况。

如果贺雄正跟这人真不是一般关系，对何波和何波所面临的这两个案子来说，无疑是一场超级地震，是一场灭顶之灾！

你辛辛苦苦，细针密缕，谨慎再谨慎，保密又保密所做的这一切，闹了半天，原来都在人家的包围和掌握之中。纵使你有72变，一个筋斗十万八千里，用尽了浑身解数，结果还是在人家的掌心里！

如果说贺雄正的电话还只是让何波有所警觉的话，那么罗维民从监狱设法送出来的王国炎的日记就更是让何波惊出了一身冷汗。

何波看得浑身直冒冷汗，这个王国炎原来什么都清楚。对罗维民的一举一动，竟然了如指掌，一切尽在意料之中！

看来这个王国炎确是一个极其危险的人物，不只是古城监狱里的那些人忽视了他，其实自己也一样低估了他。既然王国炎对罗维民的情况如此了解，这说明罗维民早已彻底地暴露了，他早已处在某些人时时刻刻的监视之中！

既然罗维民已经彻底暴露，不用说，市公安局的有关行动也一样已经被彻底暴露，包括你自己和你这个公安处的有关行动，也同样被暴露无遗。

这可真就应了那句老话，不是我们太无能，而是敌人太狡猾。不是何波们无能，实在是我们的一些领导干部已经被侵蚀掉了。一方面，这些领导干部的确已经腐化变质，但在另一方面，他们却依然盘踞在重要的工作岗位上，那些试图查处他们的公安干警却也一样地处于被这些领导干部严密控制的处境之中。在这样的一种情况之下，你说，如同何波这样一个地区公安处的所作所为，又怎么能够逃得过主管政法工作的贺雄正副书记的控制呢？

然而，更为可怕的是，这贺雄正不仅可以对何波的一切行动了如指掌，而且他还能自如地操纵控制何波本人的命运。一旦他感觉到何波的存在对自己构成了严重的威胁，他马上就可以借助手中的权力冠冕堂皇地免除了何波地区公安处处长的职务。

那么，贺雄正为什么要如此迫不及待地免掉何波的处长职务呢？答案其实早就明确地摆在了那里。

也许王国炎一案仅仅只是一个导火索，只是一个引燃点，其实在更早的时候他就已经在一旁对你冷眼相看、侧目而视了，比如像市里的那几个大案，几乎每个星期都要给他详细汇报一次，尤其是最近一段时期以来，这几个案子似乎已经开始有了眉目了，至少也已经接近了实质性的阶段，所以就在这个时候，他便来个釜底抽薪，斩头去尾，不用一兵一卒，便兵不血刃地解决了问题，弹指间便让你全线崩溃，一败涂地！

尤其令人难以预料的是，贺雄正所处心积虑地选定的何波接班人，居然会是史元杰。

何波陡然感到了一阵亡魂落魄般的震撼！对他们这几个人来说，也许这才是最致命的一击。贺雄正的这一手才真正是奸诈之极，阴险之极，毒辣之极，可怕之极！

让史元杰接替你的位置，从贺雄正的角度来看，也许是打击他们，拆散他们再好不过的谋略了。像这种并不是由自己，也不可能由自己提拔起来的接班人，一般来说，免职的和被提拔的双方都会是一对天然的矛盾，这种矛盾常常会在上任之初就强烈地表现出来，而且会随着时间的推移越来越尖锐，越来越难以调和。

这就真的很有一些居心叵测、一箭双雕的味道了，贺雄正明明知道史元杰乃是何波手下的一个得力干将，明明知道免职的和被提拔的双方在现行的体制下天然是一对矛盾，但他却偏偏要进行这样的人事安排，企图以这样一种方式达到离间何波与史元杰的目的。如果何、史二人由此产生矛盾冲突，那还何谈案件的侦破与处理呢？值得庆幸的是，虽然何、史二人得知情况后都有过短暂的尴尬，但二人毕竟不是小肚鸡肠者，尤其是在识破了贺雄正的邪恶伎俩之后，他们就更是很快地超越了个人的得失恩怨，将全部的精力都投入了案件的调查侦破之中。

这之后，何波与史元杰很快就分头行动了。何波受史元杰之托，带领市刑警队的一名副队长，再次来到东关村龚跃进的地盘上处理事端。当龚跃进假惺惺地坚持邀请何波赴宴的时候，为了适当转移一下对立面的注意力，以更好地配合监狱中罗维民的工作，本来不情愿的何波最终还是答案了龚跃进的邀请。不料一不小心就中了龚跃进的暗算，被龚跃进毒倒之后又被软禁了起来。虽然何波拼死脱逃，但毕竟年事已高且又惨遭毒打，终于在拦截狱内驶出的大卡车时献出了宝贵的生命。

而史元杰则在意识到问题的过于重大之后，决定远赴省城争取公安厅领导的支持。史元杰远赴省城，必然要与代英会面，这样狱外斗争与省城线索也就合二为一了。且让我们先来了解一下小说的第三条结构线索省城的基本情况。

接到老领导何波要求自己配合调查王国炎妻子耿莉丽相关情况的电话之后，代英很快地投入了工作之中，由于何波反复强调工作的保密性，所以代英只好首先找到了张大宽，这个曾经惨遭王国炎痛苦折磨的修车铺老板，由他先以个人的身份在暗中观察了解耿莉丽的基本来往交际情况。

代英本人曾经是王国炎案件的审理参与者。"以代英的直觉，王国炎当时的罪行，绝不仅仅只是一桩抢劫杀人案。根据当时调查的结果发现，只在这一桩案情中，王国炎很可能还有更大的问题并没有交待。"这样的怀疑当然是很有道理的，但关键的问题是，还没等到代英作进一步的调查了解，这王国炎就已经从他的视野中蒸发消失了。

> 然而就在他越来越感到怀疑，在暗中越来越缩小调查范围的当口，王国炎突然从分局看守所被提走，紧接着没多久，便被移交检察院和法院，再接下来不久，王国炎便被判刑，然后便在他一直暗中追踪着的视野里消失了。
>
> ……
>
> 也就是从那时候起，他才真正感到了这个王国炎身上所体现出来的极度的复杂性和危险性。
>
> 这个王国炎决不是个一般的人物。

正因为代英与王国炎之间也存在如此之深的"渊源"关系，所以能够再次调查王国炎案件，代英自然感觉兴奋异常。然而，一直到与曾经身受其害的张大宽接触之后，代英才又一次地意识到了王国炎此人的非同一般，意识到了这一案件的复杂程度所在。

第七章　走向政治小说

代局长，你可千万别小看了王国炎他们这帮人，据我所知，他们的势力大得很。我个人并没有什么可担心的，我担心的是你，我真怕你有那一天会顶不住。我不是说你这个人顶不住。我是担心你有的这份权力顶不住人家的权力。他们那帮人，你真的不能小看。

……

有老板，有厂长，有政府里的干部，有公司里的经理，听说还有一个武术队的头头，还有医院里的一个主治大夫。反正是什么样的人物都有，真不清楚这个王国炎怎么会有这么多人围着他转，还个个都那么有身份，这个世界到底是怎么了？

代英手下得力干将赵新明的调查也很快证实了张大宽的担忧不是多余的，这王国炎的确不是一个一般的人物：

一个王国炎怎么会带出这么一串人名来。
第一个便是省委常委、省城市委书记周涛和他的外甥！
第二个是省人大副主任仇一干和他的侄子！
然后便是这一大串闪亮刺眼的名字。

到这个时候，代英方才意识到，自己所面对着的是一种怎样可怕的情形：

"这几乎就是一个无底的陷阱，看上去什么也没有，一旦你踏上去，顷刻间就会让你折戟沉沙，人仰马翻。说不定真会像个黑洞一样，悄无声息地便让你在这个世界上销声匿迹，荡然无存。"

也只有到了这个时候，代英方才意识到了自己让张大宽这样一个手无寸铁的残疾人参与对耿莉丽的调查是一种多么草率的行为。然而，等他意识到危险存在的时候，危险却已经无以逃避地发生了。还没等到代英通知张大宽停止调查工作，张大宽早已露出行迹被对立面绑架失踪了。

正在代英感到案情的重大，准备向局领导反映情况时，同样感到案情重大的史元杰也从外地赶到了省城。至此，小说中的狱外与省城两条结构线索也就自然合并为狱外这一条线索，与罗维民的狱中斗争这条线索一起交叉并行发展了。

事实上，也正是在史元杰与代英会面并交流情况之后，他们才共同认识到了事件的严重性与紧迫性。

  渐渐的，两个人几乎都被对方所谈到的情况惊呆了。
  史元杰根本没有想到在一个堂堂的省城里，在有着这么多的武警、巡警、民警的大都市里，竟会滋生出这样的一个组织，你还根本没对它怎么样，可以说几乎没有触及到他的一根毫毛，只是稍稍地靠近了它一点，便让你无声无息地消失了，失踪了，不存在了！
  简直就是一个诡秘而恐怖的，吃人不吐骨头的超级黑洞！
  代英也同样没有想到，一个监狱里的囚犯在他身上所辐射出来的东西，居然会有如此强劲的杀伤力。涉及的人员会如此之广，保护它的罗网会有如此之大，尤其是牵扯出来的上层领导的数目竟会如此之众！难怪老领导何波会突然通知他停止一切行动，毫不奇怪，因为它不仅会触及到你的人身安全，极可能还会波及到你的职务和身份上的"安全"！

也只有在史元杰与代英碰头接触对情况有了更加深入的了解之后，这两位公安部门的领导才真切地认识到这个案件的复杂性，才意识到仅凭公安部门的力量根本无法解决如此复杂重大的案件。

  看来这根本就不是一个公安部门解决得了的问题，如果真的涉及到了地委行署省委市委省政府省人大，说不定也根本不是地委行署省委市委省人大省政府解决得了的问题，如此一个盘根错节的通天大案，凭你一个下属部门就能轻易撼动了它？最要命的是，很可能你的每一步，都已经暴露在了他们火力之下。你在这儿拼命地调查、审核、侦查、分析、取证，每前进一步，都会付出巨大的努力和牺牲。然而在你的敌对一方，人家对你的一举一动却清清楚楚，一目了然。在你试图靠近对方甚至还远离对方时，人家只需稍加运作，你立刻就会灰飞烟灭，一败涂地。问题是你不仅没有任何可以制约和挟制对方的手段，说不定还要接受人家的"领导"和"监督"，甚至于还得把你所知道和所了解到的情况全都交给人家"审查"和"研究"。你对人家毫无办法，人家对你有的是办法。……

第七章 走向政治小说

等待在他们面前的很可能就是这样的一种结果。

自己本来一心一意地要侦破案件，没想到自己的领导居然会是侦破对象的保护伞。还没有等到自己的三十六般武艺施展出来，自己却早已被迫缴械束手就擒了。对于一位具有强烈责任感的公安干警来说，这样的感觉也太窝囊了，这才算得上真正的奇耻大辱。然而，虽然任是谁都很难接受，但这却是张平在《十面埋伏》中给我们揭示出来的一种活生生的现实。所谓"十面埋伏"云云，是不是也包含这样一种公安干警在侦破案件的过程中，到处都可能遇到预想不到的伏击这样一种意味呢？答案应该是肯定的，事实上，也只有读到张平小说中对公安干警这样一种痛苦情绪的描写的时候，我们才更能体会到张平的《十面埋伏》是一部什么样性质的小说。虽然通篇都是对于公安干警侦破案件过程的描写，但作家真正的思想意图却是要借此撕开当下时代社会政治机制某一侧面存在的弊端，对这样一种弊端予以深刻的揭露与批判。张平的根本创作动机绝对是言在此而意在彼的。

然而，现实的情况是，虽然已经明显地意识到了四周都是疑云重重，虽然自己的行为很可能再次踏入对立面的埋伏之中，但要想真正地解决问题，史元杰与代英还是必须及时地向上级领导汇报反映情况，尽管这样的行为仍然带有极大的危险系数。

如果去汇报，又怎么说：这汇报的本身会不会是又一次的自我暴露，自投罗网和自取灭亡？以至把自己再一次地显露在对方的交叉火力之下？

应该承认，史元杰与代英的忧虑重重的确不是杞人忧天。

好在省公安厅厅长苏禹，如同何波、史元杰、代英一样，也是一个正直坦荡的公安领导干部。这是一个从基层民警逐步提拔上来的领导干部。"也许正因为如此，上下左右的人对他都小心翼翼，谨言慎行，因为他什么都懂，什么都清楚，真正的一个内行。任何一个地方一个细节若想瞒过他去，都等于是自欺欺人，自取其辱。而苏禹又是一个直来直去，眼里揉不进一颗沙子的人。对下面的那些想混日子又想讨巧讨好的人，向来都是黑脸一副，信赏必罚。如果要是出了什么让他看不惯听不惯的事,即使是面对面,也会跟你拍桌子瞪眼,登时就让你下不来台,所以一般的人还真怕他。"正因为苏禹是这样一位刚直不阿的领导,所以在听取汇报了解情况之后,他自然会对史元杰、代英们的行为给予大力支持。事实上,也正是在获得了厅长的有力支持之后,代英才得以对王国炎妻子耿莉丽的住所进行秘密突击搜查的。

"秘密手段是公安系统极少运用的一种侦查手段,它有严格的审批手续和相关规定,如果没有极具说服力的理由或不是在极为特别的情况下,是绝对不能随意运用的。这一次如果没有当事人张大宽自己的举报,也一样是根本没有可能的。在代英十几年的公安生涯里,包括当领导期间,使用秘密手段进行突击搜查的案例,总共也就是那么二三次,这一次是最快的一次,也是审批时间最短,事先准备最仓促的一次。事实上今天的突击搜查已经不属于真正意义上的秘密手段了,之所以这样处理,最主要的原因是不想惊动这个住宅里的犯罪嫌疑人。"

之所以要对耿莉丽的住宅进行突击搜查,当然是希望能够查获第一手罪证,而必须采用秘密手段进行,一方面当然是不愿意打草惊蛇,然而更主要的是怕过早地触动王国炎这个庞大的关系网络。为了确保安全起见,代英对此次行动进行了相当周密的布署。"代英在耿莉丽的住宅附近和附近的必经之路上只设了三道岗,一道设在胡同口,一道设在更远一些的十字路口,还有一道设在一个大桥桥头上。不仅如此,代英还在耿莉丽单位的门口实施了监控,并且让赵新明亲自镇守观察。"

小说在这个时候就进入了情节的高潮阶段。笔者不知道张平当时创作时的基本构想究竟如何,但从笔者的感觉来看,在小说的创作过程中,张平很明显地借鉴了电影蒙太奇的拼接手法,并且相当突出地受到过警匪类型片的某种暗示影响。说来真的有些令人难以置信,在读《十面埋伏》读到这个部分的时候,笔者总是会不由得产生一种正在看描写解放前地下党活动的小说作品的艺术错觉。不论是遭了暗算的老处长何波,还是监狱中正在突击审查王国炎的罗维民与魏德华,抑或是正在耿莉丽住所中进行秘密突击搜查的代英,都给笔者一种在强敌环伺之下正在进行着危险系数极高的地下活动的感觉。这样一种情况真的令人难以置信,难道当下时代我们的公安干警居然需要如同当年的地下党一样地进行侦破活动吗?虽然这样一种三条线索同步交叉共进的情节十分紧张,能够对读者构成巨大的阅读吸引力,假若拍成电影、电视剧一定会相当卖座。然而，说到底，这样一种情形的出现，还是令人感到相当悲哀的。这种情形的出现，正充分说明当下时代现实中的某种社会黑恶势力已经发展到了相当猖獗的程度，以至于我们的公安干警只能以这样一种被动的形式进行侦破活动。

随后发生的事情很快证明了代英的严密布置并非多此一举，而是相当必要。代英他们进入耿莉丽住所时间不长，他们的行动很快就暴露了，于是耿莉丽一伙便拼了命地要赶回到自己正在被搜查的住所。

> 如果真像赵新明说的那样，那几乎等于是说，自己的行动事实上已经彻底的暴露了，自己的一举一动其实已经处在了他们的严密监视之下！
> ……
> 前前后后还不到40分钟，他们就已经明确了你的意图，明确了你的动向，而后竟以如此快的速度，调动了人员和汽车，并在交通如此拥挤的情况下，在如此短的时间，把耿莉丽从市区中心的艺术馆里接出来，然后风驰电掣般的向你驶来！
> 看来他们不仅清楚你的行动和意图，而且对有关公安侦查的规章制度也一样了解和熟悉。
> 姚戬利！代英的脑子里又一次冒出了这个名字。他是东城分局的副局长兼刑警队长，对这一切当然最清楚不过，他们敢采取这样的举动，也就不足为奇。如果真是这样，那他们最担心的是什么？

这姚戬利，不是别人，正是我们前面已经一再提到过的省委常委、省城市委书记周涛的外甥。姚戬利是王国炎最重要的一个同案犯，当年震惊一时的1·13杀人抢劫案就是姚戬利一手策划的，只是，这姚戬利根本没有想到，最疼爱自己的姨妈，也就是周涛的姐姐居然会在这次杀人抢劫案中壮烈牺牲。由于姚戬利本身就是公安干警，相当熟悉公安侦查的有关规章制度，所以在得到信息后才可以迅速地带着耿莉丽扑回家来。

这个时候，对于代英他们来说，可就真的用得上时间就是生命这句老话了。采取怎样的手段有效地阻拦扑回家来的姚戬利与耿莉丽，怎么样才能尽快地从耿莉丽住所搜查到有用的罪证，自然也就成了代英所必须考虑解决的两个根本问题。

为了更加有效地阻挡耿莉丽的反扑，代英在不得已的情况下，又紧急调用了市局防暴大队的警务处长郭曾宏协助参与阻击工作。最后，在付出了一死两伤的惨重代价之后，他们终于成功地阻击了疯狂的对手，为代英从耿莉丽家查获得力罪证赢得了宝贵的时间。

然而，代英在耿莉丽住所内的突击搜查也是相当艰难的，由于没有任何线索，所以这种盲目搜查在很长时间内并没有任何收获。一直到古城监狱魏德华处传来了王国炎的交代，代英们的突击搜查才终于有了沉甸甸的收获，他们才终于拿到了可以充分证明王国炎等人罪状的有力罪证。

省公安厅厅长苏禹接到代英打来的电话时，已经快午夜12点了。

3枝手枪，40多发子弹！太让人振奋了！

紧接着在不到10分钟的时间里，令人振奋的消息接踵而来。

史元杰再一次打来电话，说魏德华在古城监狱又有重大突破！

重大突破的惊人之处在于，一个服刑人员交代出来的问题，确实与10多年来一直未能破获的十数起大案要案密切相关！

可以说，代英的搜查发现与王国炎的狱中交代具有某种堪称石破天惊的意义：

1·13特大杀人抢劫银行案，4·17特大杀人抢劫运钞大案，还有市长车祸案，20277桑塔纳轿车失踪案和75638吉普车失踪案，以及那十数起尚无法证实的凶杀抢劫案，被一个在监狱服刑的犯罪嫌疑人有机地联系在了一起……

两个跨地区的黑社会性质的犯罪团伙，以一个服刑人员为交汇点，形成了一个更大的带有黑社会性质的犯罪集团。这个犯罪集团已经打通了方方面面的关系，已经把自己的触角伸进了国家的行政机关，银行系统，法律部门，工矿企业，专政机构……从而布下了一张通天大网，在国家的各个角落进行疯狂的挖掘、蚕食、掠夺和抢劫！

第七章 走向政治小说

既然已经涉及了两个地区，涉及了社会的方方面面，尤其是涉及了省委常委、省城市委书记周涛与省人大副主任仇一干，那这样的案件也就不是公安部门可以单独进行处理的了，这就必须惊动更高层的领导，也就是要惊动省委肖振邦书记了。如果没有肖振邦书记的鼎力支持，这一系列案件的侦破当然是不可能的。

完全想象得到，肖振邦书记对这一案件的侦破当然是大力支持的。尤其值得注意的是肖振邦书记面对苏禹厅长还义正词严地讲了这么一番话：

> 你刚才在电话里也说了，说如果这个服刑人员能顺利移交公安机关，根据他提供的证据和线索，你们将会很快采取一次大的行动。而且你刚才还说，我们面对的，极有可能是一个跨地区的，带有明显黑社会性质的重大犯罪团伙。什么是黑社会性质？既然是黑社会性质，那就说明他们已经在我们的政府机关中找到了他们的代言人！如果还是重大黑社会性质的犯罪团伙，那就说明他们已经在我们的高层官员中找到了他们的代言人！如果没有一层层的保护伞，他们又怎么会成了黑社会！又怎么会在这么长时间内逃脱了法律的制裁和严惩！我要你们说实话，就是想有个思想准备，我相信你们，你们也应该相信我！

有了肖书记的支持，案件的侦破解决当然不会再遇到更大的障碍，这样小说的故事情节自然也就该收束了。但值得思索的问题却依然触目惊心地存在着，那就是，假如苏禹厅长，假如肖振邦书记也如同贺雄正、程敏远一样成为被收买腐蚀的贪官呢？那小说的故事情节又该怎样设置呢？虽然现实生活中，不可能所有的官员都被收买腐蚀，但既然都是人，都是具有人性弱点的人，既然贺雄正、程敏远可以被侵蚀，那么肖振邦与苏禹又为什么就没有被侵蚀的可能呢？我认为，这样的一种假设性提问对于我们理解张平的《十面埋伏》具有十分重要的意义。这就是，要想真正地避免类似事件的再度发生，我们必须从社会政治体制的角度来着手解决问题，应该从根本上杜绝此类腐败现象生成的现实土壤。

从长篇小说《凶犯》的创作开始，一直到后来的《抉择》《十面埋伏》，再到后来的《国家干部》，不难发现，张平以长篇小说这样一种艺术形式表达他对社会政治问题一种持久的关注热情。对于自己的这样一种创作选择，张平自己有很好的说明：

> 从社会最底层走过来的我，和大家一样，几乎无时无刻不在企盼着自己的祖国能更加强大，更加自由，更加民主，更加繁荣。所以要让我放弃对社会的关注，对政治的关注，那几乎等于要让我放弃生命一样不可能，作为现实社会中由于共同物质条件而相互联系起来的人群中的一分子，放弃对社会的关注，也就等于放弃了对人民利益和自己利益的关注。现代政治是自由和民主的产物，民主是一种政治的体制，是一种社会的结构。思想自由和政治民主是不可分割的整体，它应是每个国家公民终生追求的现代政治文化的纲领和目标。对政治的冷漠，也就是对思想自由和科学民主的冷漠。①

如果说，在《抉择》中，张平所采用的是一种对社会政治进行正面强攻的所谓撕开了写的写作方式，那么到了这部篇幅将近六十万字的《十面埋伏》中，张平则又一次回到了如同《凶犯》一样，以迂回曲折的方式对于社会政治状态进行艺术侧击的写作方式上。

然而，同样是迂回曲折式的艺术侧击，《十面埋伏》与《凶犯》却也有着很明显的差异。同样是对于公安民警生活的表现，如果说张平在《凶犯》中只是蜻蜓点水似的偶一触及的话，那么到了《十面埋伏》中，张平所采用的则是对于公安司法领域中公安干警的基本生活状态正面强攻式的撕开了写的写作方式。如果说，如同《凶犯》一样的写作，作家还可能用道听途说来的一些相关知识进行演绎想象的话，那么到了《十面埋伏》中，这样一种"投机取巧"的方式却无论如何也不可能奏效了，那么多丰富生动的生活细节，如果作家没有进行过相当充分的生活体验，是根本不可能如此鲜活灵动地表现出来的。只有认真地读过《十面埋伏》之后，我们才能够相信张平在"代后记"中关于自己怎样体验公安生活的描述的绝对真实性。很显然，如果没有相当扎实的生活

---

① 张平：《遭遇十面埋伏（代后记）》，见《十面埋伏》，作家出版社1999年版，第630—631页。

体验与生活积累，是很难在《十面埋伏》这样一部厚重的长篇小说中展开对于公安干警生活的正面强攻式描写的。

然而，尽管《十面埋伏》对于公安司法领域中公安干警的生活进行了正面强攻式的全面描写与展示，但实在地说，《十面埋伏》却并不能够被看作一部公安司法题材小说。正如同在分析这部小说的过程中，我们已经反复强调过的那样，作家张平这部长篇小说的创作旨趣很显然还在社会政治领域，这部作品还是应该被看作一部优秀的社会政治小说。

照常理说，既然侦查员罗维民从服刑人员王国炎身上发现了可疑的线索，那么监狱部门对王国炎展开调查也就行了。或者再退一步说，既然公安部门表现出了强烈的介入兴趣，那么监狱部门自觉积极地配合展开调查也就是了。然而，这样一种看似简单的调查活动偏偏就是无法正常展开。眼睁睁地看着凶残可恶的犯罪分子就在自己的面前，公安部门的工作人员却偏偏就是拿他们没有办法。关键问题在于王国炎并不仅仅只是一个王国炎，以这样一个服刑人员为交会点，盘根错节地交织形成了一张横跨两个地区的通天大网。从普通的监狱员赵中和，到狱政科科长冯于奎，一直到监狱长程敏远；从东关村支书龚跃进，到"广帅商业城"的张卫革，一直到市政法委书记宋生吉，到主管政法工作的地委副书记贺雄正；从省城东城区主管刑警工作的副局长姚戬利，到省"大业房地产开发公司"的副总经理仇晓津，一直到官至省人大副主任的仇一干。一张横跨两大地区的黑社会通天大网就这样黑压压地笼罩在了参与侦破工作的所有公安干警的头上。你说，公安干警们即使是再有能力，恐怕也真的是无所作为的。因为，他们事实上面对的已经不再是几位穷凶极恶的犯罪分子，而是一种力量格外强大的社会政治势力。很显然，要想解决这样重大的问题，就只能依仗更具强大力量的社会政治势力了。本来是属于公安司法领域的侦破问题，到这个时候，也就自然而然地演变成了两种不同的社会政治势力之间的较量与争斗。从这个角度看来，《十面埋伏》自然也就应该被看作一部社会政治小说了。

应该注意到，伴随着1990年代之后市场经济时代的到来，一种金钱势力与权力相结合形成的所谓黑权政治，正在逐渐地形成一种不可忽视的社会现象，正在日渐影响民主与法治社会的建设，影响我们整体上的社会主义现代化事业。对于这种现象予以尖锐的揭示与表现，应该说是作家、艺术家一种义不容辞的社会与艺术责任。但在实际上，真正地能够意识到这一点，并勇于承担这种社会与艺术责任的作家却并不多。而张平则正是这为数不多的作家之中的一位佼佼者，他的这部厚重的《十面埋伏》很显然也是同类作品中一部不可多得的优秀作品。对于这一点，我们理应有清楚的认识，理应给予张平以充分的肯定。

　　一部厚重的长篇小说，当然应该有对于人物形象的出色塑造，在《十面埋伏》中，也有不少能够给读者留下印象的人物形象。诸如何波、辜幸文、史元杰、王国炎、赵中和、贺雄正、代英、张大宽等人物形象，都可以被看作性格鲜明生动者。但相比较而言，最丰满生动、塑造最成功者，应该还是罗维民。

　　罗维民是当下时代一位少有的具有理想主义精神的平民英雄形象。罗维民原来在公安系统工作，曾经参加过1·13专案组的工作，为人刚直老实，有突出的工作能力。十多年前，监狱与公安分家，因监狱答应给他分房子和解决老婆的工作问题，所以他就离开公安系统去了监狱工作。然而，由于他那刚直老实的性格，他虽然在监狱已经工作了十多年，不仅房子没分上，老婆的工作问题没得到解决，而且自己还一直是一个普通的侦查员。由于工资收入太低，居然连给老婆看病的五万元钱都一直凑不齐。在世俗的目光里，罗维民很显然只能被看作一位人生的失败者，是一位老实无能的男人。

　　然而，偏偏就是这位对待工作特别认真的罗维民，十分敏感地发现了王国炎的异常情况，发现了王国炎其实是一个有着重大犯罪嫌疑并牵连着一个通天大网的服刑人员。照理说，作为一个侦察员，罗维民只要把自己的发现汇报给上级领导，就算得上完成了自己的使命，尽到了自己的责任。至于上级领导采取怎样的措施对待、处理王国炎事件，那就不在罗维民的工作职责范围之内了。

　　但是，罗维民却偏偏就是一位责任感很强的侦查员，他一旦意识到王国炎问题的严重性，一旦发现监狱内存在某种暗中保护王国炎的势力，就一定要设法把这一切都搞他个水落石出。虽然，正如同张平一再描写的，在这个过程中，罗维民自己内心也经常处于矛盾冲突的状态之中。

　　　　他突然感到，面对着这样的一个行政机器，自己的身份和自己所拥有的权力实在是太渺小太微不足道了。在眼前这种堂而皇之、庄严肃穆的大背景下,你几乎什么也做不出来,什么也别想办得到!如果你不想按照他们的意志去做,你的一举一动都将会是违法的,都将会受到苛刻的限制和严厉的惩罚!而且很可能还会以莫须有的罪名,立刻把你从这个圈子里一脚踢走,甚至让你背上一身的脏物和恶名,让你永远也洗刷不清。

这就是说,目前摆在你面前的只有两条路可走,一条是继续往前,毅然决然走到底;一条是到此为止,立即退回原地。

必须承认,张平对罗维民这样一种矛盾心态的描写是非常真实的,有了这样一种矛盾心态的罗维民所做出的人生选择,才会是真实可信的。人都说,人在屋檐下,不得不低头。人都说,识时务者为俊杰。而罗维民,从小说中的具体表现来看,却很显然是一位在人屋檐下就是不低头的不识时务者。人物身上那种刚直不阿、疾恶如仇,不认同于流俗的理想主义精神,也正是在这个过程中才得以充分表现出来的。

我们注意到,在回答论者的提问时,作家张平曾经专门谈到过罗维民这个人物形象。"《十面埋伏》的结尾,仅仅只是抓住了逃犯王国炎,而它的代价则是巨大而惨烈的,最终此案究竟会怎么了结,其实还完全是一个未知数。这也能算是光明的尾巴?解决了并不意味着光明的结局,这个解决了,其实标志着另一场严峻的较量即将重新开始。这些我在作品中都交代过了,很多地方都作了暗示。……《十面埋伏》也一样,有那么些读者问我,那个罗维民到底怎么样了?他们的感觉并不是云开雾散,逢凶化吉,而仍然是阴云密布,吉凶未卜。"① 张平的这种说法对于我们把握罗维民的人生命运有着很重要的作用。很显然,虽然罗维民在王国炎案件的破获中发挥了十分重要的作用,但这却并不意味着他从此就可以走上一帆风顺的人生坦途。对于如同罗维民这样的一位理想主义者而言,在现实社会中的碰壁与遭殃是其必然的人生际遇。正如同有敏感的读者已经感觉到的,罗维民的人生前景真的是"阴云密布、吉凶未卜"。在这个意义上,罗维民,其实如同《凶犯》中的狗

---

① 张平:《作家应该代表社会的良知》,见《我只能说真话》,解放军文艺出版社2002年版,第92页。

子,《抉择》中的李高成一样,都属于具有理想主义精神的悲情英雄形象。

最后必须提到的是张平在《十面埋伏》中对于叙事时间的艺术处理,我们在前面已经数次谈到过张平对于一种时间横切面式的短暂时间的艺术处理和把握,作家的此种艺术智慧在《十面埋伏》中可谓已经达到了某种极致的地步。从故事的开端,到故事的收尾结束。如此纷繁复杂的情节线索,如此紧张激烈的人物故事,张平居然把它全部浓缩进了大约只有两天 48 小时的叙事时间之中,真的是相当难能可贵。小说之所以读来扣人心弦、催人泪下,应该说,与这样一种高度紧凑的叙事时间。与如此一种堪称极致的叙事密度,都存在直接的关系。

第八章

政治小说的巅峰之作

——以《国家干部》为中心

我至今都无法忘怀在 2004 年第一次阅读张平鸿篇巨制《国家干部》时的情景,这一部以国家干部为主要表现对象的社会政治小说居然如此令人感动,以至落泪。重读《国家干部》的过程中,又一次无以自控地淌下了热泪。一部文学作品,为什么能够造成可以让人无以自控地一再落泪的阅读接受现象呢?它能够一再反复地打动笔者的心灵世界,凭借的又是一种怎样巨大的思想艺术力量呢?虽然由于时间距离过于迫近的缘故,现在还远远未到可以对《国家干部》盖棺定论的时候,我们也真的无法未卜先知地预见到几十年甚至上百年之后的读者究竟会怎样看待、评价张平的这部长篇小说。但是,仅就目前对于进入新时期以来中国长篇小说总体发展状况的了解而言,张平的《国家干部》是我们这个时代少有的全面涵纳表现时代精神的一部优秀长篇小说。

《国家干部》能够让我感动的原因当然是多方面的,但其中相当重要的一个层面,就是作家对于中国底层百姓生存状况一如既往的关注与表现。虽然对于底层百姓生存状况的关注表现,并不是张平这部长篇小说根本的思想艺术题旨所在,但作家在这一方面的艺术描写,却依然深深地打动着读者的心灵世界。

首先是环卫工人的工作与生活状况:

那些年,我们扫马路的还能算个人?那时候我们环卫工人穿的啥,吃的啥,住的啥?正是大冬天,我们值夜班,清晨两点开始扫大街。晚上吃夜饭,啃的都是冷冰冰的饭团子。几十个人挤在一个四面透风的破房子里,烧的是火烟煤,雾蒙蒙的,呛得人喘不过气来。没想到就在这时,夏市长来了。那时候我们还不知道他就是新来的市委副书记。他一来了就看火炉,然后又看我们吃的是什么。他还向我要了一块饭团子,吃着吃着,就掉下泪来。

然后是一个垃圾清运队工人的诉说:

我们清运队住的地方就建在垃圾场上,每天几千吨垃圾,都往那个地方拉。我的儿子是装卸工,一晚上要跑十几趟,装卸几十吨垃圾。晚上见了,就像鬼一样。躺在屋里,就像猪一样。不瞒你说,如果有什么事情他回来一趟,整个家里都得变味儿。别说人家看不起,咱自己也看不起自己。整年整月钻在垃圾窝里,还能算个人,咱真的就不是人。

接下来,是几个有代表性的村民。

一是李黑娃。李黑娃是沥水镇最先富起来的家户之一,他们家承包了一条荒沟,进行小流域治理。"然而他一家人做梦也没想到的是刚刚受益,欠债还没还清,村镇领导突然要同他重新签约,要把原来签订的三十年合同作废。他一家人四处上访,却被镇派出所拘留了好几次,闹得几乎倾家荡产,家破人亡。他听到这个消息后,亲自下来,经过认真查实,坚决制止了村干部这一恶劣的违法行为并严肃处理了一个副镇长,就地免职。"然而,虽然夏中民暂时帮助李黑娃渡过了难关,但在农民承担的税费负担明显增加之后,"过去按十几亩地算,现在按几十亩地算,过去一亩地百十块钱,现在税费加在一起两百多块,按这个算下来,就是最好的年景,我也得贴几万块呀"。但实际的情况却还要更加糟糕,因为无法按时缴纳税费,李黑娃一家人居然被迫住到了"阴暗而潮湿,弥漫着一股浓烈的霉味和牛粪味"的"连狗都不住的牛圈里"。这中间,居然还包括早年曾经担任过村里的贫协主任,现在已经身患癌症不治的李黑娃的老父亲。

二是齐桂枝。齐桂枝一家人靠卖年糕为生,一个偶然的机会,不小心得罪了当地的村霸,结果自然是遭到了群殴:"一家人见势不好,吓得夺路就逃。然而即使如此,在众目睽睽之下,被几个歹徒手持铁镐头,钢筋棍,前后夹击,劈头盖脸地一阵乱砸。齐桂枝丈夫头上被连击两棍,当场死亡。齐桂枝小叔子的脊椎被镐头击中,造成永久性高位截瘫,齐桂枝小姑子胸部头部都被打伤,再加上受到强烈惊吓,两年后不治身亡。齐桂枝被打得左腿骨折,并造成中度脑震荡,在医院里醒来时,丈夫都躺在棺材里好几天了。"然而,尽管"案情清楚明了,凶手昭昭在目,冤案一查即破,但令人难以理解和置信的是,这起案件立案之后,六名嫌犯在光天化日之下一直逍遥于法律的制裁之外。一起如此简单而又令人发指的凶案,却让一个女子沉冤八年,苦熬了八年"。

三是丑丑。丑丑是一个普通的农民,"他的模样,就像是庄稼地里普普通通的一块默默无语的土坷垃"。因为打小日子艰难,丑丑与母亲一直相依为命地过着省吃俭用的日子。因为家境实在过于艰难,所以一个"省"字,就贯穿着母亲与丑丑的整个人生。按照小说中的描述,正是这个"省"字,"才让丑丑这样的农民具备了超强的抗灾能力和自救能力",才让丑丑虽然身患多种疾病:关节炎、胆囊炎、气管炎、肺气肿、慢性肾炎、重度腰肌劳损,大面积胃溃疡,而依然"肩扛二百斤的沙袋,在陡峭泥泞的嶂江大堤上,来来回回扛了四十多趟!"而且,"据本村的村民讲,丑丑已经在工地上连续劳动了七天七夜!"而支撑丑丑如此行为的根本动力,却只是因为这样做,"不仅可以免去每年的义务出工费,还可以白吃白喝,而且每天还能给二十块钱的补助款,所以他不能不来"。但就是这样一位省吃俭用吃苦耐劳的农民,他多年来以身体和生命的损伤为代价积攒下来的一万九千三百六十五块钱,居然被村里的信用社以所谓"基金"的形式莫名其妙地侵吞了。

这就是小说展示在我们面前的,当下时代我们普通的工人与农民艰难的生存境况。虽然描写的篇幅并不大,在长达七十万言的《国家干部》中所占比例极少,但说实在话,正如同《抉择》一样,作家对于底层民众生存状况的真实呈现,却还是能够给读者留下可谓触目惊心的深刻印象。小说曾经借考察组组长于阳泰的感觉写道:"那天晚上,汪思继请他们的那一桌饭,他悄悄问了服务小姐,总共两万六千多元,差不多是一百个环卫工人一个月的工资总额!"这是怎样巨大的数额差距呀!真的是"朱门酒肉臭,路有冻死骨"景象的逼真再现了。而这,则正是我们时代一种无法回避的普遍社会现实。小说中之所以要描写这些底层民众的生存状况,目的当然是要借此而充分有力地凸显小说主人公夏中民的亲民形象。非常简单的一个事实,面对至今依然艰难地生存着的广大底层民众,当政者采取什么样的一种姿态,是处心积虑地刻意回避,还是尽一切可能地施以援手?乃是衡量当政者人格操守的一种十分重要的试金石。夏中民当然是一位亲民倾向十分明显的领导者,当他发现并了解到这些老百姓甚为艰难的生存境况之后,自然要想方设法地利用手中的权力来改变他们的生存境况。正因为如此,所以夏中民才会受到广大底层民众的大力肯定与热烈拥戴,甚至于在小说中,还出现了底层民众为了留住夏中民而愿意集体"捐钱买官"的现象。这一切,当然充分地说明了夏中民精神人格操守的高尚,说明了他是一个愿意"解民于倒悬"的优秀基层干部。

然而,我们同时也必须指出的是,以怎样的姿态面对那些生存境况特别艰难的底层民众,不仅是衡量领导干部优秀与否的重要试金石,同时也是衡量评价一位作家是否具有突出平民情怀的重要标准之一。面对这样一种沉重异常的生存现实,是视而不见地闭上自己的眼睛,还是以自己手中的笔去做一种真实的记录与表现,不同的作家当然会做出不同的选择来。虽然口头上都可以振振有词地把"人民"挂在口中,但真正能够用艺术的方式去真实地触摸表现当下时代老百姓艰难困窘的生存现实的作家,说实在话,在当下这样一个物俗与实利化倾向越来越明了的市场经济时代,其实是相当罕见的。现在已经很少有作家可以如同张平这样一如既往地关注表现老百姓艰难困窘的生存状况了,这当然也是一种触目惊心的客观现实。然而,换一个角度来看,越是如此,也就越是显示出了如同张平这样一类作家的难能可贵。

诚然,正如同我们已经强调过的,对于底层民众生存境况的真实描摹与展示,并不是张平《国家干部》这部长篇小说最根本的思想艺术主旨所在。也正如同小说的标题早已鲜明标示出的,张平这部作品的主要描写对象,将是中国社会现实中一个相当重要的群体形象——国家干部。然而,要想描写好国家干部这一特别群体的形象,却又绝对不可能离开底层民众形象的有力反衬。一个明显的事实就是,离开了国家干部与底层民众之间的关系描写,也就很难将国家干部的形象写深、写透。很显然,张平之所以要如此精心地描写如李黑娃、齐桂枝、丑丑这样的普通民众形象,其根本的用意也正在于此。

问题是,张平为什么会产生这么一种大规模地描写表现国家干部这

第八章 政治小说的巅峰之作

一特殊群体的艺术兴致呢？且让我们来看作家在小说"代序"中的自我说明。

> 干部，为外来谐音词。最先源于法国，法文为CADRE。意为框架、军官、高级管理人员等。后来作为军队官员、社会团体和企事业首脑等涵义，逐步为许多国家所通用。……中国共产党获取政权之后，继续沿用、强化和扩大了这一历史概念，在国家公职人员不断发展分化的过程中，干部的范围越来越广。各级各类领导人员、党政机关、群众团体的一般公务人员、企事业单位专业技术人员以及记者、编辑、教师、医生、警察、法官、税务员、工商人员、银行职员、文艺工作者等等均属于干部范围。也就是说只有这些人才真正具有干部身份。再后来，还出现了以工代干、以农代干等普遍的社会现象，甚至于出现了干部门卫、干部司机、干部厨师等怪异现象，成为中国现实社会中的一大奇特景象。在七十年代左右，更是发展到登峰造极的地步。致使生活在中国的公民，不论是工人农民还是学生军人，没有一个人不向往着能成为一名正式国家干部。中国这种干部体制自然而然地促成了一种干部文化，在这种干部文化里，也就势必使得中国的干部队伍越来越膨大，也势必使得中国的干部身份的向往越来越强烈……①

虽然小说中描写表现的所谓"国家干部"，并不是此处一种泛化意义上的国家干部，但在笔者看来，指出一种干部文化氛围在当代中国的客观存在，对于我们理解这部作品还是有重要意义的。那么，张平笔下"国家干部"的所指究竟是什么呢？

> 在中国社会中，真正的，名符其实的干部其实只是这样一批人：具备干部身份，担任领导职务，从事领导工作的党政机关负责人员。只有他们才真正称得上是国家干部。②

---

① 张平：《〈国家干部〉代序》，见《国家干部》，作家出版社2004年版，第1页。
② 张平：《〈国家干部〉代序》，见《国家干部》，作家出版社2004年版，第1页。

为什么会是这样一种较为狭隘意义上的"国家干部"呢？

据报载，截至二〇〇三年，中国的干部人数已有数千万之众。在如此庞大的一个领导干部的候选队伍里，容纳了中国绝大多数的精英分子和优秀人才。当然，在这样一个团体里，也一样会鱼龙混杂、泥沙俱下。在战争年代或国家的特殊时期里，精英和人才会很容易地显现出来，一场惨烈的战斗下来，阵亡的大多数往往都是干部。但在平稳时期，干部的身份则会成为一些人获取利益的坐标，于是数不清的磐磐英才却常常得同庸才与小人，甚至得同腐败分子在一起苦受煎熬。他们同是政治的产物，然而他们中间的不少人并不真正了解政治，以至于有些人常常在拒绝和瓦解着政治，以至于常常在政治的巨轮之下粉身碎骨。①

既然早在1990年代，张平就已经对于以小说艺术的形式表现中国当代政治文化产生了浓厚的兴趣，既然国家干部乃是中国当代政治文化中非常核心的构成元素，或者如张平所言："他们同是政治的产物，然而他们中间的不少人并不真正了解政治，以至于有些人常常在拒绝和瓦解着政治，以至于常常在政治的巨轮之下粉身碎骨"，那么，在进入21世纪之后，干脆以一部篇幅多达七十万字的厚重长篇小说《国家干部》来继续深化自己对于当下时代中国社会政治文化的思考与表达，也就很自然地成为作家张平一种必然的创作选择。

既然确定了要表现国家干部，那选择什么样的创作路径才能达到这样一个创作目标呢？很显然，必得是一帮具有国家干部身份的人群才行。那么，这样一帮国家干部又该活动于怎样的一个具体生活环境之中呢？张平在小说中给出的是某省昊州市委所辖的嶝江这样一个县级市。"汪思继所在的嶝江市，是一个独立性较强，工业化程度较高，交通相对比较发达，地位比较特殊的县级市，全市人口一百七十多万，划分为两区二十八个乡镇，所以在这儿任职的干部级别同一般的县级市相比，要略高一些。"

为什么要将人物的具体活动环境设定为一个县级市呢？作家张平很

---

① 张平：《〈国家干部〉代序》，见《国家干部》，作家出版社2004年版，第2页。

显然也是作过一番深入的思考。古人云，郡县治，则天下治。从中国社会政治机构的设置沿革来看，从古至今，县一级行政机构，都是作为最基本的一种设置单位而出现的。一方面，县一级行政机构面对着的是广大的基层民众，二者之间存在紧密的关系；另一方面，县一级行政机构却又与高于自己的市、省乃至于全国的行政机构也有紧密的关联。所谓的"郡县治、则天下治"，突出强调的正是县级行政机构的重要性。作为最基本的类似于细胞一样的郡县，甚至于在某种意义上可以被看作整个天下的一种缩影。这也就是说，在某种程度上，郡县可以被看作缩小了的天下，而天下也可以被看作扩大了的郡县。在笔者看来，张平之所以要选择嶝江这样一个县级市作为笔下人物的主要活动环境，正是由于县一级行政机构乃是中国最基本然而也是最重要的行政机构的缘故。正所谓麻雀虽小，五脏俱全，张平通过对于嶝江这样一个极有代表性的县级市的剖示描摹，完全可以达到折射总体意义上的中国当下时代政治文化的根本创作意图。

确定了人物活动的具体环境之后，需要具体考虑的也就是如何设置确定小说结构的问题了。作为一位拥有丰富创作经验的作家，张平当然深知一个合理而富有创意的小说结构对于一部篇幅巨大的长篇小说的重要性。笔者以为，张平为《国家干部》设定的是一种可以被称之为双线合一型的结构模式。所谓的双线，就是指《国家干部》中存在的两种互相尖锐对立的干部阵营与政治路线。一种是以夏中民、李兆瑜、覃康、穆永吉、陈永祥为主要代表的正义派或者说是实干派，另一种则是以刘石贝、汪思继、马运乾、齐晓昶为主要代表的权谋派或者说是腐败者。小说中，两个阵营，两种政治路线之间，一直呈现一种剑拔弩张、激烈冲突的胶着状态。这两大阵营之外的其他一些人与事，均是依附于这一结构主线之上而存在和发展的。所谓的双线合一，并不是说小说中存在两条不同的结构线索，而是指这样两条尖锐冲突对立的两个阵营，其实构成的是同一条结构线索。细读文本，就不难发现，推动小说总体故事情节不断地向前演进发展的，实际上正是这两大阵营两种政治路线之间堪称尖锐激烈的矛盾冲突。

夏中民可谓正义派最具代表性的一个人物形象，在这个人物形象身上，很明显地寄寓着作家一种强烈的理想主义情怀。夏中民是一位有着十一年副处履历的国家干部，其中团省委二年，省委组织部四年，嶝江市委副书记七年,外加半年多的常务副市长,小说正是围绕这位只有38岁的常务副市长是否可以顺利地晋升为嶝江市市长而展开故事情节的。

与夏中民形成鲜明竞争的是嶝江市的常务副书记汪思继。与夏中民相比较,53岁的汪思继具有时间更长的副处履历。"在此之前,汪思继曾当过两年乡镇干部,三年组织部副部长,四年人事局局长,六年市委秘书长(第二年被提升为市委常委),五年组织部部长、常委,七年主管组织的市委副书记。"

作为一位多年主管组织人事工作的市委副书记,汪思继对于未来嶝江市的权力格局有着合乎自己利益的设想:

> 下一步最好的局面,就是夏中民在新一届人代会上被顺顺利利地选举为市长。而他,则在新一届党代会上被波澜不惊地选举为市委书记。对汪思继来说,这自然是最好的结局。虽然夏中民是一个极难驾驭的人物,但作为嶝江市委书记,作为领导班子的一把手,作为一个将会成为副厅级别的领导,作为一个上一级市委常委,嶝江的局面他并不难控制。
>
> 还有一个他依然可以接受的局面,那就是夏中民被任命为市委书记,他汪思继被选举为市长。以他的实力和基础,这个市长他也并不难当。他完全可以接受夏中民的领导,绝不会有任何争执。夏中民年轻,他不会在嶝江呆一辈子。只要平平稳稳地熬过三年五年,嶝江的市委书记还会是他的。五十七岁以前解决副厅级,并在嶝江这个地方最终退下来,他心满意足,也心安理得。

当汪思继费尽心思地作出这种未来嶝江市权力布局的构想的时候,距离完成换届选举的党代会只有十天的时间,距离人代会的召开也只有二十天的时间。确定未来嶝江市大局的党代会与人代会召开在即,围绕谁将成为新任市委书记与市长的角逐争斗当然也就进入了白热化的程度。张平的《国家干部》,所具体记述表现着的正是发生在这十天之内的正义派与权谋派之间尖锐激烈的矛盾冲突。

既然已经成为国家干部,既然衡量国家干部的事业成败与否的一个重要标志就是要看这位国家干部行政职务的高低,而且,很明显的一个

第八章 政治小说的巅峰之作

事实就是，要想干成更大的事业，要想在更大的范围内实现自己的人生理想，那就必须拥有更为重要的位置，必须掌握更大的行政权力。那么，对于夏中民来说，他当然也就希望自己能够早日成为嵝江市的市长或市委书记。因为只有实现了这样一个现实的目标，他才可能实现自己更为远大的人生理想与人生抱负。这一点，从夏中民一贯严格的行为自律，从他后来落选后的一时无法适应，情绪异常低落的表现，就可以得到充分的证实。

> 但对组织我可以问心无愧地说，我没有给自己安排过一个亲属，没有要过一平方米的住房，没有乱花过国家的一分钱，没有给自己的亲朋好友谋过任何利益。不论是在市委还是在市政府，所有由我实施和负责的重大决策和工程，也从未有过任何失误和损失。即使是在那些告我骂我的成千上百的告状信和恐吓信里，也没有任何一封信能找出任何这方面的实例。为了避免别人说闲话，我至今连我的妻子和孩子都没有调到我身边来。我的父母亲，几次病重，我都没让他们来嵝江治疗。我的弟弟和弟媳妇，还有我的内弟，他们都失业几年了，至今没有正式工作。忠孝不能两全，我常常对自己说，我可以不是一个好儿子，不是一个好兄弟，不是一个好丈夫和好爸爸，但我绝不能让老百姓在身后说我是一个不称职的党员，是一个不称职的干部。

一方面，我们当然应该充分肯定如同夏中民这样严格的自律行为。尤其是在当下的这样一个市场经济时代，作为一位手中拥有相当权力的国家干部，夏中民的这种行为当然就更是难能可贵了。然而，如果我们进一步追问夏中民之所以要如此严格地苛求自己的原因，那么一个可能的解释就是，夏中民相当地看重自己的仕途升迁。在某种意义上说，他正是为了自己能够顺利地成为市长或市委书记，才如此严格地进行自律的。能够支撑这一观点成立的一个显在事实就是，虽然刘石贝与汪思继都同样大量地安排自己的家人亲属担任了许多重要的行政职务，但这些却均没有影响到他们自己的领导地位。由此看来，夏中民之所以要如此地严格自律，正是为了不给那些诬陷攻击自己的人提供任何可以依凭的口实。只有这样，经常被当作众矢之的的夏中民才有可能晋升为市长或市委书记。

虽然在小说中,夏中民一再地声称自己根本不在乎是否能够担任更高一级的行政职务,自己反复思考的只是怎样才能为老百姓为嵫江的发展做更多的事情,但是,当自己真的落选之后,夏中民还是无以自控地产生了一种"无可奈何花落去"的失落沮丧情绪:

> 刘景芳默默地给夏中民倒了一杯水,轻轻地对夏中民说,"中民,不管是什么结果,你都要冷静。"
>
> 夏中民沉吟了一下,说,"景芳部长,谢谢你的安慰,我本来觉得我能冷静的,可说实话,想要冷静下来,也不那么容易。"

作家此处对于夏中民失落心态的把握与表现是相当准确到位的,虽然早就考虑到选举时可能会有问题出现,但在性格特别自信的夏中民内心深处,其实并不相信自己真的会落选。这样,当意外结果出现的时候,一种失落沮丧情绪的形成也就是相当自然的了。夏中民所谓"我本来觉得我能冷静的,可说实话,想要冷静下来,也不那么容易",正可以被看作这样一种情绪最为形象传神的表达。夏中民之所以不容易冷静下来,实际上正是由于选举结果与自己的满心期待落差太大的缘故。

然而,虽然夏中民真的十分渴望能够早日成为嵫江市的主要领导,渴盼能够在拥有更大的权力之后实现自己更大的人生理想和抱负,但是,他却并不是一个可以为了自己的仕途而不择手段的人。从小说描写的情形来看,夏中民需要经常面对的一种矛盾选择就是,要么为了自己个人的仕途升迁而与权谋派、腐败者同流合污狼狈为奸,要么为了维护广大人民群众的根本利益而得罪对于自己的职务晋升具有决定性影响的干部阶层。不难发现,虽然选择的过程不无痛苦,但每一次,夏中民却都会义无反顾地选择后者。这就是说,夏中民宁愿失去个人升迁的机会,也要坚决地维护老百姓的利益,也不可能丧失原则,去与那些蝇营狗苟者同流合污。

其实夏中民也经常处于一种矛盾复杂的心态之中。

还有,正像市委书记陈正祥给他说的那样,小不忍则乱大谋,等安安稳稳地换了届,当你顺顺当当地当了市长,一年两年后再平

第八章 政治小说的巅峰之作

平安安地当了市委书记，你再想怎么干就怎么干，到了那时候，谁还能奈何得了你，而现在，在这种局势下，你只能是平稳过渡，要照顾到方方面面的利益。言外之意，一句话，你只能睁一只眼闭一只眼，见人说人话，见鬼说鬼话，只要能哄得大伙高高兴兴，让嶝江市的方方面面都皆大欢喜，这才是最高的政治，也是最大的政治，只有这样，才叫运筹帷幄，决胜千里。才真正地宏图大略，深谋远虑。

但如果真想这样，那你早在八年前就应该这么做了。当初就曾有很多人规劝过你，告诫过你，但你都没有听从，从来也没有听从，这条路完全是你自己的选择。整整八年多了。你也从来没有犹豫过，从来没有退缩过，莫非最终还是无法免俗，一到了这个关卡，也只能走回头路了？

就算你今天下去了，能在一日之间就把积攒了这么多年的农村问题解决了？其实说到底，你今天下去，不就是要给村民们表个态吗？为了这样一个虚的东西，为什么非要把眼前的这么多实的东西扔了？值吗？从长远来看有利吗？小不忍则乱大谋，孔夫子都一再提倡，天下大大小小的干部都在实践的政治智慧，你为什么就不能用一用，暂时让一让，忍一忍？

你的事情也真的太多了，你也实在太累了。你眼前的哪件事不是天大的事情？即使你现在倒头睡上三天三夜，在嶝江也绝没有一个人说你是不工作的干部。何况明天就要考试了，那些常识性的知识，最应该记住的政治科目，不也应翻一翻，看一看，记一记？

可是，你真的能这样吗？

……

真正为人民利益负责，就得付出自己的权力和利益。

而失去了权力和利益，那他们就什么也不管，什么也管不了了。

我们什么也不管，什么也管不了了，那人民跟你还有什么关系？

你跟人民又有什么关系？

这可真是一场生死攸关的重大抉择。

眼前的现实不正是如此？

面对着人民群众，你真会不忍心？真能不忍心？

但是，如果你真要是不忍心，等待你的也许只有这样一个结局：

十天半月之后，党代会、人代会开过，你很可能就是孤家寡人，孑然一身了，你就会同不惜一切代价维护过他们权益的人民群众一样，成为他们其中普普通通的一员了。

现实中这样的实例并不鲜见，所有下台官员自己都亲耳听到过这样一个评价：

你不是爱人民、为人民嘛，那你就一辈子当人民去吧！

正如同哈姆雷特王子总是要面对那个生存还是毁灭的选择性命题一样，夏中民所经常面对着的，其实就是为升迁还是为百姓这样的一个选择问题。照常理说，一个国家干部，只有更多地考虑并解决老百姓面临的实际困难，他才可能升迁到更高的行政职务上去。反过来说，也只有升迁到更高的行政职务上，拥有了更大的权力，这个国家干部才可能更好地为百姓提供服务。但现实的情况却正好与此相反，作为一个国家干部，你要想认认真真地替老百姓做事谋福祉，那你势必就要得罪一大批与自己身份相同的国家干部。而现实的考察制度是，一位国家干部工作的好坏，并不由老百姓说了算，能够真正地决定你升迁与否的，只能是那些已经被你得罪完了的国家干部。小说中的夏中民之所以在嶝江的副书记岗位上一待就是八年，尽管工作业绩十分突出，但就是得不到正常合理升迁的根本原因正在于此。

对于自己身处的困境，夏中民其实是非常清楚的。正因为如此，夏中民也才会经常地处于一种艰难的选择过程之中。正如同莎士比亚的伟大，就在于将面对着生存还是毁灭这一选择性难题的哈姆雷特王子的内心冲突状态表达得准确到位、淋漓尽致一样，张平的值得肯定处，也在于把夏中民面对着到底是应该为升迁还是应该为百姓这样一个问题时的矛盾心态，极其形象生动地展现在了读者面前。我们总强调文学是心灵的艺术，实际上看重的正是文学可以真实地凸显人物的内心状态这样一种功能。说到底，夏中民这个人物形象的感人，并不仅仅在于他是一位可以为了百姓利益而自我牺牲的国家干部，而更在于这一人物面对百姓利益与自我利益发生冲突时那样一种真实的矛盾心态与最终的立场选择。能够把夏中民的矛盾心态及其最后的人生选择极具说服力地表现出来，正是张平《国家干部》一个非常值得肯定的地方，其充分表现出来的也正是小说这种艺术形式一种特有的艺术魅力。

事实上，也正是因为有了对于夏中民内心矛盾冲突的充分展示，所以当他志同道合的同事朋友、副市长李兆瑜，愤然地追问夏中民在嶝江勤劳投入地干了八年，但最后却因为得罪了那些干部而不幸落选，付出的究竟是怎样一种代价的时候，夏中民才会令人信服地讲出这样一番话来：

> 如果你真要知道，那就让我告诉你。这个代价就叫做：好人不受害，坏人难显形；清官不吃亏，社会难得益；一个英才被埋没，一批庸官遭唾弃！今天为了老百姓付出利益，日后才能得到民族的永久尊重！我当初选的就是这条路，你现在让我再改过来，我这八年才真正叫白干了，我这前半辈子包括这后半辈子也肯定是要白活了！如果我今天干的这一切，真的导致了我的最终落选，那我就让全体人民都能在我的身上得到新的思考，让我们的党也能以我为教训得到新的认识。好了，兆瑜，这个问题我们永远也不要再争了，就像你一样，尽管你发了数不胜数的牢骚，但你其实跟我并没有什么根本的区别，当我们一看到老百姓生活的现状，一看到那些贪官污吏的嘴脸时，你就会不由自主地站出来，你就会忍不住、压不住，誓死要为老百姓跟他们血战到底！其实这个社会就是这样，就是因为有我们这样一批一批的人，愿意为这个社会的进步付出代价，我们的政治和社会才会不断进步！如果最终的结局是这样，那我就再告诉你，我认了！

这样一番可谓铿锵有力、掷地有声的话语之所以可信，正在于它是夏中民一番激烈思想斗争之后的产物，它是夏中民真实心态的直接体现。至为关键的问题在于，夏中民不仅这样说，而且更是身体力行地这样做。正是因为他的具体行为乃是对于自己人生信念的忠实践诺，所以我们才觉得他这些慷慨激昂的豪言壮语并不能被看作政客的一种话语表演行为。在小说中，眼看着市党代会与人代会召开在即，当其他的一些人比如像汪思继正在为自己的仕途升迁而处心积虑地四处活动的时候，身为常务副市长的夏中民却仍然在为解决嵫江市的各种问题而辛勤操劳着。无论是对于红旗街锦生小区建设施工问题的智慧介入，还是对于东王村沙石场问题的合理解决，抑或是亲赴现场冒雨与江阴区五六千位农民面对面的直接对话，这样一些行为所凸显出的正是夏中民那样一种强烈的亲民情怀，因为夏中民真的是一位时刻把人民群众的利益放在自己心头的优秀国家干部。

然而，正如夏中民自己也能够清楚地预料到的，当自己千方百计地为普通百姓解决问题的时候，肯定要得罪那些侵犯百姓利益的人。而这些人中的绝大多数，却都是与夏中民身份相同的国家干部。事实上，对于夏中民职务的升迁产生决定性影响的，正是这些具有国家干部身份的人们。按照我们一贯的组织原则，在决定提升某一国家干部的行政职务之前，必然地要由上一级机关组织考察组全面地了解考察被提升者的工作情况。所谓的全面考察了解，其实也不过就是履行一下谈话的程序而已。那么，谈话的对象是谁呢？主要就是工作在那位准备提升的国家干部周围的国家干部。这也就是说，夏中民要想成为嵫江市的市长或市委书记，就必须接受昊州市委组织部派下来的考察组的全面考察。而昊州市委考察组的谈话对象则既包括了市委书记兼市长陈正祥、市委常务副书记汪思继这样一些夏中民的同僚，也包括有嵫江市委市政府下属的各部局领导干部。一句话，只有在嵫江市担任一定领导职务的国家干部，才可能成为考察组的谈话对象。一个明显的事实就是，这些谈话对象在谈话过程中对于夏中民的评价与看法，将直接成为上级部门决定是否提升夏中民职务的重要依据之一。这也就是说，正是这些被找来的谈话对象，在很大程度上决定并影响着夏中民个人的职务升迁。很显然，如果这些谈话对象在谈话过程中众口一词地对夏中民的工作持否定性的态度，那么，夏中民的被提升自然就会遇到极大的障碍。然而，在嵫江市，能够对老百姓的根本利益造成侵犯的，却往往又会是国家干部群体。很显然，拥有权力的国家干部要想更多地满足自己的私欲，那就势必要侵害广大民众的利益。而夏中民，要想真正地维护群众利益，也就必然地要得罪这些事实上可能对自己的职务升迁产生着极大影响的干部群体。

更何况，对于夏中民的职务升迁，具有决定性影响的，还不只是上一级组织部门的谈话考察，更为关键的，还有党代会与人代会代表的选

第八章 政治小说的巅峰之作

举。一个国家干部,即使上级部门已经认可了你的工作业绩,已经确定你为某一职位的候选人,但是如果在党代会、人代会代表参与的选举中得不到相应的选举票数,那么这个国家干部的职务升迁,同样是不可能的。那么,谁又最有可能成为拥有投票权利的党代会与人代会代表呢?按照我们国家的惯例,这些代表中的绝大多数又都是担任着各级领导职务的国家干部。这也就是说,夏中民所无意间得罪的这个国家干部群体,不仅可以在考察组谈话时对考察组施加自己的影响,而且更可以合理充分地利用自己手中的投票权,直接干预、影响选举的结果,干预、影响夏中民的职务升迁。这样,到底该维护老百姓的利益还是该站在可以决定自身命运的这些国家干部一边,当然就成了夏中民必须关注思考的中心问题。甚至于,这个焦点问题也引起了所有关心夏中民命运的人们的关注。

> 中民,你连这个也看不出来么!你想想,如果没有后台,没有背景,城建委下属的一个规划院就敢这么跟你对着干,谁给了他这么大胆子?还有那个建筑工程局,科级以上的干部就有好几十个,再加上那个规划院,整整大几百号人哪!庙小神仙大,池浅王八多,这些人哪个身后没有一大堆关系?你要是把建筑工程局撤了,再把那个规划院也撤了,你想想这些人咱们怎么安排?他们一旦闹起事来,肯定会乱!你说说,咱们的党代会、人代会还开不开了?我刚才已经给你说过了,小不忍则乱大谋,你又不是不知道,这个规划院院长是汪思继安排的干部,是原市委副书记的女婿,老书记刘石贝的表侄,还有最要紧的一点,他的舅舅就是现在嶝江市人大的副主任!那个建筑工程局的局长书记的背景,我想你比我更清楚,他是汪思继的老乡、同班同学。不论是党代会还是人代会,他那儿至少也有七八个代表名额。中民呀,你不能忽视这个,搞政治就是这样,你懂不懂?这对你下一步的市长选举,有着至关重要的影响。

应该说,市委书记兼市长陈正祥这样一番语重心长的话语中,透露出的正是对于夏中民职务提升问题的真心关切。其实,这也并不只是陈正祥的个人看法,小说中那些真正地理解并关心夏中民升迁问题的上级、同僚与下级,所持有的都是与陈正祥差不多相同的观点。他们普遍一致的看法是,换届选举的党代会与人代会召开在即,这次的换届选举对于夏中民有至为重要的意义。为了确保此次选举的成功,夏中民必须多少改变一下自己一向疾恶如仇的性格特点,应该与那些能够决定影响自己职务升迁的国家干部们达成一种暂时妥协的关系。在他们看来,来日方长,小不忍而乱大谋,作为一位搞政治多年的国家干部夏中民,完全没有必要因为对于群众利益的维护而丧失这样一个升迁的良机。一方面,他们当然并不反对对于百姓利益的维护,但在另一方面,他们却认为,夏中民只有通过必要的妥协晋升到更高的职位之后,才可能更好地利用自己手中的权力更为有力地维护老百姓的根本利益。

然而,夏中民本人对这个问题的理解却有所不同。在他看来,既然在此时此地可以为了让自己成为市长或市委书记而对于国家干部群体中的某种黑恶势力作出妥协,那么也就同样可以在彼时彼地为了别的更为重要的什么利益而继续作出妥协。久而久之,妥协就会成为一种无法摆脱的惯性行为。这也妥协,那也妥协,妥协来妥协去,自己也就很可能逐渐地妥协成为自己之前所坚决反对的那个国家干部群体中的一员。而且,更进一步地说,既然要妥协,那他早就妥协了。如果他早就甘愿妥协的话,那么他的社会政治处境也就不会是这样一种情况,依照他的能力与资历,他早就被提拔到更高一级的领导岗位上了。正因为如此,所以夏中民才无法接受这些来自上级、同僚以及下级的真心关切与妥协建议,他在工作中依然故我地坚持维护着老百姓的根本利益,自然也就大量地得罪了那些确实在很大程度上影响、决定自己未来政治命运的国家干部们。

后来的事实发展,充分地证明其他人替夏中民的担忧并不是多余的。正因为夏中民全身心地投入工作之中,正因为他虽然已经意识到了对于那些国家干部利益的剥夺有可能影响到自己的仕途发展,但是却依然以一种"虽千万人,吾往也"的大无畏气概坚定地维护着广大民众的根本利益,所以,到了十天之后召开的党代会上,夏中民果然在市委委员的选举中不幸落选。既然不是市委委员,那么也就不能够按照正常的组织程序,成为市委副书记。不是市委副书记,当然也就不能够成为稍后时间召开的人代会上的市长候选人。这也就意味着,具有强烈亲民情怀的优秀国家干部夏中民,果然为了坚持自己为百姓服务的人生原则，为了践诺自己的人生信念而付出了巨大的代价，作出了惨重的牺牲。这样的结果似乎的确再一次验证了所谓"求仁得仁，求智得智"的人生哲理。

夏中民的最后落选，充分有力地证明了他的好朋友，嶝江市纪检委副书记覃康在事先面对新华社记者吴滉云时的一种深刻剖析：

> 吴滉云记得覃康当时极为悲伤地说，夏中民这样的干部为什么就提拔不起来？非但提拔不起来，而且处境越来越艰难，为什么？其实也很简单：当一个干部陷入某利益群体时，若要被提拔，就只能为这个群体服务效力。如果他要为老百姓负责，要为党和国家负责，那他同该利益群体必然会背道而驰，水火不容。于是就形成了这么一个怪圈，你要为老百姓干事，就别想得到提拔；你要是想被提拔，那就只能同这个利益群体同流合污！过去是官官相护，现在是官官相怕，过去是下级怕上级，现在是上级怕下级；过去的干部怕领导，现在的领导怕干部；过去的干部怕运动，现在的干部怕告状。大大小小的干部，谁也怕，就是不怕老百姓；谁也不敢得罪，就是敢得罪老百姓。再这样下去，嶝江还有什么希望。不出问题便罢，一出问题肯定是大问题；不出乱子则已，一出乱子必然是大乱子！

那么，在《国家干部》中，夏中民为了维护、伸张百姓利益所得罪的究竟是怎样的一个利益集团呢？这就必须说到以刘石贝、汪思继为突出代表的，与夏中民、李兆瑜等正义派一直处于胶着斗争冲突状态之中的权谋派了。

> 刘石贝今年六十四岁，曾在嶝江市委书记的位置上干了整整七年，快六十二岁时才离开市委书记的位置。现为吴州市政协副主席，省政协常委，嶝江市经济开发区主任。由于省政协常委这种特殊的身份，他可以顺顺当当地一直干到六十五周岁退休甚至更多。

> 这刘石贝，虽然已经离开了嶝江市主要领导的岗位，表面上看起来

只不过是嶝江市经济开发区的主任而已,但实际上,由于在嶝江市盘桓经营多年的缘故,他在嶝江市早已牢固地建立起了盘根错节、根深蒂固的干部关系网络。只要对这个干部关系网络稍作了解,我们就可以知道刘石贝实际上可以被看作一位在暗中操纵遥控着整个嶝江市政治格局的地头蛇。要说能力,刘石贝其实如同夏中民一样,也是一位卓尔不群者。只不过,夏中民的能力更多地用在了怎样才能维护人民群众的利益,如何才能推动嶝江市各个方面的工作向更好的方向发展上,刘石贝,则更多地将自己的精力用在了对于嶝江市干部关系网络的建立与巩固上而已。只要看一看刘石贝多年来精心营构出的这样一个令人咋舌的嶝江干部关系网络图,我们就会直观地感觉到这位老书记超强能力的存在。

千万别以为他这是在谦虚,只要你清楚了他这些孩子在嶝江和昊州的位置身份,你立刻就会一脸肃然,不能不被其中的利害所深深打动。

刘石贝的四个儿子,一个在昊州市检察院任副检察长,一个在昊州市计划委员会任主任,一个在嶝江市法院任院长,一个在嶝江市城关镇当镇长。四个儿媳妇,除了大儿媳几年前病退外,一个是嶝江市财政局局长,一个是昊州市建设银行副行长,一个是嶝江市计生委副主任。三个女儿,一个任嶝江市委副秘书长,一个任昊州市市直工委书记,一个任嶝江市工商局办公室主任。三个女婿,一个现任嶝江市江北区区委书记,一个现任昊州市税务局副局长,一个现任昊州市纪检委副书记。

除了这十几个直系亲属,刘石贝还有六个外甥、四个外甥女、五个侄子、八个侄女。大外甥现为嶝江市上市公司中最具竞争力的永华科技集团公司董事长兼总经理,二外甥现为嶝江市房地产开发公司总经理,三外甥现为嶝江市广电局副局长兼嶝江市有线电视台台长,四外甥现为市城建局规划院办公室主任,五外甥现为嶝江市卫生局党委副书记兼纪检组长。二侄子现为嶝江市交警队队长,三侄子现为嶝江市运销公司总经理,五侄子现为嶝江市教委副主任兼招生办主任。大外甥女现为嶝江市交通局副局长,二外甥女现为嶝江市团委书记,三外甥女现为嶝江市工商银行营业部主任,四外甥女现为嶝江市江阴区副区长。大侄女现为嶝江市《嶝江日报》编

第八章 政治小说的巅峰之作

委兼《嶝江日报》副总编辑，二侄女现为嶝江市委组织部副部长，三侄女现为昊州市宣传部新闻处处长，五侄女现为嶝江市自来水公司副总工程师……

在他所在的高新技术开发区，财务处处长和总会计师，还有商贸区主任，便是他的二外甥女婿、四侄女和大侄子。

这是一个怎样巨大而又令人生畏的干部关系网络呀！我们完全可以想象得见，为了营构这样一个巨大的干部关系网络，刘石贝曾经耗费了多少心血和精力。他很可能就像一只织网的大蜘蛛一样，就那样不知疲倦地一圈又一圈地努力着，最终织就了这样一张盘根错节、复杂庞大的干部关系网络。我们也同样不难想象得到，在中国这样一个崇尚"官本位"的现实社会中，拥有了这样的一张干部关系网络究竟意味着什么。很简单的一个事实就是，拥有着这样一张干部关系网络的刘石贝，只要他轻轻地跺一下脚，那么整个嶝江市便会陷入地动山摇的状态之中。

刘石贝实在是一位深谙中国为政之道的资深政客。如果政治家并不只是具有一种崇高的正面含义的话，那么，说刘石贝是中国政治文化土壤中滋生出来的一位政治家，这样的一种说法也是能够成立的。作为一位多年来在政治领域中摸爬滚打出来的国家干部，刘石贝深知在中国搞政治最忌讳的是什么，最值得注意的又是什么。

刘石贝给人的印象，朴实、节俭、稳重、严厉。他不贪财不好色，没有任何业余爱好和不良嗜好。他说过了，他一辈子没进过一次按摩室，没到过一次歌厅，没洗过一次桑拿，没摸过一次保龄球。事实也确是如此，自四十七岁当市长后戒烟，五十四岁被任命市委书记后戒酒，一直到今天，基本上可以说他不抽烟不喝酒不跳舞不玩牌不打麻将甚至也不进行任何体育活动。他的样子也始终给人一种饱经风霜、历经坎坷、备受压力的感觉，身板瘦削，面色黧黑，满脸皱纹，窄窄的腰总也深深地弯着。他的衣着也非常随便，夏天一件白衬衫，冬天一件军大衣，几十年如一日。一年四季都是布鞋，从未见他穿过什么名牌。如果没有重要的会议，很少见他有西装革履、衣冠楚楚的时候。他的房子也不大，一栋简简单单的二层小楼，一个平平实实的家庭小院。同附近那些精致而华丽的豪宅相比，它的简陋与朴素不能不令人对房主肃然起敬。

人们私下对刘石贝有个一致的评价和看法，对此刘石贝自己也承认，他这一生最大的嗜好和本事就是爱琢磨人，会琢磨人。他自己对自己的评价基本上也是如此，那就是宽明仁恕，知人善任。

在某种意义上，刘石贝与夏中民之间其实有颇多的相似之处。刘石贝，"不抽烟不喝酒不跳舞不玩牌不打麻将甚至也不进行任何体育活动""不贪财不好色"，夏中民同样"不抽烟不喝酒不吃海鲜，一般的肉也很少吃"，当然，更不可能去贪财好色。可以说，这两位都是人性欲望方面的严格自律者。他们俩之所以能够如此地严格自律，自然是因为他们实际上都是权力欲很强的人。正因为有着强烈的权力欲，所以他们都渴盼着能够担任更高的领导职务，能够在政治领域有所作为。要想达到这样的人生目标，便不能有任何可见的把柄落在别人手里。刘石贝与夏中民之所以都能够做到严格的自律，最重要的原因便在于此。

然而，虽然夏中民与刘石贝有着不少相同之处，但他们之间的差异却也是十分巨大的。如果说，夏中民渴望拥有更多、更大的权力乃是为了在事业上有更好的作为，能在更大的范围内为广大民众谋求福祉的话，那么，刘石贝则是为了在嶝江建立自己的权力小王国。假如可以把从事政治的人分为谋事或谋人者两种的话，那么夏中民很显然是一位谋事而不谋人者，而刘石贝则是一位谋人而不谋事者。当然，这里的谋事与谋人也是相对而言的。作为多年来在政治领域摸爬滚打的一个政客，刘石贝深知政治权力与关系网络的重要性。所以他才会把主要的精力用来琢磨人，用在了组织人事工作的安排上，才会营构起那样一个复杂庞大的干部关系网络来。

既然意识到了干部在事实上的重要性，那么怎样才能大量发展干部队伍，大量提拔任用自己的亲信也就成了刘石贝执政时最为看重的事情。

刘石贝从来也不掩盖自己的观点，在他当嶝江市委书记时，即使在全市的干部大会上也多次公开表示，嶝江最大的优势并不在经济，也不在科技，而是在人才。嶝江过去是，现在也一直应该是整

第八章 政治小说的巅峰之作

个昊州地区乃至全省的人才基地和干部摇篮。他说了别以为现在是市场经济，率先发展的应该是经济和科技，其实这话只对了少一半。让我说，就算真的成了市场经济了，在我们中国，在我们眼下，率先发展的还应该是人才！特别是干部人才！有了人就有了一切，这是老祖宗的话。我们的目光要放远一些，看深一些。钱再多也有花光的时候，而只要有了人，那才会青山不老，绿水长流，才会取之不尽，用之不竭。

正是因为拥有这样的一个基本理念，所以大量地提拔任用干部，自然也就形成了刘石贝在嶝江执政时的最大特色。刘石贝之所以退休之后仍然在嶝江市拥有极大的影响力，与他的大量提拔任用干部有直接的关系。更何况，也正是在大量提拔任用干部的过程中，刘石贝明修栈道，暗度陈仓，不显山不露水地将自己的亲戚朋友也都顺利地安插到了不同的领导岗位上。

还有最重要的一点，那就是当他不断地"无私无偿，不求回报，不计恩怨，宽宏大量"地推出和提拔起一批批干部时，他的直系亲属包括亲朋好友的起用和安排，也就大而化之，听之任之，随着潮涨潮落，云起霞飞，这夹杂在大江大河，大风大浪里的东西，在人们眼中自然就变小了，变淡了，消失了，看不到了，以致最终让人们安之若素地接受了，认可了。面临着那么多干部的提拔和任用，几乎占大多数的人都会这么认为：刘书记安排了那么多干部，安排安排自己的孩子亲戚，在如今又算个什么？还有的甚至会说，举贤不避亲么，能干能为有能力，合情合理也合法，领导的亲属为什么就不能提拔，这是不是也太不公正公平了？也许只有等到三年五年，十年八年以后，当人们真正意识到什么时，才会隐隐地感觉到这一切已经为时太晚，无可挽回了。就好像一棵棵的幼苗盘绕成网，一颗颗的沙砾聚成塔，等到一切的一切都已既成事实，不可摇撼了，你才会真正感受到它的威力和可怕。当这些现象真正成了滔滔洪水，滚滚沙漠，当没人奈何得了它时，它也就不再把任何东西放在眼里了。

其实许多年后人们才会清楚，在起用干部的问题上，刘石贝那种无形的要求和回报会更大更多，当他全力举荐了你，提升了你，而且你也没齿难忘地接受了，然后再由你来安排和起用他的人时，陷在这种怪圈里的人往往很难开口或者用什么理由和借口回绝于他，一切都显得很自然，很顺畅，很平和，入情入理，水到渠成，然而正是在这一次次的不经意之间，等你再放眼四顾，早已是虎踞龙盘了。

刘石贝之所以能够在嶝江市织就那样一个看起来甚至有些恐怖的干部关系网络，其根本的奥妙正在于此，而刘石贝之所以如此地留恋自己的领导岗位，之所以要千方百计地设法将自己的亲朋好友都安插到各级领导岗位上，是因为他实实在在地意识到了在当下时代的中国成为一名领导干部可以享用太多的好处，可以拥有太大的利益。

他没有感到有什么紧张和压力，更没有感到害怕和恐惧，在嶝江干了几十年的主要领导工作，让他感到最没有后顾之忧的就是没有经济问题。他常常很自豪地给人说，他这一辈子，可以说每一分钱都拿得干干净净，清清白白。他也以此常常告诫他的孩子和他手下那些大大小小的干部，凡是在钱上倒下来的干部，其实是世界上最愚蠢的家伙！共产党领导下的干部，比起那些资本主义国家的公务员来，工资是不高，但只要你一旦当了领导，那你工资的一分钱比老百姓的一百元还值钱！而且你的这些钱根本用不着花！一辆车多少钱？雇一个司机得多少钱？一年四季便宜的就像没花钱一样的水果、蔬菜、鱼肉、烟酒、饮料都不用算，只每天给你跑前跑后，送吃送喝的大大小小的随从又得算多少钱？每年的养路费修车费得多少钱？电费、水费、房费、取暖费、空调费、电话费、手机费、办公费、出差费、医疗费，还有连你也闹不清的各种各样的费用又得多少钱？这些费用几乎一直可以给你出到退休！即使退休了，还有各种各样的费用少不了你，还有各种各样的福利待遇在养护着你。一个地方上的县市级、厅局级干部，差不多都会给你安排一座带院子的小楼房，其实也就是老两口带一个保姆住。像这样的小楼小院，别人少说也得几十万上百万，而你十万八万就拿走了。而且根本用不着操心什么物业管理费以及什么各种的维修费和保养费，到死都用不着操心。稍稍有个什么问题，一个电话打过来就什么也给你解决了。那些工人来了，还得给你点头哈腰，连声问好，你连站也不用站起来。

这可真的是不说不知道，一说吓一跳。却原来，我们的领导干部居然拥有如此巨大的"优越性"，这就难怪社会上几乎所有的人都要削尖了脑袋拼命地钻营当官了。即使是一位廉洁自律的领导干部，以上所说的好处其实一点都少不了的。中国古代有所谓贵族阶层，这样的贵族阶层在进入现代社会后早已被完全打碎不复存在。但从某种意义上说，在当下的时代，一种新兴的特权阶层似乎已经或正在形成的过程之中，张平在《国家干部》中借刘石贝的感觉写出的这样一种状况，恐怕就是正在形成中的新兴特权阶层的一种生动写照。很显然，刘石贝之所以要营构一张庞大的干部关系网络，之所以表现出了明显的恋栈心理，其根本原因也正在于此。

然而，刘石贝所精心建立的这样一个嶝江权力王国，却因为夏中民的出现而出现了被瓦解的可能，而面临巨大的危机。说实话，对于夏中民，刘石贝曾经产生过极大的轻蔑情绪。在他的理解中，夏中民之所以要从省委组织部到嶝江市任职，主要的原因就是想早日接班："那时候嶝江市委的几个主要领导，年龄几乎都在五十五岁以上，尤其是他，已经五十七岁了，夏中民假如不是看上这个，会到这里来吗？不就是看中了即将空下来的市委书记的这个位置，才挑来挑去地挑到这里来了吗？"

但是，一向看人不走眼的刘石贝这次却大错特错了。自己要故意为难夏中民，所以就将治理环境污染"这个谁也不敢揽的最棘手的工作"推给了夏中民。然而他根本没有想到，夏中民居然大刀阔斧地很快就取得了突出的成绩："在三个月内，夏中民在全市整整关停并转了五百多家五小企业，坚决取缔了将近三百家严重污染的五小企业。"夏中民的果断措施很快收到了切实的效果，他不仅很快使嶝江市变得"天蓝了，水清了，山绿了，月亮变白了，连多年看不到的星星又都看得见了"，而且一下子便声名鹊起，使刘石贝感到"他在嶝江的一把手的地位第一次遇到了严峻挑战"。

面对着夏中民咄咄逼人的气势，早已在嶝江经营多年的刘石贝自然不会善罢甘休。他首先想到的便是怎样降伏夏中民。

他曾私下同夏中民谈过好几次，明的暗的，软的硬的，什么方式也使过了，什么办法也用过了，一概没用，夏中民什么也没听他的，完全是一副公事公办的口气和样子。当然夏中民表面上还算客客气气，恭恭敬敬，夏中民也有自己的想法，也有自己的主意。夏中民也说了，这也是为市委好，为刘石贝书记好，也是为嶝江的未来和老百姓着想。所以不能开口子，一开了口子，就会决堤千里，前功尽弃，再想堵可就别想堵得住了。

夏中民软硬不吃，而且他有他的道理。他确实硬得很，根本不买他的账。当时听着，觉得也情有可原。然而事后一想，尤其是当这些方方面面的人不断地找他求他时，他也就越来越感到自己真的被这个新来的副书记给耍了，利用了。这个夏中民确确实实没把自己放在眼里，而且这个夏中民也确确实实摆出了一副接班的架势。最要命的是，这个夏中民根本就不入他的团伙，不进他的圈子，不贪钱，不好色，不抽烟，不喝酒，不跳舞，不唱歌，不顾家，也完全不顾自己，纯粹就是一副粉身碎骨、在所不惜的姿态！

降伏不成之后，夏中民自然也就成了刘石贝在嶝江最大的政敌，成了刘石贝的眼中钉、肉中刺，成了对于刘石贝多年来苦心经营的权力王国最具有威胁性的人物："刘石贝终于明白了一个残酷的事实，让这样的一个人来接自己的班，或者，以这样的一个局面让自己无可奈何，得不到任何感谢和回报地交出权力，等待着自己的很可能将会是一个天天都只能在无奈和愤怒中度过的晚年！这样的晚年几乎等于是被判了无期徒刑，一直到他闭眼的那一天都会让他死不瞑目！"

既然清楚地意识到了最大的威胁来自夏中民，那么曾经在嶝江苦心经营许多年的刘石贝当然不会轻易退却。于是，如何有效地遏制夏中民咄咄逼人的发展态势，自然也就成了刘石贝要解决的一个根本问题。

他首先使出浑身解数，让支持夏中民的书记市长们一个个不是调离就是同夏中民渐渐决裂，然后又在书记和常委中增大拥护自己的比例。这个其实很好做，因为任何人都知道，在市委市政府所有的权力中，组织权人事权才是最大的权力。他把原来并没有想法的副市长通过层层关系进入常委，于是这个副市长自然而然地进一步就有了想当市长的想法和欲望。他让一个组织部长或者宣传部长当了副书记，同样的道理，一旦被任命为副书记，自然而然就会盯住书记的位子。争的人多了，裂痕就容易出现了，对他这个市委书记的依赖也就增大了。于是，夏中民的凝聚力、号召力和影响力自然而然也就减弱了，降低了。

紧接着他让夏中民的权力不断缩小，甚至有意识地不断否决和否定夏中民既有的成果和决断，让他在干部和群众中的信誉大打折扣。他还有更邪乎的招数，当然，他并不出面，但反对夏中民的人自然而然的就会去做。比如，那一拨接一拨的告状上访，一拨接一拨的反对声浪，一拨接一拨不利于夏中民的小道消息的广泛流传，自然而然，他的威望和信誉也就会大打折扣。接班不一定会是夏中民，夏中民连市长也不一定当得上。当这样的消息越来越多，向刘石贝靠拢的人当然也就会越来越多了，即使靠过去的人也会慢慢回转过来。

这样的声浪和消息，也会不断地影响到上层。这个夏中民，毛病太多，太不牢靠，这么年轻的干部，并没有什么基层经验，一下来就让他当嶝江的一把手，也确实有些不合适。嶝江是个经济大市，利税大市，一旦出了问题，将会影响到整个昊州的改革发展，甚至会影响到整个省里的经济发展。所以还是慎重一些，让他多锻炼为好，至少应该再看看，再等等。

虽然不能说是唯一的决定性因素，但至少，夏中民之所以在嶝江一待就是八年，夏中民之所以政绩颇高政声很好，但就是没有能够成为可以独当一面的市长或市委书记，前任市委书记刘石贝暗中的阻挠，的确起着很大的作用。

正因为刘石贝与夏中民其实已经在嶝江市明里暗里地争斗了八年的时间，所以，当专门考察夏中民的考察组，与其实更多地针对自己所在的嶝江市经济开发区而来的联合调查组，差不多同一时间出现在嶝江，当嶝江市换届选举的党代会与人代会召开在即，当夏中民很有可能在这次选举中成为市长或者市委书记的时候，刘石贝才要千方百计地防止这样一种现实的形成。

刘石贝如今惟一感到担心的，其实还是这个夏中民。因为他明白，能让嶝江翻天，敢打破他经营了几十年格局的只有一个人，那就是夏中民。而阻止夏中民的惟一办法，那就是决不能在嶝江当市长，更不能让夏中民在嶝江当书记。

除此之外，没有第二条路可走。

刘石贝并不是有意要跟夏中民作对，他实在是事出无奈，他没办法。因为他明白，夏中民不会顺着前任书记铺下的这条路规规矩矩地往前走。一旦夏中民当了市长书记，立刻就能把整个嶝江搞得天翻地覆。别看你有一篮子的鸡蛋，一但让他掀翻了，可就别想再留一个囫囵的。

刘石贝更清楚一把手的威力和实力。这个位置一旦让有能力有智力有手段而又心肠狠毒的人占据了，如果他想坏，就能坏你一窝；如果想好，他真会撑出一片青天。

夏中民正是这样的一个人。

既然夏中民职务的升迁能够对刘石贝形成如此巨大的打击，那么，并不甘心就此退出历史舞台的刘石贝便自然而然地要拼命阻止夏中民的职务升迁。

"他一定要阻止他，即使是不择手段，也不能在嶝江这样的一个地方让夏中民这样的一个人进入权力的核心！"

除了自己多年苦心经营的嶝江政治权力布局有可能被夏中民完全打破撞碎之外，刘石贝之所以要竭力阻止夏中民出任嶝江市主要领导，还隐藏着一个不可告人的秘密，那就是联合调查组纵火案件的幕后指使者，隶属嶝江市经济开发区的"皇源股份"集团公司的副总经理杨肖贵，居然是刘石贝的私生子。这杨肖贵乃是刘石贝"文革"期间一次婚外情的产物。当时的刘石贝是公社革委会副主任，而杨肖贵的母亲则只有17岁，"是当时全公社最走红的毛泽东思想文艺宣传队的一名漂亮演员"。由于刘石贝的薄情寡义，更由于考虑到自己仕途的升迁发展，所以杨母的被遗弃几乎就是必然的，所以杨肖贵也就只能跟着母亲含辛茹苦地艰难度日了。一直到母亲临终前，杨肖贵方才知道了自己的身世秘密，并找到了刘石贝的门上。在了解到刘石贝特别惧怕这个秘密的泄露会影响自己的仕途发展这样一种心态之后，具有强烈报复心理的杨肖

第八章 政治小说的巅峰之作

贵便开始接连不断地向刘石贝索要名利财产了,以致"短短的十年期间,杨肖贵就已经把整个开发区,以及嵖江的各大银行,还有嵖江的财政局和计划委员会,以及自己的亲生父亲完全都变成了自己的一个个附属品和抵押品。说穿了,也就是儿子把老子变成了自己的人质"。

正因为有这样一个年轻时一时荒唐的软肋,正因为杨肖贵因为幕后策划联合调查组纵火案已经被缉拿归案,所以刘石贝就更要想方设法阻止夏中民成为嵖江市的主要领导。一个很显然的事实就是,一旦夏中民成功晋职,那么刘石贝的这个几乎能毁了他一生的秘密,也就不再有继续保守的可能了。

有时候,他甚至想,算了吧,这么一把年纪了,还想干什么?嵖江的天下还能永远是你的?回顾这么多年来,夏中民并没有对你怎么样,其实是你自己跟人家处处过不去,处处看着他不顺眼。无非是觉得接班人应该是汪思继,而不是夏中民。江思继真的就会比夏中民好么?诸葛亮舍生忘死地保了刘备两代人的江山,最后还不是让那个扶不起来的阿斗给葬送了?你争得了这一世,还争得了下一世?算了吧,退一步海阔天空,只要他不主动寻衅闹事,得饶人处且饶人吧。

应该说,小说对刘石贝这样一种退让心态的描写,的确是相当真实的。然而,关键的问题在于,就在刘石贝刚刚萌生了退让的心态之后,却发生了杨肖贵锒铛入狱的事件。这一突然事件的发生,就使刘石贝只能重新打起精神与夏中民作殊死对抗了。

然而做梦也没想到竟会有今天!就算是自食其果,事到如今,已经顾不得许多了。条条大路都被堵死了,就算前面是条华容道,也只能豁出身家性命往前走了。只有想方设法让汪思继上去了,他刘石贝才有再扳回来的机会!否则,到死他都不可能重新翻牌!

这也许是他今生最后的一搏,也是他解除目前困境和危机的惟一出路,除此之外,他别无选择!

除刘石贝之外,权谋派的另外一个重要人物是嵖江市委的常务副书记汪思继。与夏中民的外来者身份不同，汪思继虽然祖籍湖北，但却是从小在嶝江长大的，能够说一口标准的当地方言，可谓在嶝江市土生土长起来的一位领导干部。正如同我们在前面已经提到过的，夏中民在嶝江市职务提升的最大竞争对手，就是汪思继，这样一位虽然年龄比夏中民大了十多岁，然而待在副处级位置上的时间却比夏中民多了一倍的市委常务副书记。

如果说夏中民竞争市长或市委书记职务的优势，在于他的亲民情怀，在于他多年来大刀阔斧且踏踏实实的工作实绩，那么汪思继的竞争优势，则在于他多年来一直主管嶝江市的组织人事工作，在嶝江市有极为雄厚扎实的干部基础。在原定的安排中，这次的党代会与人代会"其实也就是走走过场，人事的安排上并没有什么大的变化"，所以汪思继自然可以沉稳地进行等待。"然而出乎所有人意料的是，就在这种平静中，就好像从天上掉下来似的，竟会突然来了这么一个考察组！""最让汪思继感到窒息的是，这次考察的对象只有一个人，不是他，而是夏中民！"与此同时，"受省政法委、省纪检委、省检察院委托，由昊州市纪检委、市检察院反贪局组建，嶝江市政法委协助"组成的一个联合调查组，也突然地来到嶝江市进行秘密调查。

"一个联合考察组，一个联合调查组，几乎在同一时间出现，双管齐下，而又如此诡秘迅捷，这究竟说明了什么！"更何况，这个时候又正是要进行换届选举的党代会与人代会召开前夕。这样的动向，自然引起了一直高度关注自己职务升迁问题的汪思继的警觉与思考。敏感的汪思继意识到，"这一次的考察虽然对象并不是他，但对他来说却几乎等于是生死抉择，面临着将是他政治生涯的重大转折"。正因为意识到了情势的格外紧迫，正因为明显地感觉到了自己在此次与夏中民的竞争过程中存在落败的可能，所以汪思继自然要展开一种绝地反击："他必须抗争，必须奋力一搏，他不应该，也绝不会把自己苦心经营了这么多年，而且情况一直还不错的局面就这样拱手让给对方！"

那么，汪思继怎么才可能达到阻止夏中民升迁的目的呢？他首先的一招便是利用自己所拥有的干部资源给夏中民上眼药。他不仅让那些自己能够控制的干部在正常的谈话过程中反复强调夏中民不适宜在嶝江市担任主要领导职务的理由，而且还在背后唆使并非谈话对象的一些国家干部私闯考察组的谈话现场，对夏中民进行恶毒的诽谤攻击。而他自

第八章 政治小说的巅峰之作

己,则在与考察组的谈话过程中大耍两面派手法。一方面,他表示同意上级组织对于夏中民的工作安排:

> 我这么说,并没有别的意思,我首先给组织表个态,这次考察夏中民,作为主管组织的副书记,我完全同意。我支持夏中民的工作。不管别人对夏中民这几年的工作怎么看,也不管夏中民对我这个副书记有没有意见,尽管夏中民也确实有这样那样的缺点,但我始终认为,夏中民确实是个很不错的领导干部。夏中民在市里已经干了八年的副书记,去年又兼任了常务副市长。精明强干,脑子灵活,有能力有魄力,在城市建设这一块也确实做出了相当的努力,取得了不错的成绩,对此,大家有目共睹,对夏中民的能力和才华,大家的看法基本上也是一致的,不错的。……所以作为市委主管组织的主要领导,我支持夏中民的工作,也同意和服从组织对夏中民同志的下一步安排。从多方面的条件来看,这个是没有问题的,这也是我的一贯态度。

但在另一方面,他却又委婉然而坚决地表明了反对夏中民担任嵝江市主要领导的意思:

> 夏中民现在才三十八岁,三十八岁的市委副书记,常务副市长,我个人觉得,仅凭年龄优势,足可以面对一切挑战,应付任何局面。在中国的政坛,有时候只需一个年龄的优势,就可以拖垮所有的制约力量和监督力量。所以从另一方面来看,这对夏中民也未必是一件好事。如此年轻,权力又如此集中,这恰恰是我们现在起用干部的最大问题。这些问题看上去好像谁也能意识到这一点,但很少有人会出来指出这一点。我觉得这也正是嵝江未来发展的最大隐忧。现在谁都看好夏中民,谁都不讲条件地服从夏中民,夏中民的前程一马平川,如花似锦,谁也撼动不了,谁也反对不了。如果有谁想对这样的局面有什么异议,甚至直接出面提出相反意见和批评意见,以夏中民的性格和嵝江未来的发展局势,凡是敢于持这种观点和意见的人,几乎可以肯定没有什么好结果,更不会有什么好下场。尤其是这一次的考察对象就夏中民一个人,我觉得这对嵝江

的政治稳定是不利的。所以我个人认为，要保证嶝江政治的稳定和经济的持续发展，必须同时安排一个既能够发挥他的优势，又能对他有所制约，从而能够在干部队伍中保持相对平衡的，强有力的市委领导。这样才能在进一步保证党内有效监督，顺利进行政治交接的同时，保持嶝江干部队伍的充分稳定，以防止在政治和经济发展上出现大起大落的局面。我们肯定夏中民的优势，肯定他的能力和魄力，因为这可能成为嶝江经济快速发展的主要因素。同样的道理，像夏中民这样一个年轻干部，一旦没有监督，以致走了弯路，甚至犯了错误，它所产生的后果将会是非常严重的，不堪设想的。

在设法通过考察组这个渠道阻挠夏中民顺利晋升的同时，汪思继又相继采取了一些其他手段，来达到这个目的。一方面，他在暗中操纵指使如同刘卫革这样因被夏中民撤职而一直对夏中民耿耿于怀、怀恨在心的一些国家干部，不断地捏造事实向上级部门诬告、陷害、诽谤夏中民；另一方面，他又指使手下的干部不断地在大王村沙场、红旗街锦生小区以及江阴区这样一些地方制造事端，试图以此种方式直接影响夏中民的形象；更为恶毒的是，他手下最得力的干将之一齐晓昶在夏中民任常务副市长期间，"冒充夏中民的笔迹，批示了近二百人的工作调动和安排，批示了多起数千万元的工程项目"，以这样一种着实不堪的手段直接地嫁祸于夏中民。

尤为值得注意的是，汪思继很巧妙地利用了自己多年主管组织人事工作，在嶝江拥有雄厚的干部基础这个优势条件，在党代会与人代会代表人选的问题上大做文章，企图以这种方式操纵两会选举，企图在选举中以貌似合理合法的方式，兵不血刃地达到阻止夏中民顺利晋升职务的目标。对于这一点，还是旁观者清的新华社记者吴滆云说得最为明白真切、一针见血：

……四百多个干部，我都心惊肉跳啊，你真的就一点儿也不怕？四百多个干部名单里，居然有一半都是你们干部子弟和亲戚！其余的不是你们的秘书，就是你们的司机，要不就是你们的情妇情夫！到现在了，你还敢对我说马韦谨的自杀跟你一点儿没关系！你

第八章 政治小说的巅峰之作

为了排斥异己，操纵党代会、人代会选举，两个月前就开始把赞同拥护夏中民的干部和代表，一个一个地都排挤掉。你看看你亲手制定的党代会人代会的名单，里面有多少老百姓真正拥护的人？光你的亲朋好友，死党亲信，差不多就占了有三分之一！你真敢干，谁给了你这么大胆子？你真的认为老百姓会看不出来？又真的认为你们会是铁板一块，嶝江的广大干部都是敢怒不敢言？你真以为你有那么高明？都坐在火山口上了，还以为你是铁打的江山！你根本就没看到整个嶝江的老百姓都在眼巴巴地盯着你！你是真不明白，还是假不明白？就算你什么也不怕，就算你连共产党也没放在眼里，那老百姓的那种恨你也不怕？这一点一点让你积攒起来的那种恨，你真的一点儿不担心？

然而，即使是如此，汪思继却仍然有明显的力不从心之感，他感觉到单凭自己的智慧与力量根本无法独力应对如此复杂紧迫的局面，因此，他也就迫切地需要得到自己的老上级、已经退休了的老书记刘石贝的鼎力支持。说实在话，如果单就政治的智慧与才能而言，汪思继真的无法与刘石贝相提并论。如果说，刘石贝在某种意义上可以被看作一位对政治游戏规则有着透彻的理解与运用的政治家的话，那么，汪思继充其量也只不过是一个手段多少显得有些拙劣卑鄙的政客而已。因为他们两人曾经长期在一起工作，更因为共同的政治利益攸关，所以他们之间自然也就结成了一种十分牢固的政治同盟关系。对于这一点，即使是多少显得有些平庸的市委书记兼市长陈正祥也看得非常明白。正因为如此，所以，在与考察组的同志谈话时，陈正祥才能对刘汪之间的关系做出如此透辟到位的一种分析来：

> 问题是汪思继是个地方干部，尽管他祖籍不是嶝江，但他从小在这里长大，应该是一个地地道道的本地人。他在嶝江干了近二十年的组织人事工作，可以说目前嶝江市80%以上的干部几乎都是经他的手提拔起来的。所以他在嶝江有着雄厚的人际关系和干部基础。即使到今天，他仍然还牢牢地掌握着嶝江的人事大权。这就是说，在嶝江这个地方，他如果想支持你，你就可以稳稳当当地坐在这里，如果他要是不想支持你，甚至要反对你，那你的位置就很难

坐稳。这是个大问题，了不得呀！当然，这也怨不得汪思继本人，是我们的体制使然，我们不能把由此而造成的一切责任都推到汪思继身上。据我所知，上级领导对汪思继的情况也不是不了解。作为市委书记，我当然更清楚汪思继在嶝江的分量和影响。但你要想让他换换工作，有那么容易吗？在刘石贝书记手里，汪思继是刘石贝一手提拔起来的副手，他们两个人搭班子多年，感情非同一般。所以尽管当时上级部门多次提出想让汪思继换换地方，但每一次都被刘石贝书记以各种各样的借口挡住了，拒绝了。设身处地地想，刘石贝也确实需要汪思继的存在和支持。汪思继离不开刘石贝，刘石贝也一样离不开汪思继。既是工作上的需要，也是感情上的需要，当然也是共同利益上的需要。这个我们能够理解。一个暖热了的窝，谁愿意离开，谁舍得离开？何况嶝江又是一个经济大市，工业大市，将近一百八十万人口，差不多相当于一个地级市，单列市。别看是一个副书记，别的地方就是给个书记县长他也绝对不去。当时组织部门考察汪思继，准备提拔他到邻近县当县长时，很多领导谈话都被他婉言拒绝了。还有，汪思继并不是不清楚，嶝江当时明摆着市长书记的空缺，为什么要舍近求远，舍大取小？再说，从刘石贝的角度看，汪思继和夏中民相比，当然会觉得汪思继更可靠，更放心。

就这样，既然刘石贝与汪思继之间存在很深的渊源关系，同时却又利益攸关，既然刘石贝需要借助于汪思继的力量将夏中民排挤出嶝江去，以维持自己多年苦心经营的嶝江基本权力格局，不至于让杨肖贵事件对自己产生致命的影响，既然身陷沼泽泥坑中的汪思继同样需要借助于老书记刘石贝的政治智慧和力量，早日从困局脱身，早日成为可以主宰一方的嶝江市主要领导，那么，他们二人之间的联手抗夏自然也就是顺理成章的了。

因为在嶝江市确实已经盘踞经营多年，因为刘石贝有着那样一张复杂庞大的干部关系网络，因为多年主管组织人事工作的汪思继在嶝江有着极为雄厚的干部基础，当然，同样因为夏中民在多年来的工作中只对事不对人，只谋事不谋人，因为他常常为了维护老百姓的利益而得罪了一大批国家干部，而明显地侵犯了嶝江市某些利益集团的根本利益，所

第八章 政治小说的巅峰之作

以，虽然在工作上取得了骄人的成绩，虽然也得到了相当多数的上级领导的赞扬和赏识，虽然同样得到了广大人民群众的热烈支持与坚决拥护，然而，在十天之后召开的嶝江市党代会上，夏中民依然落选嶝江市市委委员。按照通行的组织惯例，既然连市委委员都不是，那就更遑论市长或市委书记了。这也就意味着，在嶝江市发生的这一场正义派与权谋派的竞争对决过程中，夏中民是无可否认的事实上的失败者。

分析到这个地方，我们其实也就会恍然大悟张平创作《国家干部》这样一部长篇小说的基本出发点所在。在当下时代的中国，由于开始在一定程度上实行党内民主、政治民主的缘故，所以在各级党代会与人代会上，选举也就成了一个大家十分关注的焦点问题。在一些新闻报道中，我们不时地总能看到听到一些某一地方选举成功或者失败的消息。虽然没有得到张平本人的证实，但在笔者的理解中，最初触动张平创作动机的恐怕正是这样一种客观的政治现实中存在的选举失败的问题。这也就是说，对于选举问题的关注与思考，事实上成为张平在《国家干部》这部社会政治小说中，切入中国社会政治生态问题剖析的一个基本切入点。

在笔者的理解中，张平正是从现实生活中的选举问题入手，开始构想小说的基本故事情节的。他首先把选举中的失败者设定为一位带有明显理想主义色彩的优秀国家干部，然后由这样一位优秀国家干部的意外落选开始推想这位主人公之所以会落选的根本原因。这样，作家也就自然而然地切入了对于当下时代社会政治体制弊端的思考与表现，当然也就同时构想出了以刘石贝与汪思继为代表的权谋派。正是因为具有理想主义精神的夏中民与特别看重自身政治利益的权谋派之间存在不可调和的根本分歧，所以如夏中民这样的优秀干部在选举中的最终落选也就不足为怪了。这样，作家张平也就同样巧妙地达到了自己再次以一种"撕开了写"的方式表现当下时代中国社会政治现实的艺术目标。

虽然早在中篇小说《血魂》的创作中，就已经初步表现出了张平对于社会政治的关切姿态，因而《血魂》在某种意义上可以被看作张平社会政治小说的滥觞之作。虽然张平写作出版于1990年代的诸如《凶犯》《抉择》《十面埋伏》等长篇小说均可以被理解为社会政治小说，虽然早在《抉择》的写作过程中，张平就已经以撕开了写的方式开始了对于当下时代中国政治现实的一种正面强攻，然而，说实在话，恐怕只有在写作进入21世纪之后的《国家干部》这部长篇小说的时候，张平要写作政治小说的自觉意识才是最为明确、最为强烈的。关于这一点，只要我们认真地读一读他那篇以政治为关键词的小说后记，就可以有一目了然的了解和把握。

在开宗明义地强调"《国家干部》是一部现实小说，一部政治小说，或者一部有关政治的现实题材小说"之后，作家张平直接地切入了一种对于政治的理性剖析之中。

> 一晃过去了二十多年。拨乱反正，改革开放，计划经济逐步转为市场经济，民营经济越来越平等于国有经济，在中国这块古老的土地上发生了天翻地覆的变化，取得了举世瞩目的经济奇迹。
>
> 在市场繁荣，经济发展的同时，由于体制的不完善和法制的不健全，也出现了一系列危及国家和人民利益的触目惊心的腐败现象，丑恶现象，思想道德滑坡现象，同时也包括牵涉到所有公民利益的国有资产问题，分配不公问题，贫富差距问题，下岗问题，就业问题，三农问题等等一切与政治密切相关的社会问题。但学术界知识界，面对这纷繁的社会现实和政治现状，却异口同声地只谈经济，不谈政治。或者只关心经济，很少关心政治。以至于把大学和大学生的不关心政治看作是一种有益现象，正常现象。文学界也同样，面对着社会的巨大变迁，文学却离政治越来越远，离现实也越来越远。即使是现实题材的作品，也只关心经济，关心与经济密切相关的话题，而绝少关心政治，甚至对政治表现出一种公开的疏远和冷漠。①

在这里，张平非常尖锐地提出了一种甚至可以称为悖论的现象。那就是，一方面，在当下时代，我们的社会现实和政治现状可谓纷繁复杂、问题成堆，但在另一方面，我们的整个社会上却又出现了一种很不正常的对于政治、对于现实问题越来越疏远冷漠的普遍现象。导致这种现象出现的原因当然是多方面的，然而，其中一个非常重要的原因却是因为我们曾经在过去很长的一个时期内生活在一种过于政治化的社会氛

---

① 张平：《〈国家干部〉后记》，见《国家干部》，作家出版社2004年版，第475—476页。

围之中的缘故。众所周知的一种客观事实就是，在刚刚过去不久的20世纪相当长的一个历史阶段中，我们几乎所有的民族成员的基本生存，都被一种极端政治化的社会氛围所笼罩。一次又一次的政治运动，一波又一波的政治风浪，在那个特殊的时期，无法逃避地控制影响着所有社会成员的日常生活。客观地说，这样一种极端政治化的生活状况，一直持续到了1980年代末，直到1990年代市场经济时代逐渐成形之后方才发生了明显的改观。既然曾经有过这样一种特别的人生经验，有过一种遭受政治过度戕害影响的人生经历，那么，遵循一种"一朝被蛇咬，十年怕井绳"的心理逻辑，我们整个社会的所有成员形成一种对于政治的疏离与冷漠心理也就是顺理成章的。

然而，在一定的程度上承认这样一种规避现实政治心理形成的合理，却并不意味着对于这样一种心理的认同与肯定。虽然在当下的时代政治已经不再像过去的很长一段时期内具备着凌驾于其他一切事物之上的重要性，一个无法否认的事实就是，诸如经济、法律、文化等诸多事物的重要性，在1990年代以来的中国社会中都得到了明显的强化。但是，另外一个同样无法否认的事实却是，即使是在市场经济化程度已经充分发展了的当下中国社会，政治依然是对于人们的日常生活发生根本性影响的重要事物之一。甚至于，在此后相当长的一个时期内，或者干脆直截了当地说，只要人类社会还没有消亡，那么，政治就不可能退出历史舞台，政治就依然还会是一种重要的制约、影响人们日常生活的社会存在。既然政治会在人类社会中长久地存在下去，并且会在根本上制约、影响人类的存在，制约、影响人们的日常生活，那么，一种对于政治的疏远冷漠，也就无论如何都不可能是一种正常的社会现象。在笔者的理解中，作家张平之所以会对社会公众疏离政治的普遍现象感到痛心疾首、不可思议，感到难以理解和接受，其根本原因正在于此。

除了一种普遍的社会心理之外，我们在此处还有必要深入地关注讨论一下文学界之所以会疏离于政治与社会现实之外的根本原因所在。在笔者看来，文学界对于政治表现出的某种刻意回避状况，其实与一种普遍的文学理念存在格外紧密的联系。这种普遍的文学理念认为，文学作品要想拥有穿越时空的恒久思想艺术生命力，就必须深入地挖掘探究表现复杂深邃的人性状态，也必须在同时自觉地疏离于常常以过眼烟云形态出现的时代政治之外。必须承认，这种文学理念在当下时代的中国文学界有很大的市场，是很多作家的一种共同认识。对于这样一种文学理念，我们在对其正确与否作出判断之前，首先应该承认这样一种文学理念的形成，其实存在一定的历史合理性。这种历史合理性，自然与我们的作家在 20 世纪有过的一种惨痛经验教训，存在直接的关系。"由于众所周知的这一时间段内（特指 20 世纪中叶以来的直至 1990 年代市场经济时代出现之前的中国社会）的中国社会现实的明显政治化倾向，更由于所有社会成员都曾经对这种政治化倾向，有过直接的体验，所以就十分自然地形成了一种虽朦胧模糊但却自觉的认识，即凡大量描写表现政治事件，操作运用政治术语的文学作品都是枯燥乏味甚少艺术品位，且更多地都是主流意识形态遥控下的一种拙劣的政治宣传品。"① 因为在过去有过相当长一段时间文学明显政治化的状况，所以一种带有矫枉过正意味的排斥、拒绝政治的新的文学理念与实践当然会一度大行其道。同时，由于在过去的那个时期也的确存在不少简单直接地图解表现时代政治的政治宣传品式的文学作品，所以在文学界当然也就形成了这样一种文学理念，即文学理应与政治划清界限，真正的文学应该远离政治，一沾政治的边就俗，一与政治发生关联便是意识形态，自然也就不再"艺术"，不可能具有流传下去的恒久思想艺术生命力。

　　当下现实中渐成主流观念的这样一种文学理念，与文学界对于历史上的文学现象的理解与阐释是互为因果关系的。虽然很难厘清孰先孰后的关系，但是，与这样一种文学理念的形成并大行其道相伴生的，乃是一种对于现代文学史上的不同文学传统所进行的带有明显颠覆与解构色彩的重新理解与重新评价。曾经被当作文学主流得到充分肯定的，与政治存在紧密关联的"左翼"文学传统遭到质疑与贬斥，一贯主张文学应该自觉地疏离于政治的自由主义文学传统得到充分的肯定与张扬，是"文革"结束之后中国现代文学研究界最具有普适意味的一种研究现状。于是，作为"左翼"文学传统的代表性人物，如鲁迅、郭沫若、茅盾等作家的贬值，与作为自由主义文学传统的代表性作家，如沈从文、胡适、张爱玲、钱钟书等人的行情看涨，也就成了一种无法被否认的客观事实存在。一方面，我们固然应该承认，过去相当长一段时期内

---

① 王春林：《政治与王蒙小说》，见《思想在人生边上》，中国社会科学出版社 2002 年版，第 195—196 页。

由于政治的原因而批判否定自由主义作家是一种错误的文学与文化行为，当然应该得到合理的纠正。但是，在另一方面，如果由此而跳到另外一个极端，不仅排斥贬抑"左翼"文学传统的代表性作家，而且还形成了一种简单的将与政治发生联系的文学作品，统统理解为没有艺术品位的拙劣政治宣传品的文学理念，却也是明显不合理的。

这里的关键问题，还是应该如何看待文学与政治之间的关系问题。这样一种观念的根本误区在于，简单粗暴不加任何辨析地把所有表现政治，与政治存在关系的文学作品都理解成了拙劣的政治宣传品。实际的情形却并非如此：

> 所谓的政治宣传品，当指作家缺乏独立的自主意识，缺乏对所表现的"政治"事件的成熟理性的把握，自觉或不自觉地顺从于主流意识形态的控制，所创作出来的服从于某一政治集团，替某一具体的政治主张目的明显缺乏艺术审美品格的一种文学作品。这与表现"政治"事件的文学作品不同，它是作家在具备了鲜明独立的主体意识之后，把"政治"事件自觉纳入自己整体的审美感觉系统之中，对之进行艺术性表现时所创造出来的真正的文学文本。在后一类文学本中，"政治"，只是与诸如"女性"、"文化"甚至"农民"、"知识分子"一样的一种在以社会学方法切割社会存在之后出现的社会现实中实存的一类具体社会事物而已。既然可以有专门探究表现女性生存的女性小说，有探究表现文化风俗的文化风俗小说，则也同样应该有以"政治"为专门表现对象的所谓"政治性"文学作品。因此，虽然从表面上看来，"政治性"文学作品与政治宣传品都同样充斥了诸多的政治事件，同样频繁使用着政治性语词，但从实质上二者却存在着本质性差异。[①]

既然不能够简单地把政治宣传品等同于"政治性"文学作品，那么也就需要对何谓真正意义上的"政治性"文学作品进行深入的分析探究了。

---

① 王春林：《政治与王蒙小说》，见《思想在人生边上》，中国社会科学出版社2002年版，第196页。

问题并不在于写什么,关键乃在于作家主体是以一种什么样的姿态在一种什么样的观念意识的指导下来进行这种写作的。当他把政治事件当作一种审美表现的客体而以一种艺术性的视角去进行观照和审视的时候,他所创作的就是一种真正意义上的文学作品。事实上,在这一类"政治性"文学作品中,"政治",也如同"女性""文化"一样,只不过是文本所描述表现的社会客体对象最为表层的表象特征而已。任何一部优秀的"政治性"文学文本,其最终的思想价值指向绝不能停留在"政治"上,就"政治"而论"政治",而应该突破"政治"这一表象外壳,去进一步触摸表现在政治事件中潜藏着的至为丰富复杂的人性样态,去进一步在由"政治"所导致的人物种种悲剧性的人生遭际中思考人类命运的深邃难测,并进而勘探人类的存在之谜。以这样一种标准来衡量王蒙的政治性小说,尤其是他最有代表性的如《蝴蝶》、《杂色》、《活动变人形》以及正在不断问世的"季节"系列等作品,都应该归属于这一种优秀的"政治性"文学文本。作为一种特别的主题文类的"政治性"文学作品,其实同样有着源远流长的历史。西方的荷马史诗,中国屈原的《离骚》,都可以被看做一种典型的"政治性"文学作品。自荷马屈原以降,诸如西方的《神曲》、《哈姆莱特》、《浮士德》之类,中国的《三国演义》、《红楼梦》之类,也都是极其卓越优秀的"政治性"文学作品。如此看来,当前中国文坛所多的往往是一些艺术技巧幼稚拙劣的政治宣传品,所少的则正是真正艺术意义上的表现"政治"这一事实上对人类生活产生着十分重大影响的一种文化存在方式的文学作品(在这个意义上,王蒙的政治性小说的存在价值也就彰然显明了)。因此,我们实在应该大力倡扬一种艺术意义上的"政治性"文学作品的写作行为,而不应是相反。①

这是笔者近十年前在研究王蒙作品时写下的一段文字,但这个看法至今看来仍然都是站得住脚的。虽然我们承认中国文学界对于政治的疏

---

① 王春林:《政治与王蒙小说》,见《思想在人生边上》,中国社会科学出版社2002年版,第196—197页。

第八章 政治小说的巅峰之作

离冷漠确有其形成的具体社会历史原因，但是，正如同倒洗澡水不应该将其中的婴儿一起倒掉一样，如果因此而形成一种对于政治避之唯恐不及的文学理念，却很显然是一种极为偏颇的见解。在某种意义上说，我们的新时期文学中影响最大的一种观念误区，就是在文化的意义上想当然地在所谓的"纯文学"与政治之间划出了一条人为的鸿沟。一种带有明显二元对立色彩的文学理念就是，要想"纯文学"，你就得远离政治，只要你接近并表现了政治，那么对不起，你的文学写作就肯定与"纯文学"无缘了。这样的一种文学理念，一直到现在为止，都依然在许多中国作家中有着根深蒂固的现实影响。关于这一点，只要看一下诸如沈从文、张爱玲、钱钟书这样一些远离政治的作家，在当下作家中具有怎样一种神奇的口碑，我们可以有一目了然的认识和了解。

然而，实在地说，这真的是一种文学的观念误区。正如同我们已经在前面指出过的，政治是一种从古至今始终对于人类的日常生活发生根本性影响的重要事物之一，只要人类存在着，政治就不可能退出历史舞台。虽然总有一些作家如同拔着自己的头发想要离开地球一样地试图设法让文学摆脱政治的影响，然而客观公允地说，政治与文学之间的互相影响、互相制约的互动关系却是不可能被改变的。关于这一点，还是陈独秀说得好，"你们谈政治也罢，不谈政治也罢，除非逃在深山人迹绝对不到的地方，政治总会寻着你们"。[①] 事实上，正因为政治在现实生活中有着无孔不入的巨大影响，所以那些一味地标榜远离政治的写作在张平看来才显得特别可疑，才会让作家痛感忧虑重重："不了解政治，不了解社会，自然也就无法描写政治，描写社会。恶性循环的结果，只能距离政治越来越远，距离现实越来越远。令人畏惧的是，总有一些人，一再指出这样的现象是社会的进步，由此而带来的文学边缘化，也同样认为是历史的必然。于是文学的不关注政治，不关注现实，同大学和大学生们的不关心政治、不关心现实，都成了正常现象，有益现象。"[②]

必须承认，张平的担心并非杞人忧天，这样一种逃避现实政治存在

[①] 陈独秀：《谈政治》，见《独秀文存》，安徽人民出版社1987年版，第361页。
[②] 张平：《〈国家干部〉后记》，见《国家干部》，作家出版社2004年版，第476页。

的写作成为一时的写作潮流,当然应该引起我们的高度警觉。非常简单的一个道理,既然政治的存在是一种无法回避的社会现实存在,那么一种刻意地回避政治,对于政治表示疏离与冷漠的文学写作,虽然可以自我标榜为现实写作,但这样的一种现实写作在我们看来却真的充满了可疑的意味。在笔者看来,一种刻意回避政治的写作,实际上是很难抵达真正意义上的现实生活的。正是在这样的一个层面上,我们认为张平在《国家干部》的后记中,所进行的关于文学与政治的追问与思考才是相当难能可贵的。

  政治是什么?作为社会关系总和的人,能脱离政治吗?作为人学的文学,能远离政治吗?这些话题,在学术界,知识界,文学界一直争论到今天,似乎仍然没有定论。

  具体到文学来说,真的可以没有政治?再具体到当今中国的现实文学,确实可以游离于政治之外?

  作为小说家,能不能写出一部不带任何社会和政治背景的世外桃源之作?即使能写出来,这样想象中的世外桃源,本身是不是也还是一种政治理念?生死爱恨,四大永恒主题,哪一个又可以离开社会和政治背景?有人把在文革中发生的爱情写得那么缠绵温馨,一尘不染,这可能吗?真实吗?还有《红楼梦》有没有政治?博尔特斯有没有政治?诺贝尔文学奖有没有政治?

  当然,离不开政治和关注政治根本是两回事,关注政治和描写政治,也同样根本是两回事。让所有的作家都去关注政治,关注现实,那肯定是一种谬误。但所有的作家都远离政治,远离现实,那也注定是文学的不幸。[①]

确实如此,我们真的很难想象所有的作家都去关注政治会是怎样的一种文学景观。这很显然有悖于文学多元化的这样一种时代发展要求,是一种不应该提倡而且事实上也不可能形成的文学创作景观。现实的情况正好相反,是张平所反复忧虑强调的"文学却离政治越来越远,离现实也越来越远"的问题。在这样的一种普遍情形之下,呼吁一种关

---

① 张平:《〈国家干部〉后记》,见《国家干部》,作家出版社2004年版,第476—477页。

第八章　政治小说的巅峰之作

注政治的现实主义创作倾向的回归，当然也就很有必要了。因为我们中国文学界所缺少的正是一种真正审美意义上的优秀政治小说，正是如同王蒙、张平这样优秀的政治小说家。

从这样一个相对宏大的创作背景来看，张平在进入1990年代之后陆续推出的一系列优秀政治小说，当然就应该得到充分的肯定性评价。事实上，也正是在《凶犯》《抉择》《十面埋伏》等长篇小说逐渐奠定的坚实基础之上，张平才在21世纪之初推出了《国家干部》这样一部对于中国社会政治进行更加深入思考与表达的优秀政治小说。

作为一部带有强烈现实批判性的优秀政治小说，笔者认为，《国家干部》在如下两个向度上的思考与表达，显示了张平在政治小说创作上的一种自我超越。首先值得注意的是，在小说中，张平或借人物之口，或通过叙述人的叙述，多次谈论过当下时代中国现实政治的具体运作规程。

比如，眼看着汪思继已经或者正在陷入一种无法摆脱的困境之中，这个时候，刘石贝在电话中格外语重心长地给他讲了这样一番话：

> 以你现在的地位和身份，没有多少人会公开站出来反对。绝对不会有，绝对不会！我已经给你说过了，要上纲上线，一旦你把问题提到反党反社会主义的高度上，还有什么人敢反驳你？记住，不论在任何情况下，都要把自己摆在组织的位置上。你是站在组织的立场上，你是在为组织说话。你要以组织的名义达到你的目的！我干了几十年了，这一招屡试不爽，所向披靡，是一条颠扑不破的真理，灵验的很！你一定要把它用起来。只要他是组织里的人，在这一条面前，全都不堪一击。不要说是嶝江市委，即使吴州市委，即使是省委，也是如此。在中国，还没有什么人敢轻易否定组织行为！只要成为组织行为，它就可以横扫天下，无可阻挡。一句话，你一定要学会如何利用组织的名义为你说话，利用组织的名义来为你撑腰，利用组织的名义来完成别人完不成的事情。退一万步说，如果在常委扩大会上确实有阻力，那也没关系，即使所有的人都反对你，你也绝不能妥协，你一定要想办法把会议无限期地拖下去，时间拖得越长，对你就越有利。

不仅仅刘石贝在向汪思继面授机宜时大谈"组织"的重要，就连夏中民也同样意识到了这个问题的存在。他说："我最担心也最让我感到可怕的，那就是现代正有一种势力，而且这种势力发展的势头非常凶猛，这种来势汹汹的势力正在利用我们的组织，利用组织的力量，以达到他们自己的目的！"夏中民之所以能够产生这样一种强烈的担心，正是出于他对嶝江市政治状况与权力格局的深入观察与了解：

彭书记，我细细地查过了，我在嶝江工作八年，这是迄今为止，在嶝江工作时间最长的外地干部。改革开放以来，在我之前，由组织外派到嶝江的，一共有四位书记，三位市长，十五个副书记副市长。工作时间最长的一位副书记曾在嶝江干过五年，其余的都没有超过四年。最短的一位只在嶝江干过一年多，三位市长，没有一位能在嶝江提拔为书记。十五位副书记副市长，只有一位在嶝江被提拔为市长，但他只干了一年，就称病主动调回了原籍。这二十多位市级领导当中，有三位因为有严重问题而被查处，有七位是被查出了问题而被免职、降职或离职，有九位是主动要求调离的。只有三位在这里干到了退休，但也没有留在嶝江。而嶝江本地的市级干部，我也大致查过，不是中途垮台调离，就是一干十几年，几十年。中途垮台调离的那些市级干部，干的时间都非常短，几乎是一两年，甚至两三年就垮了调了。为什么？我一直在认真地思考着这个现象。比如像刘石贝那样的领导，自他进入市委常委后，竟然能从部长、副市长、副书记、市长、书记一直在本地干了将近三十年！还有市委常务副书记汪思继，自进入市委常委后，也已经在本地干了将近二十年！这又说明了什么？我这么分析，并不是说干的时间短的就不会有问题，就不应该被调离，被查处，被撤职，甚至被判刑。也不是说，那些干的时间长的干部就必然有问题。让我难以理解的是，为什么这些干部从来都没有查出过任何问题，甚至很少被查过，一直干到今天也仍然高高在上，稳稳当当。以我的观察和干部群众的反映，他们中的某些人绝不是没有问题，而是有很严重的问题。他们之所以能逢凶化吉，躲开一次次的查处，原因只有一个，那就是他们都是负责组织工作的领导干部，他们在主管着干部，主管着方方面面干部的起用和升迁。所以一旦这些人有了潜在

第八章 政治小说的巅峰之作

的危险,他们就可以以组织的名义,排斥异己,保护自己,清除所有可能给自己带来潜在危险的干部,特别是那些正直的,有良知的,敢说敢干的干部。属于他们权力范围内的,他们可以想方设法地把这些干部调走,赶走,以致被迫让你辞职,下台。不属于他们权利范围内的,他们仍然可以以组织的名义,以各种手段和办法,利用上一级组织的权力,把他们清除排挤出去。

之所以大段地引述小说中刘石贝与夏中民的大段话语,正是为了更加充分地说明张平在《国家干部》中的一个根本用力之处,乃是要批判性地揭示中国当代政治体制在干部任用方面存在的一大弊端。前一段话是刘石贝自己的夫子自道,后一段话则是夏中民对于嶝江市近三十年政治权力变迁格局长期冷静观察思考的结果。二者共同证明了刘石贝与汪思继等人之所以能够成为长期主宰嶝江政坛的不倒翁,一个根本的原因就是源于他们都曾经长期主管过组织人事工作,也就是说长期主管过干部工作。正因为他们长期主管组织人事工作,所以他们对于所谓组织原则的了解自然烂熟于心,而这也就为他们借助于组织原则堂而皇之地维护并实现自己的个人私利而提供了极好的便利条件。正如刘石贝所说:"在中国,还没有什么人敢轻易否定组织行为!只要成为组织行为,它就可以横扫天下,无可阻挡。"事实也的确如此,小说中所主要表现的主人公夏中民在职务升迁过程中的屡受挫折,不也正是由于刘石贝、汪思继他们利用组织原则巧妙阻拦的缘故吗?他们自己虽然不出面进行正面阻击,但却可以巧妙地指使操纵手下人不断地以署名或者匿名的形式向上级领导部门攻击诬告夏中民,可以让手下的干部在具体的工作中制造各种各样人为的障碍以防止夏中民更大工作实绩的取得,可以巧妙地利用与考察组谈话的机会给夏中民不断地"上眼药",更可以利用手中的权力干脆直接地操纵嶝江市不无神圣的党代会与人代会选举。小说中夏中民最终在党代会上落选市委委员的事实,所充分证明的正是刘石贝、汪思继他们对于组织原则一种熟练自如的操作与运用。事实上,也正因为刘石贝、汪思继他们操作运用的乃是"在中国,还没有什么人敢轻易否定"的"组织行为",所以如同夏中民这样正直的国家干部才总是会感到特别无奈:"其实他们的手法,并不见得有多么高明,也不见得有多么难以识破。但我们就是没办法,甚至连制止的办法都找不到。就像他们借口整我手下的那些干部一样,眼睁睁地看着我们信任的那些干部一个个地遭到打击和排挤,而那些既没有品行又没有才干的干部一个个被提拔被重用,但你就是没办法,就是无法制止!"

这一方面,一个鲜明的例证就是老实正直的嶝江市委办公室副主任马韦谨的因升迁无望而被迫自杀,以及贪污腐化几乎无恶不作的齐晓昶的被提拔。他们两个人对比极其鲜明的人生遭际,首先形象地诠释了刘石贝夫子自道的那番言论所具有的"真理性",而夏中民自己的落选结果也同样可以被看作对于这种"真理性"的有力证实。分析至此,我们大约才可以更加明白张平要将自己的这部长篇小说命名为"国家干部"的深意所在。之所以要命名为"国家干部",首先因为作家主要描写的这些人物基本上都具备国家干部的身份。然而,更重要的是,对于任何一个国家干部而言,都面临一个能否继续升迁的问题,都面临一种谋事还是谋人的人生选择,都面临要受到严密的组织人事纪律控制制约的问题。从这个意义上来看,张平《国家干部》一个值得充分肯定的成功之处,则正在于通过对于当下中国干部生存状况的一种普遍性扫描与展示,极其准确地抓住了干部的升迁发展这样一个主要矛盾,批判性地揭示了当下中国政治体制运作过程中存在的依靠对于组织人事原则的熟练操作而巧妙地达到个人目的、满足个人私利的政治弊端。近乎完满地将当下中国社会中的政治生态之一端,以一种极具批判性的方式鲜活灵动地展现在广大读者面前,正可以被看作张平在政治小说创作方面的一种强有力的自我超越。

其次,张平在《国家干部》中的自我超越,还体现在对夏中民与刘石贝这两位别具人性深度的政治人物的成功塑造上。让我们先来看夏中民。说到夏中民这样一位作家在小说中最为用力的具有理想主义精神的国家干部形象,笔者以为有两点值得特别注意。第一,夏中民是一位具有理想主义情怀的悲情英雄形象。第二,夏中民同时却还是一位多少有一点被政治异化的人性扭曲者。

为什么说夏中民是一位具有理想主义情怀的悲情英雄形象呢?我知道,笔者的这个说法可能会遭到一些人的诟病与反对,肯定会有不少人不同意笔者的这个说法。首先应该承认,小说中给夏中民安排的确实是一种圆满的结局。由于夏中民的落选,所以便引起了嶝江广大人民群众的不满,不仅有多达二十万的民众在嵝江集会请愿,而且更有丑丑等近三千人赶到省城向省委请愿。这样大规模的行动自然不仅震惊了昊州市委,更震惊了省委书记郑治邦。于是,便有了郑治邦的嵝江之行。正是在省委书记以及昊州市委领导的直接干预之下,已经落选市委委员的夏中民才破例地仍然被提名为市长候选人,并在十天之后召开的嵝江市人代会上顺利当选为新一届嵝江市市长。

如果只是从故事情节的叙事表层来看,说夏中民有一个完满的人生结局的观点确实是能够成立的,因为夏中民后来的确如愿以偿地成为嵝江市的市长。但是,我们必须清醒地看到,这一切其实都只是一种外力强力干预的结果。如果只是着眼于文本内以夏中民为代表的正义派与以刘石贝、汪思继为代表的权谋派之间实际上的角力争斗对抗结果来看,那么最后落选市委委员的夏中民则很显然只能被看作一个人生的失败者。在笔者看来,我们完全可以在某种意义上把张平为《国家干部》特别设定的这么一个结尾方式,与《红楼梦》中"兰桂齐芳"的那样一种结尾方式,当作一种同样的结尾方式来加以理解。这就是说,如果所谓"兰桂齐芳"的结尾方式不足以从根本上颠覆《红楼梦》的悲剧本质的话,那么张平所特别设定的结尾方式也同样不足以改变《国家干部》的悲剧性本质。很显然,如果没有外力的强有力干预,如果按照小说中主要描写的嵝江市内部矛盾冲突的内在逻辑自行发展的话,那么,等待着夏中民这样一位具有理想主义精神的优秀国家干部的,肯定就会是一种惨重的失败结局,就会是一种悲剧性的人生结局。既然夏中民所拥有的只能是一种悲剧性的人生结局,那么夏中民也就只能是一位具有理想主义情怀的悲情英雄形象了。

之所以说夏中民在某种意义上乃是一位被政治异化的人性扭曲者,根本原因在于小说中对于夏中民家庭情况所进行的渲染性描写。其实,关于小说中的这一点描写,我们在前面也曾经提到过。那就是夏中民自己所说的话:"为了避免别人说闲话,我至今连我的妻子和孩子都没有调到我身边来。我的父母亲,几次病重,我都没有让他们来嵝江治疗。我的弟弟和弟媳,还有我的内弟,他们都失业几年了,至今没有正式工作。"夏中民不仅这样说,而且事实上也是这么做的。作家之所以要进行这样一种描写的本意,当然是为了强化塑造一位很少考虑个人利益总是公而忘私全身心地投入工作与事业中的优秀国家干部形象。很显然,夏中民的这样一种行为，与他在小说中对于普通工人农民的真切关怀形成了鲜明的对照。这，或许也正是作家张平希望达到的一种艺术效果。然而，说实在话，这样的一种极端渲染性描写，让笔者读来却很不舒服。夏中民这样一种行为在现实生活中有多大的真实性姑且不论，最起码，隐藏于其后的一种生活逻辑却是令人难以置信的。"吏不畏吾严而畏吾廉，民不服吾能而服吾公"，小说中的这种渲染性描写，很显然是由这句话而引申演绎出来的。但这样的一种演绎却使夏中民这一形象存在被过分圣洁化的嫌疑。一个非常简单的道理就是，一位连最起码的作为丈夫、儿子、兄弟的角色都扮演不好的国家干部，是不可能那样真切地关心体贴自己治下的人民群众的。难道一位优秀的国家干部就不应该承担自己对妻儿父母所本应承担的责任吗？或者说，承担了这些家庭责任的国家干部就不再优秀了吗？这样的逻辑当然是无法成立的。我们当然坚决反对如同刘石贝那样地大量安插任用自己亲属的行为，但是如同夏中民这样一种弃人夫、人子、人父的责任于不顾的行为其实也是难以令人接受的。如果非得如此这般，方才能成为一位优秀的国家干部，那这样的国家干部不当也罢。凡人皆有七情六欲，夏中民想来也是如此，然而小说中的这种描写所带给我们的却是一种十分明显的不食人间烟火的感觉。从小说中的具体描写来看，这样的一种行为乃是夏中民一种极其理性自觉的行为，而且他还因为自己的"忠孝不能两全"而感到了一种深深的痛苦。由此看来，夏中民之所以要采取这样一种对待妻儿父母的不近人情的方式，其实是为了自己的事业发展（说透了其实就是职务升迁）不得已而为之的，其中很明显地存在着某种被迫无奈的意味。这样的描写，虽然肯定不是作家的本意，但张平却在无意中展示出了夏中民被当代政治文化所异化的一种深刻的精神事实。这样一种于无意中写出的夏中民的精神事实，是夏中民这一充满理想主义情怀的悲情英雄人性中最值得玩味的一个部分。说夏中民是一位悲情英雄，这种人性的被异化不也是浓烈悲情之一种吗？

然后是刘石贝，小说中刘石贝是一位典型的心计极深的权谋家形象。作为夏中民对立面的刘石贝当然是一位负面形象，是作家意欲鞭挞批判的主要人物形象之一。但刘石贝却不是一般意义上的负面形象、腐败干部，而是一位极具个性，极具人性深度的负面人物形象。如果只是从人物形象塑造的角度来看，刘石贝恐怕完全可以被看作张平所有小说中塑造最成功的人物形象之一。无论是在现实生活中，还是在文学作品中，我们所见到的腐败官员大多是清一色的贪财贪色者。然而，刘石贝除了当年年轻时偶有闪失，以至于在外遇中意外生下了私生子杨肖贵这样一个孽障之外，他一生的基本人生原则便是"不贪财不好色"，"不抽烟不喝酒不跳舞不玩牌不打麻将甚至也不进行任何体育活动"。作为一位对于权力的好处深有体会的资深国家干部，刘石贝"这一生最大的嗜好和本事就是爱琢磨人，会琢磨人"，也就是说，只是对玩弄权术具有浓厚的兴趣。因为有过长期担任各级领导职务的经历，在政界浸淫过久的刘石贝对于政治游戏规则的了解可谓入木三分、了如指掌，他完全可以被看作一位深谙政治三昧者。正因为意识到了权力的妙处，品尝到了弄权的好处，所以刘石贝的一生才会以谋人为业，才会把大量地提拔任用干部当作了工作中的重中之重。事实上，也正是在大量提拔任用干部的过程之中，刘石贝方才得以顺理成章地把自己的直系亲属包括亲朋好友尽可能地安插到了各方面的领导职位上，从而营构出了一个牢不可破的庞大干部关系网络。刘石贝之所以能够在与夏中民的长期较量过程中一直处于上风地位，与他所营构的这样一个庞大干部关系网络有直接的关系。

尤为值得注意的是，刘石贝乃是政坛上的太极高手，他能够巧妙地利用组织政治原则一方面达到以权谋私的目的，但在另一方面却又不留一丝痕迹，不会把把柄遗留给自己的政治对手。正如同刘石贝的夫子自道："在中国，还没有什么人敢轻易否定组织行为！只要成为组织行为，它就可以横扫天下，无以阻挡。一句话，你一定要学会如何利用组织的名义为你说话，利用组织的名义来为你撑腰，利用组织的名义来完成别人完不成的事情。"实际的情形也果真如此，刘石贝之所以能够成为嶝江市数十年的政坛不倒翁，之所以能够在与夏中民的对峙争斗过程中屡占上风，根本的原因正在于此。在当下的中国政坛，当一个国家干部将他的个人利益巧妙地与组织捆绑在一起，并以组织的面目出现的时候，那就真的是很难奈何他了。

关于这一点，其实多年从事组织工作的昊州市委组织部部长刘景芳是最有体会的：

> 很简单，因为他是昊州市委去年刚刚考察过的处级干部，考察

结果现在并没有过期。说实话,有时候我们也确实感到无能为力,无可奈何。你明明知道他有问题,但你并没有查出他的问题,现在也没有充分的理由和证据去查他的问题。所以,也就只能继续使用他。而且,在对他的使用上,还有许多错综复杂的因素。也就是说,在有些时候,你明知道某个干部是一个不称职,很可能有问题的干部,但因为这样那样的原因,你不仅还要使用他,甚至还得提拔他。这是目前我们组织工作中遇到的最大难题,也是最让我感到痛心的问题。我也给你说实话,对于这种情况,我们正在想办法解决,但是某些情况下,特别是在某些地方,我们也确实没办法。根据现有的条件和后备干部的实际状况,我们也没有更多更好的选择。

正因为刘石贝长期从事主管组织人事工作,所以他对于组织原则的了解自然十分透彻,既然了解组织原则,那么巧妙地利用组织原则以达到个人目的也就自然成了刘石贝其人的拿手好戏。要说腐败,刘石贝的这样一种以权谋权并最终营构建立起自己独立的一个权力王国来的行为,当然是一种腐败行为。甚至于,与现在最为普遍的经济腐败相比较,这样的一种权力腐败或者说政治腐败其实更为可怕,对社会的危害也更大。然而,另外一种不可否认的事实却是,由于如同刘石贝这样的政治腐败者往往能够很巧妙地利用正当的组织原则,所以我们却又很难采取有效的手段来惩治这种腐败行为。我们发现,在诸多的同类小说中,能够如同张平这样发现并把政治腐败现象极富艺术性地表现出来的作家,其实是绝无仅有的。这样看来,发现并且能够将刘石贝这样一位具有相当人性深度的人物形象成功地塑造出来,当然应该被看作《国家干部》这一优秀政治小说一个值得肯定的成功之处。

必须提到的是作家张平对于叙事时间的艺术处理。《国家干部》虽然长达七十万字,然而所叙述的却不过是十天之内发生的故事。甚至于,更加准确地说,主体故事的发生时间其实只不过是短短的三四天时间。等到夏中民再次病倒,被迫无奈住院,紧接着又是接连几天参加县(市)长选拔考试,这个时候已经是故事的尾声阶段了。看来,张平的确已经习惯了在一个很短的故事时间内高密度慢节奏地完成自己的叙事活动了。虽然在主体故事之后还有关于人物与故事结局的交代性描写，但无论是从故事情节的完整性而言，还是从人物性格的刻画塑造来说，都已经在主体的故事中完成了。在笔者看来，张平之所以要刻意地压缩自己的叙事时间，之所以要将本来可以充分延长的故事时间挤压成一个格外紧凑的叙事时间，正是为了以这种方式充分地揭示出小说中所表现的矛盾冲突的尖锐性与激烈性。从某种意义上说，张平的小说尤其是后期以来的小说之所以一向都有着突出的可读性，能够获得很好的市场效应，一个根本的原因也正在于此。

最后应该提及的是新华社记者吴浈云与具体身份未明的窃听偷窥者武二这两个人物形象的特别设定。这两位人物与小说的主体故事很显然没有具体的联系，他们在某种意义上乃可以被看作整个故事的局外人与旁观者。俗语说得好，当局者迷，旁观者清。张平之所以要在小说中特别地设定这样两个人物，其根本的意图大约正是要借助这两位旁观者的存在，将小说中错综复杂的矛盾纠葛展示得更清楚一些。在某种意义上，这两位人物在小说中的作用，很是类似于《红楼梦》中的甄士隐，既在其内，更在其外。这两位人物既可以在某种程度上被看作作家张平的化身，也可以被看作广大读者的化身。正是因为有这两位人物的存在，张平《国家干部》中丰富深刻的思想内涵才能得到更加充分、更加明晰的艺术表达。

第九章

反腐与民生的双重书写

——以《重新生活》为中心

  作为当下时代最具社会影响力的作家之一，张平因为出任山西省副省长的职务而"被迫"远离文学创作十多年之久。自打他此前的一部长篇小说《国家干部》2004年正式出版后，张平就在文学界"销声匿迹"不见了踪影。从这个时候开始，一直到他最新一部长篇小说《重新生活》（载《收获》长篇专号2018年夏卷）的问世，张平的如此一种情形，某种程度上的确称得上"大雅久不作"。大概也正因为如此，这一次他的长篇小说新作一露面，便引起了公众的高度关注。关于这部长篇小说，张平自己在"后记"中曾经做出过一种自我定位："这是我搁笔十年后的一部新作品。仍然是现实题材，仍然是近距离地描写现实，仍然是重大的社会和政治题材。""也许，这才是我的一部真正的反腐作品。""通篇都是腐败对人和社会的戕害和毁伤。"[①] 张平的小说创作一向以社会和政治题材的书写而见长，其中很多作品，比如《法撼汾西》《抉择》《国家干部》等，在举国范围内的反腐新政出现之前，早已对令公众瞩目的反腐问题有所涉及。这一次，眼看着反腐新政业已成为一种普遍的社会现实，曾经有过长时间高层行政经验的张平，依然把他的严峻笔触伸向反腐的书写，就自是题中应有之义。

  在笔者先后两次认真地通读过《重新生活》之后，首先可以得到确证的一点是，这的确是一部反腐题材的长篇小说。小说中那位在反腐风暴中被省纪委立案调查的大贪官，是身为延门市市委书记的魏宏刚。

[①] 张平：《〈重新生活〉后记》，见《收获》长篇专号2018年夏卷。

正如同现在的新闻媒体所惯常报道的那样，魏宏刚是在市委常委会的会议现场被突然宣布接受双规调查的。根据后面调查组专门呈给魏宏刚姐夫武祥的一份查没清单，魏宏刚确实称得上是一个大贪官。别的且不说，单现金一项，除了人民币1628万元之外，尚有47万美元，63万欧元以及420万港元。面对如此令人震惊的贪腐事实，首先需要我们思考的一个关键问题，就是家庭出身穷困的魏宏刚，究竟是如何由一位本来奋发有为的官员堕落为为人所不齿的大贪官的。对此，叙述者借助魏宏刚的司机刘本和之口，差不多把全部的责任都推到了魏宏刚的妻子马艾华身上。魏宏刚东窗事发之后，刘本和受牵连也被带走进行协助调查。等到他结束调查被放出来之后，他所特别强调的一点就是："书记出事就是马艾华一个人给搞的，这个家整个让她一个人给毁了。"依照刘本和的说法："所有的事都是马艾华一个人说出来的。其实她说的好多事，书记根本不知道。过去马艾华让我拉东西送东西，到底拉的什么，送的什么，其实我也不知道。都包得严严实实的，有的沉，有的轻，有的大，有的小。事后给书记说，书记也是啥也不知道，啥也不清楚。平时书记不在家，什么人来，来干什么，都是马艾华一个人接待招呼。来的无非都是找书记办事的人，这些人都什么身份，什么目的，书记知道不知道，时间长了，连马艾华她自己也记不清楚。刚开始还记个单子，后来书记骂她，干脆连单子也不记了。至于那些人来了都送了些啥，送了多少，谁也不知道她给书记说过没有。有几次书记跟她拍桌子，她反倒大哭大闹。说他们要来我挡得住吗？这市委大院，一般人进得来吗？他们送什么我能拦得住吗？每次闹来闹去，最后都是不了了之。"那么，魏宏刚为什么要如此这般地纵容自己的妻子呢？具体来说，原因有二。其一，由于自认为马艾华的家庭条件明显优于自己的家庭，大学期间的魏宏刚曾经整整追了她四年，直到临毕业前，才把事情彻底搞定。而且，在魏宏刚看来，马艾华这样家庭条件相对优越的南方女子，能够嫁给自己这样一个普普通通的凤凰男，内心里肯定受了极大的委屈。其二，身为相当一个级别的官员，魏宏刚差不多成天在外忙碌："作为一个男人，忙忙碌碌的时间越长，越觉得对妻子亏欠得太多。好不容易回到家来，最大的期望就是想清静清静。因此对妻子的事情也总是听之任之，得过且过。有时候忍不住了，过问几句，也是雷声大雨点小。"按照刘本和的叙述逻辑，魏宏刚贪腐行为的生成，与他那位根本就不知收敛的妻子马艾华存在绝大的关联。在这个贪腐生成且越来越变本加厉的过程中，魏宏刚虽然早已有所察觉并试图加以制止，但却往往因为内心里的一种亏欠感，或者因为一味地祈求家庭的平稳而不了了之，放任自流。如此一种情形长期延续的结果，只能是马艾华越来越利欲熏心，只能是魏宏刚贪腐罪行的日益严重。

关键在于，对马艾华的如此一种理解与判断，绝不仅仅只是司机刘本和一人，连同武祥在内，所持有的也基本上是这种看法："魏宏刚出事后这两个多月来，武祥有时候也常常对魏宏刚的家庭仔细分析过。魏宏刚的出事，一定有各种各样的原因，但对妻子约束监管不严，也一定是一个重要的因素。也许在心底里，魏宏刚一直深爱着这个几乎就是初恋情人的妻子。既可以宽容她的不足，也可以容忍她的缺点。魏宏刚每天在外做领导工作，党纪国法，深责重任，会有无数来自上面的告诫，也会有无数来自下面的警醒。而在自己家里，妻子和家人所有的约束力和监控力往往只会来自一个人，就是这个深爱着他们，这个时时在宽容和容忍着他们的市委书记魏宏刚，而这一切，恰恰会成为一个市委书记家庭失去约束监管的空白点。结果必然是这个深爱着他们的人，权力越大，他们面临的诱惑也就越多。在私爱与公权，亲情与法纪面前，前者往往不堪一击，一触即溃，后果很残酷，代价也太惨烈太沉重。发展到最后，也就无可挽回无力回天了。"细细分析一下武祥的这段话语，我们就不难发现，虽然他口口声声地强调魏宏刚的贪腐行为，有各种各样的原因，但实际上，且不要说是武祥，即使我们把这部《重新生活》从头至尾翻个遍，也没有从其中发现任何关于魏宏刚之所以成为大贪官的其他方面原因的揭示与描写。既然没有其他方面原因的揭示与描写，那么，把魏宏刚的司机刘本和与姐夫武祥的相关言论结合在一起，一个可信的结论就是，魏宏刚之所以会成为一位大贪官，从根本上说，乃是他有马艾华这样一个利欲熏心、贪得无厌的妻子的缘故。大约也正因为如此，刘本和才会特别强调："书记也是命不好，马艾华要是有我宏枝姐百分之一的好，家里也不至于成了这个样子。"很显然，这就意味着，倘若把马艾华置换为魏宏枝，那么，魏宏刚就无论如何都不可能蜕变为一个为人所不齿的大贪官。

但一个无法被忽略的问题是，依照马克思主义哲学的某种基本原理，内因是关键，外因是条件，外因之所以能够发生作用，主要还是要依赖内因。如果我们把这个哲学原理转换为老百姓所耳熟能详的一个熟语，那就是苍蝇不叮无缝的蛋。套用如此一个重要的马克思主义哲学原理，魏宏刚与马艾华这一对夫妻之间，马艾华是外因，魏宏刚不管怎么说都只能是内因。笔者不知道张平在创作《重新生活》时是否对这一其实绝大多数中国人都心知肚明的原理有所遗忘，反正从文本本身来看，我们只是读到了武祥与刘本和他们对马艾华的一味指责，却根本就没有读到对魏宏刚自身原因哪怕只是非常粗浅的一种揭示与剖析。更进一步说，张平在《重新生活》中不仅对大贪官魏宏刚自身理应承担的责任不作任何揭示，而且在字里行间还流露出了一种简直就是不可自抑的为魏宏刚进行"辩护"的强烈意味。具体来说，作家如此一种很可能不自觉的"辩护"体现在两个方面。一方面，是我们前面已经做过深入探讨的把贪腐责任不管不顾地推卸到妻子马艾华身上，依循如此一种逻辑，这位虽然没有正面出场，只是出现在武祥与刘本和相关言论与分析中的现代女性，实际上很有一点红颜祸水的感觉。认真地推想一下，张平的如此一种艺术思路，的确给我们以非常突出的似曾相识的感觉。不妨回想一下中国历史，商亡了，责任被推卸到了商纣王的爱妃妲己身上。安史之乱发生了，责任不仅被推卸到了与唐玄宗真心相爱的杨贵妃身上，而且还硬是逼迫着杨贵妃自缢在了马嵬坡上。根据笔者的阅读感觉，出现在张平笔端的马艾华这一女性形象后面，的确非常明显地晃动着妲己与杨贵妃她们这些所谓红颜祸水的影子。或许这只是笔者的一种无端的猜测与理解，但毋庸置疑的一点是，到了21世纪的当下，依然简单地套用所谓的"红颜祸水"这样不无陈腐色彩的理念来进行所谓反腐题材小说的构思与书写，其实是相当不合时宜的。

另一方面，更突出地体现在关于魏宏刚穷苦家庭出身的描写上。虽然作家在"后记"中公开宣称《重新生活》是自己一部"真正的反腐之作"，但在实际的创作过程中，却把很大一部分篇幅放在了关于魏宏刚这一凤凰男曾经的穷苦家庭身世的描写上。为了能够让弟弟上大学，本来品学兼优的姐姐魏宏枝，竟然放弃了自己升学的机会："魏宏枝当时的动机和想法其实非常简单，上学就是为了找工作。她清楚，像她家这样的家庭，绝无可能同时供两个子女上学，即使供一个上大学也极其艰难，甚至倾家荡产。只有自己尽快挣到钱，才有可能让弟弟没有后顾之忧地读书。"也正因为如此，知恩报恩的魏宏刚，在后来有幸成为市委书记后，方才对姐夫武祥讲了这样一段可谓情深谊长的话语："姐夫啊，他们都夸我这行那行，这有本事那有才气，其实我这辈子最大的运气福气就是有这么个姐姐。要是没有姐姐当时的付出和选择，我绝对不会有今天。"为了魏宏刚能够在不受任何干扰的情况下顺利完成自己初中阶段的学习，他的老父亲竟然在身患肝癌并且已经发展到晚期的情况下，坚决拒绝就医。不仅如此，魏宏枝他们还想方设法对魏宏刚隐瞒了父亲真实的病情："那时为了不让在县城里读初中的弟弟分心，一直到父亲去世，家里都没有给魏宏刚说出父亲病症的实情。"依照张平的叙事逻辑，正因为姐姐与父亲他们做出了空前的自我牺牲，到头来才换来了魏宏刚学业的完成乃至后来的走上仕途。唯其如此，一旦从纪检委那里了解到魏宏刚的贪腐实情，武祥才会近乎情绪失控地大骂出口："畜生啊，你这个魏宏刚，真他妈的是个畜生！""你就不想想你姐，不想想你爹你妈，那些年为了供你一人上学，一家人吃糠咽菜、啃窝头、煮红苕，全年的白面都给你一人留着！"用叙述者的话来说，就是："此时此刻，他真是恨透了这个魏宏刚！太贪了！货真价实的一个大贪官！"一方面，把魏宏刚堕落的主要原因归之于妻子马艾华；另一方面，口口声声地反复强调凤凰男魏宏刚成长过程中家人所做出的巨大牺牲，将这两个方面整合在一起，我们所真切感受到的其实就是弥漫于字里行间的那样一种惋惜意味。更进一步说，潜隐于这种惋惜意味背后的，却又隐隐约约似乎是在为贪官魏宏刚做出某种无罪的"辩解"。之所以会出现如此一种特别耐人寻味的状况，笔者认为，或许与作家张平自己与魏宏刚相类似的凤凰男人生经历存在某种内在的隐秘关联。虽然从理性的层面上说，任何人都不可能为一位大贪官辩护，但在某种意义上，唯其因为曾经有过相类似的人生经历，所以作家才会在潜意识中不自觉地流露出对魏宏刚不应有的同情。

然而，关键的问题在于，一方面，叙述者的确在强调魏宏刚的"无辜"，但在另一方面，《重新生活》中若干关于魏宏刚贪腐细节的描写，事实上却又在很大程度上反证着魏宏刚的并非"无辜"。具体来说，这一方面有两个细节不容忽视。其一，关于魏宏枝和武祥夫妻的住房问题，魏宏刚曾经有过这样明确的表示："弟弟好歹也是个市委书记，你们跑断腿的事，不就是弟弟一句话的事。告诉我姐姐不用再跑了，这事我记下了，有了合适的地方就告诉你们。怎么着不也得个两百平方米的，肯定得小区好层次好。这个让姐姐放心就是了，别让她再跟我犟……"其二，武祥在岳母病重后回到乡下，最终在魏家祭祀魏宏刚父亲的香炉里发现了魏宏刚专门留下的一个塑料袋子。在塑料袋子里，武祥意外地发现了三个存折，一个房本。其中，留给一直照料母亲的魏宏刚堂姐三十万元，留给姐姐魏宏枝一套面积多达二百零五平方米的房产证，留给外甥女绵绵三百万元的一个存折，留给老母亲的，是一个二百万元的存折。毫无疑问，这些加起来价值接近一千万元的资财，乃是魏宏刚在预感到自己即将出事的时候，以神不知鬼不觉的方式专门留给自己亲人们的。所有这一切，他的妻子马艾华可以说毫不知情。也因此，如果说魏宏刚其他的贪腐行为很可能是被妻子蒙在鼓里的一种结果，那么，最起码，这总价值将近一千万元的贪腐行为，却只能是魏宏刚所亲力亲为的一种结果。不知道张平自己是否明确地意识到了这一点，反正在笔者看来，有了以上两方面的细节，所谓魏宏刚在贪腐方面的"无辜"，自然也就不攻自破了。一方面，笔者清楚地知道，张平之所以要专门设计出魏宏刚给亲人们留下资财的细节，乃是为了强有力地证明贪官魏宏刚对于亲情的看重与呵护，为了从某一个侧面不动声色地写出魏宏刚的人情味，为了尽可能地丰富这一贪官形象人性层面上的丰富性。但在另一个方面，恐怕连张平自己也未必能明确意识到，他的如此一种描写，其实带有突出的双刃剑艺术效果，在极大地丰富魏宏刚性格描写的同时，却也从根本上坐实了魏宏刚贪腐行为的并非"无辜"。很大程度上，正所谓"苍蝇不叮无缝的蛋"，在凤凰男魏宏刚由一位家庭出身贫困的普通大学生，到最后彻底堕落蜕变成为大贪官的过程中，他那位过于贪婪且不知收敛的妻子马艾华推波助澜的作用固然不容忽视，但相比较来说，恐怕还是魏宏刚自身内在的原因更为重要一些。如果说我们的以上推论可以成立，那么，张平这部《重新生活》存在的一个艺术弊端，就是在过分强调马艾华在魏宏刚堕落贪腐过程中所发生作用的同时，明显地忽略了对其自身原因的深度探究与挖掘。

与此同时，我们注意到，关于腐败行为的成因，在小说的"后记"中，张平也还曾经有过这样的一种表达："当我们在人人皆知的历史剧中，看到那些达官贵人，甚至皇帝身边的近臣重臣，对小小狱卒、奸佞宦官也要重金收买、大笔行贿时；在当代的电视电影中，看到我们的英雄也必须给一些敌人大肆送礼、巨额贿赂时；我们听到的往往是观众席中阵阵会意的笑声和留言跟帖中倾心的赞叹。每当这个时候，给人的第一个强烈感受，就是腐败的因子已经深入到我们文化的骨髓之中了。真要把腐败的根因从民族文化这块深重的土地中彻底铲除，何其艰难。"① 紧接着这段话，张平还举出了包括江西王安石、湖北张居正、浙江刘基、阜阳欧阳修以及山西陈廷敬在内的历代重臣名臣故居的过度奢华，以此来进一步佐证其"贪腐文化，贯穿于数千年中华历史之中"的观点。反观一部中国历史，我们固然承认张平所言不虚。某种程度上，所谓贪腐基因，不仅早已渗透到自古至今的中华文化之中，而且已经积淀为民族共同的一种文化心理。在很多普通民众的意识或者潜意识世界中，为官必贪，为官不贪是傻瓜，似乎已然成为某种约定俗成的通行社会公理。既然张平已经明确地意识到了这一点，那么，自然会在这部《重新生活》中对此做出相应的关切与表现。这一方面，有两处细节设计值得引起我们的注意。其一，是魏宏刚的外甥女绵绵，由延门市十六中这所普通中学被"强制性"转学到延门市最好的重点高中延门中学之后，所享受到的一系列特殊待遇。在这个把学习成绩普遍看作衡量评价学生优劣与否唯一标准的时代，学习成绩相当不理想的她，在被领导老师们另眼看待后，迅速地担任了学校以及班级的多种学生职务。这一细节告诉我们，即使是延门中学的领导与老师这样一些所谓"人类灵魂的工程师"们，也已经被贪腐这种通行的社会公理给同化征服了。其二，是魏宏刚的儿子丁丁被打伤后，被姑姑魏宏枝和姑父武祥送到延门市第三人民医院后对比性极强的描写。在副院长王宇魁出面之前，在将特诊费已经排除在外后，各种检查费用，仍然高达令人震惊的一万六千七百九十八元四角六分。王宇魁出面后，丁丁的各项检查不仅一路绿灯，很快全部进行完毕，而且所花费用到最后被纳入医保系统中全部报销。如此一种前后反差极大的描写，所充分说明的，只能是一贯以人道主义自我标榜的医疗系统的腐败。既然连同学校和医院这样向来具有圣洁特质的部门也都与贪腐紧密联系在一起，那么，腐败成为一种普遍的社会文化心理，也自然就是无法否认的一种客观事实。能够明确意识到这一点，并在《重新生活》中生动形象地将这一点表现出来，正是作家张平的一大难能可贵之处。但在承认张平对于腐败文化心理的揭示与

---

① 张平：《〈重新生活〉后记》，见《收获》长篇专号 2018 年夏卷。

描写所具有的突出思想艺术价值的同时，我们却也隐隐约约地感觉到了作家某种避重就轻写作心理的存在。结合"后记"中对民族贪腐文化心理的明确谈论来判断张平的艺术思维与书写逻辑，我们即不难认定，作家在过分强调传统的腐败文化心理对现实生活所发生的传继性影响的同时，实际上有意或者无意地回避了对于贪腐行为之所以会得以普遍生成的制度性层面的深度关切与思考。

综合以上种种，我们所得出的一种分析结论就是，虽然《重新生活》似乎可以被看作作家自我满意度较高的一部作品，虽然在小说的"后记"中张平曾经明确强调这是一部通篇都在揭示和表现腐败对人与社会所造成的严重戕害与毁伤的"真正的反腐作品"，但由于不仅缺失了对于魏宏刚自己贪腐心理成因的深度揭示与剖析，而且更是缺失了对于导致魏宏刚这样的大贪官层出不穷的制度性因素的思考与表现，所以，笔者便很难认同作家如此一种多少带有一点"自得状"的自我评价。

行文至此，一个无法回避的尖锐问题，就很显然是，既然在对贪腐行为及其深层动因的挖掘与表现上存在如上所述的缺陷与弊端，那么，我们是否可以由此而认定张平的《重新生活》这部长篇小说就是一部不怎么成功的长篇小说呢？答案恐怕只能是否定的。虽然从"后记"来看，我们很难断定张平有关注与表现当下时代民生疾苦的明确创作心理，但正所谓"有心栽花花不开，无心插柳柳成荫"，在对贪腐问题的思考与表现有所忽略，存在突出弊端的同时，张平却也自觉或者不自觉地真切描摹出了当下时代普通民众简直可以以艰难或者凄惨称之的生存图景。

说到对民生疾苦的关注与表现，首先进入我们关注视野的，便分别是吴玉红与任颖他们两个家庭的艰难生存处境。聪明漂亮的吴玉红，是丁丁初中时的一位同班同学。那个时候的丁丁，只是对吴玉红颇有好感，根本不了解她的生存境况。只有在房屋拆迁现场不期然相遇后，叙述者方才获得了具体穿插交代吴玉红家庭境况的契机。却原来，吴玉红的爸爸是一位进城打工的农民，是一家建筑工地上的小包工头。正常情况下，尚可以勉强维持一般的生活水平。没想到，一场突如其来的横祸却使这个家庭骤然间陷入空前的困境之中："从二十六层高楼的工地上滑落下一根钢钎，直穿三道防护网，横擦过玉红爸爸的头部，一下子把他砸得再没醒过来。"横祸顿生倒还罢了，关键问题是，心存侥幸心理的吴玉红爸爸，因为贪图小利，并没有按照相关要求，及时缴纳包含有医疗保险在内的社保金。结果，"这样的盘算也就产生了无数的悲剧，玉红的爸爸就是其中的一个。没办社保，自然也没办医保和工伤保险，突遇大病大难，飞灾横祸，公司没法给你付钱，医院也无法给你相应医保待遇，纵然创巨痛深，生死关口，也一样叫天不应，叫地不灵"。实际上，只要我们再认真细致地推想一下，就不难发现，如同吴玉红爸爸这样一种严重的工伤情形，即使按照规定办了社保医保，其家庭境况也无法承受这般巨大的打击。幸运之处在于，虽然伤情严重，但按照医生的说法，只要不再受到新的撞击和伤害，卧床静养，就仍然存在好起来的可能。但正所谓"屋漏偏遇连阴雨"，偏偏就是在这个时候，由于新城区改造，吴玉红他们所在的这个小区，必须马上拆迁。这样，才有了丁丁和吴玉红的意外相逢，也才有了吴玉红的这样一番话："现在最大的问题是，你们的那个开发商，天天要赶我们走。什么也不给，什么也不管。三番五次地威胁我们，说如果再不走，就断电断水，强行拆迁。"事实上，也正是从吴玉红这里了解到这次拆迁的真实情况之后，出于内心里的正义感，丁丁方才毅然挺身而出，因为阻止野蛮的拆迁行为而被打伤。关于吴玉红他们一家此后的生存境况，出于艺术的考量，虽然作家在小说中并没有再作具体的描写与交代，但我们却完全可以想象得到，在失去了父亲的顶梁柱作用之后，吴玉红他们的命运遭际只可能更加凄惨。

尽管说具体的生存处境较之于吴玉红一家要好一些，但严格说起来，绵绵在武家寨中学的同学任颖一家的生存境况，其实也是非常艰难的。任颖之所以要选择来武家寨中学读书，原因是父母双方不仅离异而且还各自都重组了家庭。自我感觉无处可去的任颖，只好到武家寨中学来度过高考前的最后一个阶段。陪任颖到武家寨中学报到的，是她身为公司普通职员的父亲："任颖的父亲对武祥悄悄说，他就这一个孩子，就这三年高中，几乎把他一辈子的私房钱都花得差不多了。直到现在也不敢把这些钱的事给任颖的继母说出来。任颖的继母现在还带着一个正上初二的男孩子，想想真能把他给愁死了。"归根到底，正所谓"一文钱难倒英雄汉"，任颖父亲之所以忧愁，还是糟糕的家境经济状况所困扰的缘故。唯其如此，所以在与房东讨价还价的时候，他才会为了房租与押金的高低问题几乎要与房东吵起来。

吴玉红与任颖这两个平民家庭之外,张平所集中聚焦描写的,其实还是大贪官魏宏刚的姐姐魏宏枝一家的生存境况。古人云,"一人得道,鸡犬升天",魏宏枝一家的前后反差极大的生存境况,正可以被看作这一命题及其反命题(这种反命题不妨被表述为"一人失势,累及全家")的充分证明。虽然说魏宏枝一家因市委书记弟弟魏宏刚而获得的"鸡犬升天"很可能会体现在生活的方方面面,但作家张平所集中书写的,却是魏宏枝的女儿绵绵求学命运的巨大改变。绵绵所在的十六中,原本是延门市一所非常普通的学校。仅仅因为她的舅舅魏宏刚是市委书记,所以延门市最好的一所重点中学——延门中学的领导,便千方百计地把绵绵转学到了自己的学校。他们之所以要费尽心机地把绵绵这样一个学习成绩特别普通的学生转到自己学校,乃是因为他们可以凭借魏宏刚手中的权力达到许多原本很难企及的目标。这其中,既包括学校的教学办公设施的建设与改善,也包括校领导和老师们的简直就是包罗万象的个人私事。用武祥的话来说,就是"什么提拔、调动、找工作、评职称、打官司、立项目、批经费、承揽工程、借款贷款,几乎能踢破门槛"。为了达到以上这些林林总总的学校与个人两方面的目标,他们不惜采取各种谄媚与巴结的手段以取悦绵绵,取悦魏宏枝一家。这一方面,他们采取的具体手段,除了如何想方设法地尽快提高绵绵学习成绩之外,还不惜使出浑身解数,让其实各方面并不出色的绵绵同时担任了从班长到团支部书记,从校团委副书记到学生会主席的各种校内学生职务。对于校方所采取的以上种种手段,本来一直持有拒绝态度的魏宏枝与武祥夫妇,之所以最后会乖乖就范,质言之,还是因为考虑到了绵绵未来的升学问题:"班主任让绵绵当班长的深层用意其实很简单也很有说服力。班主任说,绵绵现在当了班长,当了团干,当了学生会主席,再加上每年的三好学生,下一步上省重点大学,甚至上全国重点大学,就可以有办法让绵绵免于考试,直接保送。"对早就望子成龙心切的魏宏枝与武祥夫妇来说,来自其他任何方面的诱惑或许都可以被拒绝,唯独事关爱女绵绵命运前途的大学升学事宜,无论如何都难以被置之度外。也因此,虽然弟弟贵为市委书记,但一贯洁身自好,一直尽可能保持清白廉洁的魏宏枝与武祥夫妇,面对延门中学事关爱女绵绵未来命运的各种超越常规的安排,却万般无奈地低下了自己高贵的头颅,默认或者说屈从了学校所做出的这些安排。说透了,学校所做出的这些安排,其实带有非常明显的权力交换的意味。既然我们如此这般地想方设法照顾你特别喜欢的外甥女绵绵,那么,市委书记魏宏刚就应该充分利用你手中的权力为延门中学以及学校的领导和老师解决各种问题。

然而,仿佛就在一夜之间,以上所有的这一切却都化成了泡影。用当事人武祥的强烈感受来说,就是:"本来不是问题的问题,现在全都成了问题,而且全都成了绕不过去的大问题。以前条条都是铺满鲜花的阳关大道,现在一眨眼间好像都变成了无法逾越的汪洋大海、崇山深壑。就好像从云端突然栽进了无底的壕沟里,处处都是坎,每一步都这么难。"导致这一切变故发生的根本原因,就是绵绵的舅舅魏宏刚,从高高在上几乎就是一言九鼎的市委书记,一下子就变成了大贪官,变成了阶下囚。毫无疑问,作家在这里以形象的语言所真切描述出的,也正是我们自己杜撰出的所谓"一人失势,累及全家"那样一种状况。正如同你已经预料到的,所有这一切恶果,也都在不期然间猝不及防地落到了尚且幼小、尚且难以承受生活重压的中学生绵绵身上。具体来说,绵绵所受到的惩罚,不仅是各种校内学生职务的无端被剥夺,也不仅是到最后她的被劝离延门中学,更严重的问题在于,很快就要面临严峻高考任务的绵绵,精神世界竟然承受了巨大的打击:"打击最大的是绵绵。魏宏刚刚出事时,绵绵的眼睛哭红了一次又一次,整天饭食不进,足有半个月不去学校,也不同任何人联系。""看上去绵绵的情绪似乎渐渐平静了下来,但思维却越来越不集中,补课的效果根本看不出来。"虽然在这个过程中,魏宏枝与武祥夫妇曾经想尽一切办法百般劝说,但实际的情形却是:"说归说,却没感到有什么效果。绵绵越来越沉默寡言,神色也越来越差。常常一个人闷在那里,一整天也一声不吭,一动不动。"

到最后,由于校方的多方逼迫与掣肘,绵绵最终还是无可奈何地离开了延门中学这个伤心之地,试图转入武家寨中学这所规模较大的复读学校度过高考前的最后时光。关键的问题是,只有在真正抵达武家寨中学之后,绵绵和武祥他们方才搞明白,要想进入武家寨中学其实也不是一件很容易的事情。除了摆不到台面上的十万元入校费之外,绵绵还必须通过一次入校的摸底考试:"如果成绩合格,我们就留下,如果成绩不合格,那谁说也没办法,只好让孩子调班或者再回延中了。"就这

第九章 反腐与民生的双重书写

样,在即将到来的高考之前,精神早已疲惫至极的绵绵,仍然需要先过一次"火焰山"。没想到,就在这个时候,魏宏枝本人却因为被纪检委以协助调查为由控制了起来。既然被控制,那魏宏枝的与家人失去联系,便是题中应有之义。正处于关键时期迫切需要来自母亲亲情关怀的绵绵,骤然间失去与母亲的联系,无异于雪上加霜,使她本来就已经叠受打击的心灵世界再一次惨遭打击。这样一来,一方面是高考的巨大压力;另一方面是由于舅舅魏宏刚的东窗事发对家庭生活造成的强力震荡,所导致的最终结果便是绵绵彻底的精神崩溃。等到入校的摸底考试如期举行的时候,早已身心俱疲的绵绵,晕倒在了考试现场。

由于绵绵在延门中学时曾经有过的"辉煌时光",所以,她后来的这一系列人生遭际,就显得格外凄惨了。所有的这一切,全都在强有力地证明着我们前面所谓的"一人失势,累及全家"。首先必须承认,能够选择贪官出事对家人生活所造成的剧烈震荡这样一个角度来切入表现反腐题材,所凸显出的,正是作家张平对于现实生活一种独到的发现眼光。在笔者看来,这部作品之所以被命名为"重新生活",恐怕与文本中的这样两段叙事话语紧密相关。其一是魏宏枝的话语:"咱们家就权当没有过他,从今天起,咱们一切从头做起,就像过去一样过日子。我们一定要好好活,为了这个家,为了绵绵,还有丁丁……"其二是武祥的感悟:"一切都得从头做起,这就是老百姓实实在在的日子和生活。而两个月以前的那些日子,即使你什么也没做,表面上什么好处也没得,但事实上你还是等于得到了大把大把的真金白银,等于得到了连你自己都察觉不到的诸多实惠。"张平如此两段叙事话语的初衷,一方面固然是要写出腐败的复杂性(比如,虽然武祥他们并无任何腐败的主观动机,但在客观层面上,绵绵的转学到延门中学以及转学后的一系列优厚待遇本身,却已经意味着他们在享受着腐败的"成果");另一方面,更主要地,还是要借此而凸显出魏宏枝与武祥他们试图在摆脱大贪官魏宏刚的阴影后一种重新面对生活,重新以普通老百姓的姿态直面生活的勇气。但在笔者的理解中,作家张平有意无意之间或许正是借助于这样一个契机,方才得到了充分打开并进一步深度透视表现普通民众艰难生存处境的一种可能。也因此,尽管魏宏枝他们貌似振振有词地强调"他是他,咱是咱。咱们什么日子没经过,再难还难得过那些年吗?不缺吃不缺穿,你我都挣着一份工资,养一个老妈,养一个绵绵,有那么难吗？天下的老百姓不都是这么生活吗？咱啥也不想了，回咱自己的家"。但实际上，只有在真正地开始重新生活之后，魏宏枝和武祥他们方才真切地体会到，在时代与社会都已经发生了简直可以被称为天翻地覆的变化之后，生活绝不像他们所想象的那样，只要用自己的工资养活老妈与绵绵就可以了。别的且不说，单只是绵绵求学这一个方面，就已经把武祥他们折腾了个人仰马翻。尤其是在已经充分享受过延门中学简直就是众星捧月一般的学校生活之后，武家寨中学的艰苦就是绵绵所难以承受的。质言之，借助于舅舅魏宏刚出事后绵绵在武家寨中学求学的艰难经历，张平在强有力地表现所谓"一人失势，累及全家"如此一种情形的同时，却也以相当犀利的笔触揭示出了当下时代中国教育界所存在的严重问题。其中，一种批判现实主义色彩的存在，是一种显而易见的事实。

我们注意到，在《重新生活》中，张平在写到武祥返回妻子老家，专程去探望重病在床的岳母即魏宏刚母亲的时候，面对着世态炎凉的触目现实，曾经发出过这样的一种感慨："过去武祥和妻子回来时，一旦不小心走漏了消息，门口的一条路上，大车小车几乎都能停满了。县里的，镇上的，邻近村里的，远地而来的，都是上学的事，找工作的事，打官司的事，办企业的事，这事那事的，从来也没听堂姐说过这些事，总以为村里的情况越来越好，种地不交税，看病不掏钱，老了还有养老金。其实都是一些地方领导有意宣传出来的，实际情况哪想到会是这样。"具体来说，实际的情况是，由于家庭贫穷的缘故，村里的老人，一旦得了重病，就只有躺在床上无奈等死的分儿。如果说当年魏家的情况是门庭若市，那么，魏宏刚出事后，就很显然变成了"门前冷落鞍马稀"。唯其如此，武祥才会明确地意识到："只有到了今天，你什么身份什么职务也没有了的时候，也许才能听得到像堂姐说的这些，才能看得到眼前发生的一切。"这里所谓的这一切，说透了，也就是老百姓一种格外艰难的生存处境。也因此，尽管张平的本意或许并不在此，但从文本所达到的客观艺术效果来说，通过魏宏枝一家人在魏宏刚倒台前后对比反差极大的生存状况，作家曲尽其妙地在强有力地透视表现普通老百姓艰难生存处境的同时，也相当深刻地揭示了当下时代阶层固化的一种残酷现实。绵绵被延门中学扫地出门后只能进入武家寨中学这样一个平民化的复习学校继续学业这一事实本身，就已经极其充分地说明了这一点。归根结底，正所谓"有心栽花花不开，无心插柳柳成荫"，倘若说张平的《重新生活》这部长篇小说在反腐的书写方面留下了一定程度的思想艺术遗憾，那么，在对由于阶层固化所导致的民生疾苦的描写上，却取得了某种意料之外的思想艺术成功。

第十章

张平文学写作特质分析

　　从正式发表第一个短篇小说《祭妻》的 1981 年算起,到笔者写作这本著作的 2008 年,张平的文学创作已经走过了将近三十年的历程。2008 年正好是改革开放的三十周年,在这样一个特定的年头来回顾总结张平的文学创作,其实也具有一种特别的意义。张平开始文学创作的时间,正是以现代化为主旨的中国改革开放事业刚刚起步的时候。在这个意义上,我们也就完全可以说,张平的文学创作实际上是与我国的改革开放事业同步发展前进的。之所以将张平的文学创作与中国的改革开放事业联系起来加以谈论,原因在于张平一直在以他自己的文学创作自觉地参与并推动着中国的改革开放事业。

　　在张平的一些自述性文字中,我们首先可以清楚地了解到,张平自己正是一位改革开放事业的受益者与亲身体验者。

　　　邓小平确立的改革开放路途,使得农村在极短的时间内发生了天翻地覆的变化。一项土地联产承包责任制,使社会生产力得到了全面解放。对此,我既是见证者,也是参与者。我亲眼目睹,也亲身感受了这一改革措施,在农民身上所引发的超乎寻常的巨大动力和潜能。那一年,我们家分到了 5 亩责任田,当时我正在大学读书,暑假回来,我强烈地感受到了农民们面对着土地的狂喜和欢腾。农田里四处都是劳作之声,农民们真正是披星戴月,起早贪黑。为了整修农田,我带着生孩子不久的妻子,在地里昼夜奋战 40 多天,硬是把一个长 10 米宽 5 米深 3 米多的沟壑填平。妻子累得两次晕倒,自己整整瘦了 20 斤。第二年,5 亩地打了 2000 多斤粮食，面对着几十袋子粮食，从小到大我第一次看到父亲放声痛哭。父亲是一个知识分子，在农村挨饿近20年的日子里，做梦也没想到家里会有这么多的粮食！收获的喜悦和欢乐笼罩着整个农村。一个老农民曾对我说，他是快入土的人了，没想到还会过上这样的日子，一天到晚，白面馒头能管够吃！①

因为曾经有过长期填不饱肚子的人生体验，所以"白面馒头都管够吃"就自然显得十分难能可贵了。其实还不仅仅是衣食温饱这样一些物质层面的问题得到了解决，对于张平本人来说，更为重要的一个问题是，自己终于从一个为人所不齿的所谓"五类分子子女"，而变成了一度被普遍誉为"天之骄子"的大学生。这样的变化，对于张平来说，真可谓"天翻地覆慨而慷"了。而这一切，很显然都是拜改革开放事业所赐的结果。正因为亲身感受并且亲自观察到了改革开放给自己，给中国的老百姓带来了巨大的变化，所以张平自然而然地成为改革的积极拥护者，以手中的笔为改革开放鼓与呼，当然也就成了作家张平的必然选择。

> 面对着这样的经济奇迹，面对着改革所带来的巨大的社会进步和社会变化，我的感受是刻骨铭心的。我不仅是这场改革的目击者、见证者，也是这场改革的参与者和受益者。② 是改革带来了这一切，是改革给我们的物质生活和精神面貌带来了全新的变化。作为一个职业写作者，作为知识分子中的一员，我始终感到我有责任把这一切都记录下来。③ 我们中国改革已经进入 21 世纪，每前进一步，我们都将付出更大的努力和牺牲。所以我们不能再保持沉默，至少我决不回避，决不保持沉默。为改革鼓与呼，为我们国家的每一个进步喝彩，我想这既是自己的责任，也一样是自己的

---

① 张平：《做改革的参与者、见证者》，见《我只能说真话》，解放军文艺出版社2002年版，第36页。
② 张平：《做改革的参与者、见证者》，见《我只能说真话》，解放军文艺出版社2002年版，第38页。
③ 张平：《做改革的参与者、见证者》，见《我只能说真话》，解放军文艺出版社2002年版，第39页。

义务。[①]

我们注意到，关于作家应该为改革开放事业鼓与呼的这样一种认识与看法，张平曾经在不同的文章中作过不仅只是一次两次的表达。作家不仅这样说，同样也是这样身体力行的。虽然作家从事文学创作的时间已经很长，虽然作家所创作的文学作品从题材和体裁两个方面看都是相当丰富多彩的，但渗透表现于其中的一个主旨思想却的确是为改革开放鼓与呼。一方面，只有在进入改革开放的时代之后，张平才成为一位以写作为业的专业作家。另一方面，在张平各种题材、体裁的文学作品中，都不同程度地忠实记录着当下时代改革开放事业的发展轨迹。正因为张平的文学创作与中国的改革开放事业之间存在如此紧密的一种联系，所以在纪念改革开放三十周年的时候，对于张平的文学创作进行全面的回顾与总结也就具有了一种特别的意义。或者，也可以说，对于张平文学创作的回顾与总结，正可以被看作对于三十年改革开放事业的一种很好的纪念。

正如同我们已经描述过的，近三十年来的创作过程中，张平的文学创作是屡生变化、不断变迁的。从题材的角度来看，最早的"家庭苦情"系列中更多地折射出了自我的人生经历，可以说是以自我经历为原型为蓝本的一种写作。然后，作家的视野便开始转向了自身之外更为广阔的社会生活领域，开始关注思考相对而言更为重大的社会问题了。虽然我们承认文学面前题材平等这样一种艺术观念的合理性，对于作家的文学创作而言，不同的描写对象并不意味着不同艺术价值的具备。这也就是说，写什么其实是不重要的，关键要看你是怎么写的，要看你写得怎么样。对于真正优秀的作家来说，题材无论大小，无论重大与否，都可能写出优秀的文学作品来。然而，从另外一个角度来看，尽管我们承认题材无差别论的合理性，但是题材之间的差别却也还是一种客观的存在。相对而言，一个社会在某一时段中存在的普遍问题，较之于某一人类个体的悲欢，肯定具有更为重要的意义和价值。笔者想，对于张平文学创作视野的由个人而转向社会，我们便应该作这样的一种理解。

[①] 张平：《做改革的参与者、见证者》，见《我只能说真话》，解放军文艺出版社2002年版，第40—41页。

第十章 张平文学写作特质分析

张平自己,在与访谈者的对话过程中,曾经这样描述过自己的这一次创作转型过程:

> 我感觉它离我越来越远,过去的经历越来越成为个人化的东西,渐渐成为历史。而我认为应该有一批作家来关注现实。所以当时曾想以母亲的素材写部长篇,写她从农村到城市再到农村,当过生产队长,后来还自杀过,所有的苦难都在母亲身上得到反映,素材非常好,但还是放下了,后来为什么突然转了?那是在1987年,省里在汾西县召开了文艺座谈会,从这次座谈会当中了解了很多事情。汾西虽然是个小县但对于我来说是一个大社会,我没有想到社会上会有那么多震撼人心的事情,乡长和农民打官司,把农民的妻子铐到树上;一个律师被无辜关押105天。这些事情让我感到非常震惊,因为自己的家庭曾有过长期的苦难经历,因而见人受苦就敏感,所以在汾西就留了下来,想进一步采访一下所涉及的人。快过元旦了,别人都回去了,而我却一头扎了进去。在这里半个月的时间对我一辈子触动都非常大。①

很显然,张平如果继续按照原来的构想去写那部以母亲的经历为素材、为原型的长篇小说,那么他写出来的其实也还只能是自己已经轻车熟路了的"家庭苦情"系列。关键的问题是,就在作家酝酿写作这部作品的过程中,有机会到汾西县参加文艺座谈会,从而了解到"社会上会有那么多震撼人心的事情"。无论是"乡长和农民打官司,把农民的妻子铐到树上",还是"一个律师被无辜关押105天",这样匪夷所思的事情都让张平感到震惊不已。于是,这些事情也就自然而然地出现在了《法撼汾西》这部纪实文学作品中。而《法撼汾西》,则正是张平最有代表性的社会问题文学作品之一。虽然我们无意于否定或者轻视张平"家庭苦情"系列的存在价值,但是,如果只是从张平个人文学创作发展演变的轨迹来说,那么张平的由"家庭苦情"系列到社会问题文学作品的创作转型,还是应该得到充分肯定的。毫无疑问地,对于如

---

① 张平:《文学写作上的"生死抉择"》,见《我只能说真话》,解放军文艺出版社2002年版,第245—246页。

同张平这样一位现实主义作家而言，从对自己这样一个人类个体人生经验的思考与表达，到对于超越了一己悲欢的更为阔大的社会生活领域的关注与思考，当然是一个十分重要的创作飞跃。

事实上，也正是在作家把自己的关注视野转向了更为广阔的社会生活领域，在他对于诸多社会问题的关注与思考过程中，张平开始逐渐地体会认识到了许多社会问题的关键症结点正在于社会政治，意识到了社会政治乃是当下中国社会最为重要的一种社会问题。因此，要想全面真实地再现当下时代中国的社会图景，也就自然少不了对于社会政治的重点关注与思考。这样，张平的文学创作也就自然而然地由社会问题文学作品而转向了政治小说。关于这一点，张平自己也说得很明白："我觉得只要是一个作家，就不应该放弃对社会的关注，对政治的关注。其实对任何人来说，只要你是生活在现实生活中的一分子，就不应该放弃对社会的关注。放弃了对社会的关注，也就是等于放弃了对人民利益和自身利益的关注。现代政治是自由和民主的产物，思想自由和民主政治是不可分割的整体，他应是每个国家公民终生追求的现代政治文化的纲领和目标。对政治的冷漠，也就是对思想自由和科学民主的冷漠。"①

从以上的分析即不难看出，近三十年来，在题材的意义上，张平的文学创作先后经历了"家庭苦情"系列、社会问题文学作品、政治小说这样三个不同的发展阶段。虽然我们无法否认早在"家庭苦情"系列小说的创作阶段，张平就已经是一位成熟的小说家，他的《姐姐》能够荣获当时中国文学界的最高荣誉——全国优秀短篇小说奖就是一个有力的证明。但是，从客观的情形来看，张平产生真正的全国性影响，应该说还是在他的《法撼汾西》与《天网》这两部纪实文学作品发表出版之后。当然，仅仅具有了全国性的轰动效应也还并不就能说明张平的文学创作已经形成了自己独有的个性。在笔者的理解中，张平真正地以一位成熟小说家的姿态现身于中国小说界，真正地形成了自己个性独具的思想艺术风格，并凭借这样一种独特的思想艺术个性而跻身于中国当下时代一流小说家的行列之中，应该是在1990年代之后，是与作家在此之后相继创作推出的一系列优秀政治小说紧密联系在一起的。正如同

---

① 张平：《作家应该代表社会的良知》，见《我只能说真话》，解放军文艺出版社2002年版，第83页。

提到王蒙，我们便能联想到作家对于半个多世纪以来中国风云变幻的历史生活的深层透视与表现；提到莫言，我们马上就会联想到他的高密东北乡；提到王安忆，我们自然可能联想她对于上海市民生活的描摹与表现一样；提到张平，我们马上会联想到他的《抉择》《国家干部》《十面埋伏》，会联想到他对于时代矛盾冲突与当下中国政治生态的深入揭示与表现。虽然的确有很多人都在写作社会政治题材的小说作品，并且也有很多人明确地以所谓的政治小说进行自我标榜，但严格地说起来，真正在政治小说的写作方面取得了实在的成绩，并且其小说文本真正称得上是政治小说的，其实是相当罕见的。而张平，则很显然是其中十分突出的一位。在某种程度上，我们也甚至可以说张平是当下时代政治小说写作的第一人。正因为在政治小说的写作过程中，张平才最终形成了自己独特的思想艺术个性，所以我们在试图对张平的总体创作特征进行概括提炼的时候，实际上也就更多地是以 1990 年代之后的张平创作为主要分析对象的。这一点，是我们首先需要加以说明的。

在从题材变迁的角度对近三十年来的张平文学创作进行了一番检视描述之后，我们也需要从小说体裁演变的角度对张平的文学创作尤其是小说创作作一总体性的扫描。应该注意到，近三十年来的文学创作生涯中，张平从事过的最主要的两种文学体裁，一是小说，二是纪实文学。虽然在诸如《法撼汾西》《天网》《孤儿泪》这样的文学作品中，作家还是很明显地运用了一些小说的艺术技巧，但严格地说起来，这些作品其实只能被看作纪实文学作品，用笔者在该书中的一种习惯性表述，也就是长篇纪实作品。可以说，除了这儿具体提到的三部长篇纪实作品外，张平写作数量最多的其实还是带有明显的虚构与想象色彩的小说作品。说到底，张平还是以一位优秀小说家的身份而名世的。既然将张平定位于一位小说家，那么从小说体裁的角度，我们也可以说张平近三十年来的小说创作同样经历过三个不同的写作阶段。第一个阶段的创作主要是短篇小说，这个阶段也是作家小说创作的起步阶段，《姐姐》与《祭妻》可以说是张平最具代表性的短篇小说作品。第二个阶段的创作主要是中篇小说，这个阶段当然也可以被看作作家小说艺术上的探索阶段，他最具探索性的中篇小说《夜朦胧》就创作于这个时期。《夜朦胧》之外，张平值得注意的中篇小说作品还有《血魂》《梦中的情思》《入党》等。第三个阶段就是 1990 年代之后了，从这个时候开始，张平的主要创作精力就投入了长篇小说的创作之中。《凶犯》、《对面的女孩》、《抉择》、《十面埋伏》和《国家干部》，差不多都可以看作这个时代并不多见的优秀长篇小说作品。

从以上的分析不难看出，张平的小说创作所走过的小说体裁的演变过程，与大多数小说家的小说创作演变情形是一样，都是先短篇小说，然后中篇小说，最后长篇小说。这样一种创作轨迹给人的一种强烈暗示就是，似乎小说家的艺术能力是与小说的篇幅大小成正比的。否则，我们也就很难解释小说界的这样一种往往起步于短篇小说，然而却终结于长篇小说的基本演变模式。然而，这样的一种判断，其实却是完全错误的。正如同我们无法在小说的题材问题上作优劣与否的判断一样，其实在长、中、短篇这样的小说体裁问题上，也并不存在孰优孰劣的问题。我们既不能说长篇小说就比短篇小说重要，也不能说短篇小说就比中篇小说重要。正如同文学面前题材平等一样，我们也只能说是小说面前体裁平等。非常简单的道理，契诃夫与鲁迅是短篇小说的大师，而托尔斯泰与曹雪芹则是长篇小说的大师，那么，在他们之间存在优劣以及重要与否的差异吗？答案当然只能是否定的。从客观的情况来看，小说家们有的是短、中、长各体兼擅，比如王蒙、莫言、贾平凹、王安忆就是如此，短、中、长各体都能来得且都取得了不俗的成就。而另外一些小说家则可能在短、中、长之间只是擅长于其中的一体，比如汪曾祺、林斤澜之于短篇小说，张贤亮、陈应松之于中篇小说，陈忠实、张炜之于长篇小说，具体情形就是如此。对于张平来说，虽然他在短、中、长三种小说体裁方面都有过成功的尝试，但是，相比较而言，真正能够代表张平最高小说成就的，其实还是长篇小说。这样，当我们试图概括提炼张平文学创作总体特征的时候，所依据的其实也主要是作家1990年代之后的长篇小说文本。

要想全面地归纳总结张平近三十年来的文学创作特质，首先需要关注的就是作家的文学观。正如同一个人最为基本的世界观决定着这个人对于整个社会人生以及世界的基本看法一样，一个作家的文学观，也同样从根本上制约、影响着这个作家的基本创作面貌。那么，张平在自己的整体文学创作历程中所秉承体现着的是一种什么样的文学观呢？

我们注意到，在张平为数并不是很多的创作谈文字中，谈论比较多的一个问题就是为老百姓写作的问题。

面对着自己以往的作品，连我自己也感到说不出的震惊。为什么生活在千千万万精神和物质世界尚贫乏的老百姓之间，却会渐渐地对他们视而不见？为什么与这块土地血肉相连的自己，会把自己的眼光时时盯住别处？什么时候自己对老百姓的呼求和评判竟会变得如此冷漠而又麻木不仁？又是在什么时候自己对自己以往的责任、理想和忧患意识放弃得如此彻底而又不屑一顾？为什么会变成这样？又是什么促使自己变成了这样？与此相反，我们却似乎很少去想我们的国家现在还有数以千万计的文盲。还有数以亿计的尚未完成义务教育的半文盲，还有近十亿的农民和工人。我们似乎很少有人这样去想去做：我这一部作品就是要写给最普通最底层的老百姓看，写给这近十亿的农民和工人看。面对着市场和金钱的诱惑，我们的承受能力竟也显得如此脆弱和不堪一击。或者只盯着大款的钱包；或者放弃了自己的尊严和职责；或者把世界看得如此虚无和破碎；或者除了无尽愤懑和浮躁外，只把写作作为一场文字游戏……写作如果变成这样的一种倾向，那么老百姓的生活也就不再显得那么重要：处处都有生活，处处都有素材，处处都能产生语言游戏的欢欣和情欲，时代和生活也就没了任何意义。于是我们的作品离老百姓的生活越来越远，读者群也越来越小……

我们的时代需要各种各样的文艺作品，但我们时代决不需要那些充满铜锈和私欲的伪文字和伪文学；作家不是救世主，但作家决不可以远离时代和人民，不关心时代和现实、没有理想和责任的作家，也许可以成为一个出色的作家，但绝不会成为一位伟大的作家。一个简单得不能再简单的道理：文学不关注人民，人民又如何会热爱文学？

……

我以前说过，我现在还要再说一遍，我只盯着现实，现实比一切都更有说服力。如果别人卖的是人参，那我就心甘情愿地卖我的胡萝卜。只要能对我们现实社会的民主、自由，对我们国家的繁荣、富强，对全体人民生活的幸福、美满，多多少少会做出一些积极有意义的影响，即便是在三年五年十年以后我的作品就没人再读了，那我也一样心甘情愿，心满意足了。一句话，我认了！如果我以前没有真正想过我的作品究竟是要写给谁看的，那我现在则已经真正想过和想定了，我的作品就是要写给那些最底层的千千万万、普普通通的老百姓看，永生永世都将为他们而写作！①

前年，我在老家遇到一个当了十几年民办教师的小学同学。……他有些气愤地说，你们这些作家都应该到下面来走走。看看那些在煤窑、铁矿里的像狗一样的打工仔；看看那些在最原始的车间作坊里每天连续工作十好几个小时，从来也没有过星期天的农家妹；看看那些得了癌症只吃去痛片，一辈子没住过一天医院的你们常说的"父老乡亲"……即使不住下来，就是坐一次老百姓才坐得起，塞在车厢里连腰也弯不下来的硬座火车也行，挤一次我们乡下人屡屡被劫被抢的长途客车也行。只需一次就够了，只需一次就明白当一个作家该不该讲良心，该不该讲责任。光在作品里喋喋不休、没完没了地写你们作家自己的那些养尊处优的苟且男女的事情，却又恼怒刻毒地大骂读者水平太低，社会没有关注他们的作品，这样的作家是不是有病……

我久久无言。

他的话对我触动很大。这么多年来，我们作家的位置是不是有些太偏了，同老百姓的距离是不是有些太远了？一写到老百姓的疾苦，一写到社会问题，便认为这是在煽情，是在媚俗……

文学不是政治的传声筒，但并不意味着文学应当放弃对政治的关注；文学不应媚俗，但并不意味着文学应该放弃对社会的关注；作家不应自诩为代言人，但并不意味作家要在民众的疾苦面前闭上眼睛。为了艺术的纯粹，思想的纯粹，有些人宁可一言不发，始终在保持沉默。②

真正一想，这样的问题其实很简单。你关注老百姓的事情，老百姓就会关注你；你面对的是老百姓，老百姓自然就会面对你。反过来，如果你只把眼睛盯在国外，国内的读者又怎么会一心盯着你？你只把眼睛盯在专家身上，老百姓又怎么会把眼光盯在你身上？你只想把你的作品留给下个世纪，这个世纪人又怎么会都来看

---

① 张平：《永生永世为老百姓而写作》，见《我只能说真话》，解放军文艺出版社2002年版，第29—34页。
② 张平：《作家应该代表社会的良知》，见《我只能说真话》，解放军文艺出版社2002年版，第86—87页。

你的作品？你关注的只是你自己，又何必嫌读者不关注你？①

或者是由于我们的当代文学史上有很长一段时期过于强调文学为工农兵服务的缘故，同样也可能是由于在那个时期为工农兵服务更多地与一种政治说教式的文学联系在一起的缘故，所以，自从新时期文学开始以来，我们的文学界便形成了某种不成文的规矩，那就是，大凡具有为工农兵即为老百姓服务这样一种思想艺术倾向的作品，就肯定是一种排斥、拒绝艺术性的政治说教式文学，与之相反，只有那些拒绝与广大的工农兵也就是老百姓发生更多关系的，只具有曲高和寡性质的"阳春白雪"式的作品，才是真正具有艺术性的文学作品。这样一来，也就自然而然地形成了一种不再讨论文学创作与老百姓之间关系的话语禁忌。这样的一种情形，在1980年代的中后期可谓达到了某种极致的程度。一时之间，人们只是热衷于谈论所谓的"先锋""实验""探索"，只是积极地关注所谓的"个人"、"解构"与"叙事圈套"。总之，当时的文学界一种流行的文化时尚就是，越是远离大众的更多地与西方的现代主义或者后现代主义文学潮流发生联系的，甚至很明显地具有深奥难懂品格的文学作品，就可能越是具有可以恒久流传的艺术性。马原、格非、孙甘露等一批先锋派作家的风行一时，就是这样一种文化时尚的具体体现。

紧接着就到了1990年代，1990年代的中国已经是一种市场经济环境下的中国。既然是市场经济时代，那么受这样一种大的文化背景影响，文学创作领域自然出现了一种明显的市场化倾向。对于不少作家来说，版税之高低就成了最重要的一种价值取向。不管写的是什么内容，也不管采用的是怎样的一种写法，反正只要能够销出去可以有很好的市场效应就行。这样，自然也就导致了另外一种令人担忧的情况的出现。那就是，虽然从表面上看，似乎的确已经有一批作家开始考虑顾及大众百姓的精神文化需求，开始创造能够适应他们文化胃口的精神文化食粮了。但是，如果从更为深层内在的精神内核来看，这些作家所提供的其实不过是毒害、糟践大众百姓的文化垃圾。对于这一点，张平的认识同

---

① 张平：《作家应该代表社会的良知》，见《我只能说真话》，解放军文艺出版社2002年版，第102页。

样是十分清楚的：

> 写书人和读书人之间，确确实实已经存在着一个巨大的空白和空间。当真正的读书人和知识分子撤离和远离这个空间时，在这个巨大的空白和空间中则只能是泥沙俱下，鱼龙混杂。你不去关注，自然就会有别人去关注。我们有很多很多的知识分子都在大骂《还珠格格》和《雍正王朝》，但岂不知这些作品正有一个非常漂亮和非常诱人的外壳，不管它是现代海洛因也好，还是借尸还魂也好，也不管是"戏说"，还是"笑谈"，纵然是把皇帝的杀人如麻、惨无人道、灭绝人性的丧心病狂，当做果断魄力；把三宫六院、妻妾成群、宿妓嫖娼的声色犬马，当做风流豪举；把十足的奴性当做忠诚；把毒害了中国人民几千年的封建社会的残渣余孽，腐尸烂肉，掺上香味佐料，重新包装，当做一道道精品大菜，为虎作伥，同恶相济，继续毒害糟践我们的下一代，但有一点，这些作品就是"好看"，下面的人爱看，也看得懂。他们绝不"媚雅"，一心一意的就是在"媚俗"。你不愿意做的，他们则非常愿意去做，而且做的非常到位。①

在这里，张平不无尖锐地指明了 1990 年代中国社会的一种文化事实。这就是，一方面，广大的底层民众的确存在迫切的精神文化需求；但在另一方面，由于我们的很多作家只是追求所谓可以恒久流传的纯文学创作，只是一味地追求"艺术的纯粹，思想的纯粹，层次的纯粹"，宁愿去创作一些只是"留给后人去读"的作品。也不愿意屈身俯低一下自己的身姿，创作一些能够为广大老百姓所喜闻乐见的文学作品。然而，套用一句"文革"中的话语来说，广大老百姓的精神文化需求这块阵地，如果无产阶级不去占领，那么占领这块阵地的就必然是资产阶级。同样的道理，既然那些"阳春白雪"的作家们只是一味地"媚雅"，只是在为下一个世纪的人写作，那么如同《还珠格格》和《雍正王朝》这样的"现代海洛因"能够占领文化市场，能够在当下的中国

---

① 张平：《作家应该代表社会的良知》，见《我只能说真话》，解放军文艺出版社 2002 年版，第 101 页。

社会风行一时，也就肯定是必然的了。

正因为意识到了当下时代的文学创作与广大老百姓的精神文化需求之间存在极遥远的距离，痛惜于如同《还珠格格》《雍正王朝》这样的一些"现代海洛因"已经占据着大众文化市场，所以怎样通过自己的努力给广大的老百姓提供精神文化食粮，自然就成为主导张平文学创作的一个基本思想。可以说，张平之所以能够明确地提出"永生永世为老百姓而写作"的创作主张，其背后存在如上所说的这样一种思想文化逻辑。

还应该注意到，不论是在一味地强调先锋实验、强调纯文学的 1980 年代，还是在市场经济逻辑主导下的 1990 年代，公然强调为老百姓写作，其实都多多少少会被看作在宣扬一种带有主流意识形态色彩的文学写作。而主流意识形态，却又是我们的多少作家在新时期以来试图将之从文学身上剥离掉的一种事物。因为 1990 年代中叶很长一段时期内，我们的文学曾经带有过于突出鲜明的主流意识形态色彩的缘故，所以，作为"十七年文学"以及"文革文学"的一个反命题而出现、而存在的"新时期文学"，从整体上来看实际上正是一个不断地"去主流意识形态"色彩的发展过程。正因为所谓的为老百姓写作完全可以被置换为为工农民服务，正因为为工农民服务是"十七年文学"与"文革文学"时期一个标志性的文学观念，所以对于这些意欲"去主流意识形态"色彩的作家们来说，当他们再次面对为老百姓写作这样一种文学观念的时候，当然就是避之而唯恐不及了。从这样的一种意义上说，张平之所以能够公然地坦承自己为老百姓写作的这样一种主张，其实还是需要具有相当艺术勇气的。

实际上，在对于作家究竟是否应该为最广大的老百姓写作这个问题的认识上，新时期以来的许多作家其实一直存在一种错误的观念。这就是很简单地将为广大的老百姓写作与他们试图抛弃的主流意识形态色彩之间画上了一个等号，似乎一为老百姓写作就必然地要走向一种主流意识形态的写作。客观公允地说，因为的确有过应该加以反思的"前车之鉴"，有过过于主流意识形态化的"十七年文学"与"文革文学"，所以这样一种情绪观念的形成是可以理解的。然而，关键的问题在于，我们文学界似乎真的很容易犯因噎废食，倒洗澡水将其中的婴儿一同倒掉的毛病。本来，怎样有效地避免文学的过于主流意识形态化，应该是一种合理的想法。但是，如果因此而否定了作家应该为老百姓写作的这样一种正确观念，那就真的是很有一些"城门失火，殃及池鱼"的味道了。在很多事情上，我们的有些人似乎总是喜欢走极端，喜欢从这个极端跳到另一个极端，喜欢矫枉过正。殊不知，一旦矫枉过正，那些本来包含有真理性的思想也就同时被不无残酷地扼杀掉了。

如果说，能够公开宣示自己"永生永世为老百姓写作"的文学观，已经需要张平具有相当的艺术勇气了，那么，怎样将这种文学理念贯穿体现在自己的文学实践之中，那就不仅仅是一个艺术勇气的问题了。实际上，我们在本书中所一力强调的张平的"抉择的高度"，其中一个很重要的方面就是他能够坚持"永生永世为老百姓写作"的创作理念，他能够一贯地坚持以自己手中的笔去反映底层百姓的民生疾苦，去义无反顾地充当老百姓的代言人角色。能够作出这样一种"抉择"的作家，在当下时代，虽然不能说是绝无仅有的，但其实也是十分少见的。

实际上，早在张平刚刚开始创作的1980年代初期，张平在"家庭苦情"系列的小说写作过程中就已经明显地表现出了更多地关心表现百姓民生疾苦的一种民粹主义倾向，虽然，这个时候的张平还没有将这样一种创作倾向提升到自觉理性的层面，没有公开表明自己为老百姓写作的价值立场选择。照常理推断，作为一位自己的父亲被动错误地打成"右派"的作家，作为一位饱尝过生活苦难的"五类分子子女"，张平首先应该对自己所有的不公平遭遇充满了怨怼之气才对。从这样的满腹怨气出发，张平自然应该顺应当时盛行一时的"伤痕文学"的写作潮流，以一位落难者或者落难者的子女的身份诅咒批判一番命运的不公平才对。可以说，这正是我们在当时几乎所有的伤痕文学作品中都能够看到的文学景观。但是，出现在张平早期小说中的，却是如同姐姐这样具有一定超越精神的人物形象。虽然在《姐姐》中也有对于极左思潮的批判与反思，但是从"姐姐"最后毅然决然地留在乡下拒绝返城的人生选择中，除了"姐姐"对于一己恩怨的超然超脱之外，更多起作用的是"姐姐"与"姐夫"一家长期以来建立的一种深厚感情。如果在某种程度上可以把"姐夫"一家理解为底层百姓的话，那么，一种更多关心百姓民生疾苦的创作倾向也就由此而隐隐约约地体现了出来。

当然，对这一特色体现最为明显的，还应该是作家最早的中篇小说之一《梦中的情思》。《梦中的情思》讲述表现的是知识分子吴皑与乡村妇女秀兰情感上长达四十年之久的恩怨纠葛。其中的吴皑是一位以科研为志业的知识分子，曾经在1950年代中期的反"右"运动中被错误地打成"右派"，后来在"文革"中也曾经饱经苦难的折磨，一直到改革开放的"新时期"到来之后，方才得到平反并在科研方面取得了十分突出的成就。而秀兰，则只是一位没有多少文化的农村妇女，虽然明明知道无论是自己对于吴皑，还是吴皑对于自己，都谈不上多少真正的爱情，但是当吴皑被打入另册而身陷囹圄的时候，支撑整个家庭并进而支撑吴皑渡过艰难岁月的，正是秀兰这个普通农村妇女瘦弱的身躯。关键的问题在于，吴皑，这样一位曾经承受过秀兰无数恩泽的知识分子，居然在"文革"结束后，在自己的地位发生了明显的变化之后，对于土里土气的秀兰生出了嫌厌的心理。对于这样一种明显的忘恩负义行为，作家张平当然给予了坚决深入的批判。在一般的意义上，吴皑这个人物的人生遭际，与张平的父亲应该有很多相似之处，在当时的伤痕文学思潮中，张平应该与大多数作家一样站在吴皑也即自己父亲的立场上，对于不公平的命运发出诅咒，对于严重错误的极左思潮进行深入的批判。应该承认，这样的一种诅咒和批判在《梦中的情思》中的确有着鲜明的表现。但是，与这样的一种诅咒和批判相比较，更加值得注意的是，张平在同时也把批判和反思的矛头对准了吴皑这样一位知识分子。小说这种艺术的一大特点，就是读者的情感很容易被其中的视角性人物的情感取向所左右，因此设定怎样的一个视角性人物，对于作家思想题旨的传达就显得十分重要了。张平之所以能够在《梦中的情思》中，在对吴皑的不幸人生遭际表示真切同情的同时，对于他"文革"后忘恩负义的表现也进行了深入的批判反思，从根本上说，正是由于作家将秀兰这位农村妇女设定为小说中的视角性人物的缘故。

吴皑是一位知识分子，知识分子在"文革"后中国的地位有了空前的提高，而秀兰则自始至终都只是一个没有多少文化的普通农村妇女，完全可以说是一位一直生活在底层的劳动妇女的形象。在当时作家们普遍地将同情悲悯的目光投射到吴皑这样曾经经历过苦难的知识分子形象的"伤痕文学"思潮中，张平能够对吴皑这样的知识分子形象有所保留、有所批判，能够将全部的人道主义悲悯情怀表现在秀兰这样的底层妇女身上，所充分说明的正是张平一贯地关注底层百姓的这样一种极其可贵的平民情怀的具备。

不只是在早期小说中，张平的平民情怀，张平为老百姓写作的主张，其实是贯穿于他整个的文学创作历程的。《法撼汾西》与《天网》虽然表面上看起来主人公是县委书记刘郁瑞，实际上作家借助于刘郁瑞对于一系列冤假错案的甄别平反，表现的正是底层百姓艰难的日常生存困境。无论是告状告了长达二十多年的李荣才，还是被整整关押了105天的兼职律师李水淼，抑或是那位与乡长因房基地打官司的刘黑娃，可以说都是生活在最底层的平民百姓。与其说《法撼汾西》和《天网》是在为刘郁瑞歌功颂德，不如说张平是要通过刘郁瑞平反冤假错案的描写达到展示底层百姓生存困境的写作意图。《孤儿泪》、《对面的女孩》和《凶犯》对于底层民众艰难生活境况的展示自不必说，即使是在并不以对底层民众的生活困境揭示为主旨的政治小说《抉择》、《十面埋伏》以及《国家干部》中，张平也都不同程度地表现着自己的平民情怀。《抉择》与《国家干部》中的情况在前面已有详细论述，这儿只想重点说一说《十面埋伏》。

虽然《十面埋伏》是一部以公安司法领域为主要描写对象的政治小说，但其中一些关于底层百姓生存困境的描写却还是相当令人触目惊心的。首先当然是主人公罗维民，作为一位多年从事公安司法工作的优秀监狱侦查员，罗维民不仅长期没有能够解决住房问题，自己的职务无法得到合理的升迁，而且当自己的妻子重病在身，急需五万元手术治疗费用的时候，他居然囊中羞涩，连这急需的五万元钱都掏不出来。假如不是何波以地区公安处长的身份出面帮罗维民解决了妻子住院手术治疗的问题，我们真的不知道仅有微薄工资收入的罗维民会怎样去解决这样一个棘手的问题。

罗维民之外，作家张平还借助于何波到东关村解决问题的时候，不失时机地展示着东关村村民李大栓一家艰难异常的生存境况：

这个偷了猪饲料的村民叫李大栓。

一个5口之家，家中唯一的强壮劳力，便是这个40来岁的跛了腿的中年汉子。在上尚有60多岁的老父老母，在下还有一个近20岁的痴傻儿子和一个13岁的姑娘。李大栓的腿在一次工伤中留下了终身残疾，8000元便是这次残疾的全部赔偿。什么样的可以

第十章 张平文学写作特质分析

多挣点钱的重活苦活都已经与他无缘,他只能在附近的工地上给人家作临时看守。老婆在5年前就离开了这个毫无指望的家。老父亲这些年来一直在捡拾垃圾,老母亲帮助照料家务和孩子,日子倒还凑合着过得去。不曾想去年老父亲突发中风,一病不起,进不起医院吃不起药,仅靠几乎没有任何营养补充的一个老迈的肌体自行恢复健康,结果老人的身体每况愈下,越来越糟。20岁的痴傻孩子连个家门也看不了,13岁的女儿尽管是"希望工程"援助的对象,但也仅仅是免费上学。近一段时期来,工地上的活儿越来越少,民政部门的救济又如何养得了一家五口。

看看眼前的这一切,真正是天惨地愁,目不忍睹。

罗维民的生存境况已经够艰难的了,但这李大栓一家的生存状况较之于罗维民,却还不知要更艰难多少倍。这就是作家张平不失时机地展示在广大读者面前的底层百姓的生存景观。从其中,我们真切体会到的是作家张平一种难能可贵的平民情怀,是张平身上一种深刻的人道主义精神。

无论是张平"永生永世为老百姓写作"的这样一种文学观,还是张平作品中对于民生疾苦一贯的表现,都可以让我们联想到中国现当代文学史上山西的另一位作家赵树理来。赵树理当然是一位坚持为老百姓写作,并且始终关注表现底层百姓民生疾苦的优秀作家。虽然文学史上一般是把赵树理作为实践毛泽东"讲话"精神的作家来加以叙述肯定的,但其实赵树理自觉实践大众化的小说创作明显地要早于毛泽东"讲话"的发表时间。赵树理在读到毛泽东的"讲话"之后,曾经十分兴奋地有过"毛主席批准了我的小说创作"的表示。那么,赵树理又是怎样走上他的这样一种具有突出的大众化、民族化、通俗化创作道路的呢?

应该说,赵树理是中国现代文学史上最早注意农民接受者的作家,还在二十年代的求学时代,赵树理就注意到了农民接受者与知识分子接受者的巨大差别。寒暑假中,他把他所崇拜的新小说的新文学杂志带回去给父亲(他父亲是一个农村知识分子)看,即使是鲁迅通过农民写国民性的名著《阿Q正传》,他父亲也不感兴趣，听了以后直摇头，这使赵树理发觉到新文学的圈子太小，并且注意到有文坛文学与文摊文学的区别。这种发现，使赵树理对三十年代初左联作家关于文艺大众化的讨论，产生极大的兴趣，并且在思想上深受其影响，在创作上努力实践。鲁迅说："……应该多有为大众设想的作家，竭力来做浅显易解的作品，使大家能懂，爱看，以挤掉一些陈腐的劳什子……。"赵树理则下决心要"夺取封建文化阵地"，把自己的作品先挤进《笑林广记》、《七侠五义》、《五女兴唐传》里去，"写些小本子夹在小唱本的摊子里去赶庙会，三两个铜板可以买一本，这样一步一步地去夺取那些封建小唱本的阵地。做这样一个文摊文学家，就是我的志愿。"赵树理这一志愿无疑是崇高的，他把一颗执着于大众化的心供在通俗文学的祭坛上。他的这一志愿，终于在1943年，随着《小二黑结婚》的发表而实现了。①

从以上的引述可以看出，无论是赵树理，还是张平，都是在注意到了自己所处时代的大部分文学创作与广大底层百姓的距离过于遥远的情形之下，逐渐地形成了为老百姓写作的这样一种文学观，并且身体力行地把这种文学观贯彻到了自己的写作过程之中。虽然张平与赵树理之间仍然存在明显的差异，如果说赵树理是执意地要走一条大众化、通俗化的文学道路的话，那么张平倒未必如此。对于张平来说，他其实同时思考着这样几个互相关联的问题，一是必须注意到如何以真正优秀的精神文化食粮来满足大众文化市场的需要。二是不应该被笼罩在西方现代主义与后现代主义的阴影下刻意地追求思想、艺术的纯粹，钻到所谓"纯文学"的象牙塔当中去。三是不回避可能被贴上的主流意识形态标签，旗帜鲜明地强调要"永生永世为老百姓写作"，坚持以自己手中的笔去表现芸芸众生的生活艰难，充分展示他们的生存困境。这样几个方面的思考当然不是"大众化"三个字便能够概括得了的，但在真心真意地为老百姓写作，从对于民生疾苦的强有力表现上，说张平是赵树理一个真正的精神传人还是当之无愧的。从这个意义上说，对于论者的这

---

① 郑波光：《接受美学与"赵树理方向"》，见《赵树理研究文集》（上），中国文联出版公司1996年版，第227—228页。

样一种评价，笔者觉得还是可以认同的：

> 中国文学史上早就存在着为民写作、为民代言的"文学道统"，如屈原的"哀民生之多艰"；杜甫的《三吏》、《三别》；白居易的"惟歌生民病"。还有鲁迅的"俯首甘为孺子牛"，赵树理的为农民、写农民而甘当"文摊文学家"。当然还有毛泽东的《在延安文艺座谈会上的讲话》，以及在它指导下的建国后的一大批现实主义作家作品。不幸的是，90年代以来有不少作家都远离了这一传统，越来越走向了自我，封闭了起来，而你（指张平）正是在这种背景下，甘冒陈旧落后的危险，把这种传统又重新连结了起来。①

说实在话，放眼1990年代以来的中国文坛，在一种市场经济氛围的笼罩之下，在诺贝尔文学奖的诱惑与招引之下，在一心一意地要为未来的时代创作思想艺术上的纯粹之作这样一种信念的激励之下，如同张平这样能够真正地传承并体现中国文学中"为民写作，为民代言"优秀文学传统，传承着真正意义上的赵树理文学精神的作家，差不多已经是绝无仅有的了。这样的一种坚持。当然需要有冒天下之大不韪的一种勇敢精神。而张平，则正是这样一位有着坚定勇敢的坚持精神的作家。

其次，从作家一种基本的创作类型来看，笔者把张平看作一位优秀的体验型作家。就笔者个人长期的阅读研究来看，笔者觉得，那些主要从事叙事性文学创作的作家，其实可以被切割、划分成经验型写作与体验型写作两种不同的类型。张平根本上说乃是一位创作取得了相当程度成功的体验型作家。

所谓的经验型作家，就是指这类作家的文学创作从根本上说依赖的是自己的人生经验。虽然肯定会有思想层面上不同程度的拓展，虽然也会有艺术形式层面上的不断变化，当然更肯定不是一种简单意义上的自我重复，但这一类作家所有的文学创作，依据的却只是作家个人的人生经验。可以说，活跃于当代文坛的大多数具有现实主义创作倾向的作

---

① 张平：《文学写作上的"生死抉择"》，见《我只能说真话》，解放军文艺出版社2002年版，第253页。

家，都属于经验型作家。比如鲁迅，其具有瑰丽神奇色彩的以古代神话与传说为题材的《故事新编》姑且不论，从他取材于现实生活的《呐喊》《彷徨》两部小说集来看，所表现的除了自己幼时的乡土生活经验之外，便是自己作为一位知识分子的生活经验，所以作者刻画最成功的两类人物形象也就是农民与知识分子了。再比如贾平凹，贾平凹小说创作的数量可谓卷帙浩繁，规模巨大，但其书写的对象除了农民之外，也不过只是在《废都》、《土门》以及《高兴》中将自己的笔触延伸到了城市而已。《废都》中描写的固然主要是知识分子，但活跃于《土门》与《高兴》中的却一样是农民，只不过进了城市而已。还记得1990年代初期，《废都》一出，顿时招来骂声一片，当时的中国作协领导，曾经充满善意地专门安排贾平凹到充满了现代化气息的苏南地区体验生活，试图让贾平凹写一点带有新意的作品出来，结果贾平凹终归还是没有能够改弦易辙，没有能够如中国作协领导所愿地写出一些对贾氏来说具有题材开拓意味的东西来。很显然，贾平凹的小说创作虽然在不断地发生新的变化，虽然总能给读者、给批评界带有新的惊喜，但是，支撑其写作的仍然还只是他的个人人生经验。

同样值得注意的还有周立波与艾芜。周立波一生创作有三部长篇小说，《暴风骤雨》、《山乡巨变》以及《铁水奔流》。前两部可谓农村题材长篇小说，一为描写表现东北解放区土改斗争的作品，一为描写表现中华人民共和国成立农业合作化运动的作品。虽然两部长篇小说在文学史上均有不小的影响，但相对而言，批评界普遍地还是对于《山乡巨变》有更高的评价，盖因周立波是湖南人，对于湖南农村的生活自然有更真切的体会，所以以湖南农村为主要描写对象的《山乡巨变》当然也就获得了更大的艺术成功。然而，《铁水奔流》却只能被看作一部失败的作品。从标题我们便可以看得很清楚，这是一部表现钢铁工人生活的工业题材长篇小说。很显然，这部作品是1950年代初期周立波响应党的号召，去积极体验表现工人阶级生活的一种产物。虽然作家为了小说的写作的确很认真地去体验过生活，但是小说的写作最终还是以失败而告终的。这就充分地说明周立波从本质上说，只是一位经验型的作家。一旦作家试图改弦易辙，寻求某种题材领域的突破，那么他的写作失败也就是不可避免的。

同样的情形还表现在艾芜身上。"艾芜的《百炼成钢》，是他1952

年到东北鞍山'深入生活'的成果,发表于 1957 年。小说以某钢铁厂九号平炉三位炉长之间的矛盾冲突,表现工人阶级的劳动热情,和公而忘私的高贵品质。这部长篇受到较多肯定,一个主要理由是,它不是简单描写生产过程,而是注意人物性格对比和冲突,并将工厂劳动,与工人日常生活、爱情、家庭关系等结合起来。然而,以写出《南行记》的作家的艺术水准来衡量,《百炼成钢》叙述语言的枯燥、生涩,很难相信是出自同一人之手。"①《南行记》是艾芜具有浪漫主义色彩的名篇,作家在中华人民共和国成立初期之所以要改换门庭,要创作工业题材的长篇小说《百炼成钢》,当然是主动响应主流意识形态要求的一种结果。小说在当时虽然颇获好评,但是,现在看起来却只能说是一部失败的作品,尤其是在与《南行记》进行比较的时候。这就说明,艾芜其实也是一位经验型的作家,当他试图从题材的角度使自己的小说创作有所拓展的时候,所遭致的也就只能是失败的尴尬了。

所谓的体验型作家,当然并不是说这一类作家的人生经验对其文学创作不发生作用,而是在强调这种人生经验的作用不是唯一性的。如果说经验型作家的创作成功所依赖的只是作家的人生经验的话,那么体验型作家则可以明显地突破自己人生经验的范围,他完全可以依赖于一己人生经验之外相对广泛的人生体验创作出同样成功的文学作品来。中国现代文学史上成功的体验型作家的数量之多虽然明显不及经验型作家,但也还确是有这一类型作家存在。比如茅盾的创作情形即是如此。茅盾最早的三部以大革命为题材的中篇小说《幻灭》、《动摇》与《追求》,很显然是由自己在大革命中的人生经验作支撑的一种小说创作。但作家此后的小说创作,却呈现出了一种多向度拓展的并不专一依赖于作家一己人生经验的倾向。其中,既有专门描写表现经济金融商业领域生活的长篇小说《子夜》与短篇小说《林家铺子》,也有以中国乡村为主要表现对象的"农村三部曲"《春蚕》、《秋收》与《残冬》,更有干脆就是以一位国民党的女特务为主人公的长篇小说《腐蚀》。这些题材明显不同的小说作品,虽然思想艺术成就并不完全一致,但都不能被看作失败的作品。这就是说,茅盾是一位创作视野与创作领域均相当开阔的体验型作家,他完全可以凭借自己对于一种新的题材领域的悉心体验观察,

---

① 洪子诚:《中国当代文学史》,北京大学出版社 1999 年版,第 131 页。

创作出以这种新的题材领域为主要表现对象的文学作品来。

　　茅盾之外，王安忆同样是一位值得注意的成功的体验型作家。如果说在早期的《雨，沙沙沙》《六九届初中生》中，我们可以感觉到有作家早年的成长经验存在，在《尾声》《黄河故道人》中可以清楚地看到作家的知青经验的话，那么，王安忆的其他一些小说创作却很难说与作家的个人经验存在直接的关系了。无论是《纪实与虚构》对于遥远的古代人生的理性推想，还是《长恨歌》对于上海地域风情的展示与描摹，无论是《遍地枭雄》中对于盗车小团伙的另类描写，还是《上种红菱下种藕》中对于东海沿海地区普通民众生活轨迹的扫描与记述，对于秧宝宝这样一位精灵式的小家伙内心世界的悉心体察，其叙写的范围都明显地溢出了王安忆的个人经验所能够包容的界限。尤其值得注意的是，王安忆的这些小说作品的思想艺术水准虽然参差不齐，但却都有鲜明的可圈可点之处，都可以说获得了艺术上的成功。这样看来，王忆安当然也就是一位成功的体验型作家了。

　　一个鲜明的客观事实是，在一部中国现当代文学史上，要想寻找相对比较成功的体验型作家，比寻找同样成功的经验型作家，难度要大得多。其中一个重要的原因，就是这两种类型的作家所面对着的创作难度有明显的区别。经验型作家的创作，在某种意义上也可以叫作"本色"的写作，作家只需依照自己的人生经验去尽情展示自己的写作才华就可以了。而体验型作家的写作，当然就是一种非"本色"的写作了。在写作过程中，作家必须突破自我人生经验的局限，去更多地观察了解、体验把握与自己明显不同的别的人群的生活状貌、生存状态，必须将观察体验得来的东西再转换为一种艺术的经验，其创作难度当然也就非经验型作家所可比拟的了。当然，有一点必须强调的是，对于经验型与体验型这样两种类型的作家，我们所持有的是一种平等看待的姿态，当我们强调体验型作家所面对的写作难度要明显大于经验型作家的时候，并没有一种厚此薄彼的意味在其中。这就是说，无论是经验型作家也罢，还是体验型作家也罢，都可以成为优秀的、杰出的乃至于伟大的作家，关键的问题还是要看作家怎么写，要看作家写得怎么样。

　　从张平的文学创作来看，实际上存在一个由经验型作家向体验型作家发展转换的过程。支撑着张平早期"家庭苦情"系列的，当然是他自己由于受到父亲"右派"问题的影响而作为"五类分子子女"、作为

第十章　张平文学写作特质分析

"狗崽子"度过的充满苦难的青少年时代的生活经验。关于自己的这一段苦难生活，张平曾经作过形象的描述：

> 幼年父亲被打成右派，全家遣返祖籍山西晋南的一个山区农村。在学校里一直是狗崽子，初中没上完便回乡务农。挑大粪、挖水井，掏猪圈，拉粪车。我13岁在万人大会上批判父亲，15岁则在万人大会上挨批判。16岁就到崎岖险峻每年死人无数的山上拉煤，来回一趟400多里，得整整5天5夜。第一次回来，两腿肿得水桶一般。只能休息一天，紧接着又继续上路。干过民工，做过代教，写过材料，当过文艺宣传员。而后又以"可以教育好的子女"被推荐到师范学校读书，为了不挨饿和那一丁点的生活费饭费，两年中的三个假期，全都在山上那种最原始的煤窑里度过，近1000公斤的煤车，压在像牲口一样的自己的肩上，一来回15公里，每天得往返4次。每出来一次，就啃一个碗大的玉米面窝头，喝一瓢污浊的生水。所得到的报酬，也就是每天3块人民币……①

参照张平的早期小说文本，诸如《祭妻》、《姐姐》、《像河流一样的泪水》、《糟糠之妻》和《梦中的情思》等作品，其实都可以被看作对于张平青少年时期生存经验的一种艺术折射。甚至一直到张平带有明显探索实验色彩的中篇小说《夜朦胧》中，所表现的一种核心经验也依然是张平自述中那样一种真切异常的生活经验。

从中篇小说《血魂》的创作开始，张平的文学创作就开始了从他个人的生活经验世界中逐渐地游离出来的过程。作为纪实文学存在的《法撼汾西》、《天网》以及《孤儿泪》，当然只能是作家体验生活的产物。在与批评家的对话过程中，张平曾经直接地记述过自己当时了解体验生活的基本情况：

> 后来写《天网》，原型是一个告状老头儿，告了一辈子状，浑身被折磨得没有一块完好的皮肉，但他为了清白不屈服，在北京、太原、临汾间往返了1500多次，收容、劳改、拘留更是不计其数，

---

① 张平：《遭遇十面埋伏》，见《我只能说真话》，解放军文艺出版社2002年版，第66页。

但他没有停止,仍然相信这世界上会有真共产党,既可怜又悲壮。但没有人认真地听他讲过一遍他内心的苦衷和冤情,好不容易碰到一个作家,恨不得把内心的话全说出来。我没有打断他,让他不要停下,老头儿身上病特别多,过两个小时就要吃去痛片,整整讲了两天一夜,光他的录音采访就有17盘磁带,材料堆了一车,涉及的内容很多,他把他写在日历上的日记全给了我,当时,我非常冲动。但回来后感觉太尖锐,就暂时放下了。后来拍电影时,和导演再去看老头儿,但老头儿已经去世,当下我就哭了,哭得非常伤心,觉得对不起老头儿,他把一辈子的东西都给了我,我却没给他写出东西。随后就从腊月二十七八开始写,写到正月二十,一口气写了出来,这是我唯一一部一口气写下的作品,因为素材好,所以写的过程中就非常感动,感情非常投入,文笔也随之十分流畅,没有任何障碍。①

说张平是一个体验型的作家很容易,但是一般人又何尝能够想象得到,作家张平为了体验生活付出过怎样的代价。不说别的,单就是作家在这里所叙述着的为了《天网》的写作,听一位浑身是病的告状老头儿整整讲述了两天一夜的这么一件看似简单的事情,便不是所有的作家都能够做到的。实际上,从作家体验生活的艰难过程中,所充分凸显的仍然是一种难能可贵的赵树理式的文学精神。对于那些整日端坐于书斋中的作家来说,他们是根本不需要如同张平这样历经千辛万苦去了解体验生活的。然而,可能也正因为他们拒绝以这样的方式去进行自己的文学创作,所以在他们的作品中往往很难触摸到一种毛茸茸的生活质感,也就是顺理成章的事。

越是到了后期,张平作为一位体验型作家的特点表现得就越是明显。如果说《法撼汾西》、《天网》与《凶犯》这些作品,因为其故事主要发生在农村,与张平自己在农村中的成长经验还存在某种直接联系的话,那么其他的一些作品就绝对是作家体验生活的一种产物了。《对面的女孩》中表现的校园生活,《抉择》中反映的国有大中型企业工人

---

① 张平:《文学写作上的"生死抉择"》,见《我只能说真话》,解放军文艺出版社2002年版,第247页。

第十章　张平文学写作特质分析

们的生活，《十面埋伏》中表现的公安司法领域的生活，《国家干部》中对于政治权力斗争的表现，都不是张平自己的生活经验所能够涵盖与包容的。这就是说，为了这些作品的创作，作家必须去充分地体验生活，舍此而别无他途也！实际的情形也确实如此，我们注意到，在张平的创作谈一类的文字中，曾经不止一次地记述过自己怎样体验生活的情形。

> 1988年春，为《火花》编辑部去古都大同组稿时，在当地文联与报社听人谈及大同市福利院分散寄养孤残儿童的故事，心中颇多感慨。……1989年秋，山西作协组织老中青作家下基层到民政系统采访深入生活，采访重点里便包括有大同市民政局。闻讯后迅即报名。……1991年10月，随《黄河》主编珊泉、太原电视台专题部编导及省话导演一行数人，再次走访大同市福利院与孤残儿童寄养地，前后半月有余。……1994年仲春，随同太原电视台再度出访大同市福利院，虽说日月如梭，斗转星移，然时过而境未迁，岁移而人依旧，打远望见那些仍然破败却又分外厚重的山庄村落，早已是泪水满面！①

为了一部《孤儿泪》的写作，工作生活在太原的张平曾经四赴古都大同进行采访。虽然张平在"前言"中写出来显得轻而易举，但其中的艰难辛苦我们却是完全想象得到的。不只是《孤儿泪》，其他作品的创作情形也都是这样的。

> 《抉择》这部作品的出现，并不是偶然的。去年，我和几位同仁在采访国有大中型企业时，根本没有想到工人们对我们的采访反应会那样强烈。……他们说了，这么多年已经很少有人来采访他们工人了。……从来也没有人真正问过我们工人究竟需要什么，究竟在想什么。好多人一遍一遍地问着我们，你们为什么就不能写写我们工人呢？那么多的编剧、导演、作家、艺术家，为什么就只把眼睛盯在那些厂长经理和大款们身上？我们工人不是国家的主人吗，

---

① 张平：《〈孤儿泪〉前言》，见《孤儿泪》，山西人民出版社1995年版，第1页。

不是国家依靠的对象吗？为什么你们会把我们给忘记了抛弃了？为什么你们就不能写一些反映我们工人让我们工人看的作品？

惭愧和内疚之余，我无以应对。

我能说我对你们的生活不熟悉不了解吗？不熟悉不了解，那就到我们这儿多走走，多看看不就熟悉了了解了吗？那些给厂长经理树碑立传的作品，难道那些作者们对他们就很熟悉很了解吗？听说你们作家有不少人都在深入生活，有的还下去挂职锻炼，那为什么就不能到我们这儿来深入，到我们这儿来挂职？莫非你们这些作家们也一样嫌贫爱富，只拣有钱有权的肥窝富窝跑吗？

我真的无言以答。①

为了体验那种真正惊心动魄的感觉，自己曾经跟着特警队，连夜长途奔袭数百公里，到邻省一个偏僻乡镇去解救人质。回来后昏睡两天两夜，上吐下泻，高烧不退，患急性中耳炎以致鼓膜穿孔，住院20余天。与其说自己作品中的人物在进行着殊死的较量，还不如说自己的肉体和灵魂在进行着殊死的较量。②

你瞧，为了体验生活，张平的身体居然付出了如此惨痛的代价。人都说文学写作只是一种脑力劳动，但对于写作《十面埋伏》时的张平来说，却简直就变成了一种劳累过度的体力劳动。

其实累点苦点倒在其次，再累还累得过那些打工仔？再苦还苦得过那些下岗工人？你跟着去"执行"了一次任务，就几乎住了一个月的医院，那些时刻在执行任务的普通干警又该如何？说实在的，写这种现实题材的作品，真正劳心劳力的其实是作品以外的一些东西。对于作家来说，如果你选择了直面现实，直面社会，那就犹如陷入雷区，遭遇十面埋伏一样。我曾听作家蒋子龙说过，他去一个地方采访，人还没到，就已经接到许多电话，你是不是要写那个地方？是不是要写那个地方某某人某某事？劝说的，提醒的，暗

---

① 张平：《永生永世为老百姓而写作》，见《我只能说真话》，解放军文艺出版社2002年版，第32—33页。

② 张平：《遭遇十面埋伏》，见《我只能说真话》，解放军文艺出版社2002年版，第63页。

示的,甚至还有要挟的,恐吓的,告状的,简直能让你瞠目结舌。其实像这样的事情,自己也不知遇到过多少次。你想采访到一点儿真实的东西,实在太难太难。等你采访了,写出来了,各种各样对号入座的就又来了。明的,暗的,让你防不胜防。拍摄电影《天网》时,由于恐吓电话太多,当时作为全国人大常委的谢铁骊导演,竟也不得不请太原市公安局派警察在现场进行保护。拍摄电视剧《抉择》时,曾拍摄过《孔繁森》的导演陈国星,竟然在很长时间里找不到一家愿意接受他们进行实地拍摄的工厂。其实这也还在其次,最要命的是,你还得面临着腹背受敌的危险。圈外处处是雷区,圈内又时时有冷箭。圈内还有各种各样的圈子,善意的告诫,真诚的批评,也有令人不可思议的冷漠和不屑,让你不寒而栗的常常是这样一些话:急功近利;艺术性太差;这样的东西,能算是文学?

真正是身陷重围,十面埋伏![1]

只有在读了张平的这样一些文字之后,我们才能够明白,却原来所谓的体验生活,还并不只是是否愿意体验生活的问题,其实还存在是否有勇气去体验生活的问题。道理很简单,对于如同张平这样一向以对社会问题的关注而著称的作家来说,他们的体验生活当然就是要揭露现实生活中存在的严重社会问题。一旦要体现这样的一种创作宗旨,就难免会触动现实生活中的某些既得利益集团的利益。既然如此,那么,如同张平所描述的这样情形的出现,也就是十分自然的了。实际上,关于这个问题,我们只要回顾一下张平曾经因为《法撼汾西》与《天网》的创作而成为被告的事实,即可有一目了然的理解与认识。

然而,要想成为一位优秀的体验型作家,所需要面对的还不仅仅只是一个是否有足够的勇气直面现实的问题。除此之外,另一个重要的问题是,你是否具备成为一位优秀体验型作家的能力。应该注意到,在自己的创作谈中,张平也曾经涉及过这样的一个核心问题。

---

[1] 张平:《遭遇十面埋伏》,见《我只能说真话》,解放军文艺出版社2002年版,第64—65页。

就像我的这种费劲而又愚笨的写作方法一样,每写一部作品前,都必须进行大量的采访和调查。不熟悉,不了解,感动不了自己的人和事,我根本无法落笔。即使是在写作期间,一旦有拿不准的地方,还是得不断地往下跑。没办法,写现实题材,只要写的不是个人亲身经历过的事情,大概就只能这样,于是越写就越觉得难。就像画画一样,画大家没见过的东西怎么画也可以,画大家都司空见惯的东西,你再费劲还是让人看着有毛病。大家都没经历过的年代和社会,你想怎么写就可以怎么写;大家正生活在其中的日子,你若想把它写像了,大家都认可了,可就绝非那么容易。这跟作家的想象力没有任何关系,再有想象力,也不可能把你没见过,没听过,一点儿不懂不知道不熟悉不了解的东西写得栩栩如生。一个细节,一常识性的东西,有时候采访好长时间还是闹不明白。①

张平在这里无意中说明了对于体验型作家最为重要的一个问题,那就是怎样超越一己生存经验的局限,将自己所体验到的东西写真、写活、写透的问题。可能也的确有很多人想超越自己的经验世界,同样通过体验生活的方式表现更为广阔的生活领域,但他们的努力却并没有能够获得预期的成功。前面我们提到过的周立波与艾芜,之所以创作工业题材的小说不成功,根本的原因便在于他们并不具备这样一种将体验到的生活成功地转化为一种艺术经验的能力。正所谓虽然心向往之,然而却身不能至者是也。这就正是张平所强调的,"大家正生活在其中的日子,你若想把它写像了,大家都认可了,可就绝非那么容易"。此处所谓"写像了"。其实强调的就是文学创作的真实问题。真实问题,乃是所有的文学艺术创作都必须遭遇的一个基本问题。这个问题,对于那些秉承现实主义创作原则的作家来说,是更为重要的。如果说,那些现代主义的创作只是讲究一种艺术的真实,精神的真实的话,那么,现实主义所强调的就是一种形神俱备的真实。所谓形神俱备的真实,就是要求文学作品在传递给读者艺术真实、精神真实的同时,也同时传达给读者酷肖于现实生活、现实事物的一种逼真幻觉。张平这儿所强调的"把它写像了,大家都认可了",其实就是现实主义形神俱备的对于真实的

---

① 张平:《遭遇十面埋伏》,见《我只能说真话》,解放军文艺出版社2002年版,第64页。

一种高度要求。必须承认,要想真正地抵达这样一种高度的真实要求,对于以文学创作为志业的作家们来说,其实是相当不容易的。尤其是对于如同张平这样的体验型作家来说,描写的对象总是在不断地发生变化,新的题材领域总是在向作家提出新的挑战。作家要想把自己面对的这些新的描写对象,全都给写真、写活、写透,用张平自己的活来说,就是"把它写像了,大家都认可了",真的需要作家具备一种可以把自己的生活体验成功转化为艺术经验的能力。客观公允地说,当下时代的中国文坛,能够具备这样一种能力的作家是并不多见的,而张平则正是其中相当突出的一位。

再次,正因为张平是一位始终牢记"永生永世都要为老百姓写作"这样一条创作宗旨的作家,正因为张平是一位有足够的艺术勇气同时也具有足够艺术能力的优秀体验型作家,所以,在他的文学创作中,也就自然而然地形成了一种总是与重要的现实问题短兵相接,总是对于时代尖锐激烈的中心矛盾冲突进行持久的关注与深入的思考表现这样一种鲜明突出的创作特点。要想充分地凸显出张平这样一个创作特点所具有的重要价值,我们就必须对 1990 年代以来中国文学界刻意地回避重大社会现实问题的基本状况进行简单的梳理。从根本上说,1990 年代以来的中国作家之所以表现出一种刻意回避现实的状态,原因有二。其一,仍然是对于所谓"十七年文学"与"文革文学"的一种纠偏与反驳。正因为"十七年文学"与"文革文学"中事实上盛行着一种题材决定论,强调作家一定要写重大题材,要概括表现时代的中心矛盾冲突,所以,进入新时期文学之后,才会出现一种对于重要的社会现实问题避之唯恐不及的创作取向,并且,这样的一种创作取向一直延续到了市场经济的 1990 年代之后。其二,则是对于一种恒久艺术价值追求的现实体现。或许是受到现代文学史上一度遭到压抑贬斥的诸如沈从文、张爱玲等自由主义作家创作影响的缘故,那些一味地认同追求纯文学价值取向的作家们普遍地认为,大约只有如同沈从文、张爱玲这样注重于表现重大社会现实问题之外的日常生活琐事,只有那些表现边缘的、地域文化的题材方才可能取得一种恒久的艺术价值。可能正是由于受到这样两种观念制约、影响的缘故,我们不难发现,1990 年代之后的中国文学从取材的意义上,明显地表现出了历史化、个人化与日常化的这样三种明显的创作倾向。所谓的历史化,当指一直到目前为止仍然呈方兴未艾之势的新历史小说,之所以称之为新历史小说,是因为这些小说虽然也是在表现所谓的历史,但与传统历史小说的明显相异之处却是,传统历史小说中的人与事大抵都是有真实的原型可查可考的,而所谓的新历史小说中的人与事却都完全是虚构而出的,实在无据可查可考。这也就是说,新历史小说中的"历史"其实是凌空蹈虚的,乃是我们聪明的中国小说家纯然向壁虚构出来的产物。所谓的个人化,其始作俑者或者可以说是林白、陈染这两位女作家,但其后却波及弥漫到了整个小说界。按照洪子诚的描述:"'个人'经验在文学中具有了新的特别的含义。它既意味着脱离80年代的集体性的政治化思想的独立姿态,也意味着,在一个尚未定型('转型')的社会中,个人经验成了作家据以描述现实的主要参照。前者更多地体现在诗歌写作中,而小说领域则对后者有更多表现。以个人的经历和经验以及个人的'片断'式的感受来组织小说的结构,是常常被采用的一种方式。陈染、林白等女作家的自传体小说,和以'亲历者'的身份切入小说的'新状态'、'新体验'小说,都是如此。因此,'个人化写作'(或称'私人化写作')是90年代作家和批评家谈论较多的话题。"① 既然只是局限于个人的经历、经验以及感受,那么这"个人化"远离重大社会现实问题也就是十分自然的了。所谓的日常化,就是指一种以对日常生活的关注表现为突出特征的日常叙事传统在1990年代以来中国文坛的异军崛起。"平民生活日常生存的常态突出,'种族、环境、时代'均退居背景。人的基本生存,饮食起居、人际交往,爱情、婚姻、家庭的日常琐事,突现在人生屏幕之上。每个个体(不论身份'重要'不'重要')悲欢离合的命运、精神追求与企望,人品高尚或卑琐,都在作家博大的观照之下,都可获得同情的描写。它的核心,或许可以借用钱玄同评苏曼殊的四个字'人生真处'。它也许没有国家大事式的气势,但关心国家大事的共性所遗漏的个体的小小悲欢,国家大事历史选择的排他性所遗漏的人生的巨大空间,日常叙事悉数纳入自己的视野。"② 日常叙事这一说法的提出,本身就是针对关注重大社会问题的所谓"宏大叙事"而言的,其对于重

---

① 洪子诚:《中国当代文学史》,北京大学出版社1999年版,第391—392页。
② 郑波光:《二十世纪中国小说叙事之流变》,载《厦门大学学报》(哲学社会科学版)2003年第4期。

大社会现实问题的回避简直就是一定的。

应该承认，1990年代的中国文坛之所以会出现历史化、个人化与日常化这样三种鲜明的创作倾向，当然是有其自身的文化与文学逻辑的。说实在话，对于这样的三种创作倾向，我们也无意于进行简单的否定性评价。很显然，一种简单的否定性评价是不符合文学界的发展实际的。但是，在承认这样一些创作倾向存在的合理性的同时，我们也必须指出对于重大的社会现实问题，对于当下时代的主要矛盾冲突，缺乏必要的艺术关注与表现，的确是当下时代中国文学界的一大根本缺失。

应该看到，对于当下时代中国文学界一种刻意回避重大社会现实问题的普通写作倾向，张平自己也有着足够清晰的认识。

> 我们总是埋怨读者的水平太低，埋怨读者的不成熟，埋怨知音难觅，以至想把自己的作品留到下个世纪供人们去研究。下笔之前，我们总是想着应该如何更新，如何突破，如何超越，如何让专家们耳目一新，如何让同事们心服口服，如何在文学史上留下一笔。现代主义，后现代主义，后后现代主义……解构，颠覆，破坏，摧毁……文本是游戏，语言是牢笼，终极无意义，阅读即误读……甚至反意义，反解释，反形式，反体裁，反美学……我们注视的是这些，研究的是这些，攀比的也是这些。这种既有的观念已经变得如此根深蒂固，以至成为我们的下意识，时时刻刻在左右着我们的思维和写作。面对着自己以往的作品，连我自己也感到说不出的震惊。为什么生活在千千万万精神和物质世界尚贫乏的老百姓之间，却会渐渐地对他们视而不见？为什么与这块土地血肉相连的自己，会把自己的眼光时时盯在别处？什么时候自己对老百姓的吁求和评判竟会变得如此冷漠而又麻木不仁？又是在什么时候自己对自己以往的责任、理想和忧患意识放弃得如此彻底而又不屑一顾？为什么会变成这样？又是什么促使自己变成了这样？①

这里说的是张平自己吗？张平什么时候竟然变成了如此一副模样？

---

① 张平：《永生永世为老百姓而写作》，见《我只能说真话》，解放军文艺出版社2002年版，第29—30页。

实际的情形当然并非如此，张平很显然是在拿自己说事儿。通过这样一种貌似自我剖析的策略，张平将批判的矛头直接指向了当下时代那些只是热衷于进行语言游戏，追求形式创新，然而却从根本上遗忘了自己本应承担的社会与历史责任，越来越远离着重大社会现实问题的作家们。

  作家有两类：一类是书斋型的作家，他以自己的艺术探索，不断推动艺术创作的进步；另一类是公众型的作家，他以自己的价值指向和对社会的探索面向大众发言，以自己的思想和评判，不断推动社会和文明的进步。

  20世纪的文学史，本是现实主义和现代主义交相辉映的历史。但到了20世纪的后期却出现了"思想下沉，学术上升"的趋势。胡适、鲁迅等以思想智慧见长的作家身价贬值，而钱钟书等以知识累积为特征的书斋型作家身价暴涨。这样一来，导致一些青年才俊"躲进小楼成一统，管他春夏与秋冬"。只顾埋头自己的艺术探索，而对社会中出现的秩序混乱、道德滑坡、司法腐败等等不正常的现象，表现出了群体性的缄默。监督体系的弱化，一定程度上更加助长了社会腐败势力的嚣张气焰。甚至在一些身居高位的既得利益群体眼里，凡是坚持正义，为民众代言的作家，都是对现状不满的"异己分子"。这种极不正常的价值尺度的存在，对社会公正是一种玷污，对社会良心是一种践踏。[①]

张平自己当然肯定是后一种"以自己的思想和评判，不断推动社会和文明的进步"的作家。正因为他自觉地认同于这样一种价值定位，所以他对于所谓的书斋型作家其实是不无微词的。但更为重要的却是，这两类作家在1990年代中国的遭遇居然是如此不同，前者身价贬值，而后者则身价暴涨。作家的表达或许稍有夸张，但一个客观存在的事实却是，我们的作家们的对于"社会中出现的秩序混乱、道德滑坡、司法腐败等等不正常的现象，表现出了群体性的缄默"。说到底，也就是那些热衷于艺术探索的作家们刻意地逃避着本应关心的重大社会现实问题的这样一个问题。

---

① 张平：《为天地立心》，见《我只能说真话》，解放军文艺出版社2002年版，第187页。

可以说，越是对于这样的一种文化与文学现实有着足够清醒的认识，张平就越是感觉到了自己肩头责任的重大，他也就越是要用自己手中的笔，要用自己的文学作品去关注、表现重大的社会现实问题。只要我们粗略地回顾一下张平的文学创作历程，就可对这一点有更加明晰的认识。张平的文学创作起步于他的"家庭苦情"系列，虽然不能说小说所表现的内容与当时的社会现实无关，但作家的思绪更多地沉浸于对过去的回忆，更多地为自己个人的经历所左右和控制，却依然是一种无法否认的事实。中篇小说《血魂》的写作，纪实文学作品《法撼汾西》与《天网》的相继推出，标志着张平的创作视野开始由过去的人生经历转向现实，由个人转向了更为广阔的社会领域。此后的《孤儿泪》《对面的女孩》等作品的陆续问世，说明张平对于重大社会现实问题的关注与思考正在日渐地向生活的纵深处推进。然而，也正是在作家持续地关注思考社会现实问题的过程中，他逐渐地认识到，在当下时代的中国，大约所有重要社会现实问题的症结点最终都要落脚到社会政治的问题上。正因为意识到了社会政治问题的重要性，所以张平的创作视野，最终还是落脚定格在了以关注表现社会政治问题为根本要旨的一系列政治小说的创作上。1990年代中后期以来，张平倾注全部精力创作而出的《凶犯》、《抉择》、《十面埋伏》和《国家干部》，就都属于这样一种优秀的政治小说。到这个时候，张平这个名字也就与政治小说这种小说类型发生了紧密的联系。夸张一点说，张平的名字差不多也就成了所谓政治小说的代名词。张平对于重大社会现实问题的关注与思考，对于当下时代错综复杂的矛盾冲突的捕捉与梳理，正是在他的这一系列长篇政治小说中，得到了最为充分有力的一种艺术表现。

我们在前面曾经强调张平的体验生活需要具备极大的艺术勇气，其实，作家对于重大社会现实问题的关注与思考，又何尝不需要具备非同于一般的艺术勇气呢？事实上，也正是因为张平具有了这样一种非同一般的艺术勇气，我们才在《抉择》中看到了作家对于重大社会现实问题的关注与表现，既看到了置身于深化改革大潮中国有大中型企业所面临的严重危机，也看到了当下时代日益明显的贫富悬殊、两极分化这样一种严重的社会事实。一方面，是在岗或下岗的普通工人市民生存的赤贫化状态；另一方面，则是那些腐化蜕变的厂长经理们的巧取豪夺与挥金如土。二者之间差距过大的生存状况，当然也就导致了尖锐到难以调和程度的干群矛盾的形成。与干群矛盾同时存在的，则是如同省委副书记严阵这样已经堕落为金钱奴隶的高级领导干部，与李高成这样仍然坚持原则、仍然不失正直正义品格的高级领导干部之间的，一种同样不可调和的矛盾冲突。同样的，在《十面埋伏》中，我们虽然只是从表面上看到了古城监狱中的王国炎这样一位飞扬跋扈不合乎常情、常理的在押罪犯情况，但谁知由此牵引而出的却是一个甚至波及省委常委、省人大常委会副主任的横跨两个地区的规模影响均极大的黑恶社会集团。对于这样的一种情形，一种恰当的描述方式便是顺藤摸瓜。值得引起高度警醒的是，这个顺藤摸出的瓜说明我们的社会政治运作机制的确已经出现了严重的问题。当然，同样严重的问题还存在于张平的《国家干部》之中。因为优秀的国家干部夏中民在替老百姓做事的过程中无意间触动影响了嶝江市以刘石贝、汪思继为代表的一个地方主义色彩很强的庞大既得利益群体，所以自然也就遭到了这个庞大利益群体的强烈排斥，双方对抗争斗的最后结果是，既得利益群体很巧妙地借助了组织原则，操纵了党代会的选举，"合理合法"地把夏中民赶出了嶝江市。这样一种违背常理的"劣胜优汰"现象的出现，同样强有力地说明了我们当下时代的社会政治存在的严重弊端。

　　从以上的分析中，我们不难看出，对于重大社会现实问题的关注与思考，对于时代矛盾冲突的捕捉与表达，的确构成了张平小说，尤其是作家晚近一个时期一系政治小说一个重要的特点所在。这一点，应该是毫无疑问、毋庸置疑的，但是，在强调张平小说对于现实矛盾的关注与表现这一根本问题的同时，与这个现实问题相联系的另外两个问题也仍然有澄清的必要。一个就是怎样看待张平小说中所谓"清官（或青天）意识"的问题；另外一个就是张平作为一个现实主义作家究竟应该获得怎样一种定位的问题。

　　首先应该看到，大约自张平的《法撼汾西》这一作品发表出版之后，所谓"清官（或青天）意识"的问题就一直伴随缠绕着张平的整个文学创作历程。因此，我们的确有必要对这个问题作出相应的澄清和说明，有必要表明我们对于这一问题的基本立场。一个无可否认的事实是，当人们强调张平小说中存在"清官（或青天）意识"的时候，更多地带有否定的意味。其必然的一种文化逻辑是这样的，因为张平的作品中描写的一些官员，要么本身就带有鲜明的清官意识，要么在其行动中表现出了某种突出的清官意味，所以也就自然认为创作这些作品的作家本人也就具有了难以否认的清官意识。既然当下的时代已经是一个民主和法制的观念早已深入人心的时代，那么作为一位作家，当然也就应该具备起码的民主与法制意识。张平本来应该具有现代的民主与法制意识，但通过他的作品表现出来的却是一种带有传统封建色彩的清官意识。这样，张平自然也就只能被看作一位思想意识落后的作家了。

张平自己当然也注意到了这样一种普遍看法的存在，并在与访谈者的对话中对此有所回应、有所辩护。

至于"青天小说"，还有别人说的"青天意识"，这也一样是别人常常提到的。对这一点我想我还是清醒的，"青天意识"其实是一种封建残余，一个政治清明的现代化中国，不是靠几个"青天"造就的。《法撼汾西》《天网》的主人公原型刘郁瑞就说过："青天情结是种封建意识，是人治的残余。现在官场上流行的父母官，不是老百姓这样称呼，而是一些干部自称或互称。这种称呼与青天情结如出一辙。"当时我们就曾议论过，我们也有预感，认为这两本书老百姓一定会喜欢，但肯定会遇到一些人的反对，因为这些人会认为这样的作品迎合了一种青天情结，而这种青天情结对中国的现代化政治是有害的。但事情并不能一概而论，"青天"从古到今都是老百姓对那些公正廉洁的官员的一种由衷的称谓。发展到今天，"青天"的内涵也在不断地演变，老百姓称呼"青天"，更多是在呼唤公正，呼唤廉洁，呼唤一种清明政治。新时期的像刘郁瑞这样的政府官员同封建社会的青天老爷是有着本质区别的。他已不再具有那种愚忠，也已不再把百姓当子民，他已经完全平民化了。他的那种法制观念，市场意识，民主思想和民权思维，已经使他成为一个现代人。我写这些作品，也不是要宣扬一个"青天"形象。如果说作品中确实存在着"青天"情结，作品的主人公确实有"青天"的影子，那么我想，这不仅是作品的局限，更是时代的局限。任何一部作品都不可能超越时代和历史。①

---

① 张平：《作家应该代表社会的良知》，见《我只能说真话》，解放军文艺出版社2002年版，第93—94页。

笔者觉得张平就所谓的"清官（或青天）意识"为自己进行的辩护，其实还是很有一些道理的。对于这个问题，笔者认为我们应该持有如下的这样一些理解。第一，所谓的"清官（或青天）意识"，从根本上说，当然是封建社会特权观念的一种产物，是与现代社会所追求的民主与法制相对立的一种事物。第二，张平小说中的确存在对于"清官（或青天）意识"的表现。这也就是说，要么在主人公身上明显地流露出了一种"清官（或青天）意识"，要么是张平对于这个人物形象的描写能够让人联想到"清官（或青天）意识"。总之，"清官（或青天）意识"在张平小说中的有所表现是一种客观存在的事实。第三，我们千万不能简单地把人物身上存在的"清官（或青天）意识"等同于作家张平思想中的"清官（或青天）意识"。这是尤其需要特别强调的一点。由于当下的中国社会仍然属于人治与法治共存的这样一个阶段，所以滋生"清官（或青天）意识"的土壤其实还是存在的。既然存在这样一种文化土壤，那么在张平的作品中出现一些具有"清官（或青天）意识"的人物就是一种十分正常的状况。从某种意义上说，在张平笔下出现这样一类人物形象，正说明了作为现实主义作家的张平是忠实于现实生活的。第四，必须注意到的是在当下中国的社会现实中，由于仍然处于人治与法治混同于一体的状况，更由于我们的现实政治机制中实行的依然是所谓的"一把手政治"（所谓的"一把手政治"就是说，虽然我们的组织原则规定了是一种民主集中制的集体领导，但从实际的情况看，却更多地体现出了一把手说了算的这样一种状况。这就意味着，如果一把手是一位正直且有魄力者，那么这个地方或单位的发展状况就会很好，如果一把手出现了问题，那么这个地方或单位也就同样可能出现很大的问题），所以"清官（或青天）意识"的产生与存在简直就是一定的。这也就是说，对于"清官（或青天）意识"的表现并非根源于张平个人的思想认识，而是中国当下时代的现实生活状况使之然也。在这个意义上，张平对于所谓"清官（或青天）意识"的表现，一方面当然是作家忠实于现实生活的表现；另一方面则也可以理解为是作家对于"清官（或青天）意识"的一种批判。不仅是在批判那些具有"清官（或青天）意识"的人物，而且更是在批判仍然在大量地产生着"清官（或青天）意识"的现实文化土壤。这正如作者自己所强调的："如果说作品中确实存在着'青天'情结，作品的主人公确实有'青天'的影子，那么我想，这不仅是作品的局限，更是时代的局限。任何一部作品都不可超越时代和历史。"

接下来就是那个应该如何为作家张平定位的问题了。在这里，我们首先面对的就是怎样看待张平的主旋律作家的问题。笔者知道，在很多作家、批评家的心目中，一提到张平，马上就会想到主旋律作家这样一个说法。那么，到底什么是主旋律作家呢？一种现实的情况是，当下时代恐怕并不存在一个完整严密而又准确的关于这一概念的定义。然而，虽然缺乏一个准确的定义，但是与这一概念相关的一些基本语义，文学界的同人应该还是存在一定共识的。那就是人民性、政治性以及爱国主义色彩的体现与具备。爱国主义，当然没有什么好讨论的，在民族国家尚且还存在的当下时代，大约所有的作家都会具有一种爱国主义的精神。人民性，则主要体现为对于广大民众生存困境的真切表现，体现为一种如同张平一样的"永生永世为老百姓写作"的文学观念。虽然其他的许多作家不一定明确地表达过为老百姓写作的这样一种文学观念，但是文学似乎天然地就是站在弱者一边，替苦难者鸣冤叫屈的。对于这一点，相信大多数作家也都是能够接受认可的。这样看来，所谓的主旋律作家之所以在圈内每每被人诟病，原因大约就在所谓的"政治性"上了。这里的政治性，又有两种不同的含义，其一是指作家关注表现的是一种政治社会性的题材，其二则是指为文学的政治服务。从前者来看，张平的小说的确存在由非政治题材向政治题材发展演变的历程，当别人都在唯恐避政治而不及的时候，张平反倒旗帜鲜明大踏步地向着政治题材进军了。在这一点上，张平与其他的许多作家存在差异是一种客观的事实。然后就是所谓的文学为政治服务了，由于1900年代中国的确存在过一个政治与文学关系过度紧密的阶段，所以这样一个口号在新时期以来的中国文坛似乎很有一些"臭名昭著"的感觉。实际上，所谓文学为政治服务的口号，的确存在明显的问题，如果这儿的政治只是一种短期的政治的话。但是，所谓的政治其实也还有一种长期的意思在其中。比如说2008年要纪念改革开放三十周年，这新时期以来的改革开放，实际上也就是一种长远的政治。再比如所谓的现代化，现代化是一个在中国已经进行了一百多年然而仍然未见有穷期的社会历史过程，从某种意义上说，这现代化其实也是一种长远的政治。如果是在这样一种长远的意义上，说文学为政治服务其实也还是应该得到认可的。不知道是否仍然有作家不愿意接受这样一种宽泛意义上的文学为政治服务，但我想大多数作家应该还是能够接受这样一种观念的。那么，张平的情况又是怎样的呢？很显然，张平的选择大约也只能是拒绝前者而接受后者。

通过以上的分析，如果说所谓的主旋律作家真的可以从人民性、政治性以及爱国主义精神的具备这样三方面加以理解的话，那么除了为一种短期意义上的政治服务之外，说张平是一位主旋律作家也就的确还是能够接受的。其实又何止是张平。按照这样的一种理解方式，张平之外的很多作家恐怕也都可以被称为主旋律作家。

然而，在笔者的理解中，张平不仅是一位主旋律作家，而且也更应该是一位优秀的批判现实主义作家。能否认可这一结论的一个关键性问题是怎样看待张平的一些主要长篇小说，比如《抉择》、《十面埋伏》与《国家干部》的结尾方式。这种结尾方式我们姑且也称之为"大团圆"式的结尾方式。应该注意到，曾有论者尖锐地提出过这个问题："你的小说总有一个光明的尾巴，不管正面主人公所遭遇的多么坎坷，黑社会的关系多么复杂，恶势力多么嚣张，最后总能云开雾散，逢凶化吉。而矛盾的解决，总须借助于某个核心的权力人物。不管他是《法撼汾西》中的刘郁瑞书记，还是在《天网》中站出来支持刘郁瑞的地委贺书记，抑或是《十面埋伏》中最终起决定作用的省委肖书记。"①

对于论者总结出的这个特点，张平自己是不以为然的，他曾经有过直接的回应：

《法撼汾西》《天网》中刘郁瑞开罪的是行署专员，是整个地区的二把手，而且马上就要成为一把手地委书记。他解决了一个老农民的冤案，却让未来的他的顶头上司记下了私仇，这怎么会是一个光明的尾巴？《抉择》中的李高成。在他最终选择了老百姓的利益时，而他的结局则几乎是家破人亡，妻离子散，这也不大能算是光明的尾巴吧？《十面埋伏》的结尾，仅仅只是抓住了逃犯王国民，而它的代价则是巨大而惨烈的，最终此案究竟会怎么了结，其

---

① 张平：《作家应该代表社会的良知》，见《我只能说真话》，解放军文艺出版社 2002 年版，第 91 页。

实还完全是一个未知数,这也能算是光明的尾巴?①

论者与张平自己可谓各执一词,那么,我们到底应该怎样看待这个问题呢?笔者觉得,一方面,最起码从作品的浅表层次上看,张平的一部分作品确实是存在着论者所谓"光明的尾巴"的,在这一点上,论者的观察并没有错。在《抉择》中,是因为省委书记万永年明察秋毫,没有使李高成对立面的陷害伎俩得逞,仍然高度信任李高成,所以李高成才能得以继续担任省城的市长,并能够继续介入中纺事件的处理。在《十面埋伏》中,如果没有省委书记肖振邦的积极支持,那么包括公安厅厅长苏禹等人在内,一切的努力都将化为泡影。在《国家干部》中,最终扭转乾坤的也仍然是省委书记郑治邦,如果没有郑治邦的嶝江之行,那么,已经被赶出嶝江的夏中民要想东山再起,也几乎是不可能的。所有的这一切,都说明在张平的一些作品中的确存在一个"光明的尾巴"的问题。

值得引起我们高度注意的是,这所有"光明的尾巴",差不多都是由于某个核心的权力人物的干预才得以形成的。在这儿,我们也不妨借助于物理学上的"场"来说明一下我们所要讨论的问题。假如我们把《抉择》、《十面埋伏》与《国家干部》中的主要矛盾纠葛都理解为一种"场"的话,那么依照不同的力量在这"场"之中角力对抗争斗的结果来看,则李高成、罗维民、何波、夏中民这样一些正义力量的体现者其实都会是一种难以避免的失败结局。他们之所以最后都能够站立起来,或者说作品之所以会有一个"光明的尾巴",实际上的确是依凭于"场"之外的某一核心权力人物强力干预的一种结果。如果没有这样一种"场"外力量的积极介入,那么悲剧的结果是显而易见的。这也就是说,由于有这样一种"场"外力量的强力介入,一部悲剧也就被人为地扭转成了一部正剧。张平的这种处理方式很自然地让我们联想到了他的前辈赵树理。赵树理的一些作品,比如《小二黑结婚》与《登记》的结尾方式同样如此。眼看着在"场"之内的正面力量就要遭遇失败的结果时,"场"之外的区长或"婚姻法"就出面干预"场"内的斗

---

① 张平:《作家应该代表社会的良知》,见《我只能说真话》,解放军文艺出版社2002年版,第92页。

争了，干预的结果自然就是一种大团圆结局的出现。

那么，我们应该如何看待张平的这样一种结尾方式呢？第一，虽然张平与他的前辈赵树理的结尾处理方式看起来十分相似，但如果说当年的赵树理是真正地相信可以依凭外在力量的干预改变人物命运的话，那么张平对于社会现实的认识当然就要清醒冷静得多了。第二，从根本上说，张平的这种处理方式实际上并没有能够从根本上改变其作品的悲剧性本质。说到底，笔者更愿意在《红楼梦》那样一种"兰桂齐芳"式的结尾意义上来理解张平的作品结尾方式。在谈到"兰桂齐芳"的时候，王蒙曾经指出：

> 最最被诟病的是高鹗的"兰桂齐芳"，即是说宝玉的儿子和侄子前程光明，家道复苏。然而读者难道看不出这是敷衍笔墨，也不过如此这般地说一说罢了，免得太绝望、太压抑，闹不好会出政治问题政治麻烦。高氏闹出个第五代（？）来预告复苏，没有情节，没有形象，没有过程，没有活生生的人物表演，没有可称为基本感染力的任何元素，激不起欢乐，谈不上欣慰，"兰"与"桂"可能的光明前程只不过是反衬贾府的已经没落，见证始祖荣宁二公及贾母贾政贾宝玉四代人的家业已经完蛋，见证白茫茫大地也就算是差不多干净罢了。①

王蒙先生对于"兰桂齐芳"的解读是很有见地的，这样的一种结尾方式其实也同样可以被看作"白茫茫一片大地真干净"。现在的问题是，既然我们的文学前辈可以施"障眼法"用"兰桂齐芳"这种方式来处理归结《红楼梦》这样的文学巨著，那么张平为什么不可以按照他自己现在的这样一种方式来归结其《抉择》、《十面埋伏》以及《国家干部》呢？必须强调的一点是，这只是笔者对于张平作品解读的一种结果，其中是否别有含义，那就不得而知了。总之，在笔者的理解中，如果可以以这样一种方式把《抉择》《十面埋伏》《国家干部》理解为悲剧性作品的话，那么再加上本来就属悲剧性结局的《凶犯》《对面的女孩》，张平主要的长篇小说作品也就差不多是清一色的悲剧作品

---

① 王蒙：《不奴隶，毋宁死？》，北京十月文艺出版社2008年版，第314—315页。

了。在这一系列悲剧性作品中，我们不难发现，通过主人公们不幸的悲剧遭遇，张平将一种深刻的批判矛头率先指向了当下不合理的社会机制。从这样的一个意义上说，张平其实更应该被定位为一位优秀的批判型的现实主义作家。

张平在他近三十年的文学创作中为我们成功地奉献了一系列别具人性深度的人物形象。对于一位坚持恪守现实主义创作原则的作家来说，在自己的文学作品中，成功地塑造出若干丰满生动而又个性别具的人物形象来，乃是证明其艺术功力非常重要的一个方面。笔者认为，人物形象的塑造完全可以被看作作家总体创造能力综合体现的一种结果。"一个人物形象的成功塑造，既深刻地映现着一个作家对于客观世界的认识与把握能力，也有力地表现着一个作家对于深邃人性世界的体验与勘探能力，同时更考验着一个作家是否具有足够的可以把自己对于世界的认识与对于人性的把握凝聚体现到某一人物形象身上的艺术构型能力。一句话，人物形象的成功塑造与否，乃是衡量某一作家尤其是长篇小说作家总体艺术创造能力的最合适的艺术试金石之一。"[①] 正因为人物形象的塑造具有如此这般的重要性，所以从这样一个角度来衡量张平的文学创作，也就有相当的必要性了。

作为一位优秀的现实主义作家，与他所创作的具有悲剧性质的文学创作相对应，张平在人物形象塑造方面最主要的贡献是成功地塑造了三种不同类型的悲剧人物形象。虽然这三类悲剧人物形象之外，作家对于其他的一些人物形象，比如《国家干部》中的刘石贝、汪思继，《抉择》中的郭中姚、严阵、吴爱珍，《天网》中的史伍德、顾加辰等这样一些人物形象的塑造也都相当成功，都可圈可点，但如果把张平的创作放置到新时期文学这样一个大的背景下来考察，那么打上了作家张平鲜明印记的很显然就是我们此处所特别强调的这三类悲剧人物形象。

第一类形象主要是一个悲剧性的女性形象系列，这一类形象基本上出现于作家早期的"家庭苦情"系列小说之中。《祭妻》中的兰子，《姐姐》中的姐姐，《梦中的情思》中的秀兰，这三位女性形象，可以说是张平这类女性形象中最有代表性的三个人物。简单地归结一下，即不难发现这几位人物具有这样几个共同的特点。其一，她们都曾经有过

---

① 王春林：《繁荣中的沉潜与拓展》，载《文艺争鸣》2006年第5期。

坎坷曲折的苦难命运遭际。兰子因为自己的家庭成分是富农,姐姐因为自己是"右派"的子女,而秀兰虽然并没有受到家庭出身的牵累,但因为只是出生于僻野山乡,没有接受现代文化知识的洗礼,早年性格偏向柔弱的她过于顺从命运摆布的缘故,所以阴差阳错地与知识分子吴皑结合,这样也就无可避免地从生活和情感两方面都遭遇了曲折与坎坷。其二,她们都在不同程度上继承体现着中华民族的传统美德。无论是兰子对赵大大一家贴心贴肺的真切关怀,还是姐姐从知恩图报的角度出发最终留在农村的这样一种人生选择,抑或是当吴皑在反"右派"运动以及"文革"中两次遭受灭顶之灾时,秀兰毅然决然做出的对吴皑不离不弃的人生选择,在其中都十分耀眼地闪现着中华民族传统美德的光辉。在这三位女性如上所列的这样一种人生姿态中,我们甚至可以感觉到其中的某种类似于地母一般的宽阔母性胸怀的具备,虽然作家在创作时肯定不会有这样一种自觉的创作动机。其三,她们虽然都身处于人生的困境之中,然而其人性的尊严却并没被荒谬的时代所完全剥夺,在她们身上仍然存在某种理想主义的色彩。无论是兰子在意识到仅凭个人的力量根本无法抗拒命运安排的时候,沉着冷静地主动提出与赵大大分手的决定,还是姐姐在面对大城市现代生活的诱惑时所做出的留在农村、留在姐夫家里的人生决断,抑或是当秀兰意识到自己与丈夫吴皑之间存在巨大的人性鸿沟,因而果断地作出离开城里回乡下过年的决定,在这样的一些行为背后,所充分体现的正是这几位女性虽然身处逆境,然而其人性的尊严却依然没有被放弃的这样一种难能可贵的理想主义精神境界。

第二类形象是具有理想主义精神的平民英雄形象。这一方面,最有代表性的两个人物形象是《凶犯》中的狗子与《十面埋伏》中的罗维民。这两位平民英雄形象具有如下几个共同特点。其一,他们的家庭境况都可以说只是当下时代中国一般的平民家庭。狗子虽然参加过抗击异族侵略者的战争,也可谓立下了不小的战功,但这种经历带给他的除了二等功臣的荣誉称号外,还有的就只是甲级残废的医疗鉴定,只是失去了一条腿的残疾身躯。狗子也有妻儿,只不过妻子桃花是一位没有多少文化的山村普通妇女,妻子嫁给他的目的也就是希望以后能够转成城市户口。一家三口人过着的是收入用度多少有些紧巴的寻常日子。罗维民本来在公安部门工作,他之所以在公安与监狱系统分家时,选择了到监狱系统去工作,一是为了解决住房问题,二是为了老婆的工作问题。不承想十几年工夫下来,不仅这两个问题没有解决,就是工作能力很强的他自己,也没有获得应有的提拔,他的家庭甚至于窘困到了拿不出五万元钱替老婆治病的地步。这样,在世俗的眼光里,罗维民其实是很有一些窝囊意味的。其二,在做出关键的人生选择之前,他们内心中都产生过犹豫不决的内心矛盾,这样的一种描写,一方面意味着作家张平对于人性深度的挖掘表现达到了相当深入的程度;另一方面也使这些人物最后的行为决断具有了更大的真实性。面对孔氏四兄弟提出的优厚条件,家境贫寒的狗子真的产生过一时的思想动摇。非常简单的道理,只要他应允孔氏四兄弟的请求,那么不费吹灰之力便可以得到大笔钱财,自己家庭的生活条件自然也就会得到极明显的改善。当罗维民发现了王国炎的异常情况,并且以负责任的态度积极向监狱的各级领导反映汇报了自己的特殊发现之后,他个人作为一位监狱普通侦查员的职责就已经完全尽到了。他完全没有必要冒着个人前程被严重影响的危险,以一种超越个人权力范围的方式去继续积极参与事件的处理过程。其三,虽然他们在面临关键性人生选择的时候都有过不同程度的犹豫不决,但他们终归是理想主义精神的体现者,他们最终还是做出了站在人民利益一边的人生选择,尽管他们自己为此而付出了惨重的代价。狗子虽然发生过一度的思想动摇,但自己曾经有过的军人经历,自己的那些牺牲了的战友洒在战场上的淋漓鲜血,还是很快地让他从这种动摇的状态中警醒了过来。当他最终认定对于孔氏四兄弟的翦灭清除,如同他在前线战场上面对着异族侵略者一样,是在为民除害的时候,他就毅然果决地采取行动了。虽然他内心里很清楚,自己这样一位有着光荣历史的伤残军人有可能因此而被泼上污水,被诬为"凶犯",但他最后还是义无反顾地叩动了为民除害的扳机。在中国当下的社会政治机制中,类似狗子这样的行为当然只可能被当作"凶犯"来加以对待,人物因此也就成了一位悲情的英雄形象。罗维民的抉择同样是十分艰难的,正如同他自己已经明确意识到的,"越级汇报,在如今的人眼里,不是告状,就是邀功"。既然越级汇报是这样一种情况,那么,越级参与王国炎案件的处理就更是"十恶不赦"了。"他突然感到,面对着这样的一个行政机器,自己的身份和自己所拥有的权力实在是太渺小太微不足道了。在眼前这种堂而皇之、庄严肃穆的大背景下,你几乎什么也做不出来,什么也别想办得到！如果你不想按照他们的意志去做，你的一举一动都将会是违法的，都将会受到苛刻的限制和严厉的惩罚！而且很可能还会以莫须有的罪名，立刻把你从这个圈子里一脚踢走，甚至让你背上一身的脏物和恶名，让你永远也洗刷不清。"然而，虽然清醒地意识到了自己可能为此而付出的惨重代价，但出于长期从事公安侦查工作的一种朴素神圣的责任感，罗维民最终还是义无反顾地积极介入了王国炎案件的调查处理过程之中。虽然小说并没有具体交代罗维民最后的人生遭际，但依据中国当下的社会政治状况，其人生前程大约也不会好到那儿去。从这样一个意义上来看，说罗维民也是一位悲情的平民英雄形象，应该是无可置疑的。

第三类人物形象则是带有理想主义色彩的领导干部形象，亦即非平民的悲情英雄形象。此类人物形象中最具代表性的，一为《抉择》中的李高成，二为《国家干部》中的夏中民。这类人物形象的特点也是十分明显的。其一，他们都是有理想、有追求，能够坚持原则的优秀领导干部形象。李高成虽然身为市长，工作繁多杂乱，忙得不可开交，但当他得知中纺集团的工人们有可能上街请愿的消息的时候，为了阻止事件的发生，更为了能够了解到工人闹事的真实原因与真实情况，他在第一时间赶到了中纺集团。这样的一种行为，体现出的当然就是李高成始终心系百姓安危的一种亲民倾向，虽然曾经在中纺长期工作过，对中纺集团，尤其是对于由自己一手提拔任用起来的中纺集团的一班领导干部确实有很深的感情。然而，一旦这些干部贪污腐化的事实无可否认地摆在面前的时候，李高成却还是能够以类似于诸葛亮挥泪斩马谡的精神，做出了自己一种不无艰难的人生选择。身为嶝江市常务副市长的夏中民，明明知道十天之后就要相继召开对于自己的政治生命来说至关重要的党代会与人代会，明明知道在这个时候的暂时隐忍与韬光养晦对于自己的仕途发展有多么重要，明明知道在这个时候，仍然坚持自己一贯的只谋事不谋人的人生原则，仍然不断地得罪那些拥有投票权的党代会与人代会代表对于自己究竟意味着什么。但是，一旦面对老百姓的利益受到明显的损害，一旦面临正义的原则遭受邪恶侵蚀的时候，他却总是按捺不住地要挺身而出，要维护老百姓的利益，要捍卫正义的原则。在这样的一系列举动背后，所鲜明体现着的正是夏中民一种极其难能可贵的理想主义精神。其二，虽然的确明显地体现出了一种可贵的理想主义精神，但无论李高成也罢，还是夏中民也罢，他们也都不是不食人间烟火的超人圣贤，他们的人生抉择同样是十分艰难的，同样充满尖锐的矛盾冲突。能够将李高成与夏中民们人性中软弱的一面表现出来，能够将他们的内心冲突真实地凸显到广大读者面前，既明显地增加了人物行为的可信度，也使他们的形象充满了浓郁的人情味。李高成的艰难抉择，面对的不仅是自己亲手提拔任用的郭中姚等一干中纺的领导干部，更面对几十年来与自己相濡以沫、同床共枕的妻子吴爱珍，面对一直在提拔任用自己的官场恩主、省委副书记严阵。一方面，是凛然不可侵犯的神圣的组织原则与正义原则；另一方面，则是自己的恩爱妻子与顶头上司，李高成该做出怎样的一种人生选择呢？张平《抉择》的难能可贵之处，正在于非常生动、深刻地写透了李高成面对两难选择时一种虽然无可奈何，但最后却仍然不得不做出选择的矛盾心理状态。说实在话，面对一再提携任用自己的恩主、省委副书记严阵，面对几十年来朝夕相处的妻子，尤其是在面对自己的政治生命由于自己的"抉择"而很可能就此彻底断送的这样一种客观事实，李高成的确产生过思想的动摇，产生过退一步海阔天空的真实想法。能够将这一切都和盘托出在广大读者面前，一方面使李高成这一形象具备了更加令人可信的立体感；另一方面其实也充分地展示出了小说这种艺术形式的魅力所在。夏中民的情况也同样如此，作为已经在官场摸爬滚打了多年的国家干部，作为已经在嶝江市工作长达八年之久的一位副市长，夏中民对于当下时代不成文的隐形政治游戏规则是相当熟悉了解的。夏中民知道，正如同那些真正关心自己的人们所劝说的那样，自己只要不再因为维护老百姓的利益继续得罪那些官场内的既得利益者，那么也就仍然有可能在十天之后陆续召开的党代会与人代会上如愿以偿地当选为嶝江市的市长。即使不愿意与嶝江市的这些贪官污吏同流合污，那么夏中民也完全可以急流勇退，按照昊州市委魏瑜书记的安排，到贡城区当区委书记。"有时候，天大的难事，办起来却会出奇的容易。说不定在很短时间内，你就会成了贡城区区委书记。同你有着千丝万缕联系的嶝江犹如快刀斩乱麻，顷刻间，就会被甩得干干净净，从而让你远离是非之地，正如华中崇说的那样，无事一身轻，嶝江就由他们折腾去吧！"的确，正如同小说中所描写着，夏中民其实是有很多退路可走的，而且，从夏中民内心深处来说，他自己的确也萌生过退一步海阔天空的想法。然而，一旦夏中民后撤，哪怕夏中民只是到贡城区当了区委书记，那也意味着夏中民在事关嵫江一百七十多万老百姓的切身利益问题上，在与以刘石贝、汪思继为代表的"权谋派"的斗争中主动举起白旗主动退缩投降了。这样的一种结局，是夏中民所绝对无法面对、无法接受的，所以，虽然真的一度萌生过退却之意，但在一种强烈责任感的驱使之下，夏中民最终还是选择了义无反顾地与"权谋派"坚决斗争到底的人生道路。虽然夏中民果然因此而使自己的政治生命受到了影响，最终落得个选举失败被赶出嵫江的结局，终于使自己成为一位具有壮烈色彩的悲情英雄，但是，在其中所凸显出那种"我不下地狱谁下地狱"，那种"虽千万人吾往也"的大无畏牺牲精神还是给读者留下了殊难磨灭的深刻印象。

　　在近三十年的文学创作历程中，张平逐渐地锻铸出了一种出色的小说结构能力。那么，何谓结构呢？"据美国专家考斯调查，结构的概念自古有之。拉丁文里，这个词原先写作 structum，意思是指'经过聚拢和整理，构成某种有组织的稳定统一体。'当然，这一概念的适用范围很宽，它几乎可以是任何东西，'从一粒分子到一幢摩天大厦，从一个单词到一本小说、一套游戏、一种传统或一部宪法"①。如果可以把小说比作一条项链的话，那么结构就是将有眼的珍珠串连到一起的那根线。很显然，如果没有这一根线的存在，那么这个珍珠项链就是不存在的，我们看到的只可能是一堆散落的珍珠而已。同样的道理，小说的结构也是非常重要的，如果没有这样一个合理结构的存在，那么我们看到的也只能是一堆与小说相关的材料而已。只有有了一种合理的结构，这些与小说相关的材料才能变成一篇具有内在逻辑秩序的完整的小说。作家结构能力对于小说的重要性就是这么突出，这么不容忽视。

　　张平突出的结构能力在他的小说处女作《祭妻》中即有抢眼的表现。虽然小说的女主人公是兰子，但作家却把超过了一半以上的篇幅都用在了对于男主人公赵大大再婚之后生活状况的描写上。表面上看，似乎浓墨重彩地描写表现着赵大大与后妻芳芳之间的生活，但在实际上却时时处处都映射着兰子这个女主人公的形象。虽然当时的张平并不可能了解海明威的"冰山"理论，但他《祭妻》中这样一种言在此而意在

---

①　赵一凡：《结构主义》，见赵一凡、张中载、李德恩主编《西方文论关键词》，外语教学与研究出版社2006年版，第252页。

彼，明写芳芳暗写兰子的结构方式，却是完全暗合于海明威的"冰山"理论的。能够在"文革"刚刚结束的1980年代初期，在自己的小说处女作中显示出这样一种超群的结构能力来，正说明了张平其实是一位天才的小说家。

虽然创作《法撼汾西》的时候，张平对于长篇叙事作品结构的把握还显得相当幼稚。所谓的长篇纪实文学，其实是由四个相对独立的中篇作品拼凑而成的。将这四个作品连缀起来的唯一理由便是，四个作品讲述的都是与刘郁瑞相关的故事，根本谈不上有什么完整的结构。但这种情况在《天网》与《孤儿泪》中，已经有了明显的改观，长篇小说《凶犯》的问世，对于张平更是有着非同一般的意义。我们完全可以说，张平在一种成熟意义上对于长篇小说结构得心应手的操作运用，正是从《凶犯》开始的。笔者以为《凶犯》的艺术成功，同作家所特别设定的案件形成过程中狗子的心理活动，与案件发生后主要运用白描手法进行的对于案件侦破过程的描述这两条线索的交叉进行存在紧密联系。自此之后，张平就开始了他在长篇小说结构上的多方面探索实践。在这一方面，茅盾的《子夜》与柳青的《创业史》，这样一些现当代文学史上具有宏大叙事品质的长篇巨构，可以说形成了张平最典型的结构范本。无论是《抉择》中所采用的中心人物聚焦辐射式的结构模式，还是《十面埋伏》中狱中、狱外与省城这三条线索的交叉发展模式，抑或《国家干部》中以夏中民为代表的"正义派"与以刘石贝、汪思继等为代表的"权谋派"之间激烈碰撞争斗的所谓双线合一的结构模式，都可以被看作张平在长篇小说结构方面的成功艺术实践。

值得特别一提的是，张平在小说中对于叙事时间的一种艺术处理方式。一个十分有趣的现象是，他早期的中短篇小说，虽然小说的篇幅不大，但是叙事的时间跨度却总是很大。不论是《祭妻》《姐姐》这样的短篇小说，还是《梦中的情思》这样的中篇小说，其时间跨度都在几十年之上。然而，到了后期的长篇小说中，虽然小说的篇幅有了极大的增加，动辄便是数十万字，但叙事的时间跨度却明显地缩小了，作品讲述再现的往往是几天之内发生的故事。《对面的女孩》时间稍长一些，也不过是不到半年的时间。篇幅增大而时间缩短，意味着小说叙事密度的明显增大，叙事信息量的显著增加。因为叙事时间的明显缩短，所以张平的后期小说总给人一种异常紧张急迫，特别剑拔弩张的感觉。张平的后期小说之所以会有很大的销量，会产生极大的社会影响力，除了作家一直关注思考着重大社会现实问题，因而很容易与读者形成强烈的共鸣之外，作家对于叙事时间的这样一种特别处理方式，很显然也是重要的原因之一。

在张平近三十年的文学创作过程中，尤其在他后期长篇政治小说的创作过程中，张平的小说在文体形式上也呈现出了一些特别的个性化特征，在这儿我们对此略作分析。其一是语言表达上一种政论化、雄辩性色彩的具备。因为张平的后期小说主要是政治小说，主要描写的是一种政治性的生活场景，正是适应于这样一种取材特点的缘故，张平后期的小说语言呈现出一种明显的政论性与雄辩性色彩。其二，张平是一位自始至终都对于社会现实生活，对于文学创作充满激情的作家，这一点同样在他的小说尤其是后期的小说文体上留下了突出的特征。一个突出的现象就是，张平在自己的叙事过程中特别喜欢运用感叹号。这一点，从前面我们所摘引的张平一些叙事文字中即可得到有力的印证。就笔者的阅读视野而言，在当下时代，还没有另外一位作家如同张平这样喜欢运用感叹号。从这个意义上，说张平是中国当代使用感叹号频率最高的作家，应该说也是毫不为过的。其三，在张平后期的长篇小说中，作家总是喜欢大量地描写人物的对话场景，而且人物对话的篇幅也总是很长。在笔者的理解中，张平小说中的对话所承担的不仅仅是对话的功能，同时也还承担着人物的心理描写，人物的性格凸显，甚至还在某种程度上承担着交代故事来龙去脉以及情节发展演变的功能。虽然不能说张平是唯一一位赋予对话如此丰富功能的作家，但说实在话，在新时期以来的中国当代作家中，如同张平这样可以使小说对话承载诸多功能的作家真是并不多见。

还有一点有必要提及的是，张平对于他笔下一些人物形象的命名也是很下了一些功夫的。这一点，同样可以让我们联想起《红楼梦》来。众所周知，曹雪芹笔下一些人物的命名中即隐含有这些人物的未来命运。如"元春、迎春、探春、惜春"之"原应叹惜"，情况即是如此。张平的一些小说人物，也可以让我们联想到曹公雪芹。比如郑治邦、肖振邦、夏中民、罗维民、汪思继等，即是如此。前两位都是省委书记，所以有这样的命名方式。夏中民与罗维民，均心系广大百姓，均有强烈的正义感，故而如此命名。汪思继一门心思地想成为嵝江市的市长或书记，想继承老书记刘石贝的权力衣钵，不料想最终却是竹篮打水一场空，白忙了一场而已。故而姓汪，盖因为"汪"通"亡"者是也。从这种人物的颇堪玩味的命名方式上，亦可明显见出我们汉语的神妙之处来。